8. Rosa Salva – SS Giovanni e Paolo. Berühmtes Café. Diamante und Garzone treffen sich hier zu ihren Gesprächen.

9. San Michele in Isola. Friedhofsinsel, die Paolo Uccello von seinem Krankenhausbett im „Giovanni e Paolo" aus sehen kann.

10. Ca' Giustinian. Nach 1943 Hauptquartier der Deutschen. Eine von Partisanen im Juli 1944 gelegte Bombe zerstörte das Gebäude fast völlig. Die Vergeltungsmaßnahme folgte zwei Tage darauf: Dreizehn inhaftierte Partisanen wurden auf den Trümmern erschossen. Heute Sitz der Biennale. Diente als Vorbild für das Ca' Loretti.

11. Jüdisches Museum. Modernes Museum, erzählt vom jüdischen Leben in Venedig im Laufe der Jahrhunderte und dokumentiert die Gräueltaten der Nazis und der faschistischen Helfer im Krieg.

12. Ghetto. Erstes Ghetto der Welt – ein Viertel, in dem die Juden im 16. Jahrhundert von der Republik Venedig gezwungen wurden zu leben. Es war das Viertel der Gießereien, das Wort Ghetto leitet sich vom venezianischen „géto" ab, dem Gießen des flüssigen Eisens.

13. Parco „Villa Groggia". Ruhiger Park mit Skulpturen. Zusammen mit dem Giardino delle Vergini Inspiration für den fiktiven Garten der Engel.

14. Jüdischer Friedhof. Jüdische Begräbnisstätte auf dem Lido.

David Hewson

Garten der Engel

DAVID HEWSON

GARTEN DER ENGEL

ROMAN

Aus dem Englischen von Birgit Salzmann

TransferBibliothek
FolioVerlag

Ich glaube, dass wir jetzt in einer Zeit leben, in der die Zeitzeugen dieser schrecklichen Phase deutscher Geschichte mehr und mehr sterben, in der wir als nachfolgende Generationen vor der Verantwortung stehen, richtige Entscheidungen zu treffen, und dass sich in dieser Phase entscheiden wird, ob wir wirklich aus der Geschichte gelernt haben oder ob das von den zukünftigen Generationen sozusagen doch nicht so verinnerlicht wurde.

Angela Merkel, 20. Juli 2018

1

Ich muss vier oder fünf gewesen sein. *Nonno* Paolo las mir in meinem kleinen, nach vorne gelegenen Zimmer im dritten Stock eine Gutenachtgeschichte vor. Sie stand in einem Geschichtsbuch und hatte sich wirklich zugetragen. Ein Mann, ein alter König oder Kaiser, blickte am Ende seiner Herrschaft auf seine Erfolge und Misserfolge zurück und fragte sich, während er auf dem Sterbebett lag, was wohl als Nächstes kommen würde.

Ob das ein besonderes Bett sei, fragte das Kind von damals. Eins, das zum Sterben vorgesehen war? Konnte man dem Tod vielleicht entkommen, wenn man nie darin schlief?

Er las mir immer aus schlechtem Gewissen etwas vor, glaube ich. Mein Vater war gewöhnlich auf Reisen, in Amerika oder Japan, in Russland, in Frankreich, um den berühmten Samtstoff des Hauses Uccello zu verkaufen. Als Besitzer einer der letzten traditionellen Webereien Venedigs war das unser Geschäft. Meine Mutter hatte ihre Koffer gepackt und war zu ihren Eltern in England zurückgekehrt. Venedig schien ihr nicht zu gefallen. Genauso wenig wie wir. Bald darauf hatte sie schon einen neuen Mann und eine neue Familie.

Nein, sagte mein Großvater. Ein Sterbebett sei nichts Besonderes. Nur der Ort, an dem man sich befand, wenn die Zeit gekommen war. Dazu sei jedes Bett gut genug.

Selbst jetzt, nach all den Jahren, kann ich die kleine Welt meiner Kindheit wieder heraufbeschwören. Die Geräusche unter dem Fenster meines aufgeräumten Kinderzimmers im Palazzo Colombina. Vaporetti und Motorboote, das sanfte Schwappen der trägen Wellen gegen bröckelnden Backstein und das modernde Holz unseres Privatanlegers. Möwen kreischten, Tauben glitten vom Himmel und flatterten mit ihren luftigen Flügeln. Manchmal hörte ich einen Gondoliere, der für die Touristen eine Opernmelodie sang. Aus dem Kanal stieg der vertraute Geruch nach Diesel und Chemikalien auf, stets mit einem Hauch Fäulnis vermischt.

„Ist in meinem Bett schon einmal jemand gestorben?“

„Aber nein. Dein Bett ist doch nagelneu, Nico!"

„Werde ich darin sterben?"

Er lachte und strich mir übers Haar. *Nonno* Paolos Gesicht war schmal und grau, mit kantigen Wangenknochen, weshalb ich fand, dass er wie ein lebendig gewordenes Standbild aussah. Er zeigte stets ein freundliches Lächeln, obwohl er oft erschöpft wirkte, nachdem er sich sieben Tage in der Woche um die Angelegenheiten unserer Weberei und ihre betriebsamen Verkaufsstellen gekümmert hatte.

„Natürlich nicht. Das ist ein Kinderbett. Du wirst noch wachsen und bald kaufen wir dir ein neues. Dir stehen in diesem Leben noch viele Betten bevor. Und jede Menge Aufregung. Das wird ein richtiges Abenteuer, in unserer turbulenten Welt groß zu werden. Du willst doch Abenteuer erleben, oder?"

„Ich glaub schon."

„Alle Jungen wollen Abenteuer erleben."

„Aber werde ich dann auch sterben? Eines Tages?"

Er machte eine wegwerfende Handbewegung.

„Ach was, der Zeitpunkt ist noch so weit weg, darüber brauchst du dir keine Gedanken zu machen. Denk doch lieber an … jetzt. Diese Woche. Samstag, wenn Chiara dich mit zum Lido nimmt. Du kannst im Sand spielen. Paddeln gehen. Es gibt Eiscreme. Und andere Kinder, mit denen du herumtoben kannst."

Chiara Vecchi war eine kräftige, lebhafte Frau, die früher einmal für uns als Weberin gearbeitet hatte. Später, nach dem Weggang meiner Mutter, war sie zu einer unentbehrlichen Hilfe geworden, die einkaufte, kochte und mich zur Schule brachte, wenn sonst keiner konnte.

„Du sollst nicht sterben. Niemals."

Großvater schlug das Buch zu.

„Du bist schon zu müde hierfür."

„Nein … Ich will eine Geschichte. Noch eine."

Er beugte sich herunter, gab mir einen Kuss auf die Stirn und fuhr mir mit den Fingern durchs Haar.

„Alles zu seiner Zeit, mein Junge." Sein freundliches Gesicht verdunkelte sich und nahm einen Ausdruck an, den selbst ein Kind wie ich deuten konnte. Einen Ausdruck des Zweifels, und des Bedauerns vielleicht. „Ob du mir für die Geschichte, die ich im Sinn habe, allerdings dankbar sein wirst …"

Bevor ich noch etwas sagen konnte, beugte er sich wieder herunter und gab mir noch einen Kuss. Dann ging er zum Fußende des Bettes, stellte den Fernseher an und suchte einen Kanal mit Zeichentrickfilmen.

Juni 1999. Ich war inzwischen ein nervöser, schlaksiger Fünfzehnjähriger geworden, der ein Einzelzimmer im Krankenhaus Santi Giovanni e Paolo betrat. Jetzt war ich an der Reihe, am Bett zu sitzen. Wie sehr ich mir auch wünschte, anderswo zu sein. Am Strand auf dem Lido zum Beispiel, um Musik zu hören und zu versuchen, mit meinen Altersgenossen mitzuhalten. Um Mädchen zu erobern, wenn ich nur gewusst hätte, wie. Mein Vater war ein Meister darin, hatte sein Talent aber nicht an mich weitergegeben.

Noch lieber wäre ich mit meinen Kameras unterwegs gewesen, um Fotos von den Sümpfen bei Torcello oder den Dünen von San Nicolò zu machen. Das Fotografieren war mein größtes Hobby, fast schon eine Sucht. Großvater hatte ein Kundenkonto bei einem Fotogeschäft in der Nähe von San Giacomo dell'Orio für mich eröffnet. Dort war ich gern gesehen, angesichts der Tatsache, dass ich ein Vermögen für Spiegelreflexkameras, Objektive, Filme und Entwicklungsarbeiten ausgab. Wovon ich natürlich keine Lira selbst bezahlte.

Alle Wände waren weiß. Durch die Flure hallten Schritte und leise Stimmen. Überall hing der strenge Geruch nach Desinfektionsmittel in der Luft, der mir die Kehle zuschnürte. Oder vielleicht war es bloß Angst. Auf der einen Seite des Zimmers gaben zwei hohe Fenster den Blick auf die Fondamente Nove und die Lagune frei. Die stille Wasseroberfläche lag flirrend in einer Hitze, wie sie normalerweise nicht vor Ende Juli hereinbrach. Schwül, drückend, voller sirrender Stechmücken.

Kaum war ich eingetreten, mit gesenktem Kopf und erkennbar lustlos, deutete *nonno* Paolo auf den Stuhl neben dem Bett. Noch nie hatte ich ihn so schwach gesehen. Schon allein deswegen wäre ich am liebsten weggelaufen, fort aus dieser grell erleuchteten Zelle mit ihrem Desinfektionsmittelgestank und dem stetigen, beharrlichen Surren des Ventilators an der Decke.

Es war nicht einfach, sich eine Welt ohne ihn auszumalen, und weil ich noch ein Kind war, ging ich allem, was nicht einfach war, aus dem Weg. Ich konnte mir überhaupt nicht vorstellen, wie die Uccellos fortbestehen sollten, ohne dass er sich um die täglichen Abläufe in unserem Palazzo und um unseren kleinen Männerhaushalt kümmerte. Er war unser Fels, der feste Bestandteil in unserem Leben, von dem ich geglaubt hatte, dass er immer da sein würde. Doch bald schon, meinten nun alle – die Schwestern, die Ärzte, mein Vater und Paolo Uccello selbst –, würde der Patriarch einer der berühmtesten Weberfamilien Venedigs nicht mehr sein.

„Wie ich höre", sagte er mit schwacher Stimme, was seiner Autorität aber keinen Abbruch tat, „gab es Ärger in der Schule."

Eigentlich hatte ich kaum etwas damit zu tun gehabt. Mein Vergehen bestand eher in einer Unterlassung. Zur Strafe war ich zusammen mit Maurizio Scamozzi, dem Anstifter, und zwei anderen Jungen eine Woche vom Unterricht suspendiert worden. Es war nicht das erste Mal, dass Scamozzi uns in Schwierigkeiten brachte, und offen gesagt war es hauptsächlich eine Mischung aus Neugier und Angst, die mich manchmal dazu brachte, bei seinen Aktionen mitzumachen. Dass ich deswegen aus der Schule geworfen wurde, wenn auch nur vorübergehend, war allerdings neu.

„Tut mir leid", war alles, was ich herausbrachte.

„Was ist passiert?"

Sie hatten einen Jungen schikaniert. Und ich hatte dabeigestanden und zugesehen. Hatte nicht mitgemacht. Aber auch nicht eingegriffen.

„Ich weiß, dass ich eine Strafe verdient habe", sagte ich. „Eine Woche Schulverweis …"

„Ach, vergiss es." Er fuhr mit der Hand durch die Luft. Es war eine kraftlose Geste für einen Mann, den ich immer für so stark und gesund gehalten hatte. „Ich wollte sowieso, dass du mich besuchen kommst. Du sollst etwas lesen."

Als ich noch klein war, war mir *nonno* Paolo wie der größte Mann der Welt erschienen. Alter und Krankheit hatten ihn gekrümmt und ergrauen lassen. Nun lag er hier unter einem weißen Laken im Krankenhausbett, von ein paar Kissen gestützt, ein Buch und einen Krug Wasser auf dem Nachttisch zwischen sich und dem offenen Fenster.

Draußen verlief der ruhige Fußweg über die Fondamente Nove, der zum Arsenale, der riesigen, größtenteils leer stehenden ehemaligen Schiffswerft, führte. Wie jeden Sonntag war auf der Lagune Richtung Murano viel los. Ruderboote glitten über die funkelnde Wasseroberfläche, Vaporetti fuhren hin und her, zum Lido hinüber oder zurück zur Stadt.

„Siehst du sie?“, fragte er und deutete aus dem Fenster.

Zwischen uns und Murano lag die kleine Friedhofsinsel San Michele mit ihren festungsartigen Mauern. An der Anlegestelle empfing eine Kirche die Besucher, die Lebenden wie die Toten. Das Ganze sah aus wie eine Kreuzung aus Burg und dem Grab eines Riesen.

„Du warst auch früher schon einmal krank“, sagte ich zu ihm. „Du wirst bald wieder gesund werden. In einer Woche bist du bestimmt wieder zu Hause. *Papà* hat gesagt …“

„Ach was. Es dauert nicht mehr lange, dann befördern sie mich in einem Sarg ans andere Ufer.“

Ich wusste nicht, was ich darauf antworten sollte.

„Der Junge, den ihr gepiesackt habt. Wer war das?“

„Ich hab ihn nicht gepiesackt. Ich war bloß dabei.“

„Und du hast nichts unternommen?“

Ein Vaporetto fuhr Richtung Lido am Fenster vorbei. Normalerweise hätte ich nach Unterrichtsschluss an Bord sein können, meine Badesachen in der Tasche und mit ein paar Jungs aus der Schule auf dem Weg zum Strand. Wir würden Eiscreme und Getränke kaufen. Wir würden im flachen grauen Wasser der Adria schwimmen, Fußball spielen, in der Sonne liegen und uns vielleicht mit einem der ausländischen Mädchen unterhalten, die in den Hotels wohnten. Ich würde die Augen schließen und dem Walkman lauschen, den ich zu Weihnachten bekommen hatte. Abends gab es Discos, und ich konnte meistens jemanden überreden, mir ein Bier zu kaufen. Die Musik war immer so laut, dass sie alle anderen Gedanken aus dem Kopf vertrieb; das gefiel mir. Das gehörte offenbar dazu, wenn man jung war.

Oder ich hätte ein paar Nikon-Kameras und Objektive in meine Kameratasche gesteckt und mich zu den ruhigeren Gegenden der Lagune aufgemacht. Vielleicht zum südlichen Küstenstrich um diese Jahreszeit. Dem unberührten Strand von Ca’ Roman auf Pellestrina.

Oder ich hätte das Boot genommen, das im Sommer von den Zattere am Hotel Cipriani vorbei zum Strandbad von Alberoni fuhr.

Ich unternahm gerne etwas mit den anderen Jungen. Doch ich genoss es auch, allein zu sein. Vielleicht lag es daran, dass ich ein Einzelkind war. Manchmal fragte ich mich, wie es wohl wäre, einen Bruder oder eine Schwester zu haben, in einer großen Familie aufzuwachsen, mit Frauen, Mädchen, Lärm und Leben. Nicht nur ich, Vater und *nonno* Paolo, die scheinbar immer mit irgendetwas beschäftigt waren. Unsere Schritte hallten wie das Trapsen einsamer Gespenster durch die steinernen Flure und Treppenaufgänge des Palazzo Colombina. Wenn Mama bei uns geblieben wäre und ich jüngere Geschwister bekommen hätte, wäre das vielleicht anders gewesen. Ich weiß es nicht, und *nonno* Paolo sagte immer, es sei zwecklos, sich Gedanken über Dinge zu machen, die man sowieso nicht ändern kann. Wir waren die Uccellos, drei Generationen von Männern, gemeinsam gefangen in diesem verstaubten Palazzo am Canal Grande. Es gab kein Entrinnen, nur das lange Warten darauf, was wohl als Nächstes kommen würde.

„Ich habe mich entschuldigt. Ich weiß, ich hätte eingreifen müssen."

„Wer war er? Der Leidtragende?"

Eine Hänselei war aus dem Ruder gelaufen. Maurizio hatte angefangen, dann hatte auch sein rabiater Kumpel Scacchi mitgemacht. Und ich war bloß auf Abstand gegangen. Dass es zu einer Schlägerei kommen würde, hatte ich nicht erwartet.

„Ich habe um Verzeihung gebeten."

„Wer … war … er?"

„So ein nerviger Zwerg. Amerikaner. Maurizio hat ihm gesagt, dass er nicht hierhergehört. Da ist er wütend geworden. Wäre er einfach weggelaufen …"

„Menschen werden oft wütend, wenn man ihnen sagt, dass sie irgendwo nicht hingehören."

„Ich hab ihn nicht angerührt. Ich hab bloß zugesehen."

„Glaubst du, das spricht dich von jeder Schuld frei, Nico? Nur zuzusehen. Nicht … zuzuschlagen?"

„Tut mir leid. Es kommt nicht wieder vor."

„Wie heißt er? Dieser Amerikaner?"

„Carmine. Maurizio sagt, er ist einer von diesen neuen Juden. Von den Ausländern. Sie machen sich im Ghetto breit, als würde es ihnen gehören."

Er schauderte.

„Ein Scamozzi macht sich Sorgen ums Ghetto?"

„Maurizio sagt, es gehört uns. Den Italienern. Nicht ihnen."

„Die Scamozzis leben hier schon seit Jahrhunderten, Nico. Sie bilden sich ein, ihnen gehört jeder und alles. Aber das Ghetto gehört den Juden, oder? Wir haben sie damals selbst hinter seine Mauern verbannt. Ins erste Ghetto, das es je gab. Ein Gefängnis. Wo wir sie einsperren und im Auge behalten konnten, von wo wir sie holen konnten, um sie nach unserer Pfeife tanzen zu lassen und sie dann wieder zurückzuschicken. Mit einem gelben Stern auf der Brust."

„So ist es heute nicht mehr", murmelte ich.

Den Blick, den er mir daraufhin zuwarf, hatte ich noch nie gesehen. Es schien fast eine Spur Hass darin zu liegen.

„Deine Strafe ..."

„Eine Woche Schulverweis."

„... und eine zusätzliche Geschichtsstunde." Er langte zum Nachttisch und zog die Schublade auf. „Schau her, Junge. Das ist deine Hausaufgabe."

In der Schublade lagen fünf Umschläge. Dicke, braune Kraftpapierumschläge. Nummeriert.

Er nahm den ersten heraus und gab ihn mir.

„Das wurde kurz nach dem Tod deiner Großmutter fertiggestellt. Den ersten Teil habe ich heimlich geschrieben. Sie sollte nichts davon wissen. Ach ja ... bevor du deinem jüdischen Schulkameraden die Schuld dafür gibst, dass du diese Lektüre aufgebrummt bekommst; sie war sowieso für dich gedacht. Diese Geschichte bewahre ich schon für dich auf, seit du ein kleiner Junge warst."

„Was?"

„Ich habe sie für dich geschrieben. Für dich ganz allein."

„Warum nicht für *papà*?"

Einen Moment lang schien diese Frage ihn in Verlegenheit zu bringen. Er wirkte beinah schuldbewusst.

„Weil es nun mal so ist. Eines Tages wirst du es verstehen. Hoffe ich zumindest. Aber wie lange das …" Er hielt kurz inne und überlegte. „Ich kann nicht alles wissen. Diese Geschichte hat fünf Teile. Jetzt nimmst du den ersten Teil mit. Du liest ihn, und wenn du morgen früh zurückkommst, reden wir darüber. Dann bekommst du den nächsten mit. So machen wir es die ganze Woche lang. Keine Sorge, bis Samstag sind wir mit allem durch. Das nächste Wochenende kannst du mit deinen Freunden auf dem Lido am Strand verbringen, um schwimmen zu gehen und Mädchen zu treffen, wie es sein sollte. Entschuldige die Unterbrechung." Wieder hatte er diesen merkwürdigen Ausdruck im Gesicht. „Aber jetzt oder nie."

Als ich den Umschlag öffnen wollte, legte er seine zitternden Finger, inzwischen nur mehr Haut und Knochen, um meine.

„Nicht hier. Später, wenn du allein in deinem Zimmer zu Hause im Palazzo bist. Dein Vater weiß nichts davon. Versprich mir, dass das so bleibt, bis du die ganze Geschichte kennst und ich diese Welt verlassen habe. Danach gehört sie dir und du kannst damit machen, was du willst."

Natürlich versprach ich es ihm.

„Das ist die unerzählte Geschichte unserer Familie. Unserer jüngeren Vergangenheit. Meiner vor allem. Kein dunkles Geheimnis bleibt verborgen. Keine grausame Tat. Kein Verrat. Kein …" Er begann wieder zu husten, und dieses Mal hörte er kaum mehr auf. „Kein Blut wird vergossen, ohne dass es Spuren hinterlässt."

Geschichte. Von allen Fächern, mit denen sie uns in der Schule malträtierten, verabscheute ich dieses am meisten. Zu trocken. Zu langweilig. Zu fern.

„Du willst sie nicht lesen, stimmt's?"

„Vielleicht wäre es besser, wenn *papà* …"

„Für ihn ist sie nicht bestimmt, habe ich gesagt! Sie ist für dich. Für niemanden sonst. Ich wurde geboren, um diese Geschichte zu erzählen. Und du wurdest geboren, um sie zu hören. Keine Sorge. Sie ist ziemlich abenteuerlich. Wir beginnen im letzten Krieg, der vor vierundfünfzig Jahren zu Ende ging. *Vierundfünfzig Jahre*. Kaum ein Wimpernschlag für einen alten Mann wie mich. Ich sehe es vor mir, als wäre es gestern gewesen. Die Menschen …" Ihm stockte die Stimme. „Diejenigen, die siegten. Diejenigen, die verloren. Diejenigen, die dazwischen gefangen waren und nicht genau wussten, wohin sie gehörten." Er tippte mir auf die Schulter. „Und diejenigen, die nur abwarteten und zusahen, die glaubten, Dunkelheit, Schmerz und Verlust würden an ihnen vorübergehen, solange sie sich im Hintergrund hielten."

Ich liebte *nonno* Paolo mehr als jeden anderen auf der Welt. Natürlich würde ich seine Aufzeichnungen lesen. Ich würde alles tun, worum er mich bat.

„Wenn du es möchtest, *nonno*. Ich … fühle mich geschmeichelt."

Er lachte wieder, ein wenig traurig dieses Mal.

„Du hast es noch nicht gelesen. Bald wirst du Dinge erfahren, die dein eigener Vater nicht für möglich halten würde." Dann tippte er sich lächelnd an die Nase, und ich erkannte die freundliche Gestalt wieder, die früher an meinem Bett gesessen und mir Märchen von Pinocchio und der Befana vorgelesen hatte. „Dann ist es an dir zu entscheiden, was du damit anfängst. Mit unseren Geheimnissen, verstehst du. Dunklen, tiefen Geheimnissen. Es bleibt nicht mehr viel Zeit, Nico. Mach dich auf den Weg."

Wie immer war der Palazzo Colombina leer. Vater war wieder einmal auf Geschäftsreise.

Ich hätte ein paar Freunde aus der Schule anrufen und sie zu einer Runde Tischtennis einladen können. Oder einen Spaziergang nach Rialto machen, wo sie auf dem Markt wahrscheinlich die Anlage für einen DJ aufbauen würden oder am Abend vielleicht sogar eine Band spielen würde. Ich hätte auch meine Kamera mit zur Salute-Kirche nehmen und noch einen Sonnenuntergang fotografieren können, einen prächtigen orangen Feuerball, der hinter den Dächern der Stadt versank.

Doch *nonno* Paolo, mein geliebter Großvater, hatte mir eine Aufgabe gestellt. Also nahm ich mir eine Dose Chinotto, stieg die lange Marmortreppe zu meinem abgedunkelten Zimmer hinauf, machte es mir auf meinem Bett gemütlich und knipste das Licht an.

Die Frau in der Lagune

Samstag, 13. November 1943.

Sie tauchte um kurz nach acht in der Frühe aus dem bleigrauen, winterlichen Wasser auf: nackt, die Arme voller Blutergüsse, das eingeschlagene Gesicht weiß und wächsern. Ihre gedrungene Gestalt war von Seegras umschlungen und verrenkt wie ein Heiliger bei einem der vielen Martyrien, deren Darstellungen die Kirchenwände zierten.

Über dem sich lichtenden Morgendunst kreischten hungrige Möwen, die Futter witterten. Paolo Uccello sah nicht allzu genau hin, aber es schien, als wären die Fische schon da gewesen. Eine unnachgiebige Wintersonne kämpfte sich durch den Nebel und warf den blassen Schatten des Glockenturms von San Pietro auf Schlamm und Kiesel. Mittlerweile hasste er das Geschrei der Seevögel. Sie verfolgten ihn überall.

Der Krieg schien nicht enden zu wollen und war noch schlimmer geworden, seit die Deutschen die Stadt im September besetzt hatten, an dem Tag, an dem König Viktor Emanuel den Waffenstillstand mit den vorrückenden Alliierten verkündet hatte und mit seiner provisorischen Regierung aus Rom nach Brindisi geflohen war. Das zweigeteilte Italien lag im Todeskampf, und eine blutige Trennlinie in der Mitte des Landes schob sich schwer umkämpft langsam nach Norden. Die Eindringlinge hatten sich entlang der deutschen Verteidigungslinien verschanzt, die von Kampanien bis zu den Abruzzen verliefen. Eine neue „Republik" war geboren, nominell unter der Führung Mussolinis, obwohl jedem klar war, dass Berlin den Ton angab. Der Duce, der sich in Salò in der Lombardei verkrochen hatte, war nichts weiter als eine Marionette Hitlers, was aber niemand laut auszusprechen wagte. Italienische Soldaten, die wie alle anderen nicht wussten, wem sie folgen sollten, hatten sich der jeweils nächstgelegenen Seite angeschlossen oder waren von den Deutschen gefangen genommen oder in einigen Fällen niedergemetzelt worden. Immer mehr legten einfach die Waffen nieder, schlugen sich in die Büsche und versuchten, irgendwie nach Hause zu kommen, auf die Gefahr hin, erwischt und sofort exekutiert zu werden.

Paolo Uccello versuchte, das alles so weit wie möglich auszublenden. Politik war wie die Welt als Ganzes, am besten, man mied sie. Er war gerade erst achtzehn geworden, ein schüchterner, magerer Junge und nach dem Tod seiner Eltern auf sich gestellt; ein jugendlicher Einsiedler, der seine Tage und Nächte in der alten Weberei seiner Familie am äußersten Rand von Castello in der Nähe des Arsenale verbrachte. Um Essen zu kaufen, musste er allerdings herauskommen, in diesem Fall, um sich in die Warteschlange für ein trockenes, fade schmeckendes Brot beim Bäcker in der Via Garibaldi einzureihen. Auf dem Heimweg bemerkte er den Menschenauflauf am Ufer vor der Kirche. Männer, die er von der nahe gelegenen Bootswerft kannte, wateten fluchend und weinend über den Kieselgrund ins seichte Wasser, wo eine Leiche trieb, an der ein paar Möwen pickten, bis sie sie verscheuchten.

Es war unmöglich, nicht hinzuschauen. Die armselige durchnässte Gestalt, die aus dem trüben Wasser des kleinen Hafens gezogen wurde, trug ein ärmelloses rotes Kleid, das vorn und am Saum zerrissen war und an ihrem stämmigen Körper klebte wie ein buntes Leichentuch. Paolo wollte lieber nicht zu lange in ihr Gesicht sehen, erst recht nicht, als er merkte, dass er sie kannte.

Am Ufer stand *padre* Filippo Garzone, seine Miene ein Bild des Jammers. Neben ihm Chiara Vecchi, die Frau, die schon an den Webstühlen der Familie Uccello arbeitete, seit Paolo denken konnte. Sie war noch nicht einmal dreißig und schon Witwe; ihr Mann war irgendwo im Kampf gefallen. Bei den Partisanen vielleicht oder als Deserteur von seiner Einheit. Paolo wusste es nicht, und er traute sich nicht, danach zu fragen.

Der Geistliche und Chiara beobachteten das Ganze schweigend, und das war auch besser so, denn auf Bänken ganz in der Nähe saßen drei deutsche Soldaten und ein ernst blickender Mann in dunklem Mantel. Die Uniformierten hielten ihre Gewehre im Arm, der Zivilist rauchte eine Zigarette. Für die Leiche schienen sie sich nicht sonderlich zu interessieren.

„Ich sag's doch … Es ist Isabella!", rief einer der Bootsbauer, während er die traurige, durchnässte Gestalt durch den Schlamm zog. „Um Gottes willen …"

Die Helfer bargen die Tote, einer von ihnen versuchte, ihre entblößten Gliedmaßen zu bedecken, und bekreuzigte sich.

Isabella Finzi. Eine zänkische alte Jungfer, die einen Gemüsestand in der Salizada Santa Giustina betrieben hatte, bis die Polizei es ihr untersagte. Eine Jüdin. Die durften heutzutage nur noch an ihresgleichen verkaufen, und davon hatte Isabella Finzi nichts wissen wollen, obwohl sie es sich hätte leisten können. Paolo beobachtete, wie der Mann im dunklen Mantel sich erhob, den Männern einen Ausweis zeigte und sie auf Venezianisch ansprach. Jemand von hier, vermutete er, ein Polizist, oder was zurzeit als einer durchging, der kühlen Reaktion nach zu urteilen, die er erntete. Er hatte ein lockeres, selbstbewusstes Auftreten und ein schroffes, verschlagenes Gesicht, dessen Ausdruck sich in Sekundenschnelle von einem Lächeln in einen finsteren Blick und zurück verwandeln konnte. Er sagte etwas und ging wieder zu seinem Platz.

Isabella Finzi war schon immer eine eigentümliche Erscheinung in Castello gewesen, der Paolos Eltern möglichst aus dem Weg gingen. Es war nicht klug, sich mit Juden einzulassen, vor allem wenn sie so hitzköpfig waren wie Isabella. Er erinnerte sich, wie sie ihn einmal angebrüllt hatte, als er so dreist gewesen war, eine Orange anzufassen. Damals war er vielleicht sieben oder acht gewesen, jedenfalls hatte seine Mutter die Orange sofort gekauft. Mit Geld lässt sich ein Streit mit solchen Leuten immer schlichten, hatte sie gesagt.

Die Zeit vor dem Krieg war nur noch eine blasse Erinnerung, genau wie die Familie Uccello, als sie noch halbwegs wohlhabend war. Mutter, Vater, Sohn, die die kleine Handweberei im Giardino degli Angeli kurz hinter der Brücke von San Pietro in Richtung Arsenale betrieben. Einem abgeschiedenen Zufluchtsort, der nur über eine schmale Holzbrücke über den *rio* zugänglich war, die zu einem Tor in einer hohen Backsteinmauer führte. Rückblickend kam es Paolo vor, als wären sie andere Menschen gewesen, die in einer ganz anderen Welt gelebt hatten. Jetzt war er plötzlich der Besitzer des Betriebs und des kleinen Hauses, eines Nebengebäudes inmitten der Überreste des ehemaligen Palazzos einer vornehmen venezianischen Familie. Fast noch ein Kind, zumindest in den Augen der Bewohner des Stadtteils, die die Uccellos in den letzten Jahren meist gemieden hatten. Bis auf Chiara Vecchi, eine herzensgute Frau, die sich die größte Mühe gab, Paolos tote Mutter zu ersetzen. Doch auch sie behandelte ihn manchmal wie einen kleinen Jungen. Was er nicht mehr war, obwohl sie das nicht zu bemerken schien.

Nachdem die Nazis Isabella Finzis Marktstand geschlossen hatten, hatte sie angefangen, sich billigen Wein zu kaufen, mit der Flasche in der Hand durch die Straßen zu streifen und die Deutschen und alle italienischen Faschisten, die ihr über den Weg liefen, laut zu beschimpfen. Gelegentlich meinte er, sie auf der anderen Seite der Brücke herumgrölen zu hören. Eine riskante Sache in diesen gefährlichen Zeiten. Bestimmt hatte sie irgendwer gewarnt – *padre* Filippo vielleicht, der seine Gemeindemitglieder stets zu beschützen versuchte, und sogar die Juden. Doch Isabella Finzi hatte nicht zu den Frauen gehört, die gute Ratschläge beherzigten, wie ernst sie auch gemeint sein mochten.

Chiara Vecchi stand mit verschränkten Armen am Ufer, wippte mit grimmigem Gesichtsausdruck vor und zurück und wirkte wie immer älter auf Paolo, als sie in Wirklichkeit war. Neben ihr stand der Geistliche in seinem dunklen Gewand, bekreuzigte sich kopfschüttelnd und murmelte ein Gebet. Die Männer hoben die Leiche vom Ufer auf die angrenzende Grasfläche, ebenso traurig wie zornig offenbar. Einer der Soldaten auf der Bank gähnte und sah auf seine Uhr.

Ein großer älterer Mann, der ernst und entschlossen wirkte, trat zu der trauernden Gruppe, die um die Leiche herum stand.

Paolos Mutter hatte für alte Malerei geschwärmt und diese Begeisterung an ihren Sohn weitergegeben. Am Wochenende hatte sie ihn oft in die Galerien und Kirchen der Stadt mitgenommen, wo sie ihm die vielen berühmten und weniger bekannten Gemälde zeigte. Jetzt fragte er sich unwillkürlich, welcher Künstler die Szene, die sich ihm da bot, wohl am besten eingefangen hätte. Bellini vielleicht. Oder die Lebenden und die Tote vor ihm hätten allesamt Akteure in einer dieser verblüffend realistischen Darstellungen schmerzerfüllter Venezianer sein können, die Tintoretto überall für die Altäre gemalt hatte.

Der Neuankömmling ergriff den Arm des Geistlichen und drückte ihn. „Wie furchtbar, mein Freund“, sagte er so laut, dass jeder ihn hören konnte.

„Aldo", murmelte Garzone. Er wischte sich übers Gesicht und schüttelte dem Mann die Hand, was ihm eine beißende Bemerkung des Polizisten einbrachte.

Paolo wusste, wer Aldo Diamante war, und verstand, warum der Polizist es missbilligte, dass ein Venezianer sich mit ihm abgab. Als er noch klein und einmal krank gewesen war, hatte seine Mutter ihn zum Krankenhaus Santi Giovanni e Paolo gebracht. Dort hatte ihm Diamante, der damals einen weißen Kittel trug und ein Stethoskop um den Hals hängen hatte, ein Bonbon gegeben, ihn auf eine Untersuchungsliege gesetzt, ihm das Hemd ausgezogen und war mit der kalten Metallscheibe über seine Brust gefahren. Die Untersuchung hatte lange gedauert und der Arzt hatte sich für den Schmerz entschuldigt, den Paolo bei der Blutabnahme gespürt hatte. Ein paar Tage später hatte man sie wieder in sein Sprechzimmer bestellt, wo Paolo die Anweisung bekam, immer schön sein Gemüse zu essen und sich mehr zu bewegen. Er sei ein sensibles Kind, hatte Diamante gesagt, nicht krank, nur groß für sein Alter, wodurch einige seiner natürlichen Kräfte aufgebraucht seien und er etwas schwächlich geworden sei. Das sei ein lästiger Zustand und recht ungewöhnlich in Castello, einem Viertel, wo körperlich gearbeitet wurde und sich niemand müßig den Tag vertrieb wie die Adeligen in San Marco und Dorsoduro. Aber es sei nichts, was die Zeit, ausreichend Bewegung und eine gesunde Ernährung nicht wieder in Ordnung bringen könnten.

Inzwischen waren die Tage des alten Arztes in Santi Giovanni e Paolo vorbei. Mussolinis Rassengesetze schrieben vor, dass ein jüdischer Arzt nur jüdische Patienten behandeln durfte, genau wie eine jüdische Marktfrau wie Isabella Finzi nur ihresgleichen zu bedienen hatte. Paolo hatte gehört, dass man den Juden sogar den Eintrag ihres Namens im Telefonbuch verwehrte, was die Arbeit eines Mannes, der bekannt dafür war, zu jeder Tages- und Nachtzeit auf Notfälle zu reagieren, unmöglich machte. Statt ihm das Tragen eines Arztkittels zu erlauben, hatten die Schwarzen Brigaden – oder besser die dahinterstehenden Deutschen – Diamante gezwungen, Vorsteher der jüdischen Gemeinde Venedigs zu werden, ein Posten, der vakant war, seit sie den amtierenden Rabbi auf dem Lido inhaftiert hatten; in Erwartung seiner Deportation in ein ungewisses Schicksal.

All das wusste Paolo natürlich von Chiara, die es ihm in einer Pause zwischen der Arbeit an ihren beiden Webstühlen zugeflüstert hatte. Davon dürfe nichts nach außen dringen, hatte sie gesagt. Tratschen sei gefährlich. Es gebe immer jemanden, der bereit sei, eine unbedachte Kritik an den Faschisten oder den Nazis den Behörden zu melden; im Austausch gegen Geld, Privilegien oder einfach um einen alten Groll zu befriedigen. Warum sie ihn allerdings gewarnt hatte, wusste Paolo nicht, denn er ging sowieso nicht unter die Leute, wenn es sich vermeiden ließ. Genauso wenig, wie seine Eltern es getan hatten. Die meisten Venezianer schienen die Uccellos zu ignorieren. Sie waren Außenseiter, früher wohlhabend, in ihren Augen zumindest, inzwischen verarmt und für niemanden mehr von Nutzen. Wenn er sich große Mühe gab, konnte er sich zurückgezogen hinter den Mauern des Giardino degli Angeli fast einreden, es gäbe keinen Krieg.

Doch jetzt nicht mehr.

Chiara kam herüber und fasste Paolo am Arm.

„Du solltest das nicht sehen", sagte sie so leise, dass die Deutschen es nicht hörten. „Das ist kein Anblick, den man im Kopf behalten sollte. Wir müssen doch noch einen Auftrag erledigen, oder?"

„Drei Banner. Das schaffen wir schon."

„Das ist viel Arbeit, Paolo. Ich weiß, dass du noch trauerst, aber du hättest es mir früher sagen müssen. Uns läuft die Zeit davon."

Er hatte keine Lust auf diese Diskussion.

„Ich kannte sie. Die tote Frau."

„Wir kannten sie alle." Chiara warf den Uniformierten auf der Bank einen finsteren Blick zu. „Lass uns gehen. Bitte."

„Ich bin achtzehn, ich bin kein Kind mehr", erwiderte er und rührte sich nicht vom Fleck.

Diamante hockte neben dem übel zugerichteten Körper im Gras. Man hatte Isabella Finzi die Arme um die Brust gelegt. Überall auf ihrer nackten Haut waren Blutergüsse zu sehen, lila, rot, blaugrau. Als hätte man sie verprügelt. Gefoltert sogar; ein Gedanke, bei dem Paolo sich noch stärker zwingen musste hinzuschauen. Er hatte davon gehört, dass so etwas passierte, wenn die Schwarzen Brigaden oder die SS glaubten, jemanden gefasst zu haben, der Geheiminformationen besaß.

Obwohl es schwerfiel, sich vorzustellen, dass eine geistig verwirrte Frau in diese Kategorie fiel. Es wäre vernünftig gewesen, auf Chiara zu hören und in die Werkstatt und sein kleines Haus zurückzukehren, an diesen ruhigen, sicheren Ort fernab der Stadt und einer angstbeladenen, konfliktzerrissenen Welt, die er nicht einmal ansatzweise verstand.

Außerdem fühlte er sich unwohl in der Nähe von Toten. Als man seine Eltern in Särgen zurückgebracht hatte, nachdem sie bei einem Luftangriff der Alliierten in Verona ums Leben gekommen waren, hatte er ihre verstümmelten Leichen identifizieren müssen. Danach hatte Paolo die ganze Nacht geweint, allein in seinem am Wasser gelegenen Zimmer hinter der Werkstatt, in der sie zu dritt gewohnt und gearbeitet hatten. Manchmal tauchte noch immer das zerfetzte Gesicht seiner Mutter in seinen Träumen auf. Er hatte seine Eltern gebeten, nicht nach Verona zu fahren. Reisen war immer gefährlich, während ihr Haus, das verborgen am Rand von San Pietro stand, zu den sicheren Orten in Venedig gehörte. Aber sie müssten fahren, hatte sein Vater beharrt, wie immer zu zweit, wenn es um etwas Geschäftliches ging. Der Kunde kam aus Turin, war nur auf der Durchreise in Verona und wünschte ein persönliches Treffen. Es ging um einen einträglichen Auftrag, den sie brauchten, weil Arbeit und Geld so knapp waren.

Chiara zog ihn am Arm.

„Moment noch“, zischte er.

An dem Tag, als sie auf dem Friedhof in Mestre begraben wurden, traf ein Brief ein, in dem der Auftrag bestätigt wurde: drei Banner aus handgewebtem Stoff nach einem speziellen Entwurf. Eine Anzahlung würde durch eine Bank in Turin ausgezahlt werden. Sein Vater hatte recht gehabt. Die Aufträge waren rar. Und doch waren sie es nicht wert gewesen, an jenem Abend in Flammen und Trümmern zu sterben, als amerikanische Bomber ihre tödliche Fracht auf das Veneto regnen ließen, weil sie ein Wohngebiet für ein Militärlager hielten.

Nur einen Augenblick noch. Er musste das sehen, wenn er auch nicht genau wusste, warum.

„Alberti!“ Diamante hatte noch dieselbe feste Stimme, mit der er damals im Krankenhaus mit dem kleinen Hänfling namens Paolo Uccello gesprochen hatte. Der Mann, an den er das Wort richtete, war der mürrische Bursche in dem dunklen Mantel, der neben den Soldaten auf der Bank saß. „Kommen Sie bitte mal."

Der Mann grummelte etwas in ungehobeltem Venezianisch, trat seine Zigarette aus und schlenderte zu der Gruppe hinüber, die rund um die Leiche auf dem dürren Wintergras von San Pietro stand. Isabella Finzi musste um die vierzig gewesen sein, eine kräftige Frau mit entschlossenem Blick und Hakennase. Ein paar der Männer hätten ihr nachgestellt, hatte seine Mutter erzählt, aber nicht sehr lange. Ihr aufbrausendes Temperament hatte sie rasch vertrieben.

„Was ist?", fragte Alberti.

Paolo kannte seinen Namen. Chiara hatte ihn gewarnt, er solle sich von dem Mann fernhalten. Ein ehemaliger Carabiniere, der zur Nationalgarde versetzt worden war, die Mussolini erfunden hatte, um die vormalige Militärpolizei abzulösen. Er hatte einen zweifelhaften Ruf, auch wenn er die dunkelblaue Uniform der Carabinieri trug. Chiara, die bei der Arbeit immer gern tratschte, hielt ihn für genauso gewissenlos wie diejenigen, die er verhaften sollte. Er war bekannt dafür, von Geschäftsinhabern Bestechungsgaben einzufordern: Geld, Fisch, Fleisch, Käse, was immer ihm gefiel. Und von den Frauen erwartete er Gefälligkeiten.

„Die Frau hier wurde geschlagen. Sie hat Abschürfungen an den Armen. Einen Bluterguss auf der Stirn. Meiner Ansicht nach wurde sie überfallen und zum Sterben ins Wasser geworfen. Vergewaltigt möglicherweise. Wenn Sie eine Obduktion veranlassen würden …"

Der Mann würdigte die Verletzungen, auf die der Arzt deutete, kaum eines Blickes.

„Wie kommen Sie dazu, das zu behaupten?", erwiderte er. „Sie sind kein Arzt mehr. Diese verrückte Schlampe … Wir kannten sie doch alle. Ist nachts stockbesoffen durch die Gegend gezogen und hat die Leute angeschrien."

Er trat einen Schritt vor, sah kurz auf die Leiche und spuckte aufs schlammige Ufer.

„Wenn Sie mich fragen, hat sie sich voll Wein laufen lassen, ist ins Wasser gefallen und ertrunken. So wird's in meinem Bericht stehen. Ein Unfall. Juden begehen selten Selbstmord."

„Unsinn!", rief Diamante.

Der Priester nahm seinen Arm und versuchte, ihn zu beruhigen.

„Unsinn! Sehen Sie sie sich an, Mann. Sie sind Venezianer. Einer von uns. Sie sind hier aufgewachsen, Alberti. Ich habe Ihre Schwester behandelt …"

„Das war einmal. So lauten die Vorschriften. Jetzt lassen wir nicht mehr zu, dass uns Juden mit ihren schwitzigen Händen anfassen."

„Vorschriften? Vorschriften?!" *Padre* Filippo versuchte, den alten Arzt zurückzuhalten. „Welche Vorschriften diktieren Ihnen denn, eine vergewaltigte Frau zu ignorieren? Deren Leben ausgelöscht wurde, als wäre es nichts wert? Kennen Sie Ihre Pflicht denn nicht?"

Der Polizist lachte nur.

„Meine Pflicht?"

„Bitte, Aldo", sagte der Priester, und drängte sich zwischen die beiden. „Das führt doch zu nichts. Wir müssen uns um die arme Isabella kümmern."

„Meine Pflicht?", wiederholte Alberti und schob Garzone zur Seite. Er war einen guten Kopf kleiner als Diamante und hatte die Statur eines Straßenschlägers. „Meine Pflicht ist es, Mussolinis Gesetze durchzusetzen. Und darin steht …" Er wandte sich grinsend zu den Deutschen um. „Ihr zählt nicht länger. Also halt jetzt dein Judenmaul und geh nach Hause." Er nickte in Richtung der Leiche auf dem Kies. „Und nimm dieses Dreckstück hier gleich mit."

„Luca!", rief der Priester. „Überleg dir, was du sagst."

„Oh, das tue ich, *padre.* Wir wurden gewarnt. Wir alle. Dieses Land wird gesäubert. Denken Sie an meine Worte. Sobald wir die öffentliche Ordnung wiederhergestellt haben. Und sobald alle Terroristen hingerichtet wurden. Und jetzt, Diamante, schaffen Sie Ihre jüdische Hure hier weg. Es interessiert mich nicht, was Sie mit ihr machen." Er drehte sich wieder um und zwinkerte den Deutschen zu, die sich bereits erhoben hatten, um zu gehen. „Wir haben Wichtigeres zu tun."

Mit diesen Worten marschierten die vier davon. Als sie schon fast außer Sichtweite waren, richtete einer der Männer, die Isabella Finzi aus dem Wasser gezogen hatten, eine imaginäre Pistole auf ihre Rücken und drückte drei Mal ab.

„*Peng*", murmelte er.

Peng.

Peng.

„Dreckige *crucchi*."

Crucchi. Ein Schimpfwort, das man vor den Deutschen nicht laut aussprach. „Und Alberti, dieser Verräter … kriegt es irgendwann auch noch heimgezahlt."

Paolo kannte den Mann: Rocco Trevisan, Besitzer des kleinen Bootes, mit dem er ihre Lieferungen in der Stadt transportierte, manchmal auch Material für die Werkstatt, wenn sie viel zu tun hatten. Ein aufbrausender Kerl aus den Mietshäusern in der Nähe der Biennale-Pavillons, die inzwischen geschlossen waren; rechthaberisch und stur. Ein Kommunist, sagte Chiara, obwohl er nicht verstanden hatte, was das genau bedeutete. Rund um die Via Garibaldi gab es eine Reihe kleiner Bars, in der Männer wie er tranken und stritten und wo die Abende gelegentlich mit Schlägereien endeten. Orte, die jene, die ein sichereres Leben suchten, lieber mieden.

„Haben Sie einen Bestatter für sie?", fragte der Bursche neben Trevisan.

„Natürlich", antwortete Diamante.

Der Mann runzelte die Stirn.

„Sie war 'ne durchgeknallte Jüdin, aber was soll's."

„Sie war Venezianerin!", rief Paolo außer sich. „Eine von uns", fügte er hinzu. „Sie dürfen uns nicht behandeln, als … wären wir nichts wert."

Trevisan starrte ihn an und rief nach einem Boot.

„Paolo." Chiara Vecchis strenger Blick traf ihn. „Ich habe dich gebeten, dir das nicht anzusehen. Und jetzt verlierst du die Beherrschung. Das ist nicht klug."

Paolo spürte eine ungekannte Wut in sich aufsteigen.

„Ich weiß, was richtig und was falsch ist."

Aus irgendeinem Grund sahen in dem Moment *padre* Filippo und Diamante zu ihm herüber, und der alte Arzt warf auch Chiara einen Blick zu.

„Du kommst jetzt hier weg, zur Not mit Gewalt", erklärte sie und schob Paolo energisch in Richtung der hölzernen Brücke, die nach Hause führte.

„Ich hab dir doch gesagt, ich bin kein Kind mehr."
„Trotzdem, ich habe es deiner Mutter versprochen …"
In dem Augenblick kam der Priester zu ihnen gehastet.
„Überlass das mir, bitte", sagte er, und in seiner Stimme lag eine Entschiedenheit, die selbst ihr nicht entgehen konnte. „Ich begleite den jungen Herrn nach Hause …"
Chiara warf dem Mann in Schwarz einen beinah feindseligen Blick zu.
„Das ist nicht nötig, *padre* …"
„Ich bestehe darauf", antwortete er und nahm Paolo Uccello am Arm.

Einst war die Werkstatt der Uccellos ein eleganter Pavillon im Garten eines Palazzos gewesen, der einer adeligen Familie aus Vicenza gehörte. Durch Handel reich geworden, hatte sie sich im Schatten des Arsenale ihre eigene Nachbildung einer Palladio-Villa gebaut. Umgeben von Gartenlauben, Rosenbeeten und Obstbäumen, bildete sie einen schattigen Rückzugsort vor der glühenden Hitze des Sommers.

Während der Wirren der italienischen Einigung schlug sich die Familie auf die falsche Seite und endete schließlich finanziell ruiniert, fortgespült von einer politischen *Acqua-alta*-Welle, außerhalb der Stadt. Während sie über Schulden, Besitzansprüche und Eigentumsrechte stritten, wurde der Palazzo verlassen und später von anderen Einwohnern geplündert und teilweise abgetragen, die Baumaterial für ihre eigenen Häuser oder zur Befestigung des Uferstreifens am Kanal von San Pietro suchten. Hinter der hohen Mauer und dem schmalen Kanal, über den eine kleine Holzbrücke führte, blieben nur der Pavillon mit dem Wintergarten und der Garten übrig; verborgen in einem abgelegenen Teil Venedigs, in den nur noch wenige kamen. Wozu auch? Das westlich davon gelegene Arsenale war militärisches Sperrgebiet, während San Pietro und Castello im Osten und Süden arme Arbeiterviertel waren, wo die meisten Mühe hatten, ihre Miete zu zahlen. Richtung Norden, hinter einem verfallenen, sechseckigen Wachturm, erstreckte sich die träge Lagune bis zu den wenig besuchten Inseln La Certosa und Le Vignole.

Es war eine abgeschiedene Einsiedelei in einer Stadt, in der, mit Ausnahme der Wohlhabenden, die meisten Menschen eng zusammengedrängt in Mietskasernen lebten. Die verfallenen Überreste hatten leer gestanden, bis Paolos Großvater, ein geschäftstüchtiger Stoffhändler, die Gelegenheit wahrnahm und die Immobilie günstig erwarb. Nachdem Napoleon die Handwerksbruderschaften verboten und die Weberschule der Republik an der Fondamenta San Lazzaro geschlossen hatte, war das Seidenweben im frühen neunzehnten Jahrhundert praktisch aus Venedig verschwunden. Doch Simone Uccello, an den Paolo sich nur noch dunkel erinnerte, weil sein Großvater starb, als er erst vier war, hatte herausgefunden, dass das Werkstattinventar der alten Schule sich noch immer in dem verlassenen Gebäude befand. Gewieft wie er war, brachte er die Stadt dazu, es für wenig Geld ausräumen zu dürfen, und sicherte sich auf diese Weise sechzehn hölzerne Jacquardwebstühle und ausreichend Material, um das Weberhandwerk neu zu etablieren.

Das war Anfang der 1880er-Jahre gewesen. Jahrzehntelang hatte niemand mehr einen Jacquardwebstuhl benutzt, obwohl sich noch ein paar alte Fachleute daran erinnerten, wie sie funktionierten. Mit ihrer Hilfe und mithilfe von ein paar Handbüchern eröffnete Simone eine kleine, hochqualifizierte Weberei. Nach ein paar Jahren waren sie in der Lage, anhand alter Muster den gleichen feinsten Samt herzustellen, wie er auf dem Höhepunkt der venezianischen Republik produziert worden war.

Europa war fasziniert von den luxuriösen Stoffen aus einer anderen Zeit. Jahrzehnte voller Wohlstand folgten. Anfang des zwanzigsten Jahrhunderts war aus dem Hause Uccello ein kleines, aber etabliertes Unternehmen geworden, das ein beachtliches Sortiment an Stoffen nach traditionellen Mustern herstellte; für wohlhabende Venezianer wie für Kunden in ganz Italien, die es sich leisten konnten. Auf seinem Höhepunkt, im Jahr 1928, beschäftigte das Unternehmen sechzehn Weberinnen in Vollzeit, an jedem der Jacquardwebstühle eine. Ihre Erzeugnisse gewannen Medaillen in Turin und Paris, New York und Barcelona. Samtstoff von Uccello fand sich in englischen Landsitzen, in den Rathäusern von Kopenhagen und Reykjavík, in Opern und in den Ballsälen großer Überseedampfer.

Als Paolo auf die Welt kam, ließ der Erfolg schon langsam nach. Durch die Wirtschaftskrise der Dreißigerjahre wurde handgewebter

Samt zu einem Luxusprodukt, das sich kaum noch jemand leisten konnte. Mit zwölf wurde der Junge aus der Schule genommen, die er ohnehin verabscheute, um im Familienbetrieb mitzuarbeiten. Mit der Aussicht, dass er eines Tages von seinem Vater die Leitung der Firma übernehmen würde, lernte er dort als Lehrling, mit dem Webstuhl umzugehen.

Trotzdem waren die finanziellen Mittel knapp, was seine Familie nicht gewohnt war. Bald schon begriff Paolo, dass die Verkürzung seiner Schulzeit mehr mit Geld zu tun hatte, als er dachte. Sie brauchten billige Arbeitskraft. Sie brauchten Aufträge. Als er dreizehn wurde, war die Familie gezwungen, ihre geliebte Wohnung an den Zattere mit dem fantastischen Blick über den Giudecca-Kanal auf Palladios Redentore-Kirche aufzugeben. Sein Vater hatte einen Teil der Lagerräume hinter der Werkstatt in einen Wohnbereich mit zwei Schlafzimmern umgebaut; von nun an würden sie dort wohnen.

Doch immer noch gingen die Aufträge zurück. Wenn ein Webstuhl kaputtging, rentierte sich die Reparatur nicht mehr, also wurde er als Alt- oder Feuerholz verkauft. Als Paolos Eltern zu ihrer letzten verhängnisvollen Reise nach Verona aufgebrochen waren, waren nur noch drei übrig gewesen. Die Familie musste sich darauf beschränken, meistens nur noch billige Pasta und Gemüse zu essen, und ging Gläubigern, wann immer möglich, aus dem Weg. Chiara Vecchi hatte mit dreizehn angefangen, für seinen Vater zu arbeiten. Jetzt, mit nicht einmal dreißig und als Witwe, war sie ihre letzte Angestellte in dieser seltsam unwirklichen Welt, die der Krieg Venedig aufgebürdet hatte.

Es schien wie grausame Ironie des Schicksals, dass Verona dem untergehenden Betrieb zuerst eine Rettungsleine zuwarf und dann Paolos Eltern in Särgen zurückschickte. Am Tag der Beerdigung in Mestre war der Auftrag eingetroffen, zusammen mit einer Anzahlung von zehntausend Lire – was fast fünfhundert amerikanischen Dollar entsprach – und der Zusage über weitere zwanzigtausend bei Fertigstellung der Artikel, dreier identischer kleiner Banner nach einem ganz bestimmten Muster. Auf der Bank hatten sie ihn schief angesehen, als er den Scheck einlösen wollte, und nachgefragt, ob er überhaupt alt genug sei, über die Geschäftskonten zu verfügen. Durch eine Ausnahmegenehmigung, die es ihm erlaubte, nach dem Tod seiner Eltern die

Geschäfte zu führen, war er das, auch wenn er darauf angewiesen war, dass Chiara ihm erklärte, wie man damit umging.

Die Ausführung der Bestellung war einfacher. Seine Eltern hatten schon eine genaue Mustervorlage vorbereitet, inklusive der dazugehörigen Lochkarten für den Webstuhl, so verzweifelt hatten sie auf die Bestellung gehofft. Als Paolo dann mit dem Brief in der Hand auf der alten Holzbank unter dem Orangenbaum gesessen und um seine toten Eltern geweint hatte, war ihm klar gewesen, dass ihm keine andere Wahl blieb, als den Auftrag anzunehmen. Um wen es sich bei dem Kunden handelte, spielte kaum eine Rolle. Er brauchte Arbeit, um auf andere Gedanken zu kommen und um der treuen Chiara etwas Geld geben zu können. Um die zerrüttete Welt hinter der roten Backsteinmauer auszublenden, die den Zufluchtsort umgab, den der Giardino degli Angeli ihm bot.

Über ihm sangen die Vögel, während er den Brief aus Turin durchlas. Die letzten Goldhähnchen, ein ganzer Schwarm dieser kleinen farbenfrohen Gesellen, saßen zwischen den orangegelben Früchten auf den Zweigen. Ihre Melodie – zwei helle Töne, die sich mehrmals wiederholten – hatte den Rhythmus, an den er denken sollte, während er am Webstuhl arbeitete und den Schussfaden anschlug, um das von den Lochkarten vorgegebene Muster zu erzeugen. Das hatte sein Vater ihm beigebracht.

Si-tah-si-tah-si-tah-sitschi-si-piu.

Uccello. Ihr Nachname bedeutete „Vogel“, vielleicht war es also nur ein Scherz. Bald schon würden die Goldhähnchen sich auf den Weg Richtung Süden machen, um dem kalten venezianischen Winter zu entfliehen. Wenigstens sie konnten die belagerte Stadt verlassen, wann immer sie wollten. Nicht ein einziger Vogel sang, als er mit *padre* Filippo Garzone an seiner Seite von San Pietro nach Hause ging.

Im Garten neben dem herabgefallenen Kopf eines verwitterten Engels blieben sie stehen. Auf dem Rasen lagen Bruchstücke der Statuen des alten, verfallenen Palazzos. Köpfe, Rümpfe, Arme. Sein Vater hatte versucht, ein paar davon zu verkaufen, als sie in finanzielle Schwierigkeiten gerieten, doch in Kriegszeiten mangelte es an reichen Touristen.

Also blieben sie liegen, wo sie waren, wie gefallene Kämpfer einer lang vergessenen Schlacht.

„Du hast ein schönes Zuhause, Paolo. Darum würden dich viele beneiden."

Padre Filippo war eine allseits bekannte Gestalt, ein Mann, der in seinem dunklen Priestergewand durch die nördlichen Teile Castellos schlenderte und bei jedem stehen blieb, um ein bisschen zu plaudern. Er war vielleicht fünfzig, nicht so wohlbeleibt wie manch anderer Geistlicher, der ständig Essen oder Gefälligkeiten von seinen Gemeindemitgliedern erbat, sondern fast schon mager, als wäre er krank oder hungerte aus Mitleid selbst angesichts der Entbehrungen seiner Schäfchen. Seine Haare waren lang, kastanienbraun mit etwas Grau durchzogen, und seine Aussprache trug den Akzent seiner Heimatstadt Vicenza. Wäre er nicht Priester geworden, hätte er Paolos Meinung nach einen guten Hotelier oder Gastwirt abgegeben. Er hatte eine liebenswürdige Ausstrahlung und eine beständige, geduldige Wesensart, die stets nach Besonnenheit inmitten von Zwietracht strebte.

Genau genommen gehörten die Uccellos zu seiner Gemeinde, denn sie reichte von der Insel San Pietro bis zu ihnen herüber und schloss auch die Häuserreihen, die Richtung Arsenale verliefen, mit ein. Aber sie waren nie regelmäßige Besucher seiner Messen gewesen und ebenso wenig zur Beichte gegangen. Die Arbeit ging vor, auch sonntags, hatte sein Vater gesagt. Doch es hatte mehr dahintergesteckt. Seine Eltern waren in erster Linie Geschäftsleute gewesen und dann erst Katholiken. Passionierte Gläubige, die sich eifrig bekreuzigten, wenn es einen kirchlichen Auftrag zu ergattern galt. Als die Aufträge vor Jahren jedoch versiegten, war mit ihrem Glauben anscheinend dasselbe passiert.

„Um was sollten sie mich beneiden, *padre*? Meine Eltern sind tot. Und ich habe keine Ahnung, wie wir die Webstühle am Laufen halten sollen. Selbst wenn ich es wollte."

Garzone schloss einen kurzen Moment die Augen, wie vor Schmerz.

„Verzeih mir. Ein Priester sagt ebenso leicht unbedachte Dinge wie jeder andere. Ich meinte …" Er deutete auf den Garten. „… das hier. Abgeschiedenheit. Einsamkeit. Frieden." Er lächelte. „Nun ja, soweit man es in diesen Zeiten Frieden nennen kann. Ein persönlicher Frieden. Das ist doch schon mal was. Kommst du zurecht? Kann ich irgendetwas für dich tun?“

Paolo wusste nicht, wie er auf diese Fragen antworten sollte. Die Erinnerung an die tote Isabella Finzi, die man nass und steif aus der kalten Lagune gezogen hatte, ging ihm nicht aus dem Kopf.

„Ich gebe mir Mühe.“

„Und Chiara …?“

„Sie hilft mir.“

„In Zeiten wie diesen braucht man Freunde. Es tut mir leid, dass du das alles mit ansehen musstest, Paolo.“ Der Priester konnte schon immer gut Gedanken lesen. „Ich wünschte, es wäre dir erspart geblieben. Manchmal ist es besser, einfach weiterzugehen.“

Es lag ein merkwürdiger Unterton in seiner Stimme. Beinah, als wollte er etwas Bestimmtes hören.

„Ich bin gerade vorbeigekommen. Da hab ich gesehen, dass etwas passiert ist. Ich konnte nicht … *nicht* hinschauen.“

Garzone nickte.

„Hält Chiara dich über Neuigkeiten auf dem Laufenden?“

„Manchmal. Und ich höre Radio.“

„Es ist am besten, hinter diesen Mauern zu bleiben. Sich unauffällig zu verhalten. Viele Informationen bekommen wir hier nicht, das weiß ich. Keine zutreffenden jedenfalls. Aber es kursieren Gerüchte. Die Amerikaner und die Briten rücken von Süden herauf vor. Jetzt, wo sie schon Rom im Visier haben, kann es nur noch auf eins hinauslaufen. Die Deutschen verlieren den Krieg, und das wissen sie.“

„Die von ihnen, die man hier sieht, glauben das offenbar nicht. Sie sehen aus wie Sieger. Mehr als je zuvor.“

Das stimmte. Doch als Insel, die nur durch eine einzige schmale Brücke mit dem Festland verbunden war, sei Venedig etwas ganz Besonderes, sagten alle. Durch seine Lage am nordöstlichen Rand der Adria war es kaum von militärischer Bedeutung. Deshalb und wegen seines historischen Erbes würden die Amerikaner und die Briten es nicht bombardieren, glaubte man. Die Deutschen und die Faschisten nutzten die Stadt hauptsächlich als Urlaubsziel, wo man ein paar Tage lang den Schrecken des Krieges entfliehen konnte. Es gäbe jetzt mehr Bordelle als jemals vor dem Krieg, hatte seine Mutter eines Abends nach ein paar Gläsern Wein gesagt. Obszöne Theater und Nachtklubs hatten ebenfalls eröffnet. Die Bars in San Marco und die vornehmen Hotels am Canal Grande und an der Riva degli Schiavoni hatten so viel zu tun wie eh und je, wenngleich ihnen, während nun Deutsche und Faschisten dort wohnten, die internationalen Gäste früherer Tage fehlten. Selbst La Fenice hatte einen vollen Spielplan, mit berühmten Namen.

„Die *crucchi*, die wir hier in Venedig sehen, sind größtenteils unfähige Schwachköpfe, Paolo. Deshalb sind sie hier und nicht auf dem platten Land, um die einfachen Leute zu terrorisieren. Sie ermorden keine Partisanen oder andere, deren Gesicht ihnen nicht gefällt. Wir müssen nur Geduld haben. Wir müssen abwarten."

Wieder schien es, als versuchte der Mann etwas herauszufinden.

„Wie lange? Wie lange müssen wir warten?"

„Ich weiß es nicht."

Das glaubte Paolo nicht.

„Mein Vater hat gesagt, die Amerikaner und die Briten würden bald schon in Frankreich einmarschieren. Wenn sie das tun, versuchen sie von da aus, den Krieg zu gewinnen." Geschichte. Ein bisschen davon wusste er noch aus der Schule. „Wenn sie quer durch Italien kommen würden, müssten sie die Alpen überqueren, wie Hannibal, nur in umgekehrter Richtung. Wozu sollten sie die Mühe auf sich nehmen, wenn sie Berlin auf einem viel einfacheren Weg erreichen können?"

Wieder dieses freundliche Nicken.

„Du kennst dich besser aus, als ich dachte."

„Ich bin kein Kind mehr!"

„Wie könntest du auch?", antwortete Garzone mit ruhiger, mitfühlender Stimme. „Nach allem, was du durchgemacht hast."

„Selbst wenn Italien befreit wird, sind wir wahrscheinlich als Letzte an der Reihe. Sie könnten noch jahrelang hierbleiben."

„Schon möglich. Aber eines Tages werden wir frei sein. Dieser Krieg wird vorüber sein. Diese Welt wird sich wieder zum Guten wenden. Das tut sie immer. Gott verlangt es so. Und die Menschen letztendlich auch. Mussolini und die Deutschen werden besiegt werden. Daran habe ich keinen Zweifel. So wie viele Venezianer, auch wenn wir es in der Öffentlichkeit nicht laut aussprechen. Das wäre unklug." Ein kurzer neugieriger Blick. „Dein Radio ..."

„Das ist nicht verboten."

„Es kommt darauf an, was du hörst." Er holte tief Luft. „Darf ich es mal sehen?"

„Warum?"

Der Priester zog seinen Mantel fester um sich.

„Wenn das ein Problem ist …"

„Sollten Sie sich nicht um Isabella Finzi kümmern?", fragte Paolo.

„Sie war Jüdin. Diamante wird einen jüdischen Bestatter für sie suchen." Er fasste Paolo kurz am Arm und beugte sich zu ihm. „Was hältst du von den Amerikanern und den Briten? Gibst du ihnen die Schuld am Tod deiner Eltern?"

Was für eine merkwürdige Frage.

„Sie haben die Bomben geworfen."

„Ja. Das ist wahr. Bomben töten und verstümmeln. Anonym, glauben diejenigen, die sie zünden. In der Zeitung stand, die Flieger hätten absichtlich auf Zivilisten gezielt. Aber die Presse wird von den Nazis kontrolliert. Du kannst kein Wort von dem glauben, was sie drucken. Ein Freund aus Verona hat mir erzählt, das Ziel sei eine Kaserne gewesen. Sie haben die Eisenbahn versehentlich beschossen."

Paolo hatte keine Lust, auf die Frage zu antworten. Doch der Priester ließ nicht locker.

„Und die Partisanen … die Italiener, die gegen die Schwarzen Brigaden *und* die Deutschen kämpfen?"

„Was ist mit denen?"

„Sind sie tapfer? Sind sie dumm? Sind sie auch deine Feinde?" Garzone zögerte, als wäre er sich bezüglich der Antwort selbst nicht sicher. „Oder sollten sie sich wie der Rest von uns verhalten? Untätig, gehorsam. Gefügig. Hoffen, irgendwie durchzukommen, bis wir wieder frei sind? Was denkst du?"

„Ich denke, dass ich es nicht weiß."

Der Priester lächelte und blickte sich im Garten um.

„Wenn ich hier leben würde, würde ich sicher auch hinter dieser Mauer bleiben wollen, bis die Sonne durch die dunklen Wolken bricht und der Krieg vorbei ist. Meine Arbeit, meine Pflichten … sie erlauben das leider nicht."

Chiara hatte nicht gewollt, dass Garzone ihn nach Hause bringt. Dafür hatte sie bestimmt einen Grund gehabt.

„Ich frage dich nur nach deiner Meinung, Paolo. Wer immer Isabella ermordet hat, denn ermordet wurde sie sicher, weder die Polizei noch die Deutschen werden etwas unternehmen, um den Kerl seiner gerechten Strafe zuzuführen. Selbst wenn dieser Polizist Alberti es wollte, würden ihn die Nazis daran hindern. Sie betrachten uns jetzt als ihr Eigentum, mit dem sie tun und lassen können, was sie wollen." Der Mann in Schwarz legte ihm den Arm um die Schulter. Er hatte einen festeren Griff, als Paolo erwartet hätte. „Bomben unterscheiden nicht, obwohl ich weiß, dass sie dir Leid gebracht haben. Die Schwarzen Brigaden, die SS ... sie erzeugen mit Absicht Schmerz und Qual und wählen bewusst die Menschen aus, um sie abzuschlachten. Ein zufälliger Tod ist eine Tragödie. Ein vorsätzlich herbeigeführter ist kaltblütiger Mord. Diese Leute kennen keinen Gott. Sie grinsen ihren Opfern ins Gesicht, während sie zustechen oder ihnen die Schlinge um den Hals legen. Ich weiß, dass du an diesem abgeschiedenen Ort glücklich bist. Aber in der Welt da draußen tobt ein Sturm. Wirst du hier auf Dauer zufrieden sein, Paolo? Wenn es eine kleine, ungefährliche Gelegenheit gäbe, einen Funken Hoffnung in der Dunkelheit zu entzünden ... würdest du sie ergreifen?"

Wäre es doch nur Sommer gewesen und hätte er die Vögel wieder singen gehört. Wenngleich auch er sich fragte, wie oft er noch in diesem Garten sitzen und seine Mutter und seinen Vater betrauern könnte. Was würden sie wohl jetzt sagen? Keiner von beiden hatte sich je für Politik interessiert. Aber dafür, ob etwas Recht oder Unrecht war, schon. Das, so wurde ihm jetzt klar, war auch der Grund für seinen Gefühlsausbruch im dünnen grauen Nebel von San Pietro gewesen. Er hatte ihre Stimmen gehört, die dagegen protestierten, dass noch jemand der sinnlosen Grausamkeit dieses Krieges zum Opfer fiel.

„Ich würde wirklich gern einmal dein Radio sehen", fuhr der Priester fort. „Meins ist schon alt und muss, fürchte ich, bald ersetzt werden. Denn die Chancen, es reparieren zu lassen, stehen zurzeit ... nun ja ..." Er trottete auf die staubigen Scheiben des Wintergartens zu. „Wir sollten diese Unterhaltung lieber drinnen fortführen."

Luca Alberti war neununddreißig. Seine Tätigkeit bei der Polizei war die einzige, die er je ausgeübt hatte. Zuerst im Stützpunkt der Carabinieri in der Nähe der griechisch-orthodoxen Kirche in Castello, wo er schnell Karriere gemacht hatte. Später, nach der Gründung von Mussolinis Marionettenstaat, als Hauptmann bei deren Nachfolger, der Republikanischen Nationalgarde.

Die Landung der Alliierten im Süden hatte das Land in mehr als nur einer Hinsicht geteilt. Nach der Einnahme Roms stand der Duce zuerst unter Arrest, dann wurde er durch eine gewagte Aktion von den Deutschen befreit und nach Norden gebracht, wo er in Salò unter Hitlers Aufsicht seine Pseudo-Republik gründete. Die italienischen Streitkräfte, die auf der falschen Seite der Front feststeckten, als die Nazis die Macht übernahmen, standen vor einer grausamen Wahl: sich auf die Seite der alten Garde zu stellen oder zu riskieren, erschossen zu werden, wenn die Deutschen befürchteten, sie könnten zur neuen überlaufen. Die Kampflinie hatte sich seit Monaten nicht wesentlich verändert. Die Amerikaner und die Briten waren nur wenig in nördliche Richtung vorgerückt, wo der scheußlichste und nasseste Winter seit Jahren sie empfing. Für die Nazis im Veneto, für die Schwarzen Brigaden und den Rest der Faschisten, die noch für Mussolini kämpften, kam die größte Bedrohung von den unterschiedlichen Partisanentrupps, die einen Guerillakampf mit Attentaten und strategischen Bombenanschlägen auf Bahnstrecken und Militäreinrichtungen führten.

In Venedig befand sich Mussolinis künstlicher Staat in einem merkwürdigen, beinah nutzlosen Leerlauf. Noch glaubten einige, dass die Deutschen siegen würden oder dass es zu einem Waffenstillstand kommen könnte, der die Existenz zweier konkurrierender italienischer Staaten zuließe, eines nördlichen und eines südlichen. Albertis Bauchgefühl sagte ihm jedoch, dass es zu einer solchen Lösung nicht kommen würde. Der König und seine Regierung hatten sich auf die Seite der Invasoren gestellt, und sie wussten, in welche Richtung der Krieg steuerte. Irgendwann würden sie kommen, vielleicht nicht gleich morgen, aber das Ende war unausweichlich, und wenn es so weit war, würde es blutig werden.

Bis zu diesem Zeitpunkt würde er Italien bereits verlassen haben. Er hatte Geld. Er hatte Kontakte. Und nichts, was ihn in Venedig hielt.

Vor einem Jahr hatte ihn seine Frau verlassen. Sie war mitsamt ihrem Sohn wieder bei ihren Eltern in Chioggia eingezogen. Es war ihr zuwider geworden, dass er immer enger mit den Faschisten zusammenarbeitete, dass er Partisanen aufspürte und andere, die das Regime ablehnten; Männer und Frauen, die womöglich öffentlich hingerichtet wurden oder einfach verschwanden. Und dass er angefangen hatte, eine Bordellbesitzerin für Deutschstunden und andere Dienstleistungen zu bezahlen, hatte das Fass endgültig zum Überlaufen gebracht.

Seine ursprüngliche Arbeit war eine gefährliche Angelegenheit gewesen, die wenig Aussicht auf Anerkennung bot, aber reichlich auf Vergeltung durch eine Öffentlichkeit, die Kollaborateure verabscheute. Dann wurde es September, und es kam zur deutschen Besetzung. Damit bot sich ihm die Chance, als Verbindungsoffizier zwischen Besatzern und der örtlichen Bevölkerung ganz ins Lager der Nazis zu wechseln. Seine neue Dienststelle befand sich im Ca' Loretti, einem Palazzo mit Blick auf den Canal Grande am Rio di San Moisè, unweit von Harry's Bar, die inzwischen geschlossen war. Das vierstöckige Gebäude, einst Zuhause einer Adelsfamilie, machte nicht besonders viel her zwischen all den prächtigen Palazzi dieser Gegend. Im sechzehnten Jahrhundert in mittelmäßiger venezianischer Gotik erbaut, bröckelte es mittlerweile vor sich hin. In den letzten fünfzig Jahren war es für Büros der Stadtverwaltung genutzt worden und besaß ein ebenso kaltes und karges Inneres wie alle anderen öffentlichen Gebäude der Stadt. Jetzt stand es offiziell unter der Obhut von Mussolinis italienischer Nationalgarde. In Wirklichkeit war es jedoch, das wusste jeder in Venedig, das Quartier der SS, ein Ort, den man unter allen Umständen meiden sollte, ob man sich etwas zuschulden hatte kommen lassen oder nicht.

Wer den Mut besaß, den schmalen Fußweg an der zum Canal Grande gelegenen Seite des Gebäudes entlangzugehen, konnte ab und zu Schreie aus den Zellen hören, wo italienische und deutsche Peiniger am Werk waren. Es war allgemein bekannt, dass der begrünte Innenhof, wo die städtischen Angestellten früher ihre Mittagspause verbracht hatten, nun für standrechtliche Erschießungen genutzt wurde. Anschließend wurden die Opfer in Planen gewickelt und zu Booten getragen, die am privaten Anlegesteg des Gebäudes warteten.

Alberti, der als geborener Venezianer Land und Leute bestens kannte, der Italienisch und Venezianisch beherrschte und wusste, wie die Dinge in dieser ungewöhnlichen Stadt liefen, hatte genau das richtige Händchen für die Aufgaben, die die Deutschen ihm zuteilten. Die finanzielle Belohnung war angemessen und ging mit zahlreichen Gelegenheiten einher, Bestechungsgelder zu verlangen und diejenigen zu erpressen, die er dabei erwischte, Schwarzmarktgeschäfte zu betreiben, Bordelle zu führen oder Tabak und illegalen Alkohol über die Adria zu schmuggeln.

Und als Sahnehäubchen hatte man ihm ein Quartier im nahe gelegenen Hotel Gioconda zugewiesen. Die Herberge war komplett in der Hand der Deutschen, die eine sichere Unterkunft für ihre Leute brauchten, die im Ca' Loretti arbeiteten. Für venezianische Verhältnisse waren die sechzig Zimmer des Hotels luxuriös; einst wurden sie von wohlhabenden Europäern bewohnt, die ihre Kavalierstour genossen. Am Abend dienten die Bars und Restaurants als Salons, in die Soldaten auf Kurzurlaub ihre Geliebten ausführten und wo gelegentlich der ein oder andere Spion seinen Geschäften nachging. Der Ballsaal mit Blick auf den Canal Grande wurde für militärische Bankette genutzt und diente ab und zu als Casino. In den oberen Etagen wurden einige der Suiten von ein paar der schönsten und teuersten Huren der Stadt bewohnt.

Für die Nazis auf Urlaub war Venedig eine willkommene Abwechslung vom blutigen Kriegsalltag. Keine jedoch, die man leichtnehmen konnte. Man musste jederzeit mit Partisanen rechnen. Zwei Monate zuvor hatten sie einem betrunkenen Offizier in der Strada Nova aufgelauert und ihn kaltblütig ermordet.

Alberti hatte sofort diejenigen von den Sympathisanten festgenommen, von denen er annahm, dass sie unter Druck rasch nachgeben würden. Nach leichter Folter waren die Namen schnell preisgegeben, die Schuldigen gefasst und sofort auf offener Straße erschossen worden. Anschließend befriedigten die Deutschen zu seinem Leidwesen ihre Blutgier mit Vergeltungsmaßnahmen. Ein Dutzend bekannter Antifaschisten stand unter Verdacht, darunter ein Lehrer, ein Gondoliere und ein Bäcker. Sie wurden aus ihren Häusern gezerrt, gezwungen, auf dem Pflaster niederzuknien, und mit jeweils einer einzigen Kugel in den Nacken erledigt. Ihre Leichen ließ man drei Tage lang im Freien modern, während den Einwohnern unter Androhung der Todesstrafe verboten war, sie anzurühren.

Das alles hatte ihn wütend gemacht. Ihre Hinrichtung war unnötig gewesen. Würden die Nazis die Venezianer ebenso gut verstehen wie er, hätten sie begriffen, dass sie damit die Gefahr für sich selbst nur noch erhöhten, statt sie zu verringern. Man konnte einen Hund nur so lange treten, bis der seiner Natur nachgab und zubiss.

Auf seinem Schreibtisch lag der gerade einmal eine Seite umfassende Bericht über den Finzi-Fall. Heute früh hatte er den Nazi aufgegriffen, der für die Sache verantwortlich war: ein einfacher Soldat, der betrunken in einer Bar an der Piazza San Marco vor aller Welt damit prahlte, wie er in der Nacht zuvor eine Jüdin vergewaltigt und in den Kanal geworfen hatte. Jetzt saß er auf der Giudecca unter Arrest. Das Schicksal des Mannes lag in den Händen von Ernst Oberg, dem SS-Offizier, der das Kommando über Albertis Abteilung hatte und von seinem Büro mit Blick auf den Hof aus die Sicherheitseinsätze koordinierte.

Oberg hatte den Rang eines Hauptscharführers, ein Dienstgrad, den es, soweit Alberti wusste, nur bei der SS gab. Die höchste Position, die ein Unteroffizier erreichen konnte. Als Vorgesetzter beanspruchte er den Platz am Fenster. In der Mitte des Raumes saßen rechts und links seine Handlanger: Gustav Sachs und Rudolf Sander, zwei SS-Männer von niederem Rang, die es genossen, weit fort vom Kampfgeschehen zu sein; umso mehr in einer Stadt, in der sie jedem Laster frönen konnten, das ihnen gefiel. Alberti hatte man den dunkelsten, engsten Platz an der Rückwand zugewiesen. Das hatte natürlich etwas mit Hierarchie zu tun, und als Venezianer stand er dabei ganz unten.

Mit einigen von den *crucchi* kam Alberti klar, dazu gehörte Oberg. Auf gewisse Weise bewunderte er den Kerl beinah: intelligent, aufmerksam und stets bereit, einen Einsatz zu besprechen, bevor er ausgeführt wurde. Oberg war ein schlanker Mann Anfang vierzig, vor dem Krieg Lehrer, der in den letzten Wochen abgehärmt wirkte. Vielleicht war er krank. Bars, das Casino und die Bordelle mied er, verbrachte stattdessen die meiste Zeit in seinem Zimmer und las. Allein, soviel Alberti wusste.

Sachs und Sander hingegen hatten in den Monaten seit der Machtübernahme der Deutschen rasch bewiesen, dass sie aus ganz anderem Holz geschnitzt waren. Sie lebten quasi von Alkohol und Frauen und genossen die Aufgabe, Venezianer, ob schuldig oder nicht, zu schikanieren, wann immer sie konnten. Alberti wusste, dass er in ihrer Gegenwart aufpassen musste, was er sagte. Bei der SS wurde genauso getratscht wie in der Stadt selbst. Würde Oberg auch nur im Geringsten zögern, einen Befehl von höherer Stelle auszuführen, würden es seine Untergebenen sicher, ohne lange zu fackeln, an jene weitergeben, die dem Mann schaden könnten.

„Der Soldat, der letzte Nacht die Frau umgebracht hat", wandte Alberti sich an Oberg und tippte auf den kurzen Bericht vor sich. „Er hat gestanden. Was passiert jetzt mit ihm?"

„Sie war Jüdin", mischte Sachs sich ein. „Der Kerl verdient 'ne Medaille samt Beförderung."

„Nee." Sander hob mahnend den Finger. „Er muss bestraft werden. Tätowieren wir ihm doch das Eiserne Kreuz auf den Schwanz. Dann kriegt er Auszeichnung und Strafe in einem."

Die beiden brachen in schallendes Gelächter aus. Oberg seufzte und blickte aus dem Fenster. Die wenigen Bäume im Hof verloren langsam ihre Blätter. Von irgendwoher waren entfernte Schreie zu hören. Eine Frau vielleicht. An den Schreien allein war das immer schwer zu erkennen, wenn sie gefoltert wurden. Dann ein Schlag, ein Schuss und Stille.

„Ich dachte nur …"

„Das geht Sie nichts an", fiel Sachs ihm ins Wort. „Der Junge ist einer von uns."

Alberti schob den Bericht zur Seite. „Dann habe ich vielleicht versehentlich eine Kopie des Papierkrams bekommen."

Oberg zündete sich eine Zigarette an.

Du solltest nicht rauchen, Kumpel. Das passt nicht zu dir, dachte Alberti.

„Wir schicken ihn wieder in den Einsatz", sagte Oberg. „Nach Deutschland. Das wird Strafe genug sein. Genauso gut wie die Todesstrafe vielleicht. Wer weiß?" Er sah zuerst Sander, dann Sachs fest an. „Wenn Sie sich freiwillig melden wollen, um ihn zu begleiten, kann ich mich gerne darum kümmern."

Sie warfen sich einen kurzen Blick zu.

„Hier wartet Arbeit, Chef", antwortete Sander. „Jede Menge."

Oberg nahm einen Bericht von dem Stapel auf seinem Schreibtisch, ging zu Alberti und legte ihn auf seinen.

„Allerdings. Können Sie sich das mal ansehen?"

Alberti gab vor, den Bericht zu lesen, hörte aber weiter zu. Es war sowieso eine Akte, die er bereits am Vortag zu Gesicht bekommen hatte. Sie war interessant.

Sachs nahm seinen Mut zusammen und meldete sich zu Wort.

„Jeden Juden einzeln zu verhaften, ist ziemlich mühsam, scheint mir. Warum können wir sie nicht alle auf einmal aus dem Ghetto holen?"

„Wir sind in Venedig, nicht in Warschau. Erklären Sie ihnen das noch mal", sagte Oberg zu Alberti. „Irgendwann bleibt's vielleicht hängen."

Das bezweifelte Alberti. Doch er wiederholte, was er den meisten Deutschen schon hundert Mal erklärt hatte. In einer Stadt wie Venedig war es nicht einfach, Juden aufzuspüren. Sicher, einige von ihnen lebten im Ghetto. Aber größtenteils handelte es sich um ganz normale Bürger, die auch ganz normal aussahen und von ihren Nachbarn nicht zu unterscheiden waren. Viele führten kleine Betriebe, und eine Menge waren eher weltlich orientiert und besuchten das Ghetto, die Synagoge oder den Rabbi nur, wenn irgendeine Feierlichkeit es erforderte. Nicht wenige hatten Mussolini anfangs unterstützt, weil sie als Familien mit geschäftlichen Interessen einen Vorkämpfer gegen den drohenden Kommunismus in ihm sahen. Es war nicht leicht, Menschen als Juden zu identifizieren, wenn sie keine gelben Sterne, keine ungewöhnlichen Frisuren oder andere Kennzeichen trugen. Der durchschnittliche venezianische Jude betrachtete sich zuerst als Italiener und dann erst als Israelit. Und das schon, seit Napoleon der Diskriminierung ein Ende gesetzt hatte, die Mussolini mit seinen Rassengesetzen kurz vor dem Krieg wieder einführte. Dazu kam die simple Tatsache, dass es ihnen laut Gesetz gar nicht zustand, sie zu verhaften. Noch nicht. Die Deutschen fühlten sich zwar nicht an irgendwelche Gesetze gebunden, Mussolini aber in der Regel schon. Wenn die Festnahme der Juden als organisierte Aktion durchgeführt werden sollte, müsste das mit der Ankündigung einhergehen, dass sie ein Schandfleck für die Nation seien, der beseitigt werden müsse. Und mit einem Dekret, das ihre Inhaftierung ermöglichte.

Die beiden Untergebenen hörten zu. „Und wie sollen wir sie dann finden?“, fragte Sander dann.

„Hat es Priorität?“, fragte Alberti. Als sie am Morgen Isabella Finzis Leiche aus dem Wasser gefischt hatten, hatte er diese beunruhigenden Pläne erwähnt, um Aldo Diamante in die Schranken zu weisen. Aber wahrscheinlich war dem alten Mann klar, dass es leere Drohungen waren. Die Deutschen hatten Wichtigeres zu tun, als die bescheidene jüdische Gemeinde in Venedig, auf Murano und dem Lido festzusetzen.

„Ich habe ihren Vorsteher beauftragt, eine Liste zusammenzustellen“, sagte Oberg. „Er arbeitet daran. Langsam, vermute ich, obwohl es mir, ehrlich gesagt, keine leichte Aufgabe zu sein scheint. Venedig, nicht Warschau. Wie oft muss ich das noch wiederholen?“

„Na schön.“ Sachs schlug mit der Faust auf den Schreibtisch. „Sobald wir die Liste haben, treiben wir diese Schweine zusammen.“

„Und dann?“, fragte Alberti.

Sachs zog grinsend sein Feuerzeug heraus, ließ es aufflammen und grinste noch ein bisschen breiter, während Sander ihm gegenüber anfing zu lachen.

„Das hab ich jedenfalls gehört.“

„Und wie sollen wir sie von hier wegbringen?“, fragte Oberg.

„Mit dem Zug“, antwortete Sander leicht verwirrt.

„Die Schienenwege werden vorrangig für Militärtransporte gebraucht.“ Oberg erhob sich und ging zu einer Norditalien-Karte, die das Gebiet von Genua über Venedig bis nach Österreich zeigte. Er fuhr mit dem Finger an der Bahnstrecke entlang, die quer durchs Land nach Mailand führte, dann an der Alternativroute nach Norden über Verona und Bozen. „Von Osten nach Westen haben wir keine freien Kapazitäten. Und die Strecke durch die Berge wird dauernd von diesen verdammten Partisanen und ihren Bomben sabotiert. Erst letzte Woche …“ Er sah die Männer verärgert an. „Sie wissen gar nicht, wovon ich rede, stimmt's? Lesen Sie nicht mal die täglichen Berichte?“

Sachs und Sander trotteten betreten an ihre Plätze.

„Im Vallagarina bei Rovereto gab es einen Anschlag", sagte Alberti und tippte auf die Papiere auf seinem Schreibtisch. „Sie haben die Bahnlinie in die Luft gejagt."

„So ist es." Oberg ging zu seinem Schreibtisch zurück, nahm einen weiteren Bericht und legte ihn Alberti hin. „Es wird uns mindestens eine Woche kosten, das wieder in Ordnung zu bringen. Sie waren gut vorbereitet."

Als Alberti sich den neuen Bericht ansah, fiel ihm auf, dass er aktualisiert worden war. Zunächst hatte es geheißen, der ganze Partisanentrupp, sechs Männer und zwei Frauen, wären gestellt worden. Fünf von ihnen hätte man während des Schusswechsels getötet, zwei hätten Selbstmord begangen und einen hätte man schwer verletzt in Gewahrsam genommen. Die neuesten Informationen stammten vom Verhör des Überlebenden. Danach war es zwei Mitgliedern der Gruppe offenbar gelungen zu entkommen, eines von ihnen war eine Frau und die Anführerin. Das regionale Hauptquartier wollte ihren Kopf, ein Befehl, den Oberg nicht ignorieren konnte.

Dem Bericht lagen zwei Fotos bei, das eines Mannes und das einer Frau. Jedes mit einem Namen darunter und mit einer kurzen Beschreibung versehen.

Giovanni und Micaela Artom, einundzwanzig beziehungsweise zweiundzwanzig Jahre alt. Bruder und Schwester, die aus einer gut situierten jüdischen Familie in Turin stammten. Sie sahen zu jung aus, um Schwierigkeiten zu machen, und außerdem wenig jüdisch. Ganz normale dunkelhaarige Italiener, die genauso hasserfüllt und angriffslustig in die Polizeikamera blickten wie die meisten Menschen, ob schuldig oder nicht.

Beide studierten an der Universität von Padua, der Junge Literatur, seine Schwester Medizin. Anfang des Jahres waren sie schon einmal festgenommen, dann jedoch aus irgendeinem Grund wieder freigelassen worden. Erst später hatte man festgestellt, dass sie der örtlichen Partisanenzelle angehörten, einer Einheit, die sie nach der Verhaftung und Hinrichtung ihrer Eltern gegründet hatten. Micaela Artom, Mika für ihre Kameraden, war die Anführerin.

„Diamantes Liste geht direkt an einen Judenjäger, den sie uns aus Mailand schicken", sagte Oberg. „Es ist einer von ihnen, der beschlossen hat, uns zu helfen. Er wird herausfinden, was wahr ist, was gelogen und wen der alte Mann vor uns verstecken will."

Sachs grinste. „Warum sollte ein Jude so etwas tun?"

„Wahrscheinlich glaubt er, auf diese Weise zu überleben", antwortete Alberti.

Oberg fuhr fort: „Solange ich keine ausdrücklichen Befehle habe, interessieren mich die Juden nicht. Bis auf die beiden. Sie stecken hinter dem Anschlag. Ihr Komplize hat geredet, bevor wir ihn erschossen haben. Eine so kaltblütige Frau sei ihm noch nie begegnet, hat er gesagt, und dass sie mit Waffen und Sprengstoff umgehen kann. Ihr Bruder war für die Propaganda zuständig. Er wurde auf der Flucht verletzt. Anscheinend sind sie auf dem Weg hierher."

Alberti hatte Mühe, ein Stöhnen zu unterdrücken. Flüchtige aufzuspüren war nie eine leichte Aufgabe. In anderen Städten gab es normalerweise ein Netzwerk von Informanten, die man anzapfen konnte. Straßen und Plätze und Personenkreise, wo sich Hinweise sammeln ließen. In Venedig war das längst nicht so einfach. Die Venezianer betrachteten sich als Gemeinschaft für sich. Sie hatten eine lange Vergangenheit, was die Besetzung ihrer Stadt anbetraf; durch die Österreicher und davor durch die Franzosen, die der unabhängigen Republik, die tausend Jahre überdauert hatte, ein Ende setzten. Die Menschen redeten nicht so einfach, und schon gar nicht mit Fremden. Was auch der Grund dafür war, dass die Deutschen ihn duldeten.

Dazu kam der geografische Aspekt. Die Stadt war im Prinzip ein Labyrinth aus Gassen, Sackgassen, Wasserwegen, leer stehenden Lagerhäusern und von Menschen wimmelnden Mietskasernen. Es war ein Leichtes, die wenigen großen öffentlichen Plätze zu meiden, und es war unmöglich, die Straßen vollständig zu kontrollieren. Wenn ein Flüchtender fürchtete, dass sich die Schlinge enger zog, brauchte er nur nachts ein Boot zu stehlen, auf die Inseln Burano, Torcello oder Sant'Erasmo hinauszufahren und in die entlegenen Marschgebiete zu verschwinden.

Wäre er selbst ein jüdischer Partisan auf der Flucht, wäre Venedig genau der Ort, den er ansteuern würde. Unter einer Bedingung allerdings. Du musstest jemanden kennen. In Zeiten wie diesen würde kein

Venezianer zwei gefährliche Fremde aufnehmen, wenn sie ihm nicht vorgestellt würden.

Castello. Via Garibaldi. Die Säufer, die Unruhestifter, die Kommunisten in diesem Straßengewirr. Nicht weit von dort, wo er heute Morgen eine Handvoll missmutiger Männer dabei beobachtet hatte, wie sie Isabella Finzis Leiche aus dem Wasser gezogen hatten. Dort würde er ansetzen, auch wenn es gefährlich für ihn war, da allein herumzulaufen.

„Alberti." Oberg sah ihn an.

„Kommandant?"

„Das sind Ihre Leute, keine von uns. Wenn jemand sie findet, dann Sie. Wo fangen wir an?"

Alberti dachte kurz nach, dann sprach er aus, was ihm ohnehin schon durch den Kopf ging.

„Holen Sie diesen Schwachkopf von Soldaten aus seiner Kaserne und knüpfen Sie ihn öffentlich auf. Dann warten Sie ab. Die Leute hier sind nicht undankbar. Isabella Finzi war eine von ihnen. Eine Hand wäscht die andere. Vielleicht fangen sie dann an zu reden. Mehr brauche ich nicht. Nur einen, der den Mund aufmacht."

Sachs und Sander schlugen mit der Faust auf den Schreibtisch und ließen eine Salve übler Schimpfworte über Juden, Verräter und Feinde los.

Oberg wartete, bis sie sich beruhigt hatten. „Sie wissen, dass ich das nicht tun werde", sagte er dann. „Ich kann keinen von uns hängen, weil er eine Jüdin getötet hat." Er lachte trocken und zündete sich wieder eine Zigarette an. „Stellen Sie sich vor, was das für einen Präzedenzfall schaffen würde."

Diese Antwort hatte Alberti erwartet.

„Gehen wir davon aus, dass sie schon hier sind?"

Der Deutsche blies eine graue Rauchwolke aus.

„Wir haben nur die Aussage eines toten Terroristen, der glaubte, sie wären hierher unterwegs. Sagen Sie's mir."

„Wenn das so ist", antwortete Alberti und nahm Fotos und Bericht vom Schreibtisch, „höre ich mich mal um."

Als er draußen war, kaufte er sich einen *caffè corretto* bei Marino, einer Bar gegenüber dem Palazzo, die sich in Sichtweite der Wachen am Eingang befand und von allen Deutschen besucht wurde. Wie immer mit einem doppelten Schuss Grappa gratis.

Er legte ein paar Lire auf den Tresen.

„Wie läuft's?", fragte der junge Bursche hinter der Theke. „Viel zu tun?"

Der Junge hieß Beppe. Er war Tellerwäscher in Harry's Bar nicht weit von hier gewesen, bis die zugemacht wurde. Ein schlichtes Gemüt.

„Du solltest wissen, dass du solche Fragen nicht stellen darfst."

Der Junge lief rot an und sah von einem Moment auf den anderen verängstigt aus.

„Frag das niemanden, Kleiner", sagte Alberti. „Andere sind vielleicht nicht so nachsichtig wie ich." Er nahm die Münzen wieder von der Theke. „Das geht dieses Mal auf deine Rechnung. Und sei froh, dass du so glimpflich davonkommst."

* * *

Der Morgennebel hielt sich hartnäckig, doch langsam schienen ein paar Sonnenstrahlen durch den Dunst. Fielen durch die hohen Fenster des Wintergartens, der noch immer das Aussehen des ursprünglichen Gartenpavillons besaß, und tauchten die Werkstatt in sanftes, kühles Licht. Der Priester lächelte bei dem Anblick, der sich ihm bot. Drei Webstühle, jeder davon mit einem kleinen, halb fertiggestellten Banner bestückt. Paolo und Chiara hatten zwischendurch abwechselnd an dem unbesetzten gearbeitet, damit alle Stoffstücke ungefähr gleich schnell wuchsen.

„Hier sieht es aus wie in Aladins Wunderhöhle", sagte Garzone. Paolo antwortete nichts. Sie gingen an den Webstühlen, den Spulengittern und den Lagerschränken vorbei bis zu dem Wohnbereich, den sein Vater für sie eingerichtet hatte, als das Geld langsam knapp wurde. Dort gab es einen Hauptraum, der als Esszimmer und Küche diente, ein großes Schlafzimmer für seine Eltern auf der linken Seite, das nun ungenutzt blieb, weil er lieber weiter in seinem eigenen Zimmer gegenüber schlief, und hinten rechts befand sich ein Badezimmer, dessen Abwasser direkt in die Lagune geleitet wurde. Das sei vermutlich ungesetzlich, hatte sein Vater gesagt. Sie hätten eigentlich einen *pozzo nero*, eine Senkgrube, einbauen müssen, die von einem der Boote geleert wurde, die diese übel riechende Aufgabe in der Stadt erledigten. Doch weitab am äußersten Stadtrand konnten sie sich diese Ausgabe wahrscheinlich sparen. Falls die Gemeinde jemals dahinterkommen würde, könnte es Jahre dauern.

Auf der Rückseite des Hauses befanden sich zwei kleine Fenster mit Blick auf die Lagune. Die Mauer des Arsenale war im grauen Nebel gerade so zu erkennen, mit ihrem sechseckigen Wachturm, einer größeren Ausgabe des verfallenen Gegenstücks der Uccellos zehn Meter vom Fenster entfernt.

Garzone setzte sich an den Tisch und knöpfte sich den Mantel auf. Paolo zog den Stecker des Radios heraus und stellte das Gerät vor ihn hin.

„Schön. Ich sollte mir die Marke merken. Das ist ein ziemlich großes Haus für einen einzelnen jungen Mann."

„Hier ist mein Zuhause. Und hier versuchen Chiara und ich unseren Lebensunterhalt zu verdienen."

„Ah." Der Priester deutete Richtung Werkstatt. „Die Weberei."

„Die Weberei, *padre*. Was wollen Sie?"

Der Priester lächelte. Er hatte graue, buschige Brauen, die Paolo, als er noch klein war, an die Raupen erinnerten, die sein Vater immer fluchend von den Obstbäumen gelesen hatte.

„Eine ziemlich direkte Frage, Paolo. Die Leute da draußen glauben sicher, dass du noch ein Kind bist, falls sie überhaupt an dich denken. Ein verschüchterter kleiner Junge. Der sich nach dem Tod seiner Eltern hier verkriecht. Zu verängstigt, um ans Licht zu kommen."

„Sollte mich das kümmern?"

„Wir sollten dem immer Beachtung schenken, was andere von uns denken. Aber so einfach ist es nicht, oder? Hast du vielleicht eine Tasse Tee für mich?"

Paolo goss ihm ein Glas Wasser aus der Flasche ein, die neben der Spüle stand.

„Danke", sagte Garzone, rührte das Glas jedoch nicht an.

„Unternehmen sie gar nichts wegen Isabella Finzi?"

Der Priester runzelte die Stirn und seine grauen Augenbrauen sahen noch buschiger aus als sonst.

„Die *crucchi*? Natürlich nicht. Eine tote Jüdin? Sie haben Wichtigeres im Kopf. Sie sind die neuen Herrscher Italiens. Zumindest des

Teils, den sie besetzt haben. Es dauert eine Weile, bis man versteht, dass man etwas so Wertvolles in die Finger gekriegt hat. Vor allem, wenn man so von Hass erfüllt ist."

„Was ist mit unseren eigenen Leuten? Mit der Polizei?"

Wieder dieses gequälte Lächeln.

„Unsere eigenen Leute? Was bedeutet das schon noch? Inzwischen gibt's hier alle möglichen Venezianer, alle möglichen Italiener. Faschisten, die anderen Leid antun wollen. Faschisten, die das nicht wollen. Und solche, die bereuen, dass sie sich überhaupt Mussolinis verfluchten Plänen angeschlossen haben, und jetzt nicht wissen, wie sie wieder davon loskommen sollen."

Letzteres verstand Paolo. Seine Eltern hatten den Duce eine Zeit lang für einen anständigen Mann gehalten, eine vorübergehende Notwendigkeit vielleicht, jemand, der Italiens Interessen vor die anderer Nationen stellte. Selbst gegen Ende waren sie ihm gegenüber nie offen feindselig aufgetreten, wobei das vielleicht auch schlecht für ihr kleines Unternehmen gewesen wäre und sie Vorwürfen der Untreue oder gar des Verrats ausgesetzt hätte.

„Und dann", fuhr der Priester fort, „gibt es noch diejenigen, die sein scheiterndes Regime bekämpfen wollen. Die Partisanen. Die keineswegs eine geschlossene Gruppe bilden. Einige von ihnen sind Menschen, die schon an der Wahlurne öffentlich gegen ihn Stellung bezogen haben. Gemäßigte, Demokraten, Christen. Andere wiederum ..." Er hielt inne und kratzte sich an der Wange, als suchte er nach seiner eigenen Position in der Frage. „Sie halten generell nicht so viel von dem, was wir Demokratie nennen, weil die uns Hitler und Mussolini erst gebracht hat vielleicht. Kommunisten. Marxisten. Die abermals manchmal dazu neigen, sich auf mir unverständliche Weise in verschiedene Gruppen zu zersplittern."

„Sie kennen sich offenbar gut aus."

„Im Gegensatz zu dir spreche ich mit sehr vielen verschiedenen Menschen. Mit solchen, die mich mögen. Und mit solchen, die mir misstrauen. So wie du."

„Meine Eltern waren nicht wirklich gläubig. Solange kein Geld auf dem Tisch lag jedenfalls. Sie schätzten ihr ruhiges, zurückgezogenes Leben."

„Sie kannten hier kaum jemanden, Paolo. Ihr seid aus Dorsoduro hergekommen. Ihr wart wohlhabend. Du bist nicht wie die Menschen hier, stimmt's?"

Er hatte recht. Sie hatten niemanden kennengelernt. Sie hatten keine Freundschaften geschlossen. Die meisten Bewohner des Viertels hatten ihre Anwesenheit vermutlich nicht einmal bemerkt.

„Das war nicht meine Entscheidung. Oder meine Schuld. Wir waren es nicht, die auf Abstand gegangen sind."

Garzone schüttelte den Kopf und fuhr fort: „Natürlich nicht. Diese Gegend ... Die Menschen hier glucken schon immer eng zusammen. Es hat Jahre gedauert, bis sie mich als einen von ihnen betrachtet haben. Und ich bin ihr Priester. Es sind einfache Leute, verbittert über die gegenwärtige Lage. Sie sehnen das Ende des Krieges herbei. Und vor allem wollen sie, dass ihre Freunde und Familien noch leben, wenn es so weit ist." Er beugte sich vor und pochte mit den Fingern auf den Tisch. „Du siehst das Dilemma? Wenn die Welt sich verdunkelt, bleibst du dann in deinem Versteck und wartest ab, bis es wieder hell wird? Oder versuchst du selbst, eine kleine Flamme zu entzünden? Wohl wissend, dass dein Leben dabei ausgelöscht werden könnte?"

Paolo ging wieder zur Küchenzeile und nahm eine Flasche vom Grappa seines Vaters aus dem Schrank. Zwei Gläser. Er goss ein großes für den Priester und ein kleineres für sich selbst ein.

„Da draußen gibt's sicher einige, die denken, dass du noch zu jung bist, um dieses Zeug zu trinken", sagte Garzone und erhob sein Glas. „Du bist hier für alle ein Fremder."

Paolo würde es nicht laut sagen, aber er verabscheute den scharfen Geschmack des Grappas. Es ging darum, etwas zu beweisen. Mehr nicht.

„Sollen sie ruhig. Ich bin achtzehn. Alt genug. Wir sind von Dorsoduro hergekommen, weil uns das Geld ausging. Wenn sie uns hassen, weil wir früher welches hatten, dann können sie sich freuen. Es ist nämlich weg."

Der Alkohol brannte ihm im Hals, und er musste husten.

Garzone stand auf und ging zum Fenster. Hinter dem Gebäude erstreckte sich eine Backsteinterrasse bis zur Lagune und dem verfallenen Turm. Eine grob behauene Treppe führte zu einem kleinen Anlegesteg hinunter, wo das graue Wasser gegen die unteren, mit Büscheln von grünem Seegras bedeckten Stufen klatschte. Im Sommer hatten sie gelegentlich auf der Terrasse gesessen, um die Sonne zu genießen. Manchmal hatte ein Boot angelegt, ein Fischer, der ihnen seinen Fang anbot. Das würde nun nie wieder so sein.

„Ich erinnere mich, dass dein Vater einmal erzählt hat, ihr hättet einen Keller. Kaum zu glauben. So etwas gibt's hier selten."

Paolo schob mit dem Fuß den Läufer zur Seite, sodass eine Falltür zum Vorschein kam. Früher, als das Anwesen noch ein herrschaftlicher Wohnsitz gewesen war, hatte es ein tiefer gelegenes Wassertor für Lieferanten gegeben, das direkt zur Lagune hinausführte. Der Zugang war schon seit Langem verschlossen, aber den seit vielen Jahren ungenutzten Lagerraum gab es noch.

„Was soll ich verstecken? Waffen? Sprengstoff? Oder ...?"

„Nein. Etwas, das vielleicht noch viel riskanter ist. Zwei Menschen, nicht viel älter als du. Bruder und Schwester aus Turin. Er ist verwundet. Sie ist ... gefährlich, glaube ich. Eine abgebrühte Kämpferin."

„Terroristen?"

„Partisanen. Sie sind auf der Flucht. Wenn wir keinen sicheren Unterschlupf für sie finden, werden die Deutschen sie schnappen. Was noch viel mehr Menschen das Leben kosten könnte als nur sie. Wir ..." Er pochte an die Fensterscheibe. „Wenn du einverstanden wärst, könnten wir arrangieren, dass sie heute Abend hierherkommen. Niemand wird sie sehen. Das Boot fährt ohne Licht." Er lachte. „Du wohnst im Schatten des Arsenale. Einem Ort, an dem es von Soldaten wimmelt. Wo könnte man sich besser verstecken als direkt vor ihrer Nase? Hier würden sie zuallerletzt suchen."

Paolo sagte nichts.

„Sie könnten ein paar Tage im Keller bleiben, bis wir einen Fluchtweg für sie gefunden haben. Sie werden keinen Ärger machen. Solange sie hier sind, setzt keiner von ihnen einen Fuß vor die Tür. Wie schon gesagt, der junge Mann ist verwundet. Seine Schwester hat ein paar medizinische Kenntnisse. Sie kann sich um ihn kümmern, bis wir einen Weg finden, die beiden woandershin zu bringen."

Paolo schwieg noch immer.

„Das wird so bald wie möglich sein." Der Priester klang verzweifelt. „Ich kann dir nicht genau sagen, wie lange wir brauchen, aber sie müssen so schnell wie möglich hier weg. Als Gegenleistung darfst du für euch Lebensmittel kaufen. Bei Gallo in der Via Garibaldi. Kennst du den Laden?“

„Nein. Wir machen unsere Besorgungen in dem Geschäft an der Brücke.“

„Gut, dann kennen sie dich auch nicht. Das ist das Beste. Sag ihnen, du hättest Besuch von Freunden vom Festland und wolltest etwas Besonderes für sie kochen. Gabriele weiß Bescheid und wird dafür sorgen, dass du genug für drei bekommst. Und dazu eine Entlohnung, um deine Umstände wiedergutzumachen.“

„Ich will Ihr Geld nicht!“

„Jeder will Geld, mein Junge.“ Garzones Stimme klang plötzlich todernst. „Wenn du noch mehr willst, dann geh zum Ca' Loretti und erzähl den *crucchi*, was ich dir gesagt habe. Oder gib den Kellnern in einem ihrer Bordelle einen Tipp. Sie werden dich sicher gut bezahlen.“

Paolo nippte an seinem Grappa und überlegte, so lange weiterzunippen, bis er ihm vielleicht schmeckte.

„Weiß Chiara davon?“

Der Mann in Schwarz schüttelte den Kopf.

„Aber wahrscheinlich durchschaut sie mich. Hast du es nicht in ihrem Blick gesehen? Sie will Sicherheit. Auch für dich. Warum auch nicht? Die arme Frau hat schon ihren Mann verloren, und jetzt bist du auch noch Waise geworden … Sie hat wohl das Gefühl, dass du ebenso ihr Schützling bist wie ihr Arbeitgeber. Das kann ich alles verstehen. Aber …“ Er leerte sein Glas und knöpfte seinen Mantel zu. „Ich bin ein Mann Gottes. Ein Mann des Friedens. Ich bin in einer schwierigen Lage, hüte Geheimnisse, die ich nicht teilen darf, nicht einmal in der Beichte. Außer ein paar wenige mit dir. Nun ja …“

Garzone erhob sich.

„Wenn du nicht bereit bist zu helfen, werde ich es dir nicht verübeln. Niemand wird das. Erzähl aber keinem etwas von Gallo. Gabriele ist ein freundlicher, mutiger Mann, aber er hat Todesangst, und das zu Recht. Ich hätte ihn nicht erwähnen dürfen. Überleg es dir. Du brauchst mir nicht sofort zu antworten.“

„Gut. Mache ich nicht.“

Das enttäuschte den Priester.

„Falls … falls du bereit bist, sie hereinzulassen, dann stell heute Abend ein Licht ans Fenster. Vielleicht kommt ein Boot vorbei. Wenn alles dunkel ist, wissen sie Bescheid."

Paolo ging zur Werkstatttür und hielt sie auf. Der Priester verstand den Hinweis.

„Falls du dich entschließt, diesen Weg zu gehen, sei dir bewusst, dass es nicht einfach wird", sagte er, während sie an den stillstehenden Webstühlen vorbeigingen. „Niemand kommt dich hier besuchen. Ich würde dir raten, genau so weiterzuleben, wie du es jetzt tust, und dich so wenig wie möglich sehen zu lassen. Tu nichts, was darauf hindeuten könnte, dass hier etwas anders ist als sonst. Verlass zur selben Zeit das Haus. Kehre zur selben Zeit zurück. Deine täglichen Abläufe dürfen sich nicht ändern. Chiara Vecchi würde ich mein Leben anvertrauen. Das kann man nicht von vielen behaupten. Hier gibt es Leute, die würden ihre Nachbarn wegen eines bellenden Hundes verraten, oder weil sie jemand auf der Straße schief ansieht. So ist es nun mal. Und wie ich schon sagte … Für viele von ihnen bist du ein Fremder. Ein fremder Nicolotto auf dem Gebiet der Castellani. Schon merkwürdig, wie alte Feindschaften hier fortbestehen. Selbst in Kriegszeiten. Wenigstens verprügelt ihr euch nicht mehr gegenseitig auf den Brücken. Obwohl …" Er legte sich einen seiner faltigen Finger ans Kinn. „Ich muss zugeben, dass du auch mir recht unergründlich vorkommst. Und zwar nicht nur, weil ich dich nie im Gottesdienst sehe. Aber wir haben eben alle unsere Geheimnisse, nehme ich an. Sogar Priester."

* * *

Garzone ging zu einem der Orangenbäume, pflückte eine Orange und fragte Paolo erst dann, ob er etwas dagegen hätte. Nein, antwortete er. Er könne sich nehmen, so viel er wolle. Also pflückte der Priester noch drei und steckte sie in die Taschen seines Mantels.

„Dieser Nebel", sagte er und schwenkte die Hand durch die Luft, „wird sich lichten. Das tut er immer. Und wir erwarten, dass das Leben dann wieder dasselbe wird. Was natürlich unmöglich ist. Die Venezianer glauben gerne, dass sie auf ihrer kleinen Insel außerhalb der Zeit leben, von der Lagune vor den Schrecken der *terraferma* beschützt."

Er nahm eine Orange aus der Tasche, fuhr mit dem Fingernagel durch die dicke Schale und löste ein Stück von der Frucht heraus.

„Wenn es doch nur so wäre." Er aß einen Bissen, und der Saft rann ihm übers Kinn. „Schönen Tag noch, mein Junge. Entschuldige, dass ich versucht habe, dich in unsere Schwierigkeiten zu verwickeln. Es tut mir auch leid, wenn ich dir vielleicht herablassend erschienen bin. Ich sehe jetzt, dass du nicht der junge Mann bist, für den ich dich gehalten habe. Das verstehe ich. Dies sind nicht die Zeiten für Blauäugigkeit. Wenn ich nicht so verzweifelt wäre, hätte ich dich ganz bestimmt in Ruhe gelassen; mit deinen Webstühlen, deiner Arbeit, mit Chiara Vecchi und dem Frieden, den du suchst."

Paolo Uccello sah ihm nach, einer dunklen, leicht gebeugten Gestalt, die auf dem gewundenen Fußweg zu der Holzbrücke lief, die über den schmalen Kanal führte. Dann ging er zum Gartentor und schloss es ab. Chiara würde erst am nächsten Morgen wiederkommen, und sie war die Einzige, die sonst noch einen Schlüssel besaß.

Zurück in der Küche, räumte er die Grappaflasche weg, öffnete die Falltür zum Keller und stieg die glitschigen Stufen hinab. Die Luft war stickig und kalt, und es roch modrig. Sein Vater hatte hier im Lauf der Jahre alles Mögliche zum Aufbewahren verstaut: Entwürfe, Zeichnungen, Musterkarten, alles säuberlich in Ölpapier verpackt, um es vor der andauernden Feuchtigkeit zu schützen. Das leise Schwappen der Lagune drang durch das zugemauerte Tor, vor dem einst die Gondeln angelegt hatten, um die adeligen Bewohner des alten Palazzos in Salons, Casinos und Theater zu bringen. Hinter dem schmutzigen Fenster, das einen Meter hoch und mit einem filigranen, vom Dogenpalast kopierten Maßwerkmuster geschmückt war, brach langsam die Dämmerung herein.

Davor stand ein alter Tisch mit einem Kerzenhalter darauf und einem wackeligen Stuhl auf der Seite der Außenwand, an der all die in Ölpapier gewickelten Mappen und Kisten aufbewahrt wurden. Paolo setzte sich in die Dunkelheit, lauschte den Wellen und fragte sich, wo Isabella Finzis Leiche wohl jetzt war. Wann sie begraben werden würde, und wo.

* * *

Alberti stammte aus Cannaregio, doch aus seiner Zeit bei den Carabinieri wusste er, wo Castellos schräge Vögel sich aufhielten. In einer Bar, die von einer schwerhörigen, übellaunigen Alten namens Greta geführt wurde, die früher, so munkelte man, Betreiberin eines bei Fischern beliebten Bordells gewesen war. Die düstere Spelunke mit niedriger Decke befand sich in der Nähe der Stelle, wo die Via Garibaldi dem Kanal wich, der sie einmal gewesen war, bis Napoleon anfing, seine Pläne zur Neugestaltung Venedigs umzusetzen. Und damit blieb der Franzose nicht allein. In den Dreißigerjahren hatten Mussolinis Bautrupps am Ende der Straße eine neue Uferbefestigung angelegt, die unter dem Namen Riva dell'Impero bis zum äußersten Zipfel der Stadt verlief. Diese bauliche Ergänzung wirkte beinah elegant, was man von dem Labyrinth der alten, heruntergekommenen Häuser des Armenviertels, das sich dahinter bis nach Castello erstreckte, nicht behaupten konnte – alte, billige Unterkünfte für die Werftarbeiter des Arsenale.

Im Grunde handelte es sich bei dem Lokal um Greta Morinos Wohnzimmer, das sie mit ein paar zu Tischen umfunktionierten bemalten Fässern in eine Bar verwandelt hatte. Dort verkaufte sie allabendlich Bier, Wein, Spritz, Kaffee und Zigaretten, ein guter Teil davon zweifelsohne Schmuggelware, bis der letzte Gast nach Hause torkelte. Wenn ihr der Sinn danach stand, kochte sie Töpfe voller dampfender Suppe aus Dosentomaten, die sie mit dem Gemüse auffüllte, das sie auftreiben konnte, oder die typische Armeleutemahlzeit *pasta e fagioli*. Die verkaufte sie dann für ein paar Lire, aber nur an die Männer des Viertels und an ein paar Frauen. *Mittagstisch für Arbeiter* stand auf einem Schild an der Tür, für niemanden sonst.

Wahrscheinlich gehörte sie der kommunistischen Zelle an, die rund um die Via Garibaldi aktiv war. Aber er hatte das Gefühl, dass es ihr eher um eine Gelegenheit ging, klagen zu können, als dass es wirklich mit Politik zu tun gehabt hätte. Hätten die Kommunisten das Sagen im Land gehabt, wäre sie vermutlich eine verkappte Faschistin gewesen.

Die Bar war ziemlich voll, als Alberti sie an diesem Nachmittag betrat und seine Walther P38 auf die glänzende zerkratzte Holztheke legte, um in seiner Hosentasche nach Kleingeld zu suchen.

„Hier ist jemand, der einen *caffè corretto* brauchen kann, Greta. Einen doppelten." Er grinste in die ernsten Gesichter, die sich ihm zuwandten. Rocco Trevisan, der Anführer der Männer, die am Morgen Isabella Finzis Leiche aus dem Wasser gezogen hatten, gehörte dazu. „Unangenehme Aufgabe da draußen bei dem Wetter. Das habt ihr Jungs gut gemacht. Ich bin euch dankbar. Das sind wir alle. Inzwischen liegt die arme alte Schachtel wohl schon unter der Erde. Die Juden erledigen das ja immer schnell."

Die Wirtin rührte sich nicht, und er sah auch, warum. Sie wartete auf ein Zeichen Trevisans. Erst als dieser nickte, fing sie an, seinen *corretto* zu machen.

Sie nahm keinen guten Grappa dafür. Es war unglaublich viel nachgemachtes Zeug im Umlauf. Wenigstens bei Marino gegenüber dem Ca' Loretti wagten sie es nicht, solchen Fusel auszuschenken. Hätte die Alte unbemerkt in seine Tasse spucken können, hätte sie es bestimmt getan.

„Luca", sagte Trevisan und erhob sein Glas.

Alberti steckte die Walther in das Lederholster zurück, das er um die Brust trug. Er hatte diesen Mann einmal verhaftet, als er noch bei den Carabinieri war. Es war eine Schlägerei in einer Bar in der Nähe des Arsenale gewesen. Trevisan hatte zum Messer gegriffen und einem der anderen betrunkenen Kerle das Gesicht aufgeschlitzt. Ein halbes Jahr Gefängnis hatte ihm das eingebracht, und als er wieder freikam, war er angesehener denn je.

„Ein Jammer, dass ich hier eine Waffe mit mir rumtragen muss." Alberti zog die Stirn in Falten. „Und das in meiner Heimatstadt. Wirklich ein Jammer."

„Jeder trifft seine Wahl, *signore*."

Die Bemerkung kam von einer rothaarigen Frau, die Alberti nicht kannte. Anfang dreißig vielleicht, gut aussehend, tougher Typ. Vielleicht, dachte er, wärmte sie Trevisan das Bett, so einmütig, wie die beiden dastanden.

Er schob den widerlichen Kaffee zur Seite und nahm die Hälfte der Münzen wieder vom Tresen. Alles hatte seine Grenzen.

„Irgendwer muss es ja machen, junge Dame. Falls Sie es noch nicht gemerkt haben, die Deutschen sind hier und werden so bald nicht wieder verschwinden. Die Schwarzen Brigaden kommen und gehen, wie sie wollen. Wäre es Ihnen lieber, dass sie frei wie die Vögel durch die

Straßen laufen? Oder dass sich Ihnen ab und zu einer von Ihren eigenen Leuten entgegenstellt?“

Sie lachte. „Ach, Sie sind also ein Held?“

„Nein. Ich erledige eine Aufgabe, die irgendwer erledigen muss. Hier gibt’s einige, die es mir verdanken, dass sie noch am Leben sind. Vielleicht wissen sie das nicht. Vielleicht werden sie es auch nie erfahren. Ich erwarte keinen Dank. Ich erwarte nicht mal Verständnis. Aber so sieht’s nun mal …“

„Halt die Klappe, Mann!“, polterte ein großer, bärtiger Kerl, den er nicht kannte, aus dem hinteren Teil der Bar. „Wir haben dich heute alle gehört. Wie du den *crucchi* in den Arsch gekrochen bist. Und einem anständigen Kerl wie Diamante gesagt hast, er soll sein Judenmaul halten. Du solltest dich schämen.“

Alberti nickte.

„Vielleicht. Aber ich muss meine Arbeit machen. Den Leuten manchmal zu sagen, was sie nicht hören wollen, gehört dazu. Oder soll ich mich etwa mit den Deutschen anlegen? Soll ich ins Büro des SS-Bosses marschieren und ihm sagen, dass er ein Schwachkopf ist? Was würde das irgendwem von euch bringen?“

„Die arme Frau …“ Er fragte sich, ob der Bursche womöglich ein Verwandter war. „Vergewaltigt. Und ermordet …“

„Von einem betrunkenen deutschen Soldaten. Einem Infanteristen aus München. Morgen stellen sie den Idioten im Arsenale an die Wand und nehmen ihn als Ziel für ihre Schießübungen.“

Es trat Stille ein.

„Glaubt ihr mir nicht?“

„Warum sollten wir?“, erwiderte die Rothaarige.

„Warum sollte ich lügen? Es kann mich den Kopf kosten, dass ich euch das erzähle. Ihr glaubt doch wohl auch nicht, dass so was in der Zeitung steht? Hermann Schulz. Fußsoldat bei der einundsiebzigsten Division Kleeblatt. Wird von seinen eigenen Kameraden erschossen. Zufrieden?“

Die alte Frau hinter dem Tresen murmelte etwas, das halbwegs zustimmend klang.

„Wenn ihr wollt“, fuhr Alberti fort, „könnt ihr einem von ihren miesen kleinen Informanten stecken, was ich euch gerade erzählt hab.

Dann stellen sie mich an dieselbe Wand. Wenn euch das glücklich macht … Greta, gib mir diesmal einen anständigen Grappa. Ich will hier nicht mit dem Geschmack nach Pisse im Mund rausgehen."

Sie schenkte ein kleines Glas ein und stellte es auf den Tresen. Er leerte es mit einem Zug.

„Ihr alle müsst begreifen, dass das Leben so einfach nicht ist. Die *crucchi* sind hier. Ob es euch passt oder nicht. Sie sind an der Macht, ob es euch passt oder nicht. Sie schnappen sich, wen sie wollen – euch, mich, die alte Greta hier –, und schneiden uns die Kehle durch. Ohne zu zögern."

„Erzähl uns was Neues", sagte Trevisan.

Alberti schob sein Glas weg. Der Inhalt war schon besser gewesen – er hatte einen kleinen Sieg errungen. Dann drängte er sich durch die Menschengruppe an der Theke, bis er direkt vor Trevisan stand.

„Ich erwarte nicht, dass du mich gut findest, Rocco. Aber eins muss dir klar sein. Wenn ich diese Arbeit nicht mache, dann macht sie jemand anderes. Und das wird wahrscheinlich einer von diesen Gangstern von den Schwarzen Brigaden aus Mailand sein, der noch zehnmal schlimmer ist. Ich stehe zwischen euch und ihnen. Ich versuche, den lieben Frieden zu wahren, bis die Zeiten sich bessern. Wenn dir das nicht passt, dann folge mir spätabends mal nach Hause, dann handeln wir die Sache in einer dunklen Gasse unter uns aus. Und lass es mich wissen, wenn ihr es selbst mit den Mistkerlen aufnehmen wollt." Er boxte Trevisan in die Schulter. „Darüber können wir vielleicht reden. Aber dann ziehen wir den Kürzeren. Wir werden alle sterben. Und wenn wir tot sind, vergewaltigen sie unsere Frauen und Kinder und bringen sie auch um. Für jeden getöteten Deutschen wollen sie ein Dutzend Venezianer, und es interessiert sie einen Dreck, wer das ist. Kapiert?"

„Bist du fertig?", erwiderte Trevisan.

„Nicht ganz. Zwei Partisanen sind auf dem Weg hierher. Juden aus Turin. Sie wollten in den Bergen eine Bombe legen und haben's vermasselt. Der Rest ihres Trupps ist tot. Genau wie ein Trupp Deutscher. Die SS hat die beiden im Visier. Wenn sie erwischt werden, sieht es schlecht für sie aus. Und für jeden, der sie versteckt, auch. Oder der weiß, wo sie sind, und den Mund nicht aufmacht."

Er schlug seine Jacke auf, sodass alle die Pistole in ihrem glänzenden Holster sehen konnten.

„Ich bin hergekommen, weil ich will, dass ihr das wisst. Ihr sollt begreifen, welches Risiko das ist. Das sind nicht unsere Leute. Es sind Terroristen. Kommunisten oder noch schlimmer. Sie stürzen jeden ins Unglück, der auf ihre Lügen reinfällt. Nicht nur euch. Auch eure Familien. Wenn …"

„Wir sind keine Denunzianten", fiel die Frau ihm ins Wort. „Was bildest du dir ein?"

„Das erwarte ich auch nicht von euch. Aber falls sie bei euch auftauchen, dann schickt sie weg. Versteckt sie nicht. Hört nicht auf ihre falschen Behauptungen." Er wandte sich an alle Umstehenden. „Ich versuche dafür zu sorgen, dass so viele wie möglich von euch das hier überleben. Von euch und euren Familien. Ich will, dass diese Stadt wieder wird wie vor dem Krieg. Mehr nicht. Also …" Er streckte die Brust vor und deutete auf seine Waffe. „Wenn ihr glaubt, das ist alles nur Unsinn und dass ich genauso ein Stück Nazi-Scheiße bin wie die, dann bitte. Nur zu."

Blitzschnell hatte die Rothaarige die Pistole aus dem Holster gezogen und richtete sie auf sein Gesicht.

„Du hinterlistiges Arschloch …"

„Tu dir keinen Zwang an, junge Dame. Ich bin nichts weiter als ein Produkt dieser Zeit." Er zuckte mit den Schultern. „Für mich wollen sie wahrscheinlich nicht so viele von euch tot sehen wie für einen Deutschen. Aber sicher bin ich mir da, ehrlich gesagt, nicht."

„Gib ihm die Pistole zurück", befahl Trevisan.

„Nein …"

„Verdammt." Er nahm ihr die Walther aus der Hand. „Hier."

Alberti lächelte zuerst die Frau an, dann Trevisan und schob die Waffe wieder in sein Holster. Sie brauchten nicht zu wissen, dass sie nicht geladen war und dass er noch eine kleinere Pistole im Hosenbund stecken hatte.

„Danke, Rocco. Ich bin schon langsam ins Schwitzen gekommen."

„Wir haben gehört, was du zu sagen hattest." Trevisan nickte Richtung Tür. „Lass es dabei bewenden. Und halt dich von hier fern. Das nächste Mal bin ich vielleicht nicht in der Nähe."

Alberti verließ die Bar, alle Augen auf ihn gerichtet. Vielleicht, dachte er draußen, sollte ich noch einen Spaziergang zu den Giardini machen. Angeblich hatte sich dort ein Filmteam aus Rom eingefunden, um einen von diesen aktionsgeladenen Filmen zu drehen, die der Duce so mochte. Er könnte sich als Mitwirkender anbieten. Im Schauspielern war er jedenfalls gut.

Paolo Uccello saß am Küchentisch und las die Bestellung, die ein gewisser Ugo Leone bei ihnen aufgegeben hatte. Die Fensterläden waren alle geschlossen. Von draußen konnte man nichts sehen. Vor ihm stand der kleine Karton, in dem sein Vater die Aufträge aufbewahrte. Diese Bestellung war die neueste, deshalb lag sie ganz oben. Chiaras Sorge, dass sie die Ware nicht rechtzeitig würden fertigstellen können, beunruhigte ihn. Sie kannte sich viel besser mit dem Weben aus als er. Es war dumm von ihm gewesen, diesen Auftrag, der so eng mit dem Tod seiner Eltern verknüpft war, nicht wichtig genug zu nehmen.

Das Schreiben war mit der Maschine getippt, als käme es von irgendeiner Behörde. Die Bestellung umfasste drei identische Banner, die bis Dienstag, den 7. Dezember, ins Hotel Gioconda geliefert werden sollten, in einer Woche also. Der Samtstoff sollte mit zwei Motiven ausgearbeitet werden: steigende geflügelte Löwen mit einem Pilum aus scharlachroter Seide und Blätter mit dekorativen Elementen in Dunkelbau, beides auf beigefarbenem Untergrund. Alle fünfzig Zentimeter sollte sich das Muster wiederholen, und das Ganze sollte in *soprarizzo* gewebt werden, einer alten Technik, die nur für die teuersten Aufträge benutzt wurde, zum Beispiel vom Dogen oder ranghöchsten Kirchenvertretern. Dabei fertigte man das Gewebe in zwei Schichten, einer unteren Lage gezogenen Samtes und einer oberen Schicht, die von Hand beschnitten wurde, wodurch das Muster, in diesem Fall die Löwen, erhaben hervortrat. Das verlieh dem fertigen Samt eine außergewöhnlich schöne Textur und eine zusätzliche Dimension, wodurch er besonders lebhaft wirkte und sich herrlich anfühlte. Kein Kunde konnte der Versuchung widerstehen, mit den Fingern über das pinselweiche Muster und den zarten Untergrund zu streichen. Sobald die Leute aber den Preis hörten, zogen sie die Hand gewöhnlich schnell wieder zurück.

Im ersten Moment war Paolo die Bezahlung für den Auftrag großzügig erschienen. Als er jedoch genauer darüber nachdachte, wurde ihm klar, wie verzweifelt sein Vater nach Arbeit gesucht haben musste – nach welcher Arbeit auch immer. Eine solche Lieferung in *soprarizzo* hätte deutlich mehr kosten müssen, vielleicht das Doppelte. Die Technik war zeitaufwendig und erforderte neben dem ganzen mühsamen Weben sorgsames Arbeiten mit dem Messer und mehreren unterschiedlichen Nadeln. Er war froh, dass sie immerhin schon angefangen hatten.

„Wir schaffen das, Chiara", sagte er leise zu sich selbst.

Er hatte seit Wochen nicht in den Karton geschaut. Es hatte keinen Anlass gegeben. Nun stellte er fest, dass sich auch noch ein ungeöffneter Umschlag zwischen der Korrespondenz befand. Chiara hatte auf der Außenseite notiert, dass der Postbote ihn gebracht hatte, als Paolo gerade Einkäufe erledigte. Sie musste vergessen haben, ihn daran zu erinnern; genauso wie er vergessen hatte, in den Karton zu schauen. Der Brief trug einen Poststempel aus Turin von vor zehn Tagen.

Mit pochendem Herzen riss er den Umschlag auf. Vielleicht hatten sie die Banner wieder abbestellt und wollten ihr Geld zurück. Wovon der größte Teil schon ausgegeben war.

Aber nein, es war noch schlimmer. Eine kurze handschriftliche Notiz von Leone:

Meine Reisepläne haben sich geändert. Ich hätte die Banner nun gerne am Samstag, den 4. Dezember. Da das nur wenige Tage vor dem ursprünglich vereinbarten Termin ist, gehe ich davon aus, dass Sie dem entsprechen, Uccello. Es werden hochrangige Persönlichkeiten anwesend sein. Ich muss Sie darauf hinweisen, dass es Ihrem Ruf, wenn nicht Ihrer Person, schaden könnte, falls Sie sie und mich enttäuschen.

Paolo starrte auf das Schreiben und fragte sich, was er tun sollte. Dienstag war schon knapp. Samstag war unmöglich. Selbst wenn Chiara und er Tag und Nacht arbeiten würden, könnten sie diesen Liefertermin nicht einhalten. Das Weben war eine anstrengende, ermüdende Tätigkeit, und *soprarizzo* eine Technik, die nur sie beherrschte. Er konnte diesem Mann aus Turin unmöglich liefern, was er einforderte. Ebenso wenig konnte er die Anzahlung zurückzahlen.

Und weglaufen konnte er auch nicht. Wohin denn?

Paolo Uccello steckte den Brief in die Mappe mit dem Muster und legte sie in den Schreibtisch neben den Webstühlen. Dann ging er zurück in die Küche.

Die Angelegenheiten des Priesters waren seine Sache. Sicher, Paolo war wütend darüber gewesen, wie sie Isabella Finzi behandelt hatten, doch Grausamkeit gehörte offenbar zu dieser Welt. Daran konnte er nichts ändern. Er war Waise, achtzehn Jahre alt, schüchtern und zufrieden damit. Seine Eltern waren von amerikanischen Bombern getötet worden. Versehentlich oder nicht, sie waren jedenfalls tot.

Zwei aufständische Juden, die nach einem leichtsinnigen Anschlag gegen die *crucchi* auf der Flucht waren, gingen ihn nichts an. Der Auftrag für ein Stück *Soprarizzo*-Samt, von einem Faschisten womöglich, der ihm und Chiara etwas antun könnte … allerdings schon. Es gab nur eine Lösung. Sie brauchten ein weiteres Paar helfende Hände, das am dritten Webstuhl arbeitete.

Er nahm zwei Kerzenhalter aus dem Schrank und zündete die Kerzen darin an. Dann schob er den Läufer zur Seite, öffnete die Falltür und stieg die Treppe in den Keller hinunter. Er stellte die Kerzen auf den kleinen Tisch, der mitten in dem feuchten, düsteren Raum stand. Die flackernden Flammen vor dem verzierten Fenster trennten ihn nun von dem, was als Nächstes kommen würde. Sollte das Schicksal entscheiden. Etwas anderes fiel ihm nicht ein.

Paolo machte sich etwas zu essen. Trank noch ein bisschen mehr von dem Grappa, den sein Vater ihm hinterlassen hatte, und entschied endgültig, dass er ihm nicht schmeckte. Gerade als er schlafen gehen wollte, änderte der Wellenschlag unter dem Fenster seinen Rhythmus, als ob da ein Boot anlegte und das sanfte Plätschern des Wassers an den Stufen störte, die von der Terrasse hinabführten.

Er hörte Schritte auf der Treppe und leise Stimmen; zuerst eine Frau, dann einen Mann.

Sie klopften so laut und energisch ans Holz, dass er zusammenzuckte.

Mit pochendem Herzen stand er auf. Kaum hatte er die Tür einen Spaltbreit geöffnet, knallte sie ihm ins Gesicht. Auf der anderen Seite fluchte jemand und plötzlich wurde er rücklings zu Boden geschleudert.

Zwei Gestalten, Regen, kalter Wind.

Bevor die Tür wieder zuschlug, sah er draußen noch etwas. Ein Suchscheinwerfer schwenkte durch die stürmische Nacht, nach links und nach rechts, auf der Jagd.

Etwas Scharfes, Kaltes presste sich an seinen Hals. Eine Messerspitze. Er war sich sicher, obwohl er sie nicht sehen konnte.

„Keinen Mucks, dann passiert dir nichts", sagte die Frau, die ihm ihr Knie auf die Brust drückte.

So verharrten sie mindestens eine Minute, während sich draußen das Motorengeräusch einer Barkasse näherte. Ihr Scheinwerferlicht war so grell, dass es kleine weiße Streifen zwischen den Latten der geschlossenen Fensterläden hindurchwarf.

Zwischen dem Dröhnen des Motors waren Stimmen zu hören. Leise, schroff, männlich. Es dauerte einen Moment, bis Paolo begriff, dass die Männer Deutsch sprachen.

Die Messerspitze stach ihm in die Haut, und er musste unwillkürlich aufschreien.

„Sei still, hab ich gesagt!", zischte die Frau und kam ihm dabei so nah, dass er ihren warmen Atem im Gesicht spürte.

2

Die Seiten, die *nonno* Paolo mir gegeben hatte, waren alt und trugen den Briefkopf des Hauses Uccello. Ein Entwurf aus früheren Jahren, Papier, das er für alltägliche Notizen aufbrauchte, weil er Verschwendung hasste. Ich kannte den Palazzo Colombina in- und auswendig, jedes Zimmer, jede verstaubte Ecke. Ganz oben in der Mansarde hatte er sein persönliches Arbeitszimmer mit Blick auf den Kanal, in das er sich von Zeit zu Zeit zurückzog, um zu lesen, wie er immer sagte. Es war stets verschlossen, aber ich wusste, wo er den Schlüssel versteckte. In einem Schränkchen neben seinem Bett. Als ich noch klein war, hatte ich einmal gesehen, wie er ihn da hineingelegt hatte.

Ich ging in sein Schlafzimmer und versuchte, den Gedanken zu verdrängen, dass er es vielleicht nie wiedersehen würde. Der Schlüssel lag, wo ich ihn erwartet hatte. Während ich mich wie ein Einbrecher in meinem eigenen Haus fühlte, nahm ich ihn und stieg die Treppe in sein Büro hinauf. Der Raum war klein und das Dach so schräg, dass ich mich bücken musste, als ich mich der gegenüberliegenden Wand näherte. Er glich eher einer Zelle als einem Arbeitszimmer. Oder vielleicht einem Dienstbotenzimmer von einst.

Durch das einzige Fenster blickte man hinunter auf den Canal Grande. Vor dem Sims stand ein Schreibtisch mit einer tragbaren Schreibmaschine darauf und einem Bürostuhl davor. In der Maschine steckte ein weißes Blatt Papier. Ich hatte noch nie eine Schreibmaschine benutzt. Wir schrieben alles auf dem Computer. Auf den Briefbogen, die mein Großvater mir gegeben hatte, waren Korrekturen und handschriftliche Anmerkungen gewesen, wie ich noch nie welche gesehen hatte. Ich setzte mich hin und tippte ein paar Wörter auf den merkwürdigen Tasten, von denen meine Finger immer wieder abrutschten. Dann fand ich heraus, wie man das Blatt Papier herauszog, und begutachtete das Resultat.

Hier musste er seine Geschichte geschrieben haben. Ich erkannte es an den Buchstaben, außerdem war es dasselbe vergilbte Papier, ein wenig feucht vom Alter. Tag für Tag, Woche für Woche musste er nachts hierhergekommen sein. Jahrelang. Ab und zu hatte ich ihn im Haus umherwandern gehört und gedacht, er würde an Schlaflosigkeit leiden. Aber nein. Er hatte etwas aufgeschrieben. Die Geschichte eines Teils seines Lebens, auch wenn er sie so formuliert hatte, als wäre er ein Beobachter gewesen, der das Ganze nur aus der Ferne wahrgenommen hatte.

Ich hätte dort nicht sein dürfen. Aber da es nun einmal so war – und ich tief im Herzen wusste, dass er nicht zurückkehren würde –, dachte ich, ich könnte die Gelegenheit auch nutzen und die Schubladen durchsehen. Es gab drei, aber die unterste war fest verschlossen und keiner der Schlüssel, die ich hatte, passte.

In der obersten lagen ein paar Stapel Briefe mit Gummibändern darum, von Menschen, die ich nicht kannte. Einige waren fast vierzig Jahre alt und geschäftlicher Art.

In der mittleren lag nur ein einzelnes Foto. Es war vom 23. Juni 1937 datiert. Darauf waren ein Mann und eine Frau zu sehen, meine Urgroßeltern, nahm ich an, die in steifer Pose stolz neben einem Webstuhl in einem hohen verglasten Gebäude standen, das an ein großes Gewächshaus erinnerte. Der Giardino degli Angeli in San Pietro war verkauft worden, bevor ich auf die Welt kam. Er gehörte zu einem Teil unseres Lebens, der mich eigentlich nicht betraf. Doch das hier war vor dem Krieg ihre Werkstatt gewesen, nachdem die finanzielle Lage der Uccellos sich langsam verschlechtert hatte und sie aus ihrer alten Wohnung in Dorsoduro dorthin gezogen waren. Ich schauderte bei dem Anblick. Diese leeren Gesichter schienen mich direkt anzusehen. Großvater, das musste er sicher sein, stand mit ernstem Gesichtsausdruck zwischen seinen Eltern. Zwölf Jahre alt, kaum jünger als ich jetzt. Ich hatte immer geglaubt, wir hätten keine Fotos aus der Zeit vor dem Krieg. *Nonno* Paolo behauptete stets, sie seien in den Wirren verloren gegangen. Seine Eltern waren irgendwo bei einem Bombenangriff ums Leben gekommen. Dies war das erste Mal, dass ich sie zu sehen bekam, und ich fragte mich, warum er das Foto verborgen hielt. Ich hätte doch wahrscheinlich sowieso niemanden darauf erkannt, nicht einmal ihn.

Zum allerersten Mal überkam mich in der vertrauten, familiären Umgebung des Palazzo Colombina Angst. Zitternd, trotz des schwülwarmen Abends, legte ich das Bild zurück. Sorgsam und genau so, wie ich es vorgefunden hatte, als ob er sonst etwas merken würde. Dann rüttelte ich an der untersten Schublade. Die ließ sich immer noch nicht aufziehen, und darüber war ich eigentlich ganz froh.

Bevor ich mich am nächsten Morgen auf den Weg zum Krankenhaus bei San Zanipolo machte, kam Chiara vorbei, angeblich, um ein bisschen zu putzen. Aber ich war mir sicher, dass sie sich hauptsächlich vergewissern wollte, dass alles in Ordnung war. Die Hausarbeit wurde nämlich fünf Mal die Woche von einem Dienstmädchen erledigt.

Ich war gerade mit dem Frühstück fertig: Kaffee und ein *cornetto* vom Bäcker um die Ecke. Sie erkundigte sich nach meinem Großvater und schüttelte den Kopf, als ich ihr sagte, dass es ihm nicht besser zu gehen schien.

„Paolo ist noch so jung. Krebs ist wirklich furchtbar."

Er war vierundsiebzig oder so, was mir nicht besonders jung erschien.

„Ich muss ein Referat für die Schule machen", sagte ich und schob meinen Teller weg. „Und ich dachte, ich könnte vielleicht etwas über den Krieg schreiben."

Sie sah mich an, als ob ich verrückt geworden wäre.

„Sie haben dich doch für eine Woche vom Unterricht ausgeschlossen, Nico. Dein Vater hat es mir erzählt. Dass ausgerechnet du dich mit dieser Scamozzi-Bande einlässt."

„Ich habe mich entschuldigt. Und das heißt nicht, dass ich keine Hausaufgaben machen kann. Der Krieg …"

„Warum um alles in der Welt willst du denn darüber schreiben?"

„Weil das bestimmt sonst keiner macht. Niemand spricht darüber, was damals passiert ist. Fast niemand jedenfalls."

Sie räumte die Tassen und Teller vom Tisch und steckte sie in die Spülmaschine. Was unnötig war. Das bekam ich normalerweise sehr gut selbst hin.

„Manche Dinge sollte man besser ruhen lassen."

„Wenn wir uns zusammensetzen und du mir etwas darüber erzählen würdest … könnte ich mir Notizen machen. Nur deine Erinnerungen."

„Erinnerungen?" Ihre Stimme klang plötzlich rau, und sie lief vor Wut rot an. „Im Juni 1940 hat der Duce, dieser Schwachkopf, uns gezwungen, bei Hitlers Irrsinn mitzumachen. Es dauerte fünf Jahre, bis Venedig von diesen Scheusalen erlöst wurde. Ich habe einen Mann verloren, den ich niemals ersetzen könnte, selbst wenn ich wollte. Und du willst, dass ich mich hinsetze und bei Kaffee und Kuchen darüber plaudere, als wär's der letzte Sommerurlaub gewesen?"

Noch nie hatte ich sie so zornig erlebt. Das hatte ich nicht gewollt, und ich bekam ein schlechtes Gewissen.

„Tut mir leid. Ich wollte dich nicht verärgern. Ich meine ... ich kann auch Großvater fragen."

„Der arme Mann liegt im Sterben, Nico. Lass ihn diese Welt in Frieden verlassen. Die Zeit ist vorbei, und so Gott will, kommt sie auch nie wieder. Also, soll ich dem Dienstmädchen noch irgendetwas auftragen, wenn es kommt?"

„Nein. Ich glaube nicht ..."

„Schön. Dann lass es gut sein." Sie griff nach ihrer Einkaufstasche. Es war ausnahmsweise ein kurzer Besuch. „Denk an etwas anderes. In deinem Alter muss man nach vorn blicken, nicht zurück. Es gibt Dinge, die sollten in Erinnerung bleiben. Und andere, die die Alten besser mit ins Grab nehmen."

Eine Stunde später war ich wieder im Krankenhaus und schaute nach San Michele hinüber, der Toteninsel, die in der Sommerhitze flirrte wie eine Fata Morgana.

„Nun?" *Nonno* Paolo wirkte unverändert. Die Ärzte schienen nicht zu wissen, wie lange er noch zu leben hatte. Sie gingen jedoch nicht davon aus, dass er das Krankenhaus noch einmal verlassen würde. Und auch er selbst schien nicht damit zu rechnen, noch einmal nach Hause zurückzukehren. „Hast du es gelesen?"

„Natürlich."

„Hat es dich gelangweilt? Sei ehrlich, Nico. Falls du dich lieber mit deinen Freunden treffen willst, oder Mädchen nachstellen, oder mit deiner Kamera auf Tour gehen, dann tu das. Ich weiß, wie gern du das machst. Ich bin dir nicht böse, wenn dich die Erinnerungen eines alten Mannes nicht interessieren ..."

„Ich hab es gelesen, und ich will auch den Rest lesen."

Weil ich nicht erkennen konnte, ob ihm meine Antwort gefiel oder nicht, fügte ich hinzu, dass ich es merkwürdig fände, dass er über sich selbst schreibt, als wäre er eine andere Person.

„Ein stilistischer Einwand? Bist du jetzt etwa mein Lektor?"

„Nein. Es klingt nur komisch, das ist alles."

„Überleg doch mal. Ich erzähle die Geschichte mehrerer verschiedener Menschen. Ich habe mir vorgestellt, was sie alles gesagt haben, während ich nicht dabei war."

„Du meinst, du hast es dir ausgedacht?"

„Darum geht es beim Geschichtenerzählen, falls dir das noch nicht aufgefallen ist."

Er fing an zu husten und hörte so lange nicht wieder auf, dass ich hinaus auf den Flur lief und nach einer Schwester suchte. Als ich mit ihr zurückkam, schien es ihm wieder gut zu gehen, und er wies sie höflich, aber bestimmt darauf hin, dass sie von anderen Patienten sicher dringender gebraucht würde.

„Ich hatte das Gefühl, die Geschichte auf diese Weise erzählen zu müssen, Nico. Tut mir leid, wenn es dich verwirrt. Was weißt du denn über den Krieg?"

„Nicht viel."

„Bringen sie euch nichts darüber in der Schule bei?"

Schon, erklärte ich ihm, aber es hielte sich in Grenzen. Und niemand forderte einen auf, gut zuzuhören. Und wie Chiara mir am Morgen bewiesen hatte, entstand immer eine gewisse Verlegenheit, wenn sich die Gespräche dieser Zeit zuwandten, besonders unter den Älteren. Italien hatte sich auf die falsche Seite gestellt. Als Mussolini den Krieg verlor, wurde das Land zeitweise in eine nördliche und eine südliche Hälfte geteilt. Der Frieden schien nur noch mehr Streit und Spaltung mit sich zu bringen. Die italienische Politik schien so unendlich kompliziert, dass keiner meiner Altersgenossen sich im Geringsten dafür interessierte. Wir waren zu jung, um unsere Zeit mit so etwas zu verschwenden.

„Ich denke immer noch, du solltest es vielleicht *papà* zeigen. Es entspricht eher …"

„Ich hab dir doch gesagt, dass es für dich bestimmt ist. Nicht für ihn."

„Warum?"

Plötzlich schloss er die Augen und rang kurz nach Luft. Oje, dachte ich. Er stirbt wirklich hier. Jede Minute.

„Das“, murmelte er, „kann ich dir nicht sagen. Das musst du schon selbst herausfinden.“

„Ich verstehe nicht.“

„Vielleicht wirst du es nie verstehen. Dann ist es auch besser so. Manchmal macht man jemandem ein Geschenk und erfährt nie, ob es das richtige war oder nicht. Man weiß nur, dass man will, dass er es bekommt.“

Er sah schrecklich erschöpft aus.

„Schon gut, *nonno*. Du bist müde. Schlaf ein bisschen.“

„Mitunter dauert es eine Weile. Bis derjenige das Geschenk wertschätzt. Oder es passiert nie. Vielleicht wärst du am Strand besser aufgehoben, Nico, im Ernst.“

„Ich werde deine Geschichte lesen. Und ich komme jeden Tag her, bis ich damit fertig bin.“

Er schloss die Augen und gab ein kehliges Geräusch von sich, das wie Schnarchen klang. Ich stand auf und ging einen Schritt in Richtung Fenster und Nachttisch.

„Auf dem zweiten Umschlag steht *Die Besucher*“, sagte er so plötzlich, dass ich erschrak. Er hatte nicht einen Muskel verzogen. „Nimm den und keinen anderen. Das merke ich sofort.“

Die Besucher

„Gott, ich brauch was Starkes", sagte die Frau, nachdem sich das Motorengeräusch des deutschen Bootes entfernt hatte und nur noch das gleichmäßige Schwappen der Wellen vor dem Fenster zu hören war. Sie nahm das Knie von Paolo Uccellos Brust, steckte das Messer in ihre Jackentasche und griff nach der Flasche Grappa, die noch neben der Spüle stand.

Während Paolo sich hochrappelte, humpelte der Mann zum Tisch, setzte sich hin und ließ den Kopf in die Hände sinken. An seiner rechten Wade hatte er eine Art Druckverband, und durch seine khakifarbene Hose sickerte Blut.

„Wir müssen was essen", sagte die Frau. Weder bitte noch danke.

Paolo nahm die letzten *bigoli* aus dem Schrank, dazu eine Dose Sardellen und eine Zwiebel, und fing an, eine Mahlzeit zuzubereiten.

Sie antwortete nicht, als er ihnen seinen Namen nannte, sondern goss sich nur noch einen Grappa ein. Beim genaueren Hinsehen stellte Paolo fest, dass sie etwas älter war als der Mann, und offenbar hatte sie das Kommando. Eine junge Frau mit dunklen, nach hinten gekämmten Haaren und einem olivfarbenen, ziemlich schmutzigen Gesicht. Ihr Bruder sah ihr sehr ähnlich. Paolo vermutete, dass es Juden waren, obwohl er Menschen nie besonders gut einordnen konnte, wenn man ihn nicht aufklärte. Hätte er es nicht besser gewusst, hätte er vielleicht angenommen, dass sie aus dem Süden stammten, Kalabrien oder Sizilien. *Von der Sorte gibt's viele*, hatte sein Vater immer gesagt. Araberblut. Was ohnehin dasselbe sei wie jüdisch.

Sie saßen am Tisch und warteten auf das Essen. Die Frau holte ein Päckchen Zigaretten hervor. „Rauchst du, Paolo?", fragte sie.

„Nein. Mein Vater war strikt dagegen."

„Aber der ist tot, oder? Jetzt gibt's nur noch dich. Nimm eine." Sie ließ nicht locker. „Du wirst ab und zu einen Glimmstängel brauchen. So geht's den meisten Menschen um uns herum."

„Das stimmt", sagte ihr Bruder und nahm sich eine von den Zigaretten.

Paolo folgte seinem Beispiel und fing an zu husten, als der junge Mann ihm Feuer gab. Aber er rauchte beim Kochen weiter, was sich auf kindische Weise erwachsen anfühlte.

„Sie haben mir gesagt, ich soll euch im Keller verstecken“, sagte er, während er drei Teller mit Essen auf den Tisch stellte. „Aber ich denke, das ist keine gute Idee. Da ist es zu kalt und zu feucht. Nehmt lieber das Zimmer meiner Eltern. Da steht ein Doppelbett, und es gibt genug Platz. Etwas zum Anziehen ist auch im Schrank. Ich habe noch nichts …“ Ihm wurde bewusst, dass er seit ihrem Tod kaum etwas verändert hatte. „Ich habe noch nichts weggetan. Nehmt euch, was ihr wollt.“

„Ich heiße Vanni Artom“, sagte der Mann und streckte die Hand über den Tisch, während er mit der anderen seine Nudeln schaufelte. „Das ist meine Schwester Mika. Sie plaudert nicht gern.“

„Sorry, Bruderherz“, sagte Mika trocken. „Es gab selten Gelegenheit in letzter Zeit.“ Sie stützte die Ellbogen auf den Tisch, legte das Kinn in die Hände und lächelte Paolo an. „Tut mir leid wegen dem Messer. Die *crucchi* waren uns auf den Fersen. Hast du ja selbst gehört. Es erschien mir … das Beste.“

„Sicher“, sagte Paolo und deutete auf Vannis Bein. „Du bist verletzt.“

„Stimmt, da hat mich so ’ne deutsche Mücke gestochen.“ Er grinste seine Schwester an. „Bin aber schon auf dem Weg der Besserung. Sie ist Ärztin. Oder zumindest wäre sie eine geworden, wenn sie uns nicht von der Uni geworfen hätten.“

„Und du?“

„Ich wäre …“ Er dachte einen Moment nach. „Ich wäre Dichter geworden, glaube ich.“

„Brotlose Kunst“, bemerkte seine Schwester.

„Dann eben Journalist. Ist sowieso alles ziemlich hypothetisch jetzt, oder?“

Mika hatte fast aufgegessen und zündete sich noch eine Zigarette an.

„Das ist gut. Wie nennt ihr es?“

„*Bigoli in salsa*. Meine Mutter hat es immer gekocht. Man muss die Sardellen aus dem Glas nehmen, sagte sie, keine aus der Dose. Aber Gläser sind zurzeit nicht leicht zu kriegen.“

Die Frau lachte.

„Wir haben schon gehört, was für unglaublich schwere Zeiten ihr hier in Venedig durchmacht."

„Die Amerikaner haben meine Eltern getötet", antwortete Paolo, damit sie merkte, dass es Grenzen gab. „Das macht es schwer genug."

„Die Deutschen haben unsere ganze Familie ermordet", erwiderte sie. „An die Wand gestellt. Hinknien lassen und jedem eine Kugel durch den Kopf gejagt. *Mamma. Papà. Zia, zio.* Und unsere kleine Schwester. Sie war erst sieben."

„Das ist kein Wettbewerb im Leiden, Mika", sagte Vanni.

„Nein. Tut mir leid. Ich entschuldige mich. Für alles. Verzeih, dass wir hier sind." Sie streckte Paolo die Hand hin. Paolo schüttelte sie. „Entschuldigung angenommen?"

„Ja."

„Danke. Wir sind schon seit einer Woche vor ihnen auf der Flucht. Haben kaum was gegessen und nur knapp überlebt. Verzeih unsere Unhöflichkeit."

Vanni schien etwas sagen zu wollen, doch dann überlegte er es sich offenbar anders und schwieg.

Mika stand vom Tisch auf und blickte sich suchend um.

„Ich muss den Verband an seiner Wunde wechseln. Hast du ein altes Laken oder sonst etwas, das ich benutzen kann?"

„Wie schon gesagt. Nehmt euch im Zimmer meiner Eltern, was ihr wollt."

„Komm, Vanni. Und danach muss ich duschen. Ich bin ganz verdreckt."

„Wartet."

Paolo hatte den beiden noch etwas zu sagen. Sie mussten sich von den Fenstern fernhalten. Die deutschen Patrouillenboote fuhren ständig im Hafen des Arsenale ein und aus. Jeder an Bord hatte freie Sicht auf die Lagunenseite des Hauses. Der Rest des Grundstücks und die Werkstatt waren von der Mauer rund um den Giardino degli Angeli vor Blicken geschützt. Wenn sie drinnen blieben, bis jemand sie abholen kam, waren sie alle sicher. Was sie zum Leben brauchten, konnte er besorgen.

„Grazie", sagte Mika und seufzte. „Aber darüber, wie man sich versteckt, kannst du von uns wahrscheinlich mehr lernen als wir von dir."

Sie sah ihn augenzwinkernd an. „Gehst du noch zur Schule? Angeblich lebst du ganz allein hier."

„Das stimmt. Und ich bin achtzehn. Aus der Schule bin ich schon seit Jahren raus. Das sind meine Bedingungen, wenn ihr hierbleiben wollt. Wenn ihr euch nicht an meine Regeln haltet, muss ich den Priester bitten, ein anderes Versteck für euch zu suchen."

„Du wirkst ziemlich erwachsen für achtzehn", antwortete Vanni.

„Ich bin auf mich gestellt. Das hier ist mein Haus. Ich habe diese kleine Weberei zu leiten. Ich habe keine Wahl. Wenn ihr nicht damit leben könnt, was ich sage, dann bitte ich Garzone …"

„Aha." Mika deutete mit ihrem schmutzigen Zeigefinger auf ihn. „Fehler Nummer eins. Nenne niemals Namen. Nicht gegenüber Fremden."

„Wir sind keine Fremden", erwiderte Paolo. „Wir sind Menschen in einer Notlage, die sich nicht kennen. Ich war noch nicht fertig."

„Ach?" Sie stemmte die Hände in die Hüften. „Was denn noch?"

„Als Gegenleistung brauche ich eure Hilfe."

Vanni und Mika verschwanden im alten Schlafzimmer seiner Eltern. Sie tauchten erst am Mittwochmittag wieder auf, geweckt wahrscheinlich vom gleichmäßigen Klappern und Schlagen der Jacquardwebstühle.

Paolo und Chiara Vecchi hatten um kurz nach acht begonnen, Millimeter um Millimeter des prächtigen Samtstoffes zu weben. Paolo hatte sich noch nicht getraut, ihr zu sagen, dass sich das Lieferdatum geändert hatte.

Si-tah-si-tah-si-tah-sitschi-si-piu.

Manchmal, wenn er stundenlang am Webstuhl gearbeitet hatte, hörte er diesen kurzen, schnellen Refrain noch im Schlaf. Und wenn er erwachte, trommelten seine Finger den Takt auf dem Bett.

Gegen eins legten sie eine kurze Pause ein, Chiara, um am Nähtisch vor dem langen Fenster ein *panino* zu essen, während er in die Wohnung hinüberging. Die Artoms waren wieder im Schlafzimmer. Sie ließen sich nicht blicken, worüber er nicht traurig war. Chiara hatte er natürlich nichts von ihnen erzählt, und er hatte keine Ahnung, ob sie irgendeine Vermutung hegte, dass noch jemand im Haus war. Als er zurück in die Werkstatt kam, war sie ziemlich schweigsam.

Die Webstühle zu bedienen, bedeutete harte körperliche Arbeit. Aber sie war eine starke Frau, kräftiger als er, denn seine Arme blieben trotz der Anstrengung spindeldürr. Sie war stabil gebaut, hatte stets ein rosiges Gesicht und war von guter Gesundheit. Als Kind hatte sie auf Burano das Spitzenklöppeln gelernt. Später war sie nach Venedig gezogen, um mit ihrem Mann zusammenzuleben, der als Zimmermann im Arsenale arbeitete. Er besaß eine kleine Wohnung in der Nähe der Kirche San Francesco della Vigna, einem großen, von Palladio entworfenen Gebäude, von dem Chiara stolz behauptete, es stünde genau an der Stelle, wo der heilige Markus während eines Sturms Schiffbruch erlitten hatte und einem Engel begegnet war, der ihm sagte, sein Sarg würde eines Tages in der Lagune ruhen. Sie war sehr religiös, zuweilen sogar abergläubisch, und schien Filippo Garzone mit einigem Misstrauen zu begegnen, weil er aus einer anderen Kirchengemeinde kam; der abgeschiedenen Welt auf der Insel von San Pietro.

Chiara versprühte eine rastlose Betriebsamkeit. Nie gab es einen müßigen Moment. Sie war immer mit irgendetwas beschäftigt, ob sie nun am Jacquardwebstuhl arbeitete, in der Küche saß und einen Schal strickte oder Mahlzeiten für die Alten zubereitete, um die sie sich zusammen mit ein paar Nonnen vom nahe gelegenen Frauenkloster kümmerte. Untätige Hände, sagte sie, seien dem Herrn ein Dorn im Auge.

Als Feierabendzeit war, blickte sie auf die wenigen Zentimeter Stoff, die sie an diesem Tag fertiggestellt hatten, und bot an, noch ein, zwei Stunden länger zu arbeiten. Davon wollte Paolo jedoch nichts hören. Sie waren beide erschöpft, und Müdigkeit führte nur zu Fehlern. Und die wieder zu beheben, kostete mehr Zeit, als sie zu machen.

„Du bist ein Engel, Chiara. Aber jetzt geh nach Hause und ruh dich aus."

„Soprarizzo", murmelte sie, während sie ihren Mantel anzog. „Ich muss dir beibringen, wie man ihn macht, Paolo."

„Das musst du. Aber nicht jetzt."

„Zum Glück haben wir noch ein bisschen Zeit."

Paolo überkam ein ungutes Gefühl. Er musste es ihr sagen.

„Das Datum für die Lieferung hat sich geändert. Sie erwarten sie jetzt schon am Samstagnachmittag."

Chiara fiel aus allen Wolken und stieß, ganz untypisch für sie, einen Fluch aus.

„Mach dich nicht lächerlich. Sieh dir an, wie wenig wir erst geschafft haben. Drei Webstühle und nur wir beide, um daran zu arbeiten? Und du kannst noch nicht richtig mit der Schere umgehen. Sag deinen Kunden, wenn sie Qualität wollen, dürfen sie uns nicht drängen."

„Wir können doch ein bisschen Zeit aufholen."

„Und wie?" Sie deutete auf den Garten, auf die Bäume und die Brocken Mauerwerk und Marmor, die im dürren Wintergras lagen. Früher einmal mussten die Laubengänge voller Statuen von Engeln und Heiligen gestanden haben. Jetzt waren nur noch hier und da die Bruchstücke eines Gesichts oder eines Arms und die steinernen Überreste kaputter Flügel zu sehen. „Kannst du plötzlich zaubern, Paolo? Werden deine zerbrochenen Engel uns beim Weben helfen?"

Darauf wusste er keine Antwort. Chiara schien wütend, hilflos, nicht mehr die selbstbewusste Frau, mit der er aufgewachsen war; mehr als nur Angestellte, sondern eine enge, wertgeschätzte Freundin der Familie.

Sie trat zu ihm, nahm seine Arme und flüsterte ihm ins Ohr.

„Es gibt keine Engel mehr in Venedig. Nur noch Teufel und die, die ihre Flügel verloren haben. Sei nicht so naiv. Du bist doch kein Kind mehr."

„Ich weiß", antwortete er unwirsch und stellte fest, dass es das erste Mal war, dass sie so ernste Worte miteinander wechselten.

„Ach ja?"

„Ja!"

Sie verstärkte ihren Griff.

„Lass dir eins gesagt sein. Deine Familie stammt aus Dorsoduro. Ihr hattet einmal Geld. Ansehen. Ein angenehmes Leben. Hier in der Gegend haben wir nichts davon, und wir kennen es nicht anders. In diesem Teil der Stadt zu leben, ist mühsam, und die Menschen kommen gut damit zurecht. Deine Familie …"

„Ich weiß, woher wir kommen. Und ich weiß, was sie hier von mir denken."

„Wusstest du auch, dass dein Vater ein Faschist war?"

Er suchte nach einer Antwort.

„Nein, das war er nicht. Beleidige nicht die Toten."

„Die Wahrheit ist nie eine Beleidigung. Es ist einfach nur die Wahrheit. Dein Vater hat sich ihnen angeschlossen, als alle es getan haben. Als der Mittelstand dachte, der Duce würde sie vor den Kommunisten retten. Er hat es mir selbst gesagt, und ich hätte hier am liebsten alles hingeworfen. Aber er war ein anständiger Mensch. Einfach jemand, der genau wie alle anderen getäuscht wurde. Niemals hätte er diesen Albtraum gewollt ... Wer hätte das schon?"

Politik war bei ihnen nie ein Thema gewesen. Sein Vater hatte jede Unterhaltung ziemlich abrupt beendet, wenn sie sich in diese Richtung entwickelte. Und das war offenbar der Grund. Die Uccellos waren eine einstmals wohlhabende Familie gewesen, die nach Mussolinis Pfeife tanzte. So wie viele andere. Auch deshalb hatten sie sich nie unter die Bewohner der Häuserreihen und der Mietshäuser Castellos gemischt. Enge Bruchbuden, in denen die Armen eher auf Stalin, Marx, Gramsci und all die anderen Götter der Linken hörten als auf irgendein Gebet, das Filippo Garzone von seiner Kanzel in San Pietro herunter predigte.

„Ich hab's deiner Mutter versprochen, Paolo." Chiara hatte Tränen in den Augen. Das hatte er noch nie gesehen. „Ich habe ihr felsenfest versprochen, mich um dich zu kümmern, falls ihr etwas zustößt. Auf keinen Fall will ich noch jemanden an diesen dummen Krieg verlieren." Sie schüttelte ihn mit ihren starken Händen und nickte Richtung Wohnung. „Und sorg dafür, dass die beiden da rauskommen."

Natürlich wusste sie es. Wie hatte er daran nur zweifeln können?

„Wer hat es dir gesagt?"

„Glaubst du wirklich, das müsste mir jemand sagen? Riskier deinen Hals nicht für Fremde. Mach keinen ..."

„Sie werden uns helfen, rechtzeitig mit der Arbeit fertig zu werden", fiel Paolo ihr ins Wort.

Chiara schwieg einen Moment. Dann nickte sie in Richtung der Webstühle und der halbfertigen Banner.

„Diese drei Stücke Samt könnten uns das Leben kosten. Weißt du das?"

„Die beiden helfen uns", antwortete er. „Und danach verschwinden sie. Jetzt sind sie müde, aber morgen musst du es ihnen beibringen."

„Drei Stücke Samt ...", flüsterte sie.

Das Abendessen verlief größtenteils schweigend. Paolo hatte den Eindruck, dass die Geschwister fast den ganzen Tag über geschlafen und den Rest der Zeit gestritten hatten. Sie sahen sich nicht einmal an.

Mika wirkte rastlos, verärgert, unzufrieden, weil sie weitab vom Stadtzentrum eingesperrt waren. Vanni, der wegen seiner Verletzung kaum gehen konnte, hatte keine andere Wahl. Er schien ohnehin ganz anders als seine Schwester zu sein. Ruhig, nachdenklich, witzig bisweilen. Sie müssen sich sehr lieb haben, dachte Paolo, obwohl es ihm als Einzelkind schwerfiel, aus einigen der offensichtlichen Schwierigkeiten zwischen ihnen schlau zu werden. Vielleicht glaubte Mika, auf ihren Bruder aufpassen zu müssen, so wie er umgekehrt auf sie. Und keiner von beiden merkte es überhaupt.

Mika betrachtete die wenigen Bücher, die die Uccellos im Regal stehen hatten, und fand an keinem davon Gefallen. Ausländische Abenteuergeschichten hauptsächlich, über eine Welt außerhalb Italiens, und ein paar der Science-Fiction-Romane, die Paolo gern gelesen hatte, als er noch jünger war. *Reise um die Erde in achtzig Tagen. Zwanzigtausend Meilen unter dem Meer. Die Zeitmaschine.*

„Kinderbücher", sagte Mika und runzelte die Stirn. „Ist das alles, was ihr habt?"

„Ich war mal ein Kind", erklärte Paolo. „Wenn du willst, dass ich etwas anderes besorge, kann ich es versuchen. Sag mir nur ..."

„Wir kommen mit dem aus, was wir haben", unterbrach Vanni ihn. „Es ist besser, keine Aufmerksamkeit auf sich zu ziehen. Diese Bücher sind gut genug. Ich werde sie lesen."

„Du hast gesagt, du bräuchtest unsere Hilfe", sagte seine Schwester. „Bis jetzt hast du uns noch nicht verraten, wobei."

„Ihr saht aus, als müsstet ihr euch etwas ausruhen."

„Jetzt sind wir ausgeruht. Was willst du?"

Paolo holte tief Luft. „Ich hatte gehofft, ich könnte euch das Weben beibringen."

Mika lachte lauthals los, dann legte sie sich rasch die Hand auf den Mund.

„Tut mir leid. Ich wollte nicht unhöflich sein. Aber uns? Etwa an diesen alten Apparaten da draußen?"

„Ich entschuldige mich für meine Schwester", sagte Vanni mit einem verärgerten Blick in ihre Richtung. „Manchmal lassen ihre Manieren zu wünschen übrig."

„Ich hab doch gesagt, es tut mir leid!"

Vanni streckte die Hand über den Tisch und nahm ihre.

„Mika, wir sind hier zu Gast. Paolo riskiert sein Leben. Für zwei Fremde."

„Das weiß ich, Bruderherz." Sie zog ihre Hand nicht weg, sondern beugte sich zu ihm hinüber und küsste ihn auf die Wange. Anschließend küsste sie, zu Paolos Verlegenheit, auch seine. „Die Dinger sind einfach so alt …"

„Das sind die einzigen Geräte, mit denen man diese Arbeit machen kann", entgegnete Paolo. „Sonst noch was?"

„Lass mich versuchen, es zu erklären." Vanni wollte beschwichtigen. Ihre Familie, sagte er, habe für eine Firma gearbeitet, von der Paolo sicher schon gehört hätte. Olivetti in Turin. Ihre Mutter und ihr Vater seien beide Konstrukteure gewesen, die für den Besitzer Adriano Olivetti Schreibmaschinen entwickelt hatten.

„Wir wurden geboren, um Teil der modernen Welt zu sein", sagte Mika.

„Nicht, dass die moderne Welt es uns im Moment danken würde", fügte ihr Bruder schulterzuckend hinzu. „Die Olivettis sind in die Schweiz geflohen. Er ist Jude. Zum Katholizismus konvertiert, um Mussolini zufriedenzustellen und um seine Firma am Laufen zu halten. Aber dennoch ein Jude. Nicht alle, die für ihn gearbeitet haben, hatten so viel Glück. Unsere Eltern eingeschlossen. Wären wir nicht gerade in Padua gewesen, hätte es uns auch erwischt."

„Maschinen." Mika deutete Richtung Werkstatt. „Moderne Maschinen werden uns am Ende von der Tyrannei befreien."

„Das verspricht Stalin zumindest", murmelte ihr Bruder.

„Wenn sie von Arbeitern bedient werden, denen sie gehören", sagte Mika. „Nicht von Sklaven, wie wir jetzt welche sind. Oder der Frau, die ihr da beschäftigt."

Vanni grinste. „Also, ich glaube nicht, dass Paolo so ein Kulak ist. Oder ein offensichtlicher Kandidat für die Kollektivierung."

„Ich habe keine Ahnung, wovon ihr redet", sagte Paolo.

„Kommunismus, mein Freund." Vanni klopfte ihm auf den Arm. „Der einzig wahre Glaube. Zumindest hat man uns das erzählt. Und wir sind die Kreuzritter, obwohl …" Er machte eine zu schnelle Bewegung und zuckte zusammen. Sein Bein musste geschmerzt haben. „… wir uns im Moment in einem desolaten und bedauernswerten Zustand befinden, zwischen den Schlachten."

„Wir brauchen nur ein bisschen Zeit", sagte Mika, und ihre Stimme hatte wieder diesen harschen Klang. Die Wut lässt sie nicht los, dachte Paolo. Genauso wenig wie der Drang, etwas zu unternehmen. „Die Geschichte ist auf unserer Seite. Sie marschiert vorwärts. Wir sind ihr Trommelschlag, der immer lauter wird."

Vanni lachte. Er sah fast wie ein Schuljunge aus, wenn er das tat. Und unverhofft übertrug sich ein bisschen seiner guten Laune auf Paolo Uccello.

Der Besucher stand auf.

„Ein eher schwacher Trommelschlag zurzeit allerdings. Zeig mir deine alten Webstühle, Paolo. Ich tue gerne, was ich kann. Wir stehen in deiner Schuld, das weißt du."

„Ich webe nicht. Ich nähe nicht, und ich stricke nicht." Mika nahm sich mit einem Ausdruck offensichtlicher Verachtung ein Buch. *Die Zeitmaschine* von H. G. Wells. „Gute Nacht."

Am folgenden Morgen ging Paolo, die alte Einkaufstasche seiner Mutter in der Hand, zu Gallo in der Via Garibaldi. Gabriele, der Besitzer des Lebensmittelgeschäfts, war ein schlanker Mann mit lustigem Schnauzbart und grauen Haaren, die er sich quer über den Kopf gekämmt hatte.

Er stand in seiner weißen, mehlbefleckten Kluft hinter dem Verkaufstresen und pochte nervös mit dem Finger auf den Ladentisch, genau wie schon am Vortag, als Paolo seinen ersten bangen Ausflug in das Geschäft gemacht hatte.

„Willst du wieder was für deine Freunde vom Festland?"

„Ja, genau. Vielen Dank."

Lebensmittel für drei Personen, Zigaretten, Wein. Alles zum Preis für einen. Filippo Garzones Netzwerk – vielleicht auch Diamantes, das wollte er gar nicht so genau wissen – schien zu funktionieren. Der

Mann in dem Laden sagte wenig. Paolo hatte abgewartet, bis das Geschäft leer war, bevor er eintrat.

In der Tüte mit dem Brot steckte ein kleines Bündel Banknoten. Paolo nahm es heraus und legte es auf den Tresen. „Ich glaube, die sind versehentlich hier reingeraten."

„Das glaube ich nicht", antwortete der Lebensmittelhändler.

Paolo lächelte, ließ das Geld trotzdem liegen und verließ das Geschäft. Wie gewöhnlich saßen ein paar Einheimische, größtenteils Männer, an der Theke von Gretas Bar ein Stück die Straße hinunter. Er war sich sicher, dass sie ihm nachschauten. Aber das war nichts Neues. Er war ein Uccello und spürte immer, dass ihre Blicke auf ihn gerichtet waren, wenn er durch ihren Teil von Castello lief. Ein bürgerlicher Eindringling inmitten des Proletariats der Mietskasernen.

Als er zurückkam, standen Chiara und Vanni Artom an den Webstühlen. Sie wirkte verärgert. Er schien amüsiert.

„Wir haben uns schon bekannt gemacht", sagte Chiara, bevor Paolo zu Wort kam.

„Ich muss sagen", ergänzte Vanni, „deine Freundin ist eine großartige Lehrerin. Sie war ganz allein, und ich wollte nicht, dass sie einsam ist. Und weil wir sowieso zusammenarbeiten sollen, hielt ich es für das Beste, ihr ein paar Fragen zu stellen. Chiara erklärt alles viel besser als du."

„Das liegt daran, dass sie viel mehr weiß als ich", antwortete Paolo und verteilte ein paar *cornetti*.

Am Abend zuvor hatte er eine Lampe mit hinüber in die Werkstatt genommen und Vanni Artom die Grundlagen des Jacquardwebens gezeigt. Nur die einfachsten Handgriffe: wie man mit dem Anschlagkamm das Schussgarn anpresste, während Webstuhl und Lochkarten den Faden richtig anordneten und das Muster bildeten, ohne dass derjenige, der den Webstuhl bediente, zusätzliche Arbeit hatte. Den schwierigen Teil, das Schneiden und Herausarbeiten des *soprarizzo,* hatte er nicht erwähnt. Das war Chiaras Aufgabe.

Vanni hatte sich ständig ans Bein gefasst. Dass er stundenlang würde arbeiten können, schien eigentlich schwer vorstellbar. Irgendwann war Mika aus dem Schlafzimmer zum Vorschein gekommen und hatte ihnen eine Weile widerwillig zugesehen. Die beiden hatten aufmerksam zugehört, während Paolo sich bemüht hatte, grob zu erklären, wie der Webstuhl funktionierte. Als er über die wichtige Rolle der Lochkarten zur Bestimmung des Musters sprach, hatte sie sogar richtig interessiert gewirkt. Ihr Vater, erzählte sie, habe ihnen von der Entwicklung eines ähnlichen Systems bei Olivetti berichtet, das eines Tages für automatisierte Rechenmaschinen genutzt werden könnte, die den ganzen Aufwand mit Stift, Papier und Rechenschieber überflüssig machen würden.

Doch als er ihr gezeigt hatte, dass der Vorgang des Samtwebens reine Handarbeit war – bei dem man selbst den Anschlagkamm anpressen musste, vorzugsweise in dem Rhythmus, den sein Vater ihn gelehrt hatte –, hatte sie das Interesse verloren und war zurück ins Bett gegangen.

„Genug gefrühstückt", sagte Vanni und klopfte sich die Krümel von seiner abgewetzten Jacke. Es war ziemlich kalt in der Werkstatt. Dafür sorgte das viele Wintergartenglas. Draußen lag noch ein Hauch Zitrusduft in der Luft, der, vermischt mit dem Geruch von Salz und Seetang aus der nahe gelegenen Lagune, eine angenehme Frische verbreitete. Es konnte einen in Venedig und Mestre schlimmer treffen, hatte sein Vater immer gesagt. In dunklen, beengten Mühlen und Fabriken, wo die Arbeiter sich für einen Hungerlohn abrackern mussten. Obwohl die meisten von ihnen inzwischen arbeitslos waren und darauf warteten, was nun wohl kommen würde.

„Du", sagte Chiara zu Vanni, „kannst den freien Webstuhl in der Mitte nehmen." Sie warf Paolo einen Blick zu. „Er war nicht ganz richtig eingerichtet, aber darum habe ich mich gekümmert. Tu, was ich dir gesagt habe. Nur der Anschlagkamm, sonst nichts. Wenn ein Faden reißt, höre ich es. Wenn du einen Fehler machst, höre ich es. Wenn du dich nicht konzentrierst oder versuchst, etwas anderes …"

„Sie haben wirklich ein ausgezeichnetes Gehör, *signora*", sagte Vanni lächelnd. „Ich bin dankbar, Ihr Schüler zu sein." Er nickte Paolo zu. „Dankbar, dass ich hier bin. Genau wie meine Schwester, wenn sie es auch nicht immer so gut zeigen kann."

„Weniger reden, mehr arbeiten", antwortete Chiara. Dann krempelte sie die Ärmel hoch und ging zu dem Webstuhl auf der linken Seite, von wo aus sie ihren Lehrling besser im Blick behalten konnte.

Während das Klappern der drei Webstühle im Giardino degli Angeli einen emsigen Rhythmus annahm, trafen sich zwei Männer vor einem alten, vornehmen Café auf dem *campo* bei Santi Giovanni e Paolo, der Basilika, die von den älteren Venezianern San Zanipolo genannt wurde. Der eine war groß, hatte einen grauen Haarschopf und eine Hakennase. Er trug einen schweren schwarzen Mantel und ging etwas gebückt, als ruhe eine Last auf seinen Schultern. Der zweite trug den weiten, schwarzen Winterumhang eines Priesters. Sie grüßten einander, als wären sie überrascht, sich zu sehen, was aber nicht zutraf. Ihre Vorsicht war vielleicht übertrieben. Vermutlich würde niemand Notiz davon nehmen, dass ein ehemaliger Arzt Mitte sechzig und ein fünfzehn Jahre jüngerer Priester sich vor der Reiterstatue des blutdürstigen mittelalterlichen Kriegsherrn Bartolomeo Colleoni über den Weg liefen. Trotzdem hielten es beide für angebracht, vorsichtig zu sein. Ihre Verabredung war im Stillen getroffen worden, nachdem sie die Neuigkeit von der sicheren Ankunft Mika und Vanni Artoms erreicht hatte. Seitdem hatten die Männer nur gehört, dass Paolo Uccello Gallos Geschäft an der Via Garibaldi besucht hatte und ihm, wie abgesprochen, Lebensmittel für drei Personen ausgehändigt worden waren. Nudeln, Gemüsekonserven, billiger Wein, außerdem Zigaretten.

Garzone fragte sich, ob das ein weiteres Unheil war, das er dem armen einsamen Paolo hinter den Mauern seines Verstecks im Giardino degli Angeli aufbürdete: Tabak. Schließlich war er fast noch ein Kind.

Dennoch hatten sie wirklich andere Sorgen als den Zustand seiner Lunge.

Drei Monate nach der Ankunft der Deutschen herrschte allgemeine Anspannung in der Stadt. Die einheimische Bevölkerung war aufgebracht und hatte Angst vor den Fremden, die in ihren Uniformen durch ihre Straßen marschierten, als wären sie die neuen Herrscher und würden nie wieder weggehen. Die meisten Venezianer verachteten Mussolini. Einige der Älteren sehnten sich versonnen nach der Zeit, an die ihre Urgroßeltern sich vielleicht noch erinnerten, in der Venedig noch ein eigener Staat war, eine unabhängige Republik und nicht Teil eines wiedervereinigten Italiens. Jetzt, nachdem der Duce Hitlers Marionette geworden war und die *crucchi* die Macht hatten, war es schwer zu entscheiden, wem man sich national zugehörig fühlte. Einem König, der aus Rom geflohen war, um diejenigen zu schützen, die nach und nach von Süden her das Land einnahmen und Tag und Nacht Bomben auf Industrie- und Militäranlagen abwarfen? Oder dem faschistischen Diktator, der sie überhaupt erst in diese schlimme Lage gebracht hatte und nun seine gefangene Bevölkerung durch eine direktere und persönlichere Terrorherrschaft im Zaum hielt?

Grundsätzlich, so urteilte Garzone aufgrund der stillen Gespräche während der Beichte, kamen die Leute zu dem Schluss, dass die Hauptverantwortung jeder vernünftigen Familie sich selbst und den Verwandten galt. Falls sie noch andere Bindungen hatten, sprachen nur diejenigen, die ihn persönlich kannten – Partisanen oder die Gläubigen, die ihnen heimlich halfen –, offen darüber mit ihm in den kalten zugigen Tiefen von San Pietro di Castello.

Während des vergangenen Jahres waren es etliche gewesen, größtenteils Männer, die ihm in der Stille seines engen Beichtstuhls Gewalttätigkeiten, Waffenschmuggel, gelegentlich sogar Mord gestanden und dann stumm auf ein Wort des Trostes gewartet hatten. Nicht auf Absolution. Die konnte er ihnen nicht erteilen. Aber es herrschten außergewöhnliche Zeiten. Verurteilen konnte er sie auch nicht.

Gegenüber dem Café, in dem die beiden Männer sich niederließen, um ihre *macchiati* zu trinken und Gebäck zu essen, das durch die Engpässe des Krieges ganz dünn und krümelig geworden war, lag Diamantes alte Arbeitsstätte, im Grunde seine eigene Basilika. Das Krankenhaus befand sich hinter der Fassade der früheren *Scuola Grande di San Marco*, des schönsten Eingangs zu einer medizinischen Einrichtung auf der ganzen Welt, zumindest behauptete Diamante das immer. Und niemand, der diesen zu Gesicht bekam, widersprach ihm. Hier hatte er nach seinem Studium in Bologna mit Mitte zwanzig als Assistenzarzt angefangen. Hier hatte er sieben Tage die Woche, auch nachts, unermüdlich gearbeitet, sich um die Kranken gekümmert, sich die komplexen Verwaltungsvorgänge dieser Klinik angeeignet, die sich mit ihren teils alten, teils modernen Bereichen bis zum Ufer ausdehnte, von wo aus man auf die Friedhofsinsel San Michele und zum nördlich gelegenen Murano blickte. Hier war er bis zum Chefarzt aufgestiegen und hatte die Chirurgie geleitet, bis die Rassengesetze in Kraft traten und ihn seines Arbeitsplatzes beraubten. Diamante war Junggeselle und hatte genug gespart, um zu überleben. Außerdem verdiente er noch ein wenig Geld mit der Behandlung von Juden. Obwohl er inzwischen häufig mit etwas anderem beschäftigt war.

„Weißt du schon, wann deine Freunde in eine geeignetere Unterkunft umziehen können?", fragte Garzone, während er einen trockenen, fade schmeckenden Keks in seinen Kaffee tunkte.

„Nein. Tut mir leid. Ist das ein Problem?"

Der Priester runzelte die Stirn.

„Schwer zu sagen, bis es eins wird. Wenn die zwei vernünftig sind und hinter Uccellos Mauer bleiben, dürfte sie eigentlich niemand finden. Ein besseres Versteck kann ich mir kaum vorstellen. Nur wenige wissen davon. Und noch weniger denken daran. Die Nachbarn hatten noch nie viel mit den Uccellos zu tun. Solange sie also ihr Versteck nicht verlassen. Aber jemand hat sie dorthin gebracht. Falls es ..."

„Meine Freunde tun, was sie können, Filippo. Wir sind dir alle dankbar für deine Hilfe."

„Was?" Darüber musste Garzone lachen. „Was habe ich denn schon getan? Einen einsamen jungen Waisenknaben in große Gefahr gebracht, entgegen dessen Bauchgefühl. Er leidet immer noch unter dem Verlust seiner Eltern. Er gibt der Seite, für die deine Freunde kämpfen, die Schuld an ihrem Tod."

Diamante rührte in seiner leeren Tasse.

„Die Artoms kämpfen für eine Sache, nicht für die Amerikaner. Soviel ich gehört habe, wollen sie viel lieber von den Russen befreit werden als von einer Horde Amis."

„Ach", murmelte Garzone. „Ich glaube, das hast du noch gar nicht erwähnt."

Diamante schien überrascht.

„Wäre das denn ein Unterschied gewesen? Wenn ich dir erzählt hätte, dass es gottlose Kommunisten sind, denen es ziemlich fernliegt, uns die unbeschwerte Demokratie zurückzubringen, an die nur noch ein paar alte Kerle wie du und ich uns dunkel erinnern können? Hättest du dann Nein gesagt?"

„Natürlich nicht. Aber ich hätte es gerne gewusst."

„Ich vermute, dein junger Freund sieht es genauso. Er hat sie schließlich aufgenommen, oder nicht? Jetzt gibt es kein Zurück mehr.

Wenn er so dumm wäre, ins Ca' Loretti zu marschieren und sie auszuliefern, würden sie ihn trotzdem erschießen, allein schon, weil er ihnen Unterschlupf gewährt hat."

„Stimmt", musste Garzone zugeben. „Und wir sitzen hier, trinken Kaffee und plaudern wie vor dem Krieg und als würden wir eine freundschaftliche Diskussion darüber führen, ob das Fenice sein hohes Ansehen verdient hat oder nicht."

„Du bist ein Theatermensch. Du bevorzugst doch schon immer das Goldoni."

In den Dreißigerjahren waren die beiden Männer oft in dieses Café gekommen, um besseren Kaffee zu trinken und bessere *biscotti* zu essen. Stundenlang hatten sie damals als Amateurkritiker die neuesten Inszenierungen der Stadt analysiert.

„Es gibt wieder Oper, wenn du willst, Aldo. *La Traviata*, glaube ich. Sie verkaufen dir bestimmt eine Karte. Jüdisches Geld nehmen sie offenbar immer gern, auch wenn sie keine Juden mögen."

„Das ist nicht ganz fair. Da du kein Opernliebhaber bist, entgehen dir die Feinheiten. Letzten Monat haben sie Boitos *Mefistofole* gespielt."

„Das habe ich gelesen. War die Vorstellung gut?"

„Keine Ahnung. Ich bin nicht hingegangen. Es war wohl ein subtiler Affront gegen den Duce und die Unterwerfung unter Hitler, seinen neuen Herrn. Ich bewundere ja ihren Mut, aber wegen eines Librettos und eines Musikstücks den Zorn der Faschisten zu riskieren, scheint mir ein wenig unbedacht. In diesen Zeiten hält man sich besser im Hintergrund, anstatt sich stolz mit den *crucchi* und ihren Huren in den Logen des Fenice zu präsentieren."

„Verständlich." Garzone holte tief Luft und erzählte ihm die einzige Neuigkeit, die er hatte. Ein Anarchist vom Lido namens Tartaglino war von der SS verhaftet und gefoltert worden. „Angeblich haben sie ihm die Ohren abgeschnitten und ihn dann erschossen. Wusstest du das?"

„Nein", bekannte Diamante. „Von einem Tartaglino hab ich noch nie etwas gehört. War er Mitglied eines Netzwerks?"

„Nicht, dass ich wüsste." Der Priester bestellte noch zwei Espresso und wartete, bis der Kellner wieder hinter der Theke war, bevor er weitersprach. „Ein merkwürdiger Intellektueller, der auf dem Lido wohnte.

Er war Atheist. Oder Anarchist oder so. Ein exzentrischer Typ mit exzentrischen Ansichten. Weiß der Himmel, warum sie ihn ausgesucht haben. Ich bezweifle, dass er ihnen mehr zu erzählen hatte als ein paar wilde Theorien über Gramsci oder irgendeinen anderen Philosophen, den er bewunderte. Ich frage mich …"

Es fiel ihm schwer weiterzusprechen.

„Was fragst du dich, Filippo?"

Garzone sah seinen Freund fest an.

„Ich frage mich, was ich unter solchen Umständen tun würde. Wenn sie mich festnehmen und in dieses scheußliche Gebäude verfrachten würden, in das ich früher immer ging, um Nachsicht für das ein oder andere Gemeindemitglied zu erbitten, wenn es seine Steuern nicht zahlen konnte. Ich frage mich, ob ich, falls sie mich foltern würden, wirklich tapfer genug wäre, nichts zu sagen. Oder ob ich jeden und alles verraten würde, nur damit der Schmerz aufhört. Als Priester bin ich ständig von Bildnissen von Märtyrern umgeben. Aber ich habe keine Ahnung, ob ich den Mut besäße, selbst einer zu werden."

Diamante schwieg.

„Ich hatte gehofft, du würdest mir sagen, was du darüber denkst, Aldo."

„Ich denke, dass das niemand weiß. Nicht, solange es nicht passiert. Ich persönlich glaube, ich würde sie eine Weile gewähren lassen, und dann reden. Und ihnen einen solchen Haufen Unsinn erzählen, dass sie nichts damit anfangen könnten. Woraufhin sie mich entweder töten würden oder feststellen, dass es Unsinn war, um wieder von vorne anzufangen. Danach würde ich vielleicht versuchen, mich umzubringen …"

„Was eine Sünde ist. Für Katholiken."

„Und den Nazis zu geben, was sie wollen, ist keine Sünde?"

Diamante ging immer als Sieger aus ihren Streitgesprächen hervor. Das war einer der Gründe, warum Filippo Garzone diesen Mann bewunderte.

„Du bist tapferer als ich. Die Juden mussten schon immer tapfer sein. All das, was wir euch angetan haben. Was wir euch jetzt antun, obwohl nur Gott weiß, was das wirklich …"

Diamante lächelte und ergriff die Hand seines Freundes.

„Also, das ist jetzt wirklich Unsinn. Ich bin Chirurg, weißt du noch? Ich habe mehr Körper von innen gesehen, als die meisten sich vorstellen können. Wie heißt es doch? ‚Hat nicht ein Jude Hände? Sind wir nicht denselben Krankheiten unterworfen, werden mit denselben Mitteln geheilt? Wenn ihr uns stecht, bluten wir nicht?' Es funktioniert in beide Richtungen. Du und ich, wir unterscheiden uns nicht. Und vergiss nicht, dass ich nicht nur ein weltlicher Jude bin. Ich bin sogar Atheist. Ein Wunder, dass du überhaupt mit mir sprichst."

„Ich habe das Gefühl, etwas tun zu müssen."

„Du hast etwas getan", antwortete Diamante. „Und jetzt solltest du langsam damit aufhören. Vor vier Wochen haben die Deutschen mich beauftragt, eine Namensliste der *qehillà* zu erstellen."

Dieses Wort hatte Garzone noch nie gehört.

„Der was?"

„*Qehillà*. So nennen wir die jüdische Gemeinde. Diejenigen von uns, die in der Stadt Venedig wohnen, von Burano im Norden bis hier im Zentrum und auf dem Lido. Sogar ein Ehepaar aus Malamocco und ein alter Mann aus dem Pflegeheim in Alberoni gehören dazu, kannst du dir das vorstellen? Sie gehören alle zu meiner Gemeinde, seit die Faschisten beschlossen haben, dass ich ihr Vorsteher bin. Das ist ziemlich neu für mich als Atheisten. Obwohl …" Er blickte zum Krankenhaus auf der anderen Seite des *campo* hinüber. „Meines eigentlichen Platzes beraubt, fühle ich mich von Tag zu Tag jüdischer, muss ich sagen. Es ist merkwürdig. Vielleicht werde ich irgendwann einem Rabbiner ein paar Fragen stellen. Falls dann noch einer übrig ist."

Der Priester dachte einen Moment über das Gehörte nach.

„Du sollst eine Liste für sie erstellen?"

Diamante nickte.

„Von allen. Nicht nur von den Bewohnern des Ghettos. Von allen Männern, Frauen und Kindern mit jüdischem Blut in Venedig und auf den Inseln."

„Das ist unmöglich! In dieser Stadt leben, wie viele … ungefähr hunderttausend Menschen. Abgesehen von denen, bei denen es offensichtlich ist … woher willst du wissen, ob jemand Jude ist oder nicht? Es sei denn, sie melden sich freiwillig, und so dumm wird wohl keiner sein."

Diamante rührte wieder in seiner leeren Espressotasse und schüttelte langsam den Kopf.

„Es ist gar nicht so schwer, wie du denkst. Juden kennen gewöhnlich andere Juden. Auch solche, die es zu verbergen versuchen. Verwandte. Freunde. Leute, mit denen sie zur Schule gegangen sind. Menschen, denen sie vertrauen müssen, nachdem sie heutzutage ohne die Hilfe anderer Juden wenig tun können. Man muss kein Genie sein, um Namen herauszubekommen. Und soviel ich weiß, haben die Deutschen Hilfe angefordert, um sicherzustellen, dass ich es auch richtig mache. Einen von uns, der die Seiten gewechselt hat."

„Nein, das ist doch wohl …"

„Der Mann heißt Salvatore Bruno. Stammt ursprünglich aus Turin. Aber er benutzt auch andere Namen, wenn er seinen Geschäften nachgeht. Ein berüchtigter Kerl, der quer durch Mussolinis kleinen Staat zieht und mit dem Finger nach rechts und nach links zeigt. Manchmal gewinnt er das Vertrauen der Leute, indem er vorgibt, ein Partisan zu sein. Oder er schleift sie direkt in einen Raum, wo die Folterknechte der Nazis ihre Arbeit erledigen können. So oder so, es geht immer gleich aus. Sie landen in einem Eisenbahnwaggon und verschwinden, oder sie werden irgendwo an die Wand gestellt und erschossen. Dann bekommt er seine Prämie. Angeblich sollen es siebentausend Lire pro Kopf sein. Angesichts seines Erfolges ist er inzwischen sicher ein reicher Mann. Vermutlich ist der Mistkerl schon auf dem Weg hierher. Ich werde ihm bald meine Liste zur Genehmigung aushändigen müssen."

„Und dann?"

Diamante blickte sich um. Sie waren die Einzigen in dem Café. Niemand konnte sie hören. Es war eher, als wollte er die Worte nicht aussprechen.

„Dann holen sie uns alle ab, nehme ich an. Wozu brauchen sie sonst eine Liste? Wie es endet, weiß ich nicht genau. Nur wie es anfängt."

Garzone versagte beinah die Stimme.

„Gütiger Gott. Wie tief kann man sinken?"

„Wie tief sind wir schon gesunken, ohne dass wir es gemerkt haben?", antwortete sein Freund. „Die Nachricht macht schon die Runde. Ich frage mich, ob die Schwarzen Brigaden sie vielleicht durch ihre Informanten gezielt verbreiten lassen. Um uns aufzuschrecken. Damit wir uns selbst zu erkennen geben. In Panik geraten. Einige versuchen schon, in die Schweiz zu fliehen. Wer genug Geld und die richtigen Kontakte hat, kann entkommen. Wer gefasst wird, den rauben sie aus und erschießen ihn auf der Stelle. Ein paar ganz Mutige versuchen offenbar, hinter die deutschen Linien nach Süden zu gelangen. Von Rimini aus kannst du ein Boot nehmen und beten, dass dich die Küstenwache nicht bemerkt. Oder dass die Briten oder die Amerikaner dein Boot nicht auf offenem Meer in die Luft jagen, falls du so weit kommst."

Garzone drückte ihm die Hand.

„Ich spreche mit ein paar Leuten. Wir bringen dich hier raus."

Der alte Arzt sah ihn schockiert an und zog seine Hand zurück.

„Ist das dein Ernst? Hier ist mein Zuhause. Das einzige, das ich kenne. Ich bin hier geboren. Wenn irgendwer mir verwehren wollte, hier auch zu sterben, würde ich ziemlich böse werden. Abgesehen davon haben sie mich zu ihrem Vorsteher bestimmt."

„Das waren die Faschisten. Die Nazis. Was bist du denen schuldig? Nichts."

„Ich fliehe nicht. Ich kann nicht …"

„Ich bitte dich."

„Verschwende nicht deine Zeit."

Vor dem Krieg konnten ihre Unterhaltungen stundenlang dauern und sich um alles Mögliche drehen: von der Politik bis zum Fußball, von der Oper bis zur neuesten Ausstellung in der Accademia. Nun spürte Garzone, dass dieses Gespräch jeden Moment zu Ende gehen würde.

„Wie lange brauchst du noch, um die Liste zu erstellen?"

Diamante lächelte und beugte sich mit einem verschwörerischen Zwinkern zu ihm.

„Ach, weißt du. Ich bin letzte Woche damit fertig geworden. Gib mir eine Aufgabe, und ich erledige sie prompt."

„Wissen sie das?"

„Natürlich nicht. Ich bin doch nicht dumm. Wir haben ein paar Hundert Juden unter uns, die leicht zu erkennen sind. Viele von ihnen sind schon älter. Nur wenige haben das Geld, um jemanden zu bestechen, der sie hier rausbringt, selbst wenn sie wollten. Wie sollen sie fliehen. Und wohin?" Er beugte sich wieder vor, um seine Aussage zu verdeutlichen. „Hör zu. Du siehst doch, wie schwierig es ist, zwei kommunistische Rebellen vor ihnen zu schützen? Ein Geschwisterpaar, das es gewohnt ist, sich zu verbergen und zu verteidigen. Wie soll ich das mit einem Bäcker mittleren Alters und seiner Frau samt ihren Kindern anstellen? Oder einer über achtzigjährigen Witwe, die kaum noch laufen kann?"

Wie schrecklich er es auch fand, Garzone verstand, was sein Freund meinte.

„Aber was dann?"

„Wie schon gesagt. Ich warte ab. Mache langsam. Ich lächle, entschuldige mich und verspreche ihnen, mein Bestes zu geben. Und währenddessen verzögere ich die Sache, liefere Ausflüchte, verschaffe den Menschen eine Chance zu fliehen, wenn sie es wollen. Es kommt darauf an, dass wir uns wie die feigen Handlanger benehmen, für die sie uns halten. Eines Tages, eines glorreichen Tages, kommt die Erlösung. Davon bin ich überzeugt."

„Und wie viele von euch werden dann noch übrig sein?"

Das war eine schwierige Frage, und Garzone wünschte sich, er hätte sie nicht gestellt. Aldo Diamante war der Schmerz anzusehen.

Der unangenehme Moment wurde durch laute Stimmen unterbrochen. Deutsch, eine Sprache, von der beide kaum etwas verstanden. Drei Männer in dunklen Anzügen schienen die verängstigte Frau hinter der Theke mit Fragen zu bombardieren. Nach ihren stockenden Antworten schwiegen sie einen Augenblick. Dann deutete einer auf die teuerste Flasche Grappa. „Drei!", blaffte er.

Mit zitternden Händen servierte sie ihnen randvolle Gläser, besser gefüllt, als ein zahlender Venezianer je eins bekommen würde. Sie wagte es nicht, sie nach Geld zu fragen.

„Eines Tages", wiederholte Diamante. Dann stand er auf, tippte sich an den Hut und ging lächelnd zur Tür.

* * *

Der Nebel hatte sich aufgelöst. Der Himmel über dem gläsernen Dach ihrer Werkstatt im Wintergarten war in das kalte, harte Sonnenlicht gehüllt, das Paolo mit dem Winter verband, einer Zeit, in der Venedig so schön aussah wie ein Gemälde. Vor dem Krieg hatte seine Mutter ihn einmal in die Ausstellung der Werke William Turners, eines Engländers, in der Accademia mitgenommen. Verschwommene Aquarelle in wechselnden Farben, die sie so begeisterten, dass sie den Druck eines der Bilder im Esszimmer über dem Tisch hängen hatten. *Boats in front the Dogana and Santa Maria della Salute.* Vor über hundert Jahren gemalt.

Paolo hatte das Bild auch gefallen, aber, typisch altkluges Kind, hatte er festgestellt, dass mit der Ansicht etwas nicht stimme. Sie sei nicht detailgenau. Die dargestellten Gebäude, der Rundblick, das könne niemals so ausgesehen haben, wie Turner es gemalt hatte.

„Dummerchen", hatte seine Mutter gesagt. „Das ist Kunst. Keine Fotografie. Etwas, das man in seiner Vorstellung sieht, nicht mit den Augen. Benutz doch ausnahmsweise einmal deine Fantasie."

Das musste vor ungefähr sechs oder sieben Jahren gewesen sein, zu der Zeit, als Mussolini langsam seinen Griff um Italien fester schloss, anfing, seine Feinde einzusperren und den Juden Restriktionen aufzuerlegen. Seine Mutter und sein Vater waren mit ihm erst kurz zuvor aus Dorsoduro nach Castello gezogen. Das Geld war knapp. Sie mussten Weberinnen entlassen, was sie nicht gern taten. Und anscheinend waren sie auch Faschisten gewesen. Danach hatten sie sich in den Giardino degli Angeli zurückgezogen, Paolo aus der Schule genommen, sich hinter ihrer Backsteinmauer versteckt, wo sie mit Mühe irgendwie über die Runden kamen.

Bald schon hatten sie nur noch Chiara Vecchi gehabt, um ihnen zu helfen.

Die Welt der Fantasie mied er gewöhnlich. Vor allem in letzter Zeit. Dort waren Leichen, mit weit geöffneten Augen, die ihn anstarrten.

Er schob den Anschlagkamm zurück und bewegte die Kettfäden, sodass das von der Lochkarte vorgegebene Muster entstand.

Si-tah-si-tah-si-tah-sitschi-si-piu.

Kurz darauf bemerkte er Chiaras Blick. Sie sah inzwischen zufriedener aus. Auch der Neuling hatte diesen Rhythmus schnell gefunden. Also beugte Paolo sich vor, um ihn anzulächeln, und ihm wurde warm ums Herz durch das unvermittelte Grinsen, das er als Erwiderung bekam. Vanni Artom war anders als die venezianischen Männer, denen er draußen in Castello begegnete. Er besaß nichts von der Sucht nach Geld und Ansehen, dem Drang, härter und stärker zu sein als alle anderen. In Vannis Blick lag etwas Liebenswürdiges, fast Weibliches, genau wie in dem sanften Lächeln und der lockeren Art, mit der er darauf einging, was andere wollten. Seine dunklen Haare waren so lang, dass er wie einer von Caravaggios Jünglingen wirkte, sinnlich und geheimnisvoll. Am Webstuhl hatte er manchmal Mühe, den Anschlagkamm von sich wegzuschieben.

Ich könnte deine Hände führen und dir helfen, dachte Paolo.

Si-tah-si-tah-si-tah-sitschi-si-piu.

Das war ein Gedanke aus seiner Fantasie. Noch ein Grund, warum er versuchte, sie nicht zu benutzen. Allzu oft bescherte sie ihm Gedanken, Bilder und Sehnsüchte, die er nicht haben wollte. In der Schule hatten sie es auch bemerkt, als er gerade einmal elf war. Das war ein weiterer Grund, weshalb er froh war, nicht mehr dorthin zu müssen. Ein weiterer Grund vielleicht, warum seine Eltern ihn im Giardino degli Angeli verborgen hielten, fern von der rauen, kalten Welt vor seinen Mauern. Er passte nicht dorthin.

Drei Webstühle, die gleichmäßig arbeiteten, machten einen ziemlichen Lärm. Deshalb merkten sie nicht, dass Mika Artom sie durch die angelehnte Wohnungstür beobachtete und dann, als sie sich sicher war, dass sie konzentriert am Werk waren, zur Hintertür lief und hinaus auf die Terrasse schlüpfte. Von wo sie rasch einen Weg hinter die Backsteinmauer und über einen schmalen Vorsprung, der daran entlangführte, bis nach San Pietro fand.

An der Brücke standen ein paar Soldaten in grauen deutschen Uniformen. Sie hatten ihr den Rücken zugewandt und blickten zu dem weißen Marmorkirchturm, der leicht windschief neben der Basilika stand.

Ihr Herz fing an zu pochen, wie immer, wenn *crucchi* in der Nähe waren. Vor Angst. Und aus purem Hass.

Sie ging in die andere Richtung, verschwand in einem Labyrinth aus Gassen, die so eng und verwinkelt waren, dass sie sich fragte, ob sie jemals auf der anderen Seite herauskommen würde.

Luca Alberti war ein wohlüberlegtes Risiko eingegangen, als er Gretas schmuddelige Bar in Castello aufgesucht hatte. Ein vergebliches Unternehmen allerdings, das kein bisschen nützliche Informationen geliefert hatte. Also hatte er wieder auf altbewährte Methoden zurückgegriffen. Hatte an die Türen derjenigen geklopft, die er verdächtigte, mit den Partisanen verbündet und feige genug zu sein, um zu reden. Hatte seine wenigen Informanten beiseitegenommen und sie daran erinnert, dass gute Tipps ihnen doppelt so viel Geld einbringen würden, vielleicht sogar mehr. Und dass er womöglich gar nichts bezahlen würde, wenn sie ihm nichts Nützliches lieferten. Vielleicht würde er auch aufhören, ihre zwielichtigen Aktivitäten zu ignorieren: Schmuggeln, Stehlen, Geld von Ladenbesitzern erpressen, als Gegenleistung für Schwarzmarktware, die sie anderswo nicht so leicht bekamen.

Doch nichts hatte etwas gebracht. Falls die Artoms in der Stadt waren, dann besaß offenbar niemand, den er kannte, Kenntnis davon.

Oberg schien zu sehr mit anderen Dingen beschäftigt, um den mangelnden Fortschritt zu beklagen, obwohl seine Handlanger Sachs und Sander gelegentlich höhnische Bemerkungen machten, wenn Alberti mit leeren Händen ins Ca' Loretti zurückkehrte. Er antwortete stets mit einem Lächeln und reagierte nicht weiter auf ihren Spott. Manchmal fragte er sich jedoch, ob es sich nicht doch lohnen würde zu bleiben und die Befreiung der Stadt mitzuerleben, wann immer das auch sein würde. Er hätte seinen Spaß daran, mit anzusehen, wie diese flegelhaften Mistkerle an die Wand gestellt werden würden. Ein Grund, warum er Trevisan in der Via Garibaldi diesen kleinen Vortrag gehalten hatte, war, dass er ihm eine Option eröffnen wollte. Dahinter stand der Gedanke, dass er vielleicht bereit sein könnte, für beide Seiten zu arbeiten, wenn die Belohnung entsprechend wäre. Im Herzen blieb Alberti Venezianer. Dass die Faschisten die Stadt regierten, war ihm egal, aber mit den *crucchi* war das etwas anderes. Sie waren ebenso wenig willkommen wie die Eindringlinge früherer Tage, die Franzosen und die Österreicher.

Wenn die Briten oder die Amerikaner endlich die Brücke überqueren würden, die Venedig mit dem Festland verband, würde die Abrechnung folgen. Männer wie Rocco Trevisan und seine Kameraden würden sie vielleicht als Befreier willkommen heißen. Doch ziemlich bald schon würden sie an denen Rache nehmen wollen, die sie hassten. Und wenn es so weit war, würden sie es auf dieselbe Weise tun, wie die *crucchi* es schon heute taten. Eine gnadenlose Verfolgung, ein schneller

Prozess, wenn man Glück hatte, vielleicht Tod durch den Strang oder durch ein Erschießungskommando auf offener Straße.

Wenn er ein doppeltes Spiel spielte, konnte er das hoffentlich vermeiden. Musste am Ende nicht in irgendein fremdes Land fliehen. Aber das Risiko war verdammt groß. Einige Wochen zuvor war ein Bericht über einen Partisanen auf seinem Schreibtisch gelandet, der in der Umgebung von Bozen gesucht wurde. Er war neunzehn Jahre alt und Mönch gewesen, bis er sich den Kämpfern angeschlossen hatte und nach einer Razzia fliehen konnte. Tagelang irrte er auf der Suche nach sicherem Gebiet durch die Berge, nur um dann auf ein abgelegenes Dorf zu stoßen, in dem die Leute ihn für einen deutschen Spion hielten und ohne lange zu fragen erschossen.

Es hatte wenig Sinn, Trevisan überzeugen zu wollen, dass er im Grunde ein guter Mensch war. Der Zug war abgefahren.

„Noch ein Espresso?“, fragte der Junge hinter dem Tresen bei Marino.

„Nein. Du hast mich noch nicht gefragt, wie es läuft.“

Der Bursche lief rot an und wirkte plötzlich verängstigt.

„Das ist gut, Kleiner“, sagte Alberti. „Du lernst dazu. Mund halten. Nichts tun. So kommst du aus dieser Scheiße vielleicht lebend raus.“

Am Anleger vor dem Ca' Loretti war ein Boot mit Deutschen angekommen. Uniformen, Ledermäntel, Schirmmützen, jede Menge Medaillen. Sie liebten ihr Silber und ihre Tressen.

Alberti beobachtete, wie sie von Bord gingen; unbeholfen wie Menschen, die nicht mit Booten groß geworden waren. Anschließend bildeten sie einen Kreis um eine Person. Alberti fragte sich, ob sie wohl jemanden festgenommen hatten, einen entflohenen Gefangenen, irgendeinen armen Trottel, der jetzt in die Zellen gebracht wurde, die von den schlimmsten der *crucchi* zum Foltern benutzt wurden. Aber nein. Dieser Mann war klein, vielleicht fünfunddreißig, dunkler Typ. Er hatte ein schlaffes Gesicht und eine Nase, die Alberti sofort zu der Vermutung veranlasste: *Entweder du bist Jude oder du gibst verdammt gut vor, einer zu sein.*

Der Mann trug einen eleganten schwarzen Mantel, der ein Vermögen gekostet haben musste, und einen passenden Hut mit breiter Krempe und silbergrau glänzendem Hutband. Alles an ihm sah nach

Geld und Macht aus. Die Deutschen geleiteten ihn durch die Gasse zu den Wachposten am Eingang.

Alberti beobachtete ihn, als sie vorbeigingen. Sich Gesichter zu merken, gehörte zu seinen Aufgaben, er hatte diese Fähigkeit jahrelang perfektioniert. Das hier hatte er schon einmal gesehen. Auf einem Bericht, der offen auf Obergs Schreibtisch gelegen hatte, als die Deutschen einmal kurz das Büro verließen.

Weiter oben in der Gasse ertönten Stiefelschritte auf dem Pflaster. Ein paar deutsche Soldaten eskortierten jemanden ins Gebäude, der dort nicht hinwollte. Groß, gebeugt, dunkler Mantel, schmales graues Gesicht.

Aldo Diamante. Der Mann, dem sie die Verantwortung für die Juden in der Stadt übertragen hatten.

Als er wieder an das andere Gesicht dachte, wurde ihm die Verbindung schlagartig klar. Das Foto hatte er auf einem Bericht aus Turin gesehen. Bei dem Mann handelte es sich um den Judenjäger, der laut Oberg nach Venedig unterwegs war. Salvatore Bruno.

„Verflucht“, murmelte er und trank seinen Espresso aus. „Da ist was im Busch.“

Es war nicht nur die Langeweile, die Mika Artom dazu trieb, sich aus Paolo Uccellos Haus zu schleichen. Schon seit sie bei dem Anschlag auf die Bahnstrecke im Vallagarina bei Rovereto mit ihrer Zelle beinah umgekommen wären, war sie auf der Suche. Nach einem Grund. Einem Zweck. Einem Ziel. Die kalte schlichte Wohnung einer Weberfamilie am Rand von Venedig schien ein merkwürdiger Ort, um das zu finden. Und doch lag hier die Antwort.

Während ihr Bruder und Chiara Vecchi draußen an den Webstühlen arbeiteten, hatte sie das Wohnzimmer durchsucht. Das laute Klappern und Schlagen und Vannis gelegentliches Lachen hatten ihr Stöbern in Schubladen, Schreibtisch und Schränken übertönt.

Anfangs betrachtete sie das Ganze nur als einen fruchtlosen, vielleicht peinlichen Versuch, ihren schweigsamen jungen Gastgeber zu ergründen. Sie wusste nicht, wonach sie eigentlich Ausschau hielt. Nach einem Hinweis vielleicht, warum er sich hinter einer hohen Mauer in einem verwilderten Garten in einem Glashaus versteckte, das in eine Werkstatt umfunktioniert worden war. Fast schon eine kleine Festung zum Schutz vor dem Leben da draußen. Es waren nicht die *crucchi*, vor denen er Angst hatte. Er fürchtete offenbar die Welt, was immer sie auch umfassen mochte. Vielleicht lag die Erklärung im Verlust seiner Eltern. Aber die Artoms hatten schon mehr Tode erlebt, als Paolo Uccello sich vorstellen konnte: Familie, Freunde, Kampfgefährten. Ihr Verlust befeuerte Mikas Zorn. Sich in einem kahlen und zugigen Haus am Rand der träge plätschernden Lagune einzuschließen, war das Letzte, was sie wollte.

Geld könnte nützlich sein, falls sie plötzlich wieder fliehen müssten. Nicht, dass sie davon viel hätte finden können, bis auf ein paar Tausend Lire, die in der Schreibtischschublade lagen. Eine versteckte Waffe? Allein bei dem Gedanken musste sie lachen. Also begnügte sie sich schließlich damit, neugierig herumzuschnüffeln. Eine Diebin, die keine Ahnung hatte, wonach sie suchte.

Im Schreibtisch bewahrte Paolos Vater seine ganzen Geschäftsunterlagen auf, ordentlich verstaut in einem grauen Pappkarton mit der Aufschrift *Verkäufe* in der unteren Schublade. Es lagen vielleicht vierzig Schriftstücke darin, und die Zahlen der letzten sechs Jahre zeigten deutlich den Niedergang des Familienunternehmens. In den vergangenen vier Monaten hatte es nur eine einzige Kundenanfrage gegeben. Die Stadt, aus der sie kam, stach ihr sofort ins Auge: Turin. Dann eine Adresse, die sie stutzig machte und zur Sicherheit ein zweites Mal hinschauen ließ. Die Piazza delle Due Fontane. Sie fühlte sich sofort nach Hause zurückversetzt, und all die Erinnerungen ließen ihr Herz schneller schlagen. Als Kinder waren sie und Vanni dort oft mit ihren Eltern hin spaziert, bis ein gewaltiger Block weißer Gebäude faschistisch geprägten Stils sich aus dem Baustaub erhob, alle quadratisch oder rechteckig, nicht der sanfte, verwitterte Stein alter Bauwerke, die sie so mochte.

Bei Kriegsbeginn nahm Mussolinis Sicherheitsdienst die Büros darin ein, zusammen mit seinen deutschen „Beratern". Inzwischen hatte wohl die Gestapo den ganzen Komplex übernommen. Von dort kamen die Leute, die ihre Eltern ermordet hatten. Es war ihr unmöglich, sich an die kalten, abweisenden Marmorkästen zu erinnern, ohne dass sie Blut an den Fassaden herunterlaufen sah. In Due Fontane arbeitete niemand, der keine Verbindung zu den Nazis hatte.

Und hier war ein Schreiben, das von dort kam und in dem eine Bestellung bei Paolo Uccellos Vater aufgegeben wurde. Drei kleine identische Banner für Präsentationszwecke, „alle nach den höchsten Ansprüchen der einstigen Republik Venedig gefertigt und geeignet, um bei einer Zusammenkunft äußerst wichtiger Offiziere und Bürger der Stadt präsentiert zu werden".

Auch der Name darunter ließ sie erschaudern: Salvatore Bruno. Der Judenjäger. Der Mann, der in ganz Norditalien Familien aufgespürt und den Deutschen ausgeliefert hatte, damit sie erschossen oder deportiert wurden. Einschließlich ihrer eigenen.

Das nächste Schreiben, wie das erste mit der Maschine getippt, begann mit der Mitteilung, dass die Bestellung nun von einem anderen Mann käme, Ugo Leone. Mit diesem Namen war es auch unterzeichnet. Allerdings war die Handschrift offenbar dieselbe. Warum? Weil Bruno klar gewesen sein musste, dass sein Name in Partisanenkreisen bekannt werden und die Ankündigung seiner Anwesenheit nur Ärger provozieren würde.

Der jüngste Brief war kurz und teilte mit, dass der Zeitpunkt für die Lieferung ins Hotel Gioconda ein paar Tage vorverlegt wurde, auf den Nachmittag des 4. Dezember. Den kommenden Samstag. Die Mitteilung endete mit einer deutlichen und höchst interessanten Drohung.

Es werden hochrangige Persönlichkeiten anwesend sein. Ich muss Sie darauf hinweisen, dass es Ihrem Ruf, wenn nicht Ihrer Person, schaden könnte, falls Sie sie und mich enttäuschen.

Der verhasste Bruno und eine Handvoll seiner Nazi- und Schwarze-Brigaden-Freunde kamen also zu irgendeiner Feier nach Venedig. Auch fürs Geschäft wahrscheinlich, denn die Jagd auf seine jüdischen Brüder und Schwestern war etwas, das der geldgierige Bruno niemals vernachlässigte. Der Mann war durch das Blut anderer reich geworden. Mindestens zwei Anschläge auf sein Leben hatte es schon gegeben, beides Misserfolge, die mit der brutalen Ermordung der Partisanen endeten, die versucht hatten, ihn umzubringen.

Aller guten Dinge sind drei, dachte Mika Artom. Aber dafür brauchte sie neue Verbündete. Und wenn das bedeutete, das Versprechen zu brechen, das sie Paolo Uccello gegeben hatten … Nun ja, es herrschte eben Krieg.

Es war fast vier, und es dämmerte schon. Vanni und sie hatten Venedig als Jugendliche zwei Mal mit ihren Eltern besucht, als sie noch Geld gehabt hatten und so etwas wie Freiheit. Aber damals hatten sie den touristischen Teil besichtigt: San Marco, die Rialtobrücke, die Basilika und den Dogenpalast. Sie hatten den *campanile* von San Giorgio Maggiore bestiegen und über die ganze Stadt und die Lagune geblickt. Ein entschwundener Sommertag, bewahrt in ihrer Erinnerung wie eine farbige Postkarte aus einer anderen Zeit.

In diesem Teil von Castello waren sie nicht gewesen. Trotzdem hatte sie ungefähre Adressen im Kopf, durch die Gespräche mit einem Partisanenpärchen aus dem Veneto, das einige Zeit in dem Unterschlupf bei Padua mit ihnen verbracht hatte. Via Garibaldi. Eine lange, breite Straße mit Geschäften und Cafés, ehemals ein Kanal, der bis zum Hauptwasserweg und dem Becken von San Marco verlief.

Nachdem sie durch unzählige Sackgassen gelaufen war, die an dunklen Wasserflächen endeten, fand sie sich endlich an etwas wieder, das größtenteils wie eine normale Stadtstraße aussah. Einige Passanten mit Einkaufstaschen schlenderten vorbei. Weiter oben, Richtung San Pietro vermutlich, schob ein Lastenträger grummelnd einen Rollwagen mit Holzkisten über das holprige Pflaster. Vor einem Eisentor, das in einen kleinen Park führte, standen rauchend ein paar deutsche Soldaten und beobachteten jeden und alles mit müder Neugier.

Nicht langsamer werden. Tu so, als wärst du beschäftigt. Nicht umdrehen, wenn sie dich anstarren, aber auch nicht nach unten schauen. Gib dich ganz normal. Immer.

Das hatten sie alle gelernt. Das musste man, wenn man nicht verhaftet werden wollte, um wahrscheinlich nie mehr lebend wiederzukehren.

Die Venezianer, die sie in die Lagune gebracht hatten, hatten von einer Bar gesprochen. Eine ziemliche Spelunke in der Nähe eines dauerhaft im Kanal liegenden Bootes, von dem aus Gemüse verkauft wurde. Dann waren sie wieder in die Berge verschwunden, um den Kampf fortzusetzen. Aus einem Gefühl heraus folgte sie dem Lastenträger mit seinen Kisten. Bei einem heruntergekommenen Kahn mit magerem Verkaufsangebot an Obst und Gemüse an Deck blieb er stehen. Und tatsächlich, gegenüber befand sich eine Bar.

Mika ging hinein und bestellte einen Espresso. Hinter dem Tresen stand eine buckelige Alte mit fleckiger Schürze, neben ihr köchelte ein riesiger, verbeulter Topf Suppe. Am Ende der Theke saßen ein Mann und eine Frau Ende dreißig, Anfang vierzig vielleicht, die rauchten und sie genauso musterten wie die Nazi-Soldaten draußen auf der Straße. Er wirkte abgebrüht, hatte ein mageres, dunkles Gesicht und einen durchdringenden Blick. Sie hatte die prächtigsten roten Haare, die Mika Artom je gesehen hatte, und sah aus, als käme sie gerade aus der Maske für einen Film.

Die Partisanen in den Bergen benutzten einen bestimmten Satz, wenn sie in einem fremden Gebiet Kontakt aufnehmen wollten. Sie hatte keine Ahnung, ob das hier funktionierte oder ob er vielleicht schon bekannt geworden war, was nach einiger Zeit immer passierte.

„Signora", sagte die Frau hinter dem Tresen und stellte ihre Tasse Espresso ab. „Sie sind wohl fremd hier. Ich sehe Sie zum ersten Mal."

„Stimmt."

„Woher kommen Sie?", fragte der Mann und trat seinen Zigarettenstummel auf dem Fliesenboden aus.

„Turin. Und Sie?"

Die Frau, die bei ihm war, sah sie misstrauisch an.

„Was macht jemand aus Turin in Venedig?"

„Die Stadt besichtigen. Ist das hier Gretas Bar?"

„Warum interessiert Sie das?", fragte der Mann.

„Ich dachte, ich würde hier vielleicht eine Freundin finden, das ist alles."

Spuck es schon aus. Du musst.

In dem Moment stand der Mann am Ende der Theke auf, und was er dann sagte, klang beinah wie eine Einladung, die Worte auszusprechen.

„Sie lügen."

„Nein, *signore. Meglio brutta verità che una bella bugia.* Besser eine schreckliche Wahrheit als eine schöne Lüge."

Sie reagierten schnell, der Mann und die Frau. Bevor Mika noch etwas sagen oder tun konnte, stand er hinter ihr, versperrte den Weg zum Ausgang und hielt seine Jacke auf, sodass sie die Pistole an seiner Hüfte sehen konnte.

Ihre eigene Waffe hatte sie nicht mitgenommen. Was vielleicht dumm von ihr gewesen war. Oder klug. Das wusste man immer erst hinterher.

Die Alte, die hinter dem Tresen gestanden hatte, drückte jetzt weiter hinten eine glänzend rot gestrichene Tür auf.

„Komm mit", befahl der Mann und zog Mika Richtung Dunkelheit. „Sofort."

In Hauptscharführer Obergs Büro war ungewöhnlich viel los. Deutsche in Uniform. Den Ehrenabzeichen und glänzenden Medaillen an ihren Jacken nach zu urteilen alle mit einem höheren Rang als er. Sachs und Sander standen eifrig Zustimmung nickend dabei und unterhielten sich, unterwürfig wie immer, mit den Neuankömmlingen.

„Ach, sieh an!", rief Sachs, als Alberti hereinkam. „Unser Haus-und-Hof-Venezianer ist da. Kommen Sie. Wir stoßen gerade auf einen Ihrer Landsleute an, der zu etwas nütze ist."

„Wie Sie meinen", antwortete er mit einem kurzen Lächeln.

Die Besucher hielten es nicht einmal für nötig, sich vorzustellen. Sie erzählten nur, dass sie aus dem Hauptquartier in Salò kämen und in Kürze nach Triest weiterreisen würden.

In der Ecke saß der alte Doktor Diamante, aschfahl und niedergeschlagen, als hätte er gerade von einem Sterbefall erfahren. Der Fremde, den Alberti draußen gesehen hatte, der kleine jüdisch aussehende Mann mit der teuren Kleidung, stand mit einem leeren Glas in der Hand zwischen den Deutschen und lachte lauthals über ihre Witze.

„Schenken Sie uns noch was ein", befahl Sander und nickte in Richtung der geöffneten Weinflaschen auf seinem Schreibtisch. „Sie geben sicher einen guten Kellner ab. Und nehmen Sie sich selber auch ein Glas."

„Nicht, wenn ich im Dienst bin", antwortete Alberti und ging von einem zum anderen, um zu tun, was von ihm verlangt wurde. Der Einzige, der ihm Aufmerksamkeit schenkte, war der italienische Neuankömmling. „Kennen wir uns?", fragte er und musterte ihn von oben bis unten.

„Nicht, dass ich wüsste." Alberti streckte ihm die Hand hin und stellte sich vor. „Ich war früher bei den Carabinieri. Jetzt arbeite ich als Kontaktperson für Ihre Freunde hier. Ortsansässig. Ich spreche Italienisch und Venezianisch, weshalb ich wahrscheinlich nützlich bin. Und Sie?"

„Salvatore Bruno. Aus Turin. Sie haben sicher schon von mir gehört."

„Und gelesen. Ein vielbeschäftigter Mann. Irgendwelche Juden geschnappt in letzter Zeit?"

Bruno tippte sich an die Nase.

„Und es werden noch mehr. Versprochen."

„Darüber können wir später reden", unterbrach Oberg ihr Gespräch. „Nicht jetzt."

Alberti wusste, wann er unerwünscht war. Also ging er zu Diamante, der kein Glas hatte und offensichtlich auch keins wollte.

„Geht es Ihnen gut, Doktor?", fragte er. „Kann ich Ihnen etwas anbieten?"

„Nichts, was Sie im Angebot haben."

Es war das erste Mal, dass Alberti den Arzt etwas annähernd Unhöfliches sagen hörte.

„Woher wollen Sie das wissen? Wenn Sie nicht danach fragen."

Er sprach so leise, dass die anderen es nicht hörten. Die interessierten sich auch zu sehr für ihre Getränke und das selbstgefällige Geschwätz, in das die Deutschen gern verfielen, wenn sie gute Neuigkeiten erhielten.

„Man kann einen Mann nach seiner Gesellschaft beurteilen. Wie ich höre, haben Sie den Soldaten gefasst, der die arme Frau vergewaltigt und ermordet hat."

„Es steht mir nicht zu, über solche Dinge zu sprechen", antwortete Alberti und zuckte mit den Schultern. Er schwenkte die Flasche und ein leeres Glas. Diamante schüttelte den Kopf. „Sie sehen es doch selbst. Ich bin hier nur der Kellner. Die örtliche Hilfskraft." Er beugte sich vor, um sicherzugehen, dass niemand sonst ihn verstand. „Was ich da gesagt habe, als sie die Frau aus dem Wasser gefischt haben. Das war wegen ihnen, verstehen Sie? Die Wahrheit ist ..." Er beugte sich noch weiter vor und flüsterte Diamante ins Ohr. „Wir sind momentan mehr damit beschäftigt, nach Partisanen zu suchen als nach Juden.

Wenn ihr euch ruhig verhaltet, dann steht ihr die Sache vielleicht lebendig durch."

Diamante erhob sich mit finsterem Gesicht, schob ihn zur Seite und fasste Oberg am Ärmel.

„Werde ich hier wirklich gebraucht?"

Der Deutsche warf einen Blick auf Salvatore Bruno, der aufmerksam zuhörte. „Sie wissen, was von Ihnen erwartet wird?", antwortete er dann. „Als Vorsteher Ihrer Gemeinde?"

„Ich weiß, was Sie von mir wollen. Ich weiß auch, dass es in der Zeit, die Sie mir gegeben haben, unmöglich zu erledigen ist. Wie ich schon mehrfach sagte."

„Samstag, Diamante." Der Italiener zwinkerte ihm zu. „Ich weiß, da ist Sabbat. Aber Sie sind ja nicht gläubig. Genauso wenig wie ich. Deshalb werden wir beide auch überleben." Er tippte sich wieder an die große Nase. Eine nervöse Angewohnheit, dachte Alberti. Ein Tick. Der Mann war nicht im Entferntesten so selbstbewusst, wie er andere glauben machen wollte. „Wes Brot ich ess, des Lied ich sing. Unsere deutschen Freunde sind pragmatisch, nicht rachsüchtig. Sie sorgen für diejenigen, die ihnen helfen."

Diamante antwortete ihm mit einem matten Ausdruck von Abscheu.

„Hier leben Hunderte Familien jüdischer Abstammung. Es ist unmöglich, sie alle in so kurzer Zeit zu benennen."

Bruno breitete die Arme aus und grinste in die Runde.

„Aber, aber, *signore*! Sie haben einmal ein Krankenhaus geleitet. Ziemlich erfolgreich, wie ich höre. Tun Sie einfach Ihr Bestes, Mann. Liefern Sie uns, was Sie haben. Am Samstagabend veranstalten wir eine kleine Festlichkeit. Bringen Sie mir Ihre Liste, dann stoßen wir im Gioconda darauf an. Für Unterhaltung ist auch gesorgt. Die Damen dort …"

„Mit Huren gebe ich mich nicht ab", fuhr Diamante ihn an. Genau diese Reaktion wollte der Mann aus Turin provozieren, dachte Alberti. „Eine Woche. Das ist alles, worum ich Sie bitte. Dann bekommen Sie eine möglichst vollständige Liste."

Oberg trat zwischen die beiden.

„Eine Woche Zeit haben Sie nicht. Genauso wenig wie ich. Die Befehle kommen aus Salò."

Röte stieg in Diamantes fahle Wangen.

„Salò? Was kümmert mich das? Ich bin kein Bürger von Mussolinis sogenannter Republik. Im Moment existieren zwei Italien. Ich glaube nicht, dass das Italien mit der legitimen Regierung und unserem König an der Spitze es für nötig hält, von irgendwem eine Liste anfertigen zu lassen."

Darauf sagte keiner mehr etwas. Alberti nahm den alten Mann am Arm.

„Kommen Sie, Doktor. Sie sind müde. Und verärgert. Das ist verständlich. Ich bringe Sie nach Hause."

„Ich kann allein durch diese Gassen gehen. Leute wie Sie brauchen Schutz da draußen."

Salvatore Bruno lachte ihm ins Gesicht.

„Also, wenn das kein Anzeichen drohender Hinfälligkeit ist. Entschuldigen Sie meine Offenheit." Wieder dieses Tippen an die Nase. „Die Leute sagen, Sie sind ein anständiger Kerl. Mit etwas Mitarbeit Ihrerseits, Namen, Adressen, Bankkonten … wer weiß?"

„Zeit zum Gehen", sagte Alberti und zerrte Diamante fast zur Tür, bevor der alte Mann noch irgendetwas erwidern konnte.

Draußen war es dunkel und kalt. Die deutschen Wachposten stampften mit den Füßen auf das Pflaster der Gasse, die in einer Richtung zum Canal Grande und in der anderen ins Zentrum von San Marco führte. Das Wasser stand kurz vor *acqua alta* und staute sich in den Abflüssen. An den meisten Tagen im Jahr stank es nicht in der Stadt. Heute war kein solcher Tag.

„Soll ich Sie wirklich nicht begleiten? Hier draußen sind Hohlköpfe unterwegs, die jeden, der aus diesem Haus kommt, für ihren Feind halten."

„Ich habe keine Feinde."

Alberti zog eine Augenbraue hoch und sah zu den Wachen vor dem Gebäude zurück, das sich hinter ihnen erhob.

„Sie sind ein kluger Mann, Diamante. Viel klüger als jemand wie ich. Aber was das betrifft, irren Sie sich, fürchte ich."

„Die Pest ist eine Krankheit. Die Menschen infizieren sich damit. Sie sind die Symptome, nicht die Krankheit selbst."

„Das ist ein intellektuelles Argument. Ich bin kein Intellektueller. Und unter den *crucchi*, von denen wir gerade kommen, werden Sie auch nicht viele finden."

„Ein Teil der Kranken wird sterben. Andere werden letztendlich überleben. Sobald wir ein Heilmittel finden. Und das werden wir. Es liegt in der Natur des Menschen, so etwas zu überwinden."

„Bis alles wieder von vorne anfängt."

„Das wird es nicht", erwiderte Diamante. „Nach diesem Grauen … darf es das nicht."

Sturer alter Dummkopf, dachte Alberti. Der Judenjäger hatte ihm einen Ausweg gewiesen. Vielleicht war es eine Lüge gewesen, aber immerhin ein Angebot, eines, das nur wenige von seinesgleichen bekommen würden. Nicht, wenn man ihnen die letzte Lira, das letzte Schmuckstück und den letzten Besitz abgenommen hatte.

„Wenn Sie denen nicht geben, was sie wollen, kriegen sie es trotzdem irgendwie. Und dann verfrachten sie Sie zusammen mit den anderen in einen Viehwaggon."

Diamantes Stirnrunzeln war kurz und emotionslos. Der Blick eines Arztes vielleicht, mit dem er einen Patienten ansah, wenn er ihm mitteilen musste, dass keine Hoffnung mehr für ihn bestand.

„Warum tun Sie das, Alberti?"

„Weil es irgendwer tun muss. Das erzähle ich den Leuten dauernd. Sie könnten es viel schlechter treffen als mit mir. Was ich da gesagt habe, als sie die Frau aus dem Wasser gezogen haben … das habe ich nicht so gemeint." Er deutete Richtung Ca' Loretti. „Wenn die da drin halbwegs zufrieden sind, dann sind sie nicht drauf aus, Menschen zu ermorden. Man sollte dafür sorgen, dass sie in diesem Zustand bleiben. Abgelenkt. Sich in Sicherheit wähnend. Das ist gut, oder? Das ist doch wenigstens etwas."

Er wusste nicht, warum er das sagte. Der alte Mann hatte keinen wirklichen Einfluss mehr in der Stadt. Er war nur ein Jude von vielen und wahrscheinlich sowieso schon so gut wie tot. Seine Meinung spielte überhaupt keine Rolle.

Diamante streckte die Hand aus. Sie war mager und faltig, aber es war auch die Hand eines Künstlers, wohlgeformt, feingliedrig, ruhig. Denn trotz seines Alters zitterte sie nicht. Alberti schüttelte die kalten

Finger und fragte sich, wie oft sie wohl versucht hatten, einen Tumor aus einem Männer- oder Frauenkörper zu entfernen oder sonst irgendwie Leben zu retten.

„Das ist Ihre Entscheidung, Alberti. Und Ihr Gewissen, falls Sie eins besitzen." Er wandte sich ab, um sich durch das Gewirr der dunklen Gassen auf seinen langen Heimweg ins Ghetto zu machen. „Falls Sie ein Gewissen haben, sollten Sie manchmal darauf hören. Es nimmt kein gutes Ende für Menschen, die das nicht tun."

„Die bringen Sie um, wenn Sie sie hinters Licht führen, alter Mann."

„Wir sterben alle einmal." Aldo Diamante zog sich den dicken Mantel fester um die Brust. „Es kommt darauf an, dass andere sich daran erinnern, wie und warum wir gestorben sind." Er tippte sich an den Hut. „Guten Abend."

Hinter Gretas Bar befand sich ein kleiner Raum, der als Friseurladen diente. Rocco Trevisan hockte auf dem Fenstersims neben einem alten, gesprungenen Spiegel, dessen graue Rückseite durch die Risse im Glas zu sehen war. Sara Vitale saß neben ihm und spielte mit einer Schere.

Sie hatten sich ihre Geschichte angehört, die sie so kurz und präzise wie möglich erzählt hatte. Es kam darauf an, bis in alle Einzelheiten ehrlich zu sein. Partisanen durchschauten schnell, wenn man log, und Lügner lebten nicht lange.

„Wer hat dich hergebracht?", fragte die Frau.

„Ein paar Männer mit einem Boot. Unsere Freunde in Padua hatten sie angeheuert."

„Namen?"

„Die kenne ich nicht, und wenn, dann würde ich sie euch nicht nennen.

„In Ordnung", sagte Trevisan mit einem Kopfnicken und bot ihr eine Zigarette an. Er beobachtete, wie sie sie mit zitternden Fingern anzündete. Es war merkwürdig. Wenn sie unterwegs waren, um Deutsche zu töten oder Bomben an Bahnstrecken zu legen, war sie nie so nervös. Aber diese beiden Unbekannten zeigten eine Härte und Bestimmtheit, die ihr nicht gefielen. Vielleicht war das Ganze doch keine gute Idee gewesen. Vielleicht hätte sie auf Vanni hören und in der heruntergekommenen Wohnung hinter der Weberwerkstatt bleiben sollen, wie sie es versprochen hatte.

„Wo wohnst du jetzt?", fragte Vitale.

„Das braucht ihr auch nicht zu wissen. Ich kann jederzeit herkommen, um mit euch zu reden. Oder anderswohin. Ich will helfen." Sie nahm einen langen Zug an ihrer Zigarette. „Ich will kämpfen. *Crucchi* töten. Das ist doch genug, oder?"

„Und dein Bruder?", fragte Trevisan. „Was ist mit ihm?"

„Er ist verwundet. Er würde uns nur behindern."

Was bis zu einem gewissen Grad zutraf. Vannis Bein war in schlechtem Zustand, aber in ein, zwei Monaten wäre es wieder geheilt. Allerdings war er nicht voller Überzeugung bei der Sache. Das war er vermutlich noch nie gewesen, nicht so sehr wie sie jedenfalls. Wutentbrannt hatten sie sich damals der Zelle in Padua angeschlossen, nachdem sie von der Ermordung ihrer Familie zu Hause gehört hatten. Sie wussten, dass sie nicht nach Turin zurückkehren konnten, bevor die Nazis und die Faschisten die Stadt nicht verlassen hatten. Sie waren Juden. Die Schwarzen Brigaden machten überall Jagd auf Leute wie sie, während Salvatore Bruno ihnen im ganzen Norden half, so gut er konnte. Sie hatten keine Alternative.

Der rasend heiße Zorn in ihrem Inneren ließ einfach nicht nach. Stattdessen wuchs er Woche für Woche, während der Kampf sich zu verschärfen schien. Vanni war nicht von dieser Leidenschaft ergriffen. Ihr jüngerer Bruder verabscheute die Gewalt, die Waffen, die Granaten und die Bomben. Er wollte nur, dass alles bald vorbei war und der Vergangenheit angehörte. Erst dann würde er zu seinen Büchern, seinen Professoren und seinen abgehobenen Freunden zurückkehren können und müsste keine *crucchi* mehr auf den kahlen, kalten Flanken der Dolomiten jagen. Sie konnte sich vorstellen, dass er sich den ganzen Krieg mit dem seltsamen Jungen Paolo Uccello zwischen den Webstühlen im Giardino degli Angeli verstecken würde, wenn er könnte.

„Dann reden wir hier also nur von dir?", fragte Vitale spöttisch grinsend.

„Ich kann kämpfen. Ich kann mit Waffen umgehen. Ich lege Bomben. Ich habe keine Angst."

„Nur Dummköpfe haben keine Angst", entgegnete Trevisan. „Weißt du, was sie mit dir machen, wenn sie dich ins Ca' Loretti schaffen? Sie reißen dir die Fingernägel aus. Vergewaltigen dich. Brechen dir die Knochen."

Beinah hätte sie angefangen zu lachen. Venedig war ein abseits gelegener Ort, fast noch ein Feriengebiet, hinter einer Brücke am äußersten Rand Italiens. In Turin, Mailand, Padua und Verona passierte viel Schlimmeres.

„Ich habe keine Angst", wiederholte sie betont langsam. „Ihr etwa?"

Sie sahen sich an und antworteten nichts.

„Bei eurer nächsten Aktion will ich dabei sein."

„Es ist nichts geplant", sagte Trevisan.

„Was? In Padua haben sie behauptet, ihr wärt tatkräftig. Engagiert ... mutig."

„Das sind wir auch!" Seine Stimme klang laut und bedrohlich. „Wir sind nur zurzeit ... etwas dezimiert."

Sie wartete. Schließlich erklärte die Frau, was er meinte. Ein Mitglied der Zelle hatte ein paar Wochen zuvor in einer Gasse in San Marco im Alleingang einen Deutschen getötet. Es war weder geplant noch genehmigt gewesen. Der Trottel hatte einfach die Beherrschung verloren, als er mitbekommen hatte, wie der Nazi eine Venezianerin belästigte. Die Vergeltungsmaßnahmen waren prompt und gnadenlos gewesen. Zehn venezianische Männer wurden ermordet, von denen vier überhaupt nichts mit den Partisanen zu tun gehabt hatten.

Trevisan machte ein finsteres Gesicht.

„Wir haben gute Kämpfer verloren, weil ein einzelner Schwachkopf auf der Straße einen Betrunkenen erschossen hat. Wir haben keine Angst. Wir wollen bloß ... größere Fische fangen. Die kommen nicht so oft her. Es sei denn wegen der Huren, dem Saufen und dem Glücksspiel in diesem Hotel, das die Deutschen besetzt haben. Wir versuchen immer wieder, Leute da einzuschleusen, aber sie werden ständig gefasst. Sie erkennen die Einheimischen."

Mika hatte den Brief in der Tasche, den sie vom Schreibtisch der Uccellos mitgenommen hatte. Den Brief, in dem angekündigt wurde, dass sich am kommenden Samstag etliche Nazigrößen und ranghohe

Mitglieder der Schwarzen Brigaden im Gioconda versammeln würden. Sie legte ihn auf den Tisch.

„Das hier wurde in Verona abgefangen“, sagte sie. „Und an mich weitergereicht. Ich sollte herkommen, um es euch zu geben.“

Trevisan nahm das Schreiben aus Turin interessiert, und beide lasen es durch.

„Das ist an den Vater dieses schwulen Jungen gerichtet“, stellte Vitale fest. „Die Weberfamilie in San Pietro. Es hieß immer, er wäre Faschist.“

„Der Vater ist tot“, sagte Mika. „Ihn und die Mutter hat's bei einem Bombenangriff in Verona erwischt. Ein paar Freunde von uns haben das zwischen hinterlassenen Papieren gefunden.“

„‚Es werden hochrangige Persönlichkeiten anwesend sein.‘“ Trevisan schwenkte den Brief und lächelte. „Ich weiß, was mit den Uccellos passiert ist. Glaubst du etwa, wir kriegen nichts mit? Bist du sicher, dass der echt ist?“

„Ich sag's euch doch, er kommt von der Zelle in Verona. Sie hatten jemanden in der Leichenhalle, der sich um ihre Überreste gekümmert hat. Er hat den Brief entdeckt. Sie haben mich beauftragt, ihn an euch weiterzugeben, und mir von dieser Bar erzählt. Was in Gottes Namen wollt ihr denn noch?“

Trevisan hörte ihr kaum zu.

„Das Gioconda“, murmelte er. „Der ganze Mist, der da vor sich geht. Das letzte Mal, als wir versucht haben, eine von uns dort einzuschleusen, endete sie an einen Pfahl gefesselt hinterm Ca' Loretti. Sie haben ihr die Kehle durchgeschnitten.“

„Wir alle gehen Risiken ein.“

Er schnaubte.

„Sie war meine Nichte.“

Sara Vitale sah sie an. Dann streckte sie die Hand aus und packte Mikas dunkle, widerspenstige Haare.

„Ich mag es nicht, angefasst zu werden“, sagte Mika und zuckte zurück.

„Besser, du gewöhnst dich daran“, erwiderte Trevisan. „Warte draußen. Greta kann dir was zu trinken geben.“

Die Bar war geschlossen, und die alte Frau fegte gerade den Gastraum. In der Via Garibaldi war es größtenteils dunkel, bis auf ein paar schwache Lichter in den Fenstern über den mit Rollläden verschlossenen Geschäften.

„Kann ich einen Negroni haben?“ Sie brauchte etwas Starkes. Negronis hatten sie auf ihren Studentenpartys in Padua immer getrunken, wenn jemand Geld dafür hatte.

„Einen was?“

„Gin. Wermut. Campari.“

Greta schüttete etwas aus ein paar Flaschen ohne Etikett zusammen. Es schmeckte nicht annähernd so, wie es sollte, aber der Alkohol versetzte Mika in den leichten Rausch, den sie jetzt brauchte.

Sie wartete zwanzig Minuten, in denen sie vergeblich versuchte, eine Unterhaltung anzufangen. Die Frau schien so gut wie taub zu sein. Oder sie hörte nur, was sie hören wollte.

Vielleicht war das Ganze doch keine gute Idee gewesen. Vielleicht hatte sie nun alle in Gefahr gebracht, sich, Vanni und den Jungen. Nicht etwa, dass sie verraten hätte, wo sie sich versteckten. Aber wenn die beiden ihr folgen oder versuchen würden, noch mehr Informationen aus ihr herauszupressen, dann hätten sie bestimmt die Mittel dazu.

Vielleicht hatte Vanni recht und sie sollten eine Weile untertauchen. Sich irgendeinen Ort in den Bergen suchen. Wie die Einsiedler oder Bauern leben. Versuchen, ein gewisses Gleichgewicht zu finden, um nachzudenken und alles zu besprechen, wie sie es früher getan hatten. Der Krieg und die Bedrohung durch die Deutschen und die Schwarzen Brigaden hatten sie nicht nur zu Flüchtlingen gemacht, sondern ihnen alles genommen, was selbstverständlich für sie gewesen war: Gespräche, freundschaftliche Diskussionen, die Notwendigkeit, eine Einigung zu finden, über den Weg, der vor ihnen lag. Einerseits waren Vanni und sie sich näher als je zuvor. Andererseits schienen sie einander nie ferner gewesen zu sein.

Plötzlich ging die rot gestrichene Tür auf und die Zeit, es sich noch einmal anders zu überlegen, war vorbei. Trevisan stand mit einer Pistole in der Hand da.

„Komm wieder rein“, befahl er.

Mika tat wie geheißen.

„Setz dich", sagte Sara Vitale.

Mika konnte den Blick nicht von der Waffe wenden.

„Hinsetzen."

Mika Artom setzte sich auf den alten Metallstuhl vor dem Frisierspiegel.

„Was ist das?", fragte Trevisan und hielt ihr die Pistole von der Seite hin.

„Eine Walther P38, Standardmodell. Hatte selbst mal so eine. Hab sie 'nem toten Deutschen abgenommen. Und du?"

Er blitzte sie an.

„Das geht dich nichts an. Beste Handfeuerwaffe überhaupt. Hast du eine Waffe bei dir?"

Sie griff in ihre Jacke und zog das Armeemesser heraus, das sie Paolo Uccello bei ihrer Ankunft an die Kehle gehalten hatte.

„Gibt Leute, die das im Kampf gegen die *crucchi* benutzen", sagte Trevisan. Er streckte ihr seine Waffe hin. „Sag mir, ob eine Patrone in der Kammer ist."

„Nein, ich sehe keinen Stift."

„Wie viele Patronen passen da rein?", fragte Vitale.

„Acht. Und eine in die Kammer."

„Weißt du, wie man sie auseinandernimmt?"

Sie schüttelte den Kopf.

„Nee. Ich hab immer versucht, noch einen Deutschen zu erledigen, wenn ich eine neue brauchte."

Blitzschnell drehte Trevisan die Pistole um und demontierte Schlitten und Lauf. Dann setzte er alles wieder zusammen.

„Hier." Er warf ihr die Waffe zu und dann eine Schachtel Patronen. „Zeig mir, wie man sie lädt."

Kaum hatte sie die Munition eingelegt, riss er ihr die Pistole aus der Hand und richtete den Lauf direkt auf ihren Kopf.

„Und jetzt sag mir, wo du wohnst. Und zusammen mit wem."

Mika sah zuerst ihn fest an, anschließend die Frau. „Vergesst es. Das erzähle ich den *crucchi* nicht. Und euch auch nicht. Sie sind meine Kameraden. Die verrate ich an niemanden."

Trevisan deutete auf den Stift. Es war eine Patrone in der Kammer.

Mika zuckte mit den Schultern und sah kurz nach unten, als würde sie jeden Moment nachgeben. Das war genug. Heißer Zorn flammte in ihr auf, und sie war nicht mehr zu halten. Trevisan zögerte. Sie stürzte sich auf ihn, stieß ihm das Knie in den Schritt und grub ihm die Fingernägel so tief in die Hände, dass er laut schrie. Die Pistole fiel auf den Boden, sie hechtete hinterher, packte den Griff, rollte sich zwei Mal herum, nutzte den Schwung, um auf die Beine zu kommen, und richtete sie auf ihn.

Trevisan saugte an seiner Hand.

„Fang!" Sie warf ihm die Pistole zu, und er fing sie mit der anderen. „Erschieß mich, wenn du willst. Wenn du nicht den Mumm hast, gegen Nazis zu kämpfen, kannst du genauso gut das tun."

Er sah zu Sara Vitale und ließ die Waffe sinken.

Mika tippte sich an den Kopf. „Na, mach schon."

„Halt still", fuhr Vitale sie an und nahm eine Schere und eine Flasche vom Tisch vor dem Spiegel.

„Warum?"

„Frag nicht so viel", antwortete Trevisan und legte ihr seine Hände auf die Schultern.

Er blutete an den Stellen, wo ihre Fingernägel sich in seine Haut gegraben hatten. Das gefiel ihr.

Sie arbeiteten den ganzen Tag durch, machten kaum einmal Pause, um etwas zu trinken, ein Stück Brot mit luftgetrocknetem Schinken zu essen und ihre müden Arme kurz ruhen zu lassen. Mika kam nicht ein einziges Mal heraus, um nachzusehen, wie sie vorankamen. Sicher schläft sie, vermutete Paolo, und war es zufrieden. Vanni war entspannter, wenn sie nicht dabei war. Und er selbst auch. Das Messer, das sie ihm an die Kehle gepresst hatte, lag irgendwo im Schlafzimmer seiner Eltern. Wo es hoffentlich bleiben würde.

Um sechs stellte sich Erschöpfung ein. Paolo sagte Chiara, sie solle nach Hause gehen, und nach einer längeren Diskussion stimmte sie zu. Sie hatte die beiden angeleitet, bei der Arbeit beobachtet und ab und zu eine strenge Bemerkung gemacht, wenn etwas nicht gut aussah.

Als der Nachmittag zu Ende ging, hatten sie gute Fortschritte gemacht. Das Muster, das sie webten, die goldenen venezianischen Löwen auf kontrastierendem roten Grund, war weit verbreitet. Ein typisches kriegerisches Motiv, wie es noch immer in den Räumen des Dogenpalastes zu sehen war, wo es Triumphe vergangener Zeiten bezeugte. Er konnte sich nicht vorstellen, dass die Uccellos etwas derart Unverhohlenes entworfen hätten. Den Klauen, den Gliedmaßen, dem brüllenden Kopf des Tieres, allem fehlte es an Subtilität, mit Absicht wahrscheinlich.

Paolo war im Grunde klar, dass der Auftrag mit der Armee zu tun haben musste. Es war allgemein bekannt, dass es in Turin von Faschisten wimmelte. Die hatten auch das Geld für so etwas. Falls Vanni das ebenfalls vermutete, dann sagte er zumindest nichts. Er war offenbar zufrieden damit, den Umgang mit dem Webstuhl zu lernen. Der leise, beständige Rhythmus beim Anfertigen des Samts, Chiaras sorgsame Anleitung und ihre freundliche Ermutigung, wenn er etwas falsch machte, sorgten dafür, dass er schnell den Dreh heraushatte. Wenn sie in diesem Tempo weitermachten, würden sie die Bestellung fristgerecht fertigstellen können. Er würde sie am Samstagnachmittag persönlich ins Hotel Gioconda bringen.

Danach würde *padre* Filippo vorbeikommen und sagen, dass es Zeit für die Artoms sei, in ein anderes Versteck zu wechseln. Es war nicht vorgesehen, dass sie lange im Giardino degli Angeli blieben. Dann wäre er wieder allein. Mit ein wenig Geld, aber ohne Arbeit. Er würde in der trostlosen Einsamkeit seines alten Zuhauses sitzen, seine Eltern vermissen und darauf warten, dass eine neue Herausforderung in seinem Leben auftaucht.

Vanni Artom würde er vermutlich auch vermissen, obwohl das vielleicht ein vorschneller Gedanke war. Vannis offene, herzliche Art brachte eine Wärme ins Haus, die seit ihrem Tod bei dem Bombenangriff in Verona fehlte.

Als sie fertig waren, half Vanni Paolo dabei, zwischen den Webstühlen zu fegen, obwohl er bei jedem Schritt humpelte und ab und zu sogar vor Schmerz zusammenzuckte.

Danach gingen sie in die Wohnung, um etwas zu essen und zu trinken und sich auszuruhen. Vannis Wunde musste neu versorgt werden. Das Blut sickerte schon durch das zerrissene Laken, das als Verband diente.

Er rief nach seiner Schwester. Keine Antwort. Paolo sah, wie er ins Schlafzimmer ging, und hörte ihn dort fluchen. Als er wieder herauskam, war sein Gesicht rot vor Wut.

„Sie ist weg", sagte er.

„Wohin?"

„Woher soll ich das wissen? Sie macht, was sie will."

Es war merkwürdig. Als sie durch die Tür gestürmt waren, die Deutschen auf den Fersen, hatte er keinen Moment Angst gehabt. Alles war so unwirklich gewesen. Jetzt allerdings hatte er sofort ein Bild vor Augen: seine Mutter und sein Vater in ihren Särgen, bis zur Unkenntlichkeit zerschmetterte Körper und Gesichter. Als er noch mit seinen Eltern an den Webstühlen gearbeitet hatte, hatte der Krieg anderswo stattgefunden, in einer anderen Welt jenseits ihrer Mauern. Doch in diesem Moment, als Mika wer weiß wohin verschwunden war, schlich sich der blutige Albtraum wieder in sein Leben zurück.

„Keine Sorge, Paolo. Sie wird uns nicht verraten. Selbst, wenn sie sie schnappen. Sie wird …"

„Ich verstehe nicht, warum sie weggegangen ist."

Vanni lehnte am Tisch. Man sah ihm an, dass er Schmerzen hatte.

„Sie kann einfach nicht tatenlos dasitzen. Nicht mehr. Ich versuche mein Bestes. Aber sie findet keine Ruhe. Sie kann nicht verdrängen, was passiert ist. Wahrscheinlich kann das keiner von uns, aber man muss es wenigstens versuchen. In den Bergen …"

Er wollte etwas sagen, obwohl es ihm offensichtlich schwerfiel.

„In den Bergen …", wiederholte Paolo.

„Wir sollten eine Bahnstrecke in die Luft jagen und dann sofort verschwinden. Mika … Wenn sie etwas anfängt, kennt sie kein Halten mehr. Es ist, als würde sie erst anfangen zu leben, wenn sie in Gefahr schwebt. Sie saß uns ständig im Nacken und hat unnötige Risiken in Kauf genommen. Am Ende haben nur wir beide es geschafft zu entkommen. Sie fühlt sich schuldig deswegen. Genau wie ich. Das macht es noch schlimmer für sie. Und ich kann nicht mal …"

Er schrie auf und sein Bein sackte weg. Paolo musste ihn um die Brust fassen, um zu verhindern, dass er hinstürzte.

So blieben sie stehen, dicht beieinander, als würden sie sich umarmen, bis Vanni sagte: „Wenn du mir noch ein Stück Laken abreißt …

kann ich den Verband vielleicht selber wechseln. Tut mir leid, dass ich dir so zur Last falle."

„Du fällst mir überhaupt nicht zur Last", erwiderte Paolo und ließ ihn vorsichtig auf einen Stuhl sinken. „Du hast mich heute gerettet. Ohne dich wäre ich …" Er errötete. Er spürte es an der Hitze, die ihm in die Wangen stieg. „Ich kann das übernehmen."

Er ging ins Schlafzimmer seiner Eltern und fand in der Ecke das alte Bettlaken, von dem schon ein paar Streifen abgerissen worden waren. Daneben lag eine Tube Salbe. Als er wieder zurückkam, hatte Vanni die Hose ausgezogen und saß in seiner Unterhose mit geschlossenen Augen da. An seiner rechten Wade sickerte Blut durch den Verband.

„Du hättest nicht so schwer arbeiten dürfen und nicht so lange stehen. Warum hast du nichts gesagt?"

„Du hast gesagt, du bräuchtest Hilfe. Die sind wir dir schuldig."

Paolo fasste an den Verband. Er war verklebt, und zwar nicht nur mit Blut. Auch mit gelbem Eiter.

„Hast du ihn getötet? Den Deutschen, der das gemacht hat?"

„Mika. Und danach hat sie noch weiter mit dem Messer auf ihn eingestochen. Etliche Male. Sie dreht manchmal völlig durch. Kann sich einfach nicht beherrschen."

Die obere Lage des Verbandes löste sich, aber der Rest blieb an der Wunde haften. Vanni stöhnte. „Ich bin nicht besonders tapfer. Besser, du reißt ihn mit einem Ruck ab. So macht sie es auch."

„Tief Luft holen. Das hat meine Mutter immer gesagt." Paolo riss den Verband ab. Die Wunde darunter sah schlimmer aus, als er erwartet hatte. Es war ein tiefer Schnitt im Wadenmuskel. Jetzt war ihm klar, warum Vanni nicht in der Lage war, die Verletzung allein zu versorgen. Er konnte unmöglich sehen, was er tat.

„Die Salbe kann ich selbst auftragen, Paolo, wenn du sie mir gibst."

„Nein, kannst du nicht." Die weiße Paste hatte diesen antiseptischen Geruch, an den er sich aus Kindertagen erinnerte, wenn er sich irgendwo aufgeschürft hatte. Die Tube war fast leer. „Wir haben auch so was im Schrank. Das kannst du haben. Hier ist nicht mehr viel drin", sagte er und drückte sich etwas Salbe auf den Finger. Er verteilte sie vorsichtig rund um die Wunde und betrachtete die gerötete Haut, den klaffenden Einstich und den gelben Eiter an seinem Rand. Es sah schlimmer aus als alles, was er je an einem Kruzifix mit dem sterbenden Jesus gesehen hatte.

„Du bist um einiges sanfter als meine Schwester", sagte Vanni und strich ihm mit den Fingern durch die Haare.

Paolo zog den Kopf zurück. Es fühlte sich falsch an, so berührt zu werden.

„Entschuldige, Paolo. Ich wollte nicht … Ich hab's nicht so gemeint."

„Hol noch mal tief Luft."

Paolo wickelte das saubere Stück Stoff um die Wunde. Es tat sicher nicht besonders weh. Er wollte nur nichts mehr hören.

Es trat Stille ein. Dann schlug draußen eine Welle gegen die Mauer.

Als es plötzlich mehrmals heftig an der Tür klopfe, erschraken die beiden.

„Schon gut", sagte Vanni. Er stand auf und nahm den Schlüssel vom Küchentisch. „Das ist sie."

Er schloss die Tür auf. Der Wind wehte herein, zusammen mit Mika Artom.

Sie hatte ihre Kapuze so tief ins Gesicht gezogen, dass Paolo sie zuerst gar nicht erkannte. In der Hand trug sie eine große, khakifarbene Armeetasche.

„Wo zum Teufel warst du?!", fuhr Vanni sie an.

Lachend schob Mika ihre Kapuze nach hinten. Ihre langen schwarzen Haare waren plötzlich platinblond, mit billiger Farbe schlampig gefärbt, und zu einem halblangen Pagenkopf geschnitten, wie bei einem klassischen Filmstar.

Sie sieht aus wie eine Hure, dachte Paolo. Wie eine der Frauen, die er abends manchmal unter die Kolonnaden an der Piazza San Marco schlüpfen sah, wo sie Männer fragten, ob sie ihnen etwas zu trinken ausgaben. Oder sie direkt in eine der Absteigen hinter San Lio begleiteten.

Mika stellte die Tasche ab und fuhr sich mit den Fingern durch die Locken. Ein paar hellblonde Strähnen fielen auf den Boden.

„'tschuldigung, Bruderherz. Störe ich gerade?"

Paolo sprang auf und gab ihr die Tube Salbe.

„Ich lass euch zwei allein", sagte er und ging in sein Zimmer.

Eine Stunde später hatte Vanni Artoms Wut sich gelegt. Es hatte keinen Sinn, zornig zu sein. Sie saßen weinend auf dem alten Bett, sein Arm um sie und Mikas Arm um ihn gelegt. Vanni verstand sehr gut, dass sie sich nicht bremsen konnte. Es spielte keine Rolle, wie lange sie stritten. Manchmal spielte es noch nicht einmal eine Rolle, dass sie selbst wusste, dass ihr Handeln falsch war. Sich den Partisanen anzuschließen hatte sie beide verändert, auf unterschiedliche Weise. Er war vorsichtiger geworden, wachsamer vor der Gefahr, die um die Ecke lauerte. Mika hatte nichts anderes im Sinn, als deren Quelle zu finden, ihr gegenüberzutreten und sie auszuschalten. Zur Hölle mit den Konsequenzen.

Sie hatte inzwischen ein altmodisches Nachthemd angezogen, das sie im Schrank gefunden hatte. Er trug einen alten Herrenschlafanzug.

„Er verdient zumindest eine Erklärung. Wegen uns könnte er getötet werden."

Mika wischte sich die Tränen weg, strich ihrem Bruder übers Haar und erkundigte sich nach der Verletzung. Alles, um möglichst das Thema zu wechseln.

„Paolo hat mir geholfen, die Wunde neu zu verbinden."

Sie stupste ihn mit dem Ellbogen.

„Ich glaube, er mag dich. Hast du nicht bemerkt, dass er dir ab und zu verstohlene Blicke zuwirft?"

„Wir haben versprochen, dieses Versteck nicht zu verlassen …"

„Er ist schwul. Auch wenn er es vielleicht nicht weiß. Aber du weißt es."

„Das ist nicht so wichtig."

Sie grinste.

„Was? Vor sich selbst zu verbergen, wer man ist? Das ist nicht wichtig?"

„Momentan nicht."

„Vielleicht. Oder es ist wichtiger als je zuvor. Weißt du … in Padua habe ich nichts gesagt, aber da war dieser Junge, mit dem du oft zusammen warst. Dieser Philosophiestudent aus Vicenza." Sie beugte sich zu ihm, tätschelte ihm die Wange und gab ihm einen flüchtigen Kuss. „Er roch immer so gut. Nach Veilchen."

„Hör auf."

„Die töten dich zwei Mal, selbst wenn du gar nichts verbrochen hast. Als Jude und als Homo." Sie nickte Richtung Tür. „Und ihn nur für das eine."

„Padua ist lange her. Danach hast du Giulia kennengelernt."

„Ach, richtig. Giulia aus Mantua. Freundinnen hattest du ja auch." Sie boxte ihn in die Schulter.

„Raffzahn. Du nimmst, was du kriegen kannst. Meinetwegen. Was interessieren uns alberne Konventionen. Solange es dem Wesentlichen nicht im Weg steht."

„Dem Wesentlichen …?"

Unten in der Tasche, die sie mitgebracht hatte, erspähte er etwas, das in khakifarbenes Segeltuch gewickelt war. Es sah nach Militär aus und kam ihm bekannt vor.

„Was ist das?"

„Ich darf nicht nachsehen. Ich soll es bloß für sie aufbewahren, haben sie gesagt."

„Ach, haben sie das? Wir haben ausgemacht, dass wir nichts anfangen. Dass wir uns nur verstecken. Keine Waffen."

Er wollte die Tasche nehmen, aber sie hinderte ihn daran, zog einen Brief aus dem Seitenfach und drückte ihn ihm in die Hand.

„Zeit zum Aufwachen, Bruderherz. Die Banner, die du webst, sind für Salvatore Bruno. Den Judenjäger, der geholfen hat, *papà*, *mamma* und die anderen zu ermorden."

„Woher …?"

„Lies den Brief, Vanni!" Da war wieder dieser Anflug von Wut. „Lies ihn einfach, ja?"

Er konnte kaum glauben, was da stand.

„Mein Gott. Glaubst du, Paolo weiß das?"

Sie schüttelte den blonden Kopf.

„Der Junge weiß nicht mal, welcher Wochentag ist. Abgesehen davon steht da nichts von den Faschisten. Ich hab die ganze Geschäftspost durchgesehen, während du Ariadne gespielt hast. Nur auf dem ersten Schreiben stehen Brunos Name und eine Adresse in Due Fontane. Danach kommt alles von einem Mann, der sich Ugo Leone nennt."

Vanni schloss die Augen, lehnte sich ins Kissen zurück und seufzte. „Wir können nichts tun."

„Wir können es weitergeben. Ich hab die Zelle in der Via Garibaldi ausfindig gemacht, von der sie uns erzählt haben. Denen können wir vertrauen."

Vanni verdrehte die Augen und legte die Hände um die Knie. „Woher um Himmels willen willst du das wissen?"

„Ich weiß es! Das sind die Leute, von denen sie uns erzählt haben. Ich habe ihnen nichts über unser Versteck hier verraten! Sieh mich nicht so an!"

„Vor einer Woche wären wir fast gestorben. Vielleicht wäre das besser gewesen. Vielleicht hätten wir es sein sollen, da oben in den Bergen, nicht …"

„Es herrscht Krieg, Vanni!"

„Sprich leise. Ich will nicht, dass er uns hört."

„Schon klar." Sie spielte mit ihren Haaren. „Natürlich nicht."

„Wir sind in Venedig. Wir hatten gesagt, wir tauchen unter."

„Wir kämpfen. Das ist unsere Aufgabe. Wir kämpfen, und es sterben Menschen."

„Soldaten sterben! Paolo ist fast noch ein Kind."

„Wir haben schon Jüngere verloren."

„Ja, Hirtenjungen, die keine Ahnung hatten, in was sie da reingeraten sind. Er ist kein Soldat. Du kannst ihn nicht …"

„Ich hab dir doch gesagt, sie wissen nicht, wo wir uns verstecken. Ich gehe zu ihnen. Sonst nirgendwohin. Das ist die Abmachung. Ich habe niemanden in Gefahr gebracht. Und das werde ich auch nicht tun. Versprochen."

„Du hast auch versprochen, keinen Fuß vor die Tür zu setzen." Sie wedelte mit Brunos Brief vor seiner Nase.

„Na schön, Mika. Wir sind zu zweit. Und ich kann kaum laufen. Was sollen wir deiner Meinung nach unternehmen?"

„Ist das dein Ernst?" Sie schüttelte den Kopf. „Salvatore Bruno kommt am Samstag hierher. Zusammen mit einem Haufen Nazis und Kerlen von den Schwarzen Brigaden. Wir wissen, wo sie sich aufhalten werden. In diesem Hotel, in dem sie sich breitgemacht haben." Sie fasste sich wieder an die Haare und grinste. „Und ich habe eine Anstellung dort. Sie haben ein Foto von mir gemacht. Ich bekomme einen falschen Ausweis." Sie kniff ihn in den Arm. „Ich nenne mich Giulia, weißt du. Nach deiner Giulia. Giulia Grini. Morgen fange ich da an. Getränke servieren und was die *crucchi* sonst noch so wollen."

Mika rollte sich vom Bett, nahm die Armeetasche und stellte sie auf die Kommode. Vanni wurde mulmig. Die Tasche sah schwer aus.

„Wenn du hier bei deinem Freund bleiben willst, ist das deine Entscheidung." Sie nahm etwas aus der Tasche und schob sie anschließend unters Bett. Was immer sich in dem Segeltuch verbarg, sie wollte offenbar nicht, dass er es sah.

Dann hielt sie strahlend ein rotes Abendkleid in die Höhe. Glänzende Seide, nicht mehr ganz neu und etwas verblasst, aber immer noch sehr elegant.

„Was denkst du?"

„Ich denke, du bist verrückt und wirst uns alle umbringen."

Mika lachte, so zwanglos, dass es unbeschwert schien. Er liebte sie, natürlich, aber diese Liebe kam dem Mitleid sehr nah, wenn sie sich so benahm. Fast so, als wäre die grausame, blutige Welt da draußen nicht ganz real.

„Nicht, bevor Salvatore Bruno erledigt ist", antwortete sie und tanzte durchs Zimmer.

Sie machte das Licht an und begann zu singen. Eine Kabarettnummer, die in Padua beliebt war.

Er genoss den Klang ihrer Stimme. Dann wurde ihr Gesang von einem anderen Geräusch übertönt, das Vanni Artom nicht gleich zuordnen konnte.

Die Tür flog auf. Paolo stürmte herein und tastete zu Tode erschrocken nach dem Lichtschalter an der Wand.

Er fand ihn. Mika verstummte. Draußen war wieder das Geräusch zu hören. Ein Motorboot fuhr durch die Lagune. Die Fensterläden des kleinen, staubigen Seitenfensters im Zimmer waren nicht geschlossen. Ein weißer Lichtstrahl fiel von draußen herein.

„Runter", flüsterte Paolo und fuchtelte mit den Armen.

Alle drei warfen sich auf den Boden und verharrten dort, atemlos, schweigend, während das Scheinwerferlicht durch das dunkle Zimmer streifte.

Wieder stammten die Stimmen draußen von Deutschen, und sie waren näher als das letzte Mal. Mika wollte nach der Tasche greifen, die sie mitgebracht hatte, doch Vanni hielt ihren Arm fest.

Drei oder vier Minuten vergingen. Dann rief einer der Männer in dem Boot etwas, die Drehzahl des Motors erhöhte sich, und bald war vor dem Fenster nichts mehr als Dunkelheit und der langsame, beständige Rhythmus der Lagune.

Sie warteten noch einen Moment. Als die Deutschen nicht zurückkamen, stand Paolo auf, ging zum Fenster und zog die hölzernen Läden zu.

„Daran hätte ich denken müssen", sagte er. „Hier schläft schon eine Weile niemand mehr. Wenn ihr das Licht anlasst, fällt das auf."

Schweigen. „Tut mir leid, Paolo", sagte Mika schließlich.

„Du hast gesagt, du würdest keinen Fuß vor die Tür setzen."

„Das stimmt. Aber es ist etwas passiert. Ich ziehe dich nicht mit rein. Niemand wird erfahren, dass wir hier sind. Aber ich kann das nicht …" Sie legte ihrem Bruder wieder den Arm um die Schulter. „Wir können das nicht ignorieren."

3

Am folgenden Tag war ich beim Frühstück wieder einmal allein. Vater war unterwegs, auf der Jagd nach Verträgen oder Frauen, oder beidem. Um kurz vor neun kam Chiara, um dem Dienstmädchen zu sagen, was zu tun war, und verschwand schnell wieder, als ich versuchte, das Gespräch auf den Krieg zu lenken.

Maurizio Scamozzi schickte eine Textnachricht und fragte, ob ich mit zum Strand bei San Nicolò wollte. Sie würden grillen, schwimmen, Fußball spielen und über die nervigen Lehrer lästern. Vielleicht kämen auch ein paar Mädchen, schrieb er, obwohl ich das nicht glaubte. Und es gäbe Bier. Was Maurizio behauptete und was stimmte, waren gewöhnlich zwei unterschiedliche Dinge. Ich mochte ihn und seine Clique nicht besonders, aber normalerweise wäre ich mitgegangen, aus Langeweile und um etwas zu tun zu haben. Jetzt aber …

Ich antwortete ihm, ich sei den Rest der Woche beschäftigt. Und das schrieb ich nicht nur, weil ich *nonno* Paolo versprochen hatte, ihn zu besuchen und den nächsten Teil seiner Geschichte zu lesen. Was ich bis jetzt gelesen hatte, hatte mich zum Nachdenken gebracht, über mich, über die Vergangenheit, darüber, wer wir eigentlich waren. Ich bekam die Menschen und Orte, die Seite für Seite vor mir erschienen, nicht mehr aus dem Kopf. Das war ganz und gar keine erfundene Welt. Hier ging es um meinen eigenen Großvater, in einem Venedig, das vor unserer Tür noch immer existierte.

Ich musste all diese Schauplätze mit eigenen Augen sehen. Ich musste die Geister aufspüren, die seine Worte zum Leben erweckt hatten. Also schnappte ich mir meine Lieblingskamera und machte mich auf den Weg.

Das Ca' Loretti befand sich in San Marco auf der anderen Seite des Canal Grande, nahe der Vaporetto-Haltestelle Santa Maria del Giglio. Es war zu heiß, um zu Fuß zu gehen, also quetschte ich mich auf ein Boot der Linie 1, wo es wie gewöhnlich nur noch Stehplätze gab, weil es mit Touristen vollgestopft war, die in der feuchten Hitze der Lagune schwitzten.

Zwei Straßen von Giglio entfernt fand ich es. Eines der vielen am Canal Grande gelegenen hohen Gebäude. Sein Äußeres entsprach genau dem, was es war: ein leicht heruntergekommener Verwaltungsbau, der vermutlich seit über dreißig Jahren keinen Malerpinsel mehr gesehen hatte. Das Mädchen hinter dem Empfangsschalter glänzte vor Schweiß und sah aus, als hätte es lieber am Strand gelegen, als sich hier, in einer blauen Uniform gefangen, mit den Fragen eines neugierigen Teenagers abzugeben. Ich wolle jemanden sprechen, der mir erzählen könne, wie es im Ca' Loretti während des Krieges zugegangen sei, sagte ich ihr.

„Damals saßen hier die *crucchi*", fügte ich hinzu. „Die SS. Hier haben sie ..."

Sie sah mich an, als wäre ich nicht ganz bei Trost. „Warum bist du nicht in der Schule?", fragte sie dann.

Durch die große Glastür auf der Rückseite des Gebäudes konnte ich den Innenhof sehen. Er war kleiner, als ich ihn mir vorgestellt hatte, und stand voller hübscher Palmen und erhöhter Blumenbeete, rot und blau und gelb. Merkwürdigerweise konnte ich mir gut vorstellen, wie dort Menschen gefoltert wurden. Oder dass die Nazis ganz in der Nähe dieser hübschen Blumen Menschen an einen Pfahl gefesselt und erschossen hatten. Das ist wohl eine der Lektionen, die er mir erteilen will, dachte ich: Das Böse war nichts Besonderes. Es bedurfte keiner schlimmen Schurken mit narbigen Gesichtern und boshaftem Funkeln in den Augen. Das Böse war normal, alltäglich, gehörte zu dieser Stadt, ein Virus, das in jedem von uns lauerte.

„Es ist für ein Referat. Hier saßen früher die Nazis", wiederholte ich.

„Wir bieten keine historischen Führungen an. Das ist nur ein Verwaltungsgebäude."

„Ich weiß, aber ..."

Was hätte ich tun sollen? Ihr von der Grausamkeit, dem vergossenen Blut, all dem Leid erzählen, das die Menschen hier erlebt hatten?

„Ist schon gut", brummelte ich und ging hinaus.

Durch diese Gasse war Diamante gelaufen. Allzu sehr konnte sie sich im letzten halben Jahrhundert nicht verändert haben. Das war das Pflaster, auf das der alte jüdische Arzt seine Schritte gesetzt hatte, genauso wie viele deutsche Soldaten. Das war der Schatten, für den sie im Sommer dankbar gewesen wären. Links von mir befand sich noch immer der Bootssteg am Kanal. Ein elegantes, glänzendes Wassertaxi hatte angelegt. Auf der hölzernen Plattform stand ein Paar, eine Frau in einem fließenden weißen Hochzeitskleid und ein Mann in dunklem Anzug, umringt von einer lebhaften Menschenmenge, die jubelte und klatschte. Ihr Fotograf machte Aufnahmen, und sein Blitz versprühte unzählige Lichtstrahlen, die fröhlich auf der Wasseroberfläche tanzten.

Ein Kellner mit einem Tablett voller Gläser erschien, Spritz und Champagner. Sechsundfünfzig Jahre zuvor war hier eine Gruppe uniformierter Deutscher ausgestiegen und zusammen mit einem Judenjäger namens Salvatore Bruno in ihr Hauptquartier marschiert. Ein Name, der bei den Partisanen dermaßen verhasst war, dass er ihn zuweilen in Ugo Leone änderte. Ich konnte sie beinah vor mir sehen, voller Leben und voller Wut. Genau das hatte *nonno* Paolo sicher gewollt, noch ein Grund, warum er mir seine Geschichte gegeben hatte. Sie sollte auch zu meiner werden, damit er die Last mit mir teilen konnte. Er wollte, dass ich irgendetwas mitempfinde, aber was genau und warum, das begriff ich noch nicht ganz.

Auf halbem Weg die Gasse hinunter gab es immer noch die Bar namens Marino. Jetzt warb sie allerdings mit teuren Cocktails, Kaviar und *panini* zu einem Preis, den ein Venezianer nie zahlen würde. Ich ging hinein und erkundigte mich, ob es dort einen *barista* namens Beppe gäbe.

Der Kellner hinter dem Tresen war Chinese und sah aus, als hätte er seit Tagen nicht geschlafen.

„Beppe?", fragte er. „Wer ist das? Beppe nicht kennen. Wann er hier gearbeitet?"

Vor einem halben Jahrhundert, lange bevor wir beide geboren waren.

„Nicht so … nicht so wichtig", stammelte ich.

„Wollen etwas trinken?"

Ich glaube, ich habe nicht einmal geantwortet.

Zurück an der Haltestelle, nahm ich das Vaporetto Richtung Giardini. Damals war die Via Garibaldi ein recht ruhiger Teil von Castello gewesen, mit kleinen Geschäften und Obst-, Gemüse- und Fischständen vor dem Eisentor in der Nähe des Denkmals für den alten Helden. Das Standbild war ein lokales Wahrzeichen: Giuseppe Garibaldi, der stolze Militärführer und Staatsmann, bärtig und mit Kappe auf dem Kopf, den Löwen von Venedig zu Füßen, und das alles auf einem Felsbrocken inmitten eines runden Brunnens, in dessen mit Unkraut überwuchertem Becken sich die Schildkröten sonnten. Auf der Rückseite des Felsens befand sich eine zweite Figur, ein steinerner Infanterist, die Arme verschränkt, das Gewehr über der Schulter. Nur eine Minute Fußweg entfernt war die Biennale in vollem Gang, und elegant gekleidete Scharen von Kunstliebhabern strömten zu den internationalen Pavillons. Doch ich konnte an nichts anderes denken als an einen Mann namens Luca Alberti, der davon träumte, er hätte Schauspieler werden können, als sie hier während des Krieges Filme drehten. Und kein Verräter und Werkzeug der Deutschen und der Schwarzen Brigaden.

Das Standbild von Garibaldis Leibwache schien all diese Fremden anzusehen, die plaudernd zum Eingangstor pilgerten, als wollte er sagen: „Ihr erinnert euch wohl nicht mehr an mich, was?"

Die Venezianer lieben Geistergeschichten. Über diesen Ort gab es eine, die sie uns während eines Geschichtsprojekts über das *Risorgimento* in der Schule erzählt hatten. Diese Epoche, die Zeit der italienischen Einigung, hatten wir ausführlich behandelt, die späteren Kriege weniger. Ursprünglich zeigte das Denkmal nur den alten Mann, mit Bart, Kappe und Löwe. Nachdem es errichtet worden war, erzählten sich die Menschen in den umliegenden Straßen, dass ein Geist in Armeeuniform die Gegend heimsuchen und nachts die Menschen erschrecken würde. Die abergläubischen Bewohner von Castello kamen zu dem Schluss, dass er ein Freiwilliger aus den Mietskasernen sein musste, der beim Einsatz für die Einigung ums Leben gekommen war. Er sei Garibaldis Leibwache gewesen und hätte geschworen, ihn immer zu beschützen. Also zahlten sie für eine zweite Statue auf der Rückseite der Statue des alten Mannes, und der Geist ward nie mehr gesehen.

Gretas Bar schien unverändert, voller Einheimischer, billiger Getränke, billigem Essen, sogar eine glänzend rot gestrichene Tür war im Hintergrund zu sehen. Das Lokal hieß allerdings jetzt anders, und der unfreundliche Bursche hinter dem Tresen sagte, von Greta, einem Mann namens Rocco Trevisan oder einer Sara Vitale, die einmal als Friseurin hier gearbeitet hätte, habe er noch nie etwas gehört.

Während ich fortwährend Fotos machte, ging ich über die schmale Holzbrücke nach San Pietro. Dort, wo sie die Leiche der ermordeten Frau namens Isabella Finzi aus dem schmutzigen Wasser gezogen hatten, lagen jetzt schicke Schnellboote entlang des Kanals. Ein langhaariges Mädchen saß im Gras und spielte Gitarre. Eine weitere Brücke führte mich zu der roten Backsteinmauer des Giardino degli Angeli. Ein hässliches graues Eisentor mit einem schweren Vorhängeschloss versperrte den Eingang. Ich überquerte die Brücke trotzdem und schob das Objektiv meiner Spiegelreflexkamera zwischen den Stäben hindurch. Der Garten wirkte verlassen. Zwischen hohem Gras lagen hier und da Brocken von Mauerwerk. Die Obstbäume sahen ganz verwildert aus, weiter hinten erkannte ich das zerbrochene, staubige Glas des alten Wintergartens mit seinen drei Bogen, und auf seiner Rückseite ein kleines steinernes Gebäude.

Da lief mir die schwarz gekleidete Gestalt eines Priesters oder Arztes vor die Linse – Filippo Garzone oder Aldo Diamante –, so plötzlich, dass mir beinah das Herz stehen blieb. Als ich erschrocken zurückwich, hörte ich ein Motorengeräusch und meinte, hinter dem verfallenen Wachturm eine deutsche Barkasse mit Maschinengewehr am Bug auf mich zukommen zu sehen. Aber nein. Es war nur ein Gärtner in einem dunklen Overall, der seine Kettensäge anwarf, um die Zweige der Bäume zurechtzuschneiden.

Danach dauerte es eine ganze Weile, bis ich mich wieder beruhigt hatte. Wenigstens war der Garten verschlossen. Das hieß, es blieb mir erspart, meinen Mut zusammenzunehmen und durch das eiserne Tor zu treten.

Mit schwirrendem Kopf lief ich zurück nach San Pietro und nahm das nächste Vaporetto zum Krankenhaus.

* * *

Er wartete schon, das Gesicht noch grauer als sonst. Sein Blick, der normalerweise aufmerksam und neugierig war, wirkte matt, obwohl er mich sofort ansah, als ich mit einem Strauß Blumen hereinkam.

„Chrysanthemen? Aber die kauft man doch für die Toten, Nico. Nicht für die Lebenden."

„Oh. Entschuldige."

Verwirrt durch den Vormittag, den ich irgendwo zwischen meiner Stadt von heute und seiner Stadt von früher verbracht hatte, war ich eine Haltestelle zu spät ausgestiegen und an den Fondamente Nove herausgekommen. Dort hatte ich, ohne groß nachzudenken, irgendeinen Strauß bei einem der Blumenhändler gekauft, die ihre Geschäfte mit den Besuchern von San Michele machten.

„Ich bitte die Schwester um eine Vase."

Als die Schwester hereinkam, schüttelte sie missbilligend den Kopf. Ich hätte daran denken müssen, dass das Friedhofsblumen waren. Am kommenden 2. November, dem *giorno dei defunti,* Allerseelen, würde ich sicher mit meinem Vater das Boot nach San Michele nehmen und einen Kranz daraus auf *nonno* Paolos Grab legen.

„Du hast wohl Fotos gemacht", sagte er, als wir wieder allein waren.

Meine Kamera lag auf dem Boden. Ihm entging einfach nichts.

„Ja", antwortete ich und fügte hinzu, dass dieser Scamozzi versucht hatte, mich zu überreden, mit an den Strand zu kommen.

„Lass dich von mir nicht aufhalten, wenn es das ist, was du willst."

„Das ist es nicht. Ich will hier sein. Ich will erfahren, wie die Geschichte ausgeht."

„Ach", sagte er und klang ein bisschen betrübt. „Ich hoffe, sie geht dir nicht zu nahe. Das ist nicht meine Absicht."

„Was dann?"

„Nur … etwas weiterzugeben, das dir eines Tages vielleicht nützen kann."

Ich setzte mich auf den harten Krankenhausstuhl neben seinem Bett und blickte wieder zu der kleinen, von einer Backsteinmauer umgebenen Insel auf der anderen Seite des Wassers hinüber.

„Nicht mehr lange, dann werde ich auch dort liegen", hörte ich die alte, müde Stimme neben mir.

„Das will ich aber nicht."

„Ich muss zugeben", sagte er, „dass ich auch gedacht habe, ich könnte das Leben ein bisschen länger genießen. Diese verdammten

Zigaretten. Ich hätte das Rauchen schon vor Jahren aufgeben sollen. Versprich mir, dass du nie damit anfängst."

Natürlich antwortete ich nicht.

„Ah. Da bin ich offenbar zu spät. Wie dumm von mir. Als ich jung war, haben die meisten Jungs schon mit zwölf oder dreizehn geraucht. Dazu hatte ich nie die Gelegenheit. Sehr strenge Eltern. Außerdem musste ich anfangs davon husten. Es hat ein bisschen Mühe gekostet."

„Hat er es dir beigebracht? Vanni?"

„Du hast sorgfältig gelesen, sehe ich. Gut. Das freut mich."

„Ich wusste gar nicht, dass du so gut schreiben kannst."

Er fing an zu lachen. Hustete. Und lachte wieder.

„Das kann ich auch nicht. Nicht wirklich. Ich hatte nur diese eine Geschichte zu erzählen, mehr nicht." Er klopfte sich auf die Brust und musste noch einmal husten. Das Keuchen, das darauf folgte, schien von ganz tief unten zu kommen. „Mehr ist nie daraus geworden. Keine richtige Schriftstellerei. Ich war viel zu sehr damit beschäftigt, Samt zu verkaufen. Aber eine Geschichte … wenn sie gut genug ist, reicht das."

„Hättest du angefangen zu rauchen, wenn du ihnen nie begegnet wärst?"

Er zuckte mit den Schultern. „Wer weiß das schon?"

„Es ist bloß … die Artoms. Die beiden scheinen die Geschichte in keine gute Richtung zu lenken."

„Gute Richtung. Schlechte Richtung. Irgendeine Richtung nimmt es immer. Man sollte eine Geschichte nie beurteilen, bevor sie nicht zu Ende ist."

Wir verstummten, und die typischen Krankenhausgeräusche erfüllten den Raum: das Brummen der Klimaanlage, das Piepen und Surren der Monitore und medizinischen Geräte, das Tapp-tapp-tapp der Schritte im langen Flur vor der Tür.

„Hast du noch mehr Fragen, Nico?"

„Stimmt es? Dass du … was Mika über dich gesagt hat?"

Er verschränkte die Arme und runzelte die Stirn. „Was genau meinst du?"

Er wusste es sehr gut.

„Bitte. Hör auf, mir etwas vorzumachen."

„Mach ich nicht."

„Stimmt es, dass du und er … dass du ihn mochtest?"

Er nickte. „Vanni meinst du? Einen Mann?"

„Ja." Ich hoffte, dass ich nicht allzu genervt klang, weil er mir das alles so aus der Nase zog. „Ja, das meine ich."

„Hast du dich in der Schule nie für einen anderen Jungen interessiert?"

„Nein!", rief ich.

„Du brauchst nicht zu schreien, Junge. Wir sind hier unter uns. Und ich erzähle es niemandem."

„Nein", sagte ich leiser. „Nie. Und das wird auch nicht passieren. Das … So bin ich nicht."

„Aha." Er lächelte. „Ein junger Mann, der mit Bestimmtheit weiß, was die Zukunft bringt. Du Glückspilz."

„Ich meine nur … ich weiß, dass ich auf Mädchen stehe."

„Ich auch. Selbst jetzt noch … Hier laufen ein paar hübsche junge Dinger rum. Ich flirte mit ihnen. Was soll ein alter Mann auch anderes tun?"

„Aber …"

„Ehrlich gesagt war ich schüchtern in jungen Jahren. Leider. Ein englischer Dichter wurde gegen Ende seines Lebens einmal gefragt, ob er irgendetwas bereue. Ja, antwortete er. Er habe nicht genug Sex gehabt. Ich verstehe, was er meinte."

„Ich weiß nicht, ob wir über dieses Thema reden sollten."

„Obwohl sich später herausstellte, dass ebendieser Dichter öfter etwas nebenbei laufen hatte. Schriftsteller, was? Warum sollten wir denn nicht darüber reden?"

Ich wurde rot, dabei war es nicht einmal besonders warm.

„Du bist mein Großvater."

„Stimmt."

„Das ist … seltsam."

Er schien das unheimlich witzig zu finden.

„Ach, Nico. Wenn du die Vorstellung, dass sich zwei Männer in einer Extremsituation … näherkommen, seltsam findest, will ich mir gar nicht erst vorstellen, was du später aus deinem Leben machst. Es sei denn, du führst ein langweiliges Leben, was ich dir nicht wünsche."

„Ich musste das nicht erfahren. Ehrlich nicht. Ich bin mir nicht mal sicher, ob ich überhaupt ein Wort davon glaube."

„Manchmal sind Geschichten Lügen, die wir uns selbst erzählen, um die Wahrheit zu verstehen."

Mit dieser kryptischen Bemerkung drehte er sich zur Seite. Dabei rutschte sein blaugestreifter Schlafanzug hoch. Seine Rippen standen hervor wie bei einem hungernden Kind in Afrika. Auf seiner schrumpeligen Haut waren die roten Operationsnarben zu sehen. Der Anblick erinnerte mich daran, wie er Vanni Artom über ein halbes Jahrhundert zuvor den Verband gewechselt hatte. Das Ganze ging mir zu Herzen, und genau das war seine Absicht.

„Hier." Er hatte einen weiteren Umschlag aus dem Nachttisch genommen und warf ihn auf die Bettdecke. „Nach diesem Teil der Geschichte kommen nur noch zwei. Sofern du nicht aufgibst und deine Zeit lieber mit Maurizio Scamozzi verbringst."

„Mit diesem Fiesling will ich bestimmt nicht mehr rumhängen. Ich will hier bei dir sein."

Er lächelte und berührte meine Hand.

„Das freut mich. Ich wünschte nur, ich hätte etwas angenehmere Worte, um dir zu zeigen, wie sehr."

Auf dem Deckblatt war der Titel zu lesen. Ich erkannte seine krakelige Handschrift, die geschwungenen Buchstaben und sah vor mir, wie die Tinte seines Füllfederhalters aufs Papier floss.

„Manche Dinge geschehen nun einmal", sagte er, und sein Lächeln war verschwunden. „Etwas anderes habe ich nicht zu erzählen."

Wirrungen und Irrungen

Die Ankunft einer Gruppe höherer deutscher Offiziere aus Salò mit dem Judenjäger Salvatore Bruno war Anlass für einen noch ausschweifenderen Abend im Ballsaal des Hotels Gioconda als sonst. Es war wichtig, gesehen zu werden, auch wenn man sich wenig beteiligte. Abwesenheit würde auffallen.

Man hatte aus diesem Anlass Spieltische aufgestellt. Hauptscharführer Oberg war eine halbe Stunde geblieben, hatte ein paar Zigarillos geraucht und wortkarg beobachtet, wie Bruno und seine Begleiter Roulette und Karten spielten und natürlich immer gewannen. Dann hatte er sich damit entschuldigt, er müsse noch arbeiten, und war, erleichtert, den Ort des Geschehens verlassen zu können, ins Ca' Loretti zurückgekehrt.

Luca Alberti blieb noch. Zweieinhalb Stunden, mehr konnte er nicht ertragen. Er trank nicht mehr als drei Gläser Prosecco und ein kleines bisschen Grappa und achtete darauf, sich von den Frauen fernzuhalten, die die Deutschen umschwärmten wie die Fliegen. Ein bescheidener venezianischer Kollaborateur passte nicht zu diesen gut betuchten Besuchern. Die Neuankömmlinge besaßen mehr Macht und Reichtum als jeder Venezianer und scheuten sich nicht, das zu zeigen. Sowohl mit Geld als auch mit allerlei Dingen vom Schwarzmarkt. Tabak, Drogen, Parfüm und seidene Strümpfe gehörten angeblich zu den Geschenken, mit denen sie eine Nacht zwischen ihren Laken entlohnten. Angesichts der ärmlichen Verhältnisse, die aufgrund des Krieges herrschten, konnte er es den Flittchen kaum verdenken, dass sie ihr Bestes gaben. Die meisten kamen von außerhalb, doch eine erkannte er wieder: eine hübsche junge Frau aus Cannaregio, verwitwet oder geschieden, daran erinnerte er sich nicht, Mutter von drei Kindern, die versuchte, irgendwie über die Runden zu kommen. Sie lächelte überzeugender als die anderen und gab sich auch im Bett mehr Mühe, wie er vier Wochen zuvor hatte feststellen können. Allerdings war es eine kalte, aufgesetzte Leidenschaft gewesen, von der Not getrieben und nicht vom Bedürfnis nach Zweisamkeit. Eine Nacht hatte gereicht, um ihm klarzumachen, dass ihre Zuneigung einen Preis kostete, den er mit seinem bescheidenen Polizistengehalt nicht aufbringen konnte.

Vor dem Krieg war der Ballsaal des Gioconda ein Ort für reiche Ausländer gewesen, die wegen der Oper, dem Theater oder der Kunst in die Stadt kamen, oder um städtische Veranstaltungen und vornehme Hochzeiten zu besuchen. Der Saal war bis an die Grenzen des guten Geschmacks dekoriert. Mit Spiegeln in vergoldeten Rahmen, mit Barockmöbeln und mit glitzernden Murano-Kronleuchtern, die von einer mit Putten und Engeln verzierten Decke hingen. Die Kanalseite schien komplett aus Glas zu bestehen, eine lange Reihe bodentiefer Fenster, die zu einem großen Balkon oberhalb eines schmalen *rio* hinausführten. Im Sommer deckte das Hotel draußen Tische zum Mittag- oder Abendessen, aber im Dezember war es dafür zu kalt. Das war schade. Alberti mochte diesen ruhigen, abgeschiedenen Ort, wo man gelegentlich das Rudergeräusch eines Gondoliere und den Fetzen eines Liedes hörte. Keine illegale Rohrleitung leitete Abwasser in den kleinen Kanal, der direkt in den Canal Grande führte, deshalb roch es hier so angenehm wie sonst nirgends im Stadtzentrum.

Alberti war froh, dass er wegkam und ins Bett gehen konnte, obwohl die Nacht noch lang war und von den vertrauten Geräuschen aus den Nachbarzimmern unterbrochen wurde.

Am Freitagmorgen sorgte er dafür, pünktlich an seinem Schreibtisch zu sitzen. Oberg war auch schon da, anfangs allein. Überall im Ca' Loretti standen Deutsche herum, die es sich in der Nacht zuvor zu gut hatten gehen lassen, tranken Kaffee und klagten über den Kater, den sie von dem üblen venezianischen Gesöff bekommen hatten.

Sander erschien eine halbe Stunde zu spät, setzte sich, entschuldigte sich dann plötzlich und rannte mit der Hand vor dem Mund zur Toilette.

„Er sollte weniger trinken", bemerkte Oberg, ohne von seinen Akten aufzublicken. „Sie auch, Sachs. Sie sind Offiziere. Immer im Dienst. Ich will nicht, dass Sie hier betrunken herumstolpern."

Alberti fing an, einen Bleistift zu spitzen.

„Ich bin mir meiner Position bewusst, Hauptscharführer", antwortete Sachs und schien beleidigt. „Ich glaube nicht, dass ich etwas getan habe, was meine Kameraden in Misskredit bringt."

„Sonst würden Sie hier auch nicht sitzen", blaffte Oberg.

„Offen gesagt", schaltete Alberti sich ein, „war der Fusel, den sie gestern Abend ausgeschenkt haben, wirklich nicht der beste."

Sander kam wankend durch die Tür und wischte sich den Mund ab.

„Billiger Grappa ist wirklich übel für den Magen", fügte der Venezianer hinzu. „Hier stinkt's heute Morgen auch ein bisschen. Vielleicht hat jemand was Falsches den Ausguss runtergespült."

Sander, der bleich wie ein Laken aussah, warf ihm einen wütenden Blick zu und setzte sich wieder.

„Giovanni und Mika Artom", sagte Oberg und sah alle drei an. „Die Terroristen. Wissen wir inzwischen, ob sie in der Stadt sind?"

Alberti überließ es den Deutschen, sich stammelnd da herauszureden. Sie hatten schließlich ihre eigenen Quellen. Informanten, die sie nicht teilen wollten, wahrscheinlich nicht mal untereinander, und ganz bestimmt nicht mit einem Venezianer. Offenbar hatten sie alle ebenso wenig Informationen liefern können wie Albertis eigene.

„Vielleicht", sagte Sander, „sind sie überhaupt nicht in Venedig. Wir haben schließlich nur gehört, dass sie unterwegs sein sollen."

„Vielleicht sind sie auf der Flucht auch den Falschen begegnet", fügte Sachs hinzu. „Diese Mistkerle bringen sich doch genauso leicht gegenseitig um wie uns. Es sind Juden. Von den Kommunisten haben auch ein paar einen Hass auf sie."

„Aber sie sind Juden *und* Kommunisten", sagte Alberti.

„Na und?", entgegnete Sander.

Alberti zuckte mit den Schultern.

„Vielleicht haben Sie recht, und sie sind nie hier angekommen. Dann können wir womöglich von Glück reden." Er tippte auf die Mappe, die auf seinem Schreibtisch lag. Die Akte mit sämtlichen Informationen über das Geschwisterpaar. „Die beiden sind wohl sehr … effizient."

„Verdammt." Oberg reagierte ausgesprochen aufgebracht. „Ich erwarte, dass Sie mir mehr liefern. Die zwei haben auf dem Weg von Padua hierher eine Reihe von Gräueltaten verübt. Wenn wir ihren mörderischen Kameraden glauben dürfen, ist die Frau die Anführerin. Eine gewalttätige Kriminelle offenbar."

„Eine Frau?" Sander kicherte hinter vorgehaltener Hand. „Wir haben Angst vor ein paar Juden, die von einer Frau angeführt werden?"

Oberg schien die ganze Zeit über irgendein Problem zu grübeln. Alberti registrierte seine Sorge mit Interesse. Der Mann wirkte angespannter als gewöhnlich.

„Was erwartet uns morgen?", fragte er, stand auf und nahm seinen Mantel.

Oberg blickte von seinen Unterlagen hoch. „Morgen?"

„Mit Bruno. Leone. Wie auch immer wir ihn nennen sollen. Er hat Aldo Diamante von einer Festlichkeit erzählt." Er zuckte mit den Schultern. „Falls etwas ansteht, falls irgendwelche Sicherheitsvorkehrungen getroffen werden müssen, sollte ich das wissen ..."

Oberg zögerte einen Moment und warf seinen Landsleuten einen kurzen Blick zu. Es war nicht zu übersehen, dass sie Informationen hatten, die der örtliche Lakai noch nicht kannte.

„Wenn Sie es mir lieber nicht sagen wollen, dann ...", begann Alberti.

„Nein", fiel Oberg ihm ins Wort. „Es gibt keinen Grund, warum Sie nicht auch Bescheid wissen sollten. Wir vertrauen Ihnen, Alberti."

„Ich fühle mich geehrt."

„Nicht doch. Sie haben es verdient." Oberg musterte ihn von oben bis unten. „Sie wissen, dass die Sie genauso schnell umbringen werden wie einen von uns. Für diese Leute sind Sie einer von uns."

Alberti nickte. „Ein Grund mehr, sich geehrt zu fühlen."

„Am Sonntag fangen wir an, die Stadt zu säubern", fuhr Oberg fort. „Und zwar nicht mit den Schlägertrupps der Schwarzen Brigaden, die auf Rache aus sind, sondern mit Soldaten. Mit unseren Soldaten. Eine Woche lang konzentrieren wir uns nur auf das Judenproblem und nichts anderes. Wir haben Befehl, bis Ende des Monats jeden Juden, den wir finden, in Haft zu nehmen und für den Abtransport bereitzumachen. Gleich morgen früh erlässt Salò dazu eine Anordnung. Niemand mit jüdischer Herkunft ist länger Italiener. Sie verlieren alle Rechte. Unterstehen nicht länger dem Gesetz. Dürfen keine Geschäfte mehr hier betreiben. Ihr gesamtes Eigentum, all ihr Geld fallen dem Staat zu. Morgen Abend findet ein Empfang für die befehlshabenden

Offiziere, die Schwarzen Brigaden und Salvatore Bruno statt. Um …" Oberg gefiel das Ganze nicht, das merkte man ihm an. Er war Soldat. Er wollte einen Krieg führen und keine Zivilisten einsperren. „Um den Anlass entsprechend zu würdigen."

Schweigen trat ein. Zweifellos brauchte Mussolini das Geld. Alberti hatte Gerüchte gehört, dass sie in den Lagern in Deutschland und Polen Tausende von Juden ermordeten und die Überlebenden zwangen, das Zahngold ihrer toten Brüder und Schwestern herauszubrechen, um die Säckel der Nazis zu füllen. Vielleicht war es unvermeidlich, dass solche Praktiken eines Tages ihren Weg nach Italien fanden.

„Das muss ja eine Riesenparty sein, die Sie da planen."

„Ich will nicht, dass irgendwer davon erfährt", sagte Oberg. „Kein Wort davon verlässt diese vier Wände."

Zu spät, Kumpel, dachte Alberti. So wie die Deutschen vor den Frauen tratschten und prahlten, die sie beeindrucken wollten, wusste inzwischen halb Venedig, dass etwas bevorstand. Und auch wo und wann. Deshalb machte Oberg sich also Sorgen. Überheblichkeit war eine grundlegende Schwäche der Nazis, die sie niemals eingestanden. Die Partisanen hatten wahrscheinlich auch Wind davon bekommen, dass es wieder eine Razzia gegen die Juden geben sollte. Jetzt hatten sie ein Ziel vor Augen, eine Chance, um sich zu rächen.

Das Gioconda. Festlich geschmückt für einen glanzvollen Samstagabend, mit einer Gästeliste voller ranghoher Nazis und Faschisten. Und was für ein Ziel.

Er nahm seine Mütze.

„Das versteht sich von selbst, Herr Hauptscharführer. Seien Sie versichert. Ich durchkämme jeden Winkel. Falls diese mörderischen Geschwister hier sind, finde ich sie und serviere sie Ihnen auf dem Silbertablett."

* * *

Ein spätes Mittagessen im Haus der Uccellos im hinteren Teil des Giardino degli Angeli. Für jeden ein halber Becher Prosecco *spento*, Weißbrot und trockener Provolone aus dem Laden in der Via Garibaldi, den Paolo am Morgen rasch aufgesucht hatte. Sie waren nur zu dritt. Chiara hatte gesagt, sie müsse einem kranken Gemeindemitglied etwas zu essen vorbeibringen. Paolo vermutete, sie mochte Mika Artom nicht und wollte einfach nicht dabei sein.

Dank Vannis Hilfe lagen sie jetzt mit der Arbeit im Zeitplan.

Mika kam erst aus dem Bett, als sie hörte, dass Teller auf den Tisch gestellt wurden. Sie setzte sich neben ihren Bruder, in einem weiten schwarzen Mantel aus dem Schrank von Paolos Eltern. Paolo fand das seltsam und unnötig. So kalt war es in der Wohnung nicht, denn er hatte den Kamin angezündet. Das war nicht nur angenehm, sondern hatte auch praktische Gründe. Es war unmöglich, den Webstuhl richtig zu bedienen, wenn man fror, und Fehler konnten sie sich nicht leisten.

Er hatte die beiden bis in die frühen Morgenstunden streiten gehört. Eine Weile hatte er den Kopf unter das Kissen gesteckt und gehofft, ihr Geschrei und ihre Beschimpfungen damit ersticken zu können. Alles ersticken zu können, wenn irgend möglich. Seine Angst, weil er zwei gefährliche Flüchtende beherbergte. Seine Sorge wegen der merkwürdigen Lieferung, die er am folgenden Tag zu überbringen hatte. Und seine Gefühle, die fremd und widersprüchlich waren; verstörend und gleichzeitig schön.

Vanni war ganz anders als die Männer, denen er im Lauf der Jahre begegnet war. Er war freundlich, klug und wirkte irgendwie fremdartig. In einer anderen Welt hätte Paolo ihn eingeladen, mit ihm die Stadt zu erkunden und ein paar der Sehenswürdigkeiten zu besuchen, die er so liebte. Carpaccios unglückseligen Drachen, der von einem herzlosen Sankt Georg getötet wird, in der Scuola degli Schiavoni. Mantegnas gemarterten Sankt Sebastian im Ca' d'Oro, nackt, bis auf ein dünnes Lendentuch, den athletischen Körper von unzähligen Pfeilen durchbohrt, blutend aus offenen Wunden, das Gesicht zum Himmel gewandt und mit einer geheimnisvollen Botschaft, die rund um eine Kerze in der Ecke geschrieben stand: *Nihil nisi divinum stabile est. Caetera fumus.* Nur das Göttliche ist von Dauer. Der Rest ist Rauch.

Ein Bildnis, das Paolo bewegte, seit seine Mutter es ihm als Junge gezeigt hatte. Die meisten Touristen strömten zu den Hauptattraktionen, der Rialtobrücke, San Marco, der Accademia, und verpassten die unauffälligeren, faszinierenden Dinge, die die Stadt zu bieten hatte. Vanni Artom würde sie bestimmt genauso zu schätzen wissen wie er, da war er sich sicher.

Wenn sich doch nur die Gelegenheit böte.

Wenn sie doch nur zusammen durch die Straßen schlendern könnten, ohne Angst haben zu müssen.

„Wir brauchen nicht so wortlos zu essen“, sagte Mika Artom und unterbrach die unangenehme Stille. „Wenn ihr böse auf mich seid, dann raus mit der Sprache.“ Sie deutete mit ihrem Brotstück auf Paolo. „Das gilt auch für dich.“

„Mika“, sagte Vanni. „Ich hab's dir schon hundert Mal gesagt. Wir haben versprochen, das Haus nicht zu verlassen.“

„Nein, nein, nein.“ Ihre glänzend blonden Haare wippten, während sie sprach. Paolo konnte den Blick nicht davon abwenden. Sie wirkte wie eine andere Frau. Attraktiv, erotisch, selbst im Mantel seines Vaters. „Ich hab gar nichts versprochen.“

„Wir haben gesagt ...“

„Bitte“, mischte Paolo sich ein. „Nicht streiten. Wir müssen uns wieder an die Arbeit machen. Der Auftrag ...“ Die Geschwister wechselten einen Blick, den er nicht deuten konnte. „Die Banner müssen fertig werden. Ich muss sie ausliefern. Dann ...“

„Dann was?“, fragte Mika.

„Sie haben gesagt, ihr würdet nicht lange hierbleiben.“

Sie grinste.

„Meinem Bruder scheint es hier zu gefallen. Er mag die Arbeit am Webstuhl.“ Ihr Grinsen wurde breiter. „Und er mag dich, Paolo.“

Vanni versuchte, dafür zu sorgen, dass sie still war. Vergeblich.

„Und du magst ihn auch. Das ist in Ordnung. Er hat schon immer Freunde gebraucht. Im Gegensatz zu mir. Aber ich habe nichts dagegen.“

„*Padre* Filippo ... der Priester ... er hat gesagt ...“

„Am Montag bin ich hier weg. Spätestens. Zufrieden? Was Vanni macht, ist seine Sache.“

„Wir gehen alle beide, so bald wie möglich“, sagte Vanni. „Sobald wir die Nachricht bekommen, dass wir irgendwo anders hinkönnen. Wir sind dir dankbar für den Mut, den du aufbringst, indem du uns hier versteckst. Es tut mir leid, wenn wir das nicht deutlich gemacht haben.“

Mika spielte mit ihren Haaren. Dann griff sie in die Manteltasche und zog etwas heraus, das Paolo zum letzten Mal gesehen hatte, als seine Mutter noch lebte. Einen Lippenstift und einen kleinen Spiegel. Fasziniert beobachtete er, wie sie in den Spiegel sah, ihre Lippen glattzog und die scharlachrote Farbe auftrug, die schimmerte wie frische Ölfarbe.

„Warum tust du das?", fragte er. „Warum veränderst du dein Aussehen?"

Mika lachte ihn aus.

„Dummer Junge. Na, was glaubst du wohl? Falls sie ein Foto von mir haben, wird es ihnen jetzt nicht mehr viel nützen, oder?" Sie strich ihrem Bruder über die langen dunklen Haare. „Ich hab eine Frau kennengelernt, die dir da auch weiterhelfen könnte. Rotblond vielleicht. Mit Locken. Locken würden dir bestimmt stehen."

Vanni stöhnte und trank einen Schluck von seinem Prosecco.

„Was meinst du, Paolo? Welche Farbe würde zu ihm passen?"

„Mir gefällt er, wie er ist. Wenn ihr euch hier versteckt haltet, wie man mir versprochen hat, bekommt niemand etwas mit. Wenn du aber wieder rausgehst …"

„Ich bin eine Kämpferin", fiel sie ihm ins Wort. „Anders als mein Bruder offenbar. Und kämpfen kann man nicht, indem man in so einem blöden … blöden Wintergarten mit Nadel und Faden spielt."

„Wir machen ein bisschen mehr als das", erwiderte Vanni.

„Soll ich lieber gleich verschwinden, Paolo?"

„Nein. Das wäre viel zu riskant. Wohin solltest du auch gehen?"

Ihr Lächeln erstarb, und ihr Blick verdüsterte sich.

„Leute wie wir haben immer irgendwo Freunde. Man muss sie nur finden. Wenn du willst, dass ich einen Versuch unternehme …"

„Mika!" Vannis Stimme war laut und zornig. „Wir haben ihm unser Wort gegeben. Wir sind es ihm schuldig."

„Und was schulden wir unseren Eltern? Und den Tausenden Juden, die in Deutschland in Lager geschafft werden und nie wiederkehren? Unseren toten Kameraden in den Bergen? Den ungeborenen Kindern, die unter Mussolinis Herrschaft aufwachsen müssen, wenn wir nichts dagegen tun?"

„Vielleicht schuldet ihr ihnen, am Leben zu bleiben und die Dinge eines Tages besser zu machen." Paolo wusste nicht genau, welche innere Stimme ihn zu dieser Aussage veranlasst hatte. Vielleicht hatte sie ihren Ursprung in derselben Wut, die ihn dazu gebracht hatte, das Wort zu ergreifen, als sie Isabella Finzi aus dem Kanal gezogen hatten. Eine gefährliche Stimme, wurde ihm jetzt klar. Hätte er damals den Mund gehalten, hätten die Artoms sicher nie ihren Weg zum Giardino degli Angeli gefunden.

Trotzdem – er warf einen kurzen Blick zu Vanni – bedauerte er kein bisschen, dass er damals etwas gesagt hatte.

„Ich hab zu tun", sagte Mika. Sie erhob sich und legte den dicken Mantel ab.

Darunter kam ein schimmerndes Seidenkleid zum Vorschein, in fast demselben Scharlachrot wie ihr Lippenstift, mit tiefem Dekolleté, damit ihre Brüste gut zur Geltung kamen. Das Kleid war ihr zu weit. Es war offenbar für jemand anderen gemacht. Dennoch wird sie im grauen, tristen Venedig der Kriegszeit damit auffallen, dachte Paolo. Niemand trug solche Kleider, nicht da, wo er hinkam. Das war undenkbar.

„Keine Sorge, Paolo. Und sieh mich nicht an, als wäre ich eine Nutte."

„Dann zieh dich nicht an wie eine", fuhr ihr Bruder sie an.

Sie strich den Stoff glatt, begutachtete noch einmal ihr Gesicht im Spiegel und schlüpfte wieder in den Mantel.

„Ich gehe hinten raus. Niemand wird mich sehen. Niemand wird wissen, dass ich aus diesem friedlichen kleinen Paradies komme. Und keiner wird mich verhaften."

Sie nahm eine große Stoffhandtasche vom Boden und stellte sie auf den Tisch. Die Tasche war alt und verschlissen und sah aus, als hätte sie Chiara gehört haben können, bevor sie sie weggeworfen hatte. Paolo stockte der Atem, als Mika sie aufmachte, eine Pistole herausnahm, sie auf den Tisch legte und fast zärtlich über den Lauf strich.

„Und wenn die *crucchi* mich zufällig doch finden …" Sie nahm die Waffe in die Hand und hielt sie fest wie eine Kostbarkeit. „… braucht ihr euch keine Sorgen zu machen."

„Bitte …", begann Vanni, und man hörte an seiner Stimme, dass er wusste, dass es zwecklos war. „Hör auf mich. Wir sollten hierbleiben."

„Hier?"

„Ja. Hier."

„Hier ist es warm, Bruderherz. Hier ist es gemütlich. Hier kommen die *crucchi* nicht her. Zumindest redest du dir das ein. Ich kann das nicht. Hinter diesen Mauern liegt eine andere Welt, und jeden Tag vergießen diese Schweine dort unser Blut. Der Krieg ist der Ort, wo ich hingehöre. Genau wie du. Zumindest dachte ich das. Aber ..." Sie warf einen Blick auf Paolo. „Geh zurück an deinen Webstuhl. Bilde dir ein, es gäbe nichts anderes."

Draußen ging die Tür des Wintergartens auf und zu. Sie hörten es alle drei. Chiara Vecchi war zurück. Es konnte niemand anderes sein. Sie war die Einzige, die noch einen Schlüssel zum Tor an der Brücke hatte.

Mika schob die Pistole wieder in die Tasche, stand auf und wischte sich die Brotkrümel von der Brust.

„Ciao, ragazzi", sagte sie. „Seid brav. Und wartet nicht auf mich."

Nicht, dass Filippo Garzone es seinen Schäfchen gegenüber zugeben würde, aber die Basilika San Pietro di Castello gefiel ihm nicht sonderlich. Das Gebäude war ein Ungetüm, dessen gewaltige Kuppel beeindruckte, der Rest allerdings weniger. Es war zu groß für die Gemeinde der kleinen, halb verlassenen Insel, auf der es stand, und im Winter kalt wie ein Grab. Einst war San Pietro, zumindest auf dem Papier, die wichtigste Andachtsstätte Venedigs gewesen, die offizielle Kathedrale der Stadt, bedeutender noch als die reich geschmückte Basilika von San Marco, die in ihrer vollen Pracht direkt neben dem Dogenpalast stand. Doch Päpste, Könige und Politiker zogen San Marco mitten im Stadtzentrum dem abgelegenen, bescheidenen Castello stets vor. Anfang des neunzehnten Jahrhunderts wurde die Basilika von ihrem wackeligen ersten Platz in der Kirchenhierarchie gestoßen, und die Krone wurde der Basilika von San Marco aufgesetzt, die sie praktisch schon immer getragen hatte.

Von da an versammelten sich die Reichen und die Mächtigen erst recht an der berühmten Piazza mit ihren eleganten Cafés, ihren Galerien und Museen, während das entfernte Castello weiter in Armut und Abgeschiedenheit versank. Kaum einer der Stadtbewohner kannte San Pietro, dessen einziges beachtenswertes Kunstwerk das Altarbild von

Veronese war, ebenso wenig wie die Besucher. Gelegentlich versuchte Garzone, vorbeikommende Touristen auf eine seiner zweifelhafteren Attraktionen aufmerksam zu machen, zum Beispiel die Cattedra di San Pietro, den „Stuhl des heiligen Petrus", den der Apostel der Legende nach benutzt haben soll, als er in Syrien predigte. In Wahrheit war es eine nette archäologische Täuschung, in seinen Augen zumindest. Die Überreste eines islamischen Grabmonuments mit Zitaten aus dem Koran in kufischer Schrift auf der Seite, das so umgearbeitet worden war, dass es einem Heiligenthron ähnelte. Seine Bemühungen fanden selten Anklang bei den zufällig vorbeikommenden Touristen, von denen die meisten sich verlaufen hatten und nur nach dem Weg suchten. Allerdings war San Pietros Abgeschiedenheit dem Priester bei der Rolle nützlich, die er heimlich spielte, während der Krieg sich hinzog, und für die er kein geringes Risiko einging.

Er war kein politischer Mensch und ganz sicher kein Kommunist wie einige seiner Kollegen, die sich unlängst mit Begeisterung dem Testament Marx' zugewandt hatten. Trotzdem besaß er einen ausgeprägten Sinn für Gerechtigkeit und den Dienst an der Gemeinschaft, zwei Werte, die die Faschisten infrage gestellt hatten, als sie an die Macht gekommen waren, und die so gut wie ganz abgeschafft waren, seit Mussolini sein abscheuliches Marionettenregime in Salò führte.

Während ihn fromme Männer und Frauen um Hilfe baten, hatte Garzone im Lauf der Jahre die Funktion eines Verbindungsmanns eingenommen. Anfangs für diejenigen, die beim Staat in Ungnade gefallen waren, in letzter Zeit auch für diejenigen, die sich ihm widersetzten: Partisanen, Politiker, Gewerkschaftler. Er wusste, dass der Krieg für Mussolini nicht zu gewinnen war. Es war nur eine Frage der Zeit, bis die Streitkräfte der Alliierten im Süden Rom einnehmen würden, und anschließend den Rest des Landes, den König und die offizielle Regierung an ihrer Seite.

Garzone kämpfte täglich mit der Frage, manchmal auch im Gespräch mit seinem guten Freund Diamante, wie man als guter Mensch diesen Umständen begegnen sollte, welche praktische und moralische Unterstützung angemessen war, wenn sie gebraucht wurde. Er hatte ein paar Regeln für sich aufgestellt. Zum einen würde er niemanden miteinbeziehen, der wie er für die Kirche tätig war. Soviel diese Menschen wussten, war er ein frommer Mann, der seine Hauptverantwortung in der Seelsorge für seine Kirchengemeinde sah, auch wenn der aktuelle politische Wille ihm widerstrebte. Für diese Regel gab es zwei gute Gründe. Er wollte niemanden in Handlungen verwickeln, die, sollten die Deutschen davon erfahren, zu sofortiger Verhaftung, mit Sicherheit zu Folter und wahrscheinlich zum gewaltsamen Tod oder der Deportation in eines der Lager führen würden.

Der zweite Grund war ein ebenso praktischer: In Kriegszeiten konnte man sich in Venedig nie sicher sein, wem man trauen konnte. Es gab bezahlte Spitzel, das wusste er genau. Und andere, die einen ebenso ins Ca' Loretti bringen konnten: Klatschmäuler, die Gerüchte verbreiteten, Leute, die einen Groll auf jemanden hatten oder Rache suchten, oder Menschen, die einfach ein ruhiges Leben führen wollten und die, wenn vielleicht auch zögerlich, jeden verrieten, den sie als Bedrohung betrachteten. Auf die eine oder andere Weise litt jeder unter dem Krieg. Gleichzeitig hörten sie Geschichten vom Festland, der *terraferma*, über Luftangriffe der Alliierten, Vergeltungsschläge durch brutale Banden der Schwarzen Brigaden, über gierige Geschäftemacher und blutige Schwarzmarktfehden. Der Stadt auf dem Wasser blieb das meiste davon erspart, denn sie lag am Rande des Konflikts; ein prächtiges vergoldetes Gefängnis, zu schön für den Schrecken, der anderswo in Italien herrschte.

Es gab Gelegenheiten, bei denen es einem einfachen Mann wie ihm unmöglich schien, die richtige Entscheidung zu treffen. Handeln oder nicht? Beides konnte mit Blutvergießen enden, sowohl für die Schuldigen als auch für die Unschuldigen. Unter keinen Umständen würde er zulassen, dass Waffen oder Sprengstoff in den Räumlichkeiten der Kirche gelagert würden. Ebenso wenig würde er den Gedanken und schon gar nicht den Plänen der Frauen und Männer Gehör schenken, die ab und zu in seinen Beichtstuhl kamen und sich sehnlichst wünschten, mit jemandem zu sprechen, dem sie vertrauen konnten.

Manchmal betrachtete er sich selbst als Feigling. Doch an diesem Freitagmorgen sah er sich vor allem als einsamen, müden Priester, der sich in seinem kleinen Büro fragte, ob es ratsam wäre, nachzusehen, wie der junge Uccello zurechtkam, oder ob es das Beste war, ihn mit seinen Besuchern in Ruhe zu lassen.

Ein wohlbekanntes Türeschlagen ertönte. Der Haupteingang der Kirche. Dieses Geräusch kannte er so gut wie seine eigene Stimme.

Eine Beichte vielleicht. Die Vorbesprechung einer Taufe. Einer Beerdigung. Einer Hochzeit. Selbst im Krieg ging der ewige Kreislauf von Leben und Tod, Geburt und Erneuerung weiter.

Er zog sein schweres Priestergewand fester um sich und trat in das gewaltige Gewölbe des Kirchenschiffs. Es war düster, wie immer im Winter, aber plötzlich schien etwas Helles, Lebendiges es zu erleuchten. Zuerst glaubte er den Gesang von Vögeln zu hören. Dann erkannte er, dass es das Gelächter von Kindern war: leicht, hell und fröhlich.

Dazwischen erkannte er eine hochgewachsene Gestalt in einem vertrauten langen Wintermantel.

Garzone war erfreut und beunruhigt zugleich. Aldo Diamante besuchte ihn nie ohne Grund.

„Kinder, Kinder!", rief der Mann aus dem Ghetto.

Es waren drei. Zwei Mädchen, die wie Zwillinge aussahen, ungefähr zehn, und ein schweigsamer Junge, der vielleicht ein paar Jahre jünger war. Sie hatten blasse Gesichter und glatte dunkle Haare, wie Garzone sie schon öfter bei den Kindern gesehen hatte, die Diamante ab und zu nach San Pietro brachte.

Er lief ihnen entgegen, schüttelte dem alten Arzt die Hand und begrüßte die Neuankömmlinge.

„Ihr *campanile* hat sich selbstständig gemacht", sagte eins der Mädchen grinsend.

Es amüsierte die Besucher immer wieder, dass der Glockenturm von San Pietro von der Basilika getrennt im Gras des *campo* stand, wo er sich in einem steilen Winkel neigte.

„Ach ja", antwortete er. „Früher stand er auf dem Dach, aber eines Tages kam eine junge Dame aus Castello vorbei, die in einen Hundehaufen getreten war und daraufhin so abscheulich fluchte, dass der *campanile* aufschrie und vom Dach heruntersprang. Und seitdem steht er genau an der Stelle, wo er damals landete."

Alle drei sahen ihn mit großen Augen an.

„Ist das wahr, *zio* Aldo?", fragte das andere Mädchen.

Diamante nickte.

„Das haben sie mir auch immer erzählt, als ich so alt war wie ihr."

„Eine andere Erklärung lautet“, fuhr Garzone lächelnd fort, „dass der Untergrund hier so feucht und weich ist, dass der Architekt es für besser hielt, den Turm auf dem Boden zu bauen, anstatt auch noch dort oben.“ Er wies auf die riesige Kuppel. „Und dass er dabei ein bisschen schief geraten ist. Mir gefällt die erste Erklärung besser, weil sie lustiger ist.“

Er lächelte weiter. Was ihm schwerfiel. Er sah den Kummer und die Angst in Diamantes Blick. Und in dem des Jungen auch.

„Ihr fahrt wohl in die Ferien, Kinder?“

Sie nickten.

„Es ist eine Überraschungsreise“, antwortete eins der Mädchen.

„Ich habe ein paar *caramelle* in meinem Büro. Bitte …“ Er deutete auf die Tür. „Nehmt euch davon, während ich kurz mit eurem Onkel spreche.“

„Er ist nicht unser richtiger Onkel“, sagte schließlich auch der Junge etwas.

Trotzdem gingen sie mit ihm hinein und ließen sich die Tüte mit den Süßigkeiten zeigen.

Zurück im Kirchenschiff, fand Garzone Diamante so bedrückt vor, wie er ihn noch nie gesehen hatte.

„Wann werden sie abgeholt, Aldo?“

„Zwischen acht und neun kommt ein Boot. Eine Fischerfamilie namens …“

Diamante fasste seinen Freund am Arm.

„Sag es mir nicht. Ich muss das nicht wissen.“

Er schüttelte den Kopf, wie um ihn klar zu bekommen.

„Natürlich nicht. Was habe ich mir nur gedacht? Es sind Adele Bessos Kinder. Kennst du sie?“

„Nein. Tut mir leid.“

„Ihr Mann wurde verhaftet, weil er ein Unruhestifter sein soll. Es wird nicht lange dauern, dann holen sie auch den Rest der Familie ab. Die Mutter will unbedingt hierbleiben. Sie hofft wohl, ihrem Mann helfen zu können. Mein Gott …“

Garzone ließ ihn sich auf eine Kirchenbank setzen.

„Irgendetwas stimmt doch nicht“, sagte der Priester. „Ich sehe es dir an.“

„Ich muss diese Liste abliefern. Alle Namen der Juden in Venedig. Ich habe es immer wieder hinausgezögert, aber jetzt … ist diese Bestie in der Stadt. Ein Judenjäger. Einer von uns. Ein Verräter. Mir läuft die Zeit davon. Länger als ein paar Tage kann ich sie nicht mehr hinhalten. Ach, könnte ich doch nur alle retten …"

„Sag mir, was ich tun kann."

„Du kannst dafür sorgen, dass diese drei in Sicherheit gebracht werden. Und danach …" Er stand auf und zog den Mantel fester um sich. San Pietro schien an diesem Morgen noch kälter zu sein als sonst. „Was danach kommt, wer weiß? Die Flut bricht herein, und ich habe nichts als einen Reisigbesen, um sie zurückzuhalten."

Diamante ging zum Büro, öffnete die Tür und blickte die Kinder streng an.

„Amos. Bianca. Anna. Das ist wichtig. *Padre* Filippo ist ein guter, geduldiger Mensch. Das werdet ihr nicht ausnutzen. Benehmt euch. Ihr drei bliebt hier und tut, was er sagt. Geht nicht hinaus, bis das Boot euch heute Abend abholt. Wenn es da ist, geht ihr ohne Widerworte an Bord. Verstanden?"

Schweigen.

Dann fragte der Junge: „Und wann kommt *mamma*?"

Diamante hustete, und einen Moment lang dachte Garzone, er würde die Fassung verlieren.

„Sobald sie kann."

„Aber …"

„Sobald sie kann …"

„Ich bringe dich hinaus, Aldo", sagte der Priester. Und zur Sicherheit schloss er die Bürotür ab, bevor sie die Kirche verließen.

Der Tag nahm das trübe Grau des Winters an, wenn Regen in der Luft hängt und überlegt, ob er zu Schnee werden soll. Möwen suchten das schmutzige Ufer ab, wo sie Isabella Finzis Leiche aus dem Wasser gezogen hatten. Auch Diamante konnte den Blick nicht von der Stelle abwenden.

„Die beiden, die du bei dem jungen Uccello untergebracht hast …"

„Ich kann sie nicht alle retten", murmelte Diamante. „Es geht einfach nicht."

Er wirkte hilflos, was sonst nie vorkam.

„Nein, Aldo. Wir sind nur zwei alte Männer, die tun, was sie können. Lass uns bald mal wieder einen Kaffee zusammen trinken. Du brauchst Gesellschaft."

Diamante zog seinen Filzhut fester über die grauen Haare und versuchte zu lächeln.

„Du bist ein ganz besonderer Mensch, Filippo. Ich beneide dich um deine Zuversicht. Ehrlich gesagt nehme ich sie dir sogar ein bisschen übel. Ich wünschte, ich besäße deinen Glauben."

„Du hast deinen eigenen Glauben. Kaffee. Morgen früh. Wenn meine Besucher sicher auf den Weg gebracht sind. Du hast doch Zeit?"

Garzone fragte sich, ob er ihn überhaupt gehört hatte. Diamante starrte auf den schiefen *campanile*, der sich aus dem dürren Wintergras erhob und aussah, als könnte er jeden Moment umkippen.

„Bald lassen sie diese Bestie los", murmelte er. „Es sind brave Kinder. Sie werden dir keine Probleme machen."

Der Priester sah Aldo Diamante nach, während er sich über die Grasfläche entfernte. Zur selben Zeit überquerte eine andere Gestalt die Brücke vor dem Giardino degli Angeli. Eine schlanke junge Frau, die einen abgetragenen Mantel fest um sich gezogen hatte, der ihr viel zu groß war. Sie hatte hellblonde Haare und trug eine schwarze Baskenmütze. Ein ungewöhnlicher Anblick für diesen Teil Castellos, wo sich Frauen eher selten blicken ließen.

„Bald lassen sie diese Bestie los", flüsterte Garzone und fragte sich, was Aldo Diamante damit wohl gemeint hatte.

Nicht so wichtig. Spekulieren war ein Luxus für Friedenszeiten, den man sich im Krieg nicht leisten konnte. In der Basilika warteten drei jüdische Kinder, die versteckt werden mussten, bis am Abend ein paar Männer aus der Dunkelheit auftauchen würden und ein kleines Boot am Anleger liegen würde, um sie weiß Gott wohin zu bringen.

Er ging wieder hinein und schloss die Tür zu seinem Büro auf, wo die Geschwister gerade die letzten Bonbons aßen. Garzone fühlte sich in der Anwesenheit von Kindern nie so ganz wohl, wenn nicht Eltern dabei waren, die sie im Zaum hielten.

„Alle", sagte eins der Mädchen und hielt die leere Tüte in die Höhe. „Hast du noch mehr?"

„Nein. Tut mir leid."

„Holst du uns noch welche, *padre*?", fragte das andere.

Sämtliche Pläne, die er für den Rest des Tages gehabt hatte – die Kranken zu besuchen, den Verzweifelten Trost zu spenden –, waren nun dahin. Die drei Kleinen konnten hier nicht allein bleiben.

Er klatschte in die Hände. Lehrer machten das oft, und manchmal half es sogar.

„Ich weiß was. Wie wär's mit einem Spiel?"

„Fußball", schlug das erste Mädchen vor. „Draußen."

„Nein, junge Dame. Ich habe keinen Ball. Für so etwas bin ich zu alt. Und draußen ist kein guter Ort."

„Wo ist *mamma*?", fragte der Junge. Auf diese Frage hatte Garzone gewartet.

„Sie stößt in den Ferien zu euch. Heute Abend kommt ein Boot. Morgen …" Er bemühte sich zu lächeln. „Morgen … bald wird alles gut."

Sie sahen ihn wortlos an. Er war wohl ein schlechter Geschichtenerzähler. Oder die drei hatten schon die Fähigkeit entwickelt, einen Lügner zu erkennen.

In der Werkstatt der Uccellos ging der Tag stetig vorüber, und das angespannte Schweigen zwischen den dreien wurde nur vom Klappern und Schlagen der Webstühle unterbrochen, die den Gesang der Goldhähnchen nachklingen ließen, die seit dem Spätsommer verschwunden waren.

Si-tah-si-tah-si-tah-sitschi-si-piu.

Vanni hatte ab und zu seine Probleme. Dann unterbrach die aufmerksame Chiara ihre Arbeit, um zu ihm zu gehen und ihm geduldig zu zeigen, wie man beim Jacquardweben richtig vorging. Obwohl er schnell lernte, war er nicht ganz bei der Sache. Der Streit mit seiner Schwester hängt ihm nach, dachte Paolo, und ihre gemeinen, egoistischen Bemerkungen. Als Einzelkind konnte er sich nicht wirklich vorstellen, wie es war, mit einem Bruder oder einer Schwester aufzuwachsen. Besonders nicht mit einer älteren, die energischer, auf gewisse Weise *männlicher* war und offenbar immer die Entscheidungen traf. Die beiden hatten sich sehr lieb, das war nicht zu übersehen. Aber sie unterschieden sich auch sehr. Mika war zäh, entschlossen, nicht aufzuhalten. Vanni war behutsam, besonnen, nahm stets Rücksicht auf andere.

Momentan waren diese Gedanken aber unangebracht. Was jetzt zählte, war die Arbeit, die drei Banner mit den geflügelten Löwen aus *soprarizzo* für den geheimnisvollen Ugo Leone, der sie morgen Nachmittag erwartete.

Gegen fünf konnten sie nicht mehr. Chiara stand auf, streckte sich und gähnte. Sie griff nach Mantel und Tasche und fragte, wo Mika sei.

Keiner antwortete.

Gewöhnlich war Chiara eine fröhliche Frau, selbst in Zeiten wie diesen. Nicht direkt optimistisch – das war niemand angesichts der Lage –, aber keine, die sich durch die Entbehrungen und die Umstände von ihren täglichen Aktivitäten abhalten ließ: ihrer Arbeit und einer ganzen Reihe von Besuchen im Auftrag des Priesters bei Mitgliedern der örtlichen Kirchengemeinde. Bevor sie ging, gab sie Vanni ein Geschenk: eine Tüte S-förmiger *bussolai*, knusprig-goldener Kekse, die sie selbst gebacken hatte. Da sie von Burano stammte, woher die *bussolai* kamen, machte sie bessere als alle Hausfrauen in der Stadt.

Vanni nahm einen Keks, biss ein Stück ab und versicherte ihr, er sei köstlich.

„Wenn du ihn in Kaffee tunkst, schmeckt er noch besser. Oder in Wein. Oder in etwas noch Stärkeres“, sagte sie. „Vielleicht möchte deine Schwester auch einen.“

„Sie schläft“, behauptete Vanni. „Sie ist müde.“

Paolo sah Chiara nicht an. Er wusste genau, was sie jetzt dachte.

„Du hast ein Talent zum Weben, Vanni“, sagte sie. „Macht es dir Spaß?“

„Merkwürdigerweise … ja.“ Er betrachtete seine Hände. Sie waren voller Blasen und roter Striemen von der langen Arbeit. „Ich hätte nicht gedacht, dass ich handwerklich begabt bin.“

„Du klingst überrascht.“

Er lächelte. „Das bin ich wohl. Die Artoms waren nie dafür bestimmt, mit ihren Händen zu arbeiten. Das haben sie immer anderen überlassen.“

„Den Arbeitern, meinst du wohl?“, fragte Chiara und schüttelte den Kopf. „Ich dachte, ihr seid Kommunisten.“

„Wer sagt das?"

Sie zuckte mit den Schultern. „Inzwischen hat wirklich jeder in Venedig gehört, dass die Deutschen überall nach zwei flüchtigen Partisanen suchen. Juden. Politisch. Jemand, der euch ausliefert, könnte eine Menge Geld einstreichen."

Paolo bekam ein schlechtes Gewissen, als er Chiaras trauriges Gesicht sah. Sie hatte sich so viel Mühe gegeben, auf ihn aufzupassen, seit seine Eltern tot waren. Und jetzt drohten zwei Fremde die Mauern der Zufluchtsstätte einzureißen, die sie zu errichten versucht hatte.

„Nachdem wir die Banner übergeben haben, verlassen Vanni und seine Schwester uns wieder", sagte er in der Hoffnung, das würde sie aufheitern.

„Wann genau?"

„Das …", Vanni nahm noch einen Keks aus der Tüte und biss hinein, „können wir noch nicht sagen. Aber wir werden fortgehen. Dankbar, dass uns so großzügige, mutige Menschen geholfen haben. Bitte …" Er trat einen Schritt nach vorn, umarmte sie und küsste sie auf beide Wangen. „Ich tue alles, um deinen jungen Freund hier zu beschützen. Wirklich alles."

Chiara befreite sich aus seinen Armen und wischte sich über die Wangen.

„Ohne euch würden wir niemals rechtzeitig fertig werden. Morgen früh können wir die Arbeit abschließen. Dann sehe ich mir die Banner noch einmal an und kontrolliere jeden Faden. Im Keller sind goldene Kartons und Seidenpapier, damit können wir sie genauso elegant präsentieren, wie dein Vater es immer getan hat, Paolo. Niemand sonst in Venedig stellt solchen Samt her. Und vielleicht wird das auch nie wieder jemand tun, wenn wir einmal nicht mehr da sind. Es ist wichtig, dass dein Kunde das Gefühl hat, etwas für sein Geld zu bekommen."

Paolo hatte nicht viel über den Auftrag erzählt, was ihr natürlich aufgefallen war.

„Danke dir. Wie immer."

„Wenn du willst, kann ich sie ausliefern", fügte sie noch hinzu. „Ich weiß, dass du nicht gern in Stadt gehst. Vor allem nicht dahin, wo die *crucchi* sich aufhalten. Eine Frau wird weniger auffallen."

Das Angebot war verlockend, trotzdem lehnte er ab. Sie hatte schon genug getan.

Sie sahen ihr nach, während sie sich entfernte, eine gebeugte Gestalt, die zwischen den Ruinen des alten Palazzos durch den Garten ging. Chiara Vecchi war nun das für Paolo, was einer Familie am nächsten kam.

„Sie ist dir wirklich eine gute Freundin", sagte Vanni und klopfte ihm auf die Schulter. „Ein richtiger Schutzengel."

„Ich wünschte, das könnte ich auch für sie sein."

Vanni betrachtete das komplizierte Gewebe des Jacquards, die unzähligen Fäden, die aufgereihten Lochkarten, die das Muster bestimmten. Er war stolz auf eine Fertigkeit, die er selbst gerade ansatzweise erlernt hatte und die in dieser Stadt wohl nur Chiara richtig beherrschte.

„Was webt ihr als Nächstes?", fragte er. „Wenn wir wieder weg sind?"

„Ich weiß noch nicht. Es könnte alles Mögliche sein. Zuerst müssen wir einen Kunden finden."

„Was denn zum Beispiel?"

Außer den Bannern für Ugo Leone hatten die Artoms noch nichts gesehen. Und so etwas war nur ein Bruchteil dessen, was die Uccellos herstellen konnten, wenn sie wollten.

„Die Auswahl ist groß. Ich zeige es dir."

Paolo schaltete das schwache elektrische Licht aus, und die beiden gingen zurück ins Haus. Er nahm eine Petroleumlampe und hielt sie hoch, bis Vanni begriff und die Flamme seines Feuerzeugs an den Docht hielt. Dann ging er zu dem Fenster an der Lagunenseite, schob den Läufer zur Seite und öffnete die Falltür zum Keller.

„Komm", sagte er, und sie stiegen in die feuchte Dunkelheit hinab.

Luca Alberti war es leid, seine Informanten auszuquetschen. Sie wussten nichts. Sonst hätten seine Drohungen, Versprechungen und die Aussicht auf Geld sicher ihre Zungen gelöst. Den ganzen Tag war er durch die Stadt gelaufen, hatte jedes der sechs *sestieri* abgeklappert, die Venedig bildeten, von Cannaregio bis Castello, von Dorsoduro bis in die Hinterhöfe von Santa Croce und San Polo. Sogar in einigen heruntergekommenen Gassen in San Marco war er gewesen, wo die Partisanen einige Unterstützung genossen. Als Ergebnis hatte er nichts vorzuweisen als wunde Füße und einen schmerzenden Kopf von zu viel schlechtem Kaffee.

So glücklos und ohne Ideen, hatte er keine große Lust, ins Ca' Loretti zurückzukehren und zu dem traurigen Blick, den Oberg denen zuteilwerden ließ, die ihn enttäuscht hatten. Aber vor allem wollte er keine Zeit mehr mit seinen hohlköpfigen, unausstehlichen Handlangern verbringen. Sachs und Sander waren die schlimmsten Nazis, die man sich vorstellen konnte. Ihr Vorgesetzter schien zumindest noch ein Mann zu sein, dem man ungewollt eine miese Aufgabe zugeteilt hatte, die er aber aus Pflichtgefühl erfüllte. Diese beiden hingegen genossen jede Minute, besonders wenn es darum ging, einen Venezianer in einen der Kellerräume zu zerren und ihre Schlagringe, Messer, Nadeln und Elektroschocker einzusetzen. Sander war dafür verantwortlich, dass sie eine Badewanne in eine der Verhörzellen gestellt hatten. Ihm gefiel es, Frauen nackt auszuziehen und so lange unter Wasser zu drücken, bis sie fast tot waren. Und anschließend zu tun, wonach ihm gerade der Sinn stand.

Alberti hatte einmal dabei zugesehen und beschlossen, dass er das nie wieder tun würde. Er war bereit zu brüllen, zu drohen und ein Geständnis aus jemandem herauszuprügeln, wenn das die Deutschen zufriedenstellte. Alles, was darüber hinausging, war nicht nur ekelhaft, sondern auch sinnlos und führte zu rückläufigen Ergebnissen. Er hatte schon unschuldige Frauen und Männer aus Angst und Schmerz alle möglichen erfundenen Verbrechen gestehen hören, bevor sie einen willkürlichen Namen von einer Liste wählten, ohne zu wissen, wessen Schicksal sie damit besiegelten. Nur damit die Qual aufhörte.

Sachs, dieser Idiot, sagte immer: *Am Ende reden sie alle.* Was stimmte. Der Trottel begriff nur nicht, dass sie nicht immer die Wahrheit sagten.

Jetzt lief Alberti in der Nähe der Tre-Archi-Brücke am Kanal entlang. Er war deprimiert, nachdem er erfolglos versucht hatte, etwas Brauchbares aus einem Schuster in der Gegend herauszubekommen, der ihn ab und zu mit nützlichem Tratsch versorgte. Ein paar Minuten entfernt lag das Ghetto. Dort hatte er keine Informanten. Die Mitglieder der kleinen jüdische Gemeinde begegneten ihm und den *crucchi* stets mit ängstlichen, hasserfüllten Blicken. Ein paar von ihnen würden bestimmt die Gelegenheit wahrnehmen, ihm etwas anzutun, wenn sie sich böte. Doch die meisten wollten am liebsten einfach genauso unsichtbar bleiben wie vor dem Krieg. Einige wenige waren in den Dreißigerjahren sogar der faschistischen Partei beigetreten, in der Überzeugung, deren Unterstützung der Mittelschicht gegen die Bedrohung durch die Kommunisten hieße, der Duce stünde auf ihrer Seite. Was aber nicht zutraf – das hatten die Rassengesetze, die am Ende des Jahrzehnts erlassen wurden, bewiesen. Doch Mussolini war nicht ganz so hasserfüllt allem Jüdischen gegenüber wie der Despot in Berlin. Erst als er Hitlers Marionette geworden war, wurden die Razzien und die Morde zur gut organisierten Routine.

Alberti überprüfte seine Pistole, direkt auf offener Straße, für den Fall, dass ihn jemand beobachtete. Dann bog er in eine der verwinkelten Gassen ab, die zu der kleinen Insel namens *Ghetto Nuovo* führten, auf die man vor vierhundert Jahren die Juden verbannt hatte und wo sie bis heute in beengten Verhältnissen in mehrgeschossigen Mietshäusern rund um den *campo* lebten.

Diamante wohnte im dritten Stock eines Gebäudes mit Blick auf ein Altenheim, einem Ort, der nicht auf Salvatore Brunos Liste stehen musste. Wenn die Nazis Juden brauchten, um sie in die Viehwaggons zu verfrachten, die am Bahnhof Santa Lucia sicher schon bereitstanden, würden sie hier problemlos dreißig oder vierzig zusammenbekommen. Es war der Rest, der ihnen Mühe machen würde.

Der alte Arzt öffnete selbst die Haustür und war sichtlich erstaunt, dass Alberti sich ins Ghetto getraut hatte.

„Ich hatte gehofft, wir könnten uns ein wenig unterhalten."

Alberti blickte sich um. Ein paar Leute in dicken Mänteln überquerten den *campo*. Keiner davon in der Nähe. Sicher wäre auch niemand so dumm, dachte er, einen Mitarbeiter der Nazis mitten im Ghetto über den Haufen zu schießen. Die Vergeltungsmaßnahmen würden entsetzlich sein.

„Nun, dann kommen Sie besser herein", antwortete Aldo Diamante.

Seine Wohnung war sauber und aufgeräumt. Ein Zimmer war für medizinische Untersuchungen reserviert, ganz in Weiß, mit den nötigen Instrumenten und dem typischen antiseptischen Geruch, den ein Mann wie Alberti, dem Ärzte Angst machten, verabscheute. Er war froh, dass Diamante ihn in einen weiter vorn gelegenen Raum führte, wo es wohnlicher aussah. Dort standen ein altes Sofa, ein Esstisch mit frischen Blumen, durch die Fenster blickte man auf den *campo*, und in einem offenen Kamin brannten ein paar Holzscheite. Auf der anderen Seite des Zimmers hing ein großes Ölporträt, ein Paar in mittleren Jahren, wahrscheinlich um die Jahrhundertwende. Zwischen ihnen stand ein Junge, der etwas in der Hand hielt, das wie ein Stethoskop aussah. Daneben hing das gerahmte Foto eines schlanken jungen Mannes Anfang zwanzig, Diamante wahrscheinlich, der mit einer hübschen jungen Frau an seiner Seite vor einer Gondel am Canal Grande posierte.

„Ihre Familie?"

„Meine Mutter und mein Vater. Und ich. Ich wusste schon früh, dass ich einmal Arzt werden wollte."

„Ich wusste gar nicht, dass Sie verheiratet waren."

„Das war ich auch nicht. Natalia starb während unserer Verlobungszeit. Ein Bootsunglück, als sie ihre Verwandten in Rimini besuchte. Sie und ihr Cousin sind ertrunken."

„Tut mir leid, das zu hören."

„Es ist vierzig Jahre her. Ich erinnere mich nicht einmal mehr an den Klang ihrer Stimme. Das Foto bewahre ich hauptsächlich auf, damit ich nicht vergesse, wie sie aussah. Sie war Schwester im Krankenhaus. Seitdem ist ziemlich viel passiert."

„Und ziemlich viel steht noch bevor. Darf ich mich setzen?"

Diamante sah ihn an, als wäre er ein Patient, der seinen Rat zurückwies.

„Warum? Was wollen Sie?"

„Reden. Ist das ein Verbrechen? Werden Ihre Mitbürger Sie verachten, weil Sie einen *Crucchi*-Freund durch die Tür gelassen haben?"

„Nein. Aber vielleicht verachte ich mich selbst dafür."

Dennoch zog er einen Stuhl unterm Esstisch hervor und bedeutete Alberti, Platz zu nehmen. Die beiden setzten sich einander gegenüber hin. Die Rosen auf dem Tisch gaben einen süßlichen Duft ab, der, zusammen mit der Hitze des Kaminfeuers, Albertis Kopfweh verstärkte.

„Was haben sie mit dieser Liste vor, die ich anfertigen soll? Sagen Sie mir die Wahrheit. Sie sind Venezianer. Das sind Sie mir schuldig."

Alberti holte tief Luft. Manchmal nützt das auch nichts, dachte er.

„Ich weiß es nicht. Vielleicht legen sie sie in irgendeine Schublade und vermerken, dass sie zu gegebener Zeit bearbeitet werden soll. Die *crucchi* hier sind faule Säcke. Wären sie richtige Soldaten, dann wären sie irgendwo anders, oder? Und würden versuchen, Russen, Amerikaner und Briten umzubringen. Würden sich anstrengen, damit Griechenland unter Hitlers Herrschaft bleibt. Bei uns landet der Abschaum, Doktor. Das ist Ihnen doch sicher schon aufgefallen."

Diamante glaubte ihm kein Wort. Das war offensichtlich.

„Warum arbeiten Sie dann für die?"

Alberti seufzte. Allzu oft stellte man ihm diese Frage. Es gab nur eine Antwort darauf, die allerdings niemand begreifen wollte.

„Das habe ich Ihnen doch schon gesagt."

„Ich weiß. Ich bin nicht plemplem. Ihre Antwort war nicht zufriedenstellend."

Er lehnte sich zurück. Im Zimmer war es viel zu heiß. Vielleicht war das eine jüdische Angewohnheit.

„Eine andere Antwort habe ich nicht. Die meisten von ihnen sprechen kein Italienisch, ganz zu schweigen von Venezianisch. Sie kennen sich hier nicht aus. Sie sind nur zu arrogant, um es zuzugeben. Irgendwer wird ihnen immer helfen. Wenn ich es nicht bin, dann ist es vielleicht so ein mordgieriger Irrer von den Schwarzen Brigaden."

Diamante nickte, als würde er ihm das abnehmen.

„Dann sind Sie also nichts weiter als ein ehemaliger Polizist, der seine Arbeit macht."

„Genau."

„Warum sind Sie dann hier?"

Alberti beugte sich vor und stützte die Ellbogen auf den Tisch. Er hatte etwas klarzustellen.

„Um zu helfen. Die Nazis haben gehört, dass sich irgendwo in der Stadt zwei Terroristen verstecken. Kommunisten aus Turin. Sie haben so einige auf dem Gewissen: deutsche Soldaten. Zivilisten. Es handelt sich um Bruder und Schwester. Mika und Giovanni Artom."

Der alte Mann grummelte etwas, das er nicht verstand. „Was ist mit dem Mistkerl, der Isabella Finzi umgebracht hat? Wie steht's mit dem?", fragte er dann.

„Heute Morgen im Arsenale erschossen."

Keine überzeugende Lüge.

„Mika und Giovanni Artom", wiederholte Alberti. „Haben Sie die Namen schon mal gehört?"

„Ich bin ein pensionierter Arzt, der gezwungen wurde, Vorsteher dieser Gemeinde hier zu sein. Warum sollte ich etwas mit solchen Leuten zu tun haben?"

„Weil es Juden sind."

„Guter Gott, Mann! Ich habe mich selbst kaum als Juden betrachtet, bis so einer von Mussolinis Sesselfurzern die Akten durchgesehen und entschieden hat, mich mit allen anderen in einen Topf zu werfen."

Immerhin wohne er im Ghetto, entgegnete Alberti.

„Ich habe die Wohnung von meinem Vater geerbt. Sie passt zu mir. Ich …"

Es klopfte an der Tür. Leise. Zaghaft. Die beiden Männer verstummten.

„Erwarten Sie jemanden?", fragte Alberti.

„Nein." Diamante erhob sich. „Entschuldigen Sie mich."

Der Mann bewegte sich schnell für sein Alter. Im Nu war er hinter Alberti an der Tür und tuschelte mit jemandem.

Vielleicht war es eine dumme Idee gewesen, herzukommen. Alberti war allein, praktisch auf feindlichem Gebiet. Wenn sie ihn hier und jetzt umbrachten … wer würde das schon merken?

Er nahm seine Pistole aus dem Holster, legte sie sich auf den Schoß und drehte sich um.

Mika Artom hatte einen langweiligen Tag in einem der Zimmer über der Bar in der Via Garibaldi verbracht, die meiste Zeit allein, mit verschlossener Tür und mit nichts anderem zum Lesen als der Lokalzeitung von vor einer Woche. Das Mittagessen hatte aus trockenem Brot und fadem Käse bestanden, das eine schweigsame Greta ihr gebracht hatte. Vom Fenster aus konnte sie die Straße sehen: einen Fisch- und einen Gemüsestand vor dem eisernen Tor, das zum Park mit dem Garibaldi-Denkmal führte. Es war ein kalter, nebliger Tag, und es waren nur wenige Menschen auf der breiten, gepflasterten Geschäftsstraße unterwegs. Die Marktstände boten auch kaum Lebensmittel feil. Venedig erlebte einen harten, entbehrungsreichen Winter.

Sie bedauerte den Streit vom Vormittag und die Ursache, die, das wusste sie nur zu gut, in einer merkwürdigen Eifersucht lag. Es war nicht zu übersehen, dass der junge Venezianer sich zu Vanni hingezogen fühlte, selbst wenn ihm das selbst nicht wirklich bewusst war. Das war nichts Neues. Männer konnten manchmal ziemlich unsicher sein, was sie selbst betraf. Giulia, Vannis frühere Freundin, war ein hübsches, gescheites Mädchen gewesen, ein Jahr jünger, eine, mit der sie sich hätte anfreunden können, wenn der Krieg nicht dazwischengekommen wäre. Ihre Eltern waren eingefleischte Faschisten, außerdem wohlhabend. Dass ihre geliebte Tochter eine Beziehung mit einem linksgerichteten Juden einging, war das Letzte gewesen, was sie wollten.

Die Jungen hingegen, mit denen Vanni sich umgab, waren anders, und in dem Punkt hatte sie das Gefühl, dass etwas schieflief. Sie verstummten jedes Mal, fast schon genervt, wenn sie sich an der Unterhaltung beteiligte. Es war nicht einfach, mit ihnen Freundschaft zu schließen. An der Universität wurden gleichgeschlechtlich Orientierte toleriert. Außerhalb, in der Stadt, allerdings weniger. Einer von Vannis Freunden war einmal zusammengeschlagen worden, weil er sich in einem Park in der Nähe der Uni aufgehalten hatte, wo sie gerne hinkamen. Und seit Mussolini unter Hitlers Fuchtel stand, standen auch sie auf seiner Abschussliste. Nicht nur Juden wurden in Viehwaggons nach Gott weiß wohin abtransportiert. Zigeuner, Homosexuelle, politische Aktivisten und Anhänger vermeintlich ketzerischer christlicher Sekten, auch sie erwartete die Deportation.

Sex interessierte sie nicht, außer als Mittel zum Zweck. Es gab Wichtigeres. Also hatte sie wohl irgendein unbestimmtes Gefühl des Grolls aus dem Giardino degli Angeli getrieben, ebenso wie der Drang, wieder am Krieg teilzunehmen. Vanni konnte besser mit Menschen umgehen, als sie es jemals könnte. Vielleicht beneidete sie ihn darum, wie mühelos er mit jedem ins Bett springen konnte, der ihm gefiel.

„Dafür ist jetzt keine Zeit“, flüsterte sie.

Unten schlug eine Tür.

Trevisan hatte Sara Vitale dabei. Sie zitterten und beklagten sich über die eisige Kälte und den Zichorienkaffee, den Greta ihnen servierte, während die Deutschen richtigen tranken. Venezianer machten ihrem Unmut gerne Luft.

„Deine Haare sehen gut aus“, sagte Vitale. Sie warf ihren Mantel aufs Bett und nahm einen Stapel Unterlagen aus ihrer Tasche. „Ich hätte was dafür verlangen sollen.“

„Ich werd' es mir schon noch verdienen, oder?“

„Sicher“, antwortete Trevisan und zog ein paar Dokumente aus der Hosentasche. Eine Zutrittskarte fürs Hotel Gioconda mit ihrem Foto darauf und ihren falschen Ausweis, ausgestellt auf den Namen Giulia Grini. Als Beruf war Serviererin angegeben.

Mika wurde aus den beiden nicht schlau. Waren sie ein Paar? Vielleicht. Aber eine gewisse Rivalität war auch zwischen ihnen zu spüren. Trevisan war ein gut aussehender Mann, der bei den Frauen wahrscheinlich gut ankam. Dunkle Augen, dunkle Haare, schmales Gesicht und ein kurzes Lächeln, wenn ihm danach war. Vierzig vielleicht, ein paar Jahre älter als Vitale. Beide waren schlank und hatten diesen angespannten Blick, woran sie Partisanen inzwischen erkannte. Er drückte sowohl Entschlossenheit als auch Furcht aus, und beides verstand sie unausgesprochen. Ein Untergrundkämpfer zu sein erforderte mehr als einfach nur Mut. Man musste bereit sein, das eigene Wohlergehen völlig außer Acht zu lassen, was bedeutete, nie genug zu schlafen, keinen geregelten Tagesablauf zu haben und keine normale Beziehung führen zu können. Der letzte Mann, mit dem sie zusammen gewesen war, war ein Schafhirte gewesen, vor drei Monaten, draußen in den Bergen bei Verona. Der Dummkopf hatte geglaubt, er könnte sich durch eine Straßensperre quatschen. Die Schwarzen Brigaden hatten ihn gefoltert, erschossen und seine Leiche in den Gardasee geworfen, zusammen mit den Leichen seiner beiden jüngeren Brüder, von denen keiner von seiner Zusammenarbeit mit den Partisanen oder seiner Affäre mit einer kommunistischen Jüdin gewusst hatte.

Sie war mit ihm gegangen, weil es von Nutzen war. Es fesselte den Mann an sie, und die körperliche Befriedigung, die sie erfuhren, wenn sie sich in seiner Scheune im Stroh wälzten, bot ihr eine Ablenkung, die sie in dieser Zeit gut gebrauchen konnte. Aber er hatte den Mund nicht halten können. Das war ihr klar gewesen, deshalb versuchte sie zu dem Zeitpunkt, als er getötet wurde, bereits achtzig Kilometer weiter Unterschlupf bei einer neuen Zelle zu finden.

Auch das war ein Grund, warum Partisanen Anlass hatten, stets auf der Hut zu sein. Man konnte dem Mann oder der Frau an seiner Seite nur bedingungslos vertrauen, solange er oder sie frei waren. Waren sie erst den *crucchi* oder den Schwarzen Brigaden in die Hände gefallen, konnte alles passieren.

„Damit wird der Portier am Hintereingang dich reinlassen", sagte Trevisan. „Geh heute Abend hin. Serviere ihnen Getränke. Lächle sie an. Aber sei nicht zu freundlich. Sonst nimmt dich einer von ihnen mit auf sein Zimmer, und das wollen wir nicht."

„Ich dachte, ich bin Kellnerin. Keine Hure."

Vitale kicherte. Es klang nervös und kindisch.

„Du bist Italienerin, Schätzchen. Und schön dazu, seit ich mich um deine Haare gekümmert habe. Für sie sind wir alle Huren."

„Und wenn ich wollte, dass du wirklich eine bist", fügte Trevisan hinzu, „dann wärst du's auch." Er verschränkte die Arme. „Oder etwa nicht?"

„Für die gute Sache", antwortete sie, wenn auch wenig überzeugt.

„Von wegen gute Sache", sagte die Frau. „Wir haben gehört, was in den Bergen passiert ist. Einer der Burschen war der Cousin von jemandem auf Burano, den wir kennen. Angeblich war es deine Schuld."

„Das stimmt", antwortete sie. „Ich hab's vermasselt."

„Angst?", fragte Trevisan.

„Nee. Ich dachte bloß, ich könnte mich darauf verlassen, dass alle tun, was ich gesagt hatte. Ballarin? Hieß der Venezianer Ballarin?"

Vitale runzelte die Stirn.

„Kann sein. Spielt das eine Rolle?"

„Er war ein guter Kerl. Hat aber die Befehle nicht befolgt. Tut mir leid, dass er getötet wurde. Sagt das der Familie."

„Wenn ich dabei bin, leiten Frauen keine Operationen“, sagte Trevisan.

Sie würde sich nicht provozieren lassen.

„Du hast hier das Sagen. Was soll ich tun?“

„Zuerst ein Probelauf.“ Er deutete auf den Lageplan des Hotels Gioconda, den Vitale ausgebreitet hatte. „Das ist der Ballsaal, in dem sich alles abspielt. Manchmal dient er den *crucchi* als Casino. Heute wird dort nur getrunken. Morgen dann … das Fest.“

Er fuhr mit dem Finger über die Karte. Sie folgte mit dem Blick. Der Raum schien riesig zu sein, mit einem langen Balkon, der zu einem schmalen Kanal hinausführte, der durch handgezeichnete Wellenlinien angedeutet war.

„In welchem Stock liegt der Saal?“

„Im ersten“, antwortete Vitale. „Du kannst einem, der unten im Boot vorbeifährt, auf den Kopf spucken.“

Trevisan machte ein finsteres Gesicht.

„Ja. Manchmal tun sie das auch, diese Arschlöcher. Es gibt einen alten Lieferanteneingang durch ein Wassertor. Stammt noch aus der Zeit, als das Gebäude ein Privatpalast war. Der wird nicht mehr benutzt. Die Nazis haben wahrscheinlich noch nicht mal bemerkt, dass er da ist.“

Am folgenden Abend sollte sie durch die Balkonfenster Ausschau nach einem kleinen Boot halten, das gegen sechs aus Richtung Stadt kommen würde, nicht über den Canal Grande. Sobald es hinter dem Hotel anlegte, sollte sie zu einer kleinen Nebentür am Ende des Saales gehen, die gelegentlich vom Personal benutzt wurde, sie aufschließen und dann verschwinden.

„Hier“, sagte er und gab ihr einen Schlüssel. „Du lässt uns nur rein. Wir übernehmen den Rest.“

Sie wusste, dass sie rot wurde. Sie war wütend und hatte Mühe, sich zu beherrschen.

„Ist das alles? Ich soll bloß eine Tür aufschließen? Ich will eine Waffe. In der Tasche, die du mir gegeben hast …“

„Ich hab dir doch gesagt, du sollst nicht reinsehen.“

„Hab ich auch nicht. Ich hab nur das Kleid rausgenommen. Ich dachte …“

„Das ist noch nicht alles", fiel Vitale ihr ins Wort. „Wir sind noch nicht fertig."

Sie ging zu einer Kommode und kam mit etwas zurück, das Mika kannte. Mit einer Zeitbombe.

„Auf der linken Seite des Saals steht ein Flügel. Er wird selten benutzt. Musik gehört nicht zu ihren Vorlieben. Bevor du die Tür aufschließt, wirfst du einen Blick unter den Deckel. Da hinterlegen wir ein kleines Geschenk für sie. So was wie das. Stell den Zeitzünder auf fünf Minuten. Danach öffnest du die Tür und siehst zu, dass du wegkommst. Wenn wir hören, dass die Bombe hochgeht, kommen wir rauf. Wenn wir nichts hören …"

„Wissen wir, dass du's vermasselt hast", beendete Trevisan ihren Satz.

„Ich kann doch mit euch kommen."

Vitale schüttelte den Kopf.

„Daraus wird nichts. Wir kämpfen nur mit Leuten, die wir kennen."

Es ergab keinen richtigen Sinn. Wenn sie jemanden hatten, der eine Bombe legen konnte, dann konnte derjenige sie doch auch scharf stellen? Und die Tür aufschließen?

„Ich verstehe das nicht. Wozu braucht ihr mich bei der Sache?"

„Wir haben keine andere Wahl." Trevisan zuckte mit den Schultern. „Unsere Zelle ist angeschlagen. Wir haben eine undichte Stelle. Ich kann es nicht riskieren, irgendwen anderes einzusetzen. Nur ich und Sara wissen von dir. Und die alte Greta von unten, aber die kann nicht mal sagen, welcher Wochentag heute ist. Es läuft so und nicht anders. Stell die Bombe scharf. Schließ die Tür auf. Mach, dass du da wegkommst. Dann gehen wir rein und erledigen mehr von den Nazis und dem anderen Dreck, als man hier je gesehen hat."

„Und danach?"

Er zögerte einen Moment, bevor er anfing zu zitieren: „‚Es gibt nur ein Mittel, die mörderischen Todeswehen der alten Gesellschaft, die blutigen Geburtswehen der neuen Gesellschaft abzukürzen, zu vereinfachen, zu konzentrieren, nur ein Mittel – den revolutionären Terrorismus.'"

Trevisan grinste sie an.

„Du bist doch eine von uns, oder? Hast deine Hausaufgaben gemacht? Mein alter Herr hat mir schon Marx vorgelesen, da war ich noch ein kleiner Junge."

„Ich habe gekämpft. Da war keine Zeit zum Lesen. Was ist mit der Vergeltung … zehn Italiener für jeden toten Deutschen …"

„Na schön, ich hab noch einen Spruch für dich, aus einem anderen Glauben: ‚Das Blut der Märtyrer ist der Same der Kirche.' Es wird immer Blut vergossen werden. Es wird immer Märtyrer geben. Die Gemeinschaft, die wir danach errichten, wird unsere sein. Selbst wenn einige von uns es nicht mehr erleben werden."

Er zündete eine Zigarette an und reichte sie ihr.

„Mit ‚und danach' habe ich gemeint, was passiert dann mit mir und meinem Bruder?"

„Wir finden einen Weg, euch auf die *terraferma* zu bringen", antwortete Trevisan. „Wir haben Leute in Verona, die noch Freiwillige brauchen. Hier wird die Hölle losbrechen. Wir verschwinden. Wir formieren uns neu. Wir kämpfen weiter. Ich will keine Fremden dabeihaben, wenn es so weit ist."

„Sieh her." Vitale zeigte ihr den Zeitzünder. „So wird er richtig gestellt."

„Ich weiß, wie man ihn stellt", erwiderte Mika. „Ich hab wahrscheinlich schon mehr von diesen Dingern scharf gemacht als sonst irgendwer. Ich hab was Besseres verdient."

Trevisan seufzte und verdrehte die Augen.

„Stell dich nicht so an. Ohne dich kommen wir da nicht rein. Ich will dich nur nicht dabeihaben, wenn die Schießerei losgeht. Zu unschön. Zu gefährlich."

Er berührte kurz ihre blonden Haare.

„Wir brauchen dich, Kleines. Genau dafür. Du musst lächeln, unerkannt bleiben und verschwinden."

Sara Vitale wedelte eine Wolke Zigarettenrauch weg und breitete die Arme aus.

„Und dann … wumm!"

Alberti begann, in Diamantes aufgeräumter altmodischer Wohnung zu schwitzen, und das lag nicht nur am prasselnden Kaminfeuer.

Er umklammerte die Waffe in seinem Schoß. Plötzlich ertönte fröhliches Lachen, und zwei Kinder kamen ins Zimmer gerannt. Sie blieben kichernd und schnatternd vor dem Kamin stehen und rieben sich die Hände.

„Bekommen wir was Süßes, Onkel Aldo?“

Der Junge war ungefähr acht und das Mädchen vielleicht zehn. Schwarze Jacken, schwarze Hosen, weiße Blusen. Dunkle, glänzende Haare und blasse Gesichter. Das sind also Orthodoxe, dachte Alberti bei sich, und wenn andere Zeiten wären, würden sie sich anders kleiden, und es würde ihnen nichts ausmachen aufzufallen.

Eine Frau kam hinter ihnen her. Alberti steckte die Pistole wieder ins Holster. Sie wirkte beunruhigt, sah zuerst ihn und dann Diamante an und fragte: „Wer ist das?“

„Nur ein Besucher, der den Arzt sehen wollte“, antwortete Alberti und erhob sich mit einem Lächeln. „Ich dachte, mit mir ist etwas nicht in Ordnung.“

„Das stimmt auch“, sagte Diamante. „Und Sie wissen genau, was.“

Die Kinder bettelten weiter um Süßigkeiten. Diamante nahm ein Glas vom Fensterbrett und erlaubte ihnen hineinzugreifen. Ihre Mutter – daran ließ der Blick, mit dem sie sie ansah, keinen Zweifel – war kurz davor zu weinen.

Alberti blieb unbeeindruckt.

„Sie haben sicher nichts dagegen, wenn ich eine Zweitmeinung einhole?“, fragte er. „Vor allem, weil die Krankheit leicht falsch diagnostiziert wird.“

Immer noch nervös bot die Frau an, später wiederzukommen.

„Nicht nötig“, sagte Alberti. „Ich wollte gerade gehen.“

Diamante brachte ihn zur Tür. Als sie außer Hörweite waren, nahm er ihn noch einmal beiseite.

„Sie sind Venezianer. Das sind unschuldige Menschen. Ihre Mitbürger. Bruder und Schwester, in Venedig geboren. Bitte tun Sie …“

„Tun Sie was?“

„Tun Sie ausnahmsweise einmal nicht, was die Nazis von Ihnen verlangen.“

Alberti schüttelte den Kopf. Er hatte mehr erwartet.

„Was glauben Sie, wer ich bin? Gott?“

„Ich glaube, Sie sind ein gewöhnlicher Mann in außergewöhnlichen Umständen."

„Ich bin nichts weiter als ein Wärter im Gefängnis der *crucchi*. Genauso ein Gefangener wie Sie."

„Nicht ganz", murmelte der alte Mann. Dann griff er in die Tasche und zog einen dicken Packen Lire heraus. „Hier. Nehmen Sie das. Es ist nur Geld. Ich brauche es nicht."

Alberti zögerte. Er war es gewohnt, bestochen zu werden, aber nur wenn er selbst die Initiative ergriff.

„Sie beleidigen mich, Diamante."

„Das war nicht meine Absicht. Entschuldigen Sie, wenn ich Sie falsch eingeschätzt habe. Man kann einen Menschen nur nach dem beurteilen, was er tut."

„Ich tue genau das, was ich Ihnen gesagt habe. Als ein Gefangener mehr in ihrem Gefängnis."

Diamante kam Alberti so nah, dass er seinen keuchenden Atem hörte.

„Ich bitte Sie …

„Welche Macht, glauben Sie, habe ich?"

„Die Macht wegzuschauen. Ich habe Ihr Gesicht gesehen. Sie wissen, warum sie hier sind."

Natürlich wusste er es.

„Wegschauen kostet einen das Leben." Er trat einen Schritt zurück. „Die erschießen einen, wenn man nur daran denkt."

Diamante sah ihn an, und in diesem Augenblick lag Hass in seinem Blick.

„Ich kann nicht mehr zählen, wie viele Männer und Frauen ich von dieser Welt habe gehen sehen, Alberti. Durch Krankheit. Durch Gewalt. Durch Verwahrlosung. Glauben Sie wirklich, ich hätte Angst vor dem Tod?"

„Ich habe nicht von Ihnen gesprochen."

„Sie wollen die Juden loswerden. Uns alle, die wir hier schon seit Jahrhunderten leben. Heute Abend kann ich Ihnen hoffentlich ein wenig von Ihrer Last nehmen, wenn Sie mich lassen. Zwei Kinder. *Kinder.*"

„Die Mutter nicht?"

„Nein." Seine Stimme senkte sich fast zu einem Flüstern. „Ihre Eltern sind krank. Die Schwarzen Brigaden haben sie gezwungen, in das Altenheim gegenüber zu ziehen, und haben ihre Wohnung beschlagnahmt. Sie will unbedingt bei ihnen bleiben."

Alberti konnte sich nicht beherrschen.

„Dann sagen Sie ihr, dass sie ein Dummkopf ist. Die werden das Heim bald räumen. Dafür brauchen sie noch nicht mal eine Liste. Sie haben diesen Kameraden von Ihnen, Bruno. Der hilft ihnen dabei."

„Das ist kein Kamerad von mir. Sie stehen uns Juden näher als dieser Teufel."

„Nein." Das stimmte nicht. Auf gar keinen Fall. „Das ist natürlich nicht wahr."

„Ich habe es Ihrem Chef gesagt. Ich habe es Bruno gesagt. Eine Woche brauche ich noch, um die Liste fertigzustellen. Die beiden können warten."

„Und in der Zwischenzeit schmuggelt ihr eure kleinen Kinder aus der Stadt? Wie in der Bibel?"

Diamante schloss die Augen und lehnte sich an die Wand. Er wirkte krank, erschöpft.

„Ich bin nicht gläubig, Alberti. Erzählen Sie mir nichts über die Bibel. Nehmen Sie das Geld und schauen Sie weg. Ich kann es sowieso nicht gebrauchen."

Alberti nahm die Banknoten und steckte sie in die Tasche. Warum, wusste er nicht. Er bekam ein schlechtes Gewissen deswegen.

„Sie haben keine Woche mehr."

Diamante kniff die Augen zusammen, als könnte er das nicht glauben.

„Doch, doch. Sie warten, bis ich fertig bin. Das haben Sie mir selbst gesagt. Die *crucchi* kämpfen einen Krieg. Sie haben Wichtigeres zu tun, als Juden zu jagen. Diese Partisanen aufzuspüren zum Beispiel, von denen Sie gesprochen haben. Sie haben gesagt, sie würden die Liste in irgendeine Schublade …"

„Ich habe gelogen, verstehen Sie? Ich werde dafür bezahlt zu lügen. Manchmal ist das einfacher, als die Wahrheit zu sagen."

Wäre er ein paar Jahre jünger gewesen, hätte sich Diamante in diesem Moment wahrscheinlich auf ihn gestürzt.

„Was sind Sie doch für eine gewissenlose Kreatur."

Luca Alberti versuchte zu lachen.

„Nein. Ich versuche nur, am Leben zu bleiben. Ich habe gelogen, weil das in dieser Welt so läuft. Nur dieses eine Mal habe ich meine Regel gebrochen." Er holte die Geldscheine hervor und wedelte damit vor Diamantes Nase herum. „Reden Sie sich ein, ich hätte es hierfür getan, wenn Sie sich dann besser fühlen. Am Sonntag holen Sie euch alle ab. Sie wissen, dass Ihre Liste so gut wie fertig sein muss. Geben Sie sie ihnen morgen, sonst nehmen die hier alles auseinander, Sie eingeschlossen. Anschließend holen sie die Alten aus dem Heim gegenüber. Montag kommen die Schulen an die Reihe. Und danach sammeln sie den Rest ein. Haus für Haus. Es ist alles vorbereitet. Morgen Abend veranstalten sie aus diesem Anlass ein Fest. Es gibt eine Anordnung aus Salò. Sämtliche Juden im ganzen Land verlieren ihre Nationalität. Ihr Besitz und ihr Vermögen fallen dem Staat zu oder dem ersten Mitglied der Schwarzen Brigaden, der es in die Hände kriegt. Ihr werdet alle in diese Lager abtransportiert, von denen man sich erzählt. Wie Vieh." Er zuckte mit den Schultern. „Dieser Bruno hat zwar gesagt, dass er Sie verschont. Aber er ist ein Judenjäger. Selbst ein Jude. Er weiß genau, dass das nicht passieren wird. Die verschonen keinen, bis auf die paar, die ihnen in den Arsch kriechen."

„Wie Sie."

Das war keine Frage.

„Ich bin kein Jude. Ihnen bleibt noch ein Tag, Diamante. Bringen Sie so viele von den Kindern wie möglich in Sicherheit. Ich riskiere mein Leben, weil ich Ihnen das sage. Ich erwarte keine Dankbarkeit, aber wenn die etwas mitbekommen und Sie zum Verhör mit ins Ca' Loretti nehmen. Dann …"

Er wollte es nicht aussprechen, aber der alte Mann drängte ihn dazu.

„Dann was?"

„Dann bestehe ich darauf, Sie selbst zu befragen. Die sprechen sowieso kaum Italienisch. Und Venezianisch schon gar nicht. Sie kommen da nicht mehr lebend raus."

Alberti setzte seine Baskenmütze auf und tastete nach dem Lichtschalter. Für jemanden wie Aldo Diamante, der sich sicher mehr hätte leisten können, war das eine bescheidene Behausung. Irgendwo in diesem Labyrinth von hohen Häusern versteckten sich prächtig ausgestattete Synagogen voller Gold und Silber, munkelte man. Die Juden hielten ihre Gotteshäuser schon seit Jahrhunderten verborgen, in dem Glauben, der Rest der Welt würde sie in Ruhe lassen, solange sie nur unter sich blieben.

All diese Schätze würden die Nazis und die Schwarzen Brigaden in den nächsten Tagen plündern. Er hatte Sachs und Sander zugehört. Sie wollten bis zum letzten Juden alle ausrotten und sämtliche Reichtümer, die sie angeblich besaßen, in ihren Besitz bringen. Obwohl Aldo Diamantes bescheidene Wohnung nicht der richtige Ort zu sein schien, um nach Schätzen zu suchen.

„Ein Tag", wiederholte er und stieg die Treppe hinunter.

* * *

Er blieb noch ein bisschen in der Nähe, verweilte fröstelnd im Schatten, während der nächtliche Nebel durch die Stadt zog, die Pflastersteine des Ghettos versilberte und die hölzernen Brücken, die die Grenze zu der kleinen jüdischen Enklave bildeten, mit einer Reifschicht überzog.

Er war dumm gewesen. Diamante könnte ihn leicht verraten, wenn sie ihn verhaften und verhören würden. Wenn Alberti wartete und den flüchtenden Kindern folgte, könnte er eine der Fluchtrouten der Juden ausfindig machen. Das würde Oberg sicher gefallen, obwohl man das bei diesem schweigsamen Deutschen nie wusste.

Zwanzig Minuten später ging die Eingangstür von Diamantes Wohnhaus auf und vier Gestalten kamen heraus, zwei Erwachsene, der Junge und das Mädchen. Die Frau heulte. Er konnte sie von der anderen Straßenseite aus hören. Dann küsste sie ihre Kinder, nahm eines nach dem anderen in den Arm und flüsterte ihnen etwas ins Ohr. Wahrscheinlich wieder eine Lüge. *Wir sehen uns bald wieder,* oder etwas Ähnliches. Eine Lüge, die sie selbst nicht ertragen konnte.

Alberti fragte sich, wie viele Juden der alte Diamante schon aus der Stadt gebracht hatte. Wenn die Kinder es über die Lagune auf die *terraferma* und anschließend über die gefährlichen Bergpfade in die Schweiz zu anständigen Menschen schafften, wären sie gerettet. Einfach oder gar billig wäre das allerdings nicht. Und wenn die Schwarzen

Brigaden sie unterwegs erwischten, würden sie ausgeraubt und erschossen werden wie die Karnickel am Berghang, zusammen mit jedem, der sie begleitete.

Er beobachtete, wie die Mutter sie ein letztes Mal drückte und ihnen zum Abschied winkte. Dann liefen sie über die Brücke Richtung Castello. Mit seinem eigenen Sohn hatte er sich nie gut verstanden. Er war jetzt zwölf oder dreizehn und lebte mit seiner Mutter auf der anderen Seite der Lagune in Mestre. Außerhalb Venedigs waren sie sowieso besser aufgehoben. Für die Frau und den Sohn eines Kollaborateurs war es gefährlich in der Stadt. Warum sollten auch sie leiden?

Castello. Wahrscheinlich zu den Häuserreihen hinter der Via Garibaldi. Oder noch weiter, bis zur abgelegenen Insel Sant'Elena. Da gab es klare Fahrrinnen durch die Lagune, über die ein geschickter Bootsführer nachts ein paar Kinder hinausschmuggeln konnte.

Es wäre leicht gewesen, ihnen zu folgen und unterwegs einen Wachposten zu alarmieren. Sie könnten sie alle verhaften. Obwohl Diamante dann sicher einen Weg finden würde, ihn zu verpfeifen. Die Behauptung, dass er den Mann selbst verhören würde, war nur Angeberei gewesen. Die *crucchi* würden nie zulassen, dass er länger mit einem Gefangenen allein war. So weit ging ihr Vertrauen doch nicht.

Schnell hatten Diamante und seine zwei Schützlinge die Brücke überquert. Die Mutter sah ihnen nach, während sie sich das Gesicht mit einem Taschentuch trocknete.

Du bist so gut wie tot, dachte er. Und vielleicht weißt du das auch.

Er ging zurück nach San Marco, durch die verwinkelten Gassen, die hinter der Rialtobrücke zum Ca' Loretti führten.

Es war Zeit, etwas zu trinken.

Seit seine Eltern bei dem Bombenangriff in Verona ums Leben gekommen waren, war Paolo kaum im Keller gewesen. Er barg zu viele Erinnerungen und zu wenig Nützliches. Alles, was dort unten in Ölpapier eingeschlagen lag, gehörte der Vergangenheit und der Erinnerung an, und mit keinem von beidem wollte er sich beschäftigen.

Doch Vanni schien von der Weberei und den Webstühlen fasziniert zu sein. Er wollte mehr über die Uccellos erfahren, also erzählte Paolo ihm, was er wusste, während er am Kellertisch saß und sich die Dinge wieder ins Bewusstsein rief. Wie sein Großvater Simone die Jacquardwebstühle entdeckt hatte, die ungenutzt in der alten Weberschule an der Fondamenta San Lazzaro standen, seit Napoleon sie geschlossen hatte. Und wie er sie durch kaufmännische List zusammen mit den alten Mustern und Lochkarten für wenig Geld hatte kaufen können. Hier lagen diese nun. Vorlagen für den Samt, der den Vatikan zierte, den Dogenpalast schmückte, Schlösser von Zaren in Russland und von Königen in England verschönerte und so viele im Habsburgerreich, dass die Rechnungsbücher es nicht mehr zählen konnten.

„Zeig mir noch mehr", bat Vanni, während sie eine Enzyklopädie aus dem siebzehnten Jahrhundert mit Zeichnungen von diversen Apparaturen und Hilfsmitteln betrachteten: Webstühle, Spulengestelle, Schärbäume und eine Reihe Trevetten, spezielle Klingen, die verwendet wurden, um den Flor des Samts zu schneiden. Alles fast zweihundert Jahre alt, und doch war deutlich zu erkennen, dass sie heute im Wintergarten genau dieselben Werkzeuge benutzt hatten.

„Mehr wovon?"

„Mehr davon, was du machen kannst."

Paolo ging zu den Kartons, die sich an der Wand stapelten, und suchte so lange, bis er seinen liebsten fand. Er enthielt Sammlungen von Stoffmustern, einige davon über die Jahre von seinem Großvater und Vater zusammengestellt, aber auch eine aus der Schule, die aus einer alten Weberei entstanden war, und die bei Napoleons Ankunft geschlossen wurde.

Es war ein ledergebundener Band, auf dessen Vorderseite in Gold der Name des lange vergessenen Künstlers Giacomo Benedetti eingeprägt war, darunter ein Datum: 1778. Kaum zwanzig Jahre vor dem Ende der Republik, nachdem sie über tausend Jahre als unabhängiger Staat Bestand gehabt hatte. Staub und die Überreste von Insekten erhoben sich wie ein goldener Nebel im Schein der Lampe, als er die bronzene Einbandschließe öffnete und den Inhalt zum ersten Mal seit Jahren wieder atmen ließ.

Jede Seite bestand aus einem Stoffmuster. Es mussten mindestens fünfzig verblasste Samtstücke sein, einige im Lauf der Jahrhunderte von Käfern und Motten angefressen, und jedes mit einem kleinen, in die Ecke genähten Papierstreifen versehen, auf dem die Angaben zu Muster, Preis, verwendetem Garn und jeweiligem Kunden standen.

Vanni blätterte sie durch und lächelte dabei wie ein Kind, das gerade einen verlorenen Schatz gefunden hatte. Paolo sah zu und freute sich, ihn so glücklich zu sehen.

„Schau mal", sagte er, als sein Besucher zu einem besonders interessanten Beispiel kam, einem Stück Samt, das sein Vater ihm zum ersten Mal gezeigt hatte, als er ungefähr zehn gewesen war. Es war ein altmodisches Muster, in *soprarizzo* natürlich, der Flor ganz aus Seide und der Untergrund zu achtzig Prozent aus Baumwolle und dem Rest aus Goldfaden. Muskulöse Krieger, von halbnackten Nymphen umgeben, dahinter ein Fantasiegarten mit Blumen und rankendem Wein. „Lies die Beschreibung."

Vannis Lächeln wurde vor Erstaunen ein wenig breiter.

„Unglaublich! Ist das wahr?"

„Warum nicht?"

Der Name des Musters, der auf dem Etikett stand, war französisch: *Liberté, Égalité, Fraternité*. Der Wahlspruch der Französischen Republik und der Revolution. Als Kunde war Benjamin Franklin vermerkt, der erste Botschafter der gerade unabhängig gewordenen Vereinigten Staaten in Frankreich, und eine Adresse in Passy am Rand von Paris.

Vanni strich über den Flor. Die Farben waren so verblasst, dass man sich kaum noch vorstellen konnte, wie sie an Franklins Wänden ausgesehen haben mochten.

„Ich glaube, selbst Revolutionäre schätzen hin und wieder ein bisschen Luxus", murmelte er und fuhr noch einmal mit den Fingern über den Samt. „Als würde man einen Geist berühren. Ein Stück Geschichte."

„Das hat mein Vater auch immer gesagt."

Vanni blickte auf den Berg Unterlagen, der sich an der Wand stapelte – Bücher, Muster, Lochkarten. Er reichte bis an die niedrige Decke und erstreckte sich über die ganze Breite des Raumes.

„Was für Schätze du hier hast", sagte er. „So viel Schönheit."

Paolo lachte.

„Was ist daran lustig?"

„Es ist alles alt. Und tot. Wie dieses Haus. Und ich. Was soll ich damit anfangen? Ich habe kein Geld. Niemand außer Chiara weiß noch, wie man den traditionellen Samt herstellt. Selbst wenn ihn jemand haben wollte."

Vanni legte Paolo seine Hand aufs Knie.

„Die Menschen sehnen sich immer nach Schönheit, mein Freund. Und in schweren Zeiten umso mehr. Du hast doch einen Auftrag, oder?"

„Aber nur den einen."

„Arbeit ist Arbeit, Paolo." Seine Hand hatte sich nicht bewegt. Wenn überhaupt, dann schien sie noch ein bisschen schwerer. „Irgendwann ist der Krieg vorbei, und wir können wieder wir selbst sein. Dann baust du die Firma Uccello wieder auf. Du wirst die richtigen Angestellten finden. Die Aufträge werden nur so hereinströmen. Dir steht eine großartige Zukunft bevor. Ich wünschte, ich könnte Teil davon sein. Wahrscheinlich bin ich ein besserer Weber als ein Partisan. Da würde mir meine Schwester sicher zustimmen."

Lächelnd beugte er den Kopf und flüsterte Paolo ins Ohr, so nahe, dass er seinen warmen, angenehmen Atem spürte. „Du nicht auch?"

Paolo wich zurück, schlug das Buch zu und beobachtete, wie die Staubteilchen hochflogen, während der alte, verblichene Samt wieder dahin verschwand, wohin er gehörte, in Vergessenheit und Finsternis.

„Entschuldige, wenn ich zu dreist bin", sagte Vanni. „Wenn ich … etwas missverstanden habe."

„Nein …"

„Manchmal schwanke ich zwischen Männern und Frauen. Das heißt, ich bin dreifach verflucht. Als Jude. Als Kommunist und als halber Schwuler. Mit den ersten beiden hast du nichts zu tun. Aber ich frage mich, ob du hier vielleicht so zurückgezogen lebst … weil …"

Vor dem Fenster ertönte ein Geräusch. Ein Boot näherte sich durch die nächtliche Lagune. Vanni reagierte sofort und löschte die Lampe. Sie saßen im Dunkeln und erwarteten das Unausweichliche. Aber kein weißes Licht eines Suchscheinwerfers tastete das Gebäude ab, strahlte durch das kleine Fenster oder erfasste das feuchte Mauerwerk. Keine Stimmen von Deutschen waren zu hören.

Paolo spürte, wie Vanni ihm den Arm um die Schultern legte. „Vielleicht ist es nichts", flüsterte er ihm ins Ohr. „Bleib ganz ruhig. Nicht bewegen. Sie werden uns nicht finden. Ich bin mir sicher."

Paolo Uccello dachte an die Fischerboote von vor dem Krieg. Manchmal hatte sein Vater eins gemietet, um mit seiner Familie zu einem Picknick hinaus in die Lagune zu fahren. Das waren schöne Zeiten gewesen, damals, als sie noch ein bisschen Geld hatten. Jetzt war er schon seit Monaten kaum noch aus Castello herausgekommen.

Das Motorengeräusch entfernte sich. Sie hörten das Kielwasser des Bootes gegen den Anleger klatschen.

„Entschuldige", sagte Vanni noch einmal und nahm seinen Arm von Paolos Schulter. „Ich wollte nicht aufdringlich sein."

Paolo entzündete ein Streichholz und hielt es zwischen sie. „Ich bin noch nie ... noch nie mit einem Mädchen zusammen gewesen", sagte er. „Oder mit einem Jungen. Es kam einfach nicht dazu. Es fühlte sich nicht richtig an."

Vanni nickte mit einem kurzen schiefen Lächeln.

„Na ja, ich hab studiert. An der Uni ließ es sich kaum vermeiden, seine Erfahrungen zu machen." Er stützte die Ellbogen auf den Tisch und legte das Kinn in die Hände. „Und fühlt es sich jetzt richtig an?"

Das Streichholz brannte bis an Paolos Finger herunter. Er schrie auf und ließ es fallen. Vanni nahm sein Feuerzeug heraus und zündete die Lampe wieder an.

Er sah inzwischen älter und manchmal trauriger aus.

„Wir sollten lieber wieder nach oben gehen", sagte Paolo.

„Man kann vor seinen Gefühlen nicht davonlaufen. Davor, was man ist. Es verfolgt dich. Glaub mir. Ich weiß es."

„Ich habe Angst. Deine Schwester macht mir Angst. Und du auch. Auf eine andere Art."

Vanni stand auf und zuckte zusammen, weil ihn die Wunde schmerzte.

„Wir müssen das Beste aus der Zeit machen, die wir haben. Für manches bekommt man keine zweite Chance. Ich gehe jetzt duschen. Wenn du willst, komme ich danach in dein Zimmer. Vielleicht nur, um zu reden." Er streckte die Hand aus. „Wenn nicht, geben wir einander die Hand und bleiben Freunde. Und verlieren nie wieder ein Wort hierüber."

Vanni Artoms Hand fühlte sich warm und weich an, nicht wie die eines Kämpfers, obwohl Paolo meinte, die ersten feinen Schwielen fühlen zu können, die man von der Arbeit am Jacquardwebstuhl bekam.

Das Motorengeräusch draußen verklang in der Ferne. Das Boot nahm Kurs auf San Pietro, und Paolo erinnerte sich wieder an die Worte, die er ohne nachzudenken gesagt hatte, als sie die geschundene Leiche Isabella Finzis aus dem grauen Wasser gezogen hatten. Ein einziger unüberlegter Gefühlsausbruch hatte sein ganzes Leben verändert.

„Na schön", sagte Vanni und hielt ihm den Arm hin. „Ich gehe nach oben. Hilfst du mir, Paolo? Mit diesem dummen Bein schaffe ich es allein nicht die Treppe hinauf."

Der Portier, der Mika Artom ins Hotel Gioconda ließ, wirkte verängstigt. Sie fragte sich, ob er unter Zwang handelte. Es hätte Trevisan ähnlich gesehen, ihn unter Druck zu setzen. Oder ihr selbst, falls sie die Anführerin der Zelle gewesen wäre. Manchmal musste man mit seinen Verbündeten genauso schonungslos umgehen wie mit seinen Feinden. Es gab Zeiten, da hatte das Gewissen in den Hintergrund zu treten.

Der Mann war hager und sah krank aus. Vielleicht stand er schon kurz vor dem Ruhestand. Er trug eine dunkle, abgetragene Uniform und hatte das typische Äußere eines Hotellakaien, den man an die Hintertür verbannt hatte.

„Toni", sagte sie, als sie, wie von Trevisan aufgetragen, um Punkt acht am Personaleingang erschien. „Ich bin die Neue."

Er musterte sie kopfschüttelnd, warf einen Blick auf ihren falschen Ausweis und kontrollierte ihre Tasche.

„Verdammt. Was ist das? Bist du noch ganz dicht?"

Ihre Pistole. Wenn sie in den Bergen unterwegs war, hatte sie immer eine dabei.

„Tut mir leid …"

„Es tut dir leid? Du musst an den Wachposten vorbei, um in den Ballsaal zu kommen. Glaubst du, die sehen das nicht?"

Er legte die Tasche in einen Schrank und sagte, sie könne sie wieder abholen, wenn sie ginge. Dann nickte er Richtung Treppe.

Sie hatte gehört, dass das Gioconda eins der vornehmsten Hotels in Venedig gewesen war, bis die *crucchi* es in Beschlag nahmen. Hinter der prächtigen Fassade wirkte es jedoch heruntergekommen. Die Farbe blätterte von den Wänden, der Putz hatte Risse, und in den

Personalräumen war alles voller Staub und Spinnweben. Aus der Küche duftete es allerdings nicht übel. Für die Nazis und ihre faschistischen Freunde schien die Kriegsrationierung nicht zu gelten. Trevisan hatte ihr erzählt, dass sie die freie Auswahl hatten: von den Früchten der Lagune, dem Gemüse von Sant'Erasmo bis zum Federwild, das rund um Torcello und Burano geschossen wurde, und dem Besten von Fisch und Meeresfrüchten, was die dezimierten Schwärme vor Chioggia hergaben.

„Es tut mir leid, habe ich gesagt. Stehst du morgen auch hier?"

Er grunzte ein Lachen.

„Auf keinen Fall. Da kommst du allein rein. Der Mann am Einlass ist ... ein ziemlicher Trottel. Churchill könnte durch die Tür marschieren, und es würde ihm nicht auffallen."

Dann bist du also nicht hier, wenn der Angriff losgeht, dachte sie. Gut.

„Ich könnte einen Happen zu essen gebrauchen. Und mir ist kalt."

„Kein Essen." Er nickte wieder Richtung Treppe. „Mach, dass du da raufkommst, und servier Getränke. Dein Dienst geht bis elf. Sieh zu, dass du keinen Moment länger bleibst. Sonst denken sie, du bist 'ne Hure."

Sie zog ihren Mantel aus und nahm ihre Mütze ab.

„Herrgott, du siehst ja auch aus wie eine."

„Das ist bloß ein Kleid", antwortete sie, hängte ihren Mantel an einen Haken neben dem Schrank, in dem ihre Pistole lag, und ging nach oben.

Abgesehen von den schmutzigen Fluren und den zweckmäßig eingerichteten Räumen der Angestellten glich das Gioconda einem Palast. Hohe Decken, dicke Teppiche, erlesene Möbel, überall Spiegel und Muranoglas. Der Ballsaal mit Blick auf den Kanal war riesig. An der einen Wand befand sich eine Bühne, auf der Tische standen, und in der Ecke vor dem Fenster sah sie noch ein kleineres Podium. Darauf stand ein großer Flügel.

Seitlich erstreckte sich eine lange Theke, an der ein Kellner, ein großer Mann in einem vornehmen weißen Anzug, seinem sechsköpfigen Team Anweisungen gab.

„Du bist wohl die Neue“, sagte er und beäugte sie von oben bis unten, genau wie die Deutschen es getan hatten, einige uniformiert, andere in schwarzen Anzügen, während sie dorthin gegangen war.

„Stimmt.“

„Name?“

„Giulia.“

Er zuckte gleichgültig mit den Schultern. Der gehörte nicht zu Trevisans Leuten, da war sie sich ziemlich sicher.

„Wenn du mit ihnen schläfst, kostet es fünf Mark oder fünfzig Lire. Halt dich von den Leuten der Schwarzen Brigaden fern. Die schlagen dich grün und blau und werfen dich aus dem Bett, ohne auch nur einen *centesimo* zu zahlen.“

„Danke für den guten Rat. Aber fünfzig Lire, um mit den *crucchi* zu ficken?“

Es war dumm, das zu sagen. Der Barmann wirkte amüsiert.

„Ja. Ganz genau … Es ist Geld, und zwar mehr, als du von irgendwem sonst hier kriegst. Mich eingeschlossen. Das Hotel gehört jetzt den Deutschen, und sie glauben, sie hätten es verdient. Wenn du weniger verlangst, kratzen dir die anderen Mädchen die Augen aus.“

„Ich bin hier, um Getränke zu servieren. Mehr nicht. Um elf geh ich nach Hause.“

Er kniff die Augen zusammen. „Ach, das Personal kommt wohl inzwischen aus dem Kloster? Es herrschen offenbar wirklich schwere Zeiten. Dann leg mal los …“ Hinter der Theke standen schon die Gläser bereit, halb gefüllt mit Campari, mit Eis, Zitrone und einer Olive. Der Mann öffnete zwei Flaschen Prosecco und füllte sie auf. „Spritz kriegen sie gratis, so viel sie wollen. Wein auch. Wenn sie etwas Stärkeres verlangen, müssen sie zahlen. Das wissen sie auch, aber es kann sein, dass sie es versuchen.“ Er grinste. „Bei ’ner Puppe wie dir versuchen sie sicher so einiges.“

Mika hatte noch nie Getränke serviert. Es war schwieriger, als sie gedacht hatte, das Tablett gerade zu halten, zwischen den Gruppen schwatzender Deutscher und ihren folgsamen Italienern hindurchzulaufen, sie nehmen zu lassen, was sie wollten, sich zu einem Lächeln zu zwingen, während sie dauernd betatscht wurde, ihre Avancen zurückzuweisen und zu erklären, sie hätte eine kranke Mutter zu Hause und müsse spätestens um halb zwölf zurück sein.

Aus der Nähe sahen die *crucchi* enttäuschend gewöhnlich aus. Sie hatte immer eher Monster in ihnen gesehen, nichts Menschliches. Es war leichter, wenn man sie sich so vorstellte. Ihre Kameraden und sie waren hier, um diese Schweine zu töten, bevor sie die Gelegenheit hatten, sie umzubringen. Und doch hätten die Gesichter, die sie anlächelte, während sie durch den Saal lief, ebenso gut Männern gehören können, die in den alten, ratternden Straßenbahnwagen in Turin saßen: einige abstoßend, einige langweilig, einige unauffällig. Alle jedoch, da war sie sich sicher, fähig zu Mord, Terror und Grausamkeit. Schließlich waren es *crucchi*. Und genauso sicher war sie sich, dass sie jeden Einzelnen erschießen könnte, wenn sie die Gelegenheit dazu hätte.

Schwieriger einzuschätzen waren die Italiener, die sie aufmerksamer beobachteten und beim Zuhören ihren Dialekt einzuordnen versuchten – Piemontesisch, das konnte sie nicht verbergen. Zwei Mal fragte sie ein schwitzender Fettsack mittleren Alters, der bestimmt zu den Schwarzen Brigaden gehörte, was eine Frau vom anderen Ende des Landes in Venedig machte. Arbeiten, antwortete sie. Sich um ihre kranke Mutter kümmern, die mit einem Venezianer verheiratet war, den sie im Krieg verloren hatte.

Ein finster dreinblickender Kerl in schwarzem Anzug, mit Ringen an den Fingern und einer blau verfärbten Narbe auf der Wange fragte sie nach ihren Papieren, und es gefiel ihm überhaupt nicht, als sie sagte, sie wären unten in ihrer Tasche. In einem Cocktailkleid könne sie die schlecht bei sich tragen.

„Was machst du später?“, wollte er wissen.

„Ich muss zu meiner Mutter. Deshalb bin ich in der Stadt. Es geht ihr gar nicht gut.“

Er bedrängte sie nicht weiter. Es gab genug andere Frauen im Saal, größtenteils spärlicher bekleidet als sie. Eine, die sich zierte, war die Mühe nicht wert.

Die Zeit ging schnell vorbei, wenn sie versuchte, möglichst nicht nachzudenken. Sie lief einfach nur hin und her, holte weitere rot gefüllte Gläser mit Spritz und Schalen mit Kartoffelchips von der Theke und achtete darauf, dass keinem auffiel, dass sie mithörte.

Was sie natürlich tat, aber selbst das war wenig aufregend. Es waren vielleicht dreißig Deutsche im Saal, und rund ein Dutzend Italiener. Einige von ihnen beschäftigten sich mit den Frauen, die sich wie Dekor zur Schau stellten und vermutlich nichts weiter zu tun hatten, als zu plaudern und zu verabreden, wo im Hotel sie die Nacht verbringen würden. Sie führten langweilige Gespräche über ihre Familien und wie sehr sie ihr Zuhause vermissten. Und dass der Krieg irgendwann gewonnen werden würde, auch wenn es momentan nicht so gut stand. Ein paar zogen sogar einen Opernbesuch in Erwägung.

Die *crucchi* waren nicht dumm. An einem Ort wie diesem würden sie nie ein Geheimnis oder einen Plan ausplaudern.

Im Lauf des Abends hatte sie sich überzeugen können, dass Trevisans Lageplan der Wirklichkeit entsprach. Der Personaleingang, den sie öffnen sollte, befand sich auf der rechten Seite des Saals, eine kleine unauffällige Tür, die im selben Cremeton gestrichen war wie die Wände. Sie hatte nicht einmal einen Griff, nur ein Schlüsselloch zum Zeichen, dass sie überhaupt da war. Der Flügel stand an der gegenüberliegenden Wand. Mittlerweile schnippte niemand mehr mit den Fingern nach einem Getränk, also ging sie hinüber und sah ihn sich genauer an. *Bechstein* war darauf zu lesen. Er glänzte, aber sie fragte sich, wie lange wohl niemand mehr darauf gespielt hatte.

Während sie das Instrument betrachtete, kam ein Mann auf sie zu. Plötzlich stand er so dicht neben ihr, dass sie erschrak. Das letzte gefüllte Glas fiel von ihrem Tablett auf den Teppich, und das Getränk spritzte in alle Richtungen.

„Tut mir leid. Ich wollte dich nicht erschrecken."

Er sprach Italienisch mit rauem venezianischen Akzent und bückte sich schon, um das leere Glas aufzuheben, bevor sie noch reagieren konnte. Er wischte die Flüssigkeit mit der Kante seines Schuhs zur Seite. „Kleiner Gentleman-Trick", sagte er zwinkernd und nickte in Richtung seines Fußes. „Spielst du?"

„Was spiele ich?"

„Klavier natürlich. Was dachtest du sonst?"

„Entschuldigung, ich hatte Sie nicht gleich verstanden. Nein. Ich wünschte, ich könnte es. Tut mir leid. Ich hole Ihnen noch einen Spritz."

„Gerne."

Als sie mit einem vollen Tablett zurückkam, nahm er lachend zwei Gläser. „Vielleicht sollte ich das nicht sagen", merkte sie an. „Aber Sie sehen so aus, als wäre eins genug für Sie."

„Nein. Genug gibt es für mich nicht. Wenn die hier leer sind, kannst du mir noch zwei bringen."

„Nein. Trinken Sie die und gehen Sie nach Hause."

Er nickte Richtung Decke.

„Mein Zuhause ist hier. Willst du meine Zimmernummer?"

„Ich serviere hier Getränke, das ist alles."

Er stellte eins der Gläser aufs Tablett zurück und streckte die rechte Hand aus. „Du bist wohl neu hier? Luca Alberti. Freut mich, dich kennenzulernen. Zimmer 413."

Seine Hand nahm sie nicht, aber sie nannte ihren Namen.

„Giulia? Und was tust du hier … Giulia?"

„Arbeiten. Meine Mutter ist krank. Ich brauche das Geld."

Er antwortete nicht, und sie fragte sich, was er wohl dachte. Vielleicht war er doch nicht so betrunken, wie er auf den ersten Blick schien.

„Sie klingen, als kämen Sie aus der Gegend", fügte sie hinzu. „Aber Sie wohnen hier im Hotel?"

„Das ist das Sicherste, wenn man zu den *crucchi* gehört. Glaub mir. Manchmal überschreitet man eine Brücke, und es gibt kein Zurück." Er strich ihr übers Haar. „Hübsche Frisur. Frisch gefärbt, oder? Meine Frau hat auch immer ein bisschen nachgeholfen. Kostet ziemlich was."

„Eine Freundin macht es mir umsonst."

„Was ist die echte Farbe?"

Sie blickte sich um. Niemand beobachtete sie. Alle im Saal fühlten sich offenbar sicher.

„Ich muss arbeiten."

„Und ich muss Juden finden. Kennst du welche?"

„Wie bitte?"

„Juden. Zwei Partisanen. 'tschuldigung, Terroristen müssen wir sie ja nennen. Auf der Flucht aus Turin. Bruder und Schwester. Von den Juden gibt keiner zu, sie zu kennen. Hast du …"

„Was?", rief sie und wurde rot.

Er antwortete so langsam, als wäre sie schwer von Begriff.

„Hast du jemanden über ein paar Juden von außerhalb reden hören? Sie verstecken sich wahrscheinlich irgendwo. Im Ghetto eher nicht. Zu offensichtlich. Vielleicht …"

„Wie kommen Sie darauf, dass ich mich mit Juden einlassen würde?"

„Das habe ich nicht …"

„Ich sollte Sie ohrfeigen."

„Ich hab nur gefragt."

Sie gab sich Mühe, möglichst zornig zu klingen, sprach lauter, sodass die Leute langsam aufmerksam wurden.

„Verflucht." Sie stellte das Tablett auf den Flügel und ballte die Faust. „Ich meine es ernst."

„Nur zu, Kleine. Ist schon eine Weile her."

„Nein." Sie ließ die Hand sinken. „Das sind Sie nicht wert. Leute wie Sie … sturzbetrunken, wenn sie eigentlich arbeiten sollten. Je eher wir diesen Abschaum aus dem Land schaffen, umso besser. Der Duce hätte es schon vor Jahren machen sollen. Da musste erst Hitler kommen, um ihm ein Rückgrat zu verpassen, bevor wir überhaupt angefangen haben, richtig nach ihnen zu suchen."

Alberti grinste.

„Ziemlich rigorose Ansichten für jemand so Junges und Hübsches."

Sie deutete auf ihre Brust. Ihr Ausschnitt war tief, und alle Männer starrten.

„Ich bin Patriotin. Und was sind Sie?"

Ein Deutscher meldete sich in schlechtem Italienisch zu Wort.

„Alberti ist nichts weiter als ein Lakai." Der Nazi trug eine graue Uniform. Er war noch jung, schmales Gesicht, lange Nase, spöttischer Blick. Und er stank nach Alkohol. „Ignorier ihn. Er arbeitet für mich."

„Ich arbeite für Ihren Chef, Sander. Das tun wir beide. Vergessen wir das nicht."

Der Deutsche hörte gar nicht zu.

„Bist du neu hier?"

Sander beäugte sie mit einem Blick, den sie nur zu gut kannte.

„Hab heute angefangen."

„Du hast das Herz am rechten Fleck." Er strich ihr mit dem Finger über die Brust. Sie rührte sich nicht. „Was hast du später vor? Ich hab ein schönes Zimmer. Bin ein angenehmer Bettgenosse." Er tippte sich an die Jacke. „Und ein bisschen Geld hab ich auch. Und seien wir ehrlich … mit ein bisschen Geld kommt man hier ziemlich weit."

„Später gehe ich nach Hause."

Er machte ein langes Gesicht.

„Du enttäuschst mich. Das gefällt mir nicht."

„Kranke *mamma*", meldete Alberti sich zu Wort. „Fürsorgliche Tochter. Da mischt man sich besser nicht ein, Kumpel. Suchen Sie sich lieber eine andere für heute Nacht." Er grinste Mika ins Gesicht. „Die hier scheint mir ein Spezialfall zu sein. Stimmt's … Giulia?"

Sie ging zurück zur Theke und war sich sicher, nicht zu zittern. Ziemlich sicher.

Der restliche Abend verging so langsam, dass sie Zweifel bekam, ob sie bis elf durchhalten würde.

Als sie es endlich geschafft hatte, stieg sie die Personaltreppe hinunter, nahm Mantel und Tasche und stolperte in die frostige Nacht hinaus, wo der graue Nebel so dicht war, dass man kaum ein paar Schritte weit sehen konnte.

Alberti hatte sie gehen sehen und hob lächelnd das Glas, als sie die Tür hinter sich zuzog.

Er war nur ein Mann, ein Schürzenjäger vielleicht, genau wie der Nazi Sander. Und zufällig einer, der hinter ihr und Vanni her war.

Mehr nicht.

Das Boot hatte Verspätung. Aldo Diamante fragte sich, ob die Deutschen es vielleicht abgefangen hatten. San Pietro lag nicht weit weg von der Route ihrer Patrouillenboote aus dem Arsenale. Und dann noch dieses Wetter. Der eiskalte Nebel war immer dichter geworden, während er die beiden Kinder aus dem Ghetto durch die Seitengassen von Castello zu Filippo Garzones einsamer Basilika brachte. Er fror bis auf die Knochen, und er musste die Kinder mit Süßigkeiten füttern, damit sie nicht so viel plapperten. An einem Abend wie diesem blieben die meisten vernünftigen Bootsführer zu Hause, selbst die Vaporetti, die Haupttransportmittel der Stadt. Auch wenn sich die Männer, die in der Lagune arbeiteten, oftmals auf dem Wasser wohler fühlten als an Land. In Friedenszeiten hatte er sie stets die ganze Woche schuften sehen, und anschließend verbrachten sie ihre Freizeit damit, mit allerlei Arten von *sandoli*, traditionellen Ruderbooten, am breiten Ufer entlang von den Fondamente Nove bis hinüber zum Lido zu rudern. Wenn irgendwer an diesem Abend den Weg fand, dann sie.

Und so warteten sie Stunde um Stunde in Filippo Garzones Büro, unter einem schlichten Bildnis von Jesus mit kleinen Kindern, und versuchten, die Zeit totzuschlagen. Der Priester kannte einige Lieder und Spiele und besaß ein paar Puzzles und Bücher aus der Sonntagsschule, die in der Basilika abgehalten wurde. Mit religiösen Themen und Motiven natürlich, die die jüdischen Kinder aus dem Ghetto nicht kannten. Zumindest dachte Diamante das. Aber in Wahrheit waren die fünf alt genug, um sich an die Schulzeit zu erinnern, in der sie noch nicht von ihren christlichen Kameraden getrennt worden waren. Und so herrschte Freude, als sie die Melodien, Bilder und Geschichten wiederentdeckten, die sie fast vergessen hatten.

Garzone wurde durch ihre Reaktion ermutigt und lächelte Diamante zu, während sie die Seiten umblätterten und die Illustrationen und Texte bestaunten.

„Siehst du", sagte er und überließ die Kinder eine Weile sich selbst. „Nichts geht verloren. Es verbirgt sich nur und wartet."

„Du hast recht", stimmte Diamante ihm zu und versuchte, die gleiche gespielte Fröhlichkeit an den Tag zu legen. Es war so kalt in der Kirche, dass er seinen dicken Wintermantel angelassen hatte. Über der Schulter trug er eine Tasche mit dem Emblem seines alten Krankenhauses und der sich windenden Schlange am Äskulapstab. Die Tasche hatte ihn früher auf seinen Runden begleitet.

In der Ferne schlug eine Kirchenuhr elf. San Pietros *campanile* blieb mangels Geld und Unterstützung seit Jahren schon stumm. Inzwischen waren die Kinder still geworden, eins der Mädchen war eingeschlafen.

„Wenn sie bis Mitternacht nicht hier sind, ist die Sache fehlgeschlagen", sagte Diamante. „Dann haben sie entweder aufgegeben oder sind von den Deutschen gefasst worden."

Garzone nickte.

„In dem Fall können die Kleinen hier bei mir bleiben. Wenn nötig, suche ich einen anderen Unterschlupf für sie. Niemand will Kinder leiden sehen."

„Ich weiß nicht“, antwortete Diamante. „Wenn ich sie heute Nacht nicht hier rausbringen kann, sind sie zu Hause vielleicht besser aufgehoben …“

Die beiden Männer verstummten. Diamante hatte ein schlechtes Gewissen, weil er nicht gleich auf seinen alten Freund hörte. Garzone versuchte natürlich nur, das Beste aus dieser hoffnungslosen Situation zu machen. Aber Diamante wusste einfach nicht, was er sonst antworten sollte.

Da klopfte es an der Tür, so laut, dass die beiden zusammenzuckten und das schlafende Kind aufwachte und zu weinen anfing.

Draußen standen drei bärtige Männer in dunklen Jacken. Sie hatten ihre Wollmützen tief ins Gesicht gezogen und stampften vor Kälte zitternd mit ihren Gummistiefeln auf den harten Stein.

„Wir sollen hier Fracht abholen“, grummelte der Erste.

„Und unser Geld“, fügte der Zweite hinzu und streckte die Hand aus.

„Natürlich“, sagte Diamante. „Wir haben beides.“

Mit Abscheu beobachtete Garzone, wie er einen Umschlag aus seiner Jacke holte und ihn dem Mann überreichte. Darin steckte ein dicker Packen Banknoten: Reichsmark, Lire und sogar amerikanische Dollar. Der zweite Mann zählte sie mit dem Finger durch, an dem er ab und zu leckte. Dann nickte er.

„Bringt ihr sie in die Schweiz?“, fragte Diamante.

„Das ist der Plan“, antwortete der Chef der Truppe. „Sind Kranke dabei? Oder Störrische?“

„Es sind brave, gehorsame Kinder“, schaltete Garzone sich ein. „Sie denken, sie fahren in die Ferien und ihre Familie kommt später nach. Bitte lasst sie in dem Glauben.“

Der Priester hatte schon alles Mögliche über Judenschleuser gehört, nicht wenig davon im Beichtstuhl. Einige von ihnen waren aufrechte Partisanen, die Gutes tun wollten. Bei anderen handelte es sich um Schwarzmarkthändler, die auf größeren Profit aus waren, als sie mit Tabak, Medikamenten oder Alkohol machen konnten. Angeblich waren sogar ein paar Diebe und Mörder darunter, die das Geld einsteckten und ihre Schützlinge entweder den Schwarzen Brigaden übergaben oder sie umbrachten und ihre Leichen in den nördlichen Sumpfgebieten versenkten, wo man sie niemals finden würde. Das konnte man vorher natürlich nie sagen. Die Männer, die in der Lagune arbeiteten, fischten, Fracht, ob legal oder nicht, zu den Inseln und wieder zurück transportierten, waren harte, schweigsame Kerle. Diamantes Kontakte mussten die Absprache mit ihnen getroffen haben. Er konnte nur hoffen, dass sie ihre Sache gut gemacht hatten.

„Holen Sie sie", sagte der erste Mann. „Und sorgen Sie dafür, dass sie warm angezogen sind. Da draußen ist es kalt."

„Es sind jetzt fünf", sagte Diamante.

Die Männer sahen ihn nur an. Diamantes Blick sagte Garzone, dass hier noch ein anderes Gespräch geführt werden musste, an dem er nicht beteiligt war. Also ging der Priester wieder hinein, suchte Schals und Handschuhe heraus – viel zu groß, aber alles, was er hatte –, gab sich Mühe zu lächeln und sagte seinen Schützlingen, dass alles gut werden würde.

„Zeit für die Ferien, Kinder. Euer Boot ist da. Und jetzt ... seid brav. Tut, was die Bootsführer sagen. Vor euch liegt eine lange Reise. Aber auch eine spannende. Übers Wasser. In die Berge. Und in ein paar Tagen seid ihr in der Schweiz, einem ganz wunderbaren Land. Da gibt es Kühe mit Glocken um den Hals und Käse und Eisenbahnen und Skipisten."

„Warst du schon mal da?", fragte einer der Jungen.

„Nein, aber ich habe viel davon gehört."

Er nahm die Hand des kleinsten Mädchens. Sie hatte angefangen zu weinen, er wollte gar nicht wissen, warum.

Draußen schien der Nebel so dicht zu sein wie nie zuvor. Er konnte sich nicht vorstellen, welches Fahrzeug es sicher durch eine so undurchdringliche Nacht schaffen sollte. Bevor er die Kinder vorstellen konnte, lächelte der erste Mann das weinende Mädchen an und zog eine Puppe aus der Tasche. „Passt du auf die auf?", fragte er und hockte sich vor sie hin.

Die Puppe sah alt aus. Das Mädchen nahm sie trotzdem.

„Die hat meiner Tochter gehört", fuhr der Mann fort.

„Wie heißt sie?", fragte das Mädchen.

„Die Puppe? Ihr Name ist Carina. Kleiner Liebling."

„Ich meinte Ihre Tochter."

Das Lächeln in seinem Gesicht gefror.

„Ihr Name spielt jetzt keine Rolle mehr. Komm." Er nahm sie bei der Hand. „Es wird Zeit."

Die beiden alten Männer sahen sie im Nebel verschwinden. Kurz darauf hörten sie ein Motorengeräusch, das langsam im Nichts verklang.

„Ich glaube, es sind anständige Burschen", sagte Garzone. „So wie er mit dem Kind umgegangen ist."

„Sie dachten, sie würden nur drei abholen. Nicht fünf."

„Aber du hast sie doch bezahlt, oder?"

„Sicher."

Diamante blickte weiter in die dunkle Nacht, als wären dort Antworten zu finden, wenn man nur danach suchte.

„Hast du morgen noch mehr ... Transportgut für mich?", fragte Garzone.

„Nein." Diamante holte seine Wollmütze hervor und setzte sie auf. „Es ist niemand übrig, der sie abholt. Es bleibt keine Zeit mehr."

„Aldo." Garzone fasste seinen Freund am Arm. „Wir sind hier. Wir sind noch am Leben. Wir atmen noch. Es bleibt immer Zeit, so lange, bis wir aufgeben oder bis Gott uns einen anderen Weg weist."

Diamante schüttelte den Kopf und lachte, wenn auch nur kurz.

„Ach ja. Gott. Da fällt mir etwas ein. Ich möchte dich bitten, etwas für mich aufzubewahren. Pass gut darauf auf." Er zog seine Arzttasche von der Schulter. „Bitte schön."

Der Priester schüttelte den Kopf, während er im schwachen Licht der Türöffnung stand und hineinsah. Noch mehr Geld, drei Umschläge. Lire, Reichsmark und Britische Pfund. Dann, ehe er protestieren konnte, holte Diamante noch ein ledernes Schmuckkästchen hervor und gab es ihm.

„Du brauchst es nicht zu öffnen."

„Nicht?", fragte Garzone und machte es auf.

Mehrere Halsketten, zwei offenbar aus echten Perlen. Broschen. Eine Herrenarmbanduhr, Schweizer Marke, vermutlich teuer. Und zwei Ringe, einer aus schlichtem Gold, der andere mit einem Brillanten besetzt.

„Das ist ein Ehering", stellte Garzone fest. „Und das andere wohl ein Verlobungsring."

„Von meiner Mutter. Verwahre sie an einem sicheren Ort. Und falls mir etwas zustößt, mach damit, was du für richtig hältst."

Der Priester versuchte, das Schmuckkästchen zurückzugeben.

„Mit den Kindern helfe ich dir gerne. Aber gib mir nicht auch noch das Gefühl, ein Pfandleiher zu sein."

Diamante wich zurück und schüttelte den Kopf.

„Um Himmels willen, Aldo. Wir geben doch jetzt nicht auf!"

„Wer sagt, dass ich aufgebe? Ich habe die ganze Wohnung voll mit altem Plunder. Von mir, von meinen Eltern. Sogar von deren Eltern. Wenn die Deutschen kommen, sollen die wenigen wertvollen Dinge lieber bei meinen Nachbarn landen als bei meinen Feinden. Das ist alles. Zur sicheren Verwahrung, alter Freund." Er hielt ihm die Hand hin. „Sichere Verwahrung. Diejenigen, die diese Aufgabe auf sich nehmen, zeichnen sich durch Mut und Pflichtgefühl aus. Dafür danken wir ihnen viel zu selten."

Garzone begriff, dass es keinen Sinn hatte zu diskutieren. Er fühlte sich müde und furchtbar niedergeschlagen.

„Hast du mit jemandem gesprochen?", fragte er. „Mit einem von euren Geistlichen?"

Diamante schien amüsiert.

„Nicht über spirituelle Fragen, fürchte ich. Das überlasse ich lieber klügeren Menschen als mir."

„Dann ... können wir uns morgen früh in unserem Stammcafé treffen? Ich bin an der Reihe, dich zu Espresso und *biscotti* einzuladen. Das möchte ich gerne. Vielleicht bessert sich das Wetter. Wir können auf unsere fünf kleinen Freunde anstoßen, die auf dem Weg in ein neues Leben sind."

Diamante drehte sich um und zog eine Grimasse angesichts der grauenhaften Nacht. Er schien mit seinen Gedanken woanders zu sein.

Schließlich lächelte er Garzone an und sagte: „Das ist eine großartige Idee. Passt dir zehn?"

„Zehn Uhr."

„Ich werde ausnahmsweise meine morgendliche Regel brechen und auch einen Grappa trinken. Du bist ein mutiger Mann, Garzone. Ich bin erstaunt, dass du das selbst offenbar nicht erkennst."

„Ach was! Ich bin der Hüter einer Kirche, in die kaum jemand kommt, und einer Gemeinde, die hauptsächlich mit sich selbst beschäftigt ist. Ich tue, was ich kann. Heute hatte ich Kinder in meiner Obhut. Ab und zu habe ich sie lachen gehört. Ihre jungen Stimmen. Sie haben mich daran erinnert, warum ich hier bin. Selbst ein Priester hat das manchmal nötig."

„Die beiden anderen … Besucher, die du im Haus deines Freundes untergebracht hast. Hast du etwas von ihnen gehört?"

Garzone seufzte.

„Kein Wort. Und du?"

„Nein." Er zog seine Handschuhe an. „Es ist schon spät. Wir müssen aufhören zu glauben, wir könnten sie alle retten."

„Mag sein", antwortete der Priester. „Aber wir sollten niemals aufhören zu glauben, wir müssten es versuchen."

Der alte Arzt nickte, tippte kurz an den Rand seiner Mütze und verschwand in die gestaltlose Nacht.

Umgeben von der dicht wabernden Wolke, die sich auf die Stadt gesenkt hatte, mit nicht mehr als einer Taschenlampe ausgerüstet, um sie durch die Gassen zu leiten, in denen Straßenlaternen selten und schwach waren, suchte Mika Artom ihren Nachhauseweg. Es galt keine Ausgangssperre wie in anderen Städten. Noch ein Anzeichen dafür, dass man in Venedig zu hoffen schien, über dem Krieg zu stehen. An einem Abend wie diesem wäre sowieso jeder Versuch, Bewegungen zu kontrollieren, vergebens gewesen. Nirgends war ein direkter Weg zu erkennen, sie sah nur verwinkelte Gassen, niedrige Mauerbogen überwölbte Gänge, die an schmutzigen Kanälen endeten, hohe Palazzi und Mietshäuser, die von ein paar Kerzen und der ein oder anderen elektrischen Lampe erleuchtet wurden.

Unterwegs kam sie zufällig am Fenice vorbei, wo gerade die letzten Konzertbesucher in die kalte, feuchte Nacht hinausströmten. Elegant gekleidet und angeregt plaudernd fragten sie sich, ob sie nach Hause gehen oder noch eine Nachtbar aufsuchen sollten. Als herrschten ganz normale Zeiten. Als gäbe es den Konflikt, der zwei gegnerische Teile Italiens geschaffen hatte, gar nicht.

Dann stolperte sie auf der Suche nach dem richtigen Weg über eine Brücke auf den weitläufigen Campo Santa Maria Formosa. Ein paar deutsche Soldaten lungerten bei der Kirche herum. Sie standen rauchend unter dem fahlgelben Licht der Straßenlampe neben dem steinernen Gesicht eines abscheulichen Ungeheuers und beobachteten die wenigen Stadtbewohner, die nachts hier vorbeikamen. Einer entdeckte sie – eine Frau zog immer Aufmerksamkeit auf sich – und rief nach ihr.

Die Pistole war in ihrer Tasche. Sie hatte keine Ahnung, wie sie zurück nach San Pietro kommen sollte. Also musste sie wohl darauf eingehen.

Zitternd und mit bewusst bangem Gesichtsausdruck ging sie zu ihm, holte ihre Papiere hervor, erklärte in langsamem, deutlichem Italienisch, dass sie gerade von der Arbeit im Gioconda käme und zum Beweis einen Bedienstetenausweis vorlegen könne.

Der Soldat zog die Augenbrauen hoch. „Du bist eins von den Mädchen da?"

„Ich bin Kellnerin", antwortete sie, so ernst sie es wagte. „Meine Mutter ist krank. Ich muss arbeiten. Man hat mich nach Venedig geholt, damit ich mich um sie kümmere. Ich finde den Heimweg nicht. Hier … hier verläuft man sich so leicht."

Er gab ihr die Papiere zurück. „Diese ganzen Ärsche im Gioconda", sagte er verächtlich. „Denken, sie wären im Urlaub und könnten hier rumhuren, saufen und fressen, während wir den Krieg für sie kämpfen."

„He, Günther!", rief einer seiner Kameraden. „Wir kämpfen hier doch auch nicht."

„Das wird bestimmt nicht mehr lange so bleiben", antwortete er. „Wohin willst du?"

Sag ihm nicht die genaue Adresse, dachte sie bei sich.

„Castello. Via Garibaldi."

Er deutete auf die andere Seite des Platzes, wo sie gerade so eine Brücke erkennen konnte. „Da rüber und dann immer geradeaus. Irgendwann kommst du ans Wasser. Dann links abbiegen und am Arsenale vorbei weiter."

„Von da aus finde ich es selbst. Danke. Das ist sehr freundlich von Ihnen."

Er lächelte und hatte ein gewisses Funkeln in den Augen.

„Vielleicht lassen sie die Befehlsempfänger irgendwann auch ins Gioconda. Dann sehen wir uns wieder. Und du kannst mir deinen Dank zeigen."

„Ich serviere Getränke. Mehr nicht."

Ein paar Minuten später kam sie an die breite Uferzone der Riva degli Schiavoni und überquerte die Brücke über den Kanal am Arsenale. Rund um die Militärbasis auf dem alten Marinegelände patrouillierten Soldaten. Sie musste noch zwei Mal ihre Ausweispapiere zeigen und wurde noch einmal von einem betrunkenen Kerl in Uniform belästigt. Doch der Zutrittsausweis zum Gioconda wirkte Wunder und keiner von ihnen wollte ihre Tasche inspizieren. Anscheinend war eine Frau, die mit Offizieren und hochrangigen Faschisten verkehrte, von einiger Bedeutung.

Nachdem sie den letzten Mann hinter sich gelassen hatte, bog sie in die breite Mündung der Via Garibaldi ein, hastete die Straße hinauf, vorbei an Gretas geschlossener Bar, und verschwand im Wirrwarr der Gassen, die nach San Pietro führten.

Es war fast Mitternacht, als sie über die Grasfläche vor der Basilika trottete. Der *campanile* sah unheimlich aus, und noch schiefer in dem seltsam diffusen Licht einer einzelnen Straßenlampe, die den Nebel durchdrang.

Der versteckte Weg zur Wohnung im Giardino degli Angeli war schon unsicher genug, wenn es hell war und man gut sehen konnte. Unter dem grauen Schleier, der sich über die Stadt gesenkt hatte, musste sie bei jedem Schritt aufpassen, während sie sich langsam auf dem Vorsprung an der Außenseite der Mauer entlangschob und zur Treppe an der Lagune, die hinauf zur Terrasse führte, wo sie schließlich, atemlos und durchgefroren bis auf die Knochen, leise an die Tür klopfte. Zwei Mal schnell, drei Mal langsam. Das Zeichen, das sie und Vanni ausgemacht hatten, als sie sich den Partisanen anschlossen.

Sie wartete einen Moment, dann ging die Tür auf. Vanni stand vor ihr, noch in seiner Tageskleidung und mit kaltem, zornigem Blick.

„Danke", sagt sie und schlüpfte hinein. Sie lief geradewegs zu der Flasche Grappa neben der Spüle, schenkte sich ein großes Glas ein und kippte es herunter.

Es lag eine Anspannung in der Luft. Das spürte sie. Paolo Uccello saß am Tisch und starrte sie an. Die Tür zum Schlafzimmer stand offen. Ihr Blick fiel auf das Bett, und sie ging fluchend hinein.

Auf der Decke lag die Tasche. Offen. Sie hatten die Armeetasche durchwühlt, die Trevisan ihr mit der strikten Anweisung gegeben hatte, nicht hineinzuschauen. Sie hatte es natürlich trotzdem getan, ohne Vanni etwas davon zu sagen. Nun war der Inhalt auf der dünnen Bettdecke ausgebreitet.

Zwei Pistolen. Vier Päckchen Patronen. Drei Stielhandgranaten. Alle aus deutscher Produktion, alle Grund genug, um an die Wand gestellt zu werden. Sie konnte verstehen, warum Trevisan die Chance genutzt hatte, die Sachen anderswo zu verstecken, auch wenn er nicht vorhatte, ihr den Auftrag zu geben, sie zu benutzen. Ein sicherer Aufbewahrungsort für Waffen war immer von Nutzen.

Vanni und Paolo folgten ihr ins Schlafzimmer.

„Vanni. Ich hab dir doch gesagt, du sollst da nicht reinsehen."

„Das hat er auch nicht", sagte Paolo. „Ich war das."

Mika sah die beiden mit einem wissenden Lächeln an.

„Was habt ihr denn hier drin gemacht?"

„Ich wohne hier." Der Venezianer schien endlich ein bisschen Rückgrat bekommen zu haben. „Das ist das Schlafzimmer meiner Eltern. Mir wurde versichert, dass ihr im Haus bleibt. Und euch versteckt haltet."

Mika verstaute die Waffen wieder in der Tasche und stellte sie in den Schrank, wo sie sie zuvor zurückgelassen hatte.

„Mika. Hörst du mir überhaupt zu?"

„Ja, Paolo. Sicher." Nicht aufregen, sagte sie sich. Jetzt ist nicht der richtige Zeitpunkt. „Keiner weiß, dass wir hier sind. Ich habe den Leuten, für die ich arbeite, nicht gesagt, wo ich wohne. Niemand ist mir gefolgt. Darauf habe ich geachtet. Ich weiß, dass du mit der Sache nichts zu tun haben willst. Ich weiß, dass du dich hier verbergen und so tun willst, als würde da draußen nichts Schlimmes passieren."

„Nein." Vanni stellte sich zu ihm. Sie fragte sich, was während ihrer Abwesenheit passiert war. Seit sie hergekommen waren, hatte der Junge doch kaum einen Fuß in das Schlafzimmer gesetzt. Fast schien es so, als hätte er Angst, den Geistern seiner Eltern zu begegnen. „Du hättest es uns sagen müssen."

„Ich wusste nicht, was in der Tasche ist, ehrlich. Wahrscheinlich wollen sie die Waffen hier nur verstecken. Keine Sorge. Ich hab nicht vor, sie zu benutzen."

„Und was genau *hast* du vor?"

Sie suchte nach der richtigen Antwort.

„Morgen findet eine Art Feier in diesem Hotel von ihnen statt. Ein Festakt. Keine Ahnung, für wen und warum. Vielleicht haben die Banner, die ihr gewebt hat, etwas damit zu tun. Vielleicht …"

Die beiden jungen Männer sahen sich an.

„Um welche Uhrzeit sollst du sie ausliefern?", fragte Mika.

„Ich muss um vier da sein", antwortete Paolo.

„Gut." Sie nickte. „Halt dich nicht lange auf. Für später ist was geplant. Ich bin nur auf Beobachtungsposten. Von innen. Mehr nicht."

Mika ging zu den beiden, nahm zuerst die Hand ihres Bruders, dann die Paolo Uccellos und legte ihre drei Hände ineinander.

„Hört mir zu. Bitte. Ich will genauso wie ihr, dass wir hier so schnell wie möglich rauskommen. Die Sache mit dem Beobachtungsposten ist der Handel. Danach besorgen sie uns ein Boot und bringen uns zur *terraferma*. In Sicherheit." Sie wandte sich an Paolo. „Also, mich zumindest. Falls mein Bruder hierbleiben will und ein bisschen handarbeiten …"

„Spar dir deine Witze", knurrte Vanni. „Wann? Wann kommen wir hier raus?"

Sie zuckte mit den Schultern. „Sonntag, denke ich. Genaueres haben sie mir nicht gesagt. Sie haben gerade Wichtigeres im Kopf. Hört zu …" Sie drückte ihre kalten Hände. „Ich muss bloß ein paar Getränke servieren. Dann mache ich eine Tür auf und lasse sie rein. Und schon bin ich verschwunden. Mehr trauen sie mir sowieso nicht zu. Wenn wir ihnen nicht helfen, helfen sie uns nicht. Das ist unsere einzige Chance."

Sie warf einen Blick auf Vannis Bein.

„Ich muss deinen Verband wechseln."

„Nein, musst du nicht", entgegnete Paolo. „Das habe ich schon gemacht. Du warst zu spät."

Sie lächelte. „Was Vanni braucht, bekommt er. Keine Sorge. Ich habe nicht vor, etwas zu tun, was den Krieg über diese Mauern bringt und die Ruhe deiner friedlichen Engel stört."

Sie biss sich auf die Lippe und fragte sich, ob ihre Versprechungen Wirkung zeigen würden. Es war schwer vorstellbar, dass Paolo sie verraten würde. Er wusste sehr gut, dass die Deutschen ihn auch bestrafen würden, weil er sie versteckt hatte. Falls sie jedoch dahinterkam, dass er es versuchte, dann …

Dann würde sie ihn töten. Dann bliebe ihr keine andere Wahl.

„Gute Nacht“, sagte Paolo und ging aus dem Zimmer.

„Vanni zog seine Hose aus und setzte sich aufs Bett. Der Verband an seinem Bein war frisch und sauber. Keine Spur Blut zu sehen. Paolo Uccello hatte zarte Hände, vermutete sie. Das war auch nötig für die Arbeit, die er machte.

„Du weißt, dass du ihn bei Laune halten musst, Bruderherz? Nur noch einen Tag.“

„Was soll das denn heißen?“

Sie setzte sich neben ihn und strich ihm über die langen dunklen Haare. Seit sie auf der Flucht waren, hatte er sich nicht mehr rasiert. Bald schon würde er einen Vollbart haben, was sich bestimmt als nützlich erweisen würde. Auf den Fotos, die die *crucchi* von ihm gemacht hatten, als sie in Padua kurzzeitig in Haft genommen wurden, war er glattrasiert zu sehen.

„Was immer du willst.“ Mika drückte ihm einen Kuss auf die stoppelige Wange. „Er mag dich. Sorg dafür, dass das so bleibt, dann tut er alles, worum du ihn bittest.“

Vanni sah sie wütend an. „Was bist du doch manchmal für ein Miststück. Sagst du die Wahrheit? Was das Versprechen, dass sie uns hier rausbringen, betrifft?“

„Ja! Warum sollte ich mir das ausdenken, verdammt noch mal?“

Vielleicht glaubte er ihr.

„Kommst du mit mir?“, fragte Mika. „Oder bleibst du bei ihm?“

„Ich kann nicht laufen. Ich kann nicht kämpfen. Ich hab die ganze Sache satt.“

Sie lachte.

„Glaubst du, ich nicht?“

„Nein.“ Sein Blick war stechend und vorwurfsvoll. „Ich glaube, dir gefällt das alles. Das Risiko. Die Gefahr. Die Vorstellung, dass du jemanden töten kannst. Oder selbst getötet wirst. Ich glaube, so kannst du dir selbst verzeihen, was wir in den Bergen vermasselt haben. Ich glaube, es gibt dir das Gefühl, lebendig zu sein."

„Also da", sagte sie und stieß ihm den Finger in die Brust, „irrst du dich gewaltig."

Aldo Diamante lebte schon immer im Ghetto. Es hatte nie einen Grund gegeben, anderswohin zu ziehen. Natürlich kannte er dessen Geschichte. Die lernte man in der Schule. Dass man die kleine Insel, die man *Ghetto Nuovo* nannte, im frühen sechzehnten Jahrhundert als Ort ausgewiesen hatte, in dem die Aschkenasim der Stadt wohnen mussten. Dass der Bereich nachts abgeriegelt wurde. Dass die Brücken dort von Wächtern bewacht wurden und die Bewohner rote Hüte oder gelbe Gürtel tragen mussten, wenn sie tagsüber den Rest der Stadt betreten wollten. Dass verschiedene Gruppen von Juden – Italiener, Levantiner, Sepharden – dort getrennte Gemeinschaften bildeten, jede mit ihrer eigenen verborgenen Synagoge hinter den hohen Mauern der Mietshäuser.

Seine Familie stammte aus Toledo in Spanien und war in den 1550er-Jahren über Amsterdam nach Venedig gekommen. Zumindest behauptete sein Vater das immer. Nicht, dass Diamante es für wichtig gehalten hätte. Sie waren zwar jüdisch, aber nicht religiös. Als Kind hatte man ihm natürlich die spanische Synagoge gezeigt, aber hauptsächlich als Kuriosität, als Ort für ein abergläubisches Ritual, das es zu respektieren galt, wenn man auch nicht daran teilnahm. Sein Vater war Professor für politische Ökonomie an der städtischen Universität Ca' Foscari gewesen. Die Stelle hatte er Luigi Luzzatti zu verdanken gehabt, einem reichen jüdischen Intellektuellen, der zwar während der Besetzung Venedigs durch die Österreicher als Revolutionär aus der Stadt vertrieben wurde, später, im neuen, befreiten Italien, aber hohe politische Ämter innehatte.

Luzzatti war vor etwas mehr als dreißig Jahren kurzzeitig Ministerpräsident des wiedervereinten Landes gewesen. Inzwischen konnte er als Jude nicht mehr lehren, nicht mehr offen mit nichtjüdischen Mitbürgern zusammenarbeiten, ja nicht einmal mehr seinen Namen im Telefonbuch eintragen lassen. Und wenn die Schwarzen Brigaden erst anfangen würden, die Städte und das platte Land nach noch mehr

Juden zu durchkämmen, würde er in einem Viehwaggon in ein weit entferntes Lager in einem fremden Land deportiert werden und wahrscheinlich nie mehr zurückkehren.

Ein reicher Venezianer wie Luzzatti, das war auch Diamante bewusst, wäre sicher schon lange in die Schweiz, nach England oder Amerika gegangen. Geld eröffnete den Menschen Möglichkeiten, die weniger Wohlhabende nicht hatten.

Dank des prasselnden Holzfeuers war es erdrückend heiß im Zimmer. Er stand aus seinem Sessel auf und ging zum Schreibtisch am Fenster. Draußen warf eine einzelne Straßenlampe ihr blassgelbes Licht auf den gepflasterten Platz.

Ghetto.

Der Name kam von dem venezianischen Wort für Eisengießerei, eine solche hatte sich ursprünglich auf der kleinen Insel befunden, die sich mitten in der Stadt verbarg.

Als er aufwuchs, hatte der Begriff keinen negativen Beiklang gehabt, schon gar nicht im Diamante'schen Haushalt, wo man an Vernunft und Wissenschaft glaubte und er dazu erzogen wurde, in die Zukunft zu blicken, nicht in die Vergangenheit. Es war hauptsächlich eine historische Bezeichnung gewesen; für ein Gefängnis einst, aber die Welt hatte sich weiterentwickelt. Die Geschichte war dazu da, die Gegenwart zu lehren, nicht sie zu beherrschen. Diese Ansammlung hoher, dicht bewohnter Gebäude war ein Denkmal für eine Verfolgung, die in andere, unzivilisiertere Zeiten gehörte. Venedig hatte seine Lektion gelernt, nachdem es von der österreichischen Herrschaft befreit worden war und einer neuen aufstrebenden Nation angehörte.

Bis in die späten Dreißigerjahre wäre es Diamante nie in den Sinn gekommen, dass die schlimmen alten Tage wiederkehren könnten. Dann begann Mussolini es opportun zu finden, Hitlers Vorurteilen nachzueifern und Salut und schwarze Stiefel in den Vordergrund des nationalen Alltags zu stellen. Es folgten die Rassengesetze von 1938, doch selbst danach war das Leben zwar schwer, aber nicht unerträglich. Die Strafe dafür, jüdisch zu sein, bestand in Diskriminierung, nicht in offener Verfolgung. Erst nach dem Sturz des Diktators und seiner Besteigung des Marionettenthrons, woraufhin die Strippen in Berlin gezogen wurden, trat die Wahrheit langsam zutage. Das alte Übel erwachte zu neuem Leben, um vielleicht zu etwas noch Brutalerem und Grausamerem zu werden, als die Juden in Venedig und anderswo es je erfahren hatten.

In dieser neuen, norditalienischen Republik wurden er und seinesgleichen nicht nur ausgestoßen. Sie sollten auch zum Ziel eines immer weiter verbreiteten Hasses werden, bei dem Vernunft und Menschlichkeit keinen Platz mehr hatten. Als Mediziner suchte er stets nach Analogien. In diesem Fall erkannte er die Symptome einer Krankheit, die kam und ging. Einer Seuche, von der die Menschheit hoffte, sie eines Tages besiegen zu können. Obwohl niemand wissen würde, ob die Therapie wirklich gewirkt hatte und die Krankheit für immer geheilt war, oder ob sie eines Tages zurückkehren würde, verändert und resistenter gegen Behandlung und Medikamente als zuvor. Das war ein deprimierender Gedanke. Selbst wenn Hitler besiegt werden würde – und das würde er –, waren die Voraussetzungen, die ihn und seinesgleichen überhaupt erschaffen hatten, vielleicht Teil der genetischen Veranlagung des Menschen. Eine Neigung zur Barbarei, ein Fehler im Erbgut, der sich jahrzehnte-, vielleicht jahrhundertlang verbarg, aber nie repariert werden konnte.

Diamante nahm die Mappe vom Tisch, auf der in seiner krakeligen Arzthandschrift *Qehillà* zu lesen war. Die meisten Namen standen schon seit Wochen auf der Liste. Es waren inzwischen fast dreihundert: Frauen, Kinder, Männer, alle mit Adresse, Beruf und Altersangabe. Einige hatte er weggelassen, in der Hoffnung, das könnte sie retten oder ihnen die Chance bieten zu fliehen. In den letzten Tagen war er aber zu dem Schluss gekommen, dass diese Hoffnung wohl vergebens war. Falls sie jetzt noch in Venedig waren, gäbe es keine Möglichkeit mehr zu entkommen. Das Gefängnistor schlug zu. Trotz des Optimismus seines christlichen Freundes Filippo Garzone hatte er keine Ahnung, ob oder wann es sich wieder öffnen und wer noch aus den Ruinen auferstehen würde, wenn es so weit war.

Er wünschte, er hätte dem Priester einen Brief schreiben können. Er hatte ihm noch so viel zu sagen. Entschuldigung, weil sie nicht mehr gemütlich bei Rosa Salva Kaffee trinken konnten. Danke für die lange, bereichernde Freundschaft. Und wie schade er es fand, dass sie nie wieder gemeinsam das Fenice besuchen würden, nicht etwa, dass er den Priester für einen Opernliebhaber hielt; er genoss einfach die Gesellschaft und war froh, dass er einem Freund eine Freude machen konnte. Unbedingt, dass er sich schämte, den *crucchi* überhaupt nachgegeben und unter Druck zugestimmt zu haben, Vorsteher der jüdischen Gemeinde zu werden, nachdem der Rabbi, der die Funktion vorher innehatte, gezwungen worden war, sie aufzugeben. Und schließlich hätte er gern irgendeine Art Hoffnung zum Ausdruck gebracht, und wäre sie noch so schwach gewesen, dass die Sonne eines Tages über einem neuen, versöhnlicheren Italien aufgehen würde und mit ihr die Freiheit und die geistige Aufrichtigkeit, die er immer für selbstverständlich gehalten hatte.

Das Problem war, dass die Deutschen einen solchen Brief sicher finden und den aufrechten Katholiken in seiner riesigen, leeren Basilika ergreifen würden, während er dafür betete, dass die Republik von Salò bald fiele. Diamante hatte, wissentlich zumindest, noch nie jemanden aus seinem Umfeld belastet. Doch wenn die Nazis und ihre Folterknechte mit Nadeln und Zangen und all ihren anderen teuflischen Grausamkeiten ans Werk gehen würden, konnte er nicht garantieren, dass er weiter schweigen würde.

Wer konnte das schon? Filippo Garzone? Er war sich nicht sicher. Er durfte auch die beiden geflüchteten Partisanen aus Turin nicht vergessen, und Paolo Uccello, einen weiteren Unschuldigen, der in die Pläne anderer verwickelt worden war; gegen seinen Willen womöglich, weil er einmal den Mund aufgemacht hatte, als er Zeuge wurde, wie sie eine ermordete Frau aus der kalten Lagune zogen.

Von all den Gründen, den Weg einzuschlagen, für den er sich entschieden hatte, stand die Möglichkeit, dass er die Menschen um sich herum verraten könnte, an erster Stelle.

Aldo Diamante lächelte, während er mit dem Finger über die Namen fuhr. Familien, Kinder, Mütter, die er kannte und die er im Lauf der Jahre in Santi Giovanni e Paolo behandelt hatte. Jetzt konnte er nie wieder durch die prächtige, historische Eingangstür des Krankenhauses treten, dem einstigen Zugang zu einer Scuola, dem Gebäude einer Bruderschaft, die neben der gleichnamigen Basilika ihre Gottesdienste abgehalten hatte. Wenigstens hatte er immer allen erzählt, dass er im schönsten Krankenhaus der Welt gearbeitet hatte. Nicht viele konnten das von sich behaupten. Und Juden schon gar nicht, wahrscheinlich noch viele Jahre lang.

Er nahm die *Qehillà*-Liste, ging zum Kamin und legte Blatt für Blatt in die Flammen. Er sah zu, wie die Seiten schrumpelten, schwarz wurden und, als er in der Asche stocherte, durch den Schornstein aufstiegen, um draußen im dichten Winternebel zu verschwinden.

Es dauerte länger, als er gedacht hatte. Diese Seiten umfassten eine Gemeinschaft, eine lebendige, fröhliche, großherzige Gemeinschaft, die es genauso verdiente zu leben wie jede andere. Insgeheim wünschte er, er hätte den Rabbis etwas Aufmerksamkeit geschenkt. In hoffnungslosen Zeiten wie diesen hätten sie bestimmt die passenden Worte gewusst. Aber Beten war noch nie Diamantes Sache gewesen. Und das war es nicht einmal jetzt.

Auf dem letzten Blatt Papier standen nur fünf Namen, die einer glücklichen Familie aus der Mittelschicht, die nicht weit vom Grand Hôtel des Bains wohnte, wo ein vielbewunderter deutscher Schriftsteller einst seine Novelle *Der Tod in Venedig* geschrieben hatte. Diamante hatte das Buch als Student gelesen und die Geschichte ziemlich deprimierend gefunden. Niemand, dachte er damals, sollte im zwanzigsten Jahrhundert noch an Cholera sterben.

Das zumindest fand er belustigend. Diese felsenfeste, von einem Tagtraum angetriebene Überzeugung eines naiven jungen Mannes, dass die Welt ein besserer Ort werden könnte, wenn man nur die richtigen Behandlungsmethoden und die Operationsverfahren entwickelte. Wenn Wissenschaft und Vernunft den Platz von Aberglauben und Unverstand einnähmen.

Als der letzte rußgeschwärzte Schnipsel Papier durch den Schornstein verschwunden war, ging Diamante zum Schreibtisch, nahm seine alte lederne Arzttasche und setzte sich mit ihr auf dem Schoß vor die letzten züngelnden Flammen. Er hatte immer noch Kontakte im Krankenhaus, mutige Schwestern und Ärzte, die ihm alles Nötige beschafften – Medikamente, medizinische Instrumente –, damit er seine Arbeit im Ghetto fortsetzen konnte, wo er ausschließlich jüdische Patienten behandelte.

Ein gewisser Vorrat an Morphium gehörte natürlich auch dazu.

Er holte seine Lieblingsspritze hervor, die er schon seit über zehn Jahren besaß. Sie war in Wien hergestellt worden, hatte klares Glas mit deutlichen Markierungen, und ihre Nadel war noch so spitz wie an dem Tag, als er sie gekauft hatte.

Aus Gewohnheit nahm er die Flasche mit Bleiche und Wasser, die er immer benutzte, um sie zu desinfizieren, bevor er sie gebrauchte.

Er schüttelte noch immer den Kopf über diese letzte sinnlose Handlung, während er seinen Lieblingssessel durchs Zimmer schob, bis er seinen wertvollsten Besitztümern gegenüberstand: dem Foto von sich und Natalia vor einer Gondel in der Nähe von Vivaldis alter Kirche, La Pietà, das vierzig Jahre zuvor aufgenommen worden war. Und dem Bild seiner Eltern mit dem zwölfjährigen Aldo zwischen sich, ein Stethoskop in der Hand, die Zukunft schon vorbestimmt.

So viel Liebe hatte er über die Jahre erfahren. Trotz allem, trotz Mussolini und den Deutschen hatte er das Gefühl, großes Glück gehabt zu haben.

Und so vielen unvergesslichen Menschen war er begegnet, sämtlichen Farben von Menschlichkeit, die eine einzigartige Stadt wie Venedig zu bieten hatte.

Er nahm das Fotoalbum vom Regal neben dem Kamin.

Aldo Diamante lächelte all die vertrauten Gesichter an, als er schließlich seine Vene fand.

4

Mein Vater saß ausnahmsweise einmal am Frühstückstisch, als ich herunterkam. Es war kurz vor neun, früh für mich, weil ich nicht zur Schule musste, aber spät für ihn. Er blickte von seinem Kaffee hoch und von einem Teller mit den Resten eines *cornetto* von Tonolo, seiner Lieblings-*pasticceria*.

„Wann gehst du wieder zur Schule, Nico?"

„Montag … glaube ich. Tut mir leid, das Ganze, *papà*."

„Bei mir musst du dich nicht entschuldigen. Sondern bei dem armen Jungen, den ihr verprügelt habt, oder?"

„Ich habe ihn nicht verprügelt. Das war Scamozzi. Ich weiß, ich hätte versuchen müssen, ihn aufzuhalten. Es kommt nicht wieder vor."

Er runzelte die Stirn.

„Scamozzi. Nicht zu glauben, dass du dich mit solchem Gesindel abgibst. Wusstest du, dass die Familie während des Krieges zu den Faschisten gehörte?" Er zog eine Grimasse, als käme gerade eine schlimme Erinnerung wieder hoch. „Wenn man sie lässt, tun sie das wahrscheinlich bald wieder."

„Ich hab gehört, dass wir auch einmal Faschisten waren."

Das Gesicht meines Vaters wurde plötzlich rot vor Zorn, was selten passierte.

„Wer sagt das?"

„Irgendein Junge. Ich weiß nicht mehr, wer. Er meinte nicht *nonno*, sondern seinen Vater."

„Sag ihm, er soll nicht solchen Unsinn behaupten."

„Was haben wir denn dann damals gemacht?"

„Warum fragst du mich das? Zu der Zeit war ich noch nicht einmal geboren."

„Ich weiß. Aber …"

„Wir haben überlebt. Das reicht doch, oder? Andere hatten nicht dieses Glück."

Ich versuchte es mit dem Hinweis auf mein Referat und erklärte, dass ich mit Chiara darüber sprechen wollte, was damals passiert war, dass sie aber ausgewichen sei. Er hörte mir mit großen Augen zu und war offensichtlich erstaunt, dass ich ein solches Thema überhaupt in Erwägung zog.

„Warum in aller Welt willst du über so etwas schreiben?“, fragte er, als ich stockend den Satz beendete.

„Es schien mir interessant.“

„Niemand will darüber reden.“

„Genau deswegen schien es mir interessant.“

Es folgte ein kurzer Vortrag. Italien hatte die Lügen des Diktators Mussolini geschluckt. Der Duce war zur Marionette Hitlers geworden. Das Land wurde geteilt und blieb es bis weit nach dem Krieg, während verschiedene politische Lager um die Vorherrschaft stritten.

„Als ich so alt war wie du, dachten die Leute, die Russen würden vielleicht kommen und wir würden kommunistisch werden. Wir hatten die ‚bleiernen Jahre‘, eine Zeit voller politischer und sozialer Unruhen und Terrorismus. Verrückte auf beiden Seiten, Bomben in den Straßen. Das ist zum Glück alles vorbei. Die Menschen wollen nicht mehr über die Vergangenheit reden. Wozu auch? Wir stehen fast am Beginn eines neuen Jahrtausends!“

„Sollten wir denn nicht daraus lernen? Ist dazu die Geschichte nicht da?“

„Nicht diese Geschichte. Aus Wahnsinn kann man nichts lernen. Und jetzt …“ Er stand vom Tisch auf und sah auf die Uhr. „… besuchen wir deinen Großvater. Danach muss ich einen Flug erwischen und werde ein paar Tage weg sein. Pass auf, dass du nicht wieder in Schwierigkeiten gerätst.“

Dieses Mal war es keine Freundin, sondern eine Besprechung in London. Irgendetwas, das mit Banken zu tun hatte. Ich hatte eigentlich vorgehabt, zum Fotogeschäft zu gehen und zu schauen, ob meine Abzüge vom vorigen Tag fertig waren. Das musste nun offensichtlich warten. Als wir im Krankenhaus ankamen, wollte er allerdings zuerst allein mit *nonno* Paolo sprechen.

Ich saß vor dem Zimmer und blickte auf die Lagune und die Mauer von San Michele und konnte die Frage nicht verdrängen, wie lange es wohl noch dauern würde, bis wir beide in einem der blauen

Bestattungsboote dort hinüberfahren würden, einen mit Kränzen bedeckten Sarg zwischen uns.

Sie waren bestimmt vierzig Minuten zusammen. Ich sah sie durch die Glasscheibe angeregt reden. Vielleicht war es auch ein Streit. Dann stand Vater auf, kam aus dem Zimmer und sagte, ich sei jetzt an der Reihe.

„Wenigstens ist deine Zukunft gesichert", fügte er hinzu.

„Was ist los? Ich verstehe nicht ..."

Mehr konnte ich nicht sagen. Er hatte die Augen geschlossen, und sein Schmerz war so offensichtlich, dass ich nicht wusste, was ich tun sollte. Mein Vater hatte seine Gefühle immer vor mir verborgen, den ganzen Sommer über. Erst jetzt begriff ich, wie schrecklich es auch für ihn sein musste. Ich kam mir wie ein Idiot vor, weil ich nicht versucht hatte, das Ganze einmal aus seiner Perspektive zu sehen. Das lag wohl an meiner Jugend. Da merkte man so etwas einfach nicht.

Er kämpfte blinzelnd mit den Tränen. Also umarmte ich ihn, woraufhin er zu weinen anfing. Und ich weinte mit ihm.

„*Nonno* Paolo hat sich Gedanken gemacht", sagte er, nachdem er sich wieder etwas gefasst hatte. „Es wird ein paar Veränderungen geben. Das ist einer der Gründe, warum ich in letzter Zeit so oft weg war."

Er erzählte mir die Neuigkeiten. Großvater hatte ausgehandelt, dass das Haus Uccello Teil eines großen multinationalen Konzerns werden sollte. Wir würden nicht länger unabhängige Hersteller luxuriöser Stoffe für Leute sein, die es sich leisten konnten, sondern zu einer Marke werden. Und unser Name würde auf allem Möglichen stehen, von Sweatshirts bis zu Turnschuhen, mit Vertragshändlern auf der ganzen Welt.

„Wenn andere das können, dann ..." Vater zuckte mit den Schultern. „Gratuliere, Nico. Wir sind dabei, die Welt der reichen Müßiggänger zu betreten."

„Das müssen wir doch nicht, wenn du es nicht willst?"

Er schüttelte den Kopf.

„Entweder das oder er müsste mir die Leitung der Firma übertragen." Er nickte Richtung Tür. „Er glaubt, dazu bin ich nicht fähig."

„*Nonno* Paolo ist krank. Vielleicht kann er nicht klar denken."

Er stellte seinen Koffer ab und sah mich an.

„Sein Körper lässt ihn im Stich, nicht sein Geist."

„Im Ernst, *papà*. Es muss doch sicher nicht gleich sein, oder?"

„Glaubst du etwa, das war meine Idee?" Seine Stimme versagte. Noch nie hatte ich ihn so aufgeregt gesehen, nicht einmal, als *mamma* uns verlassen hat.

„Denkst du, ich würde mich heute in ein Flugzeug setzen, wenn er es mir nicht aufgetragen hätte?"

Das war mir gar nicht in den Sinn gekommen.

„Warte doch noch ein paar Tage, *papà*. Er braucht dich hier. Und ich auch."

„Das geht nicht. Er ist schon über ein Jahr damit beschäftigt. Es muss jetzt passieren, sagt er. Und er hat recht. Wie immer. Alles, was er aufgebaut hat, könnte zusammenstürzen, wenn er nicht mehr ist. Er hat schon Vorgespräche geführt. Die Gesellschafter wollen es so. Sie glauben nicht, dass ich die Firma so gut leiten kann wie er. Die Sache muss jetzt abgeschlossen werden. In ein, zwei Tagen bin ich zurück."

Ein, zwei Tage.

„Ich will hier nicht mehr länger allein sein."

Er klopfte mir auf die Schulter, nahm mich kurz in den Arm und gab mir einen Kuss.

„Keine Sorge. Du schaffst das schon. Darin sind wir Uccellos gut. Wir verkaufen unseren Namen, setzen ihn auf alles, was andere für uns aussuchen. Und dann haben wir ausgesorgt." Er warf einen Blick auf die Uhr an der Wand. „Verflucht. Ich bin spät dran. Leiste ihm Gesellschaft, Nico. Ich muss zu den Anwälten in London." Er klopfte mir noch einmal auf die Schulter und lächelte. „Tut mir leid, dass ich in letzter Zeit nicht viel für dich da sein konnte. *Nonnos* Krankheit. Diese ganze Unsicherheit wegen der Firma. Wenn alles geregelt ist, werden wir mehr Zeit füreinander haben. Versprochen."

„Es tut mir leid, dass ich ... nur tatenlos zugesehen habe."

Er sah mich verwundert an.

„Das hast du nicht. Er hat mir erzählt, dass du jeden Tag hergekommen bist. Das hat ihm gefallen. Er sagt, er hat sich dir noch nie so nah gefühlt. Aber ..." Mein Vater hob mahnend den Zeigefinger, und ich erkannte *nonno* Paolo in ihm. „Halte dich von diesem Nichtsnutz Scamozzi fern. Sich mit solchen üblen Burschen abzugeben, bringt nur Ärger."

Als ich in sein Zimmer kam, fragte er mich sofort, wie es meinem Vater ginge. Darauf fand ich keine leichte Antwort. Schließlich ging es nicht nur um die Firma. Sie durchlebten die letzte Phase ihres Abschieds. Ich konnte mir gar nicht vorstellen, wie das sein musste. Und kann es noch heute nicht.

„*Papà* weiß nichts davon, oder?", fragte ich. „Davon, was im Krieg passiert ist. Von dir? Und den Partisanen? Überhaupt nichts?"

Er hob die magere, graue Hand. Sein Gesicht wirkte blutleer. Er schien mit jedem Tag schwächer zu werden.

„Du wirst es noch nicht verstehen, aber das hat keinen Sinn."

„Hat er jemals danach gefragt?"

„Nein. Gott sei Dank. Begreifst du das nicht, Nico? Leid und Schmerz vergessen die Menschen schnell. So sind wir gemacht. Sonst könnten wir nie etwas erreichen. Als er in deinem Alter war, wollte niemand etwas über den Schrecken hören, den seine Eltern erlebt hatten, genauso wenig wie wir unseren Kindern mit unserer Vergangenheit zur Last fallen wollten. In Wahrheit ist der Krieg beinah langweilig, wenn man ihn überstanden hat. Die Dunkelheit schleicht sich an wie eine Sommernacht. Plötzlich ist sie da. Ohne Waffen, ohne Explosionen anfangs. Niemand blutet. Alles kommt dir ziemlich unwirklich vor. Bis …"

Er bekam wieder einen Hustenanfall. „Ich weiß, dass ich dich gewöhnlich frage, ob du Fragen hast", sagte er, als er wieder zu Atem kam. „Heute würde ich gern etwas wissen. Was hältst du von diesen Menschen? Von den Personen in der Geschichte?"

„Ich mag sie. Die meisten."

„Wirklich?", fragte er mit großen Augen.

„Fast alle. Sogar Alberti. Im Grunde genommen scheint er kein schlechter Mensch zu sein."

„Gut oder schlecht. Schwarz oder weiß. Wir wollen die Menschen und Ereignisse immer in Kategorien einteilen. Ungeachtet dessen, dass die Welt zum größten Teil aus verschiedenen Grautönen besteht."

Es musste gesagt werden.

„Nur Artom mag ich nicht.“

„Wen von beiden?“

„Vanni natürlich. Mit Mika hab ich mich angefreundet. Sie scheint ein schwieriger Fall zu sein, aber sie hat Mut. Sie führt etwas im Schilde, vielleicht etwas Schlimmes. Aber sie kann nicht anders. Sie wirkt ... authentisch.“

„Aber auch unvernünftig. Oder?“

„Ich glaube ... ich glaube, Unvernunft gehört zum Mutigsein dazu. Wenn man nicht unvernünftig ist, träumt man nicht davon, solche Dinge zu tun.“

„Was ist mit ihrem Bruder?“, fragte *nonno* Paolo jetzt leiser.

Wahrscheinlich wurde ich rot.

„Du weißt, was ich meine.“

„Nein, weiß ich nicht. Sag es mir.“

Ich beugte mich vor und legte die Hand auf seine Bettwäsche. Sie war so weiß, so glatt, so gestärkt, dass sie sich anfühlte wie ein Leichentuch, zumindest so, wie ich es mir vorstellte.

„Er führt dich auf Abwege. Er ... benutzt dich. Deine ... Gefühle. Außerdem sitzt er tatenlos da und versteckt sich vor den Deutschen, während seine Schwester ihren Hals riskiert.“

Nonno Paolo sah einen Moment aus dem Fenster, und ich fragte mich, ob er Tränen in den Augen hatte.

„Ohne Vanni hätten wir niemals Salvatore Brunos Frist einhalten können. Wer weiß, was dann passiert wäre.“

„Vielleicht. Aber einfach nur am Webstuhl zu sitzen ...“

„Zu stehen, eigentlich. Am Jacquardwebstuhl wird stehend gearbeitet. Außerdem war er verletzt. Der Mann konnte kaum gehen.“

Ich schwieg.

„Nur zu“, sagte er. „Sprich aus, was du denkst.“

„Nein“, erwiderte ich mit verschränkten Armen. „Ich weiß, was du hören willst, aber diese Frage stelle ich dir nicht. Tut mir leid. Was ich damit sagen will ...“

Er fing an zu lachen. Über mich. Über sich selbst. Über die Situation.

„Was ich damit sagen will ... Kannst du bitte aufhören zu lachen?“

Das konnte er nicht. Er hatte vor Lachen Tränen in den Augen. Und plötzlich wurden wir beide von einer merkwürdigen ungewollten Hysterie ergriffen.

„Kannst du bitte … damit aufhören?“, bat ich ihn.

„Entschuldige. Tut mir leid … aber hier gibt es sonst nur wenig zu lachen. Und dein Gesicht …“

„Ich finde, es ist offensichtlich, dass er dich benutzt hat. Das ist alles. Du hast geschrieben, Mika hätte ihm aufgetragen … dich bei Laune zu halten.“ Mir kam ein Gedanke. „Hat er dir das gesagt?“

„Ah.“ Er sank zufrieden auf sein Kissen zurück. „Diese Frage stellt sich natürlich. Wie konnte ich wissen, was andere in Unterhaltungen gesagt haben, bei denen ich nicht dabei war?“

Darüber hatte ich noch gar nicht nachgedacht. Vielleicht, weil die Geschichte mich langsam innerlich aufwühlte.

„Wie konntest du es denn wissen?“

Er seufzte.

„Gar nicht. Ich konnte nur etwas vermuten. Außerdem erzählen die Menschen einem einiges. Vielleicht nicht jede Kleinigkeit, aber das ist nicht so wichtig. Eine Geschichte kann wahr sein, auch wenn ein paar Details … nicht ganz stimmen.“

„Du meinst erfunden sind?“

Für diese Frage erntete ich einen strengen Blick.

„Ich dachte, das hätte ich schon einmal gesagt. Wir schreiben unsere eigene Lebensgeschichte, Nico. Wenn wir das nicht tun, besteht die Gefahr, dass jemand anderes sie für uns schreibt.“

„Hast du ihn geliebt?“

Nun war es raus. Ich konnte nicht anders.

Er nahm meine Hand und sah mich nachsichtig an. So wie Eltern ihr Kind ansehen, wenn es etwas Dummes gesagt hat.

„Du willst ständig ans Ende der Geschichte springen, Nico.“

„So viel kannst du mir doch wenigstens verraten?“

Er dachte einen Moment nach und mir wurde klar, dass er diese Frage vielleicht für sich selbst noch nicht beantwortet hatte.

„Wir sind uns nahegekommen. Wie nah, ist allein unsere Sache.“

„Was?“ Ich war beleidigt. „Du bist doch derjenige, der mir das alles in den Kopf gesetzt hat. Und jetzt sagst du, es geht mich nichts an!“

„Ach, weißt du.“ Er drückte meine Hand und bekam glasige Augen. „Es hat seinen Grund, dass ich über das alles schreibe und nicht spreche. Das wirst du noch verstehen, hoffe ich. Es waren unwirkliche Zeiten damals, und wir haben beide ein unwirkliches Leben gelebt. Urteile nicht über mich … Urteile nicht über *uns* nach heutigen Maßstäben.“ Er blinzelte, und plötzlich kullerte eine Träne über seine runzelige Wange. „Wie sehr habe ich es genossen, meinen schüchternen, verwirrten Enkel aufwachsen zu sehen.“ Er wischte sich mit dem Schlafanzugärmel übers Gesicht, schloss die Augen und sah schrecklich müde, alt und schwach aus. „Und jetzt bin ich schuld, dass er sich schlecht fühlt.“

„Ich will wirklich nicht, dass du stirbst, *nonno* … Du bist doch erst … etwas über siebzig.“

Er neigte den Kopf und sah mich mit dem vertrauten, vorgeblich strengen Lehrerblick an.

„Du weißt nicht, wie alt ich genau bin? Als Nächstes vergisst du wahrscheinlich meinen Geburtstag.“

„Nein!“ Es fiel mir wieder ein. „Der ist am 13. September. Und du bist vierundsiebzig.“

Er antwortete mit einem kurzen Zucken seiner abgemagerten Schultern.

„Wenn du es sagst. Ich habe schon lange aufgehört zu zählen. Die Jahre verblassen mit der Zeit. Diese ganze Sache mit dem Älterwerden ist äußerst lästig. Es gibt noch so viel zu tun. Zu sagen. Zu erzählen. Sieh in die Schublade.“

Dort, stellte ich fest, lagen nur noch zwei Umschläge.

„Lies sie der Reihe nach. Das ist wichtig. Nimm dir nur einen.“

Ich rührte mich nicht.

„*Papà* sagt, wir verkaufen die Firma.“

„Wir fusionieren. Wir geben dem Betrieb eine solide Basis für die Zukunft. Ein Mann aus meiner Zeit will immer etwas Besseres weitergeben, als er selbst geerbt hat.“

„Was du aufgebaut hast, ist noch zehnmal besser, *nonno*.“

„Das habe ich nicht allein geschafft. Ich hatte wunderbare Menschen, die mir geholfen haben. Die liebe Chiara zum Beispiel. Ich bin ihnen allen die Chance auf Kontinuität schuldig. Manchmal kann etwas so schnell auseinanderfallen. Das habe ich selbst erlebt. Es tut mir leid, dass dein Vater verärgert ist. Aber er weiß, dass es das Beste ist."

„Du hättest ihm davon erzählen sollen. Von den Artoms. Vom Giardino degli Angeli. Das wäre vielleicht ein bisschen peinlich gewesen. Wegen Vanni und so ..."

„Nicht schon wieder, Junge! Diese Last hast du zu tragen, und niemand sonst. Und nun ab mit dir. Du hast viel zu lesen."

Verrat

Samstag. Die Banner würden an einen gewissen Ugo Leone im Hotel Gioconda geliefert werden. Am Abend würde es einen Anschlag durch die Partisanen geben. Danach, in ein oder zwei Tagen, würden Mika und Vanni verschwinden. Diese seltsame Woche, die beunruhigendste, seit er seine Eltern verloren hatte, würde irgendwie zu Ende gehen.

Paolo Uccello stand früh auf an diesem Morgen, ging den vertrauten Weg zur Via Garibaldi, kaufte Brot und Gebäck, Käse und eine Flasche Wasser. Der Lebensmittelhändler sah verängstigt aus, als er hereinkam, und er steckte ihm keine Geldscheine mehr in die Einkaufstasche. Die Regale waren fast leer. Jeder brauchte etwas zu essen, doch viele fischten in der Lagune oder brauchten alte Vorräte an Mehl und Nudeln auf, während sie wilde Hefe im Glas zum Brotbacken züchteten. Gabriele Gallo hatte im Moment wahrscheinlich mehr Geld nötig als er. Und bald schon würde Paolo die Banner ausliefern und den noch ausstehenden Restbetrag erhalten. Dann würde er bei dem ängstlichen Ladenbesitzer bezahlen.

„In ein oder zwei Tagen", sagte er, „brauche ich nur noch genug für eine Person. Dann werde ich meine Rechnung begleichen. Haben Sie vielleicht einen guten Prosecco? Ich würde einer Freundin gerne ein Geschenk machen. Sie heißt …"

„Keine Namen!", fiel Gallo ihm ins Wort. „Was bist du für ein Narr?"

„Also nur eine Freundin."

„Diese Leute … sie behaupten, sie wären Patrioten … kommen zu dir und bitten dich um etwas, und ehe du drüber nachdenkst, hast du schon Ja gesagt. War's bei dir auch so?"

Paolo nahm die Tasche. Die *cornetti* sahen aus, als wären sie zu kurz gebacken worden. Er würde sich aber nicht beschweren.

„Ich war ein Dummkopf", fuhr der Ladenbesitzer fort. „Wenn sie das nächste Mal was von mir wollen, sage ich Nein. Ganz bestimmt. Ich hab eine Tochter. Verkrüppelt. Sie kann nicht gehen, sie kann gar nichts. Und eine Frau, die allein nicht zurechtkommt. Weiß Gott, was mit ihnen passiert, wenn die *crucchi* mich mitnehmen. Glaubst du, die kümmern sich um sie? Diese sogenannten Patrioten? Wenn die Nazis mich erschießen?"

„Ich …" Paolo wünschte, er hätte diese Unterhaltung nie begonnen. „Es sind gute Menschen. Davon bin ich überzeugt."

„Du bist ja noch ein Kind", erwiderte Gallo und sah ihn kühl an. „Was weißt du schon?"

„Danke." Paolo versuchte zu lächeln. „Ich bin Ihnen dankbar."

„Du bist ein genauso großer Dummkopf wie ich, Junge", sagte der Lebensmittelhändler, nahm ein fettiges Stück Schinken zur Hand, roch daran und legte es auf die Schneidemaschine.

Es war der Rauch, der sie zur Tür von Diamantes Wohnhaus führte. Etliche Schornsteine dreihundert Jahre alter Kamine waren auf dem Dach dieses Hauses im Ghetto zu sehen. Doch die Hälfte der Wohnungen stand inzwischen leer – die Besitzer interniert, verschwunden oder untergetaucht. Von den Verbliebenen konnte die Hälfte sich kein Brennmaterial leisten. Die städtischen Feuerwehrleute von der Wache bei der Ca' Foscari gingen von Tür zu Tür, schnupperten an der Luft und befürchteten, dass die graue Wolke, die über dem Gebäude aufstieg, womöglich auf etwas Schlimmeres hindeuten könnte als nur auf einen Kaminschacht, in dem sich Ruß festgesetzt hatte. Die Aussicht auf Feuer zwischen den dicht zusammengedrängten Häusern, von denen viele zur Hälfte aus Holz bestanden, machte den Venezianern schon seit Jahrhunderten Angst. Das war einer der Gründe, weshalb der Stadtrat beschlossen hatte, dass auf allen Dächern der Stadt konische Schornsteinköpfe verwendet werden mussten, in der Hoffnung, dass sie eventuell aufsteigende Funken besser zerstreuen würden.

Zehn Minuten nach ihrer Ankunft hämmerte Bargato, der Gruppenführer, an Diamantes verschlossene Tür. Niemand öffnete, doch von innen drang ein Geruch heraus, den jeder Feuerwehrmann kannte. Er gab den Befehl, die Tür aufzubrechen. Die Männer wurden von einer grauschwarzen Rauchwolke empfangen, die durch die Wohnung waberte wie der Nebel, der in der vorigen Nacht über der Lagune hing. Die Quelle war eindeutig auszumachen. Ein Holzfeuer hinter einer eisernen Kaminumrandung unter einem wahrscheinlich verstopften Abzugsrohr. Für so etwas war Bargato ausgebildet und besaß jahrelange Erfahrung. Zwei Stöße aus dem Feuerlöscher, dann war nichts mehr übrig als schwelende Glut, und die Männer konnten anfangen, den Qualm wegzuwedeln, um ihre Masken abnehmen zu können.

Bargato ging zu den Fenstern mit Blick auf den *campo* und riss sie auf. Der Wind trug den Rauch wirbelnd hinaus in den hellen, kalten Tag.

Unten auf dem Platz stand eine Frau, die zwei Kinder an den Händen hielt, und blickte zum Fenster hinauf.

„Ist der Doktor zu Hause?", rief sie, und man hörte die Verzweiflung in ihrer Stimme.

„Jetzt nicht, *signora*", antwortete er.

„Ich muss zu ihm."

Er nahm seine Maske ab. Die anderen hatten das auch getan. Seine Augen brannten vom Rauch, aber er bekam wieder Luft.

„Nicht jetzt, habe ich gesagt."

Hinter ihm entstand Unruhe und jemand fluchte.

Bargato trat vom Fenster zurück, um nachzusehen, was los war. Sie waren alle Venezianer. Als Feuerwehrmann hatte man eine gute Arbeit. Positionen, die von Generation zu Generation weitergegeben wurden, unbefristet, anständig bezahlt. Häufig hatte man nicht einmal etwas mit Feuer zu tun, sondern mit gesunkenen Booten oder älteren Menschen, die zu krank waren, um allein aus ihren Dachwohnungen zu kommen.

Die restlichen Männer hatten sich am anderen Ende des Zimmers um einen großen Sessel versammelt, der unter einem Ölbild stand, das fast die ganze Wand einnahm. Er ging hinüber und war kurzzeitig von dem Anblick der Menschen ergriffen, die auf dem Gemälde dargestellt waren, so wahrhaftig, dass sie sogar unter einer dünnen Rußschicht noch lebendig wirkten. Hinten stand ein vornehmer Herr, Ende fünfzig oder Anfang sechzig, mit silbergrauen Haaren und grauem Bart. Er trug einen strengen dunklen Anzug, hatte eine Taschenuhr mit Kette in der Weste stecken und den Arm um die Schultern einer lächelnden dunkelhaarigen Frau in einem roten Samtkleid gelegt. Zwischen ihnen stand, ihre Hände auf den Schultern, ein vielleicht zwölf- oder dreizehnjähriger Junge, der ihn mit interessiertem Blick und einem Stethoskop in der Hand anblickte.

Der älteste Feuerwehrmann, Moro, ein Teilzeitbeschäftigter von der Giudecca, weinte.

„Hör auf damit", sagte Bargato.

„Diamante", sagte Moro unter Tränen und zeigte auf das Bild. „Sein alter Herr. Seine Mutter. Der Junge. Er wollte schon immer Arzt werden. Ich erinnere mich noch, wie er seine kleine Doktortasche mit in die Schule brachte und uns die Brust abgehört hat. Damals, als die Juden noch in dieselbe Klasse gehen durften wie wir. Zwanzig Jahre später hat er meine kleine Marta behandelt, als sie Scharlach hatte. Vielleicht hat er ihr sogar das Leben gerettet." Moro trat einen Schritt vor und deutete auf das Kind auf dem Gemälde. „Er hat einen immer so angesehen, als würde er einen untersuchen. Aldo. Armer Aldo."

Er streckte die Hand nach etwas aus, das Bargato nicht aufgefallen war. Der Anblick ließ ihn zurückschrecken, und er hatte einen Moment das Gefühl, er müsste sich übergeben. Moros Finger berührten die trockenen rußigen Haare eines Mannes, der in dem hohen Sessel saß. Jemand musste den Sessel absichtlich vor das Bild geschoben haben. Niemand würde sich so mit dem Gesicht zur Wand setzen. Der Mann schien nicht das Gemälde anzuschauen, sondern das Foto eines jungen Mannes und einer hübschen jungen Frau, die vor einer Gondel standen.

Aldo Diamante war in dem Nadelstreifenanzug gestorben, den er immer trug, den Kopf leicht nach hinten gelehnt, Mund und Augen geöffnet. Er sah aus wie jemand, der im Rauch erstickt war, von den Flammen völlig unberührt. Eine Schicht grauer Ruß bedeckte sein schmales kluges Gesicht, das in einem Ausdruck des Erstaunens erstarrt zu sein schien. Im Schoß des alten Arztes lag etwas. Bargato nahm es aus seinen steifen Fingern. Ein Fotoalbum. Aufnahmen vom Leben im Ghetto offenbar. Aus vielen Jahrzehnten. Auch Fotos vom Krankenhaus, hübsche Schwestern, Ärzte, alle in weißer Dienstkleidung, am Ufer der Fondamente Nove, Krankenboote im Hintergrund, auf jedem davon ein großes rotes Kreuz.

„Ein toter Jude", murmelte einer der Männer. „Das war bestimmt kein Unglück. Ein wichtiger Jude noch dazu. Jemand sollte es besser den *crucchi* sagen." Er lachte. „Wollt ihr was Witziges hören, das mein Vater immer erzählt hat?"

„Zeigen Sie ein wenig Respekt", zischte Moro.

„Tote Juden kriegen keinen Respekt. Mein alter Herr sagt, dass sie früher in Särgen weggebracht wurden, genau wie wir. Durch den Kanal draußen in San Pietro. Die Anwohner dort … Wenn sie wussten, dass es ein Jude war, haben sie sich auf die Brücke gestellt und runtergespuckt, wenn das Boot darunter durchfuhr." Er sah auf den Leichnam in dem Sessel und grinste. „Er war der Meinung, die *ebrei* müssten für ihren eigenen kleinen Kanal rund ums Arsenale bezahlen, wenn sie ihre Toten wegbringen wollen, ohne dass wir sie bespucken. Vielleicht hat dieser Bursche …"

Moro streckte den Mann mit einem Schlag zu Boden und ließ ihn da liegen.

„Das reicht!", schnauzte Bargato „Wir sichern jetzt hier alles. Ich sage Bescheid. Irgendwo muss ein Telefon sein."

„Er ist doch Jude", bemerkte jemand. „Bestimmt wurde sein Telefon beschlagnahmt, oder?"

Bargato ließ die Männer allein und ging nach draußen.

Auf dem *campo* stand immer noch die Frau mit den Kindern. Er sagte ihr, sie solle lieber gehen, weil hier bald Deutsche und Soldaten auftauchen würden. Sie rührte sich nicht vom Fleck.

„Der Doktor …"

„Der Doktor ist tot, gute Frau. Er kann Ihnen nicht mehr helfen."

Sie fing an zu weinen. Die Kinder, zwei Jungen von vielleicht sechs und zehn Jahren, standen betreten daneben.

„Bitte", sagte er. „Ich muss sie anrufen."

Das nächste Telefon, das er finden konnte, befand sich in einer Bar am Cannaregio-Kanal.

Der Deutsche, zu dem er durchgestellt wurde, hieß Sachs. Er klang keineswegs erfreut.

Vierzig Minuten später waren sie da. Alberti, der Kopfweh vom schlimmsten Kater seit Langem hatte, hielt sich im Hintergrund und versuchte, die Stimmen in seinem Kopf zum Schweigen zu bringen.

Er hatte Aldo Diamante gemocht, auch wenn der alte Jude anscheinend eine Abneigung gegen ihn gehabt hatte. Der Mann besaß diese sture venezianische Beharrlichkeit, die man bekam, wenn man in einer

Stadt aufwächst, in der alle auf engstem Raum zusammenleben, um Arbeitsplätze und gegen die Lagune kämpfen, und wo es im Winter eiskalt und im Sommer schwülheiß ist. Kellner oder Vaporetto-Schaffner, Steuerberater oder Koch, die Männer und Frauen von Venedig wussten, dass sie abseits der *terraferma* lebten, und waren stolz darauf, verteidigten es sogar. Sie alle zeichnete ein stiller Eigensinn aus, und Diamante trug ihn wie ein Namensschild.

Dann kamen die Faschisten und machten den Menschen eine Zeit lang vor, sie wären nur ein paar gewöhnliche Politiker. Nach und nach wurde das Leben schwerer. Schließlich, und vielleicht war das unvermeidlich, weil das der Kurs war, den sie unbewusst gewählt hatten, geriet die Stadt unter Hitlers Herrschaft. Venedig wurde wieder von Fremden besetzt, von Österreichern und von Deutschen. Diamante, ein kluger, aufmerksamer Mann, musste die ganze Zeit gewusst haben, was passieren würde. Er hatte offenbar wohlüberlegt vorausgeplant. Alberti, ein bezahlter Helfer des Staates, befand sich nicht in einer solchen Lage. Seine Ehe war gescheitert und sein Sohn fand es schrecklich, das Kind eines übergelaufenen Polizisten zu sein. Nach und nach war aus seiner einfachen Polizistenarbeit immer mehr die Aufgabe eines politischen Vollstreckers geworden. Die Veränderung war so unterschwellig, dass sie ihm gar nicht aufgefallen war, bis im September die Deutschen kamen und Oberg ihm, nachdem man seine Loyalität geprüft hatte, ein Zimmer im Gioconda anbot. Vielleicht auch eine Möglichkeit, um am Leben zu bleiben, auch wenn er deshalb nachts nicht besser schlief.

Der Hauptscharführer beobachtete, wie Sander und Sachs Diamantes Wohnung durchsuchten, Schubladen herauszogen, den Inhalt auf den Boden kippten. Größtenteils Kleidung, noch ein paar Fotoalben, Bücher, die mit Musik zu tun hatten, offenbar Opernlibretti. An der Tür standen uniformierte Nazi-Soldaten, die Gewehre über der Schulter, und beschwerten sich über den Rauchgeruch.

Und Salvatore Bruno, der gut gekleidete Jude aus Turin, schritt durchs Zimmer, betrachtete die Bilder an der Wand und stelzte geziert an der Leiche vorbei, die noch immer zusammengesackt in dem Sessel vor dem Familienporträt saß.

Als Polizist besaß Alberti die Fähigkeit, Menschen schnell beurteilen zu können. Bruno trug einen eleganten, säuberlich gebügelten Anzug unter einem dunkelblauen Wollmantel. Sein Gesicht war immer in Bewegung, schmal, blutleer. Mit einem Schnurrbart geziert, der dem von Hitler ähnelte, wenngleich er eine hellere Farbe hatte und bei Weitem nicht so voll war. Der Rest war so perfekt rasiert, dass er entweder selbst sorgfältig ans Werk gegangen war oder seinen Hals bei einem Friseur riskiert haben musste – etwas, das Alberti selbst im Traum nicht einfallen würde. Und dann die Schuhe. Daran konnte man immer viel ablesen. Ein Arbeiter wählte praktisches, robustes Schuhwerk, das selten geputzt werden musste. Bruno trug schwarze Budapester, die glänzend poliert waren.

Vor allem meinte Alberti jedoch, den Mann durchschauen zu können, wenn er ihm in die Augen sah. Sein Blick war ängstlich und zuckte ständig nervös durchs Zimmer, auf der Suche nach Zuspruch oder irgendeinem Zeichen von Argwohn. Und wenn er dem Blick eines anderen begegnete, sah er schnell weg.

Salvatore Bruno wollte die Deutschen glauben machen, er wäre ein Konvertit, der erkannt hatte, wie pervers und böse seinesgleichen waren. Aber er war nicht dumm. Er wusste ganz genau, dass eine Jude immer ein Jude blieb und dass er, wenn er nicht mehr länger nützlich war, und der Tag würde kommen, die Rechnung zahlen musste. Was das betraf, waren sie einander nicht unähnlich. Alberti betrachtete diese Unvermeidbarkeit des Schicksals mit einer gewissen Akzeptanz und nicht wenig angeborener Gewieftheit. Der Jude aus Turin hingegen war eindeutig verängstigt unter der dünnen Fassade von Selbstsicherheit und angeblichem Vertrauen in die Nazis und die Schwarzen Brigaden um ihn herum. Er wusste, dass es kein Entkommen gab.

„Da“, sagte Bruno mit gequälter Stimme. „Da ist Ihre Liste, Oberg.“

Er stand vor dem Kamin und stocherte mit der Spitze seines glänzenden Schuhs in der Asche, die vor den schwelenden Holzscheiten lag.

Alberti hatte die verbrannten Überreste der Blätter schon gesehen, als er das Zimmer betrat, es aber nicht für nötig gehalten, etwas zu sagen. Es war offensichtlich, was passiert war. Sollten sie doch selbst darauf kommen.

„Wollen Sie damit sagen, er hat sie verbrannt?“, fragte der Deutsche. „Nachdem er sich diese ganze Mühe gemacht hatte, die Namen zusammenzustellen? Alberti!“

Alberti ging zu ihnen und betrachtete die schwarzen Papierschnipsel im Kamin.

„Hatten Sie irgendeine Ahnung, dass er das tun würde? Nachdem Sie mit ihm gesprochen hatten?"

Sachs und Sander warteten gespannt darauf, dass er einen Fehler machte.

„Nicht die geringste. Ich dachte, er würde uns die Liste heute wie versprochen bringen. Obwohl, wenn ich offen sein darf …"

„Sprechen Sie weiter."

Er nickte in Brunos Richtung.

„Der Bursche da hat ihn ziemlich unter Druck gesetzt. Diamante war ein bedeutender Mann. Er hat einmal das Krankenhaus geleitet. Die ganze Stadt blickte zu ihm auf. Und Sie haben ihn behandelt, als wäre er bloß einer von den vielen feigen Juden, die sich krumm machen, um Ihnen ihren hebräischen Arsch zu zeigen. Tja …" Er warf einen Blick auf die zusammengesackte Gestalt in dem Sessel. Jemand hätte wenigstens ein Laken über ihn legen sollen, aber es sah nicht so aus, als ob das passieren würde. „So sehr kann man sich irren."

„Wir können immer noch … immer noch eine Menge schnappen", stammelte Bruno. „Ich kann das übernehmen. Ich spüre Juden überall auf."

Sachs und Sander hatten angefangen, die Schubladen von Diamantes Schreibtisch zu durchsuchen. Einer von ihnen hatte eine Taschenuhr gefunden, alt, verbeult und wahrscheinlich wertlos, und ließ sie vor dem Fenster im Licht baumeln. Die Wohnung würde, noch bevor der Vormittag vorbei war, geplündert sein. Nur das Porträt von Diamante und seiner Familie in jungen Jahren würde wohl niemand haben wollen.

„Wir können mit dem Altenheim gegenüber anfangen", fügte Bruno hinzu, der verzweifelt versuchte, irgendeinen Vorschlag zu machen.

„Da sind nur noch eine Handvoll übrig", sagte Alberti. „Die meisten wurden schon vor Wochen in das Krankenhaus auf dem Lido gebracht."

„Es wird sicher nicht leer sein", beharrte der Mann aus Turin. „Es sind Juden. Die werden ein kostenloses Bett und Essen nicht ablehnen. Wenn …"

„Ich habe Besseres zu tun", unterbrach ihn Oberg. „Genießen Sie den Empfang heute Abend, *signor* Bruno."

Die Soldaten waren auf der Suche nach etwas zum Stehlen. Einer durchwühlte Diamantes alte Arzttasche, hielt Instrumente und Fläschchen in die Höhe und fragte seinen Kameraden, was das sei.

Alberti konnte es nicht länger ertragen.

„Wenn ich das Heim gegenüber überprüfen soll, Hauptscharführer, dann …"

„Nicht nötig", antwortete Oberg.

„Sie werden den alten Mann möglichst heute noch begraben wollen. Juden tun das gewöhnlich schnell. Wenn Sie sie damit gewähren lassen, haben sie keine Zeit, um sich wegen uns zu sorgen."

Oberg nickte in Richtung Tür und sagte ihm, er solle draußen warten.

Er war froh, aus der verrauchten Luft in Diamantes Wohnung zu kommen. Auf dem *campo* standen im blassen Licht der Morgensonne Menschen in den Türöffnungen und sahen herüber. Verstohlen und verängstigt. Sie wussten, dass Diamantes Tod der Anfang von etwas war, nicht das Ende.

Auf der anderen Seite des Platzes kam eine vertraute Gestalt in Schwarz aus dem *sotoportego*, dem Durchgang, der von Osten her ins Ghetto führte. Sie hatte eine Priesterkappe auf dem Kopf und lief gebückt gegen den winterlichen Wind an. Alberti sah kurz hin, dann hastete er hinüber, um denjenigen aufzuhalten.

„Garzone. Garzone!" Er packte den Mann an der Schulter, bevor er weitergehen konnte. „Was machen Sie denn hier?"

Der Priester sah ihn verärgert an.

„Muss ich erst um Erlaubnis bitten, bevor ich durch meine eigene Stadt laufe?"

„Ich frage um Ihretwillen. Es ist etwas im Gange."

„Ich war mit meinem Freund Diamante verabredet, aber er ist nicht gekommen. Ich mache mir Sorgen. Also wollte ich nachsehen …"

„Zu spät. Er ist tot."

Garzone blieb der Mund offen stehen, und seine Hand zuckte an seine Kappe.

„Das kann nicht sein."

„Die Feuerwehrmänner haben ihn heute früh in seiner Wohnung gefunden. Sie war voller Rauch, und es lag eine Spritze auf dem Boden …"

Der Mann in Schwarz lief rot an und ballte die Faust. Alberti fragte sich, ob er das wohl jemals zuvor schon getan hatte.

„Nein! Ihr Mistkerle habt ihn umgebracht. Ich kenne Aldo Diamante schon fast zwanzig Jahre. So etwas würde er nie tun."

Alberti seufzte. Das würde schwierig werden.

„Er sollte eine Liste erstellen. Die Namen sämtlicher Juden." Er sah etwas in Garzones Augen aufblitzen. Ich hoffe nur, dass die *crucchi* diesen Dummkopf nie verhaften, dachte er. Der Priester würde sofort alles ausplaudern. „Aber, wie ich sehe, wissen Sie das schon. Er hat die Liste, die er vorbereitet hatte, verbrannt und sich dann eine Überdosis Morphium oder so gespritzt. Wahrscheinlich wollte er verhindern, dass sie ihn mit ins Ca' Loretti nehmen, in das kleine Zimmer, wo sie …"

Mehr brauchte er nicht zu sagen.

„Mein Gott." Garzone bekreuzigte sich und sank an die Backsteinwand des Durchgangs, der zurück zur Brücke führte, zur Stadt und zu irgendeiner Art Sicherheit.

„Warum?"

„Vermutlich hat er keinen anderen Ausweg gesehen."

Er packte den Mann, drehte ihn um und schob ihn tiefer in den Durchgang. Garzone stemmte sich dagegen und sah ihn zornig an. Er hatte Tränen in den Augen.

„Ich habe gerade einen Freund verloren, wegen Schurken wie Ihnen. Ich will ihn sehen. Ich will um ihn trauern, wenn er begraben wird."

„Nein, das wollen Sie nicht. Sie wollen nicht mal in der Nähe sein. Von jetzt an wird hier alles nur noch schlimmer. Wenn Sie irgendwelche Juden kennen, sagen Sie ihnen, sie müssen sich verstecken."

„Wo denn verstecken, Alberti? Sie wohnen hier. Um uns herum sind nur das Meer und der Himmel."

„Gehen Sie jetzt, Sie alter Narr! Gehen Sie, solange Sie noch können."

Hinter ihnen auf dem Platz waren die Soldaten aus dem Haus gekommen. Sie trugen Koffer und Taschen, voll mit Sachen, die sie gestohlen hatten. Diamantes Leichnam würden sie den Juden überlassen. Der war wertlos für sie.

„Ich habe Mitleid mit Ihnen“, sagte Garzone. Ihm standen Tränen in den Augen, vor Wut ebenso wie vor Trauer, glaubte Alberti. „Ich habe Mitleid mit Ihnen, und eines Tages werde ich mich dazu durchringen müssen, Ihnen zu vergeben.“

Damit wandte er sich um und lief aufs Ende des *sotoportego* zu. Einem Fleckchen Helligkeit jenseits des jüdischen Bezirks. Alberti beobachtete, wie er die Brücke überquerte, um sicherzugehen, dass er nicht kehrtmachte.

Dann wartete er noch eine ganze Minute. Als er zum *campo* zurückkam, waren die Soldaten bereits im Altenheim auf der anderen Seite. Zwei von ihnen schoben einen alten Mann im Rollstuhl heraus.

Am Fenster einer Wohnung gegenüber stand ein Junge, ungefähr im Alter seines Sohnes, und sah in seine Richtung. Dann richtete er ein Spielzeuggewehr auf ihn und feuerte eine imaginäre Kugel quer über den Platz.

„Du vor mir, Kleiner“, murmelte Alberti, während er zu den Soldaten hinüberging. „Du vor mir.“

* * *

Als Paolo zum Giardino degli Angeli zurückkam, waren Chiara und Vanni eifrig am Werk. Der Hauptteil der Arbeit für die Bestellung würde bis zum Mittag erledigt sein. Den Rest, das Schneiden des Flors und die endgültige Fertigstellung, würde er Chiara überlassen. Spätestens um eins wären sie so weit.

Nachdem die Banner nun Gestalt angenommen hatten, nicht mehr nur gestanzte Löcher in Karten waren oder Zeichnungen auf Papier, konnte man besser erkennen, was darauf dargestellt war: wilde Löwen, klaffende Mäuler, militaristische Angeberei. Paolo hatte sich schon die ganze Zeit gedacht, dass sie für die Nazis oder die Faschisten sein mussten. Warum sonst hätten sie ins Ca' Loretti geliefert werden sollen? Als er sie jetzt aus der Nähe betrachtete und anfassen konnte, blickte er mit Verachtung darauf und wünschte, sein Vater hätte den Auftrag nie angenommen. Wie sehr sie ihn auch gebraucht hatten.

Sobald man ihr Geld nahm, glaubten sie, man wäre ihr Eigentum. Und vielleicht, dachte Paolo, haben sie damit sogar recht.

Bisher war es ein heller Tag gewesen, der Himmel winterblau, der Horizont diesig durch die Aussicht auf Nebel. Chiara hatte zur Feier des Tages einen Zitronenkuchen gebacken. Gegen zehn machten sie eine kurze Pause. Mika gesellte sich zu ihnen, während sie vor dem Wintergarten in der Sonne saßen und aßen, windgeschützt und die wohltuende Wärme im Gesicht.

Es war wie die Ruhe vor dem Sturm, aber dennoch angenehm. Die letzten paar Tage waren voller Sorgen gewesen, voller Zweifel und Gedanken, mit denen Paolo sich lieber nicht beschäftigen wollte. Über die Zukunft. Darüber, wer er war und wie er sich in Vannis Gegenwart fühlte. Über Liebe und Sex wurde nie gesprochen, als seine Eltern noch lebten. Es war, als ob dergleichen Dinge einfach so auftauchten, wie das Wetter, und ebenso akzeptiert wurden. Er nahm an, dass der Tag irgendwann kommen würde, an dem er heiraten, Kinder haben, sie in die Arbeit der Weberfamilie Uccello einführen würde. Aber wie das passieren würde und ob es etwas war, das er wirklich wollte, darüber hatte er nie groß nachgedacht. Bis zu dieser Woche. Jetzt war ihm klar geworden, dass er nichts von all dem in seiner Zukunft sah. Er war anders, und das hatten seine Eltern schon die ganze Zeit gewusst.

Vanni und Mika unterhielten sich über ihre Kindheit in Turin. Sie schienen ganz anders erzogen worden zu sein als die meisten Kinder in Venedig: liberal, unbekümmert, weltoffen. Einmal hatte ihr Vater sie mit nach Paris genommen, in eine Stadt, die sie verzauberte. Paolo hatte nur einmal die Brücke zur *terraferma* überquert, mit dem Zug, bei einem Schulausflug nach Verona. Die Stadt auf dem Wasser war eine Welt für sich, ein eigenes Universum in gewisser Weise. Es gab keinen Grund, sich woanders umzusehen, außer nach Arbeit und Geld. Und das war immer die Sache seiner Eltern gewesen. Während Chiara, die im Inseldorf von Burano aufgewachsen war, die Hektik und der Lärm in Venedig schon mehr als genug waren, wie sie sagte. Sie hatte noch nie in ihrem Leben einen Fuß vor die Lagune gesetzt und hatte das auch in Zukunft nicht vor.

Während sie das Essen wegpackten und die Artoms zum Haus zurückgingen, nahm Chiara ihn beiseite.

„Die Leute stellen Fragen, Paolo."

Sie wirkte nicht ängstlich. Paolo konnte sich nicht vorstellen, dass sie jemals Furcht hatte. Aber sie schien verunsichert.

„Was für Leute?"

„Nun ja. Einer zumindest. Ein dummer alter Kerl, zu dem ich Essen von der Kirche bringe. Vor dem Krieg war er einer der Fußsoldaten des Duce. Jetzt ist er ein Krüppel. Scheint zu glauben, er könnte vom Bett aus noch für die Sache kämpfen. Er stellt Fragen. Steckt seine Nase überall rein."

„Was hat er gesagt?"

Sie sah ihn eindringlich an.

„Dass die *crucchi* und die Polizei nach zwei jungen jüdischen Terroristen suchen, die sich irgendwo verstecken. Bruder und Schwester. Der Mann habe eine Verletzung am Bein. Sie würden sie und jeden, der ihnen hilft, erschießen."

„Ach ..."

Sie wartete. Als er aufstand und einfach zu seinem Webstuhl ging, kam Chiara ihm nach.

„Wenn ich heute Nachmittag bezahlt werde", sagte Paolo, während er die Spannung der Fäden prüfte, „komme ich gleich zu dir und gebe dir die Hälfte des Geldes."

„Ich bin eine Angestellte. Ich bekomme ein Gehalt. Nicht die Hälfte."

„Ich bin der Chef. Was ich sage, wird gemacht."

Sie schwieg und antwortete ihm mit einem Blick, den er von seiner Mutter kannte. Keine Widerrede, sagte er.

„Bitte."

„Ich brauche dein Geld nicht. Ich habe Verwandte auf Burano, die für mich sorgen können. Du hast niemanden."

„Ich will, dass du eine Weile von hier wegbleibst. Vielleicht kannst du nach Hause. Zu deiner Familie."

„Glaubst du, du wirst mit ihm zusammen sein?"

Nein. Das glaubte er nicht. Mika und Vanni Artom waren wie die Zugvögel, die auf ihrem Weg nach Norden oder Süden durch den Garten kamen. Vielleicht waren sie sich ihres Ziels nicht ganz sicher, aber sie wussten genau, dass es anderswo lag.

„Eher nicht, Chiara … Danke für alles, was du getan hast. Du brauchst nicht mehr auf mich aufzupassen."

„Das glaubst du offenbar", antwortete sie und kontrollierte ihren eigenen Webstuhl. Dann machten sie sich ans Werk.

Kurz darauf schallte der vertraute Rhythmus des Gesangs der Goldhähnchen durch den Wintergarten.

Si-tah-si-tah-si-tah-sitschi-si-piu.

Vanni hatte das Weben am Jacquardwebstuhl schneller gelernt als irgendwer sonst, den Paolo kannte. Um elf waren die drei Banner fertig. Dann nahm Chiara ihre Schere und die Lupe und machte sich daran, jeden Faden zu prüfen und wenn nötig abzuschneiden oder auszubessern.

Mika kam mit dicken Scheiben Brot heraus, die mit Käse und Schinken belegt waren, und stellte sie auf den wackeligen Holztisch im Garten. Paolo fragte sich, warum die Geschwister Schweinefleisch aßen. Aber er kannte sich mit Juden nicht aus. Vielleicht betrachteten sich die beiden nur, was ihre Unterdrückung anbetraf, als solche, nicht so sehr im Hinblick auf ihre Identität. Das war schwer zu sagen, und er wollte sie nicht danach fragen.

„Du machst gutes Essen, junge Dame", sagte Chiara und biss in ihr *panino.*

„Danke, *signora*. Das ist sehr freundlich."

Dann lachte sie fröhlich und ungezwungen, und Paolo erkannte einen anderen Menschen in ihr. Die Mika Artom, die sie gewesen wäre, wenn kein Krieg geherrscht hätte. Gewöhnlich, glücklich, nichts Besonderes, obwohl das vielleicht allein schon etwas Besonderes war. Eine junge Frau, die mit glänzenden Augen optimistisch in die Zukunft blickt. Mit einer Stelle im Krankenhaus. Oder als Landärztin, die in ihrem kleinen Fiat ihre Runden macht. Irgendwie wusste er, dass das nicht geschehen würde. Und sie wusste es wahrscheinlich auch.

„Seid ihr fertig?", fragte Mika. „Mit allen drei Bannern? Habt ihr es geschafft?"

Chiara ging zurück ins Haus und kam mit drei goldenen Kartons aus dem Keller. Darauf waren in silbernen Buchstaben die Worte *Uccello – Edelste Stoffe, Venedig* gedruckt. Als sie die Deckel abnahm und die obere Schicht Seidenpapier entfernte, kamen die Banner zum

Vorschein, rot und golden, sorgfältig zusammengelegt und in noch mehr Seidenpapier gewickelt.

„Sie sind wunderschön", stellte Vanni fest, und alle schwiegen, während Chiara die drei Samtstücke wieder einschlug.

„Sie sind für einen Faschisten", sagte sie, während sie die Deckel wieder auf die Kartons setzte. „Ich weiß, dass du sie ins Ca' Loretti bringst, Paolo. Für wen sollten sie sonst sein?"

Es sei eine Bestellung, erklärte er, so ruhig er konnte. Eine, für die seine Eltern gestorben waren. Nicht, dass es relevant gewesen wäre. Er versuchte nur, sie zum Stillsein zu bringen.

„Alles", sagte Mika und strich über einen der Deckel, „kann schön und hässlich zugleich sein. Manchmal liegt die Schönheit der Dinge in dem, was sie sind, und ihre Hässlichkeit in ihrem Besitzer. Die Hälfte der Kunstwerke Italiens wurde mit dem Geld von Scheusalen und Tyrannen gekauft." Sie tippte auf den Karton. „Ich glaube, wir müssen lernen, die Dinge selbst zu schätzen."

„Ich mag die Banner nicht", sagte Paolo. „Mir gefällt nicht, wie sie aussehen. So ... prahlerisch. Wie sie. Als wären die Deutschen unsere Herrscher."

„Aber so ist es doch", sagte Chiara. „Das sollten wir nicht vergessen." Sie sah auf ihre Uhr. „Wenn ihr mich nicht mehr braucht, muss ich los. Münder füttern. Gebete sprechen."

Mika ging zu ihr und küsste sie auf die Wange. Chiara lächelte. „Ich wünschte, wir hätten uns in anderen Zeiten kennengelernt", sagte sie. „In glücklicheren Zeiten. Ich habe mich noch nie mit jemandem aus Turin unterhalten. Du hast bestimmt noch mehr Geschichten ..."

„Mehr als genug", antwortete Vanni, während seine Schwester plötzlich hastig ins Haus lief.

Sie warteten. Mika kam mit der Flasche Grappa und vier kleinen Gläsern zurück, die sie auf dem Tisch neben den Kartons füllte. „Auf uns", sagte sie strahlend. „Auf uns alle. Auf ein Wiedersehen hier, wenn der Krieg vorbei ist. Wenn die Deutschen fort sind. Wenn Italien ein besserer Ort ist und wir alle einfach ... unser Leben leben können."

„Auf uns", wiederholte Chiara und leerte ihr Glas in einem Zug. Die Leute von Burano fackelten nicht lange.

Anschließend wusste niemand mehr etwas zu sagen.

Ca' Loretti, zwei Uhr nachmittags. Draußen kreischten die Möwen, aber aus den Verhörzellen unten drang kein Laut. Niemand befand sich in dem kleinen Innenhof, in dem die Pflastersteine so oft rot vor Blut waren und die Backsteinmauer unzählige Einschusslöcher von den Exekutionen hatte. Die täglichen Aktivitäten im Zentrum der Geheim- und Sicherheitsdienste, die in Venedig die Zügel in der Hand hielten, waren zum Stillstand gekommen.

Dies sollte ein besonderer Tag werden. An dem die führenden Köpfe der deutschen Einheiten im Norden mit den Führern der Schwarzen Brigaden zusammentrafen, um feierlich die bevorstehende Gefangennahme aller Juden in Venedig zu begehen. Das letzte Signal, dass die einst unabhängige Republik nun endgültig ein Teil von Hitlers Reich sein würde. Eine neue Kolonie Berlins, die sich im besetzten Norden Italiens von der Adria bis zum Ligurischen und Richtung Süden bis zum Tyrrhenischen Meer erstreckte. Das war, so glaubte Alberti, der eigentliche Anlass für den glanzvollen Empfang, der für den Abend im Ballsaal des Gioconda geplant war. Jeder letzte Rest von Widerstand und Identität sollte damit gebrochen werden. Die beklommene Atmosphäre, die in der Stadt herrschte, seit die *crucchi* im September die Führung übernommen hatten, würde totaler Unterwerfung weichen. Die Hotels und die Ballsäle, die Theater und die Oper, die Bordelle und die Strandrestaurants auf dem Lido, alles gehörte jetzt den Nazis. Wenn Hitler seinen Willen bekäme, würden sie für immer Teil eines Deutschen Reiches bleiben, das ganz Europa umfasste.

Ein kleiner Chor war zwangsrekrutiert worden, der faschistische Lieder singen sollte; deutsche, italienische, venezianische. Wenn man dem Küchenpersonal im Gioconda glauben durfte, würde ein reichhaltigeres und raffinierteres Menü serviert werden, als es selbst die reichsten Venezianer seit Jahren gesehen hatten. Ein Teil davon kam, so hatte er gehört, in denselben Güterwaggons über Mailand aus Frankreich, die später benutzt werden sollten, um gefangene Juden in die Lager im Norden zu transportieren.

Der Selbstmord Diamantes hatte allerdings einen Schatten über den Tag geworfen, genau wie der alte Arzt es wahrscheinlich beabsichtigt hatte. Die Juden zu verhaften, die noch immer im Ghetto lebten, war relativ einfach. Der Rest war jedoch über die Stadt und den Lido verteilt, oft anonym, unsichtbar zwischen ihren nichtjüdischen Nachbarn. Die Neuigkeit von der bevorstehenden Deklaration aus Salò machte überall die Runde. In einigen Gebieten hatte man schon mit den Festnahmen begonnen. Von Ferrara aus war ein Güterzug voller Familien, die nachts aus ihren Betten gerissen worden waren, auf dem Weg nach Mailand. Venedig schien, wie immer, im Rückstand zu sein. Gerade einmal siebzehn alte Leute hatte man am Morgen in dem Altenheim im Ghetto verhaftet und in das Lagerhaus am Bahnhof getrieben. Ihre Papiere, ihr Geld und ihr Eigentum hatten die Schwarzen Brigaden beschlagnahmt, angeblich zur Kontrolle und Aufbewahrung. Doch das war immer noch Kleinkram.

Sachs und Sander liefen wütend umher und beschimpften Juden, Venezianer und Ausländer im Allgemeinen. Und als Oberg aus dem Zimmer war, schworen sie, sie wären lieber irgendwo stationiert, wo man Rückgrat zeigte, nicht in der mondänen Geliebten der Adria, die sich zu vornehm war, um zu tun, was getan werden musste. Das war natürlich alles nur Getöse. Im Feld hatte keiner von beiden geglänzt, was genau der Grund dafür war, dass sie für die weniger anspruchsvolle Aufgabe beim Sicherheitsdienst in Venedig abgestellt wurden.

Alberti sah das alles schweigend mit an. Auf dem Rückweg von Diamantes Wohnung hatte er bei Marino haltgemacht und bei Beppe, dem ängstlichen Jungen hinter der Theke, ein paar Grappa getrunken. Im Grunde wäre er am liebsten die meiste Zeit halb berauscht gewesen. In diesem Zustand fühlte er sich besser. Anders als so manch anderen machte Alkohol ihn weniger gesprächig, eher nachdenklicher. Mehr geneigt, die *crucchi* und ihre Handlanger zu beobachten und abzuwarten, was sie als Nächstes tun würden.

Oberg kam mit einer Mappe Unterlagen wieder herein. Sachs und Sander verstummten. Dafür, mit ihrem Vorgesetzten eine Diskussion anzufangen, reichte ihr Mut nicht. Salvatore Bruno betrat nach ihm das Zimmer, ein eitler Geck, der ständig falsch lächelte und Kameradschaftlichkeit vortäuschte.

„Die Terroristen aus Turin. Diese Artoms“, sagte Oberg und blieb vor Albertis Schreibtisch stehen. „Nach denen Sie bisher erfolglos gesucht haben.“

„Hauptscharführer.“

„Haben Sie inzwischen irgendwelche Informationen erhalten, die darauf hindeuten, dass sie hier sind?"

„Nicht die geringsten." Er hatte mit dieser Befragung gerechnet, also präsentierte er eine Liste der Telefonate, die er geführt, und der Informanten, die er bedroht hatte. „Meine Möglichkeiten sind ausgeschöpft, tut mir leid."

„Ein Meister Ihres Fachs sind Sie nicht, was?", bemerkte Bruno mit einem spöttischen Grinsen.

Pass auf, was du sagst, dachte Alberti bei sich.

„Ich arbeite schon fünfzehn Jahre als Polizist in dieser Stadt, mein Freund. Eins habe ich in dieser Zeit gelernt: Im Verstecken ist Venedig verdammt gut. Als wir hier selbst noch das Sagen hatten, hätte ich vielleicht jemanden zum Reden bringen können. Aber jetzt ... ist das nicht so einfach."

„Ausflüchte", murmelte Bruno.

„Nein. Tatsachen. Vielleicht sind sie nicht einmal hier. Es gibt genug andere Orte, um unterzutauchen. Treviso. Die Sumpfgebiete. In San Donà hat sich angeblich die Hälfte der Bewohner den Partisanen angeschlossen. Die Artoms sind Juden. Sie sind der Judenjäger. Spüren Sie sie doch selbst auf."

„Vielleicht tue ich das auch", antwortete Bruno grinsend.

Alberti realisierte, dass er den Mann nicht nur unsympathisch fand. Er verabscheute ihn. Er hatte etwas Grausames und Bedrohliches an sich, etwas Düsteres, das nur aus Angst entstehen konnte.

„Hauptscharführer", sagte er und sah Oberg fragend an. Irgendetwas musste hier vor sich gehen, von dem er nichts wusste. „Ich warte auf Ihre Befehle. Sagen Sie mir, was ich tun soll. Ich kann mich weiter umhören, aber dann muss ich wieder dieselben Leute befragen. Es sei denn, irgendwer anderes hat Hinweise, mit denen wir weiterkommen ..." Er zuckte mit den Schultern. „Wir treten auf der Stelle. Ich glaube nicht, dass die Alten, die wir heute Morgen aus dem Heim geholt haben, uns irgendwas Wichtiges zu erzählen haben."

„Haben Sie eine Ahnung, wen wir heute Abend bei uns empfangen werden?"

„Nein." Was für eine dumme Frage. „Das hat mir niemand gesagt. An diesen Vorbereitungen war ich nicht beteiligt. Und ich bin schließlich kein Hellseher. Obwohl das meine Arbeit um einiges erleichtern würde."

Gerade hat der Grappa gesprochen, dachte er. Zu schnell, zu bissig, zu unbedacht.

„So ungefähr jeder hochrangige deutsche und italienische Offizier aus dem Veneto kommt heute Abend ins Gioconda", fuhr Oberg fort. „Es wird einen Festakt geben." Er nickte Richtung Bruno. „Es soll ein Bund besiegelt werden. Zwischen Ihnen, uns und unserem hilfreichen Freund hier."

„Schön." Alberti nickte. „Glauben Sie, sie wissen davon? Die Partisanen?"

„Was denken Sie?", fragte Oberg, ohne den Blick von ihm abzuwenden.

„Ich denke, Sie sollten davon ausgehen. Es wird unmöglich sein, das alles … das Essen … den Chor … das ganze Bedienpersonal reinzubringen, ohne dass die Leute mitkriegen, dass da etwas Größeres stattfindet. In Venedig weiß man, wie man ein Fest organisiert. Und auch, wie man als ungeladener Gast hineinkommt." Er verschränkte die Arme und lehnte sich an seinen Schreibtisch. „Wenn Sie wollen, dass ich mich um die Sicherheit kümmere …"

Sander fing an zu lachen und dann auch noch Sachs.

Salvatore stand in seinem teuren Anzug vor ihm und grinste.

„Gibt es irgendetwas, das ich wissen sollte?", fragte Alberti.

„Nein." Der Jude klopfte ihm auf die Schulter. „Es ist alles geregelt." Er schnupperte deutlich erkennbar. „Übertreiben Sie es nicht mit dem Alkohol, mein Freund. Sie brauchen einen klaren Kopf. Wir haben einen denkwürdigen Abend vor uns."

Es war Zeit, zum Gioconda aufzubrechen.

Vanni hatte darauf bestanden, dass Paolo seine grobe Arbeitsjacke und seine alte Hose gegen einen Anzug tauschte, den er für ihn aus dem Schrank genommen hatte. Dunkel, ein bisschen zu eng inzwischen, zwei Jahre zuvor von einem Schneider in San Marco genäht. Zuletzt hatte er ihn bei der Beerdigung seiner Eltern in Mestre getragen. Er stand steif und ein bisschen verlegen da, während Vanni ein Hemd für ihn aussuchte, in die Küche ging, um es zu bügeln, und anschließend eine Seidenkrawatte aus der Sammlung seines Vaters dazulegte.

„Wenn du Geld abholst, musst du gut aussehen", sagte er, während er ihn aus der Nähe in Augenschein nahm und ihm die Krawatte umband. „Vor allem, wenn es um Faschisten geht. Die lieben Kleider. Besonders ihre Uniformen."

„Es ist doch nur Geld."

„Geld ist viel wert, mein Freund. Geld ist etwas, das wir alle brauchen."

„Du siehst gut aus", sagte Mika von der Tür aus. „Was ist mit mir?" Sie trug wieder ihr rotes Kleid, war perfekt frisiert, hatte Puder im Gesicht und denselben roten Lippenstift aufgetragen. Er stamme aus dem Nachttisch seiner Mutter, hatte sie gesagt.

„Umwerfend", sagte ihr Bruder. „Und ..."

Er verstummte plötzlich. An einem Baum vor dem Haus hing eine Glocke, die mit einem Seilzug an dem Tor draußen an der Brücke befestigt war. Jetzt läutete sie.

„Wir verstecken uns", sagte Vanni zu seiner Schwester. „Komm."

Er nahm ihre Hand, schob den Läufer zur Seite und öffnete die Kellerluke. Dann hasteten die beiden die Treppe hinunter. Paolo schloss die Luke hinter ihnen und deckte sie wieder ab. Es war ein gutes Versteck, wie *padre* Garzone bereits festgestellt hatte. Nur sehr wenige Menschen in Venedig besaßen Keller. Die Stadt war auf Schlamm und Pfählen gebaut.

Wieder läutete die Glocke.

„Ich komme schon!", rief Paolo durch den Garten. Dann nahm er seine Jacke und die drei goldenen Kartons und rannte los.

Als er verwirrt und ein bisschen bang vor dem verschlossenen Tor stand, fragte er sich, ob er nicht statt Pappe und edlem Samt besser eine Waffe hätte bei sich tragen sollen. Eine der Waffen, die noch immer im Schlafzimmer seiner Eltern lagen.

Es konnte doch nicht so schwer sein, damit umzugehen. Vanni würde es ihm vielleicht zeigen. Mika ganz sicher. Doch dafür war es jetzt zu spät, und als er vorsichtig fragte, wer da sei, erkannte er, dass es auch nicht nötig war.

„Paolo. Paolo. Ich bin's. *Padre* Filippo." Der Priester war außer Atem und klang verzweifelt. „Um Himmels willen, lass mich rein. Ich … ich bin allein. Es ist sicher."

Er hämmerte wieder an das Tor, und Paolo machte ihm auf.

Filippo Garzone gehörte zu den ausgeglichensten Menschen, die er kannte. Jetzt aber war er völlig aufgelöst.

„Wir müssen reden. Es ist wichtig …"

„Ich muss weg." Es war schon fast halb vier. Er würde zu Fuß zum Gioconda gehen. Das dauerte eine Weile. „Ich muss zu den Deutschen."

Garzone nahm seine Priesterkappe ab und raufte sich die grauen Haare.

„Dann unterhalten wir uns unterwegs."

Es wurde schon langsam dunkel. Ein dünner Winternebel wälzte sich in Schwaden durch die Gasse, die ins Herz von Castello führte. Wie immer hörte man Möwen, und irgendwo das gedämpfte Geräusch eines Bootsmotors, das von den Wänden der Häuserreihe widerhallte, die sich bis zur Via Garibaldi hinunterzog. Wahrscheinlich hatte ein Abfallboot in der Nähe eine Senkgrube geleert. Es war einer der seltenen Momente, in denen es in der Stadt nach Fäkalien und Urin stank.

Der Priester legte ihm die Hand auf die Schulter und hielt ihn an der Ecke der Straße, die ins Stadtzentrum führte, an.

„Aldo Diamante ist tot", sagte er und starrte auf seine Füße. „Mein lieber Freund hat sich letzte Nacht das Leben genommen."

„Mein Gott", sagte Paolo und ging ein Stück weiter. Um nachzudenken und um dem Gestank zu entkommen.

Garzone folgte ihm, fasste ihn am Arm und zwang ihn erneut, stehen zu bleiben.

„Hör zu, Paolo. Ich muss mich bei dir entschuldigen. Ich hätte dich nie in diese Sache mit hineinziehen sollen."

„Jetzt ist es nun mal passiert. Ich bereue nichts."

„Natürlich nicht!" Garzone klang ausnahmsweise wütend, ganz und gar nicht wie er selbst. „Du bist jung. Du kannst dir nicht vorstellen, dass dich das alles irgendwie betrifft."

„Ich habe meine Eltern verloren, *padre*. Ich kann es mir sehr gut vorstellen."

„Tut mir leid. Ich wollte nicht …"

„Sie sind aufgebracht. Gehen Sie nach Hause. Ich habe zu tun. Ich muss das hier ins Hotel Gioconda …"

„Er muss Selbstmord begangen haben, weil er Angst hatte, was er sagen würde, wenn sie ihn mitnehmen! Verstehst du?"

Diamante war ihm immer wie ein mutiger und aufrichtiger Mann erschienen. Paolo konnte sich schwer vorstellen, dass er jemals schwach sein könnte, und das sagte er auch.

„Niemand weiß, was er in dieser Situation tun würde", entgegnete der Priester. „Niemand. Er nicht. Ich nicht. Verstehst … du … das? Du musst dafür sorgen, dass die beiden dein Haus verlassen. Ich dachte, Diamante würde das regeln, weil sie auch über ihn gekommen sind. Ich habe keine Ahnung, wie oder mit wem. Ich habe niemanden, an den ich mich wenden kann, damit er sie wieder abholt, Paolo. Niemanden. Begreifst du, was ich sage, Paolo? Du musst dafür sorgen, dass sie verschwinden."

„Sie werden von allein gehen."

Während sich in seinem Kopf alles drehte, setzte er seinen Weg fort. Garzone hielt mit ihm Schritt, und sein Priestergewand flatterte im Wind wie Krähenflügel. Es war schwer zu glauben, dass Diamante tot war. Der Mann war eine achtbare Persönlichkeit gewesen, weit über das Ghetto hinaus. Jemand, den durch seine Arbeit im Krankenhaus halb Venedig kannte. Noch schwerer war es zu glauben, dass er sich umgebracht hatte.

„Ich verstehe immer noch nicht, warum …"

„Sie werden sie alle verhaften. Die Juden. Und dann verhaften sie den Rest von uns. Jeden, der Ungehorsam zeigt. Jeden, der ein falsches Wort sagt oder sie schief ansieht. Uns stehen schreckliche Zeiten bevor. *Du musst dafür sorgen, dass sie verschwinden.*"

„Und dann?"

Garzone legte ihm die Hand auf die Schulter und hielt ihn so abrupt an, dass er beinah die goldenen Kartons hätte fallen lassen.

„Ich sollte das vielleicht nicht sagen, und das würde ich auch nicht, wenn es nicht wichtig wäre. Nach den Juden werden sie die Zigeuner aufspüren. Die Kommunisten." Er sah Paolo direkt in die Augen. „Die Homosexuellen. Jeden, der irgendwie anders ist. Ich kenne dich schon lange. Ich habe dich beobachtet, habe mit deiner Mutter gesprochen …"

„Worüber?"

„Über … dich. Es gibt nichts, wofür du dich schämen musst. Was immer die Leute sagen. Sogar einige meiner Kollegen in der Kirche, dabei sollten gerade sie es doch besser wissen. Gott hat uns nach seinem Vorbild erschaffen. Jeden von uns." Er lachte oder versuchte es zumindest. „Der Vatikan würde mich aus San Pietro werfen, wenn sie das hören würden, obwohl eine ganze Reihe von Männern dort ebenso ist."

„Ich weiß nicht, wovon Sie sprechen."

Garzone verdrehte die Augen und stieß einen harmlosen Fluch aus.

„Ich merke es dir an, Paolo. Und wenn ich es erkenne, erkennen es auch andere. Es hat einen Grund, dass du dich hinter deiner kleinen Armee steinerner Engel verbirgst, und es liegt nicht nur daran, dass deine Eltern nicht mehr sind. Das weißt du auch." Er strich Paolo Uccello über die Wange. „Denk nicht, du wärst eine Laune der Natur. Glaub nicht, du wärst allein. Ich war auch einmal jung. Bevor ich zum Priester geweiht wurde, habe ich am Priesterseminar in Padua studiert. Da gab es jemanden. Einen jungen Mann aus Vicenza. Er war … nicht dazu bestimmt, Priester zu werden. Wäre ich damals meinem Herzen gefolgt, wäre ich selbst auch keiner geworden. Also traf ich eine Entscheidung. Nicht, ohne mir bewusst zu sein, welche Freude und welchen Schmerz ich damit zurückließ. Du bist nicht allein. Auch wenn es dir vielleicht so scheint."

„Was ist aus ihm geworden?", fragte Paolo. „Aus Ihrem Freund?"

„Er war der Sohn eines Bauern und heiratete die Nachbarstocher. Das Letzte, was ich von ihm gehört habe, war, dass sie acht Kinder und ein großes Anwesen haben und den besten schwarzgebrannten Grappa weit und breit herstellen."

„Er ist verheiratet?"

„Glücklich verheiratet. Wir sind komplexe Wesen, mein Junge. Wir sind Spiegelbilder einer komplexen Welt und, daran habe ich keinen Zweifel, eines komplexen Himmels, wenn wir erst einmal dort sind. Aber unser jetziges Dasein wird von denen bestimmt, die alles vereinfachen wollen. Dich. Mich. Die Orte, die wir kennen und lieben." Er kam näher und seine Stimme wurde ernst. „Sie wollen die Welt vereinfachen, indem sie alles daraus entfernen, was sie nicht verstehen, jeden, der nicht in ihre Vorstellung passt. Du musst tun, was ich sage. Sorge dafür, dass die beiden unauffällig aus deinem Haus verschwinden. Lass dich so wenig wie möglich draußen blicken. Benutze Chiara Vecchi als dein Fenster zur Außenwelt. Und warte ab."

„Sie meinen ... wie ein Feigling?"

„Es gibt wahrlich schon mehr als genug Märtyrer, Junge. Du brauchst nicht noch eine Leiche auf den Haufen zu legen."

Paolo wusste nicht, was er sagen sollte. *Padre* Filippo hatte schon immer gern Geschichten erzählt. Er hatte sich eine ganze Menge davon angehört, als sie damals in ihr abgelegenes neues Zuhause bei San Pietro gezogen und er und seine Eltern eine Weile zur Kirche gegangen waren, um zu versuchen, Teil der Gemeinschaft zu werden. Vergeblich, wie sich herausstellte. Es war möglich, dass dies nur ein weiteres Gleichnis war, eine Fabel zur Beruhigung, nicht um wörtlich genommen zu werden. Obwohl, wenn er jetzt darüber nachdachte, war das vielleicht wirklich einer der Gründe gewesen, warum sie sich hinter die Mauer ihrer kleinen Festung zurückgezogen hatten. Jahrelang hatte in der Familie Uccello ein Schweigen geherrscht, ein Schweigen, das niemand brechen wollte.

Ich habe mit deiner Mutter gesprochen ...

„Du hast getan, was ich von dir wollte, als du die beiden aufgenommen hast. Befolge auch jetzt, worum ich dich ersuche. Bitte. Sorge dafür, dass sie verschwinden, und versteck dich, bis es sicher genug ist, um wieder hervorzukommen."

„Wann wird das sein, *padre*? Wann?"

Das war eine unbarmherzige Frage. Eine unnötige Frage, auf die Garzone keine Antwort wusste.

„Ich fürchte, ich habe dich gezwungen, erwachsen zu werden, junger Mann", antwortete der Priester mit trauriger, bebender Stimme. „Ich fürchte, ich habe dich in eine Welt hineingezogen, für die du noch nicht bereit warst."

Paolo deutete auf die Kartons.

„Ich muss etwas erledigen, *padre*. Ware ausliefern. Danke für Ihre Fürsorglichkeit. Guten Tag."

Ein Trupp deutscher Soldaten kontrollierte jeden, der ins Gioconda wollte. Der Name Uccello stand auf einer Liste, allerdings der seines Vaters, also bedurfte es einer langen Erklärung, bis ihn der Beamte mit dem grimmigen Gesichtsausdruck durchließ; und das erst, nachdem er die Kartons durchsucht und ihn von oben bis unten abgetastet hatte.

Der Rezeptionist am Empfang sah ihn ohne zu lächeln an und schüttelte den Kopf. Im Hotel wohne niemand mit dem Namen Ugo Leone.

„Hier ist eine Bestellung“, beharrte Paolo und stellte die Kartons auf die Theke. „Drei Festbanner aus Samt. Ich soll sie hier abliefern.“

Auf der einen Seite des großen Saals hatte der Chor angefangen zu proben. Sie gingen die Lieder durch, die man ihnen vorgegeben hatte. Junge Männer in Pagenuniform waren damit beschäftigt, Tische nach oben zu tragen. An der Galerie hing eine riesige Nazi-Fahne neben einem überdimensionalen Porträt von Hitler und einem kleineren von Mussolini. In dem Hotel herrschte diese nervöse Geschäftigkeit, bei der Paolo sich stets unwohl fühlte. Die Vorbereitungen für die Veranstaltung wurden auch noch durch die Anwesenheit von Militär begleitet. Im Erdgeschoss wimmelte es von deutschen Soldaten, alle in Uniform, alle bewaffnet.

„Sie sind für das Fest“, erklärte er dem Rezeptionisten. „Jemand aus Turin hat sie in Auftrag gegeben.“

„Turin“, murmelte der Mann und griff zum Telefonhörer.

Zwanzig Minuten später kam ein großer, auffälliger Typ um die vierzig in einem schicken Anzug die Treppe herunter. Er hatte ein blasses Gesicht mit kleinem Schnurrbart, einen stechenden Blick und pomadige, nach hinten gekämmte Haare.

„*Signor* Leone?“, fragte Paolo.

Keine Antwort. Der Mann öffnete nur die Kartons und entfernte das Seidenpapier, in das die Banner eingeschlagen waren. Dann nahm er sie und betrachtete sie im hellen Licht eines Kronleuchters aus Muranoglas.

„Wer bist du?“, fragte er.

„Mein Name ist Paolo Uccello. Irgendjemand hat bei meinem Vater diese drei Banner in Auftrag gegeben. Ich soll sie hier abliefern. Für *signor* Leone.“

„Leone ist nicht da. Ich nehme sie an."

Paolo rührte sich nicht.

„Bei der Bestellung wurde eine Schlusszahlung bei Lieferung vereinbart. Heute, *signore.* Zwanzigtausend Lire."

Der Mann starrte ihn an.

„Hast du einen unterschriebenen Vertrag bei dir?"

Auf den Gedanken war er gar nicht gekommen.

„Mein Vater hatte einen schriftlichen Auftrag. Er wurde auf dem Heimweg getötet, nachdem die Vereinbarung in Verona getroffen worden war. Zusammen mit meiner Mutter. Ein amerikanischer Luftangriff."

„Tut mir leid, das zu hören." Der Mann wirkte nicht im Geringsten betroffen. „Ein Schreiben ist bedeutungslos. Gab es keinen Vertrag, der von beiden Seiten unterzeichnet wurde?"

„Ich ... ich habe angenommen, *signor* Leone wäre ein Mann, der sein Wort hält. Wir stellen hochwertigen Samt her. Von Hand. Das kostet sehr viel Zeit. Und es ist teuer. Der vereinbarte Preis war angemessen. Offen gesagt haben wir damit sogar Verlust gemacht." Er zögerte kurz. „Aber die Uccellos sind wahre Patrioten, also beklagen wir uns nicht."

Der Mann hielt die Banner wieder ins Licht. Sie waren wunderschön, aber Paolo wollte sie trotzdem so schnell wie möglich loswerden. Zu viel war damit verbunden. Der Gedanke an seine verstorbenen Eltern. An Vanni und seine Schwester. Im Schein des Kronleuchters sah das Rot aus wie Blut, und die Löwen wirkten noch unbändiger und angriffslustiger.

„Wenn wir das jetzt regeln könnten, *signore* ..."

„Ziemlich viel Geld für drei kleine Handtücher."

Er sprang auf den Köder nicht an. Es war offensichtlich, worauf das hinauslaufen sollte. Es war immer sein Vater gewesen, der sich ums Geschäftliche gekümmert hatte. Er wusste, wie man diskutierte, wie man argumentierte, wie man jemandem begegnete, der versuchte, aus einer Vereinbarung auszusteigen. So etwas war in Venedig an der Tagesordnung. Das Leben schien aus nichts anderem zu bestehen als aus Verhandeln. Doch es war eine Fähigkeit, die er Paolo nie gelehrt hatte. Weben, die Herstellung des Jacquards, den Umgang mit dem

Webstuhl, den Rhythmus des Goldhähnchengesangs. Das war es, was seine Eltern ihm beigebracht hatten. Nicht wie man verhandelte.

„Ich kann den Brief holen. Es ist ein Dokument, das vor Gericht sicher Bestand hat. Das Gesetz ..."

Der Mann fing an zu lachen. Er hatte spitze, ungewöhnlich weiße Wolfszähne.

„Das Gesetz? Was für ein Dummkopf bist du? Das Gesetz sind wir. Die Deutschen. Die Schwarzen Brigaden." Er tippte sich an die Brust. „Ich."

„Das Gesetz sagt, mir steht mein Geld zu." Paolo streckte die Hand nach den Samtstücken aus. „Bezahlen Sie mich, dann gehören sie Ihnen. Wenn nicht ..."

Der Mann warf die Banner in einen der offenen Kartons auf dem Boden zurück.

„Du besitzt keinen roten Heller, stimmt's? Trotzdem marschierst du hier rein und versuchst, Leute wie mich über den Tisch zu ..."

„Es ist ehrliche Arbeit. Niemand sonst in der Stadt hätte so etwas für Sie anfertigen können. Niemand. Wir haben ein Recht darauf, bezahlt zu werden."

Der Mann rief nach einem der Hotelpagen und wies ihn an, die Banner in ihre Kartons zurückzulegen und zwei davon nach oben in die Zimmer zweier Hotelgäste zu bringen. Ihre Namen konnte Paolo kaum verstehen. Einer klang deutsch und hatte einen militärischen Titel vorangestellt. Der zweite war italienisch, ein Graf, wie es sich anhörte, ein Adeliger.

„Und den da ..." Er deutete auf den letzten Karton. „... bringen Sie in die Garderobe. Ich hole ihn später."

„*Sì, signor* Bruno", antwortete der Mann und ging mit allen dreien davon.

Paolo sah seinem Gegenüber ins Gesicht. „Bruno ...", sagte er. „Den Namen kenne ich. Der Jude, der Juden jagt."

„Von wem hast du das?"

„Ich hab es in der Zeitung gelesen."

„Ich bin ein Diener des Staates. Ich liebe mein Land." Bruno holte seine Geldbörse hervor und nahm ein paar Banknoten heraus. „Hier."

„Das ist nicht genug."

„Fünftausend, Bürschchen. Mehr bekommst du nicht. Vogel, friss oder stirb."

„Meine Eltern sind gestorben, damit Sie diese Banner bekommen."

Er lachte. Und Paolo, der noch nie jemandem Gewalt angetan hatte, hätte am liebsten zugeschlagen.

„Was hat das mit mir zu tun? Ich habe sie nicht umgebracht. Dein alter Herr hat genau gewusst, dass ich seinen überzogenen Preis nicht bezahlen würde. Du hast wohl nicht so einen Riecher fürs Geschäft wie er, was?" Er fuchtelte mit dem Geld vor Paolos Gesicht herum. „Nimm es und kriech zurück in dein Loch. Wir", er tippte sich an die Brust, „haben die Macht in dieser Stadt. Befehlsempfänger wie du müssen lernen zu tun, was ihnen gesagt wird."

Nicht wütend werden, dachte Paolo. Auf jeden Fall nicht zu sehr. Sei kein Dummkopf.

„Grazie", sagte er und nahm langsam die Geldscheine. „Alles Gute, *signore*, auch für Ihr Fest."

Gegenüber war eine Bar. Wahrscheinlich noch so ein Ort, der von den *crucchi* in Beschlag genommen worden war. Doch das kümmerte Paolo in dem Moment nicht.

Er ging hinein und bestellte einen *caffè corretto*, mit Sambuca statt Grappa, so wie ihn seine Mutter immer getrunken hatte, als er noch klein war und sie auf dem Weg von der Schule nach Hause in einer *pasticceria* haltgemacht hatten. Für alles gibt es ein erstes Mal, dachte er. Es kam selten vor, dass er ein Lokal betrat, und seit seine Eltern gestorben waren, war es gar nicht mehr passiert. Er hatte schon immer das Gefühl gehabt, die Leute würden ihn beobachten und denken, dass mit ihm irgendetwas nicht stimmt.

Ein Mann in einem langen Wintermantel schien genau das zu tun. Als er auf Paolo zukam, erkannte er ihn wieder: der Venezianer, der bei den deutschen Soldaten gewesen war, als sie Isabella Finzi aus dem Wasser gezogen hatten. Alberti. Der Polizist, vor dem Chiara ihn gewarnt hatte. Derjenige, der so übel über die Juden gesprochen hatte. Wahrscheinlich hatte auch er Paolos unglückseligen Wutausbruch mitbekommen.

„Ich kenne dich, Junge."

„Ich bin kein Junge. Ich bin hier, um einen Espresso zu trinken, nicht um mich zu unterhalten."

Der Mann holte einen Dienstausweis der Republikanischen Nationalgarde hervor.

Paolo seufzte und hielt ihm seinen Ausweis hin.

„Darum hatte ich doch gar nicht gebeten."

„Ich wollte Ihnen die Mühe ersparen."

„Castello. Calle Larga Rosa, Nummer 3475. Wo zum Teufel ist das?"

Adressen in Venedig waren verwirrend, auch für Menschen, die hier lebten. Eine Hausummer sagte nicht viel.

„Hinter dem Arsenale, Richtung Crosera."

„Was machst du hier, Paolo?"

„Etwas ausliefern, das die da drüben bestellt hatten. Sie scheinen etwas zu feiern."

„Sie feiern ständig. Die *crucchi*. Auf unsere Kosten."

Vielleicht hatte der Polizist getrunken. Oder er wollte Paolo dazu verleiten, eine unbedachte Bemerkung zu machen. Auf jeden Fall stimmte irgendetwas mit ihm nicht. Er überlegte sich gerade, wie er der Situation entkommen könnte, da wandte Alberti seine Aufmerksamkeit dem Fenster zu.

Paolo stockte der Atem. Hellblonde Haare, leuchtend roter Lippenstift, der alte Wintermantel seines Vaters, der so weit offen stand, dass er das glänzend rote Kleid darunter sehen konnte. So lief Mika auf den Eingang des Gioconda zu. Sie bewegte sich mit diesem typischen wiegenden Gang, der die Blicke auf sie ziehen sollte, wie ein leichtes Mädchen im Film.

„Du kennst sie?"

„Nein."

„Warum starrst du dann so?"

„Sie ist schön. Das ist doch auch der Grund, warum Sie hinschauen, oder?"

Der Polizist nickte Richtung Tür und nahm seine Baskenmütze.

„Wenn du weißt, was gut für dich ist, verschwindest du von hier. Das ist kein Ort für Unschuldige."

Er wollte hinter Mika her. Das war offensichtlich.

„Warten Sie einen Augenblick“, sagte Paolo und packte ihn am Ärmel, was dem Mann gar nicht gefiel.

„Was?“

„Ich habe gehört, Sie suchen jemanden. Zwei Juden, die auf der Flucht sind.“

Alberti nickte.

Mika stand am Hoteleingang, sprach mit den Soldaten und zeigte ihnen so etwas wie einen Passierschein.

„Es gibt kaum einen in Venedig, der das nicht weiß.“

„Gibt es eine Belohnung?“

Der Polizist nahm seine Mütze wieder ab. Er sah nicht mehr nach Mika. „Kann sein. Du bleibst am Leben. Das ist auch eine Belohnung, oder?“

„Ich hab nichts falsch gemacht, *signore*. Es gibt keinen Grund, mir zu drohen. Es ist bloß … Wenn es sich rentiert, könnte ich mich umhören. In Castello. Die Leute geben nichts umsonst preis.“

Alberti sah wieder zum Hotel. Paolo packte ihn erneut am Ärmel. „Hören Sie mir überhaupt zu?“, fragte er und versuchte, möglichst tough zu klingen.

Alberti schlug seine Hand weg.

„Was sollte ich mir anhören?“

„Ich bin gerade von einem dieser Kerle da drüben um fünfzehntausend Lire betrogen worden!“

„Was?“ Jetzt klang der Polizist zumindest interessiert.

„Sie haben etwas bei uns in Auftrag gegeben. Für zwanzigtausend Lire. Und als ich mit der Ware ankomme, gibt mir so ein Fiesling nur fünftausend und sagt, ich soll mich verziehen.“

„Da hat’s dir wohl die Sprache verschlagen, Kleiner?“

Mika war im Gioconda verschwunden. Paolo war in seiner Winterjacke heftig ins Schwitzen geraten. So etwas hatte er noch nie gemacht. Es war ein merkwürdiges Gefühl. Gut und schlecht zugleich. Vielleicht war es diese Aufregung, die Mika spürte, wenn sie für die Partisanen kämpfte. Wenn das zutraf, dann konnte er verstehen, warum sie nicht untätig in seinem kleinen abgelegenen Gefängnis am Rande der Lagune sitzen konnte.

„Sagen Sie mir, dass es gutes Geld dafür gibt, die Juden für Sie zu finden, dann höre ich mich um. Wenn es bloß noch ein weiteres Geschenk für Sie und Ihre *Crucchi*-Freunde ist, dann machen Sie ihre Drecksarbeit alleine."

Alberti lachte.

„Sieh einer an, Junge. Vielleicht hast du doch mehr Mumm, als ich dachte." Er klopfte Paolo auf die Schulter. „Erzähl mir, wo ich diese Terroristen finde, dann sorge ich dafür, dass du dein Geld doppelt und dreifach bekommst." Aus dem Klopfen wurde ein fester Griff. „Wenn du mich allerdings hinters Licht führst, nehme ich dich mit ins Ca' Loretti, und wir unterhalten uns ein bisschen."

Paolo leerte seinen Espresso und erhob seine Tasse.

„Abgemacht", sagte er.

* * *

Er brauchte zwanzig Minuten bis zu Chiaras Wohnung. Sie protestierte, als er sie nötigte, die Hälfte von Brunos dürftiger Bezahlung anzunehmen, und schimpfte über den Mann, der sie um das gebracht hatte, was ihnen zustand.

Paolo hörte ihr nicht zu. Ebenso wenig erzählte er, dass er mit *padre* Garzone gesprochen hatte. Und erst recht nichts von Alberti, dem Polizisten.

Ihr Gesicht war verquollen, ihre Augen gerötet. Er brauchte einen Augenblick, bis er begriff, dass sie geweint hatte; so wenig passte das zu ihr.

„Bitte", sagte er und schob den Gedanken beiseite. „Fahr für eine Weile nach Hause nach Burano. Ich komme hier schon zurecht. Ehrlich. Es gibt nichts zu tun. Wir können beide ein bisschen Zeit für uns gebrauchen."

„Und was wirst du machen?"

Er schüttelte den Kopf.

„Wieder zum Einsiedler werden, denke ich."

„Die beiden sind noch immer bei dir."

„Nicht mehr lange."

Sie fasste ihn an den Armen und küsste ihn auf beide Wangen. Die salzige, feuchtkalte Flüssigkeit ihrer Tränen verteilte sich auf seiner Haut.

„Der Mann, Paolo. Er ist nett. Aber nett kann manchmal gefährlich sein."

„Ich habe die Banner ausgeliefert. Alles ist in Ordnung. Meine Gäste sind morgen oder übermorgen wieder weg. Es muss sein. Der Priester sagt, sie holen alle Juden ab."

„Sie waren doch sowieso auf der Suche nach deinen Freunden. Sie sind Partisanen. Nicht nur Juden. Ach …"

Sie ließ ihn los, schloss die Augen und ballte plötzlich wütend die Fäuste. In ihrer Erdgeschosswohnung war es zu warm. Es herrschte eine merkwürdige Atmosphäre. Obwohl die Wohnung klein war, hatte man den Eindruck, es würden zwei Menschen dort leben. Auf dem Kaminsims standen Fotos von Chiaras Mann, in Uniform und lächelnd in die Kamera blickend, bereit, in den Krieg zu ziehen.

„Der arme Doktor ist tot", sagte Paolo. „Er hat sich umgebracht."

„Ich weiß. Ich habe Garzone getroffen. Er hat es mir erzählt."

„Warum, glaubst du, hat ein Mann wie Aldo Diamante das getan?"

Nach dem, was Garzone ihm gesagt hatte, ahnte er es, doch er wollte es nicht aussprechen. Also tat sie es.

„Weil er Angst hatte, dass sie ihn verhaften, Paolo. Weil er Angst hatte, wenn sie ihn mit ins Ca' Loretti nehmen und foltern würden, würde er die Namen aller preisgeben, die er kennt. Die der Partisanen. Die ihrer Unterstützer. Den des Priesters." Sie hielt kurz inne. „Und deinen."

„Das hätte er niemals getan."

Chiara sah ihn eindringlich an.

„Nein? Glaubst du das wirklich? Wenn sie mich abholen würden, oder Garzone, oder dich … Wer von uns könnte versprechen, dass er wirklich den Mund hält?"

„Das ist eine Frage des Mutes", antwortete er und hörte selbst den Zweifel in seiner Stimme.

„Also, jetzt spricht das Kind in dir", erwiderte sie. „Es ist immer noch da, egal was du glaubst." Sie ließ ihn los und blickte auf das Foto ihres Mannes über dem Kamin. „Ich habe genug vom Tod. Ich habe schon jemanden von meinen Liebsten verloren, und du auch. Vielleicht fahre ich in ein, zwei Tagen wirklich nach Burano. Wir haben eine kleine Hütte im Sumpf für die Entenjagd. Da komme ich zurecht, bis die Lage sich ändert."

Er antwortete nicht.

„Paolo. Ich kenne dich. So wie deine Mutter dich kannte. Ich weiß, was für ein Junge du bist. Wir wissen es alle …"

„Ich bin kein Junge …"

Sie packte ihn wieder, und ihr blasses Gesicht schimmerte im schwachen elektrischen Licht.

„Ich kenne dich! Das ist nicht dein Kampf. Halt dich da raus, ich bitte dich. Bleib in deinem kleinen Haus. Sei unsichtbar. Sei vorsichtig. Tu, was der Rest von uns auch tun wird. Wir haben diesen Krieg nicht angefangen. Lass auch andere ihn beenden."

Er umarmte sie und küsste sie auf die feuchten Wangen.

„Keine Partisanen mehr", bat sie ihn. „Versprich es mir! In ein oder zwei Wochen bin ich zurück. Wir werden Arbeit finden. Hier", sie hielt ihm das Geld hin, „du hast es nötiger als ich. Ich habe Familie. Du … du …"

Chiara wollte den Satz nicht beenden.

„Ich habe nichts, meinst du? Niemanden?"

„Du hast immer noch mich. Bald schon wird dieser Albtraum vorbei sein. Dann werden wir beide durch Venedig gehen und nie mehr über die Schulter blicken müssen. Wir werden gemeinsam an unseren Webstühlen arbeiten und dem Gesang der Vögel lauschen."

„Es ist Winter", entgegnete er. „Da singen keine Vögel."

Er nahm das Geld nicht an, sosehr sie ihn auch drängte.

Draußen wurde der abendliche Nebel dichter, waberte durch die engen Gassen, wälzte sich über die bleigrauen Wasserbänder dazwischen.

Zehn Minuten später war er zu Hause.

Trevisan hatte drei Freiwillige ausgewählt. Zwei Fischer und Tosi, einen Schweißer aus dem Arsenale. Tosi hinkte und hatte nur noch ein Auge. Nicht ideal, aber es hatte nur wenige Interessenten für die Aufgabe gegeben. Meistens gingen sie nach der Guerillataktik vor. Gezielte Anschläge auf Einzelpersonen. Sabotage von Verkehrswegen. Diebstahl von Waffen und Munition. Sich bei einem großen Bankett der Nazis und der Schwarzen Brigaden einzuschleichen und mit Sturmgewehren um sich zu schießen, war bisher ihr ehrgeizigster Angriffsplan. Die mögliche Belohnung rechtfertigte jedoch das Risiko. Sie kannten die Wasserwege Venedigs so gut wie ihre Westentasche. Wenn sie es schafften, lebend aus dem Gioconda herauszukommen, konnten sie mit dem Boot über kleine Kanäle flüchten, an einer Landestelle in der Nähe von Sant'Alvise in Cannaregio auftanken und bis zum Abend auf der *terraferma* in Sicherheit sein. Anschließend würden sie Richtung Norden gehen und versuchen, die Partisanenzellen in der Umgebung von San Donà zu finden.

Es würde Konsequenzen geben. Schreckliche Vergeltungsmaßnahmen. Je nachdem, wer der befehlshabende Offizier war, konnte es sein, dass die Deutschen für jeden von ihnen, der getötet wurde, zehn Einwohner umbringen würden. Vielleicht auch fünfzig. In Frankreich hatten sie angeblich schon ganze Dörfer ausgelöscht. Alle Kinder, Frauen und Männer getötet, egal wie alt sie waren, und dann ihre Häuser, ihre Höfe, ihre Kirchen dem Erdboden gleichgemacht. Er konnte sich nicht vorstellen, was sie in Venedig tun würden. Einen ganzen Stadtteil ausrotten? Wahllos Bürger von der Straße holen und sie niedermähen?

Eigentlich bezweifelte er das. Seit die *crucchi* im September die Stadt eingenommen hatten, hatte er den Eindruck gewonnen, dass sie eher zu den Weichlicheren gehörten. Offiziere, die man für die schweren und gefährlichen Gefechte an der Südfront nicht für geeignet hielt. Die Stadt war zu einer Art Spielplatz für sie geworden, zu einem Ort, an den sie sich zurückziehen konnten, um sich zu erholen und neue Kräfte zu sammeln. Oberg, der Führer der Gestapo-Einheit, die Jagd auf Juden und Partisanen machte, war wohl ein ehemaliger Lehrer. Gebildet, ruhig, nicht gewillt, die Bars und Bordelle zu besuchen, in die es die meisten seiner Landsleute so häufig zog. Der Mann war südlich von Rom im Kampfeinsatz verwundet worden und deshalb vielleicht kein Feigling, wie einige der Schwächlinge in seiner Umgebung. Trotzdem würde er reagieren, und wie Trevisan Mika Artom schon gesagt hatte, das alles diente der guten Sache. Eine Revolution gewann man nicht ohne Blutvergießen. Und das Blut Unschuldiger war das wertvollste. Die venezianischen Männer waren harte Burschen, die an die Kälte der Lagune im Winter und an die glühende Hitze des Sommers gewöhnt waren. Wer ihre Liebsten umbrachte, grub sich damit sein eigenes Grab.

„He, Rocco!“, rief Tosi, „haben wir genug Treibstoff?“

Sie hatten auf dem Rio San Francesco della Vigna festgemacht, in der Nähe des Klosters, das denselben Namen trug. Es war der ruhigste Teil von Castello, den er hatte finden können. Ein befreundeter Anwohner, der im Kloster arbeitete, hatte sich bereit erklärt, vier Sturmgewehre, drei deutsche Stabgranaten und eine Kiste Munition in einem der Nebengebäude zu verstecken. Tosi und die Fischer hatten sie am Nachmittag abgeholt und in Leinensäcken zu der Treppe am Kanal gebracht. Jetzt befanden sie sich im Heck des blauen Frachtbootes, mit dem Trevisan gewöhnlich Waren durch die Stadt transportierte.

„Ja, haben wir.“

„Bist du sicher?“

Tosi war ein guter Schweißer. Von der Lagune und den Fahrzeugen, die sie befuhren, hatte er allerdings keine Ahnung.

„Er ist sich sicher!“, rief einer der Fischer.

Die Waffen lagen hinten unter einer grauen Plane und ein paar alten Fischkisten vom Rialtomarkt. Wenn irgendwer sie sah, würde er das Boot für ein Frachtboot halten, das Ware auslieferte. Das war zumindest der Plan.

„Und bringt uns das alte Wrack hinterher auch bis nach Campalto?“, fragte Tosi.

Im Kloster musste gerade ein Gottesdienst stattfinden. Eine Orgel erklang, und sie hörten den schwerfälligen, eindringlichen Refrain eines Chorals.

„Klar“, antwortete Trevisan. „Die Flucht übers Wasser ist unsere geringste Sorge. Kannst du mit einem Gewehr umgehen? Weißt du, wie man eine Granate wirft?“

Der Schweißer lachte.

„Kein Problem, Kumpel. Ich hab diesen Mistkerlen im Arsenale am Schießstand zugesehen. Ein paar von ihnen haben mich auch mal auf die Ziele ballern lassen.“

„Geht das für euch zwei in Ordnung?“

Die Fischer nickten. Wie die meisten ihrer Berufsgenossen sprachen sie nicht viel. Die beiden gingen im Winter regelmäßig in den nördlichen Sumpfgebieten auf die Jagd. Sie konnten gut mit Schusswaffen umgehen. Tatsächlich traute er ihnen mehr zu als dem Großmaul Tosi mit seinem Hinkebein und seinem einen echten Auge.

Zu Fuß waren es zwanzig Minuten von San Francesco della Vigna bis zum Gioconda. Aber mit dem Boot mussten sie einen ziemlichen Umweg durch eine Reihe enger Kanäle fahren, die meisten so ausgewählt, dass er und seine Leute nicht an den Wachposten der *crucchi* vorbeikamen, und dass sie größtenteils an Häusern und nicht an Straßen oder offenen Plätzen vorbeiführten. Eine Dreiviertel- bis eine Stunde würden sie brauchen. Dann würden sie in der Nähe des Hotels anhalten, den Motor abstellen und sich langsam weitertreiben lassen, damit Mika Artom im hellen Licht des Gebäudes, in dem die Deutschen und die Faschisten aßen und tranken und Pläne für den Bordellbesuch am Abend machten, den Bootsrumpf erkennen konnte.

„Worauf warten wir?", fragte Tosi.

Trevisan stöhnte. Er fragte sich, wie oft er es dem Mann noch erklären musste.

„Wir warten auf seine Frau", erklärte einer der Fischer.

„Sie ist nicht meine Frau", murmelte Trevisan. „Sie ist niemandes Frau. Sie gehört nur sich selbst."

Der Schweißer lachte.

„Na ja, typisch Frau kommt sie jedenfalls zu spät, oder? Wie lange sollen wir hier noch rumhängen?"

Fast eine halbe Stunde. Als sie endlich auftauchte, trug sie Männerkleider: eine schwarze Hose, eine schwarze Seemannsjacke, und die glänzend roten Haare hatte sie fast ganz unter einer dunklen Wollmütze versteckt.

„Was war los?", fragte Trevisan, während die anderen ins Boot stiegen.

„Ich musste Greta noch beruhigen. Sie hat angefangen, sich Sorgen zu machen." Sara Vitale warf einen Blick auf einen der Fischer. „Hast du gewusst, dass er ihr Neffe ist?"

„Nein. Hab ich nicht."

„Ich musste ihr erklären, dass es keinen Grund gibt, beunruhigt zu sein."

Er grinste. „Nein, absolut keinen", sagte er. Dann nahm er sie in den Arm. „Bist du dir sicher? Bist du dir sicher, dass du mitkommen willst? Wir schaffen es auch zu viert …"

Sie reagierte mit einem zornigen Blick.

„Ich hab dir doch gesagt, dass ich mitkomme. Und, nein, ihr schafft es nicht ohne mich. Wenn ich nicht im Boot bleibe, können nur drei von euch reingehen und die verdammten *crucchi* töten. Drei sind nicht genug. Ich warte. Ihr erschießt so viele, wie ihr könnt. Dann kommt ihr wie abgesprochen die Treppe runter. Ich sammle euch am Steg ein. Wir verschwinden. Wohin auch immer. Wir verschwinden einfach."

Er nickte, dann zog er sie in seine Arme und küsste ihre Wange, die feucht und kalt von der nebligen Abendluft war. Mit Gefühlen konnte Trevisan nicht sonderlich gut umgehen.

„Ich hab das noch nie jemandem gesagt. Du bist die einzige Frau, die mir je etwas bedeutet hat."

Sie lachte.

„Du lieber Himmel. Was musst du für ein langweiliges Leben geführt haben."

Er wusste nicht, was er antworten sollte.

Sie strich ihm sanft mit dem Finger über die Wange, küsste ihn dann auf den Mund und streichelte ihn im Schritt.

„Der Gedanke daran, *crucchi* zu töten, macht mich immer ganz heiß auf dich", flüsterte sie, amüsiert darüber, wie die anderen sie anstarrten.

„Wenn wir nach Campalto kommen …"

Das Motorengeräusch des Boots durchdrang die Nacht.

„Kühl runter, Rocco!", rief Tosi, der Schweißer. „Gehen wir die Sache jetzt an oder nicht?"

Sie streichelte ihn noch einmal.

„Gewiss", murmelte er, doch Sara Vitale steuerte schon auf das Boot zu.

Die Veranstaltung wurde zum Fest der ewigen italienisch-deutschen Freundschaft erklärt, ein Wahlspruch, der sich auf bunten Wandbehängen im Empfangsbereich des Gioconda wiederholte, wo Nazi-Fahnen neben dem schwarzen Banner der Faschisten mit dem Liktorenbündel und der Axt prangten. Überall hingen Porträts von Hitler und auch von Mussolini, wenngleich die stets ein bisschen kleiner waren.

Einige der Gäste hatte Alberti noch nie gesehen. Italiener aus Salò. Nazis aus dem fernen Berlin.

Neben Zivilisten in Anzügen, Gestapo und Schwarze Brigaden, vermutete er, sah man Uniformierte, meist in Grau, also SS, und hier und da ein paar Feldsoldaten in Blau und eine Handvoll in Braun. Letztere gehörten wohl zu den wenigen im Afrikakorps, die der schmählichen Kapitulation jenseits des Mittelmeers zu Beginn des Jahres entgangen und nun nach Italien verlegt worden waren, um sich dem Feind erneut zu stellen.

Und dann waren da noch die Frauen. Alle jung, alle attraktiv, in Seidenkleidern und mit Perlenschmuck behängt. Jede einzelne eine Hure, daran hatte er keinen Zweifel. Hergeschafft aus Triest, aus Mailand, vielleicht sogar aus Paris, denn er hatte ein paar von ihnen Französisch sprechen gehört. Sie schwirrten durch den Saal, rauchten, tranken, wirkten nervös, während die Männer sie mit der gelangweilten Gleichgültigkeit jener begutachteten, die wussten, dass sie die freie Wahl hatten. Wie Vieh waren sie gekauft worden und konnten deshalb nicht Nein sagen. Spätestens am Montag würden sie im Zug zum nächsten Hotel sitzen, auf dem Weg zum nächsten kurzen Intermezzo im Bett eines Fremden. Die Juden waren nicht die Einzigen, die von den Deutschen gefangen gehalten wurden.

Ein hochrangiger Nazi aus Berlin hatte den Abend mit einer langen, eintönigen Rede auf Deutsch eröffnet. Seine Stimme klang so hoch und nasal, dass Alberti den Drang zu lachen unterdrücken musste. Er beherrschte die Sprache der *crucchi* recht gut, hatte jedoch zeitweise Mühe, die schrille Aussprache des Mannes zu verstehen. Wie alle anderen im Saal verstand er aber die Botschaft. Es war ungefähr das, was die Nazis die ganze Zeit über sagten. Dass der Feldzug zur Rückeroberung des Südens großartige Fortschritte mache und sie bald schon die Amerikaner und die Briten schlagen und ins Meer zurückdrängen würden. Danach würden sie an den Verrätern, die zurückgeblieben waren, Rache nehmen. So grausame Rache, dass Mussolinis Herrschaft über Italien – und damit die der Deutschen – für immer gesichert wäre. Das Tausendjährige Reich würde sich von der Ostsee bis zum Mittelmeer, von England bis nach Asien erstrecken. Jene, die sich beim Staatsstreich im Sommer gegen den Duce gewandt hatten, würden die

Härte der Justiz zu spüren bekommen, und niemand, weder der König noch sein Kabinett, würde verschont werden.

Der Deutsche ließ seiner Fantasie freien Lauf. Das war Alberti klar und ihm selbst wahrscheinlich auch. Welche Lügen die faschistische Presse auch immer abdrucken musste, die Leute hatten Radios. Auf ausländischen Sendern wie der BBC hatten sie eine andere Version der Geschichte gehört. Dort wurde vom stetigen Fortschritt berichtet, den die Alliierten auf ihrem Weg nach Norden machten, während diejenigen, die auf der falschen Seite der Front festsaßen, aufgerufen wurden, Geduld zu haben und den Widerstand zu unterstützen. Einiges davon war auch Propaganda, aber sie war verhaltener. Diese Version der Geschichte erzählte ebenso von Rückschlägen wie von Erfolgen und trug die schwere, traurige Erkenntnis der Wahrheit in sich.

Darüber hinaus gab es noch die Neuigkeiten, die man sich auf der Straße erzählte. Italien war zwar in zwei Hälften geteilt, das hielt die Menschen aber nicht davon ab, zu reisen und über die gefährliche Trennlinie hinweg miteinander zu kommunizieren. Die italienischen Soldaten, die mit Mussolini im Norden gefangen waren, hatten begonnen, zu den Alliierten überzulaufen und sich gegen die Nazis zu bewaffnen. Oder sie verschwanden irgendwo im Hinterland in den Bergen, um nach Widerstandskämpfern zu suchen, denen sie meist ihre Waffen als Geschenk mitbrachten. Das war ein gefährliches Unterfangen. Die *crucchi* und die Schwarzen Brigaden erschossen alle Deserteure, die sie fassten, und manchmal auch ihre Familien. Und selbst wenn diejenigen, die vor Mussolini flohen, den deutschen Patrouillen entgingen, konnten sie immer noch von argwöhnischen Partisanen erschossen werden oder auf dem Weg zu den britischen oder amerikanischen Linien in einen Hinterhalt geraten.

All das war für den Augenblick vergessen in Venedig, dieser sündigen alten Dame in der Lagune, wo Essen, Trinken und kostenloser Sex den Männern, die in der Republik Salò die Führung innehatten, die Gelegenheit gab, den Sorgen des Krieges kurzzeitig zu entfliehen.

Alberti lehnte neben den Balkontüren an der Wand und beobachtete sie. Oberg war schweigsam und fühlte sich offenbar unwohl zwischen seinen Vorgesetzten, während Sachs und Sander um die höheren

Offiziere herumscharwenzelten, die aus Mailand gekommen waren. Der Deutsche beendete seine Ansprache, nickte kurz, zeigte den Hitlergruß, betrachtete das Meer nach oben gestreckter Arme, mit dem ihm geantwortet wurde, und ging von der Bühne. Es gab noch eine kleine Einlage, dann erschallten andere Stimmen im Ballsaal des Gioconda, klar und deutlich, und ganz und gar auf Italienisch und Venezianisch. Die des Quartetts, das man für den Abend angeheuert hatte. Zwei Männer und zwei Frauen, die ohne Begleitung des Flügels sangen, der noch mit einem weißen Laken abgedeckt war und auf dem jetzt ein mehrarmiger silberner Kerzenleuchter stand.

Sie kamen aus Venedig. Das wusste Alberti, weil er vor Beginn der Veranstaltung gehört hatte, wie sie sich in ihrer Garderobe unterhielten. Keiner von ihnen war freiwillig in dem Hotel, um die Lieder zu singen, die die Faschisten ihnen vorgegeben hatten. Alte Volkslieder mit neuen Texten über Patriotismus und Vaterlandsliebe, Krieg und Entschlossenheit. Eins davon kannte er noch aus seiner Schulzeit. Es war ein altes Marschlied über die Schlachten, die im vorigen Jahrhundert geführt wurden, um Italien wieder zu einen. Merkwürdig, dachte er, wie die Gefühle vergangener Zeiten heute noch Ausdruck fanden, inmitten eines Saals voller ausländischer Besatzer, Italienern, die zu ihren Sklaven geworden waren, Huren und Mitläufern, Männern und Frauen, die mit ansehen mussten, wie sich die Vorstellung von Italien als unabhängige Nation vor ihren Augen in Luft auflöste.

Vielleicht hatten sie, genau wie er und die Sänger und Sängerinnen auf der Bühne, keine andere Wahl. Die Geschichte schritt in ihrem eigenen Tempo voran, erzwungen und gesteuert von anderen. Entweder man schwamm mit dem Strom oder man ging unter, vergessen, verloren. Wie die Juden, die diese *crucchi* in den nächsten Tagen verhaften würden. Diamantes Opfer war vergeblich gewesen, eine Verzögerungstaktik, weiter nichts. Bestenfalls hatte er den Schlägertrupps der Nazis ein kleines Hindernis in den Weg gelegt. Sie besaßen ein unerschütterliches Gefühl von Recht und Macht jedem gegenüber, der so dumm war, sich ihnen entgegenzustellen. Die Klügeren unter den Juden, diejenigen mit Geld und Kontakten, waren schon geflohen, genau wie die Kinder, die am Vorabend zu dem alten Arzt gebracht worden waren, als er bereits seinen Freitod plante.

Vielleicht hätte ihm eine Veränderung am Verhalten des Mannes auffallen müssen, als er in seiner Wohnung mit ihm sprach. Als Diamante ihn um Hilfe bat. Und daran, wie er auf die Antwort reagierte, die er von ihm erhielt.

Ich bin nichts weiter als ein Wärter im Gefängnis der crucchi. *Genauso ein Gefangener wie Sie.*

Was auch stimmte. Er hatte ihn davor gewarnt, was ihn erwartete, wenn sie ihn im Ca' Loretti einem Verhör unterziehen würden.

Dann bestehe ich darauf, Sie selbst zu befragen. Die sprechen sowieso kaum Italienisch. Und Venezianisch schon gar nicht. Sie kommen da nicht mehr lebend raus.

Das spielte nun alles keine Rolle mehr, obwohl der Gedanke, dass seine Warnung den Mann womöglich in den Abgrund gestürzt hatte, Luca Alberti trotzdem quälte.

Der kalte Abendwind kroch durch die Ritzen in den Fenstern. Alberti öffnete die Tür, trat auf den Balkon und zündete sich eine Zigarette an. In diesem Teil von San Marco war das Stromnetz stabil, die meisten Lichter brannten. Am Ende des kleinen *rio*, an dem das Gioconda stand, fuhr ein Vaporetto den Canal Grande entlang. Vor dem Krieg war hier immer viel los gewesen. Eine Feier auf der Piazza vor dem Florian zum Beispiel, wo jemand auf dem Klavier Jazzmusik spielte, zusammen mit einem Trompeter oder einem schwarzen Saxofonisten, der versuchte, weit weg von seiner amerikanischen Heimat seinen Lebensunterhalt zu verdienen.

Und er hatte damals mit seiner Frau und seinem Kind in ihrer einfachen, aber gemütlichen Wohnung in Cannaregio gewohnt. Nicht in einem kleinen Zimmer in einem Hotel voller Ausländer und ihren Huren, die alle mit Reichsmark und italienischem Blut bezahlt wurden. Ihre Ehe war gut gewesen, bis die Welt um sie herum sich langsam verdunkelt hatte. Nicht perfekt. Aber sie waren miteinander ausgekommen, und sein Sohn hatte ihn nicht allzu sehr verachtet, weil er Polizist war.

Wie anders das Leben inzwischen doch war, nur ein paar Jahre später. Und wie verändert manche Menschen sein würden, wenn diese Nacht vorbei wäre.

Jemand erregte seine Aufmerksamkeit. Es war die blonde Frau, mit der er sich am Abend zuvor unterhalten hatte. Die Frau, die auch die Aufmerksamkeit des ängstlichen Jungen auf sich gezogen hatte, den er kurz zuvor in der Bar angesprochen hatte.

Sie ist schön. Das ist doch auch der Grund, warum Sie hinschauen, oder?

Er konnte sich schon immer gut daran erinnern, was irgendwer gesagt hatte. Und wie er es gesagt hatte. Er war ein guter Polizist gewesen, als er damit noch sein Geld verdiente.

Paolo Uccello war dabei gewesen, als sie am Dienstag bei San Pietro die Leiche dieser verrückten Jüdin aus dem Wasser gezogen hatten. Irgendetwas an ihm veranlasste Alberti dazu, sich zu fragen, ob er überhaupt der Typ war, der hübschen Frauen nachschaute. In Venedig machte man sich kaum Gedanken wegen der Schwulen. Man sah sie überall. Einige der Gondolieri waren bisher nicht abgeneigt gewesen, sich gelegentlich mit einem der parfümierten Ausländer einzulassen, die sie durch die Stadt gondelten, solange er Geld hatte. Inzwischen kam es aber nicht mehr zu solchen Rendezvous. Homosexuelle standen auch auf der Liste der Faschisten. Nicht so weit oben wie die Juden, aber nicht weit davon entfernt.

Die Frau war Kellnerin, neu im Gioconda. Außerdem anders. Und es waren nicht nur ihre blonden Haare und ihr hübsches, kluges Gesicht, die sein Interesse weckten. Konnte es etwa sein, dass der Junge versucht hatte, ihn davon abzuhalten, mit ihr zu sprechen, bevor sie das Hotel betrat?

Er war sich nicht sicher. Auf jeden Fall kam ihm die Sache irgendwie merkwürdig vor. Alberti warf seine Zigarette in den schmalen Kanal und ging in den Ballsaal zurück. Irgendetwas ging hier vor sich. Die Blondine lief mit ihren Getränken durch die Menge, aber nicht von Gast zu Gast, wie es Kellnerinnen bei solchen Gelegenheiten normalerweise tun. Sie hatte jemanden im Visier.

Es war der Judenjäger, Bruno, der in seinem eleganten dunklen Anzug, das pomadige Haar nach hinten gekämmt, so aufgeblasen und arrogant aussah wie immer. Sie steuerte direkt auf ihn zu und reichte ihm einen Cocktail. Dabei hatte sie ein einladendes Lächeln im Gesicht, das sagte: *Fragen Sie ruhig, wer weiß?*

Eine Kellnerin. Keine Hure. Eine Frau, die behauptet hatte, sie sei nicht käuflich. Zumindest als er am Abend zuvor mit ihr gesprochen hatte, obwohl er da halb betrunken gewesen war. Nicht nur zu einem Viertel, wie jetzt.

Alberti dachte an seine Ausbildung, rief sich in Erinnerung, was er einmal gelernt hatte. Dann holte er sein Notizbuch hervor. Darin standen die Beschreibungen von jedem, dem er zurzeit auf den Fersen war. Einige kürzer. Andere ausführlich.

Es befand sich auch ein Foto darin. Natürlich würde sie jetzt nicht mehr so aussehen. Aber die Größe, der Körperbau, die Sprachfärbung … manches veränderte sich nicht. Und er erkannte eine deutliche Ähnlichkeit!

Mitten in der Höhle des Löwen würde man wohl zuletzt nach einer flüchtigen jüdischen Partisanin suchen. Trotzdem, wenn Oberg jemals dahinterkommen würde, dass dem halb betrunkenen Alberti all das entgangen war, dann könnte er von Glück sagen, wenn er mit dem Leben davonkäme und seine Arbeit behalten dürfte.

„Verdammt", murmelte er und schüttelte den Kopf, als er darüber nachdachte. „Ich bin gerade einem blassgesichtigen Halbwüchsigen auf den Leim gegangen."

Mika wartete, bis Salvatore Bruno allein war, bevor sie sich ihm mit ihrem Tablett näherte. „Noch etwas zu trinken?"

„Ich bin versorgt." Er musterte sie von oben bis unten, und ein Lächeln huschte über sein Gesicht. „Aber danke der Nachfrage."

„Ich werde dafür bezahlt, Getränke zu servieren. Ich mache nur meine Arbeit."

„Sie sind wohl nicht von hier. Sie sprechen wie …"

„Ich spreche alles Mögliche. Mein Vater war ein Vagabund. Hat bei der Eisenbahn gearbeitet. Wir haben jahrelang mal hier, mal dort gewohnt. Mailand. Genua. Verona." Sie runzelte die Stirn. „Fast ein Jahr in Rom. Das war schön, aber dann hat er angefangen, als Hafenarbeiter in Mestre zu arbeiteten. Jetzt arbeitet er gar nicht mehr. Wurde vom Laster überrollt."

„Oh."

„Tut mir leid. Ich wollte Sie nicht langweilen."

Der Mann hatte eine bleiche Gesichtsfarbe und einen verschlagenen Blick. Als sie jetzt so dicht bei ihm stand, erkannte sie den typischen Juden aus dem Norden. Ruhig, meistens geschäftlich unterwegs, Mittelklasse, sicherlich nicht praktizierend. In vieler Hinsicht wie ihre eigene Familie. Menschen, die glaubten, die nahende Katastrophe würde ihr Leben nicht betreffen. Als einige Jahre zuvor die Rassengesetze in Kraft getreten waren, hatte sie furchtbaren Streit mit ihrem Vater gehabt. Sie hatte ihm vorgeworfen, alle möglichen schlimmen Eigenschaften zu besitzen. Dass er seine eigenen Leute verrate, sich mehr von Eigeninteresse als von Gerechtigkeit leiten ließe, dass er grausam, herz- und gefühllos sei.

Nichts davon traf zu, das wusste sie inzwischen. Er hatte einfach getan, was viele Mittelklasse-Juden wie er in den späten Dreißigerjahren getan hatten. Sich der allgemeinen Stimmung angeschlossen, in der Hoffnung, das würde reichen, um ihren Wohlstand zu sichern, bis die Zeiten sich ändern und ein gemäßigterer Politiker in Rom die Zügel in die Hand nehmen würde. Wenn ihr Vater einen Fehler gemacht hatte, dann galt das in dieser Zeit für fast alle. Er war zu träge und zu unwillig gewesen, um zu akzeptieren, dass der Wind kalt und rau werden und bald schon aus Deutschland und Österreich Richtung Süden wehen würde. Zu naiv, zu sehr von Vertrauen in das natürliche Gute im Menschen erfüllt, um zu akzeptieren, dass der Tag kommen würde, an dem die Gräuel der Nazis – Pogrome und Konzentrationslager – ihren Weg über die Alpen in ihr friedliches, bequemes, bürgerliches Zuhause finden würden.

Bruno leerte seinen Martini, stellte das leere Glas auf ihr Tablett und nahm sich ein Glas perlenden Franciacorta. Die Schwarzen Brigaden weigerten sich, Champagner zu servieren. Vor allem weil sie die Franzosen verabscheuten. Also floss an diesem Abend in Strömen das Beste, was Italien selbst zu bieten hatte, und das zu einem deutlich höheren Preis als der Prosecco aus dem Veneto. Er hatte einen der goldenen Kartons unter dem Arm, die Chiara Vecchi für die drei Banner aus dem Keller geholt hatte.

„Sie sehen nicht aus wie ein Soldat."

„Das bin ich auch nicht. Sollten Sie nicht weiterarbeiten?"

„Ich kann aufhören zu reden, wenn Sie wollen."

Er verstand die Botschaft. Sie war nicht nur hier, um kostenlose Getränke zu servieren, nicht, wenn jemand etwas anderes wollte.

„Nein. Sprechen Sie weiter."

„Und was machen Sie so, *signore*?"

„Suchen und finden." Er runzelte die Stirn und sie fragte sich, ob sie zu viel gesagt hatte. Kam sie ihm etwa zu nah? Es war Viertel vor sechs. Gleich würde sie zum Balkon gehen. Sobald sie Trevisans Boot auf dem Seitenkanal kommen sehen würde, würde sie gelassen zum Flügel schlendern und ihr Tablett fallen lassen. Die Leute würden kurz zu ihr sehen und sich dann wieder umdrehen. Sie würde alles aufsammeln und langsam aufstehen, das Laken, das über dem Flügel hing, hochheben, den Zeitzünder suchen. Ihn scharf stellen. Zur Tür laufen. Aufschließen.

Und fliehen.

Wie gern würde sie mehr tun als das. Hätte sie jetzt eine Pistole gehabt, wären ihr Bombe und Partisanen egal gewesen, und sie hätte sie Bruno sofort an die Schläfe gesetzt und abgedrückt. Und wäre lachend stehen geblieben, während die *crucchi* sich um sie versammelt hätten.

Doch sie hatte nur ein Tablett voller Gläser und ein paar Schalen mit Salzgebäck. Nichts, was sie benutzen konnte, um den Mann umzubringen, der in ganz Norditalien Juden jagte, der sein eigenes Volk Folter und Tod auslieferte.

„Und was genau?", fragte sie.

„Etwas, das mir Geld einbringt." Er bekam einen Moment glänzende Augen. „Ich habe Frau und Kind in Salò. Für die muss ich sorgen."

„Lieben Sie Ihre Frau?"

Die Frage schien ihn zu kränken.

„Natürlich."

„Aber sie ist nicht hier?"

„Es würde ihr nicht gefallen. Wir … äh …" Gleich würde die Entschuldigung kommen. Das spürte sie. „Wir haben uns etwas auseinandergelebt. Sie ist nicht damit einverstanden, was ich tue." Er zog eine Grimasse. „Manchmal bin ich das selbst nicht. Aber ein Mann tut, was er tun muss."

„Eine Frau auch“, antwortete sie.

„Was machen Sie sonst noch?“

„Aber das …“ Sie beugte sich so nah zu ihm, dass er sie riechen, ihren warmen Atem spüren konnte. „Das ist eine Unterhaltung für einen anderen Ort zu einer anderen Zeit“, flüsterte sie. „Ich erbringe keine Dienstleistungen in Hotelzimmern. Nicht für jeden zumindest. Und nicht zu jedem Preis.“

„Ich übernachte hier nicht“, gab er flüsternd zurück. „Bei diesen ganzen …“ Er war nicht mehr ganz klar im Kopf. „Diesen ganzen … *crucchi*.“

„Ach.“

Sie wartete.

Er zog einen Stift und einen kleinen Block aus der Tasche, und sie fragte sich, wie viele Namen er wohl darauf schon notiert, wie viele Männer, Frauen und Kinder er so ans Messer geliefert hatte.

„Hier. Sie haben mir eine Bruchbude in der Nähe der Oper zur Verfügung gestellt. Ich arbeite für sie. Ich …“ Er zögerte, und einen kurzen Augenblick fragte sie sich, ob sie vielleicht Mitleid mit diesem Mann hatte. „Hier gehöre ich nicht wirklich hin.“ Bruno stellte sein halb geleertes Glas aufs Tablett. „Ich gehe jetzt. Ich bin müde. Ich werde noch ein oder zwei Tage in Venedig sein.“ Ein mattes Lächeln, dann streckte er die Hand aus und schob ihr eine blonde Locke von der Wange. „Falls du dir morgen vielleicht ein bisschen Geld verdienen willst …“

„Was ist das?“, fragte sie und deutete auf den goldenen Karton. „Wenn sie Ihnen Geschenke machen, müssen sie viel von Ihnen halten.“

Er schnaubte.

„Das war mein Geschenk für sie.“ Er machte den Karton auf und zeigte ihr das Banner. Den scharlachroten Seidensamt mit den goldenen geflügelten Löwen. Als er es herausnahm und ausrollte, hatte es kaum Armlänge. Die ganze Arbeit für so ein kurzes Stück Stoff, dachte sie. „Zum Zeichen der ewigen Freundschaft zwischen den Deutschen und unserer wunderbaren Republik. Etwas, das für immer währt. Zwei für sie. Eins für mich. Zur Erinnerung. Manches muss in Erinnerung bleiben, das ist wichtig …“ Seine Augen waren glasig. Er sah betrunken aus, den Tränen nahe. „Man muss …“

„Ich habe schon zu lange mit Ihnen gesprochen.“

„Salvatore. Nenn mich Salvatore. Und du …?"

Es war bald sechs. Sie musste zum Balkon.

„Giulia. Zwei Beine, die dafür bezahlt werden, Ihnen Getränke zu servieren. Vielleicht komme ich Sie morgen besuchen. Dann können Sie den Rest sehen. Wenn Sie das Geld dafür haben."

Sie wartete nicht auf eine Antwort. Bruno packte das Banner wieder in den Karton. Sie ging ein paar Deutsche bedienen, die an den Säulen neben den hohen Balkontüren standen, und sah noch, wie er den Saal verließ. Niemand beachtete ihn. Er hatte seine Aufgabe erfüllt, worin auch immer sie bestanden haben mochte. Der Mann wollte hier weg, zurück in die Wohnung, die die Deutschen ihm zur Verfügung gestellt hatten. Ein einsamer Verräter, der auf den nächsten Tag wartete.

Halt nach dem Boot Ausschau.

Geh zum Flügel.

Lass das Tablett fallen.

Stell die Bombe scharf.

Dann schließ die Nebentür auf, damit die anderen ihre Arbeit machen können.

Es gefiel ihr gar nicht, dass sie nicht mehr Anteil an der Sache haben konnte. Aber es ging nicht anders. Bei Angriffen wie diesem hing alles vom perfekten Zeitplan, guter Organisation und rascher Ausführung ab.

Tu einfach, was man dir gesagt hat. Geh zum Giardino degli Angeli zurück. Zu Paolo Uccello. Dem jungen Mann, mit dem Vanni hoffentlich gerade seinen Spaß hatte. Ihn auf die Art ruhigstellte, die er am besten beherrschte.

Sie blickte sich um, entfernte sich von den Deutschen und schlüpfte kurz hinter den Vorhang.

Dünne Nebelschwaden waberten über den Kanal.

Beinah sechs. Nirgends ein Boot zu sehen.

Sie hoffte nur, dass sie nicht zu spät kommen würden. Der Oberkellner hatte ein Auge auf alle Frauen, die im Ballsaal arbeiteten. Er war ein harter Hund, der Leistung für sein Geld sehen wollte.

Sie erschrak. Schritte näherten sich, und der Geruch nach kaltem Zigarettenrauch zog an der Säule vorbei, die sie vor dem Saal verbarg.

Dann ging die Balkontür auf.

„Mika Artom", sagte jemand, dessen Stimme ihr bekannt vorkam. „Komm mit nach draußen. Wir müssen reden."

Als Paolo zurückkam, lag Vanni dösend auf dem Bett im Schlafzimmer seiner Eltern. Er trug nur seine Unterwäsche und einen dicken Seemannspullover aus Wolle, den er im Schrank gefunden haben musste. Die Wunde an seiner Wade lag frei. Sie hatte sich entzündet und blutete auch wieder. Irgendwann würden sie zu einem richtigen Arzt gehen müssen.

Paolo warf einen kurzen Blick darauf, dann holte er Wasser und einen frischen Verband und sagte Vanni, er solle sich aufsetzen, damit er sie reinigen könne.

Vanni versuchte, das mit der Entzündung herunterzuspielen.

„Keine Sorge. Meine Schwester weiß, was sie tut. Manchmal muss sich etwas erst verschlimmern, bevor es besser wird."

Paolo reinigte den blutigen Schnitt, so gut er konnte, bedeckte ihn mit Mull und wickelte den Verband um Vannis Bein. Eine Hand legte sich sanft auf seinen Kopf, während er damit beschäftigt war. Vanni gab ein leises Stöhnen von sich, als er die Binde festzog.

„Ich gebe mir Mühe, dir nicht wehzutun."

„Dito."

Als er fertig war, sank Vanni ins Kissen zurück und schloss die Augen.

„Hast du Fieber?", fragte Paolo.

„Ich glaube nicht. Hast du das Geld?"

„Nur einen Teil. Dieser Schuft hatte nie vor, den vereinbarten Betrag zu zahlen. Aber …"

Vanni unterbrach ihn und bat um etwas zu trinken. „Wein. Grappa. Irgendwas Starkes."

„Warum?", fragte Paolo. „Ist das vernünftig?"

„So etwas wie Vernunft existiert zurzeit nicht."

Paolo ging in die Küche und kam mit zwei Gläsern bernsteinfarbenem Grappa zurück. Dem besten, den sie besaßen, eine Flasche, die sein Vater für besondere Anlässe aufbewahrt hatte: Geburtstage, Weihnachten, Feiertage.

Vanni trank sein Glas in einem Zug leer.

„Ich muss dir etwas sagen", sagte Paolo, dem es nicht leichtfiel, ihm die Neuigkeit zu berichten. „Ich hab es vom Priester gehört, als ich unterwegs war."

Vanni hörte ihm sofort mit interessiertem Blick zu, in dem ein Schimmer Furcht zu erkennen war.

„Was hast du gehört?"

„Sie werden die Juden verhaften. Morgen. Euch alle. Diamante sollte ihnen gestern Abend eine Liste übergeben. Aber er hat sich umgebracht und alle Unterlagen, die er hatte, verbrannt. Das hält sie vielleicht eine Weile auf, aber daran hindern wird es sie nicht."

Vanni blieb schweigend liegen. „Kanntest du ihn?", fragte er dann. „Den Arzt?"

„Nicht wirklich. Ich glaube, er war ein guter Mensch. Habt ihr ihn jemals getroffen?"

„Natürlich nicht. Das ist nicht vorgesehen. Je weniger du weißt, umso besser. Dann …"

Er sprach nicht weiter.

„Dann hat man wenig zu erzählen, wenn die Deutschen einen schnappen."

Er lächelte.

„Du lernst schnell … Wir leben im Verborgenen. Da ist es sicherer."

„Wenn du fortgehst … nimmst du mich dann mit?"

Vanni sah ihn an, als wollte er ein Lachen unterdrücken. „Warum?", fragte er dann.

„Weil ich bei dir sein will … Ich will gegen die *crucchi* kämpfen. Ich hasse sie."

„Sie zu hassen bringt nichts."

„Was meinst du damit?"

„Was ich sage. Wenn du sie hasst, behandelst du sie wie Menschen. Fürchte sie. Aber gib ihnen nie eine Identität. Stell sie dir nie als Männer vor. Oder als Frauen. Betrachte sie so, wie sie uns betrachten. Wie sie mich betrachten. Als Juden. Als Mann, der manchmal andere Männer liebt. Ein Wesen, das weniger als menschlich ist. Des Lebens nicht würdig."

„Ich weiß nicht …"

„Für sie bin ich nicht mehr als ein Tier. Ungeziefer. Eine Plage, die ausgerottet werden muss. Und dasselbe müssen sie für mich sein. Hass ist ein Gefühl, und Gefühle können dich umbringen."

„Dann", sagte Paolo und erhob sein Glas, „betrachte ich sie als genau das."

„Hol mir die Tasche aus dem Schrank."

Er holte sie, und Vanni machte den Reißverschluss auf und nahm eine Pistole heraus. Der Lauf war schwarz, der Kolben aus dunkelbraunem Holz.

„Die Sachen in der Tasche haben die Partisanen Mika gegeben, um sie aufzubewahren. Weißt du, was ich da in der Hand halte?"

„Eine Pistole."

„Sehr gut. Eine Pistole", sagte Vanni und holte als Nächstes ein glänzendes Magazin heraus. „Eine Luger P08. Alt. Heutzutage gibt es bessere Waffen, aber wir nehmen, was wir stehlen können. Zeig mir, wie man sie benutzt."

Paolo lachte verlegen.

„Das kann ich nicht. Du musst es mir beibringen. Dir hat es doch auch jemand beigebracht, oder?"

„Ja, und kurz danach haben sie ihm die Eier abgeschnitten und ihn an einem Baum aufgeknüpft."

Aus einem Seitenfach der Tasche zog er eine hellgrüne Karte mit einer Abbildung Mussolinis mit Armeehelm auf dem Kopf und der Bildunterschrift *Fascio di combattimento.*

„Was ist das, Paolo?"

„Ich weiß es nicht."

„Ein Mitgliedsausweis der Faschisten. Mit ein bisschen Glück kommst du damit bei einem der Mistkerle durch, die dich im Zug nach deinen Papieren fragen. Und was ist das?"

Noch ein amtliches Papier. Es schien ein französischer Pass zu sein, mit einem unscharfen Foto von Vanni und dem Namen *Pierre Goulet* darauf.

„Ein französischer Pass. Gefälscht."

„Richtig. Und das hier?"

Wieder ein Dokument. Italienisch dieses Mal. Ein anderes Foto von Vanni.

„Deine echten Papiere. Dein echter Ausweis.“

„Genau.“

„Warum hebst du ihn auf? Er könnte dich doch verraten.“

Vanni lachte.

„Ja, wenn die *crucchi* ihn zu sehen kriegen. Aber was ist, wenn ich von hier weggehe? Wenn ich versuche, eine Zelle zu finden, der ich mich anschließen kann? Denen muss ich einen Beweis für meine Identität liefern. Sonst erschießen sie mich vielleicht, weil sie mich für einen Spion halten.“

„Daran hatte ich nicht gedacht.“

„Nein, scheint nicht so. Also ...“ Er tippte sich auf die Brust, auf den Wollpullover von Paolos Vater. „Du darfst nie vergessen, wer du bist. Ich bin ich. Giovanni Artom. Wenn sie dir das nehmen, hast du nichts mehr, wofür du kämpfen kannst.“

„Ich kann das alles. Ich kann es lernen. Du kannst es mir beibringen.“

„Unterwegs, meinst du? Während wir auf der Flucht sind? Schon morgen vielleicht? Oder übermorgen?“ Er zögerte kurz. „Auch wenn Mika dabei ist?“

Daran hatte Paolo noch gar nicht gedacht. Sie schien diejenige zu sein, die das Sagen hatte. Sie war es also, die er überzeugen musste.

„Wenn ihr mir eine Chance gebt ...“

„Die Chance, an der Seite zweier gesuchter Juden zu sterben.“

Vanni strich ihm kurz über die Haare. Paolo erschauerte, wich aber nicht zurück. Er dachte, Vanni würde ihn vielleicht noch einmal berühren, doch der nahm stattdessen die Pistole und sagte: „Sieh her.“

Es ging so schnell, dass er nicht folgen konnte. Vanni schnippte mit dem Daumen eine Schachtel Munition auf, steckte Patronen ins Magazin, schob es in den Kolben, lud durch, streckte die Pistole in die Luft und schoss.

Es regnete Putz von der Zimmerdecke, wie bei einem plötzlichen Hagelschauer.

„Tut mir leid wegen des Schadens“, sagte Vanni und wischte die Putzteilchen vom Bett. „Schick mir eine Rechnung, wenn der Krieg vorbei ist.“

Er nahm das Magazin heraus, leerte schnell die restlichen Patronen auf die Bettdecke und gab Paolo die Pistole.

„Jetzt du."

Doch Paolo hatte nicht folgen können. Es war alles viel zu schnell gegangen, und es lag viel zu weit weg von allem, was ihm vertraut war. Die Funktionsweise des Jacquardwebstuhls, der Stoff, die Scheren, der komplizierte Prozess des Webens … damit kannte er sich aus. Fast so gut wie Chiara, die das alles quasi mit geschlossenen Augen erledigen konnte. Aber eine Waffe …

Mit zitternden Händen nahm er die Patronen, dann das Magazin. Es war so heiß, dass er aufschrie und es auf den Boden fallen ließ. Und gleich danach die Patronen, die klimperten wie die Töne einer Kinderspieluhr, als sie auf die Fliesen trafen.

Paolo gab auf und legte die Pistole aufs Bett. „Bitte gebt mir eine Chance", sagte er.

„Du hast keine Chance. Du lernst oder du stirbst. Wir haben alle unsere Begabungen, mein Lieber. Das Kämpfen gehört nicht zu deinen." Er verzog das Gesicht. „Zu meinen gehört es auch nicht, aber ich kann so tun, als ob. Meine Schwester dagegen …"

„Wann kommt sie zurück?"

„Ich hab keine Ahnung."

„Hat sie die Wahrheit erzählt? Als sie gesagt hat, sie wäre nur auf Beobachtungsposten? Sie hat es so klingen lassen, als wäre das keine große Sache."

Vanni richtete sich im Bett auf und setzte sich neben ihn.

„Ich hoffe es. Ich hoffe es wirklich. Wir gehen weg, sobald wir können. Ich will dich nicht länger in Gefahr bringen. Das ist nicht richtig. Das hast du nicht verdient. Du bist zu … anständig, um durch Menschen wie uns verdorben zu werden."

„Ich will nicht *anständig* sein."

„Und ich will kein lausiger humpelnder Jude sein. Manchmal haben wir keine Wahl. Sei du selbst, Paolo. Nicht jemand, von dem du glaubst, du müsstest es sein."

Er strich ihm wieder durchs Haar, ließ die Finger langsam über seine Kopfhaut gleiten. Es erinnerte Paolo an seine Mutter, die dasselbe getan hatte, als er noch klein war und wenn er einmal wieder weinte, weil er in der Schule schikaniert und gehänselt wurde. Wenn er mit Ausdrücken beschimpft wurde, die er nicht verstand. Oder die er vielleicht vorgab, nicht zu verstehen, weil er über die Anschuldigung, die sich dahinter verbarg, nicht nachdenken wollte – dass er von Geburt an irgendwie unnormal sei, fehlerhaft, beschädigt, unwert zu leben.

„Du solltest mich nicht so anfassen."

„Warum nicht? Gefällt es dir nicht?"

„Nein."

Sein Blick war sanft, und seine Augen waren so dunkel und tief, dass Paolo meinte, er könnte Dinge darin sehen, die andere nicht sahen.

„Du klingst, als wärst du dir nicht sicher. Und wie ist das?"

Er wich nicht zurück.

„Wir sind nur Haut und Blut und Fleisch", flüsterte Vanni dicht an seinem Ohr. „Für kurze Zeit auf dieser Welt und dann wieder fort. Warum so kostbare Minuten verschwenden?"

Draußen ertönte der Motor eines Bootes und danach der heisere Schrei einer Möwe. Das Licht eines Suchscheinwerfers blitzte kurz auf, aber es war weit entfernt und verschwand gleich wieder. Der stürmische Winterwind rüttelte an den Läden der Küchenfenster. Die eisige Salzluft drang durch die morschen Fensterrahmen des abgeschiedenen Hauses am Rande der Lagune.

Pistolenkugeln rollten und klackerten zwischen seinen Füßen auf dem kalten Fliesenboden, doch ihr metallisches Geräusch verstummte, sobald er seine Kleider abstreifte.

Als sie zusammen auf die alten Laken sanken, verloren sich seine Gedanken an Orten, zu denen er schon immer gewollt, aber nie den Mut gefunden hatte, sie zu erkunden. Dann ein Seufzen, ein Stöhnen vor Schmerz, das Quietschen von Sprungfedern, gefolgt von dem rhythmischen Geräusch, das er ab und zu in seinem Zimmer auf der anderen Seite des Flurs gehört hatte.

Haut, Blut und Fleisch. Und heißes Verlangen.

Paolo ergab sich und dachte nur noch an sie beide, zusammen an einem Ort, an dem es keinen Krieg gab.

Rocco Trevisans Vater hatte die *Traghetto*-Fähre gerudert, die zwischen Santa Maria del Giglio und Salute über den Canal Grande verkehrte, bis er irgendwann entschied, dass die harte Arbeit mehr wert war als die paar Lire, die er dafür bekam, die Einheimischen zu einem

Bruchteil des Preises einer Gondelfahrt hin und her zu befördern. Danach borgte er sich genug Geld, um ein kleines Frachtboot zu kaufen, mit dem er von frischen Lebensmitteln bis zu Möbeln alles Mögliche transportierte, sich durch Mund-zu-Mund-Propaganda immer mehr Aufträge verschaffte und sich einen guten Ruf aufbauen konnte. Außerdem gewann er sämtliche Mütter für sich, weil er seinen kleinen Sohn mit aufs Boot nahm, kaum dass er laufen konnte, in einem Jäckchen, auf das *Trevisan Padre e Figlio* eingestickt war.

Vater und Sohn. Seine Mutter war gestorben, als er sieben war. Von da an waren die beiden unzertrennlich gewesen. Ständig auf dem Wasser, zum Arbeiten, in ihrer Freizeit, für alle möglichen Aktivitäten, ob legal oder nicht. Der junge Trevisan hatte mit seinem Vater an Regatten teilgenommen, bei denen sie historische Boote wie *mascareta* und *puparìn* ruderten. Er hatte seinen alten Herrn in einem geliehenen *s'copion* auf Jagdausflüge in die abgelegensten Teile der nördlichen Lagune begleitet und mit einer riesigen auf den Bug montierten *Spingarda*-Flinte auf Enten geschossen. Als er älter und kräftiger wurde, hatte er geholfen, auf Sant'Erasmo Kisten mit Artischocken und anderem Gemüse zu schleppen, um sie dann zusammen zum Rialtomarkt zu bringen. Auch nachts waren sie manchmal in den Nebenkanälen der Stadt unterwegs gewesen, um in dunklen Gassen geschmuggelten Tabak und Alkohol an Männer zu liefern, deren Namen er nicht kannte.

Das Leben venezianischer Bootsführer war hart. Mit Mitte fünfzig bekam sein Vater, ein Mann, der niemals klagte, Probleme mit dem Rudern. Es dauerte ein bisschen, bevor der halbwüchsige Rocco begriff, dass die jahrelange anstrengende Arbeit ihm langsam zusetzte und er alt und müde wurde. An einem Juniabend kurz vor seinem zwanzigsten Geburtstag sagte er, er würde einen alten Freund an der Uni in Padua besuchen. Sein Vater fragte ihn nicht, wie ein Arbeiterjunge aus einem Mietshaus in Castello jemanden von der Universität kennenlernen konnte. Vielleicht ahnte er, was kommen würde.

Rocco Trevisan fuhr mit dem Zug vom Bahnhof Santa Lucia aus landeinwärts, aber nicht wegen einer Freundschaft. In den darauffolgenden sechs Tagen schlief er in Parks, ging erfolgreich der Polizei und so gut wie jedem anderen aus dem Weg und raubte nach einer Abschlussfeier drei reiche, sturzbetrunkene Studenten aus, zwei noch mit ihren Lorbeerkränzen um den Hals. Anschließend ein paar Ladenbesitzer, nachdem er in Erfahrung gebracht hatte, dass sie mit ihren Tageseinnahmen auf dem Weg zur Bank waren. Wäre er erwischt worden, wäre er wegen Raub und Körperverletzung mindestens fünf Jahre ins Gefängnis gewandert. Das hätte seinem Vater das Herz gebrochen.

Aber so weit kam es nicht. Er kehrte mit genug Geld heim, um ein neues Boot mit Außenbordmotor zu kaufen, das sein Vater mit der Pinne steuern konnte, während er selbst die schwere Arbeit übernahm. Als sein alter Herr ihn fragte, woher er das Geld hatte, antwortete er, er hätte es von einem Freund geliehen. Rocco Trevisan hatte sein Talent zum Lügen entdeckt, sein Talent, sich im Verborgenen zu halten, sich in den Seitengassen zu verstecken, die von der Via Garibaldi zu den Gärten der Biennale führten, wo die Faschisten jetzt ihre schrecklichen Filme drehten. Als der Krieg ausbrach, verschwammen alle Grenzen. Wann etwas legal war. Was akzeptabel war. Wofür es sich lohnte, dem Duce Steuern zu zahlen, und welche Schmuggelware weiterverkauft werden konnte, ohne dass die Polizei dahinterkam.

Sein Vater hatte schon früh der kommunistischen Zelle in Castello angehört, die sich nach der Russischen Revolution gebildet hatte. Rocco wuchs damit auf, dass sein alter Herr Marx und Engels vorlas und er immer wieder dieselbe Botschaft hörte.

Keine Veränderung ohne Schmerz. Die Kämpfer von heute sind die Helden von morgen. Ihr Tod, ihr Blut wird eines Tages zu einem besseren Italien führen, einem Land, das mit seinem wahren Freund im entfernten Russland verbündet ist, Stalin. Der ab und zu Geld in die Kassen derjenigen fließen ließ, die seiner Überzeugung folgten.

Adolfo Trevisan starb im grauen Winter 1941, entkräftet von jahrzehntelanger schwerer körperlicher Arbeit. Danach entwickelten sich die kommunistischen Überzeugungen seines Sohnes von einfachem Hass zu einer verzweifelten Gier nach Taten, nach blinder Rache an der gleichgültigen Welt um ihn herum. Er schmuggelte Waffen und raubte Geschäfte aus, allerdings nur solche, die Faschisten bedienten. Von Zeit zu Zeit fuhr er Frauen und Männer, die er nicht kannte, in die Stadt oder hinaus. Auch Juden, aber die nur gegen gute Bezahlung. Es waren schließlich Juden. Sie konnten es sich leisten.

Die ganze Zeit hatte er sorgfältig darauf geachtet, den äußeren Schein zu wahren, ein gewöhnlicher, fleißiger Bootsführer zu sein, der stets bereit war, einen Tisch oder eine Bestellung Wintergemüse zu einem angemessenen Preis durch die Stadt zu transportieren. Die Polizisten konnte er damit wahrscheinlich nicht täuschen. Schon gar nicht einen wie diesen gewieften Venezianer Luca Alberti. Doch Trevisan war gerissen genug, um sich nicht erwischen zu lassen und nebenher so einiges dazuzuverdienen. Vielleicht war es wegen des Geldes, dass fünf Monate zuvor eine Unbekannte namens Sara Vitale Gretas Bar betreten und ihn, den Mürrischen, Schweigsamen, ausgewählt hatte. Sie war Dienstmädchen in einem der Paläste am Canal Grande gewesen, bevor sie hinausgeworfen wurde, als die Schwarzen Brigaden kamen und das Gebäude für die eigenen Leute beschlagnahmten. Es dauerte nur ein paar Wochen, bis sie das Bett mit ihm teilte, aber nur wenn ihr der Sinn danach stand.

Er konnte nicht aufhören, an die Vergangenheit zu denken, an seinen Vater, an all die Zeit, die sie auf den dunklen Kanälen der Stadt und auf den weiten silbernen Wasserflächen der Lagune verbracht hatten. Vielleicht war es das, was die Leute manchmal erzählten: dass das Leben noch einmal wie im Zeitraffer vor einem vorbeizog, bevor es zu Ende ging. Oder vielleicht überkamen ihn Zweifel. Sara Vitale hatte etwas in sein Leben gebracht, auf das er nie gehofft hätte. Das er vielleicht nicht verdiente. Eine Zuversicht, die ihn stärkte. Das wollte er nicht verlieren. Er wollte sie nicht verlieren. So, wie er diesen Anschlag organisiert hatte, müsste zumindest Sara überleben.

Das robuste Motorboot, das er für seinen Vater gekauft hatte, fuhr langsam durch einen der schmalen Kanäle, die sich wie die Adern eines lebendigen Wesens durch San Marco zogen. Trevisan saß am Ruder. Niemand kannte diese engen kurvenreichen Wasserwege besser. Ein paar Minuten vom Hotel entfernt bogen sie scharf links in den letzten *rio* ein und bückten sich, als sie unter einer schmalen Steinbrücke zwischen den Wohnhäusern hindurchfuhren. Das Wasser stand hoch an diesem Abend. Vielleicht würde es *acqua alta* in San Marco geben. Als Kind hatte er immer fasziniert zugesehen, wenn die Lagune sprudelnd aus den Abflusskanälen in der Via Garibaldi nach oben quoll, bis das

Wasser an die Türen der Bars und Geschäfte schwappte und alle ihre Gummistiefel hervorholen und ihre Eingänge mit Sandsäcken schützen mussten.

Die *crucchi* kannten Venedig nicht so, wie er es kannte. Wenn er es schaffte, mit seinen Leuten in das Hotel der Nazis zu kommen, sie ihre Aufgabe erledigen und wieder zum Boot zurückkehren konnten, dann würden sie auch Campalto erreichen. Vielleicht nicht alle fünf, aber es gab sowieso nur zwei, auf die es wirklich ankam.

„Rocco“, flüsterte Sara und setzte sich neben ihn ans Heck.

„Was?“

„Ich bin dran. Vergessen? Mit dem Ruder.“

Sie nahm ihre Wollmütze ab und ließ die Haare offen über ihre Schultern fallen. Ihr Gesicht schimmerte im blassen Licht des fast vollen Mondes. Nebelschwaden zogen durch die Stadt wie der Zigarettenrauch eines Riesen. Der Abend war perfekt für eine Flucht. Campalto wäre kein Problem. Sie würden es schaffen.

Er drehte den Gasgriff zu, stand auf, gab ihr das Ruder und wartete, bis sie es fest in der Hand hielt. An dieser Stelle war der Kanal kaum fünf Meter breit. Es konnte leicht passieren, dass man rechts oder links gegen die Wand prallte, und das würde die deutschen Wachen alarmieren.

„Sobald wir am nächsten Fenster vorbei sind, stellst du den Motor aus“, sagte er zu ihr.

„Geht klar.“

Die drei Männer vor ihnen langten nach unten und nahmen ihre Waffen. Trevisans eigene wartete im Bauch des Bootes, neben den Stabgranaten, die sie hatten, einem Geschenk der Zelle von der *terraferma* als Gegenleistung für die Überfahrt einiger Männer.

„Bring uns zur seitlichen Anlegestelle beim Hotelgarten.“

„Das weiß ich, Rocco. Wir sind doch alles durchgegangen.“ Sie flüsterte, sodass nur er sie verstehen konnte. „Du klingst nervös. Nicht. Das ist schlecht für die Moral.“

„Danke.“

Als hätte er das nötig. Er strich ihr über die Haare. Sie wich lächelnd zurück.

„Später.“

„Campalto." Er erwiderte ihr Lächeln. „Dann machen wir eine Flasche auf."

Sie waren fast da. Sie stellte den Motor ab. Geräuschlos, bis auf das sanfte Klatschen des Wassers am Rumpf, trieb das Boot auf die mit Algen überwucherten Stufen an der seitlichen Gartenmauer des Gioconda zu. Über die Treppe kam man zu einem Mauervorsprung, der breit genug für zwei Männer war und bis zum Erdgeschoss unter dem Ballsaal führte. Von da würden sie zu der Tür kommen, durch die man in den ersten Stock hinauf gelangte.

Er sah alles genau vor sich, hatte es immer wieder im Geist durchgespielt.

Die Anlegestelle war schon ganz nah. Mika Artom würde sie jeden Moment sehen, zum Flügel gehen, die Bombe scharf stellen. Sie würden unten ausharren, und sobald sie die Explosion hörten, würden sie angreifen.

„Warte nicht länger als fünfzehn Minuten", sagte er, als er die steinernen Stufen vor ihnen aus der Dunkelheit auftauchen sah. Das Licht im Ballsaal war heller als gewöhnlich. Es glitzerte im dunklen Wasser, wodurch sie sichtbarer waren als erwartet. Von oben drangen Musik und Stimmen herunter. Die *crucchi* klangen fröhlich.

„Ich sagte …"

„Ich hab dich gehört, Rocco", antwortete sie und strich ihm kurz über die Wange, während das Boot unaufhaltsam auf die Stufen zutrieb.

Es war bitterkalt auf dem Balkon des Gioconda. Sie zitterte. Dann sagte er wieder ihren Namen, stellte sein Glas auf ihr Tablett, verschränkte die Arme und blickte hinaus auf den dunklen Kanal.

Ihr fehlten die Worte.

„Du kennst diesen Namen?"

Es war der Venezianer, den sie schon am Vorabend gesehen hatte. Als sie das Glas zerbrochen und er die Scherben aufgehoben hatte.

Luca Alberti. Freut mich, dich kennenzulernen. Zimmer 413.

Jetzt kam er ihr nicht mehr betrunken vor.

„Ich verstehe nicht", antwortete sie. „Ich dachte, Sie wollten noch etwas zu trinken."

„Mika Artom. Jüdin aus Turin."

„Nein, *signore*. Mit Juden gebe ich mich nicht ab. Das habe ich Ihnen schon einmal gesagt."

„Giulia. Richtig?"

„Ja." Sie konnte den Blick nicht vom Kanal abwenden. Sie mussten jeden Moment kommen. „Ich weiß nicht, was …"

„Die Terroristen, von denen ich dir erzählt habe. Eine Frau in ungefähr deinem Alter. Und ihr Bruder Giovanni. Er ist verletzt. Aber sie ist Medizinstudentin, also ist er vielleicht ganz gut versorgt."

Er kam näher und berührte den seidenen Ärmel ihres Kleides. Auf dem Geländer bildete sich Reif, der wie Puderzucker aussah. Sie wollte nicht lange hier draußen bleiben. Nur bis sie Trevisans Boot kommen sah und …

„Ich kenne keine …"

„Wenn ich jetzt so darüber nachdenke, du klingst, als kämst du aus der Gegend von Turin. Und als … Patriotin, wie du sagtest, dachte ich, ich frage dich mal." Er sah sie eindringlich an. „Mika Artom. Dreiundzwanzig. Jüdin." Er lachte. „Na ja, italienische Jüdin. Ich glaube nicht, dass sie Hakennase und Damenbart hat. Das einzige Foto, das wir von ihr haben …"

Er zog das Foto aus der Tasche, das die Polizei gemacht hatte, nachdem sie in Padua verhaftet worden war. Lange, dunkle Haare, ungeschminkt. Aufmüpfiges, zorniges Gesicht.

„Die kenne ich nicht", sagte sie, während ihr das Herz bis zum Hals pochte.

„Na dann." Er steckte das Bild wieder ein. „Es spielt auch keine Rolle. Sie wird sowieso bald tot sein. Weißt du …" Er legte sich den Zeigefinger auf die Lippen, stellte sich dicht neben sie und sprach im Flüsterton. Sie waren beide vom Saal aus nicht sichtbar, von einer Säule verdeckt. „Ich kann dir das sagen, weil ich weiß, dass du eine von uns bist. Die Leute, mit denen sie sich da eingelassen hat … die Zelle. Sieht aus, als konnten die Deutschen da jemanden einschleusen. Sie wissen, was diese Schweine vorhaben. Jetzt." Alberti warf einen Blick über den Balkon. „Es kann jede Minute losgehen. Schlechter Zeitpunkt, um Partisan zu sein. Da war dieser Jude, Diamante. Du hast wahrscheinlich nie von ihm gehört, aber er hatte mit ihnen zu tun."

„Inwiefern?"

Er runzelte die Stirn.

„Wer weiß das schon. Tut jetzt auch nichts mehr zur Sache. Der alte Knabe hat sich gestern Abend umgebracht, bevor wir ihn verhaften konnten. Es geht alles den Bach runter für diese Terroristen. Von jetzt an wird es nur noch schlimmer."

Sie fror. Fühlte sich verloren.

„Wie meinen Sie das?"

Er zwinkerte.

„Willst du Einzelheiten?"

Sie antwortete nicht.

„Gut." Er nahm ein Glas Franciacorta von ihrem Tablett und erhob es. „Ich kann's verstehen. Vermutlich wussten die Schweinehunde, dass unser großer Judenjäger und jede Menge hohe Tiere aus Salò in der Stadt sind." Er deutete durch die Scheibe in den Saal. Auf den abgedeckten Flügel. „Sie wollten da drin 'ne Bombe deponieren. Und wenn die hochgehen würde, sollte diese Mika Artom ein paar bewaffnete Männer reinlassen." Wieder ein kurzer Blick auf den Kanal, der im Licht des Ballsaals schimmerte. „Mut hat sie, das muss man ihr lassen. Eine gesuchte Jüdin, die einfach so in die Höhle des Löwen marschiert."

Er zuckte mit den Schultern.

„Und?", fragte sie.

„Die Frau ist so gut wie tot. Die *crucchi* wissen Bescheid. Sie haben den Trottel erwischt, der versucht hat, die Bombe zu legen. Irgendwer reißt ihm wahrscheinlich im Ca' Loretti gerade die Fingernägel raus. Morgen werden sie … wir … die ganze Bande vor ein Erschießungskommando stellen. Oder sie an den Bäumen bei Harry's Bar aufknüpfen. Hängt davon ab, wie groß das Spektakel sein soll, das sie haben wollen."

Er leerte sein Glas und verzog das Gesicht.

„Ich weiß, dass das Zeug, das sie trinken, ein Vermögen kostet. Aber ich bevorzuge Prosecco. Der ist unverfälscht. Kommt von hier. Gehört zu uns." Er strich mit dem Finger über ihren nackten Arm. „Ich habe eine Schwäche für alles, was zu uns gehört. Ich würde es gern behalten."

Als sie das letzte Mal bei Greta gewesen war, hatte sie ein kurzes, spitzes Küchenmesser mitgehen lassen, während die alte Frau einmal nicht hingesehen hatte. Es steckte in einer Satinschärpe unter dem Rockbund ihres Kleides, zusammen mit dem Schlüssel für die Nebentür, die hinunter zum Kanal führte. Eine unbequeme Stelle, weil die beiden Metallstücke ihr auf die Taille drückten. Sie konnte sich nicht setzen und sich nicht wirklich frei bewegen. Um an beides heranzukommen, musste sie unbemerkt den Rock hochheben.

„Fassen Sie mich nicht an." Sie überlegte, ob es etwas bringen würde, ihn jetzt niederzustechen, ihn zur Balkonbrüstung zu drängen und hinunterzustürzen. Dann wären Trevisan und seine Leute gewarnt. Und sie wäre innerhalb kürzester Zeit tot oder, schlimmer noch, gefangen genommen.

Sie hörte von unten eine entfernte Männerstimme. Was gesagt wurde, konnte sie nicht verstehen. Es kam nicht aus dem Hotelgarten, es musste jemand auf dem Wasser sein. Dann sah sie den Bug von Trevisans Boot, das sich mit abgestelltem Motor geräuschlos durch den nebelverhangenen Kanal dem Gioconda näherte. Vorne standen, aufrecht, starr und schweigend, vier Männer mit etwas im Arm, bereit zum Einsatz.

„Ich würde mich von dem Flügel fernhalten", sagte Alberti. „Jeder, der sich ihm nähert, nun ja … du weißt, wie die Deutschen sind. Sie ziehen gern voreilige Schlüsse, und es interessiert sie nicht, ob hinterher vielleicht jemand Blut wegwischen muss."

Wusste er etwa, wer sie war, und versuchte sie zu warnen?

Oder war er nur ein halb betrunkener Polizist, der zu viel redete?

Das auf dem Foto war sie, aber es war eine andere Mika Artom. Nicht nur, was das Aussehen betraf; die Frisur, das ungeschminkte Gesicht, die Studentenkluft, kein Vergleich mit dem auffälligen Abendkleid und den gefärbten Haaren, mit denen Sara Vitale sie ausgestattet hatte.

„Was denkst du?", fragte er.

„Ich frage mich, warum Sie mir das alles erzählen."

„Weil du eine Patriotin bist, Giulia." Seine Stimme hatte einen merkwürdigen Unterton, als er ihren Namen aussprach. „Ich liebe Patrioten. Es wäre schlimm, mit ansehen zu müssen, wenn sie unnötig leiden müssten." Er strich ihr wieder über den Arm und lächelte.

In dem Moment war sie sich sicher: Er wusste Bescheid.

„Wir brauchen mehr von ihnen. Nicht weniger."

Sie trat ein bisschen zur Seite und warf einen Blick in den Saal. Sechs oder sieben deutsche Soldaten in grauen Uniformen hielten sich in der Nähe des Flügels auf. Das waren mehr als zu dem Zeitpunkt, als sie auf den Balkon gegangen war.

„Kann sein, dass sie nicht wissen, wie sie jetzt aussieht. Sie könnte ... ich weiß nicht." Er sah sie kurz an. „Vielleicht hat sie sich die Haare gefärbt. Aber wenn sie so dumm ist, das Laken auf diesem Flügel anzufassen ..." Er deutete in den Ballsaal. „Überzeuge dich selbst."

Einer der großen Deutschen, ein Zivilist in einem dunklen Anzug, war aufs Podium getreten und winkte die Gäste lachend in Richtung Balkon.

„Sieht aus, als würde da gleich eine Vorstellung beginnen", sagte Alberti, leerte sein Glas und warf es über die Balustrade. „Eine deutsche Vorstellung. Ich glaube nicht, dass es etwas für mich ist." Er strich ihr ein letztes Mal über den Arm. „Oder für dich."

Trevisan stand als Erster auf der glitschigen Treppe und streckte, das Gewehr über der Schulter, die Hand aus, um den anderen zu helfen. Bootsführer wussten, wie tückisch die mit Algen überwucherten Steinstufen in Venedig sein konnten, wie leicht jemand, der nicht aufpasste, ausrutschte und im schmutzigen Wasser landete.

Die Tür zu der Treppe, die zum Ballsaal des Gioconda führte, war vielleicht zwanzig Meter entlang des Mauervorsprungs entfernt. Sie standen unter den breiten Zweigen eines Orangenbaums, die aus dem Hotelgarten über die Mauer ragten. Überall auf dem gepflasterten Vorsprung lagen faulende Früchte. Zwischen den Blättern raschelten und gurrten Tauben. Seine Gedanken schweiften ab. Er hatte das Gefühl, die Vögel würden ängstlich klingen.

„Wann geht das verdammte Ding endlich hoch?", fragte Tosi.

„Wenn sie zum Flügel kann."

„Kennst du diese Frau, Rocco? Ich hab gehört, sie ist neu."

„Wir haben sonst niemanden, um ihn in den Saal zu schleusen. Sie ist gut. Sie kriegt das schon hin." Er beugte sich zu Tosi hinüber und flüsterte ihm ins Ohr. „Außerdem ist sie schön. Die Deutschen werden ihr aus der Hand fressen."

„Wohl eher versuchen, sie ins Bett zu kriegen", erwiderte Tosi und spuckte in den Kanal.

Trevisan seufzte. Er kannte diese Männer fast schon sein ganzes Leben. Aber Diebe waren sie nie gewesen, hatten noch nie eine Bank ausgeraubt, waren noch nie vor der Polizei geflohen und hatten sich nie irgendwo versteckt, bis es wieder sicher war und sie vorgeben konnten, ganz normale Venezianer zu sein, die ihrem Alltag nachgingen. Ihnen fehlte seine Gewieftheit, die Gabe, irgendwo abzutauchen, wenn Gefahr drohte. Es stimmte, dass er keine andere Wahl gehabt hatte, als die Frau aus Turin ins Gioconda zu schicken. So wie er keine Alternative gehabt hatte, diese drei Männer und Sara Vitale für diesen verzweifelten Angriff auf die Deutschen auszuwählen.

„Ja, wann geht das verdammte Ding denn endlich hoch?", fragte einer der Fischer. „Auf was warten wir noch?"

Trevisan ging zurück zum Boot. Sara Vitale saß am Ruder, bereit, den Motor zu starten, sobald es so weit war. Plötzlich fiel ein neuer Lichtschein auf den Mauervorsprung. Der Lieferanteneingang war offen. Zu sehen war niemand. Nur eine Möglichkeit hineinzukommen.

„Vielleicht hat die Bombe nicht funktioniert", sagte Sara. „Die Tür ist offen. Nehmt die Granaten. Geht nach oben. Werft sie rein. Erschießt ein paar von den Schweinen. Spielt keine Rolle, wie viele ihr tötet. Wir setzen auf jeden Fall ein Zeichen damit." Sie tippte auf den Ruderstock. „Sobald ich keine Schüsse mehr höre, starte ich das Ding. Ihr kommt wieder runter, und wir können noch vor Sonnenaufgang in Campalto sein." Sie fasste ihn am Ärmel. „Falls du den Weg kennst."

„Da könnte ich dich sogar mit geschlossenen Augen hinbringen."

Vielleicht sollten sie den ganzen Plan aufgeben. Die Bombe hätte explodieren müssen.

Keine Zeit zum Nachdenken. Worüber auch?

„Tu es einfach, Rocco, ja?"

„Ja", antwortete er und gab ihr einen Kuss auf die kalte Wange.

Die Soldaten am Flügel wirkten gelangweilt, als hätten sie ihren Dienst getan. Mika drängte sich durch die Menschen, die zum Balkon strömten. Die Männer – es waren alles Männer – grinsten erwartungsvoll.

Niemand nahm Notiz von einer Kellnerin in einem roten Seidenkleid. Niemand sah, wie sie unauffällig ihr Tablett auf einen der Tische stellte.

Es gab nur einen Deutschen, der nicht auf die Balkontür zusteuerte. Den großen, unangenehmen Kerl, der sie überreden wollte, in sein Zimmer zu kommen.

Sander.

Sie warf einen Blick auf den Nebenausgang, und ihre Finger strichen unwillkürlich über den Schlüssel, der sich unter ihrem Kleid verbarg.

Die Tür war schon offen. Deutsche Soldaten mit Gewehren standen davor und warteten.

Keine Chance, Trevisan von dort aus zu warnen. Auch vom Balkon aus konnte sie nichts tun.

Ihr Blick wanderte zum Flügel.

Alberti sagte die Wahrheit. Sie wusste es einfach. Es gab keine Bombe. Kein Zeichen für die Männer draußen, zuzuschlagen. Es war eine Falle, eine, in der auch sie festsitzen würde, wenn sie es nicht irgendwie schaffte zu entkommen.

Sie lief ans andere Ende des Saals, nahm die breite Treppe nach unten, verlangsamte oder beschleunigte nicht ihren Schritt, drehte sich nicht um, sondern ging wie eine Frau, die auf dem Weg zur Toilette ist.

Die Eingangshalle war leer, bis auf ein paar uniformierte Wachen, die vor den langen Spiegeln herumstanden und furchtbar verärgert schienen, weil sie an dem Spektakel nicht teilnehmen konnten.

Hinter dem Empfangstresen standen steif und verängstigt ein Mann und eine Frau in Schwarz. Sie wussten, dass etwas passieren würde.

Richtung Kanalseite des Gebäudes befand sich eine Flügeltür. Sie öffnete sie und schlüpfte hindurch. In dem Raum, in den sie gelangte, standen Tische in geometrischer Anordnung. Im gedämpften Deckenlicht erkannte sie Teller, Tassen und Besteck auf jedem davon.

An der rechten Wand hing wieder ein großes Porträt von Hitler. An der linken eins von Mussolini.

Sie ging zu den Fenstern und spähte hinaus. Trevisans Boot dümpelte links vom Anlegesteg beim Garten im dunklen Wasser. Am Ruder stand jemand, den sie kannte: Sara Vitale, deren Gesicht vom Licht erhellt wurde, das von oben herabfiel. Sonst war niemand an Bord.

Mika starrte die Frau auf dem Boot an. Vitale bemerkte sie, wie Menschen das manchmal tun, wenn sie beobachtet werden. Sie drehte sich um und starrte erschrocken zurück. Doch außer Entsetzen lag noch etwas in ihrem Blick: ein Anflug von Scham. Rechts vor dem Hotel liefen Männer entlang, die sich der Tür näherten, durch die man zur Treppe zum Ballsaal gelangte.

„Trevisan!“, schrie sie und hämmerte gegen die Scheibe. „Geh zurück, Mann! Die *crucchi* wissen Bescheid! Sie wissen …“

Wahrscheinlich waren sie zu weit weg, um sie zu hören. Sie drängte sich durch die Tische, um näher heranzukommen, wollte gerade wieder an die Scheibe hämmern, als sich von hinten Schritte näherten und ein Faustschlag Mika Artom zu Boden schleuderte. Der Gestank nach Alkohol und schlechtem Atem umgab sie. Der Deutsche, der sie schon die ganze Zeit im Auge gehabt hatte.

„Zuerst“, sagte er und zerrte an ihrem dünnen Kleid, „kämpfen wir. Und dann treib ich's mit dir.“ Seine Hände waren stark und grabschten nach ihren Schenkeln. Sein Italienisch war gebrochen und schlecht zu verstehen. Sie tastete nach dem Messer an ihrer Taille, legte die Finger um seinen Griff.

Ein weiterer Schlag. Sie schrie vor Schmerz auf. Als er erneut zuschlug, rutschte ihr das Messer aus der Hand und schlitterte über den gebohnerten Boden davon.

Trevisan ging voran, wie es seine Art war. Granate in der linken, Gewehr in der rechten Hand, flache Atmung, scharfer Blick, mit den Gedanken bei den Stufen, die vor ihm lagen, und bei dem, was ihn an deren Ende wohl erwarten würde. Seine drei Kameraden folgten ihm schweigend. Sie waren nur noch ein paar Schritte von dem Seiteneingang entfernt, als im ersten Stock Türen aufgingen und von oben plötzlich Lärm herunterdrang.

Vielleicht hörte er noch etwas anderes. Ein Rufen. Eine Faust, die gegen eine Scheibe schlug? Er war sich nicht sicher. Also hob er die Hand und ließ die Männer auf dem feuchten Mauerabsatz warten.

Es war nicht schwer, sich vorzustellen, was passiert war. Jemand hatte die Balkontüren des Ballsaals oberhalb geöffnet und die Leute waren nach draußen geströmt. Man hörte fröhliches Geplauder, das

Klirren von Gläsern, ein paar Lachsalven. Deutsch. Er verstand kein Wort. Es klang wie eine Feier.

„Wenn sie uns sehen, wird den Faschistenschweinen die Feierlaune vergehen", sagte Tosi und stieß ihn mit dem Ellbogen an.

„Halt die Klappe, Herrgott noch mal", zischte Trevisan. „Wir gehen rein und wieder raus. Es muss schnell gehen. Egal, wie viele wir töten. Hauptsache, ein paar …"

„Wegen nur ein paar Arschlöchern bin ich nicht hier", erwiderte Tosi ungehalten.

Doch Trevisan dachte nicht einmal an den kurzen blutigen Angriff. Er war mit seinen Gedanken bei dem, was hinterher kommen würde.

Campalto. Auf der anderen Seite der Lagune. Er kannte es kaum. Er hatte nicht viel übrig für die *terraferma*. Der Gedanke, dass andere die Konsequenzen ihres Handels würden erleiden müssen, gefiel ihm nicht. Die *crucchi* würden sich sicher die kleinen Fische vorknöpfen. Leute, die sich bereit erklärt hatten, Waffen zu verstecken. Die ab und zu Informationen weitergaben. Vielleicht sogar nur Mussolini und seine Nazifreunde in der Bar leise verflucht hatten. Aber sein kleiner Trupp bestand aus Kämpfern, und Kämpfer wurden gebraucht. Es war eine der Ironien des Partisanenkampfes, dass ihre geringe Anzahl bedeutete, dass ihr Leben wertvoller war als das von Unschuldigen.

Diese Tatsache hatte ihm noch nie gefallen, aber er begriff die Logik dahinter.

„Machen wir es jetzt, oder nicht?", fragte Tosi und stieß ihn noch einmal an.

In dem Moment passierten zwei Dinge, beide unerwartet.

Hinter ihm wurde der Motor seines Bootes angelassen, und als er sich umdrehte, sah er, wie Sara Vitale das Fahrzeug wendete und in die Stadt zurückfuhr.

Und dann, bevor er etwas sagen konnte, hielt er sich die Hand über die Augen, um sich vor dem blendend weißen Licht einer Reihe Scheinwerfer zu schützen, die plötzlich auf der anderen Seite des Kanals angingen und direkt auf ihn gerichtet waren.

Es dauerte einen Moment, bis seine Augen sich an das Licht gewöhnt hatten. Dann blieb ihm fast das Herz stehen. Vier oder fünf Soldaten, Maschinengewehre auf Stativen vor sich aufgereiht, standen neben den Scheinwerfern und zielten auf sie wie auf Wildgänse an einem klaren Sommerhimmel.

„Sara", murmelte er verwirrt und blickte noch einmal den schmalen Kanal hinauf. Das alte blaue Boot, das er seinem Vater mithilfe von Raub und Schwindeleien gekauft hatte, verschwand unter der Brücke um die Kurve.

Irgendwo kreischte eine Möwe und ein paar Tauben erhoben sich flatternd in den samtblauen Himmel.

Die Menge auf dem Balkon über ihnen war verstummt.

Es herrschte gespannte Stille an dem kleinen Kanal neben dem Hotel Gioconda. Selbst Tosi wusste nichts zu sagen.

Trevisan zog den Stift aus der Granate und hob den Arm, um sie in Richtung der *crucchi* auf der anderen Seite zu werfen.

Doch da wurde der Abend vom ohrenbetäubenden Rattern von Maschinengewehren zerrissen.

Über ihnen entfernter Jubel. Hinter ihnen splitterndes Glas.

Die erste Kugel traf ihn in die Brust. Die zweite in den Hals. Die Granate glitt ihm aus der Hand und taumelte in den dunklen Kanal, wo sie mit einem lauten Schlag explodierte.

Durch die Wucht der Explosion stieg modriges Wasser in einer schmutzig trüben Fontäne nach oben und verteilte sich überall. Die vier Männer zuckten und tanzten wie die Marionetten eines zornigen Kindes, während das Gewehrfeuer sie traf.

Er hatte Lagune im Mund, und Blut. Der Geschmack von Venedig, beißendes Salz und menschlicher Abfall, erstickte Rocco Trevisan, als er würgend ins glänzend schwarze Wasser stürzte, das ihn wie ein eisiges Leichentuch umschloss.

* * *

Draußen flammten Lichter auf und durchbrachen gleißend hell die Dunkelheit des Frühstückssaals. Nach dem plötzlichen Ertönen eines Motorengeräuschs – sicher Vitale, die sich in Sicherheit brachte – waren Gelächter und Gespräche der Männer oben verstummt. Der Lärm, der darauf folgte, war so laut und ohrenbetäubend, dass es den Anschein hatte, ein unsichtbares Monster risse die Welt entzwei. Mika brauchte einen Moment, bis sie begriff, was es war: das mechanische

Rattern von Maschinengewehrfeuer, das einen wahnwitzigen Refrain erschallen ließ, und die Schreie und Wehrufe sterbender Männer.

Während sie über den Boden kroch und sich mühsam aus der Umklammerung des Deutschen befreite, durchschlugen verirrte Kugeln die Fenster des Saals. Glasscherben flogen umher und prallten klirrend gegen die sauberen Tassen und Teller auf den Tischen.

Der Mann namens Sander blieb unbeeindruckt. Er war betrunken, entschlossen und stark. Stärker, als sie je sein konnte.

Mika rollte sich unter den Tisch, um sich besser wehren zu können. Er hatte das Messer nicht gesehen. Da war sie sich sicher. Aber es war über den glatten Holzboden weggerutscht, und sie wusste nicht, wohin.

Er zerrte sie zwischen die Tische zurück, warf sich auf sie und drückte ihre Beine auseinander. Mit gierigen Fingern tastete er nach ihren Strümpfen, riss sie in Fetzen und versuchte, ihr das Höschen auszuziehen.

Draußen waren die Schüsse verstummt. Wieder herrschte eine seltsame Stille. Dann ertönte Beifall von oben, Jubel, ein Trinkspruch. Die Vorstellung war vorbei. Diese zumindest.

Der Deutsche trug den gleichen blanken Armeegürtel, den sie alle trugen. Auf der einen Seite eine Pistole im Holster. Auf der anderen ein Messer in einer braunen Lederscheide, die mit einer Schnalle befestigt war.

Er war betrunken. Er wollte sie unbedingt haben, also fasste sie ihm in den Schritt, an den Stummel unter dem kratzigen Stoff seiner Hose.

Er lachte und stöhnte, dann versuchte er ihren Kopf nach unten zu drücken und sagte so etwas wie „Mund".

„Ja", antwortete sie und beugte sich gerade so weit vor, dass sie ihm die rechte Hand auf die Hüfte legen konnte.

Er schloss die Augen und gab einen zufriedenen Laut von sich.

Das Messer ließ sich leicht aus der Scheide ziehen. Sie umschloss den Schaft mit beiden Händen und hielt ihm die glänzende Stahlklinge dicht an die Kehle, wartete auf den richtigen Moment, darauf, dass er es bemerken würde.

Sander öffnete die Augen und schnappte nach Luft. Er holte mit dem rechten Arm zu einem Schlag aus. Doch bevor es dazu kam, stieß sie ihm knapp über dem Adamsapfel die Messerspitze in den Hals. Stach dicht daneben noch einmal zu. Blut verteilte sich zwischen ihnen, warm und klebrig. Ein tierischer Laut, halb gurgelnd, halb erstaunt, drang aus seiner Kehle. Noch ein Stoß, ein Stich, ein Schnitt zur Seite setzten dem ein Ende.

Mika rappelte sich hoch, streifte die Überreste ihrer Strümpfe ab und zog ihm die Uniformjacke aus. Sie sah schrecklich aus, blutverschmiert, das rote Kleid von der Taille abwärts zerrissen. Sander lag mit dem Gesicht nach unten reglos auf dem Boden.

Sie drehte die Jacke das Mannes auf links, sodass sie wie eine gewöhnliche Männerjacke aussah. Dann steckte sie die Pistole in die Tasche, schlüpfte hinein und lief zur Tür.

Das hell erleuchtete Foyer des Gioconda war leer, nur die Empfangsmitarbeiter, der Mann und die Frau, standen noch immer hinter dem Tresen. Fröhliches Geplauder und das Klirren von Gläsern schallten über die breite Treppe von oben herab. Die *crucchi* hatten ihre Beute erlegt. Es war Zeit zum Weiterfeiern, und darin lag vielleicht ihre einzige Chance.

Der Rezeptionist kam hinter dem Tresen hervor. Mika zog ihre Pistole, zielte auf ihn, wusste aber nicht, was sie sagen sollte.

„Sieh zu, dass du hier wegkommst", sagte er. „Sie sind alle oben und betrinken sich. Wenn …"

„Wachposten", fiel sie ihm ins Wort. „Wo stehen die?"

„Am Ende der Straße. Davor geht links eine Gasse ab. Geh da entlang."

„Und dann?"

„Lauf, um Himmels willen!", schrie die Frau hinter dem Tresen. „Sie werden uns alle umbringen."

„Hier", sagte der Mann und gab ihr eine kleine Taschenlampe.

Draußen war es stockfinster. Sie sah Trevisan und seine Männer vor sich, wie sie tot vor dem Hotel lagen und ihre blutüberströmten, von Kugeln durchsiebten Leichen von hämisch grinsenden Nazi-Soldaten mit den Füßen herumgestoßen wurden.

Die Zelle war schon lange nicht mehr intakt gewesen. Sie wusste es in dem Moment, als sie Sara Vitales schuldbewusstes Gesicht durchs Fenster gesehen hatte. Aldo Diamante, der Mann, dessen Kontakte sie nach Venedig gebracht hatten, war tot. Es gab nur schlechte Nachrichten, und nirgends schien Rettung in Sicht. Sie brauchte Vanni, seine Ruhe und seinen gesunden Menschenverstand, als Ausgleich für ihre Unbeherrschtheit.

Mehr als alles andere jedoch wollte sie zurück in die Sicherheit hinter den schützenden Mauern des Giardino degli Angeli.

Die schmale Gasse war da, wo der Mann im Hotel gesagt hatte. Sie war gerade breit genug für eine Person. In ihrer Hast und Panik stieß sie immer wieder gegen die raue Mauer rechts und links, die vom Nebel der Lagune ganz feucht war.

Mika Artom taumelte vorwärts, stets die Hand an der Waffe in Sanders Jacke, und versuchte den Weg durch die endlose Nacht zu finden.

Sie brauchte fast zwei Stunden. Zeit, in der sie durch enge Gassen stolperte, sich in jedem *sotoportego* verbarg, an dem sie vorbeikam. Es waren nicht viele Soldaten unterwegs, und diejenigen, die Dienst hatten, hielten sich an den üblichen Orten auf. Auf den *campi*, in den Bars und Cafés in der Nähe ihrer Baracken im Arsenale.

Es gelang ihr, die Riva degli Schiavoni zu meiden, die von San Marco zu den Giardini führte, indem sie einer Route durch die verwinkelten Gassen folgte, die parallel dahinter verlief.

Mit gesenktem Kopf hastete sie auf der dunkleren Seite der Via Garibaldi durch den Schatten. Gretas Bar war jetzt geschlossen. Vier deutsche Soldaten standen davor, rauchten und unterhielten sich. Es brannte kein Licht, und Mika fragte sich, was die alte Frau wohl zu erzählen haben könnte. Ziemlich wenig vermutlich, was die *crucchi* aber nicht davon abhalten würde, sie zu foltern.

Bald darauf lief sie durch das Wirrwarr von Gassen am Ende der Via Garibaldi, das nach San Pietro führte. Noch eine Brücke bis zu der Insel mit ihrer Basilika, eine weitere nach links, den glitschigen Mauervorsprung entlang, dann konnte sie an die Tür klopfen.

Kurz vor der letzten Brücke hätte sie beinah den Mut verloren. Auf der anderen Seite der Grasfläche, hinter dem schiefen Turm der Basilika, war ein Trupp Soldaten dabei, gegen die Tür eines kleinen Wohnhauses zu hämmern. Wären sie nicht so darauf konzentriert gewesen, dort Radau zu machen und in barschem Deutsch zu brüllen, dass jemand aufmachen solle, hätten sie vielleicht bemerkt, wie sie sich über den letzten schmalen Wasserweg schlich. Selbst während sie sich im winterlichen Nebel vorsichtig an der Mauer entlangbewegte, wäre sie zu sehen gewesen, wenn die Männer mit einer Taschenlampe dorthin geleuchtet hätten. Alles, was sie tun konnte, war, möglichst nicht den Halt zu verlieren.

Doch dann bog sie um die Ecke, erschöpft, nass von Schweiß und Blut. Endlich außer Sichtweite.

Sie klopfte in dem vereinbarten Rhythmus an die Tür. Es dauerte ungefähr eine Minute, dann machte Vanni auf.

Paolo saß am Küchentisch. Er trug einen gestreiften Schlafanzug, der aussah wie der eines Kindes. Vanni hatte nur die Unterhose und das Unterhemd an, die er normalerweise zum Schlafen trug.

Beide starrten sie entsetzt an.

„Mein Gott“, sagte ihr Bruder. „Was hast du getan?“

Sie lief zu dem Spiegel im Schlafzimmer und betrachtete sich selbst. Holte Sanders Pistole hervor und ließ die Jacke auf den Boden fallen.

Ihr Kleid bestand von der Taille abwärts aus kaum noch mehr als roten Fetzen.

Sie war voller Blut, vom Hals bis zu den Beinen, und sie wusste, dass ein Teil davon ihr eigenes war. Ein blaues Auge. Eine Schnittwunde auf der Wange.

„Was hast du getan?“, fragte Vanni noch einmal. Dann kam er zu ihr und schlang die Arme um sie.

Mika fing an zu zittern. Unterdrückte ein Schluchzen. Versuchte, klar zu denken.

„Sie haben uns erwartet. Sie wussten Bescheid.“

Paolo wurde bleich.

„Vielleicht ist dir jemand hierher gefolgt.“

„Mir ist keiner gefolgt“, fuhr sie ihn an. „Für wie dumm hältst du mich?“

„Mika …“ Vanni hielt sie weiter im Arm. „Du blutest.“

„Das ist nicht mein Blut. Nicht viel davon jedenfalls. Ich hab einen umgebracht.“ Sie streckte den Finger in die Höhe und sah ihn zornerfüllt an. „Einen.“

Sie zog die Überreste des Kleides aus, das Sara Vitale ihr gegeben hatte, fuhr sich mit den blutigen Fingern durch die blondgefärbten Haare und überlegte, wie schnell sie auch die wieder loswerden könnte. So stand sie vor ihnen, in ihrem Büstenhalter, dem besudelten Höschen, von unten bis oben getrocknetes Blut an den Beinen, wie die Farbkleckse eines schlechten Künstlers.

Dann streifte sie auch ihre letzten Kleidungsstücke ab und betrachtete sich nackt, ohne sich darum zu scheren, dass jemand sie sah.

„Ich muss diesen widerlichen *Crucchi*-Dreck von mir abwaschen", sagte sie. „Hast du ein Handtuch?"

Filippo Garzone saß schweigend im Schiff seiner Kirche, nicht die allerschönste in Venedig, aber die Auswahl war groß. San Pietro war sein Gotteshaus, also liebte er es, wie man den kleinsten Welpen im Wurf liebte. Es lag auf der Hand, dass die Soldaten ihn zuerst in seinem kleinen Haus neben der Basilika suchen würden. Wo sonst? Das war der Ort, an dem er wohnte, seit er aus Vicenza hergezogen war. Vielleicht war es für die Deutschen schwer zu begreifen, dass ein Mann Gottes in einer dunklen Nacht, in der seine Seele geprüft wird, seinem Altar näher sein will als seinem Bett.

Aber kommen würden sie. Damit rechnete er seit dem Moment, in dem er von Aldo Diamantes Selbstmord erfahren hatte. Was an diesem Abend gemunkelt worden war, über die Verhaftungen, die überall in den Mietshäusern von Castello begonnen hatten, und über einen vereitelten Anschlag auf die *crucchi* in ihrem geliebten Hotel nebst Bordell, hatte ihn in dieser Annahme noch bestärkt. Garzone war kein Partisan. Wenn er ehrlich war, verwirrte Politik ihn, weil er nicht verstand, warum in Fragen von Leben und Tod weltliche Dinge Vorrang vor geistlichen haben sollten. Aber irgendwer würde, vielleicht unter Zwang, seinen Namen nennen. Ihn als jemanden preisgeben, der ein offenes Ohr für jene hatte, die den Deutschen den Tod wünschten. Ein Gerücht, mehr war nicht nötig.

Er empfand kein Bedauern. Er hatte seiner Gemeinde gedient, ob es nun Faschisten waren, einer der wenigen religiösen Kommunisten oder, wesentlich öfter, gewöhnliche Stadtbewohner, verängstigt und ratlos angesichts der Lage, in der sie sich befanden. Jeder, der zu ihm kam und bat, ihm zuzuhören, hatte es verdient, gehört zu werden, ganz gleich, was ihn zum Beichtstuhl nach San Pietro geführt hatte. Auch, um ihm Gott näher zu bringen, falls das irgendwie möglich war.

Bei einem solchen Gespräch, von dem er anschließend im Vertrauen Diamante erzählt hatte, hatte er am Montag zuvor erfahren, dass zwei jüdische Partisanen aus Turin ein Versteck vor den Nazis suchten. Diamante, ein Mann wie er, unparteiisch, aber in Sorge, wusste schon viel mehr und war zu dem Schluss gekommen, dass es nirgends einen sicheren Ort gab, an dem er die beiden unterbringen konnte. Die Nazis hatten die Juden ohnehin schon im Visier. Die Unterbringung flüchtiger Partisanen in ihrer Mitte würde das Risiko für alle nur noch erhöhen. Dann wurden sie zusammen Zeugen von Paolo Uccellos unerwartetem Wutausbruch, als die Männer den Leichnam der unglückseligen Isabella Finzi aus der eiskalten Lagune zogen. Die Worte das jungen Mannes schienen auf eine mögliche Lösung hinzuweisen, nämlich die beiden bei dem jungen Weber unterzubringen, der einsam wie eine Kirchenmaus in seinem kleinen Haus am Rand von San Pietro lebte.

Es war ein Fehler gewesen, von ihnen beiden. Die Wahrscheinlichkeit war groß, dass die *crucchi* jeden, den sie verdächtigten, so lange drangsalieren und foltern würden, bis die Flüchtigen und ihre Helfer gefunden waren. Er war noch nie in der Nähe ihres schrecklichen Hauptquartiers im Ca' Loretti gewesen, aber er hatte genug Erzählungen darüber gehört. Über die Schreie aus den unten gelegenen Zellen, über Schüsse im Hof und über die gelegentlichen Protestrufe derjenigen, die erschossen werden sollten.

Hieß das, dass es falsch gewesen war, den unschuldigen Paolo in die Vorhaben anderer zu verwickeln, die weltzugewandter lebten? Was war besser? Die richtige Entscheidung aus den falschen Gründen zu treffen? Oder die falsche Entscheidung aus den richtigen? Und was war letztendlich der Unterschied? Am Ende wären sie alle tot, Leichen in den Armen Gottes, die auf Auferstehung warteten. Er hatte seine Gemeindemitglieder immer wieder zur Geduld gemahnt. Dazu, den Augenblick abzuwarten – den unvermeidlichen Augenblick –, wenn die freiheitlichen Truppen aus dem Süden triumphieren und Hitler und Mussolini und all das Abscheuliche, das sie mit sich brachten, in die düsteren Kapitel der Geschichtsbücher verbannt würden, die erst noch geschrieben werden mussten.

Stummer persönlicher Widerstand gegen die Schrecken um einen herum sei das Beste. Damit könne man das eigene und das Leben seiner Familie retten, auch wenn einem eine grausame innere Stimme vielleicht immer wieder das Wort „Feigling" zuflüsterte, während andere so schmerzliche Opfer brachten.

Während er mit gesenktem Kopf, wie jedes andere Gemeindemitglied vor dem Altar, auf der Kirchenbank von San Pietro saß und über all das nachdachte, schlug er seine lateinische Bibel auf, die er schon seit seiner Jugendzeit im damals friedlichen Vicenza besaß. Im schwachen Licht einer einzelnen Petroleumlampe blätterte er bis zu einer bestimmten Seite und überflog sie. Dann fand er die Textstelle. Matthäus 26,36. Christus am Ölberg. Jesus, der nach dem letzten Abendmahl sein Schicksal erwartet, in dem Wissen, dass er verraten werden würde und sein schrecklicher Tod nahte.

Matthäus, schon immer. Aus irgendeinem Grund zog er sein Evangelium dem von Lukas vor, vielleicht weil Letzterer, ein Arzt, sich veranlasst gefühlt hatte, aufzuzeichnen, dass Jesus beim Beten Blutstropfen schwitzte. Garzone war ein Mann der Gefühle und Empfindungen, nicht der physischen Details. Die hielt er für überflüssig.

Seit die Deutschen im September die Macht in der Stadt übernommen hatten, hatte er Matthäus' Version des Evangeliums viele Male gelesen. Es schien zu der vorherrschenden Situation zu passen. Ein Teil seiner Berufung als Priester, vielleicht seine wichtigste Rolle im Leben, bestand darin, die Männer, Frauen und Kinder seiner Gemeinde zu überzeugen, dass Gott real war und dass das Blut Jesu sie in der heiligen Messe immer noch durchströmte, so wie es fast zweitausend Jahre zuvor in Jerusalem durch die Adern Christi floss. Einige, vielleicht sogar die meisten, hielten das für ein Märchen, eine unnötige Ausschmückung des Katholizismus, mit dem sie aufgewachsen waren und der ebenso zu ihrem Leben gehörte wie die Weite der Lagune und der Wechsel der Jahreszeiten.

Doch nun endlich betrachtete Garzone diesen Teil der Geschichte Christi mit wahrer Erleichterung. Während er auf die *crucchi* wartete, hatte er beinah das Gefühl, Jesus persönlich wäre in die bescheidenen

Gassen Castellos gekommen, würde zwischen den einfachen Mietshäusern über das Pflaster wandeln und seinen müden, angsterfüllten Gemeindemitgliedern in die Augen sehen. Genau wie ihrem Priester.

Und er würde ihnen sagen: *Ich verstehe dich, mein Kind, denn auch ich hatte einmal Angst.*

Im rauchig gelben Lampenlicht ließ Garzone den Finger über die Seite gleiten, bis er die Zeile gefunden hatte.

Pater mi, si possibile est, transeat a me calix iste.

Mein Vater, wenn es möglich ist, so lass diesen Kelch an mir vorübergehen.

Der Kelch stand für Elend, Tod, Schmerz, alle Schrecken, die die gefallene Welt über den Menschen bringen konnte.

Und drei Verse später folgte die Annahme seiner bevorstehenden Kreuzigung.

Pater mi, si non potest hic calix transire nisi bibam illum, fiat voluntas tua.

Mein Vater, wenn dieser Kelch nicht an mir vorübergehen kann, ohne dass ich ihn trinke, so geschehe dein Wille.

Fiat voluntas tua.

Gottes Wille. Das größte Geheimnis von allen.

Als er noch jung war und das Priesterseminar besuchte, lange vor dem Krieg, war einmal ein Chor aus Wales zu Besuch gekommen, keine Katholiken, doch das hatte niemanden gestört, weil sie so schöne Stimmen hatten. Sie hatten einen wunderbaren Choral gesungen, der ihm im Gedächtnis geblieben war. Vor allem die Eingangsverse, die ein Freund für ihn aus dem Englischen übersetzt hatte und die Garzone sorgfältig in sein Notizbuch geschrieben und sich vorgenommen hatte, sie nie zu vergessen.

Gott, unsterblich, allwissend, verborgen im Licht,
allmächtig und klug, doch seh'n wir dich nicht …

So vieles war den Lebenden verborgen, weil die Schwachen und Ängstlichen – und er gehörte zu beiden – wollten, dass es unsichtbar blieb. Diese selbst auferlegte Unwissenheit sollte nun ein Ende haben. Während sein Finger noch auf Matthäus' Worten ruhte, hatte er plötzlich den Refrain des alten Kirchliedes wieder im Ohr, all diese lieblichen ausländischen Stimmen in perfekter Harmonie. Filippo Garzone schloss die Augen und lächelte. Er war Priester und hatte sein Leben lang anderen gedient. Vielleicht war er in all dieser Zeit zu der Überzeugung gelangt, dass Gottes Wille eher für sie galt als für den schwachen, unvollkommenen Mann, durch den Gott zu ihnen sprach.

Sein tiefer, in sich gekehrter Tagtraum wurde durch heftigen Lärm im hinteren Teil des Kirchenschiffs unterbrochen. Laute, schroffe Stimmen. Deutsch. Dann flog die Tür auf und Taschenlampenstrahlen durchbrachen die Dunkelheit.

Ich schließe doch nie ab, dachte Garzone amüsiert. Warum müssen sie so einen Krach machen? Das ist eine Kirche, und eine Kirche ist immer offen.

Er hätte ein Gebet aufsagen sollen. Wenn ihn ein Gemeindemitglied darum bat, wusste er immer eins. Für glückliche Momente, bei Taufen und Geburten oder Hochzeiten. Aber auch für traurige Anlässe wie Krankheit, Tod, den täglichen Kreislauf des Lebens von Licht zu Dunkelheit und wieder zurück.

Aber jetzt brachte er kein Wort hervor. Bis auf die, die ihm noch immer im Ohr klangen.

Fiat voluntas tua.

Gott, unsterblich, allwissend, verborgen im Licht.

Das murmelte er vor sich hin, als ihm ein Gewehrkolben gegen die Schulter gestoßen wurde. Einmal. Und noch einmal.

„Ich bin bereit", sagte Garzone und stand mit erhobenen Armen auf. „Ich bin bereit, und für das, was kommt, vergebe ich euch."

Obwohl er bezweifelte, dass sie auch nur ein Wort verstanden.

5

Ich las bis weit nach Mitternacht und nahm kaum den Verkehr auf dem Canal Grande wahr, der sich bis auf ein gelegentlich vorbeifahrendes Vaporetto oder Wassertaxi langsam legte. Am nächsten Morgen kam eine Nachricht aus der Schule. Da es bis zu den Sommerferien nur noch eine Woche war, hatten sie beschlossen, dass die bereits suspendierten Übeltäter diese kurze Zeit auch noch wegbleiben sollten. Was bedeutete, dass ich nun ein paar Monate ganz auf mich gestellt sein würde, gefangen in der Lagune, während ich einem sterbenden Großvater beistand und darauf wartete, dass er mir nach und nach seine seltsame Geschichte enthüllt.

Wie sehr mich das innerlich aufwühlte, begriff ich erst, als ich mich wieder auf den Weg zum Krankenhaus machte. An diesem Tag beschloss ich, die Scalzi-Brücke zu überqueren und durch das Ghetto in Cannaregio zu laufen, durch einen Teil Venedigs, den ich kaum kannte. Auf dem *campo* warteten ein paar Touristen darauf, dass das Jüdische Museum öffnete. Gegenüber dem Haus, in dem Aldo Diamante gewohnt haben musste und wo er gestorben war, stand ein großes, offenbar städtisches Gebäude mit dem metallenen Schriftzug *Casa Israelitica di Riposo* über dem Eingang. Das Altenheim, aus dem die unglücklichen jüdischen Rentner von den deutschen Soldaten verschleppt worden waren. Es war nicht schwer zu erraten, von wo aus Luca Alberti das Ganze beobachtet hatte, nachdem er mit Garzone, dem Priester, gesprochen hatte; aus dem *sotoportego*, der aus dem Ghetto nach Süden führte. Also ging ich dorthin, blieb da stehen, wo er gestanden hatte. In der ungewöhnlichen Junihitze war es fast unmöglich, sich einen kalten, sechsundfünfzig Jahre zurückliegenden Dezembertag vorzustellen. Die Rufe und Schreie der Unglücklichen, das Stampfen von Nazistiefeln auf dem Pflaster. Jetzt waren die wenigen Bäume auf dem Platz voll belaubt, Besucher schlenderten umher und schleckten an ihrem Eis, ein paar Kinder schossen Bälle gegen den alten Brunnenkopf in der Mitte.

Auf gewisse Weise ließ das alles die Geschichte in meinem Kopf noch lebendiger und schmerzlicher werden. Am liebsten wäre ich zu ihnen gegangen und hätte sie angeschrien: Wisst ihr nicht, was hier passiert ist? Spürt ihr nicht das ganze Leid? Auf dem Platz waren auch alte Menschen, Venezianer, was ich an der dunklen, altmodischen Kleidung erkannte, in der sie auf Bänken saßen und Zeitung lasen oder einfach die Sonne genossen. Ein paar von ihnen hatten die deutsche Besetzung vielleicht als Kinder miterlebt. Womöglich waren sie sogar Zeugen geworden, wie ihre Großeltern aus ihren Häusern geholt und in Viehwaggons am Bahnhof Santa Lucia verfrachtet wurden, und von dort weiter in die Konzentrationslager in Deutschland oder anderswo.

Ich merkte, dass ich zitterte und kurz davorstand zu weinen. Die Leute begannen, mich anzustarren, vielleicht wie sie den jungen Paolo Uccello angestarrt und sich gefragt hätten: Was stimmt nicht mit ihm? Ist er ganz normal?

Doch einen Ort gab es noch, der mich noch mehr berührte und den ich bis jetzt noch nicht aufgesucht hatte. Ich war noch nicht im Giardino degli Angeli gewesen. Auf mein Drängen hatte Chiara mir erzählt, dass er inzwischen zeitweise als Ausstellungplatz für die Biennale genutzt wurde, was die Arbeiten erklärte, die ich beobachtet hatte, als ich vor dem geschlossenen Tor stand. Als Venezianer konnte ich ihn an so gut wie jedem Nachmittag kostenlos betreten.

Noch nicht, dachte ich, während ich die hohen Mietshäuser des Ghettos hinter mir ließ und zum lang gezogenen Canale della Misericordia ging, an dem entlang ich in ungefähr einer Viertelstunde zu Diamantes früherem Krankenhaus Santi Giovanni e Paolo gelangen würde. Drei Musiker mit E-Piano, Bass und Schlagzeug spielten auf einem Frachtkahn vor einer der gut besuchten Bars am Kanal. Ein junges Mädchen drückte mir einen Flyer für ein Konzert in die Hand. Ein anderes Mal hätte ich vielleicht darüber nachgedacht, am Abend zurückzukommen. Es war ein angesagter Ort. Leute, die ich aus der Schule kannte, kamen auch her, um Bier zu trinken und Mädchen abzuschleppen. Ich nahm den Flyer und steckte ihn in den nächsten Mülleimer. Mehr und mehr hatte ich das Gefühl, durch zwei verschiedene Städte zu gehen. Das Venedig, in dem ich aufgewachsen war, und diese andere, dunklere, von Gewalt geprägte Stadt, die *nonno* Paolo gekannt hatte, als er kaum älter war als ich.

In Gedanken versunken kam ich über die Brücke auf den Campo Santi Giovanni e Paolo. Auf der gegenüberliegenden Seite des Platzes befand sich das Caffé Rosa Salva, zu dem mich *nonno* Paolo, als ich noch klein war, immer mitgenommen hatte, um Gebäck und Eiscreme zu essen. Jetzt wusste ich, dass dies der Ort war, an dem sich auch die beiden Todgeweihten Aldo Diamante und Filippo Garzone getroffen hatten. War das der Grund, warum Großvater so gerne hierherkam? Versuchte er, seine Erinnerungen am Leben zu erhalten, während ich mich mit süßen Leckereien vollstopfte?

Ich ging zum Schaufenster hinüber, fast in der Erwartung, sie drinnen sitzen und mich anblicken zu sehen, mit einem Gesichtsausdruck, der fragte: Wo bleibst du so lange?

Stattdessen saßen da schnatternd ein paar mittelalte Damen in luftigen Blümchenkleidern, eine Gruppe Touristinnen vermutlich, die Kuchen aßen und Kaffee tranken. Menschen im Urlaub, gefangen in der Gegenwart, ohne sich der Vergangenheit bewusst zu sein.

Nur noch ein weiterer Teil der Geschichte, hatte *nonno* Paolo gesagt. Dann wären wir fertig.

„Sprich es aus", sagte er.

„Was aussprechen?"

„Was immer du auf dem Herzen hast. Ich sehe es dir an, Nico. Irgendetwas beschäftigt dich."

Er wirkte inzwischen noch hinfälliger. Seine Wangen waren aschgrau, und seine Augen hatten ihr lebhaftes Funkeln verloren.

„Ich mag ihn nicht. Diesen Vanni Artom."

„Weil er Jude ist?"

„Nein!"

„Bist du sicher? Oder weil er hin und wieder andere Männer mochte?"

Schon wieder dieses Thema. Ich merkte, wie ich wieder rot wurde.

„Das ist es nicht."

„Was dann?", fragte er und schüttelte den Kopf.

„Er hat dich ausgenutzt. Er hat dich dazu verführt, diese Dinge zu tun, um dich von Mika abzulenken. Von der Gefahr, in die sie euch gebracht hat."

Ich wusste gleich, dass das so nicht stimmte.

„Oder nicht?", fügte ich deshalb hinzu.

„In der kurzen Zeit, in der wir beide zusammen waren, haben wir nichts getan, was wir nicht tun wollten. Du kannst dir nicht vorstellen, wie es damals war. Wir lebten von Tag zu Tag. Von Stunde zu Stunde, ehrlich gesagt. Gefangen in diesem kleinen Haus. Verängstigt. Verzweifelt. Und, wie ich schon sagte … neugierig. Wenn du dein Leben in Tagen zählen müsstest, was würdest du suchen?"

„Liebe", antwortete ich, weil ich dachte, das wollte er hören. Und wurde noch ein bisschen röter.

„Genau. Und Liebe hat viele Formen."

Er streckte die Hand nach dem Nachttisch aus, und ich merkte, wie viel Mühe es ihn kostete.

„Lass mich mal", sagte ich und zog die Schublade auf.

Ein weiterer Umschlag. Ich nahm ihn heraus, las die Aufschrift und erschrak.

„Ach, mein armer Nico", sagte er und schob die Lade mit seiner zittrigen, knochigen Hand wieder zu. „Es tut mir so leid. Vielleicht ist es grausam von mir, dir dieses ungewollte Geschenk zu machen. Einem fünfzehnjährigen Jungen, dem ganz Venedig offensteht. Du könntest jetzt da draußen sein und dich vergnügen. Dein junges Blut in den Adern spüren. Ich bin noch nicht so alt, dass ich vergessen hätte, wie das war."

„Wir haben diese Geschichte zusammen begonnen. Und wir bringen sie gemeinsam zu Ende."

„Auch wenn sie dich schockiert? Das passiert manchmal am Ende von Geschichten. Das ist kein Märchen. Das ist das wahre Leben. Schmutzig und ungerecht. Es fehlt das Gleichmaß der Geschichten, die man in Büchern liest." Seine Augen wurden feucht. „Manches verfolgt einen für immer. Manches vergisst man einfach nie."

„Danke, ich schaff das schon."

„Du machst mir nicht bloß etwas vor?"

„Sehe ich so aus?"

„Das weißt du am besten", antwortete er und lächelte.

„Es ist alles Ordnung. Du bist ein guter Erzähler. Ich kann jetzt sowieso nicht mehr aufhören. Die Geschichte lässt mich nicht mehr los. Es ist, als sähe ich all diese Menschen durch die Straßen gehen. Diamante. Den Priester. Die arme Mika."

„Die arme Mika …", flüsterte er.

Ich wusste nicht, was ich noch sagen sollte. Dieses verlegene Schweigen legte sich wieder zwischen uns, von dem keiner wusste, wie er es brechen sollte.

Schließlich tippte er auf den Umschlag.

„Nun geh nach Hause und lies das. Morgen kommst du wieder und erzählst mir, was du darüber denkst."

Ich gab ihm einen flüchtigen, zärtlichen Kuss auf beide stoppeligen Wangen. Er schien überrascht, erschrocken beinah.

„Ich hoffe nur, dass ich keinen schrecklichen Fehler gemacht habe." Ihm versagte die Stimme, und Tränen standen ihm in den müden Augen. „Manchmal ist es schwer zu sagen, was richtig und was falsch ist. Bis die Würfel gefallen sind, und dann ist es zu spät", sagte er und tätschelte mir die Hand. Beinah hätte ich auch angefangen zu weinen. „Zeit zu gehen, lieber Enkelsohn. Die Geschichte dieses alten Mannes muss ihren Lauf nehmen."

Blut auf dem Pflaster

Sonntagmorgen, kurz vor sieben. Paolo konnte den Artoms nicht gegenübertreten. Also stahl er sich leise aus der Haustür, lief durch den Garten, vorbei an den faulenden Orangen und Zitronen und den leeren Blicken der umgestürzten Engel, durch das Tor in der Mauer und über die kleine Brücke nach San Pietro.

Im Dezember war es in Venedig immer kalt, aber heute war es noch kälter als sonst. Der Himmel hatte über Nacht aufgeklart, und eine dünne, glitzernde Eisschicht bedeckte das Pflaster, die Gassen und Brücken. Eiszapfen hingen an den Booten, die am südlichen Ufer der Insel vor Anker lagen, und an den kleineren Wasserfahrzeugen entlang des Rio Sant'Anna, der bis zur Via Garibaldi verlief. Es waren weniger Menschen als gewöhnlich unterwegs. Vielleicht war es noch zu früh. Gallo, der ängstliche Ladenbesitzer, hatte wahrscheinlich noch nicht einmal aufgemacht. Er würde warten müssen und vielleicht in Gretas Bar einen Espresso trinken. Es war gut, aus dem Haus zu sein. Weg von Vanni und Mika. Er hatte keine Ahnung, wie sie jetzt noch entkommen sollten. Wie Mika ihr Versprechen noch halten sollte, sich und Vanni sicher aus Venedig zu bringen.

Während er auf den Abschnitt der Straße zuging, in dem sich die Geschäfte befanden, trat plötzlich eine Gestalt aus einem *sotoportego* und zog ihn in die Dunkelheit.

Es war eine kräftige Frau in einem schwarzen Mantel. Sie hatte ihre dicke Wollmütze tief über die Ohren gezogen und stand zitternd vor ihm.

„Komm näher", sagte sie flehentlich. „Wir müssen reden."

Chiara sah so verängstigt aus, dass er sie gar nicht gleich erkannte.

„Hör mir zu, Paolo. Die Deutschen sind überall. Sie haben den Priester abgeholt, Garzone. Sie verhaften ohne jeden Grund Menschen. Gestern Abend wurde jemand getötet. Einer von ihnen."

„Ein paar von uns auch", sagte er, worauf sie ihn entsetzt ansah.

„Der Priester hat nie gewollt, dass du dich irgendwie beteiligst. Du solltest die beiden nur verstecken. Sonst nichts."

„Ich bin aber beteiligt. Das sind wir alle."

Sie rüttelte ihn an der Schulter.

„Hast du mich verstanden? Einer von ihnen ist tot. Sie werden zehn von uns erschießen, um sich zu rächen. Vielleicht sogar noch mehr. Du musst die beiden davon überzeugen, dass sie sich ergeben, um ein paar Unschuldige zu retten."

Er lief rot an.

„Das kann ich nicht tun. Das weißt du."

„Dann sag ihnen, dass sie hier wegmüssen!"

„Wohin denn?"

„Egal wohin. Das ist nicht dein Problem."

„Aber sie sind meine Gäste."

Chiara schloss einen Moment die Augen.

„Wenn du nicht dafür sorgst, dass sie verschwinden, dann stehst du am Ende neben ihnen an der Wand."

Dieser Gedanke war ihm auch schon gekommen.

„Dann sterbe ich eben wie ein Soldat."

„Aber du bist kein Soldat!", rief sie. „Komm jetzt mit. Und bleib dicht bei mir."

Filippo Garzone verbrachte die Nacht allein in einem kleinen Zimmer im Erdgeschoss des Ca' Loretti. Es hatte ein hoch gelegenes einzelnes Fenster, und es standen ein Tisch und zwei Stühle darin. Die Wände waren kahl, bis auf das zwei Jahre alte Plakat einer faschistischen Kundgebung in Mestre. Früher hatte es sicher als Büro eines untergeordneten städtischen Beamten gedient. Er war schon vor dem Krieg einmal in dem Gebäude gewesen, als Mussolinis Bürokraten es als ihren Hauptsitz nutzten, aber er erinnerte sich nicht mehr daran, warum. Wahrscheinlich, um für einen verarmten Stadtteilbewohner um Steueraufschub zu bitten oder darum, die holprigen Straßen rund um San Pietro auszubessern. Damals wurde das Leben von solchen Alltäglichkeiten bestimmt. Wie sehr er das jetzt vermisste.

Es gab nichts zu essen und kein Wasser. Aber er trug keine Handschellen, und die Deutschen hatten ihn auch nicht geschlagen. Den Schreien und Rufen aus den benachbarten Zimmern nach zu urteilen, würde das aber bald passieren. Trotzdem konnte er unmöglich beten.

Sein Kopf war voller Erinnerungen. Erinnerungen an seine Kindheit in Vicenza bei seinen liebevollen Eltern. An seine Zeit im Priesterseminar. An seine Ankunft in Venedig, in der Stadt, die ihn seitdem in Erstaunen versetzte, mit all ihren Reichtümern, mit der eigentümlichen Mentalität ihrer Einwohner, zuerst kühl und argwöhnisch, aber erfüllt von echter selbstloser Herzlichkeit, sobald man sie erst kannte. Die meisten zumindest.

Anschließend Mussolinis strenge, diktatorische Herrschaft, die viele nicht sonderlich interessierte, bis langsam, aber sicher die Grausamkeit und die Verbitterung aufkamen, beides keine typisch italienischen Eigenschaften. Die Juden wurden drangsaliert. Kritische Stimmen wurden in den fernen Süden aufs Land verbannt, wo sie bei Menschen arbeiten mussten, die sie gar nicht kannten. Angst kroch durch die Straßen und Fabriken, durch die Schulen und Krankenhäuser. Laute, abweichende Stimmen – unter den Italienern, die sich gern mal eine Auseinandersetzung lieferten, selbstverständlich – verstummten. Die Menschen warteten und fragten sich, was passieren würde. Und dann war er da. Der Krieg. Jetzt erschien es ihm wie eine Zwangsläufigkeit, wie ein Wechsel der Jahreszeiten, wie der Winter, der auf den Herbst folgt. Ehe man sichs versah, trugen Männer, die sonst in der Lagune fischten oder Koffer für reiche Ausländer schleppten, Armee-Uniformen und verschwanden unter erzwungenem Jubel an die Frontlinien in Afrika oder sonst wo. Viele von ihnen kehrten nie zurück. Und diejenigen, die wieder nach Hause kamen, waren völlig verändert.

Manche Aspekte dieses neuen Italiens waren vielgestaltig und betrafen die ganze Nation. Andere waren klein und persönlich und schmerzten wie ein Stein im Schuh oder eine Narbe, die nicht heilen wollte. Beispielsweise, einen unerfahrenen jungen Mann dazu zu drängen, zwei geflüchtete Partisanen in seinem abgelegenen Haus aufzunehmen – ein Waisenkind, das kaum selbst für sich sorgen konnte. Obwohl er sich nicht sicher war, ob der Paolo Uccello, den er am Tag zuvor getroffen hatte, noch derselbe war. Manchmal dauerte es ein Leben lang, bis Menschen sich änderten. Zuweilen, wenn außergewöhnliche Umstände herrschten, passierte es innerhalb einer Woche, eines Tages oder einer Stunde.

Niemals würde er Paolo und diese beiden Juden verraten, schwor er sich. Als Diamante und er im Café vor San Zanipolo miteinander sprachen, hatten sie sich beide gefragt, was die Folter wohl mit einem Menschen macht. Garzone, der Schmerz und Leid sowohl bei sich als auch bei anderen kaum ertragen konnte, fürchtete zu versagen, obwohl er sich all die Märtyrer ins Gedächtnis rief, deren Todesqualen die Wände der Kirchen zierten, die er in seinem Leben besucht hatte. Sie kamen in den Himmel, geleitet von einem Engel mit Palmwedel in der Hand. Aber das war das schöne Bild, das die Kirche für ihre Gläubigen malte. Im Ca' Loretti gab es keine Engel. Die Palmen, die er auf dem Hof gesehen hatte, als sie ihn hereingebracht hatten, sahen schäbig und verkümmert aus. Dazwischen waren Pfähle in den Boden geschlagen, und die rußige Mauer dahinter war voller Einschusslöcher.

„Ich verrate niemanden", sagte Filippo Garzone laut, als die Tür aufging. „Hören Sie? Was Sie auch tun. Ich verrate niemanden."

„Buon giorno", antwortete ein Mann mit einer vertrauten venezianischen Stimme.

Luca Alberti betrat allein den Raum, machte die Tür hinter sich zu und setzte sich an den Tisch. Er holte ein Päckchen Zigaretten aus der Tasche und zündete sich eine an.

„Sie könnten mir auch eine anbieten", sagte der Priester.

„Wissen Sie, was die Dinger kosten?"

„Nein. Ich … rauche nicht. Ich dachte nur, Sie wollten vielleicht höflich sein."

Alberti sah aus, als wäre er beunruhigt. Nicht nur nervös, wie er immer schien, wenn Deutsche in der Nähe waren und jedes seiner Worte hörten. Garzone glaubte, eine gute Menschenkenntnis zu besitzen. Er konnte nicht immer sagen, was genau es war, das nicht stimmte, aber er erkannte zumindest die Zeichen.

„Ich bin noch nie gern zur Kirche gegangen", sagte Alberti. „Im Sommer zu heiß, im Winter zu kalt. Und ständig diese endlosen Predigten, die keinerlei Sinn machen."

„Predigten werde ich jetzt wahrscheinlich keine mehr halten, oder?"

Er beugte sich vor und blies Rauch über den Tisch.

„Wir haben nur ein paar Minuten, *padre*. Tun Sie, was ich Ihnen sage, dann kommen Sie hier vielleicht lebend wieder raus."

Mika Artom war kaum zur Ruhe gekommen. Genauso wenig wie ihr Bruder, der sich unruhig neben ihr im Bett wälzte. Höchstens ein oder zwei Stunden Schlaf hatte sie bekommen, und die waren von schrecklichen Erinnerungen unterbrochen gewesen. Daran, wie dieser widerliche Sander sie gepackt hatte. Wie er blutete. An die Laute, die er von sich gab, als er starb.

Als sie mit den Partisanen in den Bergen unterwegs gewesen waren, hatte sie drei Deutsche und einen Italiener getötet und ein paar verwundet. Aber immer aus der Distanz. Das war sicherer. Als sie einmal näher herangekommen waren, bei dem letzten missglückten Einsatz, war Vanni durch das Bajonett eines Soldaten verletzt worden. Aber nahe heranzukommen war noch aus einem anderen Grund gefährlich. Man sah ihre Augen. Man erkannte einen kurzen Moment den Funken Menschlichkeit darin, den sie besaßen. Wie blass er auch sein mochte.

Hatte die auch in dem Deutschen gesteckt? Vielleicht schon irgendwo. Aber in dem Moment war der Krieg durch ihre Adern gerast, heiß und zornig und voller Gier nach Rache. Trevisan und seine Kameraden waren vor dem Gioconda durch Maschinengewehrfeuer in Stücke gerissen worden. Der Überfall war von einer Frau verraten worden, der alle Toten vertraut hatten. Der Deutsche hätte sie vergewaltigt und sie anschließend direkt zum Verhör gebracht. Und dann, das Unvermeidliche. Sie hatte keine andere Wahl gehabt. Sie bedauerte nichts. Und doch quälten sie die Bilder, die Geräusche, die Brutalität. Und die schlichte Tatsache, dass sie es nicht anders gewollt, dass sie jeden Moment genossen hatte.

Vanni saß an sein Kissen gelehnt halb aufrecht im Bett und sah zu, wie sie sich anzog: dieselben Kleider, in denen sie eine Woche zuvor angekommen war. Ein altes Hemd, eine Wolljacke, eine derbe Hose mit Taschen, für Waffen, ein Messer, Munition. Der Kompass, den sie in den Bergen benutzt hatten, steckte auch noch darin. Als ob sie den jetzt noch brauchen würden. Alles sah armselig aus, abgenutzt, ein bisschen schmutzig, und es fühlte sich gut an. Genau so war sie. Keine falsche Hure in einem roten Kleid. Wäre es möglich gewesen, hätte sie sich die blonde Farbe aus den Haaren gewaschen. Aber dazu blieb keine Zeit mehr. Also nahm sie ihre alte Wollmütze, dann Sanders Pistole und überprüfte das Magazin. Sechs Kugeln.

„Mika. Hat es irgendeinen Sinn, dich zu fragen, was du vorhast?"
„Fragen kannst du."
„Tue ich hiermit."
Sie setzte sich neben ihn aufs Bett und legte ihm lächelnd ihre Hand aufs Bein. Die Entzündung besserte sich, allerdings langsam.
„Wann werde ich wieder richtig gehen können?"
„In ein paar Wochen, denke ich. Versteck dich eine Weile mit deinem Freund. Jetzt ist nicht deine Zeit. Jetzt ist meine."
In seinen Augen lag dieser Schimmer, den sie schlecht ertragen konnte. Er besaß eine Sanftmut, die Mika manchmal vergeblich zu ignorieren versuchte. Für ihn war der Kampf geistiger Natur. Etwas, dem er lieber mit Worten begegnete als mit Waffen. In der Hinsicht hätten sie verschiedener nicht sein können.
„Hier ist es nicht sicher", sagte er. „Jemand wird reden. Vielleicht ist das schon passiert."
„Dann … dann sucht euch ein anderes Versteck."
„Du bist meine Schwester. Ich will, dass du bei mir bleibst. Bei uns."
Mika zog eine Augenbraue hoch.
„Uns? Ich kenne ihn kaum. Er ist noch ein Junge."
„Ich glaube, wir haben dafür gesorgt, dass er erwachsen geworden ist. Er besitzt Stärke. Anstand. Das hast du selbst gesehen."
„Anstand kann tödlich sein." Sie fasste ihn am Arm. „Hör zu, ich muss jetzt gehen. Versteckt euch hier. Wenn es dunkel wird, besorgt euch ein Boot. In der Gegend liegen jede Menge vor Anker. Fahrt raus zu den Inseln und sucht euch irgendwo eine Hütte. Nur ihr beide. Stehlt, was ihr braucht. Lebt von dem, was das Land hergibt. Wartet ab."
„Warum kannst du nicht auch abwarten?"
„Weil …" Das war eine gute Frage, die eine bessere Antwort verdiente. „Weil ich noch etwas erledigen muss."
Sie ließ ihn los. Nahm die Pistole aus der Hosentasche, betrachtete sie, steckte sie wieder weg.
„Ich weiß, wo Salvatore Bruno sich jetzt wahrscheinlich aufhält."
Er sagte nichts.
„Hörst du mich, Vanni? Der Mann, der uns verraten hat. So viele Unschuldige. Unsere Familie. Der Mann, der noch unzählige andere in den Tod schicken wird."

„Ich hab dich gehört."

„Ich glaube, ich kann ihn finden. Und wenn, dann kann ich ihn töten."

Er schob die Beine aus dem Bett, um sich auf den Rand zu setzen, und versuchte, seine Schmerzen zu verbergen.

„Lass mich mitkommen."

„Dazu bist du nicht in der Lage."

„Schießen kann ich noch."

„Herrgott, stell dich nicht so dumm! Sieh dich doch an. Ich hab keine Zeit für einen Invaliden. Ich ..."

Sie verstummte. Das reichte.

„Und wenn ich laufen könnte ..."

„Dann würde ich dich trotzdem nicht dabeihaben wollen. Es geht um einen einzelnen Mann. Dafür braucht man keine Armee. Er ist mein Preis. Ich hab ihn verdient. Und ich habe nicht vor zu teilen."

Er erhob sich mühsam vom Bett und verzog das Gesicht, als seine Füße auf den kalten Boden trafen.

Mika umarmte ihn und legte den Kopf an seine nackte Brust, ausnahmsweise auf der Suche nach Worten.

„In Turin waren wir glücklich", murmelte sie.

Das waren wir wirklich, dachte sie. Mutter und Vater, drei Kinder. Eine gute Schule, auch wenn sie es manchmal mit den älteren Jungen aufnehmen musste, wenn sie anfingen, Vanni zu hänseln, weil er Jude war. Die Dunkelheit hatte schon immer über ihnen geschwebt, hatte nur darauf gewartet, sich auf sie herabzusenken.

„Das haben sie uns auch geraubt", flüsterte sie ganz nah bei ihm. Und genoss seine Wärme und seinen herben Brudergeruch.

„Mika. Wir sind immer noch eine Familie, auch wenn es nur noch uns beide gibt. Wir können das Boot zusammen stehlen. Paolo kann mitkommen, wenn er will. Wenn nicht ... Ich gehöre zu dir. Du bist meine Schwester. Mein Fleisch und Blut." Er schob sie von sich weg und packte sie an den Schultern. „Wir können es schaffen. Zusammen. Wir müssen ..."

Sie lächelte. Sie küsste ihn auf die Wange und wusste, er würde ihre Tränen spüren.

„Hör auf, es mir so schwer zu machen", sagte sie nach einem Moment.

Es kam nicht oft vor, aber jetzt wurde er wütend.

„Ich will aber. Ich muss."

„Ich weiß, wo ich Salvatore Bruno finde. Den Judenjäger. Den Mann, der *mamma* und *papà* auf dem Gewissen hat. Und all die anderen."

Er seufzte.

„Und wenn er am Ende dich umbringt?"

„Das wird er nicht. Ich hab ihn gestern Abend gesehen. Er ist bloß ein widerlicher Schwächling. Ein Spion. Ein Verräter. Kein Soldat."

„Du musst das nicht tun ..."

„Herrje, Vanni! Was redest du da? Natürlich muss ich es tun. Wer sonst? Wenn ich es nicht tue, wird er uns aufspüren, wo immer wir sind, und uns den Nazis übergeben. Bitte ..."

Sie weinte jetzt richtig und wünschte, sie könnte die Tränen unterdrücken. „Versuch nicht, mich davon abzuhalten. Lass mich hier mit deiner Zustimmung weggehen."

„Und wenn ich das tue ... kommst du zurück. Und wir suchen uns zusammen ein Boot."

„Ja. Ich verspreche es. Wir fahren zu dritt irgendwohin, wo niemand uns findet. Du, ich und Paolo. Dann warten war ab. Sehen, was passiert."

Vanni Artom schwieg. Er war nicht zum Jammern geschaffen. Ebenso wenig wie für den Krieg.

„Du bist mein kleiner Bruder", sagte sie. „Ich komme immer zurück und passe auf dich auf."

Verrückt, dachte sie. Wie leicht es doch zwei Menschen, die sich so nahestehen, fällt, sich zu belügen. Und beide wissen es.

Sie gab ihm einen Kuss und fragte: „Wo ist er?"

„Weiß ich nicht. Ich hab ihn hinausgehen hören. Um etwas zu essen zu besorgen, glaub ich. Er ist schon ziemlich lange weg. Ich mache mir langsam Sorgen."

„Du machst dir genug Sorgen für uns alle. Bleib hier. Wir sehen uns später. Wir werden das überstehen. Wie wir bisher alles überstanden haben."

Er folgte ihr in die Küche, und sie öffnete die Tür zur Terrasse und dem steinernen Vorsprung.

Die Wintersonne stand so tief und schien so hell, dass es in den Augen schmerzte.

„Du siehst aus wie die alte Mika“, sagte er. „Wie die Mika, die wir in den Bergen gelassen haben. Du siehst aus, als wärst du … glücklich.“

Dafür erntete er ein Lächeln, und sie richtete eine imaginäre Pistole auf ihn, feuerte einen imaginären Schuss ab und blies den imaginären Rauch von der Mündung, wie ein Cowboy in einem der Filme, die sie als Kinder im Kino in Turin gesehen hatten. Bis die Juden kein Kino mehr betreten durften.

„Bald bin ich noch glücklicher“, sagte sie und ging davon.

* * *

Es war ein Wintertag, wie Paolos Mutter sie geliebt hatte. Verwaschene Farben, funkelndes Licht. Venedig in Gestalt eines Tagtraums, gemalt von William Turner, diesem englischen Künstler, den sie so bewunderte. Auch wenn sich auf dem Festland bereits dunkle Wolken zusammenzogen, die sich von den Dolomiten herabwälzten. Es würde anfangen zu schneien, wahrscheinlich schon bald.

Chiara sorgte dafür, dass er sich auf ihrer rechten Seite hielt, während sie die breite Straße gegenüber von Gretas Bar hinuntergingen. Normalerweise drängten sich da um diese Uhrzeit morgens die Einheimischen, die schwatzend Espresso und billigen Grappa tranken. Jetzt standen dort deutsche Soldaten mit Gewehren vor der Tür, während sich im Inneren Männer in dunklen Anzügen versammelt hatten.

„Lass dir nicht anmerken, dass du hinschaust“, wies sie ihn an. „Geh einfach weiter.“

Vor Gallos Geschäft standen noch mehr Soldaten, und die schrillen, hohen Schreie einer weinenden Frau waren zu hören. Chiara schob ihn in eine gegenüberliegende Gasse, damit sie unauffällig hinschauen konnten. Sicher war das Gallos Frau, die dort draußen stand und die deutschen Soldaten anschrie. Dann kam der kleine Lebensmittelhändler selbst heraus. Die Arme hinter dem Rücken, mit blutendem Mund und gesenktem Kopf wurde er von ein paar *crucchi* auf die Straße gestoßen. Über das Getrampel ihrer Stiefel hinweg hörten sie die Frau rufen.

„Er hat nichts getan! *Signori. Signori!* Er ist ein guter Mensch. Ein liebevoller Vater. Er hat nichts getan!"

Nichts zu tun ist heutzutage genauso schlimm wie etwas zu tun, dachte Paolo. Man konnte sich nirgends verstecken. Konnte nicht vorgeben, man wäre unschuldig, wenn sie kamen, um einen zu holen. Garzone hatte den Mann nur gebeten, Geld an Paolo weiterzugeben, wenn er zum Einkaufen in den Laden kam.

„Gallo weiß nicht, wer ich bin", flüsterte er. „Und er weiß nicht, wo ich wohne. Dafür hat Garzone gesorgt."

„Ich hab's dir doch gesagt", zischte sie, „den Priester haben sie auch."

Einer der Soldaten verpasste Gallo mit dem Gewehrkolben einen kräftigen Stoß in den Rücken. Die Frau fing wieder an zu schreien und wurde zu Boden geschlagen. Ein paar Nachbarn waren aus den Gassen aufgetaucht, die zu den kleineren Mietshäusern in der Nähe der ehemaligen Biennale-Gärten führten. Einige beschimpften die *crucchi*. Aber die meisten sahen nur zu.

Chiara stieß einen schlimmen Fluch auf Venezianisch aus, den Paolo nicht verstand.

„Du hättest die beiden nie bei dir aufnehmen sollen."

„Mein Vater hätte nie den Auftrag für die drei Banner annehmen sollen! Von einem Haufen Faschisten! Aber er hat es getan. Und wir haben sie gewebt. Du und ich. Und Vanni. Und Geld haben wir auch dafür genommen."

Es kam nicht oft vor, dass sie so harsche Worte wechselten.

„Ich wollte Essen besorgen", fuhr er fort. „Wo ist es sicher?"

„Gute Frage."

„Entweder hilfst du mir oder ich suche selbst etwas."

Sie nannte ihm ein Geschäft am Campo Vittorio auf Sant'Elena, der letzten Insel, am Biennale-Gelände vorbei. Es war zu gefährlich, den anderen Weg zu nehmen, weil es am Arsenale von *crucchi* wimmelte.

„Soll ich mitkommen?"

Auf der anderen Straßenseite schleppten Soldaten Kisten aus Gallos Laden. Ein paar Anwohner hatten sich um seine Frau versammelt, um zu verhindern, dass sie von den Soldaten geschlagen wurde. Sie lag mit hochrotem Kopf auf dem Boden und schlug mit blutigen Händen aufs gefrorene Pflaster. Einer der Soldaten hob das Gewehr und zielte auf sie. Ein Mann in einer Öljacke stellte sich ihm in den Weg. Nach einem kurzen lauten Streit halfen zwei Nachbarinnen der Frau des Lebensmittelhändlers auf, legten die Arme um sie und führten sie von der Straße.

„Sant'Elena ist zu weit", sagte Paolo. „Ich gehe nach Hause. Wir können … Wir kommen zurecht, bis es wieder sicher ist. Also, sicherer", korrigierte er sich.

„Paolo. Bitte hör mir jetzt zu …" Im Geist sah er vor sich, wie sie mit derselben Strenge Vanni beibrachte, mit dem Jacquardwebstuhl umzugehen. „Ich habe deiner Mutter versprochen, mich um dich zu kümmern. Falls deinen Eltern etwas zustoßen sollte, würde ich …"

„Das hast du schon gesagt. Schon tausend Mal. Du hast dich um mich gekümmert. Als es noch nötig war."

Sie umarmten sich im modrigen, feuchten Schatten der kleinen Gasse.

Er wollte gerade wieder hinaus auf die Via Garibaldi treten, als sie ihn zurückzog.

„Da entlang", sagte sie und deutete in die Dunkelheit. „Ich kann dich nach Hause bringen, ohne dass dich jemand sieht."

Sie nahmen einen verschlungenen Weg, von dem er sicher war, dass er ihn nie wiederfinden würde, und kamen zehn Minuten später in der Nähe des Rio di San Daniele am östlichen Rand des Arsenale heraus. Zwei Minuten von zu Hause entfernt. Er umarmte sie noch einmal und versicherte ihr, sie müsse sich nicht sorgen. Sie würden ihn irgendwie überleben. Diesen Krieg.

„Nimmst du das Boot nach Burano?", fragte er.

„Bald."

Eine eindeutigere Antwort würde er nicht bekommen. Also verabschiedeten sie sich, und er lief zu der kleinen Holzbrücke, öffnete das Tor, schloss es sorgfältig wieder hinter sich ab und ging durch den Garten zum Haus.

Vanni saß am Küchentisch und pulte mit einer Gabel Sardinen aus einer Dose.

„Wo ist sie?", fragte Paolo. „Wo ist Mika?"

„Du solltest meine Schwester doch inzwischen kennen." Er kam mühsam auf die Beine. Durch den Stoff seiner Schlafanzughose sickerte wieder Blut. „Ich konnte sie nicht aufhalten. Ich hab's versucht." Er verzog das Gesicht. Ob es an seinem schmerzenden Bein lag oder an der Erinnerung, konnte Paolo nicht sagen. „Ach, verdammt …"

Ihm entfuhr ein lang gezogenes Stöhnen, während er versuchte, zur Tür zu gehen.

„Ich muss hier raus."

„Vanni, nein. Das schaffst du noch nicht."

„Dann hilf mir. Oder bleib eben hier. So oder so, ich muss …"

Als er nach seiner Jacke greifen wollte, stolperte er und stürzte hin, genau auf sein verletztes Bein.

Paolo half ihm wieder hoch.

„Bitte lass das jetzt." Sie waren sich wieder genauso nah wie in der Nacht zuvor. „Bleib hier. Bei mir."

„Sie hat gesagt, dass sie heute Abend zurückkommt und wir dann irgendwo ein Boot stehlen."

„Dann tun wir das."

„Glaubst du wirklich?" Vanni lachte trocken. „Mika lügt. Sie erzählt den Leuten, was sie hören wollen. Um danach zu tun, was sie sich in den Kopf gesetzt hat."

„Ich weiß", sagte Paolo und hielt ihn fest. Fand den Mut, ihn auf die Wange zu küssen, über seine Haare zu streichen. „Aber vielleicht kommt sie doch zurück. Gib ihr ein bisschen Zeit. Ich wollte … dich verwöhnen."

„Ein bisschen Zeit ist vielleicht alles, was wir noch haben."

„Dann lass sie uns nutzen."

Doch Vanni befreite sich aus Paolos Umarmung und humpelte zu den Jacken, die neben der Hintertür hingen.

„Ich muss sehen, was jenseits deines Gartens der Engel ist. Ich muss das Licht sehen. Den Himmel." Er blickte aus dem Fenster. Ein paar zarte, weiße Flocken schwebten von oben herab. „Schnee", sagte er. „Ich liebe Schnee."

* * *

„Ein paar Minuten?" Garzone schüttelte den Kopf und runzelte die Stirn. „Und danach soll ich um mein Leben betteln?"

Alberti warf ihm einen verärgerten Blick zu.

„Ich muss das nicht tun. Ich hätte sie auch sofort reinrufen können."

Das bezweifelte Garzone nicht. Aber der Mann hatte sicher seine Gründe gehabt.

„Ich werde ihnen nicht sagen, dass Sie mit mir gesprochen haben. Keine Sorge. Sie erfahren nicht, dass Sie mir etwas zuflüstern."

Alberti drückte seine Zigarette in der Blechdose aus, die als Aschenbecher auf dem Tisch stand, zündete sich eine neue an und lachte kopfschüttelnd.

„Was ist so komisch?", fragte Garzone.

„Sie. Ich habe schon längst protokolliert, dass ich mit Ihnen gesprochen habe. Ganz freundlich. Sie sind schließlich Priester. Ich habe herauszufinden versucht, was Sie wissen. In der Annahme, ich könnte Sie vielleicht auf unsere Seite …"

„Das ist nicht wahr, das wissen Sie."

Alberti warf verzweifelt die Hände in die Luft.

„Herrgott! Wozu mache ich mir bloß die Mühe? Es geht nicht darum, was wahr ist. Es geht darum, was die glauben wollen. Gestern Abend sind ihnen vor dem Gioconda ein paar bescheuerte Partisanen in die Falle gegangen. Sie haben jubelnd dabei zugeschaut und gefeiert. Aber dann hat das jüdische Blondchen es ihnen vermasselt. Die hätten sie eigentlich auch erwischen sollen. Aber sie waren zu sehr damit beschäftigt, das Spektakel zu genießen. Sie hat einen von ihnen umgebracht, und jetzt ist sie weg." Er stieß einen leisen Fluch aus. „Sander, dieser fiese kleine Mistkerl. Sie hat uns allen einen Gefallen getan."

„Jedes Leben hat einen Sinn. Selbst das eines fiesen kleinen Mistkerls."

„Sie stehen hier nicht auf der Kanzel, *padre*. Vergessen Sie's. Sander wäre hier reinmarschiert, hätte Ihnen die Kehle durchgeschnitten und lachend zugesehen, wie Sie auf dem Boden verbluten. So was hat er mehr als einmal gemacht. Oberg, sein Vorgesetzter, wird jede Minute durch diese Tür kommen. Für einen Deutschen ist er ein ziemlich anständiger Kerl. Liefern Sie ihm etwas, dann lässt er Sie vielleicht gehen."

Garzone sagte nichts.

„Hören Sie mir überhaupt zu? Die *crucchi* haben gestern Abend vier Venezianer erschossen. So ein paar Idioten, die dachten, sie könnten Helden spielen. Diese Jüdin, Mika Artom. Sie hat einen von ihnen getötet. Sagt Ihnen der Name was?"

„Nein. Nichts."

Über diese Antwort musste Alberti lächeln.

„Gut, ich glaube Ihnen. Andernfalls wären Sie ein guter Lügner für einen Priester. So oder so, ich bin beeindruckt."

„Es interessiert mich nicht, was Sie glauben."

„Eins steht fest. Sie haben einen von ihren Leuten verloren. Wenn so was passiert, machen sie eine Rechnung auf. Wie viele Venezianer müssen sterben, um das zu vergelten? Wie viele von unseren Leben ist eins von ihnen wert? Es wird Vergeltungsmaßnahmen geben. So sicher, wie das *acqua alta* kommt, wenn man es am wenigsten brauchen kann. Dafür benötigen sie Namen. Sie sind ein guter Mensch. Ein anständiger Mensch. Jemand, der Angst hatte und dazu gezwungen wurde zu helfen."

„Ach ja?"

Alberti seufzte und schloss einen Moment genervt die Augen.

„Ich weiß, dass Sie sich mit Diamante getroffen haben. Dass Sie und der alte Jude befreundet waren."

Garzone beugte sich vor, nahm eine von Albertis Zigaretten, zündete sie sich an, hustete, hustete noch ein bisschen und drückte sie wieder aus.

„Ich dachte, Sie rauchen nicht."

„Tue ich auch nicht. Ist schlecht für die Lunge. Aber was spielt das jetzt noch für eine Rolle? Schlafen Sie eigentlich gut?"

„Nein", antwortete Alberti schulterzuckend. „Ich schlafe schlecht."

„Gehen Sie zur Beichte?"

Der Blick des Polizisten war traurig und müde. Nicht leer. Noch nicht ganz.

„Ich bin nicht besonders gläubig. Wenn Sie erlebt hätten, was ich erlebt habe, wären Sie das auch nicht."

„Oder mein Glaube wäre vielleicht noch fester."

Darauf antwortete Alberti mit Schweigen.

„Wir haben jetzt keine Zeit für so etwas. *Sie* haben keine Zeit."

Was Garzone dann sagte, war überraschend leicht auszusprechen. Irgendwann unterwegs, in Begleitung der Soldaten, die ihn mitten in der Nacht durch die Straßen gezerrt hatten, war er zu einer Einsicht gelangt. Jedes Leben war eine Reise. Das hatte er schon oft genug von der Kanzel gepredigt. Und alle Menschen hatten dieselbe Bestimmung: das Grab.

„Ich habe so viel Zeit, wie der Herr gewährt", sagte er. „Genau wie Sie. So sehr unterscheiden wir uns gar nicht."

„Ich habe denen gesagt, dass Sie ein Freund Diamantes waren. Dass Sie ihn noch gesprochen haben, kurz bevor er diese Liste verbrannt hat." Er drückte seine Zigarette in der Blechdose aus. „Nicht, dass es jetzt noch eine Rolle spielen würde. Sie holen die Juden sowieso ab."

„Warum erzählen Sie mir das?"

„Weil ich Ihnen die Namen geben werde, die Sie ihnen gleich nennen werden. Nicht die Artoms. Von denen wissen Sie nichts. Die kamen über Diamante. Aber es gab Leute in Ihrer Gemeinde, die Ihnen gebeichtet haben, dass sie mit den Terroristen zusammenarbeiten."

„Die Beichte ist heilig ..."

„Ich versuche, Ihnen nur zu helfen! Das sind die Namen. Merken Sie sie sich. Rocco Trevisan. Adolfo Tosi. Gabriele Gallo ..."

„Der Lebensmittelhändler? Er würde keiner Fliege etwas zuleide tun. Ich werde nicht ..."

„Greta Morino."

„Greta? Die arme Frau betreibt eine kleine Bar. Warum sollte ich ihnen ihren Namen nennen?"

Sein Gegenüber zuckte zusammen.

„Gott, ist das schwer." Er lehnte sich über den Tisch und stieß den vom Nikotin verfärbten Finger in Garzones Richtung. „Hören Sie zu, und versuchen Sie, das in Ihren Dickschädel zu kriegen. Alle, die ich Ihnen gerade aufgezählt habe, sind entweder schon tot oder sie sitzen hier in diesem Loch und sind kurz davor. Sie werden hier nicht mehr rauskommen. Sie vielleicht schon."

Auf dem Flur näherten sich Stimmen. Alberti warf einen nervösen Blick auf die Tür.

„Das wird Oberg sein. Nennen Sie ihm die Namen."

„Ich kenne keine Namen."

„Das spielt keine Rolle! Behaupten Sie, diese Leute hätten etwas gesagt, was Sie hellhörig gemacht hat, als sie in der Kirche waren. Die halten Sie nicht für einen Partisanen, bloß für einen alten Narren, der zufällig in das alles mit reingezogen wurde."

Garzone nickte.

„Und Sie glauben, wenn ich das tue, lassen sie mich gehen?"

„Vielleicht. Wenn Sie ihnen nichts weiter als eine Predigt liefern, sind Sie jedenfalls tot. Noch eine Leiche auf meinem Gewissen."

„Sie Ärmster! Also geht es hier um Sie? Und nicht um mich?"

Plötzlich wütend, packte Alberti ihn an seinem schwarzen Kragen und zog ihn zu sich.

„Hören Sie, Sie alter Narr. Es gibt verdammt noch mal nichts, was Sie sagen oder tun könnten, damit die Leute am Leben bleiben. Der Einzige, den Sie vielleicht retten können, sind Sie selbst."

Die Tür flog auf. Drei Männer marschierten herein. Dunkle Anzüge, ernste Blicke. Der erste, ein Bursche mit grimmigem Gesicht, der aussah wie ein Vorgesetzter, Oberg wahrscheinlich, sagte etwas auf Deutsch.

Alberti gab Garzone eine Ohrfeige. Und der Priester wimmerte. Mehr vor Schreck als vor Schmerz.

„Der hier wird reden", sagte der Venezianer und schlug ihn noch einmal ins Gesicht. „Aber ich glaube nicht, dass er viel zu sagen hat."

Er erhob sich von seinem Stuhl und überließ ihn Oberg. Die anderen beiden hielten sich im Hintergrund und ließen Garzone nicht aus den Augen. In einem benachbarten Zimmer hörte man jemanden schreien. Eine Frau, vermutete der Priester, obwohl es schwer zu erkennen war. Greta Morino ging auf die siebzig zu und war nicht mehr ganz bei Verstand. Falls sie es war, würde sie nicht einmal wissen, warum man sie hergebracht hatte.

„Soll ich hierbleiben?", fragte Alberti.

„Sie sprechen ihre Sprache", antwortete Oberg. „Mein Italienisch ist ein wenig eingerostet." Nicht so schlecht, wie er tut, dachte Alberti. „Natürlich bleiben Sie hier."

„Ich habe Ihnen nichts zu sagen", erklärte der Priester, noch bevor sie ihn etwas fragen konnten. „Außer, dass Aldo Diamante mein Freund war. Ein guter Mensch. Ehrlich und hilfsbereit. Für jeden, der ihn kannte, ein Heiliger. Wir haben uns oft unterhalten. Über die Zeit, in der Venedig noch frei war. Als Männer und Frauen ohne Furcht durch die Straßen gehen konnten. Das ist alles."

„Er ist ein Mann der Kirche", sagte Alberti auf Deutsch. „Zu Juden ist er auch gegangen." Dann herrschte er den Priester auf Italienisch an: „Sagen Sie ihnen, was Sie mir gesagt haben, Garzone!"

Der schüttelte den Kopf. „Und was genau war das?", fragte er.

„Rocco Trevisan kam zur Beichte und hat Ihnen erzählt, dass er vorhatte, Gewalttaten zu planen. Genauso wie dieser Dreckskerl Tosi …"

„Die sind beide tot", raunzte Oberg.

„Was ist mit Gallo und der Frau aus der Bar?", fragte Alberti und sah Garzone scharf an. „Die kennen Sie doch auch."

„Sie gehören nicht zu meiner Gemeinde. Ich glaube, die Kirche von San Giuseppe liegt näher für sie. Soviel ich weiß …"

„Wenn jemand einem Priester erzählt, dass er Mordgedanken hat", unterbrach Oberg ihn in klarem, deutlichem Italienisch, „dann müssen wir das wissen."

„Was man mir in der Beichte erzählt, ist allein für meine Ohren bestimmt, *signore.* Nicht für Ihre."

Alberti trat einen Schritt vor, schlug ihn brutal ins Gesicht und ließ ein paar Faustschläge folgen. Blut rann Garzone aus der Nase. Sein rechtes Auge schwoll zu, und an der Braue war die Haut aufgeplatzt. Trotzdem sagte er nichts, starrte nur auf den Tisch und wartete auf den nächsten Schlag.

„Mit dem verschwenden wir unsere Zeit", sagte Alberti. „Er hat weder den Mut noch den Grips, um Schaden anzurichten. Setzen wir ihn vor die Tür. Ich werde ihn im Blick behalten und sehen, wer von seinen Schäfchen zu ihm kommt. Ob ich irgendwas in Erfahrung bringen …"

Oberg zündete sich eine Zigarette an und lehnte sich auf dem Stuhl zurück.

„Aber Alberti. Sie haben gestern Abend einen Kollegen verloren. Ich weiß, dass Sie und Sander nicht die besten Freunde waren, aber trotzdem. Ermordet von einer Terroristin, die wir hätten fassen müssen. In unseren eigenen Räumlichkeiten. Ein deutsches Opfer. Dafür müssen zehn Venezianer bezahlen." Er zuckte mit den Schultern. „Sie können froh sein. Wenn wir in Mailand oder Bologna wären, würde es zwanzig oder dreißig treffen. Ich bin noch nachsichtig."

„Er ist Priester", sagte Alberti. „Und dazu beliebt. Das wird ... Ärger geben."

„Noch ein Grund mehr, dass er neben den anderen an der Wand steht." Oberg schloss kurz die Augen und dachte nach, während eine graue Rauchspirale um ihn herumzog. „Ich will eine Hinrichtung, die Aufsehen erregt. Irgendwo in der Öffentlichkeit. An einem Ort, der in Erinnerung bleibt." Er überlegte noch einmal kurz, dann deutete er auf Garzone und seine blutende Nase. „Auf dem Platz vor seiner Kirche. Holen Sie die anderen. Sie sind alle aus der Gegend. Alle dort bekannt. Da, wo dieser merkwürdige allein stehende Glockenturm ..."

„Das war eine praktische Entscheidung", unterbrach Garzone ihn lächelnd. „Hätten meine Vorgänger ihn an die Kirche gebaut, hätte das ganze Gebäude im Sand einsinken können."

„Wie interessant", antwortete Oberg. „Weißer Marmor, wenn ich mich recht entsinne. Wir stellen sie davor. Dann kommt das Blut gut zur Geltung." Er warf Alberti einen Blick zu. „Hätten Sie die zwei verdammten Juden aufgespürt, wäre das alles nicht passiert."

„Dessen bin ich mir bewusst, Hauptscharführer ..."

„Schön." Der Deutsche wandte sich an die zwei kräftigen Kerle neben sich und nickte in Garzones Richtung. „Fesseln Sie ihm die Hände und holen Sie die anderen. Wir lassen sie mit einem Trupp Soldaten durch die Stadt laufen." Er sah auf seine Uhr. „Sorgen Sie dafür, dass Zuschauer da sind. Heute Mittag um zwölf werden sie hingerichtet. Ihre Familien können zusehen. Danach gehen die Soldaten durch die Häuser und suchen nach den beiden Juden. Sie müssen irgendwo sein. Ich will, dass jede einzelne Wohnung durchkämmt wird, bis wir sie haben."

„Sie schießen mit Kanonen auf Spatzen", sagte der Priester.

„Von denen schaffen es die meisten immerhin bis zum Frühjahr", erwiderte Oberg. „Das werden Sie nicht mehr erleben." Er wandte sich wieder an seine Leute. „Nehmen Sie ihn jetzt mit. Und richten Sie ihn nicht noch übler zu. Die anderen auch nicht. Dies ..." Er blinzelte und sah einen Moment aus, als würde er es sich noch einmal überlegen. „Dies ist eine Demonstration unserer Stärke. Unserer Entschlossenheit. Nicht unserer Brutalität."

Garzone blickte hoch und brach in Gelächter aus.

„Sie armseliger Mensch. Dass Sie das alles auf Ihre Pflicht schieben müssen." Er mühte sich auf die Beine und streckte die Hände aus. „Ich bin bereit, *signore*. Sie auch?"

Die Adresse, die Salvatore Bruno auf seinen Notizblock geschrieben hatte, gehörte zu einer Erdgeschosswohnung an der Fondamenta della Fenice, einer kurzen Gasse, die entlang eines schmalen Kanals hinter dem Opernhaus verlief. In diesem Teil der Stadt, der weit weg von den heruntergekommenen Mietskasernen Castellos lag, hatte man Geld. Er bildete eine kleine Enklave des Luxus mit vornehmen Geschäften, Restaurants, in denen Kellner in weißen Jacketts mit goldenen Tressen ein spätes Frühstück für Gäste servierten, die vom Vorabend ein wenig angeschlagen wirkten. Der Seitenkanal des Canal Grande, wo Trevisan und seine Kameraden von Sara Vitale verraten und dann so bühnenreif durch deutsche Maschinengewehre abgeschlachtet worden waren, lag nur ein paar Häuserreihen entfernt. Doch die Fondamenta della Fenice schien der Krieg noch nicht erreicht zu haben.

Wohlhabende Anwohner schlenderten hier entlang, die Damen in Pelzmänteln, ein paar von ihnen mit kleinen Hündchen, erhobenen Hauptes und die Nase gerümpft, weil in der Nähe gerade ein *pozzo nero* geleert wurde. Die meisten von ihnen gingen Arm in Arm mit ihrer Begleitung, Herren in der schwarzen Einheitskluft reicher Venezianer im Winter: schweren knöchellangen Mänteln, dunklen Filzhüten und glänzenden Lederhandschuhen. Als Mika Artom an der Ecke stehen blieb und überlegte, wie es nun weiterging, überquerte ein älteres Ehepaar, das sich laut über die Oper und über seine Vorfreude auf die bevorstehende Aufführung unterhielt, die niedrige Brücke Richtung La Fenice.

Irgendwo in dem großen Konzertgebäude hatte gerade eine Probe begonnen. Leise Orchesterklänge drangen in den frostigen Tag hinaus, begleitet von einer einsamen Frauenstimme, mit der jemand eine Arie sang. Das reiche zufriedene Ehepaar blieb stehen und lächelte. Mika verharrte, wo sie war, am Fuß der kleinen Brücke, damit sie sie sahen.

Doch als sie die beiden ansprechen wollte, starrte die Frau sie mit erschrockenem Blick an, und der Mann murmelte etwas davon, dass sie es eilig hätten. Die zwei hasteten Richtung San Marco davon und klammerten sich aneinander, als wäre sie eine Bedrohung.

„Ich bin doch keine lausige Bettlerin!", rief Mika ihnen nach, während sie in einem dunklen *sotoportego* verschwanden. „Ich will nichts von Ihnen."

Nur zwei, drei Worte wechseln, mehr nicht. Das Bekenntnis hören, dass auch sie den Schmerz spürten, den der Rest der Welt empfand. Über dieses Thema hatten sie mit den anderen Studenten in Padua so oft diskutiert. Praktisch niemand stand auf der Seite der Schwarzen Brigaden und der Faschisten, und falls doch, dann gab er es nicht zu. Aber die meisten zögerten, sich zu engagieren, zu handeln, zu kämpfen. Und das sicher nicht nur aus Feigheit, obwohl die auch eine Rolle spielte. Im Ausland herrschte eine Stimmung, die zu Geduld im Angesicht des Schreckens aufrief. Die Briten und die Amerikaner würden kommen. Was immer die verlogenen faschistischen Zeitungen und Radiosender behaupteten, Hitler und Mussolini würden den Krieg verlieren. Irgendwann würde alles vorbei sein. Sie wussten, dass die Tapferen dafür sterben mussten. Sie wollten nur, dass andere die Tapferen waren.

Unterdessen zerrten Greiftrupps Juden aus ihren Häusern, trieben sie durch die Straßen und sperrten sie in Viehwaggons, um sie in fremde Länder zu verfrachten, mit unbekanntem Ziel. Oder, wie im Fall ihrer Eltern, sie auf einem tristen Feld außerhalb der Stadt zu erschießen, nachdem sie ihr eigenes Grab hatten schaufeln müssen. Italien war ein Gefängnis, und die meisten der Gefangenen zogen vor den Wärtern den Hut. Es war beschämend. Es war schlichtweg *falsch*. Dieser Gedanke quälte sie Tag und Nacht und verlangte von ihr, dass sie etwas unternahm. Darum hatte sie Vannis Bitten ignoriert, in seinem sicheren kleinen Nest im Giardino degli Angeli zu bleiben. Darum hatte sie sich auf die Suche nach Trevisan und der Partisanenzelle in der Via Garibaldi gemacht, trotz des Risikos.

Und darum hatte sie ihrem Plan zugestimmt, so viele *crucchi* zu töten wie möglich. Nur um dann verraten zu werden.

Vielleicht hatte Sara Vitales Verrat ihr das Leben gerettet. Der Verrat und die Intervention des venezianischen Kollaborateurs mit dem traurigen Blick, der sie gewarnt hatte. Nicht, dass das etwas ändern würde. Sie hatte ein schlechtes Gewissen wegen des gescheiterten Anschlags. Es war auch ihre Schuld gewesen. Nun war ihr Versuch, es wiedergutzumachen, auch missglückt. Der Tod eines zudringlichen betrunkenen Deutschen war nicht genug. Aber vielleicht würde nichts das jemals sein.

Mika Artom wartete drei Türen vom Eingang zu Brunos Wohnung entfernt im Schatten eines *sotoportego* und überlegte, sich Zugang zu verschaffen, wenn jemand aus dem Haus kam. Irgendwo läuteten die Glocken einer Kirche zur vollen Stunde. Noch immer niemand zu sehen. Die Pistole wog schwer in ihrer Tasche. Sechs Patronen. Genug für einen Judenjäger.

Der Himmel, der so hell gewesen war, als sie das Haus durch die Hintertür verließ, hatte sich verdüstert und eine trübe graue Farbe angenommen, während sie mit gesenktem Kopf durch die Gassen lief. Zarte Schneeflocken wirbelten wie winzige weiße Federn herab, blieben auf der weißen Marmorbrücke am Opernhaus liegen und wurden von ein paar Passanten verärgert von ihren Mantelärmeln gewischt.

Winter brach über Venedig herein, bitter und eisig, begleitet von heftigem Wind, der aus den Bergen herabwehte, in denen sie und Vanni mit ihrem kleinen Trupp Partisanen unterwegs gewesen waren, um Deutsche zu ermorden, Eisenbahnstrecken zu sabotieren und Waffen und Munition zu stehlen.

Es gab kein Zurück mehr. Und kaum ein Voran.

Ein Mädchen von vielleicht fünfzehn oder sechzehn kam mit schnellen Schritten aus Richtung Westen. Sie trug einen Stapel Wäsche im Arm, sah ab und zu auf einen Zettel in ihrer Hand und anschließend auf die Hausnummern.

Der Schneefall wurde von Minute zu Minute dichter.

Als sie vor einem der Häuser stehen blieb, ging Mika zu ihr. „Bringst du die Wäsche für *signor* Bruno? Das wurde auch Zeit“, sagte sie mit möglichst strenger Stimme.

Das Mädchen war jung, nervös und ein bisschen verängstigt vielleicht.

„Die Deutschen im Gioconda schicken mich mit frischer Bettwäsche, ich weiß nicht, für wen.“

„Die ist für den Herrn aus Turin. Die *crucchi* halten so große Stücke auf ihn, dass sie ihn hier untergebracht haben." Mika streckte die Hände nach der Wäsche aus. „Lass mich rein. Ich bringe sie ihm."

Das Mädchen rührte sich nicht.

„Das ist meine Aufgabe. Warum wollen Sie das für mich machen?"

Mika lächelte. „Weil *signor* Bruno dazu noch eine Hure für den Vormittag bestellt hat. Oder wolltest du das auch übernehmen?" Sie legte die Hand auf die Wäsche. „Aber wenn du dazukommen willst, hat er bestimmt nichts dagegen. Er hat 'ne Vorliebe für junge Dinger."

Das Gesicht des Mädchens verfinsterte sich. Sie drückte Mika hastig den Wäschestapel in die Arme.

„Nein danke! Schlafen Sie doch mit einem Verräter. Ich jedenfalls nicht."

„Also, so etwas …" Mika hätte sie umarmen und gleichzeitig anschreien können. „So etwas sagt man in Zeiten wie diesen besser nicht." Die Laken fühlten sich noch warm an, wie frisch aus der Wäscherei. „Schließ die Tür auf."

Ohne ein weiteres Wort tat das Mädchen wie geheißen.

Im Flur war es dunkel. Es dauerte einen Moment, bis sie den Lichtschalter fand.

„Wo ist es?", fragte Mika.

„Im Erdgeschoss gibt es nur eine Wohnung. Haben sie Ihnen das nicht gesagt?"

„Huren." Sie nickte in Richtung der Welt draußen, wo sich langsam der Schnee wie eine Winterdecke auf die Häuser legte. „Wir können nur eins gut. Jetzt sieh zu, dass du wegkommst. Und sag keinem, dass du mich gesehen hast."

„Habe ich nicht", antwortete das Mädchen und schlug die schwere Holztür hinter sich zu, als sie ging.

Mika ließ die Wäsche fallen, nahm ihre Pistole, stellte sich dicht an die Tür und lauschte.

Stimmen. Ein Mann und eine Frau. Gelächter. Das Quietschen eines Bettes. Sie wartete, bis es aufhörte, und klopfte dann mit dem Pistolengriff fest an die Tür. „Die frische Wäsche aus dem Gioconda, *signor* Bruno!", rief sie.

„Leg sie vor die Tür!", antwortete die Frau.

Sara Vitale. Es klang wie ihre Stimme. Zwei auf einen Streich, dachte Mika.

„Das darf ich nicht. Zurzeit wird so viel gestohlen. Lassen Sie mich bitte rein. Ich lege sie einfach auf den Boden. Es dauert nicht lange."

Höchstens ein paar Sekunden.

Die Tür öffnete sich einen Spaltbreit. Rote Haare, glänzende Augen, befriedigter Blick.

Sie trat die Tür, so fest sie konnte, auf und knallte sie der Frau dahinter mit Wucht ins Gesicht.

Die Pistole.

Ein Schuss, verirrt, ohne zu zielen. Dumm.

Daneben natürlich.

Sara Vitale war schnell wie eine Ratte zur Seite gesprungen.

Die Wohnung bestand nur aus einem schlecht beleuchteten Zimmer. Das einzige Licht kam vom Nachttisch neben dem Bett, in dem Bruno nackt auf der Decke lag, den Kopf ins Kissen gesenkt und mit einem Ausdruck von Erstaunen und Wut im Gesicht.

Noch ein Schuss.

Er traf ihn mitten in den Bauch, und er fing an zu schreien.

Etwas blitzte im gedämpften Licht auf, jemand fluchte, eine Frauenstimme. Dann durchfuhr Mika Artom in der linken Hüfte der heftigste Schmerz, den sie je gespürt hatte, während sich ihr eine messerscharfe Klinge ins Fleisch bohrte, bis sie auf Knochen traf.

Es dauerte fast eine Stunde, bis Vanni angezogen und draußen im Freien war. Er konnte kaum ein paar Schritte am Stück gehen. Paolo hatte den dicken Wollschal seines Vaters mit dem Karomuster herausgesucht und ihm gesagt, er solle ihn sich ums Gesicht wickeln. Wenn er dazu noch eine Fischermütze aufsetzte, war er sicher nicht zu erkennen, selbst wenn Deutsche oder Polizisten mit einer Beschreibung von ihm auf der Straße wären. Plötzliche Kontrollen waren das größere Risiko. Die einzigen Ausweispapiere, die Vanni besaß, waren seine eigenen und der falsche französische Pass auf den Namen Pierre Goulet, von dem er nicht wusste, ob er ihn gefahrlos benutzen konnte. Also gab Paolo ihm nach einer kurzen hitzigen Diskussion seinen Ausweis und sagte ihm, er solle diesen vorzeigen, wenn er angehalten würde.

Er selbst würde dann behaupten, er hätte seine Papiere zu Hause vergessen. So etwas passierte nicht selten. Jeder italienische Kollaborateur, der die *crucchi* begleitete, würde ihn an seinem Akzent als Einheimischen erkennen, und die Soldaten waren meistens zu beschäftigt oder zu faul, um mehr zu tun, als eine Verwarnung auszusprechen.

„Wohin willst du?“, fragte er, während er das Tor an der Brücke aufschloss.

„Egal. Irgendwohin, wo ich mich hinsetzen und durchatmen kann. Ein Café vielleicht. Ich hätte gern ein Bier.“

„Bis zur nächsten Bar ist es ein ziemlich weiter Fußweg. Außerdem wurde sie von den Deutschen geschlossen. Sie haben die Frau, die sie betrieben hat, verhaftet.“

„Dann gehen wir zur nächsten.“

„Herrgott, Vanni.“ Sein Freund lehnte keuchend am Brückengeländer, und auf seiner Hose bildete sich bereits ein dunkler Fleck, weil die Wunde wieder angefangen hatte zu bluten. „Bis dahin schaffst du es nicht. Und du kannst Mika nicht helfen. So jedenfalls nicht.“

Vanni antwortete nicht, blickte nur nach rechts und links. Linker Hand befand sich die Brücke nach San Pietro, wo der marmorne Kirchturm, der einsam auf der Grasfläche vor der Kirche gestrandet war, halb hinter Schneegestöber verschwand, das im eisigen Wind um ihn wirbelte. Rechts von ihnen führte ein schmaler Weg auf eine breitere Gasse zu, die sich bis hinunter zur Via Garibaldi zog.

„Lass uns wieder reingehen“, bat Paolo.

Ein paar Männer und eine Frau hatten sich an der Ecke versammelt und unterhielten sich. Sie sahen besorgt aus.

„Nein“, sagte Vanni und humpelte weiter.

„Um zwölf“, sagte ein zerzauster alter Mann in einer dicken Seemannsjacke. Er schüttelte den Kopf und ballte die Hand zur Faust. „Punkt zwölf. Und sie kündigen es an, als wär's eine Zirkusvorstellung oder so was. Mein Gott. Gestern Abend haben sie Rocco und seine Männer erschossen, und jetzt das.“

Bei der Gruppe stand auch eine Frau mittleren Alters. Paolo brauchte einen Moment, bis er sie erkannte. Die Ehefrau von Gallo, dem Lebensmittelhändler. Ihr Gesicht war gerötet, und Tränen strömten ihr über die Wangen. Eine ähnlich aussehende Frau, ihre Schwester vielleicht, hatte ihr den Arm um die Schultern gelegt.

„Mein Gabriele hat nie etwas Unrechtes gemacht", sagte die Ehefrau mit gebrochener Stimme. „Hat keiner Fliege was zuleide getan. Ihr konntet immer alle anschreiben lassen, wenn ihr knapp bei Kasse wart."

„Das hat er bloß diesem Priester zu verdanken", schimpfte die andere Frau. „Garzone. Der hat ihn überredet. Der ist zu Juden gegangen. Wenn er nicht gewesen wäre ..."

„Den Priester haben sie doch auch verhaftet!", fuhr der alte Mann sie an. „Lass ihn da raus. Er ist ein Mann Gottes, der nie eine bedürftige Seele abweisen würde."

„Aber die Juden ...", fuhr die Frau wütend fort.

„... haben keinem was getan. Aldo Diamante ist tot, der beste Arzt, den wir je hatten. Und die anderen stecken die Deutschen jetzt an Santa Lucia in Viehwaggons! Um Gottes willen ..."

„Das sind Juden, Beppe. Die gehören nicht zu unserer Gemeinde."

„Das sind die Männer und Frauen, mit denen ich groß geworden bin", blaffte der alte Mann. „Venezianer. Genau wie wir. Gib den Schweinen, die sie umbringen, die Schuld. Nicht ihren Opfern. Ich hab's doch gerade gesagt. Gestern Abend haben sie Rocco Trevisan erschossen. Tosi, den Trottel, auch, und noch zwei andere ... Ich weiß nicht mal, wie sie hießen. Das haben die *crucchi* getan. Nicht die Juden."

„Wenn sie einfach zu Hause geblieben wären, dann wäre Rocco jetzt nicht tot!", ereiferte sich die Frau. „Und wenn Garzone Gabriele nicht in seine Hilfsaktion mit reingezogen hätte, dann würde er jetzt noch hinter seiner Theke stehen. So wie immer."

Der Mann warf die Hände in die Höhe und rief, dass er es jetzt aufgeben würde. Dann wandte er sich zum Gehen.

Vanni hielt ihn an und fragte, was los sei.

Der Mann musterte ihn misstrauisch von oben bis unten.

„Und wer will das wissen? Scheint mir nicht, als kämst du von hier."

„Ich bin Italiener, mein Lieber. Vielleicht kannte ich jemanden, der in die Sache gestern Abend verwickelt war."

Der Venezianer runzelte die Stirn. „Wenn das stimmt, bist du auch bald tot."

„Der Priester", schaltete Paolo sich ein. „Und Gallo, der Lebensmittelhändler. Ich kenne sie."

Der alte Mann schüttelte den Kopf. Er sah aus, als wäre er den Tränen nahe.

„Einer von den Deutschen ist gestern Abend ermordet worden. Das heißt, jemand muss dafür zahlen. Sie lassen sie durch die Stadt laufen. Durch San Marco. An der Riva degli Schiavoni lang. Die ganze Via Garibaldi rauf. Damit wir es auch alle sehen." Er wischte sich den weichen Schnee von seiner gerunzelten Stirn und nickte in Richtung der blassen Säule des *campanile*, die weiter hinten im wirbelnden Weiß stand. „Dann stellen sie alle da an die Wand und erschießen die Unglückseligen. Neun Männer. Und die arme Greta aus der Bar. Alles, weil irgendeine Frau von außerhalb gestern Abend einen von ihnen umgebracht hat." Er zog seine alte Seemannsjacke fester um sich. „Zehn von uns für einen einzigen dreckigen Deutschen, dabei waren wir es nicht mal. Und einer davon ist Priester. Gott ..."

„Ich muss dabei sein", murmelte Vanni.

Der Mann sah ihn fragend an.

„Warum? Das ist genau das, was sie wollen. Damit wir Angst vor ihnen haben. 'ne Menge jammernder Frauen, die von ihren verdammten Soldaten zurückgedrängt werden. Während der Rest die armen Schweine in einer Reihe an den Turm stellt. Wer zum Teufel will das mit ansehen?"

„Garzone ist ein Freund von mir", sagte Paolo. „Ich will, dass er mich sieht. Er soll sich nicht allein fühlen."

„In Zeiten wie diesen ist es besser, allein zu sterben", erwiderte der Mann. „Dazu braucht man keine Zuschauer. Wir kommen alle früh genug an die Reihe."

Vanni fasste ihn am Arm.

„Zwölf Uhr? Sind Sie sicher?"

„Das erzählen sie jedenfalls allen. Und es sind *crucchi*. Die werden wohl pünktlich sein."

Salvatore Bruno krümmte sich blutüberströmt und stöhnend auf dem Bett.

Mika konnte einen Moment lang nicht denken, so heftig war ihr Schmerz.

Dann ging Sara Vitale, halbnackt, nur mit einem dünnen Nachthemd am Körper, wieder auf sie los. In der rechten Hand ein Messer.

Mika, die sich immer noch die Hüfte hielt, wich aus. Das Messer traf in den Spalt zwischen Tür und Rahmen und blieb da stecken.

„Du willst mich abstechen, du Schlampe?", rief sie und stieß Vitale mit Wucht das Knie in die Leiste. Was ihr selbst vielleicht am meisten wehtat.

Die Frau taumelte nach hinten. Mika stand jetzt zwischen ihr und dem Messer. Das würde Vitale nicht mehr in die Finger kriegen. Nicht, solange sie bei Bewusstsein blieb. Und der stechende Schmerz in ihrer Flanke half ihr in gewisser Weise dabei.

„Du hast Trevisan und die andern an die *crucchi* verraten!"

Vitale suchte nach einer Möglichkeit, sich wieder auf sie zu stürzen.

„Du warst schon die ganze Zeit mit diesem Arschloch im Bett, und Trevisan wusste von nichts. Du …"

„Wir haben verloren!", kreischte Vitale. „Begreifst du das nicht? Wir haben verloren. Es gibt nichts mehr, wofür man kämpfen kann."

„Es gibt immer etwas …" Blut rann ihr langsam an der Hüfte herunter. Es war warm und klebte auf ihrer Haut. „Am Ende werden wir siegen. So ist der Lauf der Geschichte. Auch wenn wir vielleicht nicht mehr da sind, um …"

Vitale lachte hysterisch. Sie sah aus, als wäre sie nicht mehr bei Sinnen.

„Du klingst genau wie Rocco. Mit diesem ganzen Unsinn aus den Büchern seines alten Herrn. Als wär's die Bibel." Sie kam einen Schritt näher. „Tot ist tot. Tot bedeutet, dass andere kommen, deine Stelle einnehmen und das Leben genießen, das du hättest genießen sollen. Ich will nicht, dass jemand meinen Platz einnimmt. Ich hab was Besseres verdient."

„Das hier hast du verdient", sagte Mika und hob die Pistole. Der Mann auf dem Bett wurde lauter. Sie musste sich etwas einfallen lassen.

Vitale stand aufrecht da, die Hände in die Hüften gestemmt, und starrte sie an.

„Was soll's. Sie erschießen euch sowieso alle. Letzte Nacht haben sie schon jede Menge von euch verhaftet. Leute, deren Namen sie erfahren haben."

„Namen, die du ihnen genannt hast?"

Sie trat einen Schritt vor und ihr dünnes Nachthemd rutschte herunter. Auf ihren Schultern waren Blutergüsse zu sehen und Bisse, wie es schien. Bruno war wohl nicht der sanfteste Liebhaber.

„Ich sag's doch. Tot ist tot. Es spielt jetzt keine Rolle mehr. Ich kann immer noch nicht glauben, dass sie zu dumm waren, dich im Gioconda zu schnappen."

„Natürlich spielt es eine Rolle."

„Sie werden jedes einzelne Haus in Castello durchsuchen, bis sie dich finden. Und deinen Bruder. Dann nehmen sie euch im Ca' Loretti auseinander und fesseln euch im Hof an Pfähle. Mit mir wollten sie das auch machen, als sie mich gefunden haben."

„Und da hast du schnell die Seiten gewechselt?"

„Ja. Hab ich. Kein Kampf mehr. Keine Träume. Kein Marx und kein Gramsci." Sie beugte sich vor, mit loderndem Blick. „Tot ... ist ... tot. Falls du nicht wegläufst. Willst du wissen, wohin? Ich kann's dir zeigen. Dir und deinem Bruder, falls er noch lebt ..." Sie warf einen Blick auf das Bett. „Wir müssen diesen Dreckskerl erledigen. Du glaubst doch wohl nicht, dass ich freiwillig hier bin? Ich war Teil der Belohnung."

Ein kurzer Moment Zögern. Mehr war nicht nötig. Vitale sah ihre Chance und stürzte sich auf die Waffe. Mika wich zurück, schlug mit dem Rücken gegen die Wand, kämpfte mit kalten schweißnassen Fingern mit der Pistole. Der erste Schuss traf Vitale in die Hüfte. Der zweite, als sie sich schreiend am Boden wälzte, in den Kopf.

Mika stolperte zum Bett, stützte sich am Rand ab, damit sie nicht auf den nackten, blutenden Mann fiel.

„Bitte erschieß mich nicht", flehte Bruno. „Ich habe Frau und Kinder."

Vier Patronen verbraucht. Noch zwei übrig. In der Tasche, die sie für Trevisan in dem kleinen Haus der Uccellos versteckt hatte, war noch mehr Munition. Eine bessere Pistole auch. Dumm, dass sie das alles dort gelassen hatte. Stattdessen hatte sie die Waffe des Deutschen genommen, aus dem einfachen Grund, weil es ihr richtig erschien. Nichts von all dem war so durchdacht wie die Operationen, die sie mit ihren früheren Kameraden in den Bergen geplant hatte. Von dem Moment an, als sie heute Morgen aufgewacht war, hatte es sie nur in eine Richtung gezogen, hatte sie nur ein Ziel vor Augen gehabt. Egal, was unterwegs passieren würde. Das war das Einzige, was zählte.

„Ich erschieße Sie nicht", sagte Mika. Sie richtete sich auf und ging zur Tür. „Das kann ich mir nicht leisten."

Sie zog das Messer aus dem Spalt und versuchte, an Sara Vitales blau verfärbte Schulter zu denken. Versuchte, irgendeine Entschuldigung zu finden für die Brutalität, mit der sie gleich an dem sterbenden Mann auf dem Bett, dessen Eingeweide schon herausquollen, Rache nehmen würde.

Kurz darauf hörte sie das rhythmische Rasseln ihres eigenen Atmens, ihr lautes Keuchen vor Anstrengung und Schmerz, in dem seine Schreie beinah untergingen.

Die Kirchenglocken läuteten, während Garzone und die neun anderen Gefangenen vor dem Ca' Loretti aufgereiht wurden. Vielleicht war das auch eine Anweisung der Deutschen, die Obergs Befehl folgten, eine Inszenierung aus der Sache zu machen. Ein blutiges öffentliches Theaterstück. Ein Blick auf die anderen, die im stetig fallenden Schnee zitterten, sagte dem Priester, dass er bisher noch glimpflich davongekommen war. Die meisten trugen die Spuren von Schlägen. Ein Mann, den er nicht kannte, hatte einen blutverschmierten Mund. Ihm fehlten die Zähne. Einem anderen schien ein Ohr zu fehlen, durch seinen zerrissenen Verband sickerte das Blut, während er sich ständig an den Kopf fasste und schlotternd in der bitteren Kälte stand. Um sie herum hatte sich ein Trupp Soldaten positioniert, alle in dicker Winteruniform. Als wären sie bereit für den Feldzug in Russland, nicht für einen Marsch durch die Straßen der Stadt, von San Marco bis San Pietro, mit nur einem Ziel vor Augen.

Luca Alberti stand vor dem Café gegenüber, rauchte eine Zigarette und trank einen Espresso. Er sah zu Garzone hinüber, bis sich ihre Blicke trafen. Garzone fragte sich, was er ihm wohl sagen wollte. *Geben Sie nicht mir die Schuld,* wahrscheinlich. *Ich hab's versucht.*

Er wünschte, er hätte ihm antworten können: *Das weiß ich. Aber Sie haben Ihre Zeit verschwendet.* Ihn würden keine Engel, kein ausgestreckter Arm mit dem Palmzweig der Märtyrer gen Himmel winken. Das war auch nicht nötig. Er war der Priester von San Pietro, ein Diener Venedigs. Diese Menschen gehörten zur städtischen Gemeinschaft, Fremde, Anwohner, Mitglieder anderer Kirchengemeinden, das spielte keine Rolle. Wenn ein Mann Gottes gebeten wurde, sie auf dieser letzten Reise zu begleiten, dann konnte er das unmöglich ablehnen.

Die alte Greta Morino war so übel zugerichtet, dass sie nicht mehr weit laufen konnte. Deshalb hatten sie ihr einen Rollstuhl beschafft und Gallo angewiesen, ihn zu schieben. Der Lebensmittelhändler, dessen Gesicht Blutergüsse und Schnittwunden aufwies, gab sich die größte Mühe, den Fragen auszuweichen, die sie ihm immer wieder stellte, während sie sich Richtung San Marco in Bewegung setzten.

„Was ist los?"

„Wohin gehen wir?"

„Was hab ich Unrechtes getan?"

So ging es weiter, während die armselige Gruppe der Verdammten durch die engen Gassen getrieben wurde und hinter vielen Fenstern empörte Gesichter zusahen, bis sie durch die Mauerbogen des Museo Correr auf die große Piazza traten.

Auch hinter den Scheiben des Caffè Florian waren Gesichter zu sehen. Besucher, Deutsche vielleicht, die Kaffee und Gebäck genossen. Kein Zeichen von Leben vor der gewaltigen Basilika, an der er durchaus Gefallen fand, obwohl er die schlichte Einfachheit von San Pietro der barocken Pracht golden schimmernder Mosaike vorzog.

Kein Licht im Dogenpalast, während sie in dieser seltsamen Formation daran vorbeigingen, begleitet vom Stampfen schwerer Soldatenstiefel.

Sie hatten die Anweisung bekommen, nicht zu sprechen. Nicht zu versuchen, Kontakt mit den Einwohnern aufzunehmen, die sich der Prozession nun anschlossen, schweigend, aber den Soldaten hasserfüllte Blicke zuwerfend. Dennoch war der Lärm der marschierenden Männer so laut, dass Gallo ihn ansprechen konnte. Die alte Greta war verstummt und fast eingeschlafen.

„Padre?“

„Gabriele?“

„Vergeben Sie mir. Ich habe ihnen Ihren Namen genannt.“

„Ach.“

„Sie haben mich gezwungen. Sie haben mich geschlagen. Sie haben gesagt, dann lassen sie mich gehen.“

„Der Teufel weiß, wie man den Menschen versucht. Wann haben sie dich verhaftet?“

„Heute Morgen.“

„Nun, mich haben sie gestern Abend in meiner Kirche abgeholt. Es gibt also nichts, wofür du dich schuldig fühlen musst.“

Ihr Gespräch hatte Greta wohl auf etwas gebracht. Sie begann, ein altes Volkslied zu singen, auf Venezianisch, nicht auf Italienisch. Das Lied erzählte die Geschichte eines jungen Mannes, der eines Nachts, als er zum Fischen draußen in der Lagune war, dem Teufel begegnete. Für nur einen Fang verkaufte er ihm seine Seele, um die Hand der jungen Frau zu gewinnen, in die er verliebt war. Bis auf die ersten beiden Strophen hatte Greta den Liedtext jedoch vergessen. Als sie sich der Brücke beim Arsenale näherten, die Menge hinter ihnen zählte jetzt bestimmt hundert Menschen, hörte sie auf zu singen und fing an zu weinen.

Immer noch läuteten Kirchenglocken. Bescheidenere jetzt, in kleineren *campanili*, mit leiseren, höheren, freundlicheren Tönen.

„Weine nicht, Greta“, sagte Garzone und legte ihr die Hand auf die feuchten Haare. „Weine nicht …“

„Wohin gehen wir denn, *padre*?“

„Nach Hause“, antwortete er. „Für immer.“

Sie sagte nichts mehr. Gallo zupfte ihn wieder am Ärmel.

„Vergeben Sie mir, bitte. Selbst wenn sie ihn schon wussten, ich hätte ihnen niemals Ihren Namen sagen dürfen. Sie haben mir wehgetan.“ Er spuckte aufs Pflaster. „Und ich war so dumm, ihnen zu glauben.“

Garzone umfasste die Griffe des Rollstuhls und half den beiden vorwärtszukommen.

„Der Wille anderer hat uns hierhergebracht, Gabriele. Wir sind Teil ihres Plans, nicht die Ursache dafür.“

Sie quälten sich über die letzte Brücke vor der Via Garibaldi. Er drehte sich um und warf noch einen letzten Blick auf das Becken von San Marco. Stetiger Schneefall behinderte die Sicht nach San Giorgio Maggiore auf der anderen Seite. Zwischen dem leisen Glockengeläut hörte er Möwengeschrei und das Motorengeräusch von ein paar Booten. Vier Kormoranpaare saßen auf Holzpfählen am nächstgelegenen Anleger, wie gekrümmte schwarze Haken, Zeugen des ganzen Geschehens.

„Nach Hause", sagte er noch einmal zu sich selbst, während sie in eine Straße einbogen, die ihm so vertraut war, dass er ihr selten Beachtung geschenkt hatte, wenn er hindurchging. Jetzt aber versuchte er, jedes Detail in sich aufzunehmen. Die eisernen verzierten Laternenpfähle. Den Fahnenmast, an dem statt der Fahne mit dem geflügelten Löwen von Venedig jetzt die Hakenkreuzfahne hing. Die filigrane Schönheit des feinen Maßwerkmusters an den gotischen Spitzbogenfenstern der Bank an der Ecke, an deren Wand eine Gedenktafel darauf hinwies, dass das Haus einst von der Familie Cabot bewohnt wurde, Vater Giovanni und Sohn Sebastian, die mehr als vierhundert Jahre zuvor einen großen Teil Nordamerikas erforscht und kartiert hatten. Beinah jedes Gebäude in der Straße besaß ein charakteristisches Merkmal, wie Sommersprossen oder ein Muttermal in einem unverwechselbaren Gesicht. Ein Trio Trichterschornsteine, eine gemeißelte Balustrade, das Bruchstück einer Skulptur, das von einer antiken Stätte gestohlen worden war. Er fragte sich, wie es kam, dass ihm das alles in den ganzen Jahren nicht aufgefallen war.

Er brauchte einen Moment, bis er realisierte, dass die Glocken aufgehört hatten zu läuten. Eine Menschenmenge, drei Reihen hintereinander, stand auf der einen Straßenseite, wütend und aufgebracht.

„Ihr Schweine! Nazi-Schweine!"

Der hohe, durchdringende Schrei kam von einer Gruppe Anwohner vor der geschlossenen Tür von Gretas Bar und riss ihn aus seinen Gedanken.

„Sie ist eine alte Frau!", rief jemand anderes. „Nicht ganz richtig im Kopf. Ist das alles, was ihr könnt? Kranke und Juden erschießen?"

Oberg, der vorweglief, brüllte einem seiner Untergebenen einen Befehl zu. Mit stampfenden Stiefeln kam die Gruppe zum Stehen.

Einen Moment lang war Greta Morinos ängstliches Schluchzen das Einzige, was Garzone hörte. Dann befahl der Offizier ein paar der Soldaten, auszuscheren und diejenigen zu ergreifen, die da gerufen hatten. Sobald sie begriffen, was passierte, stellten sich vielleicht vierzig Frauen und Männer so dicht zusammen, dass es den Deutschen unmöglich war, eine bestimmte Stimme wiederzufinden.

„Gestern Abend hat eine von euch einen deutschen Offizier ermordet. Einen Mann, der seine Pflicht getan hat!", dröhnte Oberg in mittelmäßigem Italienisch. „Ihr kennt die Konsequenzen. Ich könnte euch alle an die Wand stellen lassen. Jeden Einzelnen von euch, wenn ich das wollte."

Garzone drängte sich zwischen den Gefangenen nach vorn.

„Signore", sagte er mit derselben klangvollen Stimme, die er benutzte, wenn er von seiner geliebten Kanzel predigte. „Wenn Sie jemandem die Schuld geben müssen, dann lassen Sie uns diejenigen sein. Nicht sie. Bringen Sie uns, wohin Sie wollen. Machen Sie mit uns, was Sie wollen. Sie ..." Ihm versagte kurz die Stimme. „Sie können nicht alle erschießen. Ich kann nicht glauben, dass irgendjemand auf der Welt das will."

Alberti eilte zu dem Deutschen und flüsterte ihm etwas ins Ohr. Sämtliche Blicke waren auf den venezianischen Polizisten gerichtet. Wenn diese Leute die Chance bekämen, jemanden in Stücke zu reißen, dann wärst du der Erste, dachte Garzone. Du, und danach erst die *crucchi*. Was vielleicht nicht ganz gerecht gewesen wäre. Aber gerecht war nichts mehr dieser Tage, und das würde auch so bleiben, bis der Krieg vorbei war.

„Der Hauptscharführer sagt, ihr müsst euch alle ruhig verhalten!", rief Alberti. „Wenn ihr von diesen Straftätern Abschied nehmen wollt, dann könnt ihr das in San Pietro tun. In aller Stille. Wer den Befehl missachtet, wird zum Verhör mitgenommen."

„Eines Tages kriegen wir Verräter wie dich, Luca Alberti!", rief jemand von ganz hinten.

Ein Soldat machte Anstalten hinzugehen, doch Alberti hob die Hand.

„Das weiß ich, guter Mann", sagte er. „Und ich weiß auch, was ich dann sagen werde."

„Padre", wandte er sich dann an Garzone. „Das sind Ihre Leute. Bringen Sie sie zur Vernunft. Lassen Sie nicht zu, dass alles noch schlimmer wird."

Der Priester wusste einen Augenblick nicht, was er sagen sollte.

„Sie hören mir nicht einmal richtig zu, wenn ich auf der Kanzel stehe", antwortete er dann leicht amüsiert. „Wozu soll ich ihnen dann jetzt noch predigen?"

Der Venezianer drängte sich an den anderen vorbei und stellte sich vor ihn. „Sie kennen Sie. Auf Sie hören sie. Sie werden Sie nicht vergessen. Dafür werde ich sorgen."

„Ach, wirklich", antwortete Garzone und seufzte. Es gab einen Gemeinplatz, der auf jeder Beerdigung wiederholt wurde. *Wir werden dich nie vergessen. Du wirst unvergessen bleiben.* Das schien ein leeres Versprechen zu sein, und doch eines, das gemacht werden musste.

„Also gut", sagte er. Sie ließen ihn bis zum Rand der Menschenmenge vor, wo er zwischen den grauen Schultern der uniformierten Soldaten hindurchsah.

„Lasst uns gehen, Freunde", sagte er mit der klaren, ruhigen Stimme, die er auch im gewaltigen Schiff seiner Basilika gebrauchte. „Uns ruft der Herr zu sich. Nicht euch. Noch nicht. Nur uns ..."

Nur uns ...

Zitternd stand Mika Artom inmitten der Menge in der Via Garibaldi und hörte die letzten Worte, die Filippo Garzone je zu seiner Gemeinde sprechen würde. Sie zitterte nicht nur wegen der bitteren Kälte. Sie blutete schon den ganzen Weg vom Fenice bis hierher, was sie zu verbergen versuchte, indem sie, so fest sie konnte, die Hand auf ihre Hüfte presste, um die Blutung zu stillen.

Um sie herum weinten die Menschen, vor Schmerz, vor ohnmächtiger Wut. Der Trupp bewaffneter Deutscher, der die Opfer durch die Straße begleitete, zählte mindestens achtzig Soldaten. Ungefähr ebenso viele Venezianer sahen zu, stießen sinnlose Beleidigungen aus und riefen vergebliche Bitten.

Die Worte des deutschen Offiziers brannten wie Säure in Mikas schmerzender Wunde.

Die Behauptung, Sander habe seine Pflicht getan. Unerträglich! Er hatte versucht, sie zu vergewaltigen, um sie danach zu verhaften.

Noch etwas anderes bereitete ihr Schmerzen. Diese Verurteilten, neun Männer, eine alte Frau, Greta, würden wegen ihr sterben. Wenn sie sich am Abend zuvor aus dem Gioconda geschlichen hätte und mit Vanni geflohen wäre, dann würde das alles jetzt nicht passieren.

Das Blut der Märtyrer ist der Same der Kirche.

Das hatte Trevisan gesagt, irgendein Lehrspruch aus der Bibel, die sie nie gelesen hatte.

Sie kannte jedoch seine andere Maxime.

Es gibt nur ein Mittel, die mörderischen Todeswehen der alten Gesellschaft, die blutigen Geburtswehen der neuen Gesellschaft abzukürzen, zu vereinfachen, zu konzentrieren, nur ein Mittel – den revolutionären Terrorismus.

Marx. Ein Mann, der nie gekämpft hatte. Nie sein Leben riskiert. Sie dagegen schon, aus freien Stücken. Doch all diese Menschen, ein Priester, ein Ladenbesitzer, eine ältere Frau, die eine Bar betrieb, und sieben andere, die sie nicht einmal kannte, waren nur zufällig vom blutigen Kielwasser der Wut erfasst worden, die sie im Gioconda überkommen hatte.

Vielleicht würde auch Paolo Uccello, der merkwürdige junge Mann, von dem ihr Bruder sich so angezogen fühlte, ein Opfer ihrer Unbesonnenheit werden, und Vanni selbst ebenso. Sie hätte sich an ihr Versprechen halten können: unbemerkt, gehorsam und tatenlos im Giardino degli Angeli zu bleiben und auf ein Boot zu warten, das sie in Sicherheit bringen würde. Aber das war nicht ihre Art, und selbst jetzt, während sie spürte, dass die Wunde in ihrer Hüfte sie immer mehr schwächte, wusste sie, dass sie keine Reue empfand.

Die verfahrene Situation vor ihren Augen endete, wie sie enden musste. Die Menge verfiel in stille Verachtung, und die Deutschen marschierten mit ihren Gefangenen Richtung San Pietro weiter. Nicht wenige der Umstehenden verschwanden kopfschüttelnd in den umliegenden Gassen. Sie konnte es ihnen nicht verdenken. Nur der harte Kern, Verwandte, Freunde, auch ein paar andere Partisanen, vermutete sie, würde eine Exekution durch ein Erschießungskommando mit ansehen wollen.

Während sie mit der kleiner gewordenen Gruppe mitlief, bemerkte sie, dass der Schnee inzwischen dichter fiel. Wie eine dicke Decke senkte er sich langsam auf das Pflaster, das so tückisch glatt wurde, dass ein paar der Älteren ausrutschten, während sie versuchten, mit den Soldaten Schritt zu halten.

Als sie die Brücke zur Insel überquerten, wurde ihr plötzlich schwindelig. Es war ein merkwürdiges Gefühl, so als würde sie schweben, aber jeden Augenblick zu Boden sinken. Die Welt um sie herum war ein weißer Strudel, durchbrochen von stampfenden Schritten, den grauen Uniformen der Soldaten, dem Jammern und Rufen der schrumpfenden Gruppe Zivilisten, die den Unglücklichen bis zum Ende folgten.

Wieder Kirchenglocken. Ein einfaches Geläut erschallte vor ihnen.

„Piero!", rief eine Frau, als das Stampfen der Stiefel verstummte. „Ich liebe dich!"

Sie waren auf dem bescheidenen *campo* vor der Basilika von San Pietro stehen geblieben. Die Soldaten versammelten sich gegenüber dem Glockenturm, der sich einsam aus dem kalten Winterboden erhob.

Ihr Ruf wurde von einem Mann beantwortet, mit hoher, schmerzerfüllter Stimme. Seine Worte verloren sich im Schneegestöber, das um sie herumwirbelte.

Mika wurde fast ohnmächtig. Der Blutverlust, dachte sie. Die rote Flüssigkeit sickerte sogar schon durch ihren Hosenbund. Als sie nach hinten blickte, sah sie, dass sie auf dem zugeschneiten Boden eine Spur hinterlassen hatte, wie ein waidwundes Tier.

Durch die trübe weiße Wolke, die sie umgab, war eine weitere Menschengruppe zu erkennen. Vielleicht zwanzig oder dreißig Anwohner hatten sich auf der Brücke versammelt, die zu dem kleinen Zufluchtsort der Uccellos führte.

Der deutsche Offizier brüllte etwas, das sie nicht verstand, obwohl sie eine Vermutung hatte. Die Menschenmenge wurde zurückgedrängt. Die Gefangenen mussten sich in einer Reihe am Fuß des *campanile* aufstellen. Ohne Augenbinden, nicht einmal das. Der Priester half Greta Morino aus dem Rollstuhl, legte ihr den Arm um die Schultern und küsste sie auf die Wange.

Es wurde noch ein Befehl gebrüllt, und eine Reihe Soldaten formierte sich. Garzone bekreuzigte sich. Hinter Mika schluchzte jemand hemmungslos.

Tief in Mikas Hosentasche steckte die Pistole. Noch zwei Patronen. Eine würde reichen.

„Verzeihung", sagte sie und schob sich stolpernd durch die Menge. Der befehlshabende Offizier stand am Ende der Soldatenreihe und würde jeden Moment den Schießbefehl erteilen. „Verzeihung ..."

Sie hatte vielleicht noch fünf oder sechs Schritte bis zu ihrem Ziel, als sie plötzlich eine vertraute Stimme hörte.

„Mika! *Mika*!"

Oh nein, dachte sie. Nicht jetzt, Bruderherz.

„Mika!"

Vanni hielt sich am Geländer der hölzernen Brücke fest, die nach San Pietro führte, und hatte Mühe, aufrecht stehen zu bleiben und etwas durch den wirbelnden Schnee zu erkennen. Neben ihm stand Paolo, der ihn stützte. Zwischen ihnen und den Soldaten am *campanile* hatten sich weitere Anwohner versammelt und warteten angsterfüllt auf das, was kommen würde. Das Erschießungskommando war bereit.

Wegen des Schnees und der aufgeregten Menschen um sie herum, von denen einige schwiegen, andere weinten und wieder andere leise fluchten, war es schwierig zu erkennen, was vor sich ging. Trotzdem hatte Vanni seine Schwester entdeckt, eine zierliche Gestalt, die sich in Richtung der Soldaten drängte, den Kopf gesenkt, genauso unsicher auf den Beinen wie ihr Bruder. Sie schien verletzt zu sein. Wirkte entschlossen. Unerschrocken. Verloren.

„Ich hätte eine Waffe mitnehmen sollen", murmelte er und versuchte, ein paar Schritte weiterzugehen. „Ich hätte ..."

„Siehst du die Soldaten?", flüsterte Paolo ihm ins Ohr. „Das sind viel zu viele. Willst du etwa sterben?"

„Vielleicht. Wen interessiert das schon?"

Paolo legte die Arme um ihn und zog ihn an sich. So umschlungen blieben die beiden jungen Männer stehen, während ein paar der Umstehenden sie kurz anstarrten.

„Mich interessiert es."

„Warum?"

„Weil ich dich lieb hab", antwortete Paolo.

„Dann hör auf, mich lieb zu haben. Ich bin es nicht wert. Ich gehe nirgends mehr hin. Hier endet der Weg."

Er hob den Kopf und schrie den Deutschen einen Fluch zu, so laut und so schmutzig, dass die Leute ihn ansahen, als wäre er verrückt geworden.

Drüben auf dem *campo* hatte Mika es endlich bis nach vorn geschafft. Sie warf einen kurzen Blick in ihre Richtung. Vielleicht hatte sie ihren Bruder rufen gehört.

„Oh Gott, Mika! *Mika* ...!", rief Vanni wieder.

Irgendwo zwischen den Deutschen drehte sich jemand zu ihnen um, und Paolo wurde plötzlich kälter denn je. Der feste, suchende Blick des Mannes fiel auf ihn. Es war der Venezianer, den er zum ersten Mal gesehen hatte, als sie ganz in der Nähe Isabella Finzis Leiche aus dem Wasser gezogen hatten. Alberti, der Polizist. Der Kollaborateur, der ihn ausgefragt hatte, als Mika am Tag zuvor vor dem Gioconda aufgetaucht war.

„Komm, wir müssen hier weg." Er versuchte, Vanni zurückzuziehen. „Du kannst nichts tun. Wir müssen so schnell wie möglich hier weg ..."

Der große, überheblich wirkende Deutsche, der das Kommando über die Soldaten hatte, rief einen Befehl. Hände klatschten an Kolben, Stiefel stampften aufs Pflaster, Gewehre wurden an Schultern gerissen.

Ein Glockenschlag ertönte.

Ein heftiger Windstoß ließ plötzlich eine Schneewolke um sie herumwirbeln.

„Ich muss es sehen", murmelte Vanni und versuchte weiter, mit seinem verletzten Bein vorwärtszukommen. „Ich muss ..."

Oberg ließ den Blick über die Menschenreihe gleiten, die am Fuß des merkwürdigen einsamen Glockenturms stand. Der Priester hatte die Augen geschlossen und bewegte die Lippen. Den rechten Arm hatte er um die alte Frau gelegt, die sich an ihn lehnte, mit bleichem Gesicht und reglos wie ein Stein. Die anderen standen einfach nur mit gläsernem Blick vor dem kalten Marmor und starrten auf die Reihe

Gewehre, die auf sie gerichtet waren. Während sich der Schnee auf ihren hängenden Schultern und gesenkten Köpfen ansammelte, sahen sie eher wie Standbilder aus als wie Menschen aus Fleisch und Blut.

„Könnten wir uns vielleicht ein bisschen beeilen?", fragte Sachs genervt. „Ich frier mir hier draußen die Eier ab."

Oberg hatte schon öfter den Schießbefehl erteilt, aber nie zu einem Blutvergießen wie diesem. Es gab Zuschauer. Zwei Menschenmengen hatten sich versammelt, sah er jetzt, eine hinter den Soldaten und eine zweite vor der Holzbrücke, die Richtung Arsenale führte. Wenn sie das mit ansahen und verstanden, dass dies der Preis für Auflehnung war, dann würde vielleicht Frieden in Venedig herrschen. Für eine Weile wenigstens.

„Gewähren wir ihnen einen Augenblick, damit sie ihre Gebete sprechen können", antwortete Oberg. „Ich gebe den Befehl, sobald sie fertig sind. Wir haben keine ..."

Ein Raunen ging durch die Menge, bevor sie sich teilte, um jemanden durchzulassen.

„Wenn die Leute hier Ärger machen, müssen wir die eben auch abknallen", sagte Sachs und klang ein bisschen nervös.

„Ich denke nicht, dass das nötig sein wird. Ich würde gerne ..."

Soweit er sehen konnte, machte nur eine Person Ärger.

Und die kam mit gesenktem Kopf auf ihn zu.

Es war sein siebter Sinn, der den Polizisten Alberti als Ersten erkennen ließ, was passierte. Mika Artom. Die Frau, die er im Gioconda gewarnt hatte, stolperte zwischen den Menschen hindurch nach vorne, auf das Erschießungskommando zu.

Tu etwas. Sie war noch ein gutes Stück von ihm entfernt, und diese Trottel von Deutschen achteten nur darauf, was vor dem Kommando passierte.

Er rief ihnen zu, sie sollten sich umdrehen, doch in seiner Aufregung war es Venezianisch, nicht einmal Italienisch. Worte, die sie nie verstehen würden.

Inzwischen war die Frau vor der Menschentraube angekommen. Sie humpelte. Und er hatte gedacht, ihr Bruder wäre derjenige, der verletzt war.

Sie hielt eine Pistole in der Hand und drängte sich jetzt zwischen den grauen Uniformen hindurch, war fast da, wo Oberg und Sachs nebeneinander seitlich des Turms standen und auf die Reihe verzweifelter Gestalten blickten, die auf ihr Schicksal warteten.

Sie hob den Arm. Ein Schuss fiel. Einer der Soldaten vor ihr stürzte schreiend zu Boden und hielt sich die Seite.

Dann war sie am Ziel. Ernst Oberg drehte sich zu ihr um, sah sie entsetzt an, als könnte er das nicht glauben.

„Halt!", rief Alberti.

Und merkte im selben Augenblick ... zu spät.

Es war ein einzelner dumpfer Knall. Kümmerlich. Kein Vergleich zum Trommelfeuer von Gewehren. Zuerst hatte Oberg das Gefühl, als hätte ihm jemand einen Schlag versetzt. Er blickte auf seine Brust. Sah zu seinem Erstaunen, wie sich dort ein dunkler Fleck auf dem dicken Wollstoff seines schweren grauen Uniformmantels ausbreitete. Er legte seine behandschuhten Finger darauf und starrte verwirrt auf das Blut, auf das sie trafen.

„Was ..."

Ihm versagte die Stimme. Er hatte keinen Atem mehr in sich, nur noch feuchtkalten Schmerz. Er merkte, wie er nach hinten kippte und in den verschneiten Himmel sah.

„Feuer!", rief Sachs panisch, und seine Stimme überschlug sich. „Erschießt die Gefangenen! Und tötet jeden anderen, der euch zu nahe kommt."

Das Knattern des Gewehrfeuers zerriss die Luft, dann ertönten Rufe und Schreie, und irgendwo weit entfernt vernahm Oberg das seltsamste Geräusch, das er je gehört hatte. Es klang wie Glockenläuten, aber das konnte doch nicht sein. Er hatte selbst angeordnet, dass alle Glocken schweigen sollten, nachdem ein letzter Schlag den Moment markiert hatte, an dem das Erschießungskommando in Stellung ging.

Trotzdem klang ihm etwas im Ohr, lauter und lauter, schwoll an wie die Brandung der Lagune bei bedrohlichem *acqua alta*.

Und im nächsten Moment lag Ernst Oberg am Boden, Blut sickerte ihm aus dem erschlafften Mund, und sein Blick fiel auf die polierten

Lederstiefel, die um ihn herum über das schneebedeckte Pflaster stampften.

* * *

Das Erschießungskommando mähte alle nieder, die vor dem Glockenturm standen. Die anderen Soldaten hatten sich zur aufgebrachten Menge gedreht. Alberti lief direkt zu Mika Artom, die sich keuchend über Obergs Leiche beugte.

Er schoss ihr wortlos in den Rücken. Sie schrie kurz auf, die Pistole glitt ihr aus der Hand. Die Mütze rutschte ihr vom Kopf, und ihre blonden Haare kamen zum Vorschein, als sie auf das eisige Pflaster stürzte und dort zuckend, blutend und nach Atem ringend liegen blieb. Sachs eilte herbei und feuerte ihr einen zweiten Schuss durch den Schädel.

Garzone und die anderen Gefangenen lagen am Boden. Manche bewegten sich noch. Sachs murmelte einen Fluch, dann machte er mit einer Pistole die Runde und schoss jedem eine Kugel in den Kopf.

„Himmelherrgott …“, murmelte Alberti und betrachtete das Chaos vor seinen Augen. Oberg war niedergestreckt, während das Leben aus seinen grauen Augen wich. Sachs war in heller Aufregung, führungslos, und wusste nicht, was er tun sollte.

Die Menge war hin- und hergerissen zwischen Panik und einem selbstmörderischen Drang nach Rache. Also erhob Alberti die Pistole und schoss noch zwei Mal in die Luft.

„Geht nach Hause!“, rief er. „Alle! Hier liegen genug Tote, um einen verdammten Friedhof damit zu füllen. Sollen es etwa noch mehr werden?“ Eine weitere Kugel verschwand in der weißen Schneewolke, die über den blutbefleckten Platz vor dem *campanile* fegte. *„Geht jetzt nach Hause!“*

Stille trat ein. Wer würde wohl gewinnen, wenn sie jetzt auf die Deutschen losgingen?, fragte er sich. Bei manchen Schlachten kam es weniger auf die Bewaffnung an als auf Wut und Empörung. Und davon gab es hier genug.

„Er war Priester!“, rief jemand. „Und Greta war eine alte Frau!“

„Ich weiß!“, rief Alberti zurück. „Und jetzt sind sie tot. Wollt ihr ihnen Gesellschaft leisten?“

Sachs brüllte einen Befehl. Die Hälfte des Erschießungskommandos drehte sich zu der Menschenmenge um, die Gewehre im Anschlag.

Alberti ging zu ihm und packte ihn am Ärmel. „Der Rückweg ist lang, und sie kennen die Gassen hier besser als Sie. Pfeifen Sie Ihre Leute zurück."

Der Deutsche warf einen kurzen Blick auf Oberg, der in seinem Blut auf dem schneebedeckten Boden lag.

„Sie hat ihn erschossen", sagte Alberti und deutete auf Mika Artom. „Sieht aus, als wäre sie die Frau, die gestern Abend aus dem Gioconda entkommen ist. Jetzt ist sie tot. Also lassen Sie es gut sein."

Sachs brüllte den Soldaten zu, sie sollten die Gewehre herunternehmen. Die aufgebrachten Menschen zogen sich langsam zurück. Verängstigt, wütend, erfüllt vom Drang nach Vergeltung. Doch sie konnten nichts tun. Nicht jetzt.

„Ich habe hier das Kommando!", schnauzte der Deutsche ihn an. „Nicht Sie."

„Klar, Chef", antwortete Alberti und salutierte kurz.

Plötzlich war wieder diese Stimme zu hören, die alles übertönte, hoch, gequält und schmerzerfüllt.

„Mika! *Mika …*!"

Sie standen noch immer an der Brücke zum Arsenale. Der Junge aus dem Café, der Mika Artom beobachtet hatte, als sie ins Gioconda ging. Und noch jemand, der sich auf ihn stützte und den er mit aller Kraft zurückhalten musste, obwohl er offenbar humpelte.

„Kümmern Sie sich hierum", sagte Alberti zu dem Deutschen. „Geben Sie mir ein paar Männer. Ich hab gerade die eine Hälfte Ihres Terroristenpaars vor Ihren Augen erledigt. Jetzt liefere ich Ihnen noch die andere."

Zwei weitere Schüsse knallten, und ein paar Vögel flatterten in den verschneiten Himmel hinauf. Ein zweiter Soldat lief zwischen den Opfern hindurch und sorgte dafür, dass auch wirklich alle tot waren.

„Hören Sie mich?"

„Nehmen Sie mit, wen Sie wollen. Ich regle das hier."

Die beiden jungen Männer überquerten in dem Moment die Brücke. Der Venezianer hatte den Arm um Mika Artoms Bruder gelegt und half ihm, während er sich humpelnd fortbewegte. Dann verschwanden sie im Gewirr der Gassen, die in westliche Richtung führten. Kein großes Hindernis, dachte Alberti. Wo immer sie sich verstecken wollten, weit konnte es nicht sein.

„Sie da!", wandte er sich an den nächststehenden Soldaten. „Trommeln Sie sechs Männer zusammen, die ordentlich schießen können, und kommen Sie mit."

Paolo musste seinen Freund den größten Teil des Weges mitschleifen. Vanni Artom weinte, schickte sinnlose Flüche in die winterliche Luft. Als das schwere Holztor zum Giardino degli Angeli hinter ihnen zuschlug, war die untere Hälfte seines Hosenbeins blutgetränkt. Paolo schloss das Tor ab und schob den langen rostigen Riegel vor.

„Glaubst du etwa, das wird sie aufhalten?", fragte Vanni und lehnte sich an die Mauer. Sein Gesicht war bleich und tränenüberströmt.

„Es verschafft uns ein bisschen Zeit."

„Die Waffen." Vanni humpelte weiter Richtung Haus. „Ich brauche eine Pistole. Wenn du willst, zeig ich dir, wie es geht." Er warf einen Blick hinter sich und bekam einen schuldbewussten Gesichtsausdruck. „Tut mir leid. Ich wollte nicht, dass …"

Paolo holte ihn ein und legte den Arm um ihn, damit er nicht auf den gefrorenen Boden stürzte. Mühsam schleppten sie sich am Wintergarten mit den Webstühlen vorbei bis zum Haus.

Vanni stolperte in die Küche, stützte sich am Esstisch ab und nickte Richtung Hintertür.

„Geh jetzt, Paolo. Du musst nicht hier sein. Sie wollen mich. Den Juden. Den Partisanen. Nicht dich." Er humpelte zu Paolo und umarmte ihn. „Mach schon, Bruder. Du bist mein Bruder. Ich will, dass du lebst. Geh durch diese Tür, stiehl ein Boot oder renn und renn immer weiter. Ich mache ein Riesentheater hier, ich kämpfe wie ein Löwe, bis ich …"

„Das ist mein Zuhause", erwiderte Paolo. „Ich kenne nichts anderes."

Vanni schüttelte ihn heftig, mit vor Wut weit aufgerissenen Augen.

„Dann such dir ein anderes. Geh jetzt und sorg dafür, dass du am Leben bleibst, verdammt. Das ist nicht dein Krieg. Das ist er noch nie gewesen. Wir hätten das alles niemals in dein Haus tragen dürfen."

Paolo schüttelte den Kopf.

„Sag das nicht. Ihr habt Leben gebracht … und Farbe. Dahin, wo vorher alles grau war." Paolo küsste ihn auf die Wange; zärtlich, wie ein Liebender. „Bevor du gekommen bist, habe ich eigentlich nicht gelebt."

„Dann …" Vanni hatte Tränen in den Augen. „Dann bringe ich dich auch um."

Paolo befreite sich aus ihrer engen Umarmung und lief zum Fenster an der Rückseite des Hauses.

„Ich habe alle Waffen unten im Keller versteckt. Das erschien mir sicherer."

„Das hab ich gar nicht bemerkt. Wann …?"

„Während du geschlafen hast. Wir können sie benutzen. Zusammen."

Er rollte den Läufer zurück, zog die versteckte Falltür auf und gab Vanni die Taschenlampe, die auf dem Schränkchen neben der Spüle lag.

„Beeil dich. Du zuerst." Vanni konnte kaum noch laufen. „Falls du das schaffst."

„Nach unten wird es gehen. Aber hinauf wirst du mir helfen müssen. Wenn sie kommen …"

„Wenn sie kommen, kämpfen wir."

Sie sahen sich einen Augenblick wortlos an. Dann nickte Vanni und humpelte langsam die schmale, steile Holztreppe hinunter, wobei er sich mit der einen Hand am Geländer festhielt und mit der anderen vor sich her leuchtete.

Paolo blieb oben stehen und beobachtete jeden seiner Schritte, bis er unten angelangt war.

Durch das schmutzige Fenster fiel kaum Licht. Der Strahl der Taschenlampe zuckte durch den dunklen Raum.

„Wo sind sie denn?!", rief Vanni. „Ich sehe nur den Tisch und deine Sachen. Wo …"

„Verzeih mir!", rief Paolo.

Er schlug die Falltür zu und schob den Läufer wieder darüber. In der Nachttischschublade im Schlafzimmer seiner Eltern fand er Vannis Pass. Das Foto darauf war alt, verblasst und voller bräunlicher Flecken.

Auf der Schwarzweißaufnahme blickte ein junger Mann ausdruckslos in die Kamera. Er konnte Vanni Artom darauf selbst kaum erkennen.

Paolo steckte den Ausweis in die Tasche und ging zum Schrank. Die Waffen lagen noch am selben Platz wie zuvor. Er hatte sie nicht angerührt.

Eine Pistole. Die mit dem Holzkolben. Er wusste noch, wie schnell und geschickt Vanni damit hantiert hatte. Er selbst brauchte ein paar Versuche, aber dann hatte er sie geladen.

Als er wieder in die Küche kam, hörte er Vanni aus dem Keller rufen, rasend vor Wut, wenn auch der Fußboden und der Teppich die Lautstärke ein wenig dämpften.

„Vertrau mir!", rief er nach unten und stampfte fest mit dem Fuß auf. „Verhalte dich ruhig. Warte ab. Unternimm nichts, bis du eine freundliche Stimme hörst. Das kann eine Weile dauern."

„Verdammt, Paolo! Was um Himmels willen willst du tun?"

Er klang verletzt und enttäuscht, wie ein kleines Kind.

„Das Einzige, was mir einfällt. Bitte. Vertrau mir. Verhalte dich ruhig."

Er hörte noch ein Seufzen, dann wurde es still. Vanni würde nicht so leicht die Treppe hochkommen, und die Falltür war zu schwer, um sie von unten zu öffnen. Paolos Vater hatte einmal erzählt, dass der Keller oft in Gebrauch gewesen war, als in San Pietro noch viel geschmuggelt wurde. Er war das perfekte Versteck vor der Welt darüber.

Paolo ging zum Küchenschrank, nahm ein großes Messer aus der Schublade, das Lieblingsmesser seiner Mutter, setzte sich auf einen Stuhl und atmete tief durch. Schmerzen hatte er noch nie gut ertragen können. Eigentlich war er sein ganzes Leben lang ein Feigling gewesen, beim Arzt, beim Zahnarzt, in der Schule, wenn die anderen ihn schikanierten.

Aber das war früher gewesen, als er noch ein Kind war. Er strich über die scharfe Klinge, konzentrierte sich und stieß sich die Messerspitze fest in die rechte Wade. Einen Augenblick lang war der Schmerz kaum auszuhalten, und es begann heftig zu bluten. Als er irgendwann das Gefühl hatte, er könnte langsam versuchen aufzustehen, erhob er sich, humpelte zur Spüle, wusch das Messer ab und legte es zurück in die Schublade. Auf der Abtropffläche lag ein Lappen. Er wischte damit das Blut von der Wunde und betrachtete sie vor dem Fenster im Licht. Sie war frisch und rot, einen halben Finger lang und breit. Besser bekam er es nicht hin. Das müsste reichen.

Als er vors Haus humpelte, war klar, dass die Deutschen herausgefunden hatten, wohin sie geflohen waren. In einiger Entfernung hörte er Stimmen, von der anderen Seite der Mauer ertönten Rufe zwischen den zerbrochenen Engeln hindurch.

Paolo schleppte sich zum ersten Webstuhl, Chiaras, an dem vor ihr sein Vater gearbeitet hatte, und setzte sich auf einen Hocker. Die Vorlage für Salvatore Brunos Banner war noch eingerichtet, und es war genug Seide übrig, um bestimmt noch zehn Zentimeter zu weben. Er legte die Hand auf das alte Holz und rief sich die Lehrstunden in Erinnerung, die er im Lauf der Jahre gehabt hatte. Ein letztes Mal setzte er den Webstuhl in Gang und wiederholte leise den Refrain, den er von seinen Eltern und den Vögeln kannte, die wie kleine bunte Perlen durch den Garten hüpften.

Si-tah-si-tah-si-tah-sitschi-si-piu.

Schüsse. Er sah nach draußen, wo sie auf das hölzerne Tor feuerten. Dann wurde es eingetreten. Deutsche Soldaten. Und der venezianische Polizist war auch dabei. Der Mann, der Mika getötet hatte, und jetzt auf der Suche nach seiner zweiten Trophäe war.

Durch die Obstbäume vor dem Wintergarten kamen sie auf ihn zu, gebückt, auf einen Angriff vorbereitet; ein Anblick, der ihn beinah amüsierte. Der Polizist stand etwas abseits, mit einem Gesicht, das ebenso starr und ausdrucklos war wie die steinernen Züge der zerbrochenen Statuen.

Paolo erhob sich vom Webstuhl, strich über die Fäden, als wollte er einer Leier die letzten Töne entlocken, humpelte zur Tür und blieb dort stehen, eine gespenstische Erscheinung hinter dem eismatten Glas.

Si-tah-si-tah-si-tah-sitschi-si-piu.

Die geflüsterten Worte kamen ihm kaum noch über die Lippen.

Im nächsten Moment fingen sie an zu schießen. Ein paar Kugeln durchschlugen die Fenster des alten Wintergartens, pfiffen um die Webstühle und prallten von der Rückwand ab. Dann noch mehr.

Si-tah-si-tah-si-tah-sitschi-si-piu.

Das vereinzelte Gewehrfeuer wurde zu einem Kugelhagel, immer lauter, immer heftiger.

Um ihn herum flogen Glassplitter, während sich die dunklen Gestalten vor den Fenstern weiter näherten.

Er versuchte, sich an ein Gebet zu erinnern, aber ihm fiel keines ein. Es blieben keine Worte mehr. Nur noch eine Tat.

Paolo Uccello hielt die Pistole von sich weg, die Hand verkehrt herum um den Kolben gelegt, den Daumen am Abzug, sah mit weit geöffneten Augen in die kleine runde Öffnung des Laufs und drückte ab.

6

Ich konnte unmöglich schlafen, nachdem ich *nonno* Paolos düstere blutige Geschichte zu Ende gelesen hatte.

Zu allem Überfluss hatte das Fotogeschäft noch meine Abzüge geliefert. Sämtliche Schauplätze lagen vor mir auf dem Frühstückstisch, scharf, provozierend, echt. *Nonno* Paolo besaß eine kleine Sammlung Bücher zur Lokalgeschichte. Darin fand ich Fotos von der Stadt vor fünfzig oder hundert Jahren, und auch von ein paar alten Gemälden Canalettos. Eigentlich war es nicht überraschend, aber vieles, was da abgebildet war, hatte sich seit Jahrhunderten nicht verändert. Etliche kleine Gestalten, manche gemalt, manche in Schwarzweiß fotografiert, tummelten sich auf dem Pflaster. Generation um Generation toter Venezianer. Mir schwirrte schon der Kopf vom angestrengten Hinschauen.

Chiara kam vorbei, um nach dem Haushalt zu sehen. Wieder bat ich sie, mir zu erzählen, was während des Krieges im Giardino degli Angeli passiert war. Sie sah mich erschrocken an und fragte, ob ich mich gut fühle. Warum ich das wissen wollte, fragte sie nicht, und sie sagte mir auch nichts, außer dass sie mit meinem Vater über meinen Gemütszustand sprechen müsse. Ich bat sie inständig und begann sogar zu weinen. Sie weinte auch, und das machte alles nur noch schlimmer. Sie küsste mich, umarmte mich, nahm Tasche und Jacke. *Nonno* Paolo, sagte sie, sei ein guter Mensch, mehr gäbe es dazu nicht zu sagen. Bevor ich noch irgendeine weitere Frage stellen konnte, verkündete sie, dass sie eine Weile bei einer Verwandten auf Burano bleiben würde. So wie sie es vor langer Zeit schon einmal getan hatte.

Die Idee, den Giardino degli Angeli zu besuchen, ließ mich nicht los, obwohl ich mir nicht sicher war, ob ich mich trauen würde. Wenn ich bis zum Nachmittag wartete, könnte ich auf unser altes Stück Land bei San Pietro gelangen, ohne Eintritt zu zahlen. Vielleicht würde ich, wenn ich die Holzbrücke überquerte, durch das Tor trat, das die Deutschen mit ihren Kugeln und ihren Stiefeltritten zerstört hatten, durch den Wintergarten ging, vorbei an drei verstaubten Webstühlen, in das kleine Haus hinein ... eine blutüberströmte Mika dort finden, und Vanni. Und den Mann, von dem ich angenommen hatte, dass er mein Großvater wäre, Paolo Uccello.

Lebendig. Tot. Ich wusste es nicht.

Was war der Unterschied? Langsam hatte ich das Gefühl, Teil des Albtraums eines anderen zu sein. Mitwisser einer dunklen, geheimen Geschichte, an der nur ich teilhaben sollte. Bevor ich *nonno* Paolo nicht fragen konnte, was genau passiert war, würde ich es nicht verstehen.

Nachdem Chiara fort war, rief ich meinen Vater in England an. Eine Frau ging ans Telefon und sagte, er sei nicht da. Wie ich danach ins Krankenhaus gekommen bin, ob zu Fuß oder mit dem Boot, weiß ich nicht mehr. Aber ich schaffte es irgendwie, fragte mich, ob Chiara recht hatte und ich vielleicht krank war, und trat wie immer um kurz vor zehn an den Empfangstresen.

Dort saß dieselbe Frau, die ich schon die ganze Woche über angetroffen hatte. Um die vierzig vielleicht, freundlich, ein bisschen übereifrig, wie Krankenhausmitarbeiter so sind.

„Ich möchte zu meinem Großvater", sagte ich und zeigte ihr meinen Ausweis. „Ich finde inzwischen allein hin."

Sie hob die Hand, um mir zu signalisieren, dass ich warten sollte, dann griff sie zum Telefonhörer und sprach so leise mit jemandem, dass ich es nicht verstehen konnte.

„Ich finde allein hin, danke", sagte ich noch einmal, als sie aufgelegt hatte.

„Es tut mir sehr leid, Nico", sagte die Frau. „Uns allen tut es leid. Er war ein liebenswürdiger Mensch. Wir haben heute Nacht deinen Vater in England angerufen und ihm Bescheid gegeben. Er sitzt schon im Flugzeug und ist auf dem Weg hierher."

Stundenlang saß ich allein in einem überheizten Wartezimmer und niemand sprach mit mir. Der Tod war etwas für Erwachsene, und ich war nur ein verwirrter Junge, der darauf wartete, dass jemand kam und ihm sagte, was er tun und wie er sich fühlen sollte. Gegen Abend traf, völlig übernächtigt, mein Vater ein und fragte mich, ob ich ihn schon gesehen hätte.

Natürlich nicht. In meinem Kopf schwirrten schon genug Leichen herum.

Er brach in Tränen aus, und ich auch. Zum zweiten Mal in dieser Woche hielten wir einander fest, und nach all den Jahren kann ich immer noch den Schmerz und die Trauer spüren, die wir miteinander teilten. Nachdem nun ein Erwachsener anwesend war, kam ein Arzt zu uns herein, der uns sein Beileid ausdrückte und all das sagte, was bei solchen Gelegenheiten wohl üblich war. Eine Krankenschwester brachte uns Kaffee, den wir kaum anrührten. Mein Vater musste einige Formulare ausfüllen und Papiere unterschreiben. *Nonno* Paolo hatte gegen Mitternacht einen Herzinfarkt bekommen. Es war so schnell gegangen, dass er bereits tot war, als die Ärzte und Schwestern durch den Herzmonitor alarmiert wurden. Sie hatten getan, was sie konnten, um ihn wiederzubeleben, aber es war nicht geglückt. Er war ohnehin schon sehr schwach und das Ende war nicht mehr fern gewesen, und er schien friedlich und ohne Schmerzen aus dem Leben geschieden zu sein. Vielleicht sogar im Schlaf, obwohl das niemand sagen konnte. So viele der Tode, die mich noch beschäftigten, waren gewaltsam gewesen, hatten öffentlich und vor Zeugen stattgefunden. Aber *nonno* Paolo hatte sich nach einem ereignisreicheren Leben, als viele gedacht hatten, in aller Stille davongemacht, und niemand hatte es bemerkt. Irgendwie schien das typisch für den Mann, den ich offenbar erst jetzt richtig kennenlernen sollte.

Mein Vater verließ das Zimmer, um ein paar Anrufe zu tätigen. Er gab meiner Mutter in England Bescheid, die sich immer gut mit *nonno* Paolo verstanden hatte. Und Chiara. Ein Beerdigungsunternehmen rief er vermutlich auch an. Schließlich musste die Überfahrt nach San Michele in einem der glänzenden blauen Boote, auf der wir alle Trauerkleidung tragen würden, organisiert werden. Diese praktischen Dinge waren mir fremd. Und meinem Vater auch, glaube ich. Er wirkte erschöpft. *Nonno* Paolos Tod war nicht überraschend gekommen. Und doch war er ein schwerer Schlag für uns alle. Er hatte eine klaffende Wunde in unser Leben gerissen, und ich konnte mir in dem Moment nicht vorstellen, wie die jemals wieder verheilen sollte.

Ich saß im Wartezimmer und blickte hinaus auf die silbrige Lagune und die Friedhofsinsel mit ihren Festungsmauern, auf die Boote, die von Cannaregio aus an der Uferpromenade entlangfuhren, vorbei an den Fondamente Nove und dem Krankenhaus und weiter zum Arsenale und San Pietro. Und natürlich am Giardino degli Angeli vorbei, einem Ort, der mich jetzt mehr denn je mit einem schrecklichen Grauen erfüllte.

Gegen sechs Uhr am Abend schienen Anrufe und Formalitäten erledigt zu sein. Ein anderer Arzt kam herein und wiederholte das meiste von dem, was auch sein jüngerer Kollege uns schon gesagt hatte. In Krankenhäusern erzählte man den Leuten offenbar gern immer wieder das Gleiche.

„Möchtest du ihn auch noch einmal sehen?“, fragte mich der Mann, als er fertig war.

„Nein“, antwortete ich, ohne zu zögern.

„Gut“, antwortete der Arzt. „Das kann ich verstehen.“

Das bezweifle ich, dachte ich.

Mein Vater stand auf.

„Warte hier auf mich, Nico. Ich muss ihn noch ein letztes Mal sehen. Es wird nicht lange dauern.“

Als er weg war, kam eine der Schwestern herein, die ich oft bei *nonno* Paolo gesehen hatte, und zog die Tür hinter sich zu. Sie schaute durch die gläserne Trennwand, um sich zu vergewissern, dass wir allein waren.

„Wie geht es dir?“, fragte sie und setzte sich auf den Stuhl neben mir.

„Ich weiß nicht.“

Sie strich mir über die Hand und lächelte.

„So fühlen sich alle. Ich sehe hier ständig Menschen sterben. Es spielt keine Rolle, ob man es hat kommen sehen. Das Ende trifft einen trotzdem hart und unerwartet. Wenn du willst, kann ich einen Priester …“

„Ich brauche keinen Priester.“

Ich hoffte, dass ich das nicht zu schroff gesagt hatte, denn sie war eine freundliche, fürsorgliche Frau. Sie hielt einen Briefumschlag in der Hand.

„Gestern, als du weg warst, rief er mich zu sich. Er hat das hier für dich geschrieben. Er sagte, ich solle es dir geben, falls etwas passiert.

Soviel ich weiß, habt ihr euch oft unterhalten. Irgendetwas hat ihn beunruhigt, und er hatte Angst, ihm bliebe nicht mehr die Zeit, es dir zu sagen. Manchmal wissen sie es. Es spielt keine Rolle, was wir auf unseren Monitoren sehen. Sie wissen es."

Sie gab mir den Umschlag. Ich erkannte seine Handschrift darauf.

Für meinen geliebten Enkel Nico.

Ein gewöhnlicher Briefumschlag. Mit anscheinend nur einem Blatt Papier darin. Und noch etwas anderem. Klein, aus Metall. Es fühlte sich an wie ein Schlüssel.

„Danke."

„Er hat gesagt, es sei nur für dich bestimmt. Nicht für deinen Vater. Der solle nichts davon erfahren." Sie zuckte mit den Schultern. „Ich musste es ihm versprechen."

„Er ist … Er konnte ziemlich überzeugend sein, wenn er wollte."

„Er hat gesagt, es sei ein Geschenk. Aber dass es vielleicht Jahre dauern könnte, bis du das verstehst. Dein Großvater war ein liebenswerter Mann. Du wirst ihn bestimmt vermissen."

Ich versuchte zu lächeln und bedankte mich. Dann steckte ich den Umschlag in meine Jackentasche.

Eine Stunde später gingen wir nach Hause. Mein Vater sprach von der Beerdigung und sagte, es sei wichtig, dass die Familie in dieser Zeit zusammenstehe. Während wir die Rialtobrücke überquerten, erzählte er mir, dass das Geschäft in London am Vorabend abgeschlossen worden war, offenbar ein paar Stunden, bevor *nonno* Paolo starb. Das Haus Uccello war jetzt Teil eines großen amerikanischen Konzerns. Einer *Marke.* So hatte er es gewollt. Wir waren nicht nur reich, sondern würden uns nie wieder Gedanken über Geld machen müssen – obwohl das, soweit ich mich erinnerte, noch nie der Fall gewesen war. Und wir würden frei sein, alle beide. Frei, um in den Jahren, die vor uns lagen, unseren eigenen Weg zu wählen.

Aus diesem Anlass und im Gedenken an meinen Großvater gingen wir in *nonnos* Lieblingsrestaurant hinter dem Fischmarkt essen: Austern und Steinbutt und Safran-Pannacotta. Ich schmeckte kaum etwas davon und hielt mich an meine Cola, während mein Vater seine Flasche Pinot Grigio leerte. Angelo, der alte Kellner, der uns schon bediente, seit ich denken konnte, brach in Tränen aus, als wir es ihm sagten. So wie es noch viele andere in den darauffolgenden Tagen tun würden. *Nonno* Paolo war nicht nur für mich ein wichtiger Teil des Lebens gewesen.

Wieder in meinem Zimmer im Palazzo, öffnete ich, während mein Vater unten wegen der Beerdigung und den Veränderungen in der Firma in der ganzen Welt herumtelefonierte, den Briefumschlag.

Ein kleiner silberner Schlüssel fiel heraus. Beigefügt war ein kurzes Schreiben, das mit so zittriger Hand geschrieben war, dass ich spürte, dass er dem Tod schon nahe gewesen war, als er es verfasst hatte. Und dass auch er das gewusst haben musste.

Nico,

ich habe versprochen, das Kapitel im letzten Umschlag sei das letzte Teil des sonderbaren Puzzles meines Lebens. Leider muss ich dir sagen, dass ich ausnahmsweise gelogen habe. Diese Geschichte hat noch mehr Teile, und du musst sie alle in der richtigen Reihenfolge betrachten, um sie ganz zu verstehen. Nimm den Schlüssel und schließ die unterste Schublade meines Schreibtischs in der Mansarde auf. Dann wirst du sehen, warum ich dir den letzten Teil der Geschichte nicht hier im Krankenhaus geben konnte.

Wenn du das hier liest, statt es von mir persönlich zu hören, bedeutet das, dass ich nicht mehr bin. Der Tod kommt zu uns allen. Weine und trauere ein bisschen, aber nicht zu lange. Vor dir liegt ein eigenes Leben. Schau einen Augenblick zurück, und dann wende den Blick entschlossen nach vorn.

Du sollst wissen, dass ich dich und deinen Vater sehr liebe, vor allem dich, mein lieber Enkelsohn, denn ich sehe etwas in deinem Auftreten – Ruhe, Aufmerksamkeit, Neugier, manchmal ein bisschen Verletzlichkeit –, das ich kenne und bewundere. Nur weil ich dich liebe und dir vertraue, habe ich diese Last an dich weitergegeben. Obwohl du das im Moment vielleicht nicht zu schätzen weißt. Vielleicht wirst du es mir übelnehmen, dass ich dir den Sommer mit dieser blutigen Geschichte verdorben habe.

Wenn das so ist, entschuldige ich mich, aber manchmal ist es wichtig, Schmerz zu spüren. Er erinnert uns daran, dass wir leben.

Nun aber genug der geheimnisvollen Andeutungen. Du wirst sie verstehen, wenn der Zeitpunkt gekommen ist.

Leb wohl, lieber Nico. Deine strahlende, liebevolle Anwesenheit hat mir die letzten Jahre erleichtert. Ein Jammer, dass uns nun die Zeit ausgegangen ist. Aber das tut sie immer.

Dein dich liebender Großvater

Du hast nicht deinen Namen daruntergesetzt, war mein erster Gedanke.

Beinah Mitternacht, nach noch mehr Tränen und geteilten Erinnerungen mit meinem Vater, einem großen Grappa für ihn und einem kleinen für mich, ging ich hinauf in mein Zimmer. Als im Haus alles still war, schlich ich mich nach oben in *nonno* Paolos Arbeitszimmer unter dem Dach.

Einerseits konnte ich es kaum erwarten zu sehen, was in dieser Schublade war. Andererseits flößte es mir große Furcht ein.

Ich erinnere mich noch, dass in einem der Palazzi gegenüber ein Fest gefeiert wurde. Die Musik, die herüberschallte, war so laut, dass sie die Motoren der vorbeifahrenden Boote übertönte. Oder vielleicht bilde ich mir das nur ein. Ich war damals ziemlich aufgewühlt, und Menschen, die innerlich aufgewühlt sind, machen dumme Sachen. Zum Beispiel in Schubladen schauen, wenn sie vielleicht gar nicht in der Lage sind, mit dem umzugehen, was sie darin finden.

Nonno Paolos Schreibmaschine stand noch auf dem Schreibtisch. Das Zimmer roch nach ihm, nach Staub, Alter, einem altmodischen Eau de Cologne. Und nach dem leichten Moder, der im Colombina stets in der Luft hing; dem Preis dafür, in einem Gebäude zu wohnen, das auf alten Holzpfählen in noch älterem Schlamm stand.

Ich las seinen Brief noch einmal und legte ihn neben die Schreibmaschine. Der kleine Schlüssel klemmte. Wahrscheinlich war die untere Schublade schon ewig nicht geöffnet worden. Vielleicht würde sie sich gar nicht aufschließen lassen, dann hätte ich eine Entschuldigung gehabt. Ich hätte weglaufen und versuchen können, alles zu vergessen, einen Weg suchen, um diese Geschichte aus dem Kopf zu bekommen. Zum normalen Leben zurückkehren, was immer das normale Leben war. In dem Moment wusste ich das nicht so genau.

Beim dritten Versuch ließ der Schlüssel sich drehen.

In der Schublade lag ein Umschlag, der denen, die er mir im Krankenhaus gegeben hatte, ähnelte, nur dass er älter war. Es stand nichts darauf. Weiter hinten lag eine Pistole aus grauem Stahl, die aussah, als stammte sie von der Armee, aus dem Krieg. Und neben der Waffe lag eine staubige vergoldete Schachtel, auf der die Worte *Uccello – Edelste Stoffe, Venedig* eingeprägt waren.

Es dauerte einen Moment, bis ich den Deckel aufbekam, und es gab einen Grund, warum er sich so schwer löste. Auf dem Inhalt, einem Stück Stoff offenbar, befand sich ein dunkler angetrockneter Fleck, der von innen an der Pappe klebte, wie ein zufällig angebrachter Verschluss.

Erst als ich den Stoff herausgenommen hatte, erkannte ich, was es war: ein Stück alter *Soprarizzo*-Samt, die Farben ganz verblasst. Trotzdem konnte ich noch das Muster erkennen, und es sah genau so aus wie das, das ich nach *nonnos* Schilderungen im Kopf hatte: brüllende geflügelte Löwen mit weit aufgerissenen Mäulern. Das war eins von den Bannern, die Paolo Uccello, Vanni Artom und Chiara Vecchi in dieser schrecklichen Winterwoche sechsundfünfzig Jahre zuvor gewebt hatten, oder zumindest die Hälfte davon, denn es schien in der Mitte durchgeschnitten worden zu sein und hatte einen ausgefransten Rand.

Ich ließ es erschrocken fallen. Es war nicht schwer, sich vorzustellen, dass es einmal mit Blut getränkt gewesen war.

Ohne mich darum zu kümmern, ob mein Vater mich hörte oder nicht, ging ich wieder in mein Zimmer, holte die anderen Umschläge, die *nonno* Paolo mir gegeben hatte, kehrte ins Arbeitszimmer zurück und warf sie in die Schublade, zusammen mit der goldenen Schachtel und ihrem ekelhaften Inhalt und der Pistole. Und hatte dabei ein schlechtes Gewissen, weil ich ihn heimlich verfluchte.

Ich will nichts mehr davon wissen, dachte ich und drehte den Schlüssel herum. Dann öffnete ich das Fenster, blickte auf das funkelnde Wasser und die Lichter auf der anderen Seite des Kanals, lauschte der Festmusik, die dieses kleine Universum namens Venedig erfüllte, und wusste, dass ich es verlassen musste.

Den Brief, das Letzte, was er je geschrieben hatte, knüllte ich zusammen und warf ihn hinaus. Der kleine Schlüssel zu seinen Geheimnissen folgte kurz darauf und verschwand im mondbeschienenen Canal Grande.

Danach erinnere ich mich nicht mehr an viel, bis wir ihn zu Grabe trugen.

Es war ein schwüler Sommervormittag. Wir standen auf einer glänzend blauen Barkasse, die über das gekräuselte Wasser Richtung San Michele glitt: ich, meine Mutter und mein Vater, Arm in Arm, zum ersten Mal seit Jahren wieder zusammen. Chiara war auch dabei und weinte genug für uns alle. Der Sarg war mit Blumen geschmückt, genau wie das Dach des Bootes. Ein paar Menschen, Angestellte, Angehörige der Stadtverwaltung, alte Freunde der Familie, hatten sich an den Fondamente Nove versammelt und sahen uns nach. *Nonno* Paolo hatte schon im Voraus für eine Grabstelle bezahlt, was wir allerdings erst später erfuhren. Da die Friedhofsinsel schon überfüllt war, hatte man uns ein Nutzungsrecht für zehn Jahre gewährt. Anschließend würden seine sterblichen Überreste in einem kleinen Metallkästchen in eine Urnenwand umgebettet, in der er auch schon einen Platz reserviert hatte.

In der Zeit nach der Beerdigung sprach ich nicht viel. Meine Mutter sagte zu meinem Vater, sie würde sich Sorgen um mich machen. Chiara sagte ihm wahrscheinlich dasselbe. Er wusste, dass etwas nicht stimmte, hatte aber keine Ahnung, wie er damit umgehen sollte. Genauso wenig wie ich. Als ich zwei Wochen nach der Beerdigung wieder einmal eine Einladung zu einem Familienausflug an den Strand bei Alberoni ausschlug, setzten wir beide uns schließlich zusammen an den Frühstückstisch. Er wollte mit mir reden.

Alles, was er sagte, klang vernünftig. Dass es normal sei zu trauern, wenn man einen geliebten Angehörigen verlor. Dass dieser Angehörige aber wollen würde, dass man nach einer Weile aufhörte, betrübt zu sein, und wieder anfing zu leben. Dem konnte ich nichts entgegensetzen. Immerhin hatte *nonno* Paolo in dem Brief, den er mir im Krankenhaus hinterlassen hatte, beinah dasselbe geschrieben. Trotzdem konnte ich meinem Vater kaum sagen, warum ich mich so zurückzog und mich so elend und verwirrt fühlte. Dazu hätte ich mit ihm in das Arbeitszimmer unterm Dach gehen, ihm eine Pistole aus dem Krieg und ein blutbeflecktes Stück Stoff zeigen und das letzte Kapitel von *nonno* Paolos grausamer Geschichte vorlesen müssen.

Das brachte ich nicht fertig, also log ich. Venedig sei zu klein, zu erdrückend, sagte ich. Ich würde bald sechzehn werden und müsste mich weiterentwickeln, ausbrechen, mehr von der Welt sehen als von meinem Zimmerfenster im Colombina aus, mit seinem Ausblick auf nichts als das träge Wasser des Kanals und eine Reihe uralter Gebäude.

Und weil er mein Vater war, nahm er sich das zu Herzen.

Eine Woche später packte ich meine Koffer. Niemals hätte ich gedacht, dass es zwei Jahrzehnte dauern würde, bis ich wieder durch dieses Fenster sah.

Wo sind all die Jahre nur geblieben? Und wo war ich in der ganzen Zeit? Meistens auf der Flucht.

Zuerst besuchte ich eine internationale Schule in Oxford, wo ich Englisch und Französisch lernte und schnell den Namen jedes Pubs an der Iffley Road kannte. Oxford gefiel mir, die Hektik und der Lärm dieser Stadt schienen alles andere zu übertönen. Als meine Schulzeit zu Ende war, bekam ich einen Platz am dortigen Business College, mithilfe von Vaters Geld natürlich. Es ist erstaunlich, wie lange sich ein Hochschulstudium ausdehnen lässt, wenn jemand anderes dafür bezahlt. Ich sollte beinah acht Jahre meines Lebens in Oxford verbringen.

Wir kommunizierten per E-Mail und per Telefon und trafen uns von Zeit zu Zeit in der Villa, die er auf Sizilien gekauft hatte, meistens zusammen mit seiner jeweils aktuellen Freundin. Regelmäßig fragte mein Vater mich, ob ich nicht eine Zeit lang in unserem Büro in Santa Croce arbeiten wollte, das jetzt eine Außenstelle des Konzerns war, zu dem das Haus Uccello gehörte. Nachdem ich eine Reihe Entschuldigungen angeführt hatte, warum ich nicht nach Hause zurückkehren wollte, fragte er mich schließlich, warum ich mich so davor scheute. Ob es vielleicht an ihm läge. Es sei ganz einfach, antwortete ich ihm, Venedig sei eine Stadt für alte Leute und für Touristen. Ich müsse irgendwo anders leben, irgendwo, wo ich atmen konnte.

Warum ich ihm nicht die Wahrheit sagte? Zum einen, weil es mir wie ein Verrat an meinem Großvater vorgekommen wäre. *Nonno* Paolo hatte mir seine Geschichte anvertraut. Er hätte sie Vater erzählen können, aber vor ihm hielt er sie geheim. Es musste einen Grund dafür geben, auch wenn ich mir nicht vorstellen konnte, welcher das sein sollte. Dann war da noch Chiara und die Furcht in ihrem Gesicht, jedes Mal, wenn ich das Thema Krieg ansprach. Ich hatte keine Ahnung, was sie verbergen wollte. Vielleicht hatte ich kein Recht, es zu erfahren, und *nonno* Paolo hatte kein Recht gehabt, es zu erzählen. Angesichts ihrer offensichtlichen Besorgnis konnte ich es nicht riskieren, sie zu verletzen, jemanden, der über fünfzig Jahre so selbstlos drei Generationen von Uccello-Männern beigestanden hatte.

Sie starb, als ziemliche Legende, im Alter von zweiundneunzig Jahren auf der Insel Burano, sieben Jahre nach *nonno* Paolo, als ich gerade einen weiteren Ausbildungsabschnitt in Oxford beendete. Ich kehrte zu ihrer vielbesuchten Beerdigung in der Lagune zurück, aber nur weil sie auf ihrer Heimatinsel stattfand. Ich fuhr mit dem Wassertaxi direkt vom Flughafen Marco Polo dorthin, übernachtete in einem Hotel und reiste wieder ab, ohne auch nur einen Zentimeter vom Canal Grande gesehen zu haben. Mein Vater und ich nahmen im Gatto Nero, einem Restaurant, das er gern besuchte, ein betrübtes Trauermahl ein: *risotto di gò*, Risotto mit frischen Grundeln, das Gericht, für das das Lokal bekannt war. Es schmeckte nach Heimat: einfach, würzig, mit dem Aroma der Lagune. Und doch konnte ich es kaum erwarten, am nächsten Morgen zurück zum Flughafen zu fahren.

Es gab noch einen Grund, warum ich schwieg. Hätte ich darüber gesprochen, dann hätte ich eingestehen müssen, wie sehr mich *nonno* Paolos Geschichte all die Jahre verfolgt hatte, und es immer noch tat. Immer wieder gingen mir Einzelheiten daraus durch den Kopf, und ich konnte es einfach nicht abschalten. Das Gemälde von Turner, das Paolo Uccellos kunstliebende Mutter so bewundert hatte, die Boote vor der Dogana und der Salute-Kirche, ließ mich mindestens ein halbes Jahr nicht mehr los, bis ich erfuhr, dass das Original in der Tate Gallery in London hing. Kaum hatte ich das gelesen, nahm ich den nächsten Bus, um hinzufahren und es anzuschauen. In den darauffolgenden Monaten kehrte ich noch sechs oder sieben Mal zurück und betrachtete das Bild ausgiebig. Wie schon der junge Paolo erkannt hatte, war es nicht stimmig. Es zeigte zwar das Venedig, das ich kannte, aber nicht so, wie es der Realität entsprach. Der Künstler hatte die Perspektive verändert, ganze Gebäude verschoben, die Stadt nach seiner eigenen Vorstellung neu erschaffen.

Hatte er die Wirklichkeit absichtlich abgewandelt, um eine bestimmte Wirkung zu erzielen? Oder war es nur versehentlich passiert, weil er sich an die Szene nicht mehr richtig erinnerte? Sicherlich Ersteres, vermutete ich. Turner hatte nämlich für die meisten seiner Werke vorab detaillierte Skizzen angefertigt, von denen einige in derselben Galerie hingen. Offensichtlich hatte er ein Boot gemietet, um von der Lagune aus auf die vor ihm liegende Kulisse zu blicken, und dann beschlossen, diese zu verändern. Genau die gleiche Vorgehensweise, die *nonno* Paolo vielleicht bei seiner Geschichte angewandt hatte. Wollte er wirklich sagen, dass er nicht der Sohn der ursprünglichen Familie Uccello war? Dass der echte Paolo Uccello sein Leben geopfert hatte, um einen verwundeten jüdischen Partisanen aus Turin zu retten, einen Mann namens Giovanni Artom? Wie konnte das sein? Wie hatte er – und wie hatte Chiara – ein solches Geheimnis mehr als fünfzig Jahre bewahren können? Was hatte er auf der Suche nach dem Bild, das er zeichnen wollte, verändert? Und wie viel davon war angepasste Wahrheit und was reine Erfindung?

Darauf gab es natürlich keine Antworten. Stattdessen stellten sich immer neue Fragen, je mehr ich versuchte, das Wirrwarr der Einzelheiten, die ich hatte, aufzulösen. Natürlich hätte mir die verschlossene Schublade in der Mansarde den letzten Teil der Geschichte liefern können, aber ich war noch nicht bereit, mich ihm zu stellen.

Zum Ärger meines Vaters beschloss ich, dass meine Zukunft im Bereich der bildenden Kunst liegen sollte statt in der Wirtschaft. Mit seiner Hilfe ging ich nach Paris und kaufte eine teure Fotoausrüstung, um Fotograf zu werden. Nachdem ich fast vier Jahre lang versucht hatte, alles Mögliche erfolgreich abzulichten, Mode, Landschaften, aktuelle Ereignisse, war ich immer noch von seiner finanziellen Unterstützung abhängig. In einem Anflug von Wahnsinn erwog ich sogar, in den Libanon zu fliegen, mich von dort nach Syrien durchzuschlagen und den Bürgerkrieg zu dokumentieren. Der Moment, als ich am Telefon von diesen Plänen berichtete, war eine der wenigen Gelegenheiten, bei denen er wütend wurde. Er nahm das nächste Flugzeug und hielt mir eine energische Standpauke. Sich in ein gefährliches Kriegsgebiet zu begeben, erklärte er mir bei einem noblen Abendessen in der Nähe von Les Halles, sei eine völlig verrückte Idee von mir, die er unter keinen Umständen finanzieren würde.

Nicht, dass mich das beeindruckt hätte. Ein Pariser Kameramann, den ich flüchtig kannte, war schon vorgeflogen. Fünf Wochen später, als ich in der Villa meines Vaters auf Sizilien war, um ihn umzustimmen, kam es überall in den Nachrichten. Pierre war entführt und von seinen Geiselnehmern öffentlich hingerichtet worden. Ich konnte mir die schrecklichen Videos gar nicht ansehen. Außerdem wusste ich im Grunde, warum der Gedanke, den Krieg aus nächster Nähe zu erleben, mich so faszinierte. Es hatte nichts mit Syrien zu tun. Ich wollte wissen, wie sehr die Realität den Bildern der letzten blutigen Tage der Artoms in Venedig entsprach, die ich einfach nicht vergessen konnte. Es war wieder das Gleiche wie mit dem Gemälde von Turner. Ich versuchte, das Bild in meinem Kopf mit der Realität in Einklang zu bringen.

Nicht lange nach Paris gingen mir die Entschuldigungen aus. Ich konnte nicht noch eine Runde Ausbildung oder weitere erfolglose Versuche, meine mittelmäßigen Fotografien zu verkaufen, durchstehen. Also gab ich seinen Bitten nach. Mein Vater besorgte mir eine Stelle in der Londoner Europazentrale des Konzerns, der jetzt Eigentümer des Hauses Uccello war. Nichts allzu Schwieriges. Jeder hätte diese Arbeit machen können, und das für die Hälfte des Gehalts, das sie mir zahlten. Anfangs überprüfte ich die Sendungen, sprach mit Kunden und Zulieferern und versuchte herauszufinden, wo etwas schiefgelaufen war, um das Problem dann zu beheben. Lange Arbeitszeiten, kaum ein Sozialleben, eine Wohnung in einem neuen Apartmentgebäude in den Docklands nicht weit vom Büro.

Mir gefiel es in London, obwohl sich das Leben als Ausländer nach dem unsinnigen Referendum, das England vom restlichen Europa trennte, veränderte. Nicht so sehr in der Hauptstadt, die Hälfte der Einwohner kam hier aus anderen Ländern. Aber wenn ich Lagerhäuser in anderen Teilen des Landes besuchen musste, fühlte ich mich zunehmend unwohl. Einmal nahm ich im Zug nach East Anglia ein Gespräch aus unserem Büro in Bologna an, auf Italienisch natürlich. Erst als ich fertig war, sah ich die bösen Blicke meines ruppigen Gegenübers. „Ihr könnt euch jetzt alle nach Hause verpissen“, blaffte er. „Brexit. Dafür haben wir gestimmt. Am besten, Sie sehen zu, dass Sie verschwinden.“

Wäre nicht einer der Mitreisenden eingeschritten, hätte es womöglich in einer Prügelei geendet.

Danach versuchte ich, so viel wie möglich in der Stadt zu bleiben. Selbst dort brauchte man nur die Nachrichten zu verfolgen, um mitzubekommen, dass sich etwas verändert hatte, und zwar nicht zum Guten.

Als ich genug davon hatte, Lieferanten anzutreiben, bemühte ich mich um eine Stelle in der Marketingabteilung und begann, Kataloge und Broschüren für die verschiedenen Marken herzustellen, die zum Konzern gehörten. Diese Arbeit gefiel mir, und ich glaube, dass ich gut darin war. Einmal kam mein Vater zu Besuch und begeisterte sich für ein Buch über Produktdesign, das wir für ein schwedisches Tochterunternehmen produziert hatten. Warum sollten wir nicht die Archive des Hauses Uccello sichten und auch einen reich illustrierten Band über unsere historischen Samtmuster zusammenstellen?, fragte er.

Das war eine gute Idee. Aber immer noch konnte mich nichts dazu bewegen, zurückzukehren und mich *nonno* Paolos Geistern zu stellen. Bis ich an einem Morgen im Juni 2019, fast zwanzig Jahre nach seinem Todestag, einen Anruf bekam, den ich schon lange gefürchtet hatte.

„Nico." Mein Vater klang merkwürdig, beinah schwächlich, was ungewöhnlich war. Er schien mir immer kerngesund. „Ich rufe dich aus dem verfluchten Krankenhaus an. Es ist nicht zu glauben. Ich weiß, das wird dich nicht freuen, aber ich brauche dich hier."

„Wo ist hier?"

„Was glaubst du? Bitte komm nach Hause. Wenigstens eine Weile. Ich weiß, du hasst diese Stadt, aber es ist wichtig. Dein alter Herr hat nie viel von dir verlangt."

Das war noch untertrieben. Ich war jetzt fünfunddreißig, und er hatte mich in all den Jahren nicht ein einziges Mal um etwas gebeten.

„Was ist los?"

„Das kann ich dir am Telefon nicht sagen. Ich bin so frei gewesen, mit deinem Chef zu sprechen. Er ist einverstanden, dass du fährst. Komm schnell, bitte. Jetzt sofort."

Einen Tag später war ich zurück. Er lag im Giovanni e Paolo. Das Krankenhaus schien sich kaum verändert zu haben, als ich nach zwanzig Jahren zum ersten Mal wieder durch den vertrauten Eingang trat. Es hätte sogar noch dieselbe Frau am Empfangstresen sitzen können.

Mein Vater lag in einem Einzelzimmer ein Stockwerk über dem, in dem *nonno* Paolo gestorben war. Auf der anderen Seite der Lagune schimmerte immer noch San Michele in der Sonne. Ich konnte kaum den Blick von den hellen burgartigen Mauern abwenden, als ich ins Zimmer kam.

Mit einer Lesebrille auf der Nase, eine Ausgabe der *Financial Times* in der Hand, strahlte er mich an, als ich durch die Tür trat. Ich hatte ihn zuletzt zu Weihnachten auf Sizilien gesehen, mit seiner damaligen Freundin, einer mindestens zwanzig Jahre jüngeren ausgesprochen schönen Kroatin.

„Setz dich", sagte er und klopfte auf den Stuhl neben seinem Bett.

„Wie geht es dir?", fragte ich, während mir das Herz bis zum Hals schlug. „Was ist mit dir?"

„Wer sagt, dass etwas mit mir ist?"

„Ich dachte, du bist krank."

„Wie kommst du darauf?"

Am liebsten hätte ich laut losgeschrien.

„Du liegst im Krankenhaus, *papà*. Du hast gesagt, es ist dringend."

„Ach, das ist nur eine Kleinigkeit. Ein Leistenbruch. In ein paar Tagen bin ich hier wieder raus. Kein Grund zur Sorge."

„Du hast mich zu Tode erschreckt!"

Er tat, was er immer tat, wenn er etwas falsch gemacht hatte. Er sagte „Oje" und setzte einen unschuldigen Blick auf.

Schließlich dämmerte ihm offenbar, dass ich seinen Anruf anders verstanden hatte.

„Tut mir leid. Ich wollte dich nicht beunruhigen. Im Moment überschlagen sich nur die Ereignisse, und es gibt einiges, was man am Telefon nicht regeln kann." Er strich mir über die Hand. „Es ist schön, dich zu sehen", sagte er und lächelte. „Wie immer."

„Ich bin froh, dass du nicht ernsthaft krank bist. Ich hab mir wirklich Sorgen gemacht."

„Vor allem ist es schön, dich hier zu sehen." Er deutete aufs Fenster, sich offenbar immer noch kaum der Tatsache bewusst, dass er mich schamlos angelogen hatte. „Zu Hause."

„London ist mein Zuhause."

„Viel zu laut. Außerdem musst du nach diesem Brexit-Unsinn wahrscheinlich um eine Arbeitserlaubnis betteln, oder?"

Ich zuckte wortlos mit den Schultern.

„Ich habe nie verstanden, warum du Venedig den Rücken gekehrt hast. Ich dachte ..."

„Was dachtest du?", fragte ich, als er nicht weitersprach.

„Ich dachte, es lag vielleicht an mir. Daran, dass deine Mutter uns verlassen hat. An meinen ganzen Frauen."

Ich lachte. Das war so lächerlich.

„Nein. Es lag nicht an dir. Wo ist Marina?"

„Wieder in Dubrovnik." Er runzelte die Stirn. „Sie bleiben nie. Das müsste dir doch schon aufgefallen sein. Sie lieben mein Geld. Ich selbst ... Ich bin nicht so interessant. Und wie ... wie sieht's mit dir aus? Und mit dieser attraktiven Irin, Mary? Ich mochte sie."

„Ihr Name war Morag. Und sie war Schottin."

„Ach ja. Die meine ich. Hübsches Mädchen."

„Das sagtest du schon. Ich bin im Moment Single."

„Nun, dann haben wir etwas gemeinsam."

„Es tut mir leid, dass es wieder nichts geworden ist, *papà*."

„Schon gut. Daran bin ich gewöhnt. Hör zu ..." Er deutete aufs Fenster. „Ich weiß, dass das nicht der aufregendste Ort war, als du hier aufgewachsen bist. Keine Autos. Keine Fahrräder. Kein Spaß. Eine Stadt für die Alten, nicht für junge Menschen."

„Es war nicht nur so", murmelte ich.

„Jetzt ist alles anders. Wir sind richtig international geworden. Teil der großen weiten Welt. Hör dir nur die ganzen Sprachen in den Gassen an."

„Das sind Touristen."

„Nicht alle. Viele von ihnen leben hier. Arbeiten hier. Vom Flughafen aus kannst du überallhin. New York. London. Tokio. Wir haben schnelles Internet, WLAN, Handys. Wir haben alles."

„Was willst du?"

Er besaß eine gewisse Schlitzohrigkeit. Zumindest das hatte er von *nonno* Paolo geerbt. Er zögerte einen Moment, dann verkündete er die Neuigkeit, wegen der er mich an seine Bettkante gerufen hatte, während er mich in dem Glauben ließ, sein letztes Stündlein würde bald schlagen, was eindeutig nicht der Fall war.

Das Haus Uccello, so schien es, stand kurz davor, von seinem amerikanischen Mutterunternehmen abgestoßen zu werden. Der Konzern sollte verschlankt werden, und man war zu dem Schluss gekommen, dass der Handel mit italienischen Luxusstoffen und Kleidung nicht mehr ins Geschäftsprofil passte. Mein Vater hatte ausgehandelt, die Firma zurückzukaufen. Wir würden wieder unsere eigenen Herren sein, Eigentümer unserer zwei Webereien in Venedig und eines größeren, kommerzielleren Betriebs in Vicenza.

Er wollte, dass ich ihm helfe, das Unternehmen neu aufzubauen, mit der Perspektive, dass ich in ein paar Jahren die Leitung übernehme, wenn er sich endlich mit seiner Jacht und einer Partnerin, die er erst noch finden musste, auf Sizilien zur Ruhe setzte.

„Nur, wenn du willst, Nico", sagte er mit diesem unschuldigen Blick, mit dem er schon viele Eroberungen gemacht hatte.

„Ich kenne mich mit Betriebsführung nicht aus."

„Mach dich nicht lächerlich. Du bist besser qualifiziert als ich."

„So gewaltig sind meine Qualifikationen nicht."

„Darauf kommt's nicht an. Du weißt genug. Du bist vorzeigbar. Du sprichst Englisch, Französisch, Deutsch …"

„Mein Deutsch ist schrecklich."

„Deutlich besser als meins. Die Leute mögen dich. Sie sehen etwas in dir … etwas Authentisches. Außerdem", er machte eine Geste mit der rechten Hand, als käme jetzt ein entscheidender Punkt, „bist du ein Uccello. Das Weben liegt dir im Blut. Und …", er grinste, als würde das den letzten Ausschlag geben, „du kannst unseren alten Katalog benutzen und das neue Musterbuch erstellen. Drei Jahrhunderte Uccello-Samt …"

„Eher eineinhalb ungefähr. Die Entwürfe davor waren geerbt."

„Solche Details interessieren niemanden. Drei Jahrhunderte Uccello-Samt …" Er nahm meine Hand. „Hilf mir bei den ersten Schritten. Zieh wieder im Colombina ein. Bleib eine Weile und lass uns sehen, wie es läuft."

„Habe ich denn eine Wahl?", fragte ich und bereute es, kaum dass ich die Worte ausgesprochen hatte. Er sah schrecklich verletzt aus.

„Du hattest immer eine Wahl. Oder? Deshalb habe ich mich die letzten zwanzig Jahre so oft gefragt, wo du warst. Du wolltest immer etwas anderes. Jetzt bitte ich dich, nur für ein, zwei Monate, um eine kleine Gegenleistung. Danach kannst du wieder gehen und machen, was du willst. Du bist mein Fleisch und Blut. Alles, was ich habe. Du weißt, dass ich dich immer unterstützen werde. Nun ja …" Er runzelte die Stirn. „Außer, du willst dich in irgendeinen idiotischen Krieg stürzen. Wie du auf diesen Blödsinn gekommen bist, ist mir ein Rätsel."

Natürlich verstand er das nicht. Und natürlich konnte ich mich unmöglich weigern. Also klärten wir noch ein paar praktische Fragen, und ich stimmte zu. Meine Sachen sollten aus London geschickt werden, und ich würde sofort anfangen, mit ihm gemeinsam das Haus Uccello als unabhängigen weltweiten Anbieter von Luxusstoffen wiederaufzubauen. Sobald alles auf sicheren Beinen stand, würden wir darüber sprechen, wie es weiterginge.

„Ach", sagte er, als ich gehen wollte. „Eine Kleinigkeit wäre da noch. Eine öffentliche Veranstaltung, zu der ich morgen gehen müsste. Wegen dieser dummen Operation kann ich jetzt nicht. Du brauchst keine Rede zu halten. Sie wollen nur, dass ein Uccello anwesend ist. Wir bezahlen das Ganze."

„Was für eine Veranstaltung?"

Er lächelte, als kehrte eine angenehme Erinnerung zurück.

„Ich glaube nicht, dass du schon einmal da gewesen bist. Der Ort, wo *nonno* Paolo mit allem angefangen hat, in der Nähe von San Pietro. Wir haben das Gelände mit den Gebäuden an die Stadt verkauft, als du noch klein warst. Aber sie konnten sich nie entscheiden, was sie damit anfangen wollten. Dann sind ein paar junge Leute mit frischen Ideen zu mir gekommen. Ich habe ein bisschen Geld reingesteckt, und jetzt ist Wiedereröffnung. Die Biennale ist auch beteiligt. In dem alten Wohnhaus wird eine dieser neuen modernen Bars aufgemacht." Er setzte sich im Bett auf. „Du wirst überrascht sein, wenn du es siehst."

„Das kann ich mir vorstellen …"

„Hinter der Sache steht eine ziemlich energische Frau …"

„Der Giardino degli Angeli …"

„Da ist es. Schau mich nicht so an. Sie ist nicht mein Typ. Valentina Padoan. Ultralinks und hitzköpfig. Kürzlich hat sie deinem alten Freund Scamozzi einen Milchshake an den Kopf geworfen."

„Was?"

„Scamozzi. Er sitzt inzwischen im Senat, zusammen mit den ganzen anderen rechten Idioten. Hältst du dich nicht auf dem Laufenden? Du bist doch immer noch Italiener."

Ich hatte mich trotzdem nicht auf dem Laufenden gehalten. Ich war abgetrieben. Versunken in Arbeit und in der Rastlosigkeit Londons. Maurizio Scamozzi, der Flegel, den ich einmal beobachtet hatte, wie er einen jüdischen Jungen schikanierte, ohne etwas dagegen zu unternehmen, war also so etwas wie ein Politiker geworden.

„Dieses Land hat sich verändert. Nico", sagte mein Vater kopfschüttelnd. „Weiß Gott wie sehr. Das hätte ich nie gedacht. Man könnte fast meinen, dass dieser fiese alte Mistkerl von Berlusconi doch nicht so schlecht war. Die reizende Valentina hat deinem alten Schulkameraden den Milchshake übergekippt, als er eine hetzerische Rede über all die Einwanderer hielt, die aus dem Land geworfen werden sollten. Ich bewundere ihre Ansichten, wenn auch nicht ihre Methoden. Hör zu ... Du brauchst einfach nur hinzugehen und dich wie immer ruhig und höflich zu verhalten. Ein bisschen mit ihr reden. Vielleicht ein Band durchschneiden. Das war's. Giardino degli Uccello werden sie den Garten taufen. Er gehört uns natürlich nicht mehr. Und ich vermute, dass es mehr mit den Vögeln zu tun hat als mit uns. Ich habe ihnen ein bisschen Geld gegeben und noch ein paar andere Sachen. Es wird dir gefallen. Sie ist wirklich ein Schatz, solange du sie von den Milchshakes fernhältst."

Ich konnte den Blick nicht von San Michele abwenden, dieser strahlend hellen Silhouette auf der anderen Seite des Wassers.

„Ich habe mir wirklich Sorgen gemacht."

„Ich hab doch schon gesagt, dass es mir leidtut, oder? Lass es gut sein. Wir konnten noch nie besonders gut kommunizieren. Das ist das Problem. Aber was soll's." Er drückte meine Hand. „Wir arbeiten daran. Wir schaffen das schon."

Den Rest des Tages lief ich wie benebelt durch die Stadt. In einem hatte mein Vater recht. Venedig hatte sich verändert. Es waren nicht nur die Menschenmassen, die ziellos durch San Marco und über die Rialtobrücke schlenderten. Die Läden aus der Nachbarschaft, die ich so gut kannte – Bäcker, Fleischer, Gemüsehändler –, waren fast alle verschwunden. Ihre Stelle hatten allerlei kleine Geschäfte eingenommen – Maskenläden, Juweliere, viele Läden, die Nippes und billiges Glas verkauften, das mit Sicherheit nicht auf Murano hergestellt worden war. An den Hauptstraßen, die zur Rialtobrücke und von ihr wegführten, schien es alle paar Meter eine Bar oder ein Café zu geben. Unsere neue Haushälterin, eine charmante und ziemlich laute Filipina namens Madge, beklagte sich, dass man nur eine Minute von der Haustür entfernt problemlos einen Aperol Spritz oder die Maske eines Pestdoktors kaufen könne, aber ewig laufen müsse, wenn man WC-Reiniger oder ein frisches Hühnchen für die Suppe haben wollte.

Und dann noch die Stimmung. Irgendwie erinnerte sie mich an die Spannungen, die mir kurz zuvor in England aufgefallen waren. Keine Spur mehr von dem verschlafenen, trägen Venedig von früher. Jetzt standen Soldaten und gepanzerte Fahrzeuge an der Brücke, die vom Festland zur belebten Piazzale Roma führte, etwas, das ich noch nie gesehen hatte. Noch mehr bewaffnete Männer patrouillierten durch das Ghetto und behielten die Besucher im Auge. An der Wand von Aldo Diamantes Haus hing jetzt eine Gedenktafel, die ihn für seine mutige Rolle bei der Verteidigung der jüdischen Gemeinschaft lobte und – trotz allem, was ich in *nonno* Paolos Geschichte gelesen hatte – für seinen Glauben. Das Altersheim gegenüber sah noch weitgehend so aus wie damals, als Luca Alberti beobachtet hatte, wie die Nazis die alten Menschen auf die Straße zerrten.

Um ins Jüdische Museum zu kommen, musste ich eine Sicherheitsschleuse passieren, wie beim Check-in am Flughafen. Drinnen schlenderte ich eine Stunde in Ruhe durch die Gänge und durch die verborgenen Synagogen in den hohen Gebäuden rund um den *campo.* Irgendwo hing ein Aushang für eine Führung über den alten jüdischen Friedhof auf dem Lido später am Tag. Ich kaufte sofort ein Ticket und spürte, wie *nonno* Paolos Geschichte wieder zum Leben erwachte. Ich wusste, dass der Zeitpunkt nahte, an dem ich ihr nicht länger ausweichen konnte.

Es war noch Zeit. Ich lief zur Vaporetto-Haltestelle an den Fondamente Nove, vorbei an ein paar Afrikanern, die um Kleingeld baten, und an einer älteren Frau in einem zerschlissenen schwarzen Gewand, die mit einem Schleier über dem gesenkten Kopf bettelnd auf dem harten Pflaster kniete, wie man es manchmal auf alten Gemälden sah. Wo sie wohl herkam … Ich konnte es nicht sagen.

Auf dem Boot las ich die Zeitung, die jemand liegen lassen hatte. Darin stand ein Artikel über einen schwarzen Jungen, einen Einwanderer, der in Treviso in einem Bus von seinen Mitschülern zusammengeschlagen worden war. Das ließ unsere Bosheiten gegenüber dem jüdischen Schulkameraden vor zwanzig Jahren, zu denen uns ein Bursche angestiftet hatte, der inzwischen im italienischen Senat saß, fast harmlos erscheinen. Wenn auch nicht weniger grausam.

Wir legten am Lido an, und ich nahm den langen Fußweg am Ufer entlang bis zum eisernen Tor des jüdischen Friedhofs bei San Nicolò. Eine junge Führerin schloss es für uns auf und ließ uns ein. Sie hielt die Führung auf Englisch ab, obwohl sie die Sprache nicht sonderlich gut beherrschte. Es war ein außergewöhnlicher Ort, weitläufig, jahrhundertealt, und im Schatten hoher Bäume standen überall von Flechten bedeckte Grabsteine mit hebräischen Schriftzeichen.

Gegen Ende des Rundgangs fragte ich die junge Frau, wo sich die Gräber der Opfer der Nazis befänden. Es seien drei Namen, für die ich mich interessierte. Mika und Vanni Artom. Und Isabella Finzi, eine Frau aus Castello. Die Führerin, eine Studentin, schien etwas überfordert und verwirrt, vielleicht weil jemand Fragen zum Krieg stellte, die in ihrem Skript nicht vorkamen. Also rief sie jemanden an und erklärte mir dann, dass es keine Gräber aus dieser Zeit auf dem Friedhof gäbe. Mussolini hatte mit den Rassengesetzen von 1938 Beisetzungen an diesem Ort verboten, und sie wurden nie wieder aufgenommen.

„Wo könnten sie dann begraben sein?“, fragte ich.

„Ich weiß es nicht, *signore*. Das ist sehr lange her.“

„Eigentlich nicht.“

„Doch“, antwortete sie. „Für mich schon.“

Ich fuhr mit einem Boot der Linie 1 zurück zur Stadt, der langsamsten, die es gab. Fünfzig Minuten vom Lido bis San Stae, meiner nächstgelegenen Haltestelle. Ich brauchte Zeit zum Nachdenken. Als ich zurück war, kaufte ich mir eine Pizza, aß sie allein in der Küche, trank ein Glas Wein und dachte an die friedlichen Tage im Palazzo Colombina zurück, als wir noch zu dritt in dem viel zu großen alten Gebäude wohnten, zwei zufriedene Junggesellen und ein Junge, dessen Großvater ihm abends oft vorlas, meistens aus Geschichtsbüchern, in seinem Zimmer im dritten Stock rechts.

Ein Stockwerk unter seinem Mansarden-Arbeitszimmer.

Dort sah alles unverändert aus. Nicht einmal ein neuer Anstrich, aber die Haushälterin sorgte dafür, dass es sauber geputzt und abgestaubt war. Der Schlüssel, den *nonno* mir gegeben hatte, lag auf dem Grund des Canal Grande, also holte ich ein Stemmeisen aus dem Werkzeugkasten und rückte damit der alten Schublade zu Leibe.

Nichts hatte sich verändert seit dem Abend, an dem ich alles wieder hastig dort hineingelegt hatte. Die goldene Schachtel, die Pistole und sechs Umschläge, einer davon noch ungeöffnet. Als ich die Staubteilchen aus der Schublade aufsteigen sah, während ich sie aufzog, kam es mir vor, als würde ich ein Grab öffnen. Aber wessen?

Der Deckel der Schachtel saß noch immer fest. Das Blut auf dem zerrissenen Banner sah noch dunkler aus, aber ich konnte es jetzt anfassen. Ich hatte keine Angst mehr.

Die Pistole ließ ich liegen. Nur *nonno* Paolos Umschlag nahm ich mit hinunter in die Küche, wo ich ihn öffnete, die enthaltenen Seiten auf den Tisch legte und, den Rest der Flasche Soave neben mir, anfing, das letzte Kapitel seines geheimen Lebens zu lesen.

Monster aus Gewohnheit

Vanni Artom hatte entferntes Gewehrfeuer und die Rufe sich nähernder Soldaten gehört. Und einen einzelnen viel lauteren Schuss. Danach polterten Stiefel über ihm durchs Haus. Stimmen von Deutschen waren zu hören, wütend und aggressiv. Schubladen wurden aufgerissen und der Inhalt auf den Boden gekippt. Die Soldaten blieben nicht lange. Ihren schroffen Bemerkungen nach zu urteilen, gab es nicht viel zu plündern in Paolo Uccellos bescheidenem Heim. Angesichts des Chaos, das draußen herrschte, wurden sie wahrscheinlich weggerufen, um zu helfen.

Die ganze Zeit hatte er still im Dunkeln gesessen und sich möglichst nicht bewegt, um sich nicht zu verraten. War das feige? Er war sich nicht sicher. Er hatte keine Waffe, war nicht in der Lage, die steile Treppe hochzusteigen. Seine Wunde brannte höllisch. Es schien keinen Sinn zu haben, sich die naheliegende Frage zu stellen: Wenn alles anders und er bewaffnet gewesen wäre, hätte er sich den Deutschen dann wie Mika entgegengestellt, wohl wissend, dass es Selbstmord war, aber in der Hoffnung, ein paar Nazis mit in den Tod zu reißen?

Er hatte nichts zu essen und kein Wasser, und nachdem die Taschenlampe ihren Geist aufgegeben hatte, gab es nur noch das schwache Licht, das durch das Maßwerkfenster fiel. Ungefähr am dritten Tag, als er langsam glaubte, mit dem Gestank der Lagune in der Nase verdursten zu müssen, hörte er, wie der Läufer oben weggeschoben wurde und die Falltür quietschend ein Stück aufging. Vanni schleppte seinen schmerzenden Körper zum Fuß der Treppe, blinzelte ins grelle Licht und fragte sich, ob er jetzt sterben müsste.

„Paolo?“, ertönte eine Frauenstimme.

Keine Deutschen. Sie schien allein zu sein.

„Paolo? Bist du da unten?“

„Es tut mir leid. Ich glaube, Paolo ist tot.“

Sie zog die schwere Tür ganz auf und ließ sie auf den Fliesenboden fallen. Chiara Vecchi sah ihn erschüttert an, und Tränen rannen über ihre Wangen.

„Sie haben gesagt, du wärst es. Die Deutschen haben deinen Ausweis gefunden. Es stand in der Zeitung. Sie haben gesagt, die Terroristen, du und deine Schwester, ihr wärt tot."

„Ich wünschte, ich wäre es. Ich wünschte so sehr, Paolo wäre hier. Wirklich ..."

Er fing jetzt auch an zu weinen, und keiner von beiden fand noch irgendwelche Worte. Sie kam nach unten und half ihm die Treppe hinauf.

Tagelang lag er im Bett, schweißgebadet vom Fieber, in einem eiskalten Zimmer, und sah zu, wie draußen der Schnee fiel. Weihnachten kam und ging. Am 6. Januar, dem Dreikönigstag, zog Chiara in Paolos altes Zimmer, weil sie sich Sorgen um seinen Zustand machte. Auf ihr Drängen hin kam ein paar Tage später ein verängstigter, nervöser Arzt vorbei. Wenn sie sich nicht um sein Bein kümmern würden, sagte sie zu Vanni, als er wieder weg war, würde er es verlieren. Dann gab sie ihm ein neues Medikament, obwohl er keine Ahnung hatte, wovon sie das bezahlt hatte.

Sie fing an, ihn Paolo zu nennen, und als er fragte, warum, antwortete sie, dass er ab jetzt so hieße. Jeder glaubte, das letzte einsame Mitglied der Familie Uccello wäre entweder geflohen, als die *crucchi* kamen, oder von den Partisanen ermordet worden, die er bei sich versteckt hatte. Bis auf den Arzt wusste niemand, dass er im Giardino degli Angeli lebte. Chiara erzählte jedem, der danach fragte, dass sie gebeten worden war, sich um das Haus zu kümmern, falls der Familie etwas zustoßen sollte. Niemand zog diese Geschichte in Zweifel. Und niemand interessierte sich für eine insolvente Weberei am Rande von San Pietro. Genauso wenig, wie in diesem schweren Winter irgendwer in der Stimmung war, lästige Fragen zu stellen.

„Wenn sie dich jemals hier finden", sagte Chiara, während sie ihn eines Tages mit warmer weißer Polenta mit Zwiebeln und getrockneten Pilzen fütterte, „dann sagst du ihnen, dass dieser gefährliche Terrorist Vanni Artom dich gezwungen hat, ihn und seine Schwester bei dir aufzunehmen. Du bist weggelaufen und hast dich versteckt. Danach bist du zurückgekehrt. Vielleicht glauben sie dir. Falls sie überhaupt kommen ..."

Letzteres schien sie zu bezweifeln, und er fragte sich, warum.

„Sie werden den Krieg verlieren“, sagte sie schulterzuckend. „Das wird ihnen langsam auch klar. Der Mann, den sie geschickt haben, um den Deutschen zu ersetzen, den deine Schwester erschossen hat … er ist unfähig. Die *crucchi* sind fast die ganze Zeit betrunken oder vergnügen sich mit ihren Huren. Die Mistkerle von den Schwarzen Brigaden verhaften immer noch jeden Juden, den sie finden können. Erschießen Partisanen. Aber selbst die fragen sich wohl langsam, was als Nächstes kommt. Wenn andere das Schießen übernehmen.“ Sie stellte die Schale ab und zog die Decke zur Seite, um nach seinem Bein zu sehen. „Ich denke, das wird wieder.“

„Der Arzt …“

„Der kommt nicht mehr. Er ist in den Süden geflohen, mit all dem Geld, das die Leute ihm gegeben haben. Und er ist nicht der Einzige.“

„Warum tust du das? Ich will nicht undankbar sein, aber …“

Die Frage schien sie zu erstaunen.

„Wer soll sich denn sonst um dich kümmern, Paolo? Ich habe es deinem Vater versprochen.“

„Ich heiße nicht …“

„Ich weiß, wie du heißt, und du weißt es auch.“

Der Frühling kam und brachte Wärme und Sonnenschein. Inzwischen konnte er fast ohne zu humpeln gehen. Tagsüber verschwand Chiara in der Stadt, um bei irgendwem zu putzen, sich um die Älteren in ihrer früheren Kirchengemeinde zu kümmern und mit Klatsch und Tratsch und so viel Essen zurückzukommen, wie sie auftreiben konnte.

Er las derweil jedes Buch, das er im Haus fand. Als er damit fertig war, brachte sie ihm noch mehr mit. Gedichtbände. Amerikanische und britische Kriminalromane. Und Geschichtsbücher. Viele Geschichtsbücher.

Eines Nachmittags im Juni kam sie strahlend nach Hause und stellte eine Flasche Prosecco auf den Tisch, mit etwas Brot und Schinken.

„Was ist passiert?“, fragte er.

„Sie haben die Deutschen aus Rom gejagt.“ Sie entkorkte die Flasche, schenkte zwei Gläser ein und machte ein paar *panini*. „Die *crucchi* ziehen sich zurück, Paolo. Jetzt dauert es nicht mehr lange.“

Sie stießen auf die Zukunft an. Er fühlte sich so glücklich wie schon seit Monaten nicht. Und mehr mit sich im Reinen. Das Schuldgefühl, die Erinnerung an diesen letzten schrecklich Tag am *campanile* waren noch da, aber sie wurden durch Chiaras Aufopferung und die Risiken, die sie eingegangen war, um ihn zu retten, relativiert. Die Ereignisse dieses schwarzen Winters würden ihn immer verfolgen, aber seine Verbitterung wurde durch die herzliche Zuwendung einer Fremden gemildert, unaufgefordert und vielleicht sogar, ohne dass er es verdiente.

„Und jetzt", sagte sie, als sie die Flasche geleert hatten, „musst du wieder deinen Lebensunterhalt verdienen."

Er lachte.

„Ich war Student. Poesie und Literatur. Ich habe noch nie meinen Lebensunterhalt verdient. Ich weiß nicht mal, ob ich das je kann."

Sie hob mahnend den Zeigefinger.

„Du bist ein Nachkomme der besten Jacquardweber, die es hier seit einer Ewigkeit gibt. Ich habe dich am Webstuhl arbeiten sehen. Es liegt dir im Blut. Die Feinheiten kann ich dir noch beibringen. So wie dein Vater sie mir beigebracht hat."

Er schob die Flasche über den Tisch und wünschte, es wäre noch eine da gewesen. Eine ganze Kiste. Ein endloser Vorrat an Alkohol, um die Erinnerungen fortzuspülen.

„Ich kann das nicht vortäuschen. Nicht für immer."

„Bald schon wird es kein Vortäuschen mehr sein, Paolo."

„So heiße ich nicht", flüsterte er.

Sie packte seine Arme.

„Der Krieg ist noch nicht vorbei. Wenn sie erfahren, dass Vanni Artom noch lebt, werden sie nach dir suchen. Und sie werden dich finden. Und mich auch."

„Aber es wird …"

„Darüber denken wir nach, wenn es so weit ist. Aber jetzt brauche ich dich an diesem Webstuhl. Ich habe Arbeit für uns. Eine reiche Dame aus Dorsoduro benötigt Vorhänge. Allein schaffe ich das nicht."

„Ich werde mich anstrengen, Chiara", versprach er. Und am nächsten Tag war er zur Stelle, stand am mittleren Webstuhl im Wintergarten, wo sie nun zu zweit vor den Einschusslöchern im Glas arbeiteten, die sie mit schwarzem Klebeband verschlossen hatte.

Später in diesem Monat, als es wärmer wurde, sah er etwas Winziges durch den Garten schwirren und hörte leises Vogelgezwitscher.

Si-tah-si-tah-si-tah-sitschi-si-piu.

Und bald schon folgten seine schnellen Bewegungen am Webstuhl demselben Rhythmus.

Bis zur Befreiung sollte es noch dauern. Erst am 29. April des folgenden Jahres, 1945, rollten endlich Soldaten aus Großbritannien und seinen Kolonien über die Brücke von der *terraferma* nach Venedig, und die Deutschen kapitulierten. Vier Tage, nachdem der größte Teil des Landes von der Nazi-Herrschaft befreit worden war.

Es war das erste Mal, dass sie ihn hinaus auf die Straße ließ. San Pietro war völlig verlassen. Sie mussten bis ans Ende der Via Garibaldi gehen, um auf die vielen Menschen zu treffen, die ihren Befreiern zujubelten und Blumen in den öffentlichen Grünanlagen pflückten, um sie ihnen zuzuwerfen.

Chiara schien jeden zu kennen. Sie stellte ihn allen Neugierigen als Paolo Uccello vor, umarmte ihn und erklärte, dass sie es geschafft habe, ihn vor den *crucchi* zu verstecken, seit die Nazis vor sechzehn Monaten *padre* Garzone, den Lebensmittelhändler Gallo und die anderen Unschuldigen ermordet hatten. Niemand schien überrascht. Niemand stellte ihre Geschichte infrage. Paolo war ohnehin ein Fremder für sie. Außerdem herrschte Chaos in der Stadt, während verschiedene Parteien um die Vorherrschaft stritten. Die Leute hatten also Wichtigeres im Kopf.

Gute Neuigkeiten verbreiten sich langsam und werden oft zögerlich aufgenommen. Erst als die Menschen die Fotos sahen, glaubten sie wirklich, dass Mussolini und seine Geliebte am Tag vor der Befreiung Venedigs zusammen mit drei anderen Faschisten auf der Piazzale Loreto in Mailand erschossen und mit dem Kopf nach unten am Gitterdach einer Tankstelle aufgehängt worden waren. Dann kamen noch bessere Neuigkeiten: Hitler hatte in seinem Bunker in Berlin Selbstmord begangen. Chiara und er hörten die Nachricht in seinem alten Radio, während sie an den Webstühlen eifrig mit einem neuen Auftrag beschäftigt waren, teurem *soprarizzo* für eine vornehme Familie auf dem Lido.

Chiara hörte sofort auf zu arbeiten. Sie hatte eine gute Flasche Franciacorta abbekommen, als ein Freund von ihr mit anderen das Gioconda plünderte, nachdem die Deutschen geflohen waren. Sie tranken ihn draußen im Garten und lauschten dabei den Goldhähnchen und dem Jubel in den umliegenden Häusern. Chiara sagte, die Vögel würden lauter singen, und er glaubte ihr, so lächerlich das auch schien.

„Du solltest wieder heiraten", sagte er und merkte sofort, dass der Alkohol daran schuld war.

„Ich?" Sie schwenkte amüsiert ihr Glas. „Nein, ich hab mit Männern abgeschlossen. Aber du solltest dir eine gescheite junge Frau suchen. Dann kannst du dich mit deinem Charme und deinem Geschäftssinn auf den Verkauf konzentrieren."

„Weil natürlich alle Juden großartige Geschäftsleute sind", sagte er, und das kam natürlich auch vom Alkohol.

Sie sah ihn an, und ausnahmsweise lag keine Wärme in ihrem Blick.

„Warum sagst du so etwas? Du bist Paolo Uccello. Ein Venezianer. Ein guter Junge, der schwere Zeiten durchgemacht hat. Wenn du einen anderen Namen benutzt, erregst du nur Aufmerksamkeit. Da draußen sind noch Partisanen, die weiterkämpfen. Die Verwandten von einigen der in San Pietro Erschossenen sind nicht gut auf ein Geschwisterpaar namens Vanni und Mika Artom zu sprechen. Sie denken, dass ihre Angehörigen es nicht verdient hatten, für die Taten anderer zu sterben. Lass die Vergangenheit hinter dir, Paolo. Geh nach draußen, beschaff uns mehr Arbeit. Ich werde neue Weberinnen anlernen. Da liegt unsere Zukunft. Klar und deutlich. Es sei denn, du hast eine bessere Idee?"

Anfangs bekamen sie nur vereinzelte Aufträge, doch nachdem er angefangen hatte, ihre Waren in der Stadt zu präsentieren, wurde ein stetiger Strom daraus. Die wohlhabenden Bürger des Veneto gaben wieder Geld aus, nachdem die Deutschen nun fort waren. Und doch konnte er Mika nicht vergessen. Also arrangierte er unter einem kleinen Vorwand, den Chiara vermutlich von Anfang an durchschaute, eine Geschäftsreise nach Mailand.

An einem Sonntag nahm er von dort aus den Zug nach Turin, sah sich in ihrer alten Nachbarschaft um und klopfte bei Familien an die Türen, die die Artoms gekannt hatten.

Als auch der siebte Versuch zum selben Ergebnis führte, nämlich ein paar Fremden, die nur den Kopf schüttelten, nahm er Kontakt zum örtlichen Rabbi auf, der aus dem Exil in Spanien zurückgekehrt war. Vielleicht aus Sorge vor Chiaras Reaktion gab er sich als Freund einer jüdischen Familie aus, die im Krieg verschwunden war. Seine eigene Familie war tot, das wusste er. Aber irgendjemand aus ihrem Umfeld musste doch überlebt haben. Ein enttäuschender Nachmittag im Haus des Rabbis, der ständig sein Bedauern ausdrückte, belehrte ihn eines Besseren. Es schien, als hätte die Erkenntnis, dass sie den Krieg verloren hatten, die Mörder der Nazis und der Schwarzen Brigaden nur noch blutdürstiger gemacht. Sogar die Frau und die Tochter des Verräters Salvatore Bruno hatten sie abgeholt, nachdem Mika ihn erschossen hatte. Sie wurden vergewaltigt, ausgeraubt und in den Bergen erschossen.

Bei seiner Rückkehr brachte er eine Mappe voller Bestellungen und etwas Wein und Turiner *biscotti* für Chiara mit, die inzwischen wieder in ihre eigene Wohnung in der Nähe von San Franceso della Vigna gezogen war. Sie sah das Auftragsbuch durch, staunte über die Zahlen und sagte, sie müssten noch mehr Mitarbeiterinnen einstellen und ausbilden und im Schichtbetrieb arbeiten, um der großen Nachfrage gerecht zu werden.

Danach fragte sie ihn, aufmerksam wie immer, was er noch auf seiner Reise in Erfahrung gebracht hatte.

„Nur dass die ganze Familie Artom tot ist, ausgelöscht, bis auf mich.“

Chiara drückte ihm einen Kuss auf die Wange, wie eine liebende Tante, die ein Kind tröstet, das sich wehgetan hat.

„Es tut mir leid, das zu hören Paolo. Du musst natürlich um sie trauern. Aber zuerst müssen wir an die Lebenden denken. Und die haben viel zu tun.“

Drei Jahre später ließ die Bank der Weberei eine junge Buchhalterin namens Maria Ricci aus Rom kommen, um die Buchführung des schnell wachsenden Unternehmens zu übernehmen, die, wie sie an ihrem ersten Tag feststellte, chaotischer war, als sie es je erlebt hatte. Ihre Offenheit und ihre entschiedene Art erinnerten Vanni an seine

Schwester. Als er ihr die Stadt zeigte und sie mit zu den Stränden auf dem Lido nahm, weckte sie ein Interesse in ihm, das über Abrechnungsverfahren, Samt, Webstühle und Handel hinausging. Bald waren die Vergangenheit, die Experimente, die Zweifel im Sturm einer plötzlichen und unerwarteten Romanze vergessen. Er machte ihr am Fuß des Eiffelturms einen Heiratsantrag, und ein Jahr später wurden sie im Glanz der Frari-Kirche getraut. Marias Eltern waren voller Stolz und fühlten aufrichtig mit ihm, weil er seine Eltern im Krieg verloren hatte.

Die Ehe war genau das Richtige für ihn. Sie gab ihm den emotionalen Halt, den er brauchte und der ihn in seiner Identität festigte. Wie hätte er jetzt noch behaupten können, ein geflüchteter jüdischer Partisan aus Turin zu sein? Wer würde ihm glauben? Sogar sein Tonfall hatte sich den raueren Tönen der Lagune angepasst. Die Menschen wollten sowieso keine Erinnerungen an die Vergangenheit wecken. Marias Vater war ein römischer Bankier, der nicht ein Wort darüber verlor, was er unter Mussolini getan hatte. Jedenfalls hatte er auch jetzt noch Zugang zu Finanzquellen, die der schnell wachsende Webereibetrieb allein nie gefunden hätte, und zahlreiche Kontakte in ganz Europa.

Fünf Jahre später war das Haus Uccello international etabliert und besaß Niederlassungen in New York, London und Tokio. Ihre luxuriösen Stoffe reisten um die ganze Welt, in der die Schrecken des Krieges bald schon vergessen waren und man nur noch an die glänzende, friedliche Zukunft dachte. Der Giardino degli Angeli war für die Firma längst zu klein geworden und für einen geringen Betrag an die Stadt verkauft worden, weil ihn sonst niemand haben wollte. Eine wachsende Anzahl an Weberinnen, es waren vornehmlich Frauen, die von Chiara persönlich angeleitet wurden, arbeitete in den neuen Werkstätten in Santa Croce und auf der Giudecca. Durch steigende Gewinne optimistisch gestimmt und mit ein bisschen Hilfe von Marias Vater kaufte das Paar den heruntergekommenen und historisch unbedeutenden Palazzo Colombina am Canal Grande zwischen Scalzi- und Rialtobrücke.

Zehn Jahre nach Kriegsende feierte Venedig den Tag der Befreiung mit einem Festtag. Partys auf den Straßen. Kränze für die Gefallenen.

Am *campanile* von San Pietro wurde eine Gedenktafel für die Opfer der Nazis enthüllt, aber er war nicht in der Lage gewesen, an der Zeremonie teilzunehmen. Zu lebendig waren noch immer die Erinnerungen, zu schmerzlich.

Stattdessen überbrachte Maria ihm an diesem Morgen die freudige Nachricht, auf die sie schon so lange warteten. Sie war schwanger. Paolo Uccello küsste sie am Frühstückstisch in dem Zimmer am Kanal, das sie nach ihren eigenen Wohnräumen zuerst renoviert hatten.

Eine Stunde später kam die Post, darunter der Brief eines Mannes, an den er gar nicht mehr gedacht hatte. Des Privatdetektivs aus Mailand, den er schon Jahre zuvor engagiert hatte, für einen ganz bestimmten Auftrag.

Er las den Brief, gab Maria noch einen Kuss und entschuldigte sich. Er müsse unerwartet eine Geschäftsreise machen. Nach Lausanne, mit dem Auto, beschloss er, damit er sich unterwegs noch ein paar am See gelegene Orte anschauen könnte, die sich vielleicht für einen Familienurlaub eigneten.

Als er ihren verwirrten Gesichtsausdruck sah, bekam er ein schlechtes Gewissen. Noch nie hatte er sie angelogen, und wenn er es irgendwie vermeiden konnte, würde er es auch nie wieder tun. Natürlich hatte sie ihre Bedenken.

Die Pistole aus dem Krieg, die er von einem zwielichtigen Händler in Mestre gekauft hatte, lag noch in der unteren Schublade des persönlichen Arbeitszimmers, das er sich in der Mansarde eingerichtet hatte.

Um kurz nach vier am nächsten Morgen fuhr er mit seinem Wagen aus dem Parkhaus, das die Faschisten an der Piazzale Roma gebaut hatten, und brach Richtung Norden auf.

Im Laufe der Jahre hatte er diskrete Erkundigungen eingeholt, sich umgehört, nach Informationen über die Ereignisse jenes Winters gesucht. Ein pensionierter Kardiologe aus Giovanni e Paolo, ein Freund von Aldo Diamante und Filippo Garzone, hatte sich als wichtige Quelle erwiesen. Er lieferte viele Erkenntnisse über die beiden, auch nähere Informationen über Diamantes Entschlossenheit und die Gespräche, die sie gegen Ende geführt hatten.

Die Suche nach Luca Alberti war ein noch viel verzweifelterer Versuch gewesen, sein Gewissen zu beruhigen. Bereits bevor Maria in sein Leben trat, hatte er damit begonnen, als die Erinnerung an seine Schwester und das Opfer des echten Paolo Uccello noch schmerzte wie eine offene Wunde.

Gegenseitige Anschuldigungen hatte es reichlich gegeben, nachdem die Alliierten Venedig befreit hatten. Niemand konnte das verhindern. Die Deutschen wurden als Kriegsgefangene verhaftet, manche, um vor Gericht gestellt, andere, um nach Hause transportiert zu werden, in die Freiheit. Für die Venezianer, die mit den Besatzern kollaboriert hatten, gab es kein solches Entkommen. Die Führer der örtlichen faschistischen Regierung waren für kurze Scheinprozesse verhaftet und einige auf dem Marktplatz in Mestre hingerichtet worden. Ihre Namen und die Liste ihrer Schandtaten standen in der kürzlich befreiten Presse. Albertis war nicht dabei, und als er einen örtlichen Ermittler auf den Fall ansetzte, bekam er folgende Auskunft: Der Mann, der seine Schwester und seinen Freund auf dem Gewissen hatte, war einige Tage, bevor die Stadt befreit wurde, geflohen, und niemand wusste, wohin.

Zehn Stunden, nachdem er Venedig in seinem schnittigen Lancia-Coupé verlassen hatte, fuhr er von den schneebedeckten Alpen hinunter nach Montreux. Vor ihm schimmerte der Genfer See in der Nachmittagssonne wie ein Binnenmeer, auf dem Dampfschiffe hin- und herfuhren. Die Adresse, die er bekommen hatte, lautete Auberge Raveyres, Caux. Es handelte sich um ein bescheidenes zweistöckiges Hotel hoch oben über dem See, nicht weit von der Zahnradbahn entfernt, die sich in die Berge hinaufschlängelte.

Am Parkplatz hing ein Schild mit der Aufschrift *Geschlossen*. Als er vorfuhr, kam eine Frau in einem rosa Morgenmantel aus dem Haus und sprach ihn auf Französisch an, was er nicht verstand.

„Tut mir leid", sagte er und lud seinen kleinen Koffer aus. „Ich komme aus Italien."

„Allora", antwortete sie. „Dann hole ich meinen Mann."

Sie war vielleicht Mitte dreißig, hübsch, rotwangig und fröhlich. Als sie ins Haus zurückging und „Ettore!, Ettore!" rief, kam lachend ein ungefähr vierjähriges Mädchen heraus und schlang ihr die Ärmchen um die Knie.

Ettore Romano.

Das war der Name, den der Privatdetektiv in Erfahrung gebracht hatte.

Er hatte den Mann nur an dem Tag gesehen, an dem Mika gestorben war, und da auch nur kurz. Ein Gesicht unter vielen. Wohl niemand, den er fast zwölf Jahre später so leicht erkennen würde. Doch als er aus der Tür trat und sich die Hände abwischte, als wäre er gerade in der Küche beschäftigt gewesen, ein kräftiger, durchtrainierter Kerl mittleren Alters mit dem Gang und dem Selbstvertrauen eines ehemaligen Polizisten, da wusste er es.

„Kann ich Ihnen helfen, *signore*?", fragte er sichtlich verwirrt.

„Ich komme aus Venedig. Wir müssen reden."

Vielleicht sollte ich tun, was Mika jetzt getan hätte, dachte er, als der Mann nicht reagierte. Diesen Mistkerl einfach auf der Stelle erschießen, ob seine Frau und sein Kind in der Nähe sind oder nicht.

„Laura!" Der Mann, der Luca Alberti war, rief nach seiner Frau und sagte ihr, es wäre gut, wenn sie mit Sophie, ihrer Tochter, nach Montreux fahren und ein paar Besorgungen machen würde. Das Hotel würde bald für die Sommersaison öffnen, und er hätte einiges bestellt. Er vermutete etwas. Das war offensichtlich.

Sie sah ihn verdutzt an, fuhr aber kurz darauf mit dem Kind in einem alten Citroën-Kastenwagen davon, der schon bessere Tage gesehen hatte.

„Schönes Auto", sagte Alberti und nickte Richtung Lancia. Er hatte bemerkt, dass Paolo über ihr eigenes klappriges Vehikel nachgedacht hatte. „Welche Geschäfte Sie auch betreiben, mein Freund, sie scheinen besser zu laufen als meine."

„Ich heiße Giovanni Artom. Sie haben vor zwölf Jahren meiner Schwester in den Rücken geschossen. Und wahrscheinlich dachten Sie, Sie hätten mich auch umgebracht."

Alberti nickte, sah sich um und verzog das Gesicht.

„Aha. Ich hab mich schon gefragt, wie lange es wohl dauern würde, bis jemand hier auftaucht." Er deutete auf das Hotel. „Kommen Sie rein. Ich mache Ihnen einen Kaffee. Oder wollen Sie etwas anderes zu trinken? Keinen Wein. Schweizer Wein ist miserabel. Kein Vergleich mit dem zu Hause. Der Obstbrand dagegen …"

Der alte Citroën war knatternd auf der Schotterstraße verschwunden. Sonst war niemand da. Er öffnete den kleinen Koffer und nahm die Pistole heraus.

„Ich bin nicht hier, um etwas zu trinken."

„Na gut", sagte der Mann, drehte ihm den Rücken zu und ging schulterzuckend zur Tür. „Umso mehr bleibt für mich übrig."

Die Küche war riesig, mit professionellen Herden und einem gigantischen Kühlschrank ausgestattet. Alles sah aus, als wäre es lange nicht benutzt worden.

„Wir schließen im Winter. Außer von Ostern bis Oktober hat es keinen Sinn aufzumachen. Wir können davon leben. Gerade so."

Er nahm eine Flasche Weißwein aus dem Kühlschrank, holte zwei Gläser und deutete auf den Arbeitstisch neben der Spüle.

„Sind Sie von Venedig aus direkt hierher geflohen? Nachdem die Deutschen den Krieg verloren hatten?"

Alberti schüttelte den Kopf.

„Wollen Sie das wirklich wissen?"

„Deshalb frage ich."

Alberti trank einen Schluck Wein und überlegte, was er antworten sollte.

„Ich hatte nicht vor zu warten. Es war klar, was passieren würde. In Venedig wimmelte es von Partisanen. Und von Leuten, die behaupteten, welche zu sein. Ein paar davon hätten dich sofort am nächsten Baum aufgeknüpft, wenn jemand gesagt hätte, er hätte gesehen, wie du einem Nazi Feuer gibst."

„Sie haben viel mehr getan als das."

„Stimmt." Er sah auf die Pistole. „Falls Sie mich erschießen, hätte ich eine Bitte. Meine Frau und mein Kind kommen in ungefähr einer Stunde zurück. Sorgen Sie dafür, dass sie mich nicht hier finden. In den Bergen gibt es genug Stellen."

Paolo zuckte mit den Schultern und goss sich doch ein Glas Wein ein. Der Mann gegenüber erhob seines zu einem stummen Prost, kniff die Augen zusammen und sah ihn genau an.

„Ich war mir ziemlich sicher, dass Sie es nicht waren. Als sie da eingedrungen sind und angefangen haben zu schießen. Es ergab alles keinen Sinn. Kein Partisan würde mit seinem eigenen Ausweis in der Tasche rumlaufen. Die Wunde an seinem Bein war zu frisch. Außerdem ..." Er blinzelte, als versuchte er sich an etwas zu erinnern. „Ich hab's mit so einigen Selbstmorden zu tun gehabt, als ich noch bei der Polizei war. Aber noch nie habe ich jemanden gesehen, der sich mitten ins Gesicht geschossen hat. Das passiert gewöhnlich nicht. Ich war dem Jungen begegnet. Ich wusste, wie er aussah. Er wollte unbedingt auf Nummer sicher gehen, dass niemand ihn identifizieren kann. Das hat er gut hingekriegt. Von seinem Gesicht war nicht mehr viel übrig. Trotzdem ... hätte Oberg noch gelebt, wären Sie wahrscheinlich nicht damit durchgekommen. Er war ein cleverer Bursche. Na ja, sie haben es jedenfalls mir überlassen. Als sie misstrauisch wurden, hab ich die Frau verhört, die für ihn arbeitete."

„Chiara? Chiara Vecchi?"

„Sie hat behauptet, die beiden Partisanen aus Turin hätten den Uccello-Jungen entführt. Vielleicht hätten sie ihn getötet, in der Lagune versenkt. Vielleicht habe er fliehen können. Ich hab ihr kein Wort geglaubt, aber ich wollte es nicht drauf anlegen. Es lagen schon genug Leichen überall herum. Wer brauchte da noch mehr? Also habe ich den Fall für abgeschlossen erklärt. Den *crucchi* habe ich gesagt, der Junge sei entweder tot oder vermisst, und dass sie sich wegen ihm sowieso keinen Kopf machen müssten."

Paolo sagte nichts und spielte mit der Pistole.

„Haben Sie nicht gewusst, dass sie damals ihr Leben aufs Spiel gesetzt hat?", fragte Alberti. „Ach ja, manchmal schweigen die Menschen lieber über bestimmte Dinge. Aus verschiedenen Gründen."

Er jedoch sprach immer weiter, als wäre das eine Unterhaltung, die er schon seit Jahren hatte führen wollen. Als hätte er nur auf die richtige Person gewartet, der er das alles erzählen konnte. Natürlich stellte er seine guten Taten heraus. Dass er versucht habe, Aldo Diamante zu warnen. Und Garzone, den Priester. Dass keiner von beiden auf ihn gehört habe. Genauso wenig wie Mika, an dem Abend, an dem er sie im Gioconda entdeckt und ihr gesagt hatte, dass alles eine Falle sei.

„Die Sache ist die, Giovanni ..."

„Paolo. Ich werde jetzt Paolo Uccello genannt."

Alberti lächelte. „Dann bin ich also nicht der einzige Schwindler hier. Was ich sagen wollte … Der Krieg ist wie eine Autobahn, von der man nicht abfahren kann. Vielleicht kriegst du am Anfang noch eine Chance, aber bis du das realisierst, ist sie schon vorbei. Der Krieg hat uns zu Monstern gemacht. Manche von uns waren das schon immer. Andere haben sich daran gewöhnt. Wir aber sind Monster aus Gewohnheit. Und das ist vielleicht noch viel schlimmer. Keine Ahnung. Ich habe angefangen, für die *crucchi* zu arbeiten, weil ich keine andere Möglichkeit sah. Ich dachte, ich könnte ab und zu ein paar Menschenleben retten. Das Problem ist, dass niemand das so sieht, wenn es von einem wie mir kommt. Diamante hätte sich nie geändert. Dazu war er zu stolz. Und hat uns zu sehr gehasst. Für den Priester gilt in gewisser Weise dasselbe." Er trank noch einen Schluck Wein und sah Paolo an. „Und für Ihre Schwester auch. Man kann keinem helfen, der sich nicht helfen lassen will. Also rettest du am Ende bloß dich selbst. Ich behaupte nicht, dass ich ein Held war, nicht mal ein kleiner."

„Gut."

„Ich habe Menschen getötet, wenn es sein musste. Wenn ich andernfalls selbst getötet worden wäre. Das ist keine Entschuldigung. Nur eine Tatsache. Ich bitte nicht um Vergebung."

„Ich hatte auch nicht vor, Ihnen die zu schenken."

Die Pistole. Er hatte keine mehr benutzt, seit er mit Mika in den Bergen gewesen war. Alberti warf einen fragenden Blick darauf.

„Ich muss Ihnen etwas zeigen", sagte er, schob seinen Stuhl zurück und erhob sich.

„Lassen Sie Ihre Hände, wo ich sie sehen kann."

Alberti musste lachen.

„Keine Sorge. Die einzige Waffe hier ist Ihre. Ich hab für mein Leben genug von diesen verdammten Dingern gesehen."

Er zog den Stuhl neben ein paar Tische beim Gasherd und stieg darauf. Über reihenweise Pfannen und Töpfen hing ein kleiner Küchenschrank. Er öffnete ihn, nahm eine vergoldete Schachtel heraus und blies, während er wieder von dem Stuhl herunterstieg, den Staub davon weg.

„Hier", sagte er und stellte die Schachtel auf den Tisch. „Das habe ich als Andenken an damals aufbewahrt. Um es manchmal anzuschauen, wenn sonst keiner da ist. Um all die schlimmen Erinnerungen in meinem Kopf wachzuhalten. Wenn man die nämlich loslässt, lässt man niemandem Gerechtigkeit widerfahren. Nicht Diamante. Nicht Garzone. Nicht Ihrer Schwester." Er zögerte. „Nur zu. Sehen Sie es sich an."

Uccello – Edelste Stoffe, Venedig stand in silbernen Buchstaben auf dem Deckel der Schachtel. Ein paar Motten flogen heraus, als er ihn abnahm.

„Ist schon eine Weile her", sagte Alberti. „Jetzt ist meine kleine Tochter im Haus. Ich will nicht, dass sie reinkommt und sieht, wie ich betrunken und mit Tränen in den Augen da drauf starre."

In der Schachtel lag, in Seidenpapier gewickelt, ein Stück Stoff. *Soprarizzo*-Samt von einem der Jacquardwebstühle im Giardino degli Angeli mit dem brüllenden Löwen von Venedig darauf. Eins der drei Banner, an denen er unter Chiaras Anleitung in den ruhigen Tagen gearbeitet hatte, bevor die Welt einstürzte.

Der Hintergrund war kaum noch zu erkennen, weil sich auf der glänzenden Seide ein riesiger dunkler Fleck befand. Getrocknetes Blut, so viel, dass es durch das Seidenpapier bis an den Deckel gedrungen war.

„Nachdem sie diese Menschen in San Pietro erschossen hatten ... nachdem ich Ihre Schwester erschossen hatte ... wurde ich zurück nach San Marco gerufen. Sie hatte dieses Schwein von Judenjäger Salvatore Bruno und seine kleine Ratte Sara Vitale gefunden. Die Frau war noch gut weggekommen. Zwei Kugeln. Es ging schnell, vermutlich. Bruno ..." Er schloss die Augen. „Ich hatte schon viel gesehen, aber noch nie so etwas wie das. Ihre Schwester hat ihn zerlegt wie ein Stück Fleisch. Erstechen würde ich es nicht nennen. Eher Abschlachten. Danach hat sie ihm das hier in den Mund gestopft. Er hatte es extra für den Vorabend anfertigen lassen. Und noch zwei weitere, um sie den Deutschen zu schenken, als hätte ihn das irgendwie ebenbürtig gemacht. Als hätte denen der Blick auf ein Stück Samt gereicht, um zu beschließen: *Na schön, wir lassen ihn am Leben. Ihn und seine jüdische Familie.* Von wegen."

Paolo Uccello strich über den steifen, blutbefleckten Stoff.

„Warum haben Sie es aufbewahrt?"

Alberti blickte sich in der Küche um.

„Um mir immer wieder in Erinnerung zu rufen, dass ich nichts von all dem hier verdient habe." Er hatte die Stimme gesenkt. „Weder die Frau, die mich liebt, noch mein kleines Töchterchen. Warum sonst?"

„Sie haben es Ihrer Frau nicht gezeigt? Ihr erzählt, wer Sie wirklich sind?"

„Würden Sie das tun?" Er klopfte mit dem Finger auf den Tisch. „Ich habe das Einzige getan, was ich damals tun konnte ..."

„Sie haben meiner Schwester in den Rücken geschossen. Das habe ich gesehen ..."

„Sie hat vor aller Augen einen deutschen Offizier umgebracht!", rief Alberti. „Sie hat mit der Pistole rumgefuchtelt, als würde sie gleich noch einmal schießen. Sie ..."

„Mika war mutig."

„Sie war schon so gut wie tot", entgegnete er. Und dann leiser: „Ich hab das Menschlichste getan, das mir einfiel. Wissen Sie, was passiert wäre, wenn sie sie lebend ins Ca' Loretti mitgenommen hätten? Haben Sie irgendeine Vorstellung? Ich schon. Ich habe es miterlebt. Das wünsche ich niemandem. Das hätten Sie mir nicht gedankt."

„Und Mika hätte Sie verraten."

„Kann sein", antwortete er mit einem Schulterzucken. „Aber, ob Sie's glauben oder nicht, das wäre mir egal gewesen. Damals war mir alles egal, genau wie Ihrer Schwester. Ich habe den Blick in ihren Augen gesehen, als sie auf Oberg geschossen hat. Sie wusste, was sie tat. Sie sehnte sich danach, so was wie eine Märtyrerin zu sein. Ich hab ihr nur die Qual erspart, auch noch gekreuzigt zu werden."

Er nickte in Richtung der Pistole. Dann nahm er sein Glas und trank einen großen Schluck.

„Wenn Sie es noch tun wollen, dann tun Sie es jetzt. Bevor meine Frau und mein Kind zurück sind. In der Garage liegt eine Plane. Sie werden sicher kein Blut auf den Sitzen Ihres schönen neuen Autos haben wollen."

„Werden Sie es ihr erzählen?", fragte Paolo. „Eines Tages?" Er legte das Löwenbanner zurück in die Schachtel. „Werden Sie ihr das hier zeigen?"

„Nein."

„Was ist mit Ihrer Tochter?"

„Sophie? Nein. Sie ist erst vier. Ein kluges Mädchen. Wenn die Russen und die Amerikaner sich nicht irgendwann an die Hälse gehen, wird sie in einer Welt aufwachsen, in der normale Menschen sich nicht gegenseitig umbringen, bloß weil irgendeiner der Großen und Mächtigen sie dazu auffordert." Er überlegte, noch etwas zu trinken, schob die Flasche dann aber zur Seite. „Vielleicht wenn sie selbst mal ein Kind hat. Oder dieses Kind ein Kind hat. Sie sollten es wissen. Glauben Sie, wir haben dem ein Ende gesetzt? Glauben Sie wirklich, wir könnten es einfach abschütteln und als Erfahrung verbuchen? Uns einreden, dass nur alte oder primitivere Menschen so etwas tun? Dass wir jetzt besser sind? Und klüger?"

Das hoffe er, antwortete Paolo, ohne zu zögern.

„Vielleicht haben Sie recht", murmelte Alberti.

„Meine Frau ist schwanger", fügte Paolo hinzu, ohne zu wissen, warum. „Sie hat es mir gesagt, bevor ich losgefahren bin."

Der Mann auf der anderen Seite des Tisches lächelte, und Paolo musste den Gedanken unterdrücken, er könnte ihn vielleicht sympathisch finden.

„Das ist gut. Kinder machen Männer aus uns, wenn wir sie lassen. Ich habe zwei Anläufe gebraucht, um das zu begreifen, aber ich bin ja auch dumm. Sie nicht, wie mir scheint."

Es herrschte einen langen Moment Schweigen zwischen ihnen, dann nickte Alberti wieder Richtung Pistole. „Je länger Sie warten, umso schwerer wird es. Ich spreche aus Erfahrung."

Er konnte nicht aufhören, an Maria zu Hause in Venedig zu denken. Die er an dem Tag, an dem sie ihm sagte, dass sie schwanger sei, zurückgelassen hatte, angelogen hatte, und den ganzen Weg hierhergefahren war, um aus reiner Rache und Wut einen Mann zu ermorden. Er kannte Mika. Ihm war bewusst, dass sie sich an jenem schrecklichen Morgen verabschiedet hatten. Wäre es nicht Alberti gewesen, hätte es jemand anderes getan, und vielleicht auf viel grausamere Art und Weise.

„Ich kann Sie nicht erschießen", sagte er und schob die Pistole zur Seite.

Zu spät durchschaute Paolo den Trick des ehemaligen Polizisten. Oder Kollaborateurs. Das steckte schließlich beides noch in ihm.

Bevor er reagieren konnte, hatte Alberti die Pistole gepackt und richtete den Lauf mit ausgestrecktem Arm auf sein Gesicht. Sein Blick war kalt und mitleidlos.

„Je länger Sie warten, umso schwerer wird es", sagte Paolo. „Oder?"

„Sie kommen einfach hierher …", zischte Alberti. „In mein Haus. Ich versuche die ganze Zeit, diesen Scheiß hinter mir zu lassen. Und Sie marschieren hier einfach so rein. Was erwarten Sie eigentlich?"

„Ich weiß es nicht", antwortete er. Und das war die Wahrheit.

„Ihre Schwester hätte mich, ohne mit der Wimper zu zucken, erschossen. Meine Frau und mein Kind auch."

„Was das Letze betrifft, bin ich mir nicht sicher."

„Sie haben nicht gesehen, was sie mit diesem Arschloch Bruno gemacht hat. Er war nur noch Hackfleisch."

„Ich kann nicht vergessen …"

„Das kann keiner von uns." Alberti schwenkte verhalten die Pistole, als wüsste er nicht, was er tun soll. „Denken Sie an Ihre Frau. An Ihr Kind. An die Welt, die sie erwartet."

„Ich gebe mir Mühe …"

Der Mann gegenüber schüttelte den Kopf. Er hatte jetzt feuchte Augen.

„Dann geben Sie sich mehr Mühe", sagte er. „Die Menschen … sie sind schon dabei, alles umzuschreiben. Zu beschönigen. Sie reden davon, dass die Briten gewonnen haben. Dass die Amerikaner gewonnen haben. Dabei haben wir alle verloren. So ist es immer. Im Krieg gibt es keine Gewinner! Hier …" Er schleuderte die Pistole über den Tisch. „Erschießen Sie mich, wenn Sie wollen. Wenn Sie glauben, das würde irgendwas verbessern."

Paolo nahm die Pistole und legte sie wieder in den kleinen Koffer.

Alberti wischte sich mit dem Ärmel über die Augen und nickte.

„Jetzt bin ich aber erleichtert. Wir haben Reservierungen für die kommende Woche. Und ich muss hier noch klar Schiff machen. Was werden Sie jetzt tun?"

Als er darüber nachdachte, fand er darauf nur eine Antwort.

„Sie hier zurücklassen. Mit Ihren Erinnerungen."

„Es sind unsere Erinnerungen, Giovanni … Paolo … wie ich Sie auch nennen soll. Sie gehören zu uns beiden."

Er nahm eine Schere aus der Tischschublade, schnitt Salvatore Brunos Banner in zwei Hälften und legte die eine in die goldene Schachtel zurück.

„Nehmen Sie das mit."

„Ich brauche es nicht."

„Wissen Sie, was mir nachts den Schlaf raubt?"

„Eine Menge wahrscheinlich."

„Nicht, was Sie denken. Was mich wach hält, ist die eine große Frage. Wir haben es geschafft, wir haben das alles durchgestanden und wünschen uns jetzt nichts mehr, als diesen ganzen Schrecken hinter uns zu lassen, dieses ganze Blut zu begraben. So zu tun, als wäre das alles nie passiert. Aber meine kleine Tochter hier …" Er klopfte auf den Tisch, als wäre sie dadurch wirklich anwesend. „Eines Tages, wenn all das wiederkommt, wird sie sich erinnern müssen. Und dann werden sie ihr nur von den Helden erzählen. Von Menschen wie Ihnen." Alberti stieß sich den Finger an die Brust. „Aber an mich müssen die Leute sich auch erinnern. An mich! Wie wollen Sie das hinkriegen, Sie Schlaumeier? Wie wollen Sie dieses Missverhältnis ausgleichen?"

„Ich bin kein Held", murmelte er. „Noch nie gewesen."

„Das spielt keine Rolle. Sie machen Sie zu einem. Es wird alles zu einer Geschichte. Einem Märchen. Gut und schlecht. Schwarz und Weiß. Nichts dazwischen. Dabei ist es das Dazwischen, auf das es ankommt."

Paolo Uccello schloss seinen Koffer, stand auf und zog den Autoschlüssel aus der Tasche. Alberti stellte sich vor die Tür.

„Auf keinen Fall lasse ich zu, dass Sie so spät am Abend noch durch die Berge fahren. Nicht mal in Ihrem schicken neuen Auto. Zu gefährlich. Ich mache Ihnen ein Zimmer fertig. Laura wird bald zurück sein. Sie kocht dieses Schweizer Essen. Makkaroni mit Kartoffeln, Käse und Äpfeln. So was bekommen Sie zu Hause nicht."

„Ich soll mit Ihnen zusammen essen?"

Alberti breitete die Arme aus.

„Die Schlacht ist vorbei, falls Sie es noch nicht bemerkt haben. Aber wenn Ihnen das lieber ist … es kommt auch vor, dass Gäste auf ihrem Zimmer speisen."

Draußen war etwas zu hören. Reifengeräusche auf Schotter.

„Bitte. Wir können uns über die Schweiz unterhalten. Und über Venedig. Nur nicht über den Krieg, nicht wenn die beiden dabei sind. Hier im Haus spricht niemand über den Krieg. Vielleicht ist es besser, wenn das immer so bleibt."

Paolo zögerte, und das war praktisch ein Ja.

„Ach, und wenn Sie daran denken würden, mich Ettore zu nennen, wäre ich Ihnen sehr dankbar. Einverstanden … Paolo?"

Als die Sonne am nächsten Morgen über dem großen See aufging, machte er sich auf den Heimweg. Alle drei standen in der Auffahrt zu ihrem kleinen Hotel und winkten ihm zum Abschied. Ettore Romano, seine Frau, immer noch ein wenig verwirrt über die schweigsame Mahlzeit, die sie am Vorabend zusammen eingenommen hatten, und seine reizende kleine Tochter. Im Kofferraum lag ein Geschenk, ein Stück Bergkäse, neben der goldenen Schachtel, die er später hinter etwas versteckte, das er in einem Souvenirladen in der Nähe der Grenze kaufte.

Zehn Stunden später stellte er den Wagen auf seinem Privatparkplatz an der Piazzale Roma ab, erstand bei dem Blumenhändler am *campo* einen teuren Strauß Rosen und in dem Feinkostladen um die Ecke eine Schachtel Pralinen.

„Hast du viel verkauft?", fragte Maria, als er sie auf den Stufen des Palazzos in die Arme nahm.

„Gar nichts."

Sie tippte ihm sanft auf die Hand.

„Eine vergebliche Reise also. Das passiert dir nicht oft."

„Sie war nicht vergeblich. Nicht wirklich."

„Nicht?"

Er hatte das Geschenk zunächst draußen abgestellt, als Überraschung. Als sie es sah, klatschte sie vor Freude in die Hände und lachte.

Eine hölzerne Wiege, altmodisch und sehr schweizerisch, mit geschnitzten Herzen und Rosen an den Seiten.

Das Kind, das sie bekommen würden, war das Wichtigste. Das Leben, das vor ihnen lag. Und eine andere Verpflichtung, die ihn auf dem ganzen Weg nach Hause beschäftigt hatte.

„Ich habe mir Gedanken über einen Namen gemacht", sagte er.

„Ich dachte, damit wollten wir noch ein bisschen warten."

„Ich weiß. Aber ich konnte nicht anders. Wenn es ein Junge wird … Giovanni. Ein Mädchen … Micaela."

Sie lehnte sich an die Wand. Er kannte diesen Blick. Genau so hatte sie ihn nach dem ersten Blick auf seine unbeholfenen Versuche, die Buchhaltung zu machen, angesehen. Mit Erstaunen und Neugier.

„Was ist in der Schweiz vorgefallen?"

„Ich bin zu weit gefahren. Zu schnell. Es liegt an der langen Fahrt. Tut mir leid."

Maria legte die Hände auf die Wiege.

„Mit Giovanni könnte ich mich anfreunden. Wenn es ein Mädchen wird, überlegen wir noch mal. Und apropos Geschenke … was wünschst du dir für Samstag?"

„Samstag?"

„Da hast du Geburtstag! Du bist der einzige Mensch, den ich kenne, der vergisst, wann er auf die Welt gekommen ist."

Er wollte es sagen. Wollte ihr erzählen, dass es nicht sein Geburtstag war, sondern der eines Toten, eines Freundes, für kurze Zeit sein Geliebter, der sich geopfert hatte, damit er weiterleben konnte. Aber Alberti hatte recht. Seine Generation wollte die schrecklichen Erinnerungen an den Krieg ausblenden und durch bunte Fantasien ersetzen, die in den Kinos gespielt wurden. Und gleichzeitig an die nächste Generation appellieren, sich irgendwie an das Grauen zu erinnern. Es praktisch aus dem Nichts wieder heraufzubeschwören.

Maria kam lächelnd zu ihm und küsste ihn auf die Wange.

„Was habe ich doch manchmal für einen seltsamen Ehemann. Also, was wünschst du dir? Zu diesem Geburtstag, den du immer vergisst?"

Er wusste nicht, wie er darauf kam. Vielleicht waren es die Erinnerungen an seine Studentenzeit in Padua, an seine Versuche zu schreiben, bevor er eine Geschichte zu erzählen gehabt hatte.

„Eine Schreibmaschine", antwortete er. „Eine tragbare Olivetti, die Lettera 22."

Die gleiche, auf der sein Vater geschrieben hätte, wäre er noch am Leben gewesen.

Das war alles.

* * *

Es war fast ein Uhr früh, als ich endlich mit dem letzten Teil des Puzzles durch war, das *nonno* Paolo mir hinterlassen hatte. Um sieben stand ich auf, ging zum Frühstücken in ein Hipster-Café, das unsere vertraute Metzgerei ersetzt hatte, ging wieder nach Hause und las alles noch einmal.

Am Spätnachmittag ging ich zur Piazzale Roma, fuhr mit dem Boot der Linie 5.2 nach San Pietro und lief durch die engen Gassen, die ich kaum kannte, außer aus einer Geschichte, die mir vor langer Zeit ein Mann erzählt hatte, den ich sehr liebte. Die Basilika sah aus, wie ich sie in Erinnerung hatte, so wie sie auch Filippo Garzone erschienen war: riesig, grau, nicht besonders schön. Genau wie der weiße *campanile*, der, ein bisschen windschief, im trockenen Gras daneben stand.

An dessen Fuß hing eine Gedenktafel, die an die Ereignisse vom 5. Dezember 1943 erinnerte, nicht neu, aber glänzend. Jemand schien sie regelmäßig zu polieren. Neben einer kurzen Beschreibung des Gemetzels standen die Namen der dreizehn „Märtyrer". Die zehn Verurteilten, Mika Artom, die als „mutige Partisanin" aufgeführt wurde, und zwei Anwohner, die im nachfolgenden Tumult getötet worden waren. Daneben hing eine kleinere, *padre* Filippo Garzone gewidmete Bronzetafel, auf der er als „Gerechter unter den Völkern" bezeichnet wurde. Dies, stand dabei, sei ein Ehrentitel, den das Ghetto von Venedig ihm als Nichtjuden verliehen hatte, weil er sein Leben riskiert hatte, um Juden vor den Nazis und vor den Schwarzen Brigaden zu retten.

Ich blieb eine Weile vor dem merkwürdigen weißen Turm stehen und wartete auf ihre Geister. Aber sie waren nicht mehr da, nicht so wie früher. Keine dunklen Schatten mehr, die mich wegen meiner Schüchternheit, meiner Angst, meiner Unfähigkeit, *nonno* Paolos Geschichte und ihre Bedeutung wirklich zu verstehen, verspotteten. Zwanzig Jahre, vielleicht ein Viertel meines Lebens, waren vergangen, seit er mir diese Geschichte anvertraut hatte, und dem Moment, an dem ich endlich den Mut fand, an den Ort zurückzukehren, an dem seine Schwester starb, während er verwundet und hilflos von der Brücke zum Arsenale aus hatte zusehen müssen.

Inzwischen gab es eine neue Brücke, frisches Holz, hübsche graue Geländer, die von der beißenden Salzluft noch nicht angegriffen waren. Auf der anderen Seite tauchte die Nachmittagssonne die Mauer des Giardino degli Angeli in einen leuchtend warmen Ockerton. Der Vorsprung, über den Mika sich regelmäßig vom Gelände geschlichen hatte, war teilweise abgebrochen und zu schmal geworden, um noch sicher darauf entlangzulaufen. Seitlich stand eins der rot-weißen Biennale-Schilder: *Il Giardino degli Uccello.* Menschen strömten über die kleinere Brücke, die durch die Mauer zu Paolo Uccellos früherem Haus führte.

Ich schloss mich ihnen an.

* * *

An der Tür wartete eine junge Frau, die eine Karte mit meinem Namen in der Hand hielt. Sie hatte sehr kurze Haare und ein ernstes, sonnengebräuntes Gesicht. Auf dem linken Arm trug sie die Tätowierung des geflügelten Löwen von Venedig und auf dem rechten die einer erhobenen Faust. In ihrer verwaschenen Jeans, die an den Knien zerrissen war, und dem weißen T-Shirt mit unübersehbarer antikapitalistischer Parole entsprach sie genau dem Typ revolutionäre Studentin.

Valentina Padoan war, wie sich herausstellte, Professorin für Geschichte des 21. Jahrhunderts an der Ca' Foscari und anerkannte Autorin.

„Es tut mir leid, das sagen zu müssen, aber ich bin von Hause aus Kapitalist", stellte ich mich vor. „Bitte werfen Sie keinen Milchshake nach mir."

„Die werfe ich nur nach Faschisten. Das ist so was typisch Englisches. Milchshakes. Mein Freund kam aus London. Also, der letzte. Geben Sie ihm die Schuld."

„Wenn sich die Gelegenheit bietet."

„Wird sie nicht. Er ist Schnee von gestern. Außerdem …" Ein Lächeln legte sich auf ihr Gesicht, unvermittelt, verschmitzt und äußerst bezaubernd. Ich konnte verstehen, dass sie es geschafft hatte, meinem Vater Geld abzuschwatzen. „Wenn Sie und Ihre Familie keine Kapitalisten wären, hätten wir Sie nicht für das alles hier schröpfen können, oder?" Sie schwenkte den Arm über den Garten hinter sich. Der nicht im Entferntesten wie die traurige Ansammlung von kahlen Bäumen und Gras und Ruinen aussah, die ich mir vorgestellt hatte. Mein Blick fiel auf bunte Blumenbeete, prächtige Rosenbüsche und exotische Lilien. An einem neu angelegten Weg, der sich zum Wintergarten schlängelte, stand ein klassischer Marmorbrunnen, auf dem Nymphen über springenden Delfinen tanzten und Wasser aus einer Vase sprudelte, die von einer nackten Venus gehalten wurde. Hinter den glänzenden Scheiben unserer vormaligen Weberei schien sich das mit roten Tonziegeln neu gedeckte Dach des Hauses zu erheben. Dahinter stand der alte achteckige Wachturm, der sich im gekräuselten graublauen Wasser der Lagune spiegelte. Am Horizont zeichnete sich die niedrige, mit Sträuchern bewachsene, Silhouette der kleinen Insel Certosa ab, wo gerade ein Vaporetto anlegte – das war neu, oder zumindest zu meiner Zeit in Venedig nicht vorgekommen.

Die kaputten Statuen, die Köpfe, Schultern und Flügel der verlorenen Engel, lagen immer noch überall verstreut auf dem Rasen. Auf Schildern daneben war zu lesen, dass sie im Rahmen der Biennale von Kindern der örtlichen Schulen geschmückt worden waren, die jeweils ihren Namen auf die regenbogenfarbenen Girlanden, Bänder und Kronen geschrieben hatten, die nun ihre Stirnen und zerbrochenen Gliedmaßen zierten. Unter den Obstbäumen waren Tische und Stühle aufgestellt worden, die größtenteils von Menschen in legerer Sommerkleidung besetzt waren, die an ihren Getränken nippten und sich angeregt unterhielten.

Ich wandte mich wieder zum Tor um und versuchte mir vorzustellen, wie es an jenem Wintertag gewesen war, als ein Mann namens Luca Alberti, halb Verräter, halb sonst irgendetwas, hier mit einem Trupp deutscher Soldaten eingedrungen war, nachdem er Mika Artom erschossen hatte. Wie sie den Wintergarten gestürmt hatten, nur um einen Mann zu finden, der sich ins Gesicht geschossen hatte, und ihnen dann völlig entgangen war, dass der Partisan, den sie eigentlich suchten, eingesperrt im Keller saß.

Vergangenheit und Gegenwart schienen jetzt nebeneinander zu existieren, in meiner Vorstellung zumindest. Die Geister der Vergangenheit waren nicht begraben. Sie gehörten zu uns allen, Schatten, die unseren Schritten folgten, Begleiter auf derselben Reise.

Valentina nahm meinen Arm und führte mich herum. Wir gingen durch den Wintergarten, wo drei Jacquardwebstühle zu Demonstrationszwecken ausgestellt waren. Eine Frau in einem langen historischen Kleid stand am vorderen und hantierte mit Seidenfäden. Muster von klassischem Uccello-Samt zierten die Wände, gerahmt wie Bilder. Daneben hingen Fotografien von Venedig. Ich brauchte einen Moment, bis ich sie erkannte. Es waren meine, aufgenommen im Sommer 1999 mit der Kamera, die mein Vater mir damals gekauft hatte. Er musste die Negative gefunden und Abzüge für die Ausstellung machen lassen haben.

„Die Webstühle sind ein Geschenk Ihres Vaters. Die Apparate, die Sie reich gemacht haben. Jede Menge Fotos hat er uns auch noch überlassen. Wir sind ihm sehr dankbar."

Ich lächelte die Weberin an und strich, nach einem zustimmenden Nicken, mit dem Finger über das alte Holz und die zarte Seide und fragte, wo um alles in der Welt sie die gefunden hätten.

„Hat er Ihnen das nicht erzählt? Sie kommen ursprünglich von hier. Es sind die Webstühle, die während des Kriegs benutzt wurden."

„Ich war im Ausland", war alles, was ich darauf antworten konnte.

Das Haus war jetzt ein modernes Café. Auf der linken Seite, wo einst die Eltern des echten Paolo Uccello geschlafen hatten, befand sich eine Theke mit Küche und Vorratskammer dahinter. Rechts standen einige Tische, an denen junge Leute vor noch mehr Fotos von mir auf ihren Laptops tippten. An der Außenwand eröffnete ein großes Panoramafenster den Blick auf die Basilika und den *campanile* von San Pietro auf der anderen Seite des Kanals. Es war fast schon postkartenkitschig schön.

„Und hier", sagte sie und führte mich zur Treppe, „ist unser größter Stolz. Wir haben ihn praktisch komplett wiederaufgebaut." Ich zögerte, als wir am oberen Ende einer steilen, neuen Treppe stehen blieben.

Der Keller.

„Kommen Sie", sagte sie und zog mich beinah nach unten.

Er war jetzt ein Untergeschoss des Cafés, mit Flügeltüren, die auf eine Plattform über der Lagune führten, auf der man sitzen und den Ausblick genießen konnte. Ich war froh über das Lüftchen, das draußen ging. Mir war ein bisschen schwindelig, und das musste sie bemerkt haben.

„Geht es Ihnen gut, *signor* Uccello?"

„Ich heiße Nico. Bitte sagen Sie Nico zu mir."

„Geht es Ihnen gut, Nico? Sie sehen aus, als würden Sie jeden Moment umkippen. Oder sich übergeben. Was beides jetzt eher ungünstig wäre. Wir haben zu tun."

Nein, antwortete ich, mir sei nicht übel. Aber ich bräuchte dringend etwas zu trinken. Einen Negroni. Einen anständigen.

„Ich mixe nur anständige", antwortete Valentina Padoan. Wir gingen nach oben, wo sie hinter der Theke verschwand und ein paar Gläser hervorholte. „Danach", sagte sie, während sie mit den Flaschen hantierte, „sage ich ein paar Worte. Sie lächeln und schneiden das Band durch. Und dann …", wieder dieses Lächeln, „… unterhalten wir uns noch ein bisschen."

„Si, signora", antwortete ich und salutierte.

Draußen hatte sich eine kleine Menschenmenge versammelt. Der Bürgermeister, hieß es später, und einige örtliche Politiker, allerdings niemand aus Maurizio Scamozzis Partei. Mit ein bisschen Glück litt er noch immer wegen der unerwarteten Wucht eines Milchshakes.

Ich hätte wissen müssen, dass mehr dahintersteckte, als man mir erzählt hatte. Valentina hielt eine erfrischende Rede, in der sie der Familie Uccello dafür dankte, dass sie zum Wohle der Stadt wieder Leben in ihr altes Domizil gebracht hatte. Anschließend dankte sie der Biennale für ihre Unterstützung, indem sie Kunstwerke für den Garten zur Verfügung gestellt hatte. Schließlich den Schulen, die die Statuen dekoriert hatten, was sofort Gekicher und Applaus von ein paar Kindern hervorrief.

Und als jeder schon dachte, sie sei fertig, sagte sie: „Und nun … eine Überraschung."

An der Mauer hing ein scharlachroter Vorhang mit dem Emblem des venezianischen Löwen darauf, zweifellos ein Erzeugnis unserer Webstühle, der von einem glänzenden Satinband an seinem Platz gehalten wurde.

„Nico." Einer der Helfer reichte mir eine Schere. „Bitte." Ich hatte keine Ahnung, was mich erwartete, aber Valentina Padoan war keine Frau, der man etwas abschlug. Als ich das Band durchschnitt, fiel der Vorhang auf den Boden, und eine frisch angebrachte Bronzetafel kam zum Vorschein. Als ich die Aufschrift las, wurde mir wieder schwindelig.

Hier starb an einem kalten Wintertag im Jahr 1943
ein Partisan namens Giovanni Artom, Opfer der Faschisten,
wie seine bekanntere Schwester Micaela.
Wahre Patrioten Italiens, die für die Freiheit kämpften.
Wir werden sie nie vergessen.

„Der Krieg steckt voller Geschichten", sagte Valentina im selbstbewussten Tonfall einer geborenen Akademikerin zum Publikum. „Manche bekannt. Andere unbekannt. Giovanni Artom gehörte zu Letzteren. Er war kein Venezianer, sondern kam aus Turin. Er starb an diesem Ort und wurde im Lauf der Jahre vergessen. Wir sind zutiefst überzeugt, dass wir die Erinnerung an alle Opfer des Krieges wachhalten müssen, selbst an jene, die zunächst durchs Raster gefallen sind."

Eine Weile schien das Publikum aufmerksam zuzuhören, während Valentina weitersprach und berichtete, wie sie und ihre Studierenden herausgefunden hatten, dass an jenem blutigen Dezembersonntag 1943 noch jemand gewaltsam zu Tode gekommen war. Ein Mann, dessen Opfer nie richtig gewürdigt wurde. Ein Fremder, der nicht aus Venedig stammte.

Lange hörten die Leute aber nicht zu. Sie waren nicht gekommen, um in die ferne Vergangenheit zu reisen. Sie wollten kostenlose Getränke, ein paar Selfies, die Gelegenheit, einen kleinen Teil Venedigs zu sehen, der sonst nicht zugänglich war.

Ich merkte, wie Valentina ihre Aufmerksamkeit verlor, sah, wie sehr sie das offenbar enttäuschte. Und ich dachte an die Welt, in der ich aufgewachsen war, eine bequeme, gleichgültige Welt, in der niemand viel über Krieg und Armut sprach. Wir nahmen all diese Jahre einfach für selbstverständlich.

„Bitte", sagte Valentina. „Einen Moment Aufmerksamkeit noch für Giovanni Artom und alle, die dafür gestorben sind, dass wir in Freiheit leben können."

Zumindest den gewährten sie ihr noch. Selbst die Vögel und die Boote in der Lagune schienen ihrer Bitte nachzukommen, obwohl ich mir das sicher nur einbildete. Dann war, wie auf Knopfdruck, plötzlich alles wieder normal, und alle begannen sich zu unterhalten, im Garten herumzuspazieren, die Statuen mit den Dekorationen der Kinder zu betrachten, meine zwanzig Jahre alten Fotos zu bewundern und sich dann für den nächsten kostenlosen Spritz anzustellen.

Ungefähr zu diesem Zeitpunkt musste ich an Maurizio Scamozzi denken, einen Rüpel aus der Schule, mit dem ich mich aus reiner Faulheit und Furcht eine Weile eingelassen hatte. Inzwischen ein Mann mit gewissem Einfluss in dieser merkwürdigen neuen Welt, die auf die müßigen Jahre von damals gefolgt war.

Ich dachte an die Soldaten, die bewaffnet neben ihren gepanzerten Fahrzeugen an der Piazzale Roma standen. An Männer mit Gewehren im Ghetto, an Bettler, von denen auf der Straße niemand Notiz nahm, und an Jungen, die im Schulbus in Treviso aus keinem anderen Grund als ihrer Hautfarbe zusammengeschlagen wurden.

Da wurde der Bann durch etwas Vertrautes, Immerwährendes und betörend Schönes gebrochen.

Si-tah-si-tah-si-tah-sitschi-si-piu.

Ein Goldhähnchen flatterte durch den Garten, stets munter, stets lebendig.

„Es tut mir leid, Nico", sagte Valentina mit Tränen in den Augen. „Manchmal hören die Menschen einem einfach nicht zu. Sie sind zu … beschäftigt."

Ich war erstaunt, dass ich die ganze Zeit so blind gewesen war. Dass es so lange gedauert hatte, bis es mir wie Schuppen von den Augen fiel.

Ich hatte geglaubt, *nonno* Paolos Geschichte sei für mich bestimmt gewesen.

„Ich hole Ihnen etwas zu trinken", sagte sie leise.

Natürlich war sie das nicht. Er hatte mir seine Erinnerungen nur zum Aufbewahren anvertraut. Plötzlich klang mir wieder die Stimme eines alten, längst verstorbenen venezianischen Arztes im Ohr, und die Worte, die er in einer kalten Gasse in San Marco zu einem übergelaufenen Polizisten sagte. Obwohl es vielleicht schon immer *nonno* Paolos Worte gewesen waren.

Sich an die Toten zu erinnern, war nicht genug. Man musste auch in Erinnerung behalten, wie und warum sie gestorben sind.

Diese Geschichte – *seine* Geschichte – war nicht für mich bestimmt.

Sie war für jetzt.

Für heute.

Für dich.

„Ich habe auch eine Geschichte zu erzählen", sagte ich und blickte auf die Gedenktafel an der Mauer und den Namen, der darauf stand: Giovanni Artom. „Eine Geschichte, die niemanden kaltlassen wird. Ich werde Ihre Hilfe brauchen."

„Natürlich", sagte Valentina Padoan.

Und hier ist sie endlich.

Anmerkungen des Autors

Dies ist eine erfundene Geschichte, wenngleich sie durch einige Ereignisse in der Folge der Besetzung Venedigs im September 1943 inspiriert wurde. Bis dahin waren die Juden der Stadt zwar durch die italienischen Faschisten verfolgt worden, aber nur wenige von ihnen wurden inhaftiert. Von dem Moment an, als die Nazis die Macht übernahmen, wurden die Repressalien jedoch deutlicher spürbar. Professor Giuseppe Jona, der Vorsteher der jüdischen Gemeinde, beging am 17. September Selbstmord, nachdem er sich geweigert hatte, den Deutschen eine Liste mit den Mitgliedern der örtlichen *qehillà* zu übergeben. Im November erklärte Mussolini alle Juden zu Ausländern und Angehörigen eines feindlichen Staates, ordnete die Konfiszierung ihres Besitztums an und befahl ihre Verhaftung. Für die fiktive Erzählung habe ich die zeitliche Abfolge der Ereignisse abgeändert und vieles erfunden. Während Aldo Diamante einiges dem Vorbild des mutigen Jona zu verdanken hat, sind alle anderen Figuren der Geschichte erdacht.

Während der deutschen Besetzung wurden ungefähr 230 venezianische Juden in deutsche Konzentrationslager deportiert. Nur acht von ihnen kehrten lebend zurück. Laut Susan Zuccotti (*Die Italiener und der Holocaust: Verfolgung, Rettung und Überleben*, University of Nebraska Press, 1987) verlor die zu Kriegszeiten relativ kleine jüdische Bevölkerung Italiens im Zuge der Verfolgung 6.800 ihrer 38.400 Mitglieder an die Mörder der Nazis und der Schwarzen Brigaden.

Schätzungsweise 200.000 Italiener haben sich an den Aktionen der Widerstandbewegung gegen die Nazis und das faschistische Regime beteiligt. Ungefähr 70.000, sowohl Zivilisten als auch Partisanen aus allen Gesellschaftsschichten, wurden vermutlich dabei getötet. Das Istituto Veneziano per La Storia della Resistenza e della Società Contemporanea (www.iveser.it) hat viele Informationen über die Aktivitäten der Partisanen in seinem Forschungsarchiv auf der Giudecca gesammelt.

Das Weben feiner Samtstoffe hat in Venedig eine lange Tradition. Noch heute gibt es einen Hersteller, der die Technik der alten

Jacquardwebstühle anwendet, die Firma Tessitura Luigi Bevilacqua (www.luigi-bevilacqua.com), mit Sitz in einem Palazzo am Canal Grande in Santa Croce. Ich bin der Firma sehr dankbar, dass ich in der faszinierenden Weberei dort herumgeführt wurde, und muss sagen, dass der Prozess des Jacquardwebens in Wirklichkeit viel komplexer und zeitraubender ist, als es auf diesen Seiten erscheint.

David Hewson
Kent und Venedig
Dezember 2018 bis April 2020

Zitatnachweise

S. 83

„Hat nicht ein Jude Hände? Sind wir nicht denselben Krankheiten unterworfen, werden mit denselben Mitteln geheilt? Wenn ihr uns stecht, bluten wir nicht?"

Abgewandeltes/verkürztes Zitat aus dem *Kaufmann von Venedig.*

Der Wortlaut im Original:

„Hat nicht ein Jude Augen? Hat nicht ein Jude Hände, Gliedmaßen, Werkzeuge, Sinne, Neigungen, Leidenschaften? Mit derselben Speise genährt, mit denselben Waffen verletzt, denselben Krankheiten unterworfen, mit denselben Mitteln geheilt, gewärmt und gekältet von eben dem Winter und Sommer als ein Christ? Wenn ihr uns stecht, bluten wir nicht?"

William Shakespeare: *Der Kaufmann von Venedig*, übersetzt von August Wilhelm Schlegel, hrsg. von Dietrich Klose, Reclam 1964/2011 (Reclams Universalbibliothek, Nr. 35), 3. Akt, 1. Szene, S. 50.

S. 155 u. 316

„Es gibt nur ein Mittel, die mörderischen Todeswehen der alten Gesellschaft, die blutigen Geburtswehen der neuen Gesellschaft abzukürzen, zu vereinfachen, zu konzentrieren, nur ein Mittel – den revolutionären Terrorismus."

Abgewandeltes/verkürztes Zitat des letzten Absatzes eines Artikels von Karl Marx aus der „Neuen Rheinischen Zeitung" vom 7. November 1848, überschrieben „Sieg der Konterrevolution zu Wien".

Der Wortlaut in der Ausgabe der MEW:

„Die resultatlosen Metzeleien seit den Juni- und Oktobertagen, das langweilige Opferfest seit Februar und März, der Kannibalismus der Konterrevolution selbst wird die Völker überzeugen, daß es nur ein Mittel gibt, die mörderischen Todeswehen der alten Gesellschaft, die blutigen Geburtswehen der neuen Gesellschaft *abzukürzen,* zu vereinfachen, zu konzentrieren, nur *ein Mittel* – den *revolutionären Terrorismus.*"

Karl Marx: „Sieg der Konterrevolution zu Wien" (1848), in: Karl Marx, Friedrich Engels, Werke, Bd. 5, Berlin, Dietz, 1959, S. 455–457, hier S. 457.

S. 275 f.

„Gott, unsterblich, allwissend, verborgen im Licht,
allmächtig und klug, doch seh'n wir dich nicht …"

Kirchenlied: „Immortal, Invisible, God only Wise".

Text: Walter Chalmers Smith, 1867, erste zwei Zeilen [Übersetzung: Birgit Salzmann].

Die Drucklegung erfolgte mit freundlicher Unterstützung durch
die Abteilung für deutsche Kultur in der Südtiroler Landesregierung.

AUTONOME PROVINZ BOZEN SÜDTIROL
PROVINCIA AUTONOMA DI BOLZANO ALTO ADIGE
Deutsche Kultur

Die Übersetzerin bedankt sich herzlich beim Deutschen Übersetzerfonds
für die Förderung ihrer Arbeit am vorliegenden Text.

Deutscher Übersetzerfonds

TransferBibliothek CLXXIII

Die Originalausgabe von *The Garden of Angels* ist 2021 gleichzeitig in Großbritannien und den USA bei Canongate Books Ltd, Edinburgh, erschienen.

Lektorat: Joe Rabl

Umschlagmotive: mauritius images/Paul Carstairs/Alamy/Alamy Stock Photos
Grafische Gestaltung: Cover: GROOTHUIS Gesellschaft der Ideen und Passionen mbH für Kommunikation und Medien, Marketing und Gestaltung, Hamburg
Innen: Dall'O & Freunde, Lana
Druckvorbereitung: Typoplus, Frangart
Printed in Europe

ISBN 978-3-85256-876-8

www.folioverlag.com

E-Book ISBN 978-3-99037-142-8

1. San Pietro di Castello. Kleine bewohnte Insel neben dem Arsenale. Erreichbar über die Via Garibaldi.

2. Basilika San Pietro di Castello. Einst die wichtigste Kirche Venedigs, bis ihr die Basilika San Marco den Rang ablief. Riesiges Gebäude mit ungewöhnlichem, getrennt vom Kirchengebäude stehendem Glockenturm.

3. Giardino delle Vergini. Standort des fiktiven Haupthandlungsortes, aber ohne Skulpturen. Der Garten der Engel ist ein Hybrid aus diesem Park und dem Parco „Villa Groggia" in Cannaregio.

4. Garibaldi-Denkmal. Es zeigt im Park der Giardini Giuseppe Garibaldi auf einem Steinsockel, am Fuß flankiert von einem Löwen und einem Soldaten.

5. Via Garibaldi. Hauptstraße dieses Teils von Castello. Früher ein Kanal, der fast zur Gänze zugeschüttet wurde. Castello ist bis heute ein Arbeiterviertel. Die lokale kommunistische Partei hat hier noch immer ein Vereinslokal.

6. San Francesco della Vigna. Schöne Kirche mit einer Fassade von Palladio in der Nähe des Hauses von Chiara Vecchi.

7. Ospedale SS Giovanni e Paolo. Das „schönste Krankenhaus der Welt" befindet sich in der ehemaligen Scuola Grande di San Marco mit kunstvollem Eingang aus der venezianischen Frührenaissance. Die Person des Diamante wurde von Giuseppe Jona inspiriert, dem jüdischen Direktor des Krankenhauses, der seine Stelle durch die faschistischen Rassengesetze verlor.